Elmar Bereuter
Die Schwabenkinder

SERIE PIPER

Zu diesem Buch

Mitte des 19. Jahrhunderts in einem unwegsamen Gebirgstal: Bitterarm sind die Menschen im Bregenzerwald. Ein kleines Stück Land, zwei oder drei Kühe müssen oft ganze Familien ernähren. Kein Wunder, dass die Kinder nur selten satt werden und häufig krank sind. Viele von ihnen ziehen über die schneebedeckten Alpen nach Württemberg, wo die Höfe größer und die Menschen wohlhabender sind – in der Hoffnung, dem Hunger zu entkommen und für die Familien daheim ein wenig Geld zu verdienen. Die »Schwabenkinder« werden auf Märkten feilgeboten, denn für die ansässigen Bauern sind sie billiges Dienstpersonal. Auch der neunjährigen Kaspanaze wird von seinen unverschuldet in Not geratenen Eltern in die Fremde geschickt. Doch er gerät an einen Bauern, der als Kinderschinder berüchtigt ist, und läuft davon … Am Beispiel des jungen Kaspanaze ruft Elmar Bereuter die Erinnerung an ein dunkles Kapitel der europäischen Vergangenheit wach.

Elmar Bereuter, geboren 1948 als ältestes von vier Kindern einer Bauernfamilie im Bregenzerwald, verbrachte seine Kindheit zwischen Dorfleben, Alpwirtschaft und Internat. Nach einer Karriere als PR-Manager betreibt er seit 1991 eine Werbeagentur und lebt mit seiner Familie in der Nähe des Bodensees. Zuletzt erschien von ihm der Roman »Der Hexenhammer«.

Elmar Bereuter

Die Schwabenkinder

Die Geschichte des Kaspanaze

Roman

Piper München Zürich

Weitere Informationen zum Buch unter www.schwabenkinder.de

Ungekürzte Taschenbuchausgabe
Piper Verlag GmbH, München
1. Auflage Mai 2004
2. Auflage Juli 2004

Umschlag/Bildredaktion: Büro Hamburg
Isabel Bünermann, Friederike Franz,
Charlotte Wippermann, Katharina Oesten
Umschlagabbildung: Heinrich von Zügel (»Kleiner Schäfer im Schnee«;
Artothek, Weilheim)
Foto Umschlagrückseite: Elmar Bereuter
Satz: VerlagsService Dr. Helmut Neuberger
& Karl Schaumann GmbH, Heimstetten
Druck und Bindung: Clausen & Bosse, Leck
Printed in Germany ISBN 3-492-24066-6

www.piper.de

Vorwort

Das so genannte »Schwabengehen« der Kinder ist ein sehr dunkles Kapitel, das unsere Länder verbindet. Die Tatsache der Kinderarbeit stellte auch in unserer zivilisierten Welt bis ins 20. Jahrhundert bedauerlicherweise nichts Besonderes dar. Die frühzeitige, lange Trennung vom Elternhaus und die Form der Verdingung auf eigenen Kindergesindemärkten dokumentieren aber die besonderen Härten im Schicksal eines »Schwabenkindes«.

Diese »Wanderungen« über Jahrhunderte hinweg nach Oberschwaben und ins Allgäu sorgten für eine Entlastung der oftmals bitterarmen kinderreichen Familien in den Alpentälern: Ein halbes Jahr war man der Sorge um die Ernährung eines oder mehrerer Kinder enthoben. Dazu kamen ein paar Gulden und vielleicht Schuhe, Kleidung sowie Lebensmittel als Lohn für die sieben- bis fünfzehn jährigen bäuerlichen Dienstboten. Außerdem konnten sich gerade in der Fremde viele Kinder erstmals satt essen, eine Möglichkeit, die daheim nicht immer gegeben war.

Wer dieses gesellschaftliche und politische Phänomen aus unserer »modernen« Sichtweise betrachtet, macht es sich bestimmt zu einfach, da es einer Reihe von Faktoren bedurfte, die nur aus dem Einblick in die damaligen Lebensbedingungen verständlich werden. Industrialisierung, weitgehende Technisierung der Landwirtschaft, Tourismus und gesetzliche soziale Absicherungen haben einen hohen Lebensstandard geschaffen, der unserer Jugend ein unbeschwertes Heranwachsen ermöglicht und ihr viele Perspektiven eröffnet. Die letzten Zeugen, die als »Schwabenkinder«

verdingt wurden, sind inzwischen hoch betagt, und wir können nicht mehr lange auf ihre persönlichen Erinnerungen zurückgreifen. Wir wünschen diesem Buch von Elmar Bereuter viel Erfolg und hoffen, dass es viele historisch interessierte Leser – über unsere Regionen hinaus – erreicht.

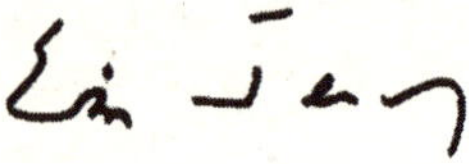

Erwin Teufel, Ministerpräsident Baden-Württemberg,
Deutschland

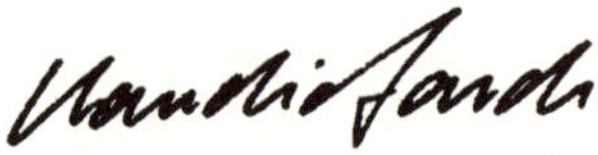

Claudio Lardi, Regierungspräsident Graubünden, Schweiz

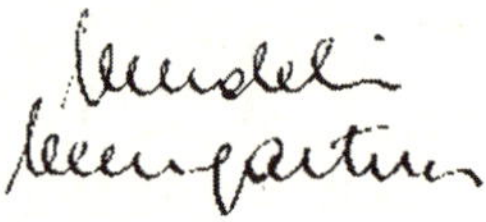

Wendelin Weingartner, Landeshauptmann Tirol, Österreich

Herbert Sausgruber, Landeshauptmann Vorarlberg,
Österreich

Luis Durnwalder, Landeshauptmann Südtirol, Italien

1. Kapitel

Kaspanaze schwitzte. So sehr er auch an den großen Hörnern zog und riss, die rechts und links von ihm aufragten – der verflixte Schlitten bewegte sich höchstens zentimeterweise von der Stelle. Jetzt hast du den Dreck, dachte er mit zunehmender Wut. Und dabei weißt du ganz genau, dass der Pappschnee sofort an den Kufen festklebt, wenn du stehen bleibst. Kaspanaze drehte sich um und versuchte den Schlitten zum Gleiten zu bringen, indem er die Absätze seiner Holzschuhe fest in den Schnee rammte und sich ruckartig mit seinem Körpergewicht nach hinten fallen ließ.

Der Schlitten machte einen kurzen Satz nach vorne, und Kaspanazes Morgen wäre wieder in Ordnung gewesen, wenn er nicht seinen linken Schuh verloren hätte, als er sich umdrehen und wieder die normale Zugposition einnehmen wollte. Da stand er nun wieder, der Schlitten, der gottverd … – aber nein, so ein Wort darf man nicht einmal denken. Selbst das Denken ist schon eine Sünde, fuhr es ihm scharf durch den Kopf. Ihm war zum Heulen zumute. Er unterdrückte den Drang, schluckte ein paar Mal und fixierte mit verkniffenem Blick die an einem Holzgestell festgebundene Milchkanne auf dem Schlitten.

Ein grünlich schimmernder Rotzbollen hing aus seinem rechten Nasenloch, und so fest er auch schniefte und sich mühte, ihn wieder in die Nase zurückzuziehen – nach kürzester Zeit war er wieder außerhalb seines Geruchsorganes. Kaspanaze wollte ihn am Ärmel seiner Jacke abwischen, brachte aber nicht mehr als einen schmalen Streifen zu Wege, der sich in der Dämmerung weiß vom Stoff abhob. Er beschloss, einen anderen Entsorgungsweg zu wählen, drückte Zeige- und Mittelfinger der linken Hand gegen den linken Nasenflügel, holte tief Luft und jagte mit einem lauten Schnauben den Bollen in den Schnee, wo er ein kleines Loch hinterließ. Die Sonne schlief noch hinter den Bergen des Bregenzerwaldes, als Kaspanaze einen neuen Anlauf unternahm, den vermaledeiten Schlitten, dem es gleichgültig war, dass die Milch spätestens um sieben Uhr in der Sennerei sein musste, wieder in Bewegung zu bringen.

So breitbeinig, wie es ihm seine achteinhalb Jahre erlaubten, stellte er sich erneut rücklings zwischen die Schlittenhörner, umfasste diese so weit unten wie möglich und versuchte, durch Hin- und Herrücken und gleichzeitiges Ziehen den Widerstand des pappigen Schnees zu überwinden. Nach dem fünften Ruck war der Schlitten frei. Kaspanaze drehte sich um, hielt den linken Hörnerschnabel im Ziehen fest, warf sich nach vorne und griff im Laufen mit der weit ausgestreckten Rechten nach dem rechten Schnabel. Jetzt nur nicht stehen bleiben, bis du auf der Straße bist ... lieber Schutzengel hilf mir, dass ich es bis zur Straße schaffe ...

Keuchend wühlte er sich durch den Schnee, der über die Ränder seiner Holzschuhe ins Innere eindrang und nach und nach seine Strümpfe durchnässte. Aber er spürte nichts davon.

»... gleich bin ich beim Holunderbusch, und dann sind es nur noch ein paar Meter bis zur Straße ...«

Die nicht ganz festgezurrte Milchkanne schabte am Gestell und gab dumpfe, polternde Geräusche von sich. Mit einem Holperer glitt der Schlitten auf den etwas tieferen und festeren Untergrund der Straße, die Schneiders Hermann mit dem Schneepflug und seinen beiden Pferden noch im Dunkeln gebahnt hatte. Unter Ausnutzung des restlichen Schwunges drehte Kaspanaze seinen Schlitten in eine schon von einem anderen Schlitten gezogene Spur und ließ sich auf die Ladefläche vor der Milchkanne fallen.

»Gott sei Dank, du hast es geschafft, aber du bist spät dran«, dachte er erleichtert. Nachdem sein Atem wieder etwas ruhiger ging, stand er auf, umfasste wieder die beiden Hörner und zog den Schlitten der Dorfmitte zu, wobei er darauf achtete, in einer bereits ausgefahrenen Spur zu bleiben. Vom Kirchturm hatte es schon sieben Uhr geschlagen, als Kaspanaze auf dem festgetrampelten Platz vor der Sennerei anlangte.

Kührs Kilian war um die fünfzig, hager und trug einen kleinen Schnauzbart, der an den Ecken schon grau war. Genau besehen war nur eine Seite ganz grau, denn auf der rechten Seite wiesen seine Barthaare im unteren Bereich eine dunkelbraune, schon fast schwarze Färbung auf und seine Zähne hatten eine ähnliche Tönung. Nicht dass seine Zähne schlecht oder gar faul gewesen wären. Bei einem Käsesenner wie dem Kilian waren gute Zähne zur Berufsausübung fast unerlässlich. Seine Zähne waren sozusagen seine dritte Hand, die er brauchte, um das große Käsetuch im Mund festzuklemmen, während er mit beiden Händen die geronnene und mit einer Art Harfe zerkleinerte Masse mit dem Tuch im Sennkessel zu einem großen Ballen zusammenfischte. Kilians Zahn- und Bartfärbung kam vom Tabakkauen. Tabakkauen war ein weit verbreitetes Männervergnügen und hatte den Vorteil, dass es billig war. Die etwa fingerdick gerollten Tabakblätter hatten Ähnlichkeit mit zu stark geräucherten Würstchen. Verkauft wurden sie aus Steinguttöpfen, in denen sie in Essenzen eingelegt waren. Von dieser Tabakwurst wurde ein mundgerechtes Stück abgebissen, mit den Zähnen zerkleinert, mit dem Speichel vermischt und über längere Zeit durchgekaut.

In vielen Häusern stand eine Spucktruhe. Das war eine mit Sägemehl gefüllte hölzerne Kiste mit einem langen, senkrecht stehenden Griff. Kilian hatte sich angewöhnt, seinen überschüssigen Pfriem aus dem rechten Mundwinkel mit scharfem, gezieltem Strahl fast punktgenau darin zu platzieren. Durch diese über lange Jahre praktizierte Übung hatte Kilians rechte untere Bartseite ihren dunklen Farbton erhalten.

Kilian Kühr war ein seelenguter Mensch, den so schnell nichts aus der Ruhe bringen konnte. Fuchtig konnte er nur werden, wenn jemand nicht zur festgelegten Zeit mit der Milch in der Sennerei war und so sein Tagesablauf durcheinander gebracht wurde. Dann zählte er schon im Geiste die Holzscheite, die unnötigerweise nachgelegt werden mussten, bis die gesamte angelieferte Milch im kupfernen Sennkessel auf Verarbeitungstemperatur gebracht war.

»Na, kommst du heute auch noch?«, grummelte er unter der Tür stehend und jagte seine bis zur Mittagszeit letzte Ladung Pfriem in einem dünnen Strahl auf den festgetretenen Schnee, während Kaspanaze die Milchkanne vom Gestell losband. Gemeinsam fassten sie die seitlichen Griffe und trugen die Kanne in den weiß gestrichenen Raum zur großen Balkenwaage, an der ein großer Kübel hing, in den sie die Milch zum Wiegen leerten.

Während Kilian an der Waage hantierte, fragte er beiläufig, ohne den Blick vom Gewicht zu nehmen:

»Wo ist denn die Mariann?«

»Die ist krank und hat Bauchweh. Seit gestern Abend kotzt sie schon.«

Dass es bei denen überhaupt noch etwas zum Kotzen gibt, dachte Kilian nicht ohne Mitgefühl. Zwei kleine Montafoner Kühe und eine Sau im Stall, aber drei kleine Kinder und das Vierte ist unterwegs. Mariann war Kaspanazes Schwester und anderthalb Jahre jünger. Normalerweise brachten sie am Morgen die Milch gemeinsam ins Sennhaus, da beide schon schulpflichtig waren und sowieso hätten ins Dorf müssen. Mariann war ein eher schüchternes Mädchen mit blauen Augen und langen schwarzen Zöpfen, an denen sie Kaspanaze zog, wenn sie wieder einmal nicht zur Kenntnis nehmen wollte, dass er der Ältere und Stärkere war.

Zusammen mit Stenzels Peter, Larchenmüllers Buben und Meltzers Kindern lieferte er noch eine Schneeballschlacht, bis es sie alle an die Finger fror. Auch wurde es mit der Zeit langweilig, da sie das fast jeden Morgen zwischen der Milchablieferung und der Schülermesse machten. Kaspanaze schlupfte wieder in seine gestrickten Handschuhe, die über eine Schnur verbunden waren, die über den Nacken und durch die Jackenärmel verlief. Die Kirchenglocke bimmelte, und von allen Seiten kamen aus der morgendlichen Dämmerung die schulpflichtigen Kinder nach und nach zum Kirchenportal, was nicht ohne Geknuffe und Schubsereien abging. Dies dauerte immer so lange, bis der Lehrer auftauchte. »Der Lehrer kommt ...« Diese drei Worte genügten, dass die Kinder hastig in die Bänke rutschten.

Hinter ihnen nahm Georg Tortscher Platz, der ihnen seit einigen Jahren als Dorfschullehrer nicht nur das Einmaleins und etwas Lesen beibrachte, sondern auch während der Gottesdienste dafür sorgte, dass in der Kirche gebührliche Ruhe herrschte. Die Folgen für störendes Verhalten waren allen bekannt, hatten sie doch Larchenmüllers Franz erst letztes Jahr voll getroffen.

Neben der Bank, in der Franz während des Fronleichnam-Gottesdienstes saß, war eine Prozessionsfahne in die Halterung eingesteckt. Ob nun die Predigt für den Franz nicht sehr erbauend war oder ob er sie nicht verstand, wurde nie geklärt. Fest steht nur, dass dem Franz langweilig wurde. Sein Pech war, dass die Fahnenstange direkt neben ihm nach oben zur Kirchendecke ragte und dadurch sein Vorhaben erleichtert, wenn nicht sogar gefördert wurde.

So stand er mitten in der festlichen Predigt auf, stieg auf die Armlehne der Kirchenbank und begann an der Stange hinaufzuklettern. Das am oberen Ende befestigte Fahnentuch begann heftig zu schwenken und zog so zwangsläufig die Blicke aller Kirchenbesucher auf sich. Ein leises Raunen und Tuscheln ging durch das Kirchenschiff, der Pfarrer hielt einen Moment verdutzt in der Predigt inne, um dann mit deutlich lauterer und eindringlicherer Stimme fortzufahren.

Franz aber war so damit beschäftigt, an dem dünnen Schaft Halt zu finden und Höhe zu gewinnen, dass er von allem gar nichts wahrnahm. Sobald der in andächtiges Lauschen vertiefte Lehrer mitbekam, was sich da abspielte, schritt er, so schnell es die Würde des Ortes erlaubte, durch den Mittelgang, wobei alle Augen auf ihn gerichtet waren.

Als er bei der Fahne angekommen war, an der Franz immer noch weltvergessen herumturnte, ließ er ein kurzes Räuspern vernehmen. Gleichzeitig versuchte er, ihn an einem Fuß zu erwischen und herabzuziehen. Franz sah von oben den hochroten Kopf des Lehrers und rutschte so schnell es ging herunter, wobei er mit dem rechten Knie schmerzhaft an der Kante der Armlehne aufschlug. Kaum dass er wieder auf dem Boden stand, erhielt er rechts und links je eine kräftige Ohrfeige, und als er in die Bank zurückwollte, zog ihn der Lehrer am linken Ohr wieder heraus auf den Gang und bedeutete ihm, hier stehen zu bleiben, damit alle auch sehen konnten, wer der Übeltäter war. Zornig flüsterte er ihm zu: »Du wirst schon noch sehen!«

Franzens Mutter schämte sich in Grund und Boden und wagte keinen Blick zur Seite, während sich der Vater mit verkniffenen Lippen vornahm, seinen Stammhalter daheim durchzuwalken. Auch Franz dämmerte, dass das alles noch ein Nachspiel haben würde. Nach der Prozession versuchte er Zeit zu gewinnen und den Zeitpunkt des elterlichen Strafgerichtes hinauszuschieben. Länger als sonst blieb er am sicheren Ort des Familiengrabes stehen, und daheim versuchte er, über den Stall und den Holzschopf unbemerkt in seine Kammer zu gelangen, um sein Sonntagsgewand zu wechseln. Da fiel ihm ein, dass die zu erwartenden Hiebe vielleicht weniger heftig ausfallen könnten, wenn er das bessere Gewand anließe, weil die Mutter immer großen Wert darauf legte, dass er darauf aufpasste, damit es auch noch sein jüngerer Bruder tragen könne. Im Holzschopf machte er wieder kehrt und bog gerade um das Stalleck, als er unvermittelt seiner Mutter in die Hände lief. Zum Davonrennen war es zu spät. Diesmal kam die Ohrfeigenfolge von rechts nach links.

»Eine Schande ist es mit dir ... im ganzen Ort redet man von uns ... dass du dich überhaupt nicht schämst ...«, und nochmals zischte es kräftig auf Franzens Backen.

»Schau, dass du hineinkommst und zieh dich um und dann holst du im Holzschopf ein Scheit, du weißt schon wofür. Und dann kommst du zu mir in die Küche.«

Franz war klar, dass alles nur noch ärger würde, wenn er sich jetzt bockig stellte. Mit brennenden Wangen holte er ein dreieckig gespaltenes Holzscheit im Schopf und entgratete es vorsichtshalber noch ein wenig mit der Hacke. In der Küche nahm die Mutter das Scheit in die Hand, überprüfte es und befahl ihm, sich an der Wand auf das Scheit zu knieen.

»Da bleibst du jetzt und rührst dich nicht, bis der Vater heimkommt!«

Der scharfe Grat des Holzscheites grub sich ihm in die Knie. Besonders das rechte schmerzte ungemein, weil er damit ja schon auf die Kirchenbank geprallt war. Durch ständiges Gewichtsverlagern versuchte er die Schmerzen in erträglichen Grenzen zu halten. Die Zeit schien stehen geblieben zu sein, fast schon inständig hoffte Franz, dass endlich der Vater heimkommen möge, um ihm endlich den Hintern zu versohlen.

Die Erlösung erschien mit einer Weidenrute in der Hand, die der Vater auf dem Heimweg abgeschnitten hatte und unter der Küchentüre ein paar Mal kurz aus dem Handgelenk durch die Luft pfeifen ließ.

»Von mir hat er schon Ohrfeigen bekommen«, sagte die Mutter besänftigend, da ihr Franz inzwischen schon ein wenig Leid tat.

»Hosen runter«, befahl der Vater und legte den Buben übers Knie. Hinterher hatte Franz beim Sitzen nicht unerhebliche Schwierigkeiten, und auch das Mittagessen wollte ihm nicht so recht schmecken.

Leicht lädiert hinkte er zur nachmittäglichen Andacht, wo er mit zusammengebissenen Zähnen die harte Kirchenbank erdulden musste und betete, dass der Herrgott ein Einsehen haben und den Gottesdienst kurz machen möge.

Beim Verlassen der Kirche sagte der Lehrer kein Wort, als er sich vor der Kirchentür an ihm vorbeidrückte, aber sein Blick verhieß nichts Gutes. Am nächsten Morgen wollte der Lehrer Tortscher vor versammelter Klasse ein Exempel statuieren, wie es einem erging, der sich in der Kirche nicht benehmen konnte. Nach dem gemeinsamen Vaterunser griff er nach dem vierkantigen Zollstock, der wie immer auf der oberen Einfassung der Schultafel lag, und sagte in normalem Unterrichtston: »Franz, komm einmal nach vorne!«

Zögernd trat dieser zur Tafel.

»Du weißt schon, was dir jetzt blüht, und du weißt auch warum. Fünf Tatzen sind das Mindeste!«

Zur Klasse, die eigentlich aus vier Schulzügen bestand, fuhr er fort: »Nur damit ihr seht, dass man sich auch in der Kirche benehmen muss.«

Und zu Franz: »Du weißt, was passiert, wenn du die Hand zurückziehst. Für jedes Mal Zurückziehen gibt es einen Schlag mehr auf die Hand.«

Franz streckte die Hand mit der Innenseite nach oben aus, drehte sich leicht von der Klasse weg, damit man die Tränen nicht sehen konnte, die es ihm gleich aus den Augen drücken würde. Er schloss die Augen und wartete auf den ersten Schlag.

Der Schmerz des dritten Hiebes trieb ihm das Wasser durch die geschlossenen Lider. Aber eisern hielt er die Augen geschlossen.

Der Lehrer Tortscher war wegen seiner Tatzen gefürchtet, denn wenn er richtig in Rage war, drehte er den Vierkantstock so, dass eine Kante auf die Hand traf, was besonders schmerzhaft war. Franz glaubte, auf eine glühende Herdplatte gefasst zu haben, so sehr brannte die Handfläche.

Mit Grausen dachte er daran, dass heute auch noch Religionsunterricht war. Als nach der Pause der Pfarrer ins Klassenzimmer kam, klopfte sein Herz bis zum Hals.

Der hochwürdige Pfarrer Rauch konnte zwar sehr streng sein und auch ganz böse durch die Gläser seines Zwickers auf der Nase schauen. Aber das war mehr Selbstschutz, um sich die Tratschweiber und bigotten alten Schachteln vom Leib zu halten.

Nach dem Gebet trat er zu Franz an die Bank, zog ihn leicht am Haaransatz an den Schläfen nach oben und fragte, von wem er schon alles bestraft worden sei. Franz zählte die Stationen seines Leidensweges auf und konnte ein plötzliches Schluchzen nicht mehr unterdrücken, da er auch vom Pfarrer eine saftige Tracht Prügel erwartete.

Hochwürden Rauch legte die Hand um seine Schulter, zog ihn leicht an sich und sagte so leise, dass es nur Franz verstehen konnte: »Büble, so einen Blödsinn machst nimmer!«

Dann ging er vor zur Tafel und drehte sich zu den Schülern um:

»Wer nicht hören will, muss fühlen. Wer glaubt, dass er tun und lassen kann, was ihm gerade einfällt, dem wird das Leben das Gegenteil zeigen. Ein jeder muss sich irgendwo ein- oder unterordnen und auf andere Rücksicht nehmen. Heute lasse ich noch einmal Gnade vor Recht ergehen! Ich hoffe, ihr habt das alle kapiert!«

Dabei funkelte er, so grimmig er nur konnte, durch seine Brillengläser in den mucksmäuschenstillen Schulraum.

Franz aber war, als sei Weihnachten und Ostern gleichzeitig. Die Hand, Wangen, Ohren, Knie und Hintern taten ihm plötzlich nicht mehr weh. Ausgerechnet der Pfarrer, von dem er die härteste Bestrafung erwartet hatte, zeigte Verständnis oder Mitleid oder beides zusammen. Diese kleine tröstende Geste von Hochwürden Rauch würde Franz sein ganzes Leben lang nicht mehr vergessen, da war er sich ganz sicher. Tief verstand er mit einem Mal, dass Verzeihen ein größerer Wert sein kann als Strafe um der so genannten Gerechtigkeit willen.

2. Kapitel

Kaspanaze kniete in der dritten Kirchenbankreihe. Um seine nassklammen Strümpfe zu trocknen, war er trotz der auch in der Kirche herrschenden Kälte halb aus seinen Holzschuhen geschlüpft. Wenn seine Zehen zu kalt wurden, rutschte er wieder in die Schuhe zurück, um sie ein wenig aufzuwärmen. Um dem Lehrer Tortscher keinen Anlass zu einer Bestrafung wegen Unruhestiftung zu geben, tat er dies ohne hastige Bewegungen.

In der Bank hinter ihm kniete Müllers Loisl, der vor allem von den Kleineren gefürchtet wurde, da er kaum eine Gelegenheit ausließ, um sie zu sekkieren und zu ärgern. Aber auch größere Kinder gingen ihm aus dem Weg, da er nicht nur rauflustig, sondern auch grob war. Loisl beobachtete schon länger Kaspanazes Bewegungen und wartete nur auf einen günstigen Moment, um ihm einen Possen zu spielen.

Als während der Wandlung alle, einschließlich des Lehrers, die Köpfe gesenkt hielten, stellte er schnell ein Bein unter die vor ihm liegende Sitzbank und trat gegen einen von Kaspanazes Holzschuhen, der mit halblauten Rumpeln eine Bankreihe nach vorne flog. Noch mit durchgestrecktem Bein machte er mit Unschuldsmiene drei Kreuzzeichen auf Stirn, Mund und Brust.

Kaspanaze konnte nur so tun, als sei nichts geschehen. Schon nach wenigen Minuten fror es ihn ganz elend an den Zehen.

Während der Lehrer zur Kommunion ging und in der Reihe stand, kroch er schnell unter die Bank und angelte nach seinem Hölzler, was von einigen älteren Frauen mit strengen, ermahnenden Blicken quittiert wurde.

Militärisch ausgerichtet und in Zweierreihen marschierte der Zug nach der Messe zum Schulhaus. Dabei durfte weder geredet noch gelacht werden, was der Lehrer Tortscher scharf überwachte.

Das Schulgebäude war ein älteres Holzhaus und stand einen guten Steinwurf von der Kirche entfernt. Gehört hatte es vor Jahren einem alten Hagestolz namens Franz Döhringer, der es testamentarisch der Gemeinde vermacht hatte. Der Bau wurde von der Gemeinde erhalten, soweit es die spärlichen finanziellen Mittel zuließen.

Die Meinungen über Sinn und Nutzen eines regelmäßigen Schulbesuches gingen nicht nur in der örtlichen Bevölkerung, sondern landesweit sehr stark auseinander, und es gab nicht wenige, die das Erlernen von unnützem Zeug nicht auch noch unterstützen wollten und dagegen wetterten. Besonderen Unmut erregte ein geplantes Gesetz, das für ganz Österreich eine allgemeine Schulpflicht nunmehr auch im Sommer vorsah und ab 1870 in Kraft treten sollte. Darüber hinaus würde es die Schulpflicht vom 6. bis zum 14. Lebensjahr festlegen. Zuvor war der Schulbesuch eine Beschäftigung für die Wintermonate gewesen, in denen die fehlenden Arbeitskräfte nicht so sehr ins Gewicht fielen.

Es war freilich vorgesehen, dass Kinder, die in Fabriken, Gewerben, Bergwerken oder Torfstichen beschäftigt und in einer Fabrikschule unterrichtet wurden, vom Sommerschulbesuch befreit werden konnten. Eine Befreiung vom Schulbesuch im Sommer konnte auch bei der Landesschulbehörde mit »Angabe von örtlichen oder anderen Verhältnissen« beantragt werden.

Der Fabrikant und Landtagsabgeordnete Dr. Josef Oelz forderte, es den Eltern zu überlassen, ob die Kinder länger als sechs Jahre in die Schule gehen müssten, und meinte, dass »ein Knabe, der sich in der Schule verhockt, zum Bauern unbrauchbar« wird.

Erreicht wurde jedenfalls, dass Berggemeinden das Recht hatten, Kinder vom Schulbesuch in den Sommermonaten freizustellen – mit dem Erfolg, dass in vielen Dörfern während dieser Zeit überhaupt kein Unterricht mehr stattfand. Daher war auch verständlich, dass die Gemeinde nicht mehr als unbedingt nötig in die Schule investierte und sich nur einen Lehrer leisten konnte. Denn die Anstellung einer zweiten Lehrkraft hätte nur böses Blut gegeben.

Das Schulgebäude hatte zwei Klassenräume, wobei der etwas kleinere im ersten Stock lag. Die Heizung erfolgte über einen altersschwachen gusseisernen Ofen, dessen Ofenrohr über eine Deckenöffnung in den oberen Raum und erst von dort in den Kamin geführt wurde. Diese Anordnung hatte den Vorteil, dass erstens Heizkosten gespart wurden und zweitens der Lehrer die Kinder im jeweils anderen Schulraum besser überwachen konnte. Die ersten vier Klassen der zweiklassigen Volksschule waren im unteren Raum untergebracht, da dieser dank des Ofens wärmer war.

Georg Tortscher hatte im oberen Raum den einzelnen Klassen schon die Aufgaben für die kommende Stunde an die Tafel geschrieben und unterrichtete im unteren Schulzimmer die Siebenjährigen in den Anfängen des Lesens, während die Einschüler mehr oder wenig eifrig das Malen des Buchstabens »E« übten. In der dritten Klasse versuchte Kaspanaze das Malnehmen einer Zahlenreihe, während in der hinteren dritten Reihe die vierte Klasse Zahlen teilte.

Tortscher schrieb für die Zweitklässler einige Wörter an die Tafel und gab die Anweisung, diese möglichst schön auf der Schiefertafel zu wiederholen. Über die knarzende Treppe stieg er anschließend in den oberen Stock, um dort den Unterricht fortzusetzen, wobei er nicht vergaß, den Zollstock mitzunehmen.

Um halb zwölf Uhr war die Schule aus. Die vom Schnee durchweichten Strümpfe an der umlaufenden Holzstange über dem Ofen waren nun wieder trocken, und und unter Getöse fuhren die kleinen Füße in die klobigen Holzschuhe. Viele der Kinder hatten einen langen Schulweg, den längsten aber hatten Meltzers Kinder. Ins Dorf brauchten sie bei zügiger Gangart und ohne Trödeln eine gute Stunde. Im Winter ging es aber mit dem Milchschlitten schneller, weil es bis zum Sennhaus, abgesehen von einer kürzeren Steigung, bis zu deren Höhe der Vater am Morgen den Schlitten zog, immer bergab ging. Dafür war der Heimweg umso beschwerlicher, weil sie den Milchhorner mit der Molke, die an die Schweine verfüttert wurde, wieder bergauf ziehen mussten. Da konnte es dann schon passieren, dass zwei

Stunden nicht reichten, vor allem dann, wenn es schneite und der Weg fast spurenlos und zugeweht war.

Kaspanaze ging wie fast alle Bauernkinder von der Schule zum Sennhaus, um die Molke, zu der man im Bregenzerwald »Schotten« sagt, aufzuladen.

Kührs Kilian streckte seinen hageren Schädel mit dem dreifärbigen Schnurrbart aus der Tür: »Kaspanaze, wenn du fertig bist, komm einmal schnell herein!«

Der Bub band die Kanne am Gestell fest, indem er den Kälberstrick durch die Tragegriffe führte und auf der Rückseite des Holzgerüstes verknotete. Anschließend schob er den Horner rückwärts so weit zur Seite, dass er niemandem im Weg umging.

In der dämpfigen Sennküche wusch Kilian am großen Brunnentrog Käsetücher. Mit einem Ruck zog er eines der schweren Tücher aus dem Wasser, drückte es kurz aus und klatschte es auf das große Brett neben dem Trog. Dann kreuzte er seine Unterarme vor der Brust und fuhr zum Trocknen mit den Händen unter die Achseln, wobei er die Oberarme an den Körper presste und die Hände wieder flach nach außen zog. Das war Kilians ganz persönliche Methode, und jedem, der ihn auf diese sonderbar wirkende Bewegung ansprach, erklärte er den Vorteil, der unwiderlegbar darin lag, dass beide Handflächen gleichzeitig abgetrocknet würden. Darüber hinaus gebe der Oberkörper mehr Wärme ab – schließlich wisse das jeder – als die Außenschenkel und Hinterbacken, wo die meisten ihre nassen Hände zu trocknen pflegen. Dadurch habe er immer eine trockene Jacke, brauche nicht in nassen Hosen herumzulaufen und im Übrigen seien viele in die Jahre gekommenen Käser selbst schuld, wenn sie das Rheumatische bekämen.

Er sah an Kaspanaze herunter, wie er so vor ihm stand in seiner dünnen, vielfach geflickten Joppe und deutete mit einer Kopfbewegung zu einem Stehpult, auf dem das Milchbuch lag, in dem die Menge und der Fettgehalt der abgelieferten Milch der einzelnen Bauern festgehalten wurde.

Neben dem Buch lag eine etwa faustgroße, in einem Tuch eingewickelte Kugel. »Komm mit!«, grummelte er, »das ist ein Stück Sieg für die Mariann, damit sie wieder auf die Füße kommt.«

Schon das bloße Wort »Sieg« reichte aus, um das Wasser im Mund zusammenlaufen zu lassen. Sieg, richtiger, echter Sieg war eine Köstlichkeit, die es nur an Feiertagen oder zu Weihnachten gab. Diese braune, knetbare Masse war pures Karamell und wurde durch das Einkochen der Molke gewonnen. Für alle Kinder des Bregenzerwaldes war der »Sieg« der Inbegriff aller Köstlichkeiten, und es gab wahrscheinlich keinen, der sich etwas Schöneres vorstellen konnte, als ein Stückchen dieser Kostbarkeit langsam, ganz, ganz langsam auf der Zunge zergehen zu lassen.

Kilian war klar, dass nur ein Kind mit übermenschlichem Willen und enormer Charakterstärke in der Lage war, diese kleine braune Kugel unversehrt nach Hause zu bringen. Klar war ihm auch, dass es selbst im Bregenzerwald kaum ein Kind gab, das diese Voraussetzungen zum unbeaufsichtigten Sieg-Transport mitbrachte. Wahrscheinlich hätte man es schon zu Lebzeiten heilig sprechen müssen.

»Dass du mir das aber auch der Mariann gibst und nicht selber verputzt«, mahnte der Kilian. »Sie hat es nötiger wie du. Wenn du es ihr nicht gibst, musst du halt den Schlitten noch länger allein ziehen. Na ja, ein kleines Stückchen darfst schon abbeißen, damit es nicht heißt, der Kilian macht schon kleine Kinder zu Märtyrern«, milderte er ab.

»Vergelt's Gott, vergelt's Gott«, sagte Kaspanaze gleich zwei Mal, steckte die eingewickelte Kugel vorsichtig in die Jackentasche und hatte es plötzlich sehr pressant, aus der Sennküche hinauszukommen.

Draußen drehte er seinen Schlitten im rechten Winkel herum und rannte mit der am Gestell auf- und niederhüpfenden Kanne heimwärts.

Kaum war er aber außer Sichtweite der Sennerei, hielt er es nicht mehr länger aus. Er fingerte den Siegballen aus der Jacke und setzte sich auf den Schlitten. Schließlich hatte der Kilian ja gesagt, dass er auch ein Stückchen davon haben könne. Mit dem Zeigefinger grub er eine kleine Rinne heraus, steckte das unbeschreiblich duftende Karamell in den

Mund, schleckte schmatzend den Finger ab und ließ die Süßigkeit ganz, ganz langsam auf der Zunge zergehen.

Noch zwei Mal fuhr er mit dem Finger in den Ballen, immer noch Kilians Wort vom »kleinen Stückchen« im Ohr. Dann packte er den Sieg wieder ins Tuch, steckte ihn in die Jacke und trottete mit dem süßen Geschmack im Mund weiter.

Während er mit hin- und herschlenzenden Bewegungen den Schlitten hinter sich herzog, überlegte er, wie sie wohl den Siegballen, von dem noch fast nichts fehlte, zu Hause aufteilen würden.

Sicher, der Mariann würde er bestimmt gut tun. Andererseits kann sie so viel gar nicht vertragen, wenn sie eh' schon dauernd Bauchweh hat, überlegte er. Und der Jodok, der würde bestimmt um immer noch mehr schreien, solange noch ein kleines Stückchen da war.

Je mehr er über die Verteilung nachdachte und je mehr der süße Geschmack nachließ, desto fester wurde sein Entschluss, dass es für alle eigentlich das Beste wäre, wenn er keinen so großen Bollen heimbrächte. Am Holderbusch war ihm dann endgültig klar, dass er, wenn auch leichten Herzens, das Opfer bringen und den Siegbatzen noch etwas verkleinern würde. Auf dem hinteren Hornerholm sitzend, betäubte er sein schlechtes Gewissen mit karamellisiertem Schotten.

Als der Ballen die Hälfte der ursprünglichen Größe erreicht hatte, beschloss er, dass dieser nun genau richtig für seine beiden Geschwister sei.

Zwischen beiden Handflächen rollte er den Rest wieder zu einer Kugel, und kein Mensch konnte mehr sagen, wie groß diese ursprünglich gewesen war.

Ein paar Meter vor dem Haus nahm er mit dem Schlitten einen Anlauf und zog diesen mit Schwung durch das offen stehende Tennentor so weit es ging unter das Dach.

Katharina Meser war Mitte dreißig, von knochiger Gestalt und hatte ein klares, offenes Gesicht, in dem zu lesen stand, dass ihr im bisherigen Leben nicht viel geschenkt worden war. Heute war Waschtag, und auf dem Herd dampfte der große Eisenkessel mit heißem Wasser, vor dem Hausgang stand der alte Holzzuber im Freien. Mit breiten Händen, denen man die Gewöhnung an harte Arbeit ansah, wuchtete sie den wohl einen Zentner wiegenden Kessel mit dem wallenden Wasser nach draußen.

Sie war die zweitjüngste Tochter von Merburgers Peteranton aus Andelsbach. Zu Hause waren sie neun Kinder gewesen, von denen eines bald nach der Geburt gestorben war und ein anderes das vierte Lebensjahr nicht erreicht hatte. Merburgers waren arm wie die Kirchenmäuse, aber man war zufrieden und froh darüber, dass es doch noch immer irgendwie zum Leben langte und die Kinder nicht zum Betteln gehen mussten. Die Buben wurden sommers als Pfister auf die Alpen verdingt, die Mädchen mussten in Lohnarbeit sticken, was zwar immer schlechter bezahlt wurde, weil es in den Fabriken mit den neumodischen Stickmaschinen billiger ging, aber ein paar Kreuzer blieben halt doch übrig. Diejenigen von den Buben aber, die keinen Pfisterplatz erhielten, wurden zum Viehhüten ins Schwabenland geschickt.

Kaspar Meser war der älteste Sohn von Gottfried Meser. Die Mutter war bei der Geburt des vierten Kindes gestorben und hatte auch das Kind mit ins Grab genommen.

Kaspar war damals zehn Jahre alt. Die Mutter war im Schlafzimmer, dem »Gaden« aufgebahrt, das tote Geschwisterchen ruhte wie im Schlaf in ihrem rechten Arm, und die schrundigen Hände hielten einen Rosenkranz. Am Kopf- und Fußende brannten Kerzen, und es waren ein paar Sträuße mit Feldblumen aufgestellt.

Aus dem ganzen Dorf kamen die Leute und beteten im Gaden fünf Vaterunser und Ehre und den Glauben zur Ehre der fünf Wunden Christi. In der Küche wurden die Beter bewirtet. Das machten die Nachbarn, damit der Vater bei der Toten bleiben und denen danken konnte, die gekommen waren, für ihr Seelenheil zu beten. Manche standen dann bei ihm und lobten die Verstorbene über den Schellenkönig in der Hoffnung, ein »Seelenalmosen« zu bekommen. Das war ein Bekleidungsstück der Hingeschiedenen, für das diese sowieso keine Verwendung mehr hatte, und einige derer, die zum Beten kamen, waren der Ansicht, dass ihnen ein solches für ihre Mühen zustand.

Am Tag vor der Beerdigung wurde die »Totentür«, die zwischen Schlafzimmer und Küche lag, geöffnet, damit die Seele der Mutter hinauskonnte. Es war der dunkelste Tag im Leben des kleinen Kaspar, als er an der Seite seines vor Schmerz tränenlos gewordenen Vaters neben seinen plärrenden Geschwistern hinter dem holpernden Leichenwagen hertrappelte, auf dem seine Mutter mit dem toten Geschwisterchen im Sarg durchgeschüttelt wurde. Immer wieder kam ihm verzweifelt in den Sinn, dass er sie nie, nie, nie, nie mehr sehen und sie nie mehr mit ihm schimpfen würde. Er hätte jetzt alles und noch mehr dafür gegeben, wenn sie aus dem Holzkasten aufgestanden wäre und ihn so richtig an den Ohren gezogen hätte. Ohne Mucks hätte er das erduldet – nein, nicht erduldet, Purzelbäume hätte er geschlagen vor lauter Freude …

Der Pfarrer Rauch hatte ihnen fest versprochen, dass sie die Frau Mutter im Himmel wieder sehen würden, aber für Kaspar war das ein schwacher Trost. »Ich bin ja erst zehn Jahre alt«, dachte er, »und wenn ich sie dann wieder sehe, kennt sie mich vielleicht nicht einmal mehr.«

Nach der Totenfeier nahm ihn daheim sein Vater beiseite: »Bub, du bist der Älteste. Es wird nicht leicht werden. Aber wir sind das Schaffen gewöhnt. Eine Frau nimmt mich keine mehr. Wer will schon auf eine so kleine Heimat, wo es kaum zum Leben langt und noch drei Kinder da sind. Wir müssen das schon allein packen.«

Gottverlassen saß er so hinter dem Küchentisch und goss sich einen Schnaps ein.

»Magst auch einen?«, fragte er und schob Kaspar sein halb ausgetrunkenes Glas hinüber. Kaspar spürte, dass die Zeit des kleinen Kaspar vorbei war. Er trank den ersten Schnaps seines Lebens und beendete damit seine Kindheit.

Vor elf Jahren hatte Kaspar seine Katharina geheiratet. Sie war zwar keine ausgesprochene Schönheit, aber schaffig und anspruchslos. Sonst wäre es auch nicht gegangen, denn das kleine Höfchen warf, wenn alles gut ging, gerade so viel ab, dass drei Leute ein dürftiges Auskommen hatten.

Sicher war es nicht die große Liebe, die die beiden zusammenführte. Aber sie mochten sich und hatten ihre verschiedenartigen Temperamente aneinander in den Jahren abgeschliffen, wobei der jähzornige Kaspar mehr zum Abschleifen hatte als die eher sanftmütige Katharina. Aber »was sich schleckt, das schlägt sich auch«, pflegte Katharinas Mutter zu sagen.

Kaspars Vater Gottfried hatte im oberen Stock eine kleine Kammer. Er war jetzt schon gut über siebzig, aber noch rüstig. Der alte Gottfried half bei der Arbeit mit und konnte dem Kaspar mit seinen Ratschlägen, wie man es früher gemacht habe und wie er es machen würde, wenn man ihn nur ließe, gehörig auf die Nerven gehen.

Vor Kaspars Hochzeit hatte er diesem die Heimat übergeben, auch wenn es ihm schwer gefallen war. Er wusste, dass er damit auf dem Höfle nicht mehr viel zu sagen und gar nichts mehr anzuschaffen haben würde. Andererseits wollte er den Jungen nicht im Wege stehen und alles im Frieden regeln. Von den Viehhändlern hatte er gehört, dass sie im Montafon, aber auch im Tirolischen die Höfe in der Erbteilung immer gleichmäßig aufteilten, und zwar so lange, bis jedem nur noch ein kleiner Zipfel übrig blieb. Zum Leben war es dann zu wenig und zum Sterben zu viel.

Solche Teilungen gab es auch im Bregenzerwald, und erst vor ein paar Jahren hatte Hansajosefs Hanspeter seine ganzen Liegenschaften unter seinen Kindern so aufgeteilt, sodass der älteste Bub, der die Heimat übernehmen sollte, mit dem Hof keine Familie mehr ernähren konnte und sommers als Hilfsarbeiter ins Ausland musste.

Es gab viel Armut im Bregenzerwald, und gerade die überschuldeten kleinen Höfe wurden durch die Aufteilung des Grundes immer noch kleiner und mussten sich immer noch höher verschulden, da sie nunmehr für die bisher zum Hof gehörenden Grundstücke an die Geschwister Pacht zahlen oder die Pacht in Naturalien abgelten mussten. Es gab nicht allzu viel Hofstätten, die eine größere Familie vom Ertrag der Landwirtschaft ernähren konnten, und Gottfried hatte gehört, dass in der Gemeinde Buch der größte Bauer gerade noch vier Kühe hatte.

Zwar versuchten die Behörden, dieser Entwicklung entgegenzuwirken, etwa durch das 1835 erlassene Patent des »Verbotes der willkürlichen Grundzerstückelung«. Aber solche Anordnungen hatten keine große Wirkung, und so wurde auch dieses Gesetz von allen österreichischen Landtagen mit Ausnahme Tirols 1868 wieder aufgehoben. Denn was blieb einem armen Teufel, der oftmals keinen einzigen Kreuzer an barem Vermögen besaß, anderes übrig, als den Grund mit seinen Geschwistern zu teilen, damit diese wenigstens einen kleinen Kartoffelacker anlegen konnten oder das Land an ihn zurückverpachten konnten?

Der Geschmack der Armut war den Menschen in den Vorarlberger und Tiroler Bergtälern schon von Kindheit an vertraut, und sie hatten in Generationen gelernt, damit zu leben und die Not als gottgewollt hinzunehmen. Auf den kargen Böden konnte nur Milchwirtschaft betrieben werden, und Versuche, wenigstens auf einem kleinen Bletz Roggen anzubauen, schlugen fehl oder wurden wegen der miserablen Erträge bald wieder aufgegeben.

Teuerungen, vor allem beim Getreide, trafen die von der Hand in den Mund lebenden Familien in voller Härte und trieben den Armenanteil in den Gemeinden in die Höhe. Diese sahen es natürlich lieber, wenn die hungrigen Mäuler sich selbst irgendwie durchfretteten und nicht der Gemeinde auf der Tasche lagen. Und so bestand auch vielfach kein Interesse, die Zersplitterung der Höfe aufzuhalten.

Gottfried Meser hatte immer wieder gesehen, dass solche Erbteilungen selbst einen gesunden Hof mit einem Schlag an den Rand des Bettels bringen konnten. Deshalb stand für ihn fest, dass keine Daumenbreite von der Heimat wegkommen würde. Seine Kinder wuchsen heran, und er verkopfte sich immer öfter, wie er es anstellen könnte, dass beim Teilen alles gerecht zugehen und keines bevorteilt oder benachteiligt würde. Viele Male stand er am Grab seiner

Frau und seines toten Kindes und hielt stille Zwiesprache mit ihnen, wobei er immer das Gefühl hatte, dass sie in seiner Nähe war und ihn verstand. Sie riet ihm zu, sie riet ihm ab, und er war sich stets gewiss, das Richtige zu tun, wenn er mit ihr gesprochen hatte.

Das sagte er eines Sonntagabends auch zu seinen drei Kindern, nachdem das Vieh versorgt und der Stall gemistet war. Nach dem Gottesdienst hatte er noch lange auf dem Gottesacker gestanden, und sie hatte ihm versprochen, dass er schon die richtigen Worte finden würde.

Sie saßen alle um den Tisch in der Stube unter dem Herrgottswinkel. Hinter der wassergefüllten Schusterkugel blakte ein Kienspan. Das durch die Kugel verstärkte Licht des Spanes waberte gelbsanft über den Tischrand und wurde dann von der Dunkelheit aufgesogen.

»Wir müssen einmal darüber reden«, fing Gottfried schwer an. »Es geht darum, wie es bei uns auf der Heimat weitergehen soll. Ich habe auch mit euerer Mutter in den letzten Jahren viel darüber gesprochen. Ihr wisst, ich habe euch alle gleich gern, und ich möchte nicht, dass es unter euch einen Streit oder Zwist gibt, weil sich eines übervorteilt glaubt. Aber wir müssen es halt so nehmen, wie es ist. Alles wird teurer, aber für die Milch bekommen wir immer noch gleich viel wie vor vier Jahren. Wenn ich den Winter über noch als Tüchelbohrer schaffe, langt es halt so grad das Jahr über, wenn auch im Stall alles recht tut. Wenn wir einmal das Höfle aufteilen würden, bliebe keinem auch nur so viel, dass es halbwegs davon leben könnte. Es haben dann alle drei zwar einen kleinen Bletz, aber eigentlich haben alle nichts mehr. Ich habe die letzten Jahre viel darüber nachsinniert, wie man das machen könnte, und ich glaube, dass es für uns alle das Beste ist, wenn wir den Hof beieinander lassen. Kaspar macht sowie schon die meiste Arbeit im Feld und im Stall und soll den Hof einmal übernehmen.«

Der Kienspan war schon ein Stück herabgebrannt, und das Licht verschob sich durch die Glaskugel zur Seite. Gottfried hielt kurz inne und schupfte mit den Fingerspitzen den Spanhalter hinter die rückseitige Wölbung. Dann sah er

Margret und Josef an. »Wenn ihr ein Stückchen vom Feld bekommen würdet, was könntet ihr machen? Ein paar Kartoffel anbauen oder ein paar Obstbäume darauf stellen oder es für ein paar Kreuzer verpachten. Wenn ihr es verkaufen wollt, kriegt ihr so gut wie nichts dafür, weil es halt ein kleiner Zipfel ist, für den es sich kaum lohnt, einen Hütebuben hinzustellen, um eine Kuh ein paar Tage fressen zu lassen. Wenn ihr aber aus dem Haus seid, seid ihr vielleicht einmal froh, wenn ihr wisst, von wo ihr etwas zum Essen herbekommt.

Ich habe mir ausgerechnet, dass Kaspar jedes Jahr eine Sau aufziehen könnte. Ein Jahr gehört diese Margret und das andere Jahr dir, Josef. Jedes bekommt zehn Sauen. Das ist mehr wert als ein kleines Stück vom Feld. Das gilt natürlich nur, wenn ihr nicht mehr auf der Heimat seid.

Ich sage euch das jetzt schon so früh, damit ihr euch das miteinander überlegen könnt und damit ihr wisst, wie ich es gemacht hätte, falls mir etwas zustößt.«

Gottfried schwieg und blickte seinen Kindern einem nach dem anderen ins lichtbeflackerte Gesicht. Diese wussten nicht, was sie darauf sagen sollten, und das war dem Vater nur recht.

»Morgen ist wieder ein Tag«, meinte er. »Schauen wir, dass wir ins Bett kommen.«

Gemeinsam beteten sie noch ein Vaterunser und das Abendgebet mit der Bitte für die Verstorbenen.

Als sie fertig waren, zündete er am Kienspan eine Talgkerze an, die in einem gewundenen Drahtgestell auf einem Blechteller befestigt und mit einem Schieber verstellbar war. Dann blies er den Span aus, spuckte zwischen Daumen und Zeigefinger und löschte die verbliebene Glut sorgfältig ab. Langsam schob er sich von der Bank und schlapfte zum Weihwasserkessel an der Wand neben der Stubentür, über dem ein rundgesichtiger Engel mit roten Backen seinen Kopf in die Hände stützte und zuversichtlich lächelte. Gottfried tauchte seine Finger in das geweihte Wasser und zeichnete jedem seiner Kinder bedächtig ein Kreuz auf Stirn, Mund und Brust.

3. Kapitel

Wie von einem Schlag getroffen, klappte Kaspanazes Oberkörper nach oben. Benommen saß er im Bett, und es dauerte eine Weile, bis er begriff. Nochmals fetzte es den Laden so gewaltig gegen den Fensterstock, dass die doppelscheibigen Winterfenster schepperten und der Laden laut knallend zurückgeschleudert wurde. Obwohl die Fensterritzen mit Moos abgedichtet waren, fuhr ein kalter, mit eisigem Flugschnee vermischter Lufthauch über sein Gesicht. Er tastete nach dem Rand der Bettstatt, wo sich schon ein kleiner Schneehaufen angesammelt haben musste, soweit er das in der Dunkelheit feststellen konnte.

Das Jaulen des Sturmes fiel abrupt zu einem Winseln ab, um dann wieder ebenso plötzlich zu einem alles übertönenden Fauchen anzuschwellen. Das ganze Haus schien sich den anstürmenden Gewalten entgegenstemmen zu wollen. Schwer stöhnte es in den Balken und Tromen, und mit kurz anschlagendem Klappern wichen lose Dachschindeln den Windhieben aus. Draußen tobte der Sturm wogend durch die Bäume, und von der Brüge her konnte Kaspanaze zwischendurch ein gleichmäßiges hohles Pumpern hören, von dem er aber nicht wusste, von was es herrührte. Langsam wurde ihm angst und es ging ihm durch den Kopf, was wäre, wenn das Haus umgeblasen würde. Mit seinen beiden Geschwistern schlief er noch in einer gemeinsamen Kammer, da Mariann Angst hatte, allein zu schlafen. Zudem war so die Luft im Winter wärmer, auch wenn sich Wände und Betten mit einer dicken, weißen Reifschicht überzogen.

»Seid ihr wach?«, flüsterte Kaspanaze in die Dunkelheit der Kammer und stellte die Frage nochmals etwas lauter, als er keine Antwort erhielt. Mariann und Jodok aber schliefen tief und fest wie Murmeltiere im Bau.

Kaspanaze wäre es zwar lieber gewesen, wenn sie auch wach gewesen wären, aber er wollte sie dann doch nicht wecken. Er rutschte aus dem Bett, tapste barfuß zur Kammertüre und tastete sich am Stiegengeländer nach unten und bis zum Gaden vor. Von oben hörte er, wie der Fensterladen wieder zweimal heftig an den Fensterstock krachte.

Er drückte die Klinke der Schlafzimmertür und rief im Türrahmen stehend laut nach seinen Eltern. Doch im Gaden blieb es still. Nur draußen zerrte und riss der Sturm am Haus und schwang den Fensterladen wie eine Peitsche hin und her. Kaspanaze rief noch einmal und tastete sich mit ausgestreckten Händen zur Bettseite der Mutter. Aber dort, wo er die Mutter vermutete, war – nichts. Schreckerstarrt blieb er kerzengerade stehen, und alles in seinem Inneren begann sich zu überschlagen.

Er fuhr mit den Händen nochmals in das leere, kalte Bett und begann mit der ganzen Alleingelassenheit seiner achteinhalb Jahre nach den Eltern zu schreien. Immer mehr verdichtete sich in ihm die Gewissheit, dass das eingetreten war, was das Bäsle Marieros ihnen erzählt hatte. S'Wuotas, das wilde Heer, das in den Winternächten durch die Lüfte zieht und auf den Fluhen und in den Höhlen hoch oben in den Bergen haust, hatte seine Eltern mitgenommen. Es stimmte alles zusammen, was das Bäsle gesagt hatte: Es war Winter, es war stockdunkle Nacht, und die Heerscharen brausten über die Bäume durch die Luft und nahmen jeden mit, der sich nicht sofort auf den Boden warf.

Kurz überlegte er, ob es nicht auch Bütze oder Venedigermännle gewesen sein könnten, verwarf aber den Gedanken wieder, da diese ja nicht brausten. Ihm kam in den Sinn, sich auch auf den Boden zu legen, dann fielen ihm seine beiden Geschwister ein, die nichts ahnend oben in der Kammer schliefen und die dann s'Wuotas sowieso auch mitnehmen würde, und er wäre dann ganz allein auf der Welt. Trotzig beschloss er, dass wenn s'Wuotas schon seine Eltern und Geschwister holte, auch er nicht verschont bleiben wollte. Mit tränenüberströmtem Gesicht stolperte er durch die Stube in den Hausgang, als er mehr zufällig einen sich hin und her bewegenden Lichtfleck im Schnee sah, der nur aus dem Stall kommen konnte.

Seine Verzweiflung wich der langsam aufsteigenden Hoffnung, dass die Eltern dort sein könnten. Immer noch unsicher, fragte er sich, was diese wohl mitten in der Nacht und bei dem Sturm im Stall machen könnten.

Im Holzschopf fädelten ein paar Lichtstreifen durch die Balkenfugen aus dem Stall. Kaspanaze versuchte sein Schluchzen zu unterdrücken und öffnete zaghaft den unteren Teil der Stalltüre einen Spalt weit. Er konnte zwar immer noch nichts erkennen, aber er hörte die Stimme seines Vaters, der halblaut vor sich hinschimpfte.

Nun öffnete er die untere Türhälfte ganz und schlüpfte hindurch. Im Stallgang saß seine Mutter mit ihrem großen, runden Bauch breitbeinig auf einem Melkschemel neben dem Streuehaufen. Das Gesicht hielt sie in ihren Händen vergraben, die mit blutiger Streu beschmiert waren, und ihr ganzer Körper wurde von Weinkrämpfen geschüttelt.

Neben ihr lag im Gang wie hingeschlenzt ein kleines Kalb, das alle viere irgendwie sonderlich von sich streckte. Der Kopf an dem unnatürlich lang wirkenden Hals sah scheinbar zur Decke. An der unteren Ecke der Stallbrücke lag schwer atmend und erschöpft Fleck. Ihre großen Kuhaugen waren ohne Glanz, und unter ihrem Schwanz hing blutiger Schleim wie ein farbiger Eiszapfen.

Kaspanaze sah das alles und sah es doch nicht. Er sah nur Vater und Mutter und dankte allen Heiligen im Himmel, dass s'Wuotas wenigstens seine Eltern verschont hatte und offensichtlich nur das Kälbchen mitnehmen wollte.

Kaspanaze rannen immer noch die Tränen über die Wangen, und vor lauter Freude und Schluchzen brauchte er einen Moment, bis er »Mutter, Vater« schreien und zu ihnen hinlaufen konnte. Er warf sich seiner Mutter so fest an die Brust, dass Katharina Meser um ein Haar mitsamt dem Melkschemel umgefallen wäre, hätte sie nicht der schräg hinter ihr stehende Kaspar noch aufgefangen. Der strich seiner Frau etwas unbeholfen mit dem Handrücken über die feuchte Wange und fuhr kurz durch Kaspanazes Schopf.

»Hier können wir sowieso nichts mehr machen«, meinte er. »Geht ihr schon hinein.« Draußen jagte der Sturm noch immer wütend um den Hof und trieb den Schnee durch die kleinen Spalten in der ins Freie führenden unteren Stalltür und lagerte sich schon handhoch an der Schwelle ab, was auch die Wärme der Tiere nicht verhindern konnte. Der Fleck äugte dumpf zum toten Kalb hinüber, und auch die andere Kuh, der Bless, war unruhig, weil sie merkte, dass etwas nicht stimmte.

Kaspar wollte das Kalb nicht gleich auf den Misthaufen werfen, damit nicht unnötige Kälte in den Stall kam. Das konnte er morgen auch noch erledigen. Er packte es an den Hinterbeinen, zog es zur Tenntüre und warf es hinaus. Dann langte er die Laterne vom Nagel, der in einen Querbalken eingeschlagen war, trat noch einmal zum Fleck und kraulte die Kuh im Weggehen zwischen den Hörnern.

Die Laterne stellte er in der Küche auf den Fergger, einen ausgetieften Waschstein, schöpfte mit der Holzkelle noch lauwarmes Wasser aus dem Schiff des erkalteten Herdes und wusch sich die Hände, so gut es ging.

Katharina saß zusammengesunken am Stubentisch und sah nur kurz auf, als Kaspar eintrat. »Die Kinder habe ich alle zu uns ins Bett gelegt. Mariann und Jodok waren auch wach, als wir aus dem Stall gekommen sind. Sie sind im Bett gesessen und haben sich im Dunkeln nicht heruntergetraut und geschrien wie närrisch.«

Kaspar gab keine Antwort, zog einen Stuhl vom Tisch weg und setzte sich schwerfällig.

»Was machen wir jetzt?«, fragte Katharina verzagt.

Kaspar kratzte sich ein paar Mal hinter dem Ohr, hielt den Kopf gesenkt und vermied es, sie anzusehen. Es war nicht seine Art, sich um irgendetwas herumzudrücken, aber er wusste im Moment auch keine Antwort.

»Ich weiß es auch nicht«, murmelte er nach einiger Zeit.

Wortlos saßen sie in der Stube und sie verstanden auch ohne darüber zu reden, dass eine harte, ja sogar sehr harte Zeit vor ihnen liegen würde. Sie wussten beide, dass sie in dieser Nacht kein Auge mehr zumachen würden, und sie wären gerne noch beieinander gesessen und hätten sich gegenseitig Trost zugeschwiegen.

Es war einer jener Augenblicke, in denen beide tief in sich spürten, dass sie der Herrgott füreinander geschaffen hatte und dass sie zusammengehörten und dass es solche Momente nicht mehr geben würde, wenn man sie zerredete. Sie hatten beide keine Ahnung, wie lange sie so gesessen hatten.

Eine eigene Uhr besaßen sie nicht, und das Schlagen vom Kirchturm konnten sie wegen des Sturmes nicht hören, aber es ging sicher schon auf den Morgen zu.

»Die Kinder können sicher auch nicht schlafen«, sagte Katharina mehr zu sich selbst.

»Ja, gehen wir ins Bett. Heute ist auch noch ein Tag und das Unglück springt uns nicht davon«, ergänzte Kaspar.

Sie lächelte, obwohl es ein schwacher Trost war.

Im Osten dämmerte es in düsterem schwarzem Grau, als Kaspar behutsam aufstand, um die Kinder nicht zu wecken.

»Ich schau nach dem Fleck«, flüsterte er in Richtung Katharina, »bleib du nur noch liegen.«

Der Sturm war über den Rest der Nacht gänzlich zum Erliegen gekommen, und zwischen den zerfetzten Wolken blinkten vereinzelt ein paar Sterne, als Kaspar die Haustüre öffnete und prüfend zum Himmel blickte. Im Stall schien so weit alles in Ordnung zu sein, der Fleck lag ruhig wiederkäuend auf der Brücke im unteren Stalleck.

Im Tenn öffnete Kaspar das Tor und hob das steifkalte Kälbchen an einem Hinterbein hoch. Der Kopf holperte ein paar Mal auf dem Bretterboden, als er es ins Freie zog und über den Schnee zum Misthaufen schleppte. Dort grub er von oben her mit der Gabel ein Loch in den dampfenden Schochen, warf den Kadaver hinein und breitete den ausgehobenen Mist wieder darüber. Er achtete darauf, dass die Schicht genügend dick war, um keine Füchse anzulocken. Bis zum Frühjahr würde noch etwas Mist dazukommen und so den Gestank des verwesenden Kalbes in Grenzen halten.

Es war schon das zweite Mal hintereinander, dass der Fleck verkälberte. Das letzte Kalb war so verquer gelegen, dass man es hatte heraussägen müssen, und dieses hatte sich mit der Nabelschnur um den Hals selber erwürgt.

Der Fleck war die bessere ihrer beiden Milchkühe, und geplant hatten sie, den Bless, die auch nicht mehr die Jüngste war und in ihrer Milchleistung nachzulassen begann, durch die Aufzucht eines Kalbes vom Fleck zu ersetzen. Nun fiel der Fleck nicht nur zum zweiten Mal für die Nachzucht, sondern dazu wieder eine Zeit lang auch als Milchkuh aus.

Während Kaspar in den Stall zurückging, überlegte er angestrengt, was sie machen könnten, aber es fiel ihm nichts Vernünftiges ein. Er wusste nur, dass es nun wieder ein Jahr länger dauern würde, bis sie zum Fleck eine gute Kuh dazu hätten und dass der Fleck auch nicht jünger würde. Er konnte es drehen, wie er wollte. Es blieb keine andere Möglichkeit, als es nochmals mit dem Fleck zu versuchen.

Im ganzen Haus fanden sich bestimmt keine zehn Münzen, die ein bisschen etwas wert waren. Wie sollte er davon ein Kalb kaufen? Hinzu kam, dass auch die Kinder immer größer wurden und besonders Kaspanaze zunehmend einen gewaltigeren Appetit entwickelte.

Mit dem rückwärtigen gebogenen Teil der Mistgabel scheuchte er die beiden liegenden Kühe auf, schorte die mit flach gewalzten grünen Kuhfladen verklebte Einstreue in den Stallgraben und streute frisch ein. Kaspar holte im Holzschopf seinen Stallkittel, der bald mehr Löcher als Stoff aufwies, aber seinen Dienst noch einigermaßen erfüllte, und setzte den vom getrockneten Kuhdreck gesteiften Hut auf.

Nachdem er den ovalen Melkkübel mitgenommen hatte, angelte er mit dem rechten Fuß den Schemel, setzte sich auf die rechte Seite der Bless und begann ohne Hast, deren Zitzen mit streifenden Bewegungen zu massieren. Dies war normalerweise Kaspanazes oder Marianns Arbeit, aber heute war er zum einen früh dran und zum anderen hätte es sich wegen der einen Kuh nicht rentiert, eines der Kinder zu wecken.

Minka, die Katze, war auch schon wach, saß im Stallgang neben Kaspar und lauerte erwartungsvoll auf den Spritzer warmer Milch, den ihr dieser immer beim Melken direkt aus der Zitze zuspritzte und den sie fast ohne einen Tropfen zu verlieren mit weit aufgesperrtem Schnäuzchen aufzufangen verstand.

Meist fand er es erheiternd, wie die Katze schon bei der geringsten Bewegung einer Zitze in ihre Richtung sich angespannt aufrichtete und mit dem Kopf jede Bewegung seiner Hand ebenso ruckartig mitverfolgte. Heute aber reute ihn selbst der kleine Milchspritzer.

»Blöder Mausfresser, wozu bist du eigentlich nutz? Vielleicht sollte man doch aus dir einmal einen Braten machen«, brummelte er und drückte widerwillig einen feinen Milchstrahl zu ihr hin. Er versorgte noch den Fleck, warf beiden Kühen Heu in die Krippe und hielt ihnen kurz den Wasserkübel zum Saufen hin. Als er fürs Erste im Stall fertig war, schüttete er das bisschen Milch im Tenn in die Milchkanne und band diese auf dem Milchschlitten fest.

»Vater, du sollst zum Essen kommen«, rief Mariann aus dem Holzschopf quer durch den Stall.

Kaspar schlug mit der Faust den geschwungenen Holzdeckel fest in den oberen Rand der Kanne, hängte dann Kittel und Melkhut im Schopf an einen der dort schräg nach oben eingeschlagenen Holzzapfen, zog die Hölzler aus und schlupfte in die ausgelatschten Filzpatschen, mit denen der Jodok seine helle Freude hatte, weil der Vater immer so lustig mit den beiden herausstehenden großen Zehen wackelte, wenn er am Sonntagnachmittag auf der Ofenbank lag.

Die Kinder saßen mit ihrem Großvater schon am Tisch in der Küche, und noch während des Eintretens stimmte Kaspar ein Gebet an: »Gott, Du hast in dieser Nacht ...«, worauf die klaren Kinderstimmen, unterlegt mit Gottfrieds schon leicht brüchigem Tenor und Katharinas sanft bestimmender Altstimme weiterbeteten: »... so väterlich für mich gewacht, ich lob' und preise Dich dafür und dank' für alles Gute Dir ...«

Katharina stand am Herd und rieb zwischen ihren Handflächen den festen Mehlteig, den sie in einem Teller angerührt hatte, zu Bröseln in die auf dem Herd kochende Milch und streute noch eine Prise Salz hinein.

Kaspanaze und Mariann wussten die Wochentage von den Sonn- und Feiertagen schon an der Art der Milchsuppe zu unterscheiden. Wenn altes, trockenes Brot im Haus war, wurde dieses in die Suppe eingeweicht, aber das war selten der Fall. Wenn sich aber gelbe Fäden durch die Suppe zogen, die von einem in die Milch eingerührten Ei stammten, wussten sie, dass Sonntag war. Hatten aber auch die Mehlbrösel eine gelbliche Färbung, dann war Feiertag, dann hatte die Mutter den Mehlteig nicht mit Wasser, sondern mit einem Ei angemacht. Den Kindern wäre es zwar lieber gewesen, wenn die Mutter das Ei in die Milch geschlagen hätte, weil man es dann besser schmecken konnte, aber Katharina meinte, dass es so weniger Streit darum gäbe, wer mehr und wer weniger Ei erwischt habe, und dass man einen Feiertag nicht schon mit einem Streit anfangen dürfe.

Katharina trug die große, vom Gebrauch verbeulte und vom Feuer geschwärzte Milchpfanne zum Tisch und stellte sie auf den Pfannenknecht, dem seine Dienstjahre ebenfalls anzusehen waren. Mit der Schöpfkelle verteilte sie die Suppe in die hölzernen, gedrechselten Teller, und Kaspanaze wartete, bis der Rahm an der Oberfläche eine dicke Haut gebildet hatte, bevor er seinen Löffel eintauchte.

Noch standen die Berge schwarz vor dem grauen Himmel, als Kaspanaze und Mariann den Milchhorner gemeinsam auf dem sturmgehärteten Schnee der Dorfmitte zu zogen.

4. Kapitel

Mesers zogen im Jahr zwei Säue groß, die zum allergrößten Teil mit der aus der Milchablieferung anfallenden und anteilmäßig von Kilian verteilten Molke gefüttert wurden. Der Schotten wurde mit billigen Mehlabfällen angereichert, die aber Geld kosteten, das sie meistens nicht hatten. Es gab auch Küchenabfälle, die aber für die Schweine nicht allzu großzügig ausfielen, da Katharina selbst die Kartoffeln so dünn abschälte, dass man durch die Schalen fast hindurchschauen konnte. Kaspanaze und Mariann sammelten im Herbst Eicheln und auch Bucheckern, die im Miettrog aufbewahrt und einige Tage vor der Verfütterung handvollweise in den Schotten geworfen wurden, damit sie aufweichen und ein wenig quellen konnten.

Die läufige Sau wurde im Spätherbst oder Winter zum Deckeber gebracht, und wenn sie gut aufnahm, konnten Mesers im Frühling mit einem Wurf von sechs bis acht Ferkeln rechnen. Ein Ferkel wurde dann jeweils für Kaspars Bruder Josef oder seine Schwester Margret aufgezogen – je nachdem, wem im betreffenden Jahr ein Schlachtschwein zur Erbteil-Abzahlung zufiel. Ein weiteres Ferkel zogen sie für sich selbst groß und schlachteten es im Spätherbst, wenn die Schweine nicht mehr tagsüber im Freien gehalten werden konnten, zusammen mit der für das jeweilige Geschwisterteil bestimmten Sau. Vom Fleisch bekamen sie allerdings kaum etwas zu sehen, geschweige denn zu essen. Im Sommer schon hatte Kaspar am Sonntag auf dem Kirchplatz dem Heugeschirrmacher, dem er noch aus dem letzten Jahr Geld schuldete, als Ausgleich einen Schlegel mitsamt der Haxe zugesagt. Der andere Schlegel und ein Teil vom Rippengrat war schon wie im vorigen Jahr der Juppenmacherin versprochen, bei der Katharina für Kirchgang und Beerdigungen eine neue Tracht bestellt hatte, weil die alte schon in Fetzen hing und nur noch zur Arbeit taugte.

Der Wagner Grebner bekam die Brust für die Reparatur der beiden schweren Heuschlitten, die im letzten Winter beim Streuholen im Brännler Litten auf einer Eisplatte abgerutscht waren und an den Bäumen Kufen und Holme gebrochen hatten. Was noch übrig blieb, ging für Gewand, Holzschuhe, ein neues Waschbrett und, wenn es dann noch langte, für ein paar neue Dachschindeln drauf.

Alle paar Jahre musste eine weitere Sau über den Winter gefüttert werden, bis diese im nächsten Jahr geschlechtsreif wurde und die bisherige Muttersau ersetzen konnte, die dann auch im Herbst in verschiedenen Kochtöpfen und Selchkaminen landete. Mesers blieben meist nur die Innereien, der Kopf und die Füße übrig. Was nicht in nächster Zeit auf den Tisch kam, wurde eingekocht, in Steinguttöpfe gelegt und mit dem heißen ausgelassenen Fett aus den Abfällen übergossen. Nach dem Erkalten bildete sich eine luftdichte Fettschicht, von der vor der Fleischentnahme zu einem späteren Zeitpunkt mit dem Löffel der Staub, tote Fliegen und Insekten sorgfältig abgeschabt wurden. Die übrigen Ferkel wurden noch im Frühjahr, je nachdem, wie sich der Wurf entwickelte, nach meistens acht Wochen verkauft und brachten ein paar Kreuzer baren Geldes ins Haus.

Dem alten Gottfried oblag die Aufzucht und Pflege der Säue. Kaspar hatte ihn nicht darum gebeten oder es ihm gar angeschafft, aber es hatte sich einfach mit der Zeit so ergeben. Das war auch das Einzige, was den Gottfried ärgerte – weder Kaspar noch Katharina schafften ihm eine Arbeit an. Es gab dann Zeiten, in denen er massig und unausstehlich war, weil er sich nur noch als überflüssiger Esser vorkam.

In solchen Fällen suchte er sich am besten eine Beschäftigung, bei der er möglichst ungestört war. Eigentlich machte er daraus weder dem Kaspar noch der Katharina einen Vorwurf. Schließlich hatte er den Buben schon früh dazu angehalten, selbst um die Arbeit zu schauen, die zu tun war, und nicht darauf zu warten, bis er ihn darauf hinwies. Er war auch immer stolz gewesen, dass man den Kaspar nichts heißen musste, und hatte oftmals mit unausgesprochener Hochachtung vor dem Buben festgestellt, dass dieser manche Arbeit schon erledigt, bevor er selbst nur daran gedacht hatte. Seine Schwiegertochter aber wäre eher vor Scham im Erdboden verschwunden, ehe sie ihm eine Arbeit aufgebürdet hätte. So fing Gottfried an, sich um die Säue zu kümmern, was ihm eine gewisse Selbstbestätigung gab. Nur wenn es mit der Sau auf den Zeitpunkt des Fählens zuging und sie immer aggressiver wurde, stiegen Kaspar oder Kaspanaze zum Ausmisten in den Koben, da sie gelenkiger waren und sich die Sau leichter vom Leib halten konnten.

Nach dem Morgenessen ging Gottfried in den Stall, rührte mit dem Holzstecken den Schotten mit den Eicheln, Bucheckern und den wenigen Abfällen kräftig im Futterfass um, tauchte den Kübel ins Fass und ließ ihn fast bis zum Rand volllaufen. Er lupfte ihn heraus und warf noch ein paar Hand voll Futtermehl in die Brühe, ehe er das Gemisch der Sau in den Trog schüttete. Diese stand schon am ausgehöhlten Baumstamm, der zum Einschütten ein Stück unter dem Koben in den Gang herausragte und streckte Gottfried unter forderndem Grunzen und ungeduldigem Quieken den Rüssel entgegen, wobei sie aus lauter Gier mit den Vorderfüßen im Trog stand. Auch der Umstand, dass Gottfried ihr die Hälfte der Brühe über den Kopf schütten musste, da sie mit ihrem Schädel fast den ganzen Einschüttbereich versperrte, konnte sie nicht dazu bringen, auch nur einen Zentimeter Platz zu machen.

Als Gottfried mit dem Füttern fertig war, lehnte er sich noch an den Holzverschlag und sah der Sau beim Fressen zu. Wenn er sich nicht täuschte, müsste es ein guter Wurf werden. Im Schopf wechselte er in einen alten, rundum zerschlissenen Mantel, zog seine schwarze Zipfelmütze fest über die Ohren und stapfte über die krumme Stiege hinauf auf die Brüge. Prüfend besah er die an der Wand aufgestellten und bereits geschälten Baumstämmchen, die zwischen vier und fünf Meter lang waren.

Nachdem er seine Wahl getroffen hatte, nahm er eines davon und legte es längs auf einen langen Balken, der mit Stricken an zwei stabilen Sägeböcken befestigt war. Mit mehreren gedrechselten Holzzwingen klemmte er das

Stämmchen unverrückbar an den Tromen, nahm einen Zollstock und maß am vorderen und hinteren Ende des Stämmchen sorgfältig die Mitte der Stirnseiten aus. Hinten und vorn am Tromen waren zwei Holzstäbe angenagelt, an denen Gottfried einen dünnen Hanfspagat befestigte, dann holte er zwei große Holzbretter, in deren Mitte ebenfalls zwei mannshohe Stäbe eingebohrt waren und die er grob in der Flucht zum Spagat und zum Stämmchen aufstellte.

Mittels dieser Vorrichtung konnte er den gut zweieinhalb Meter langen Tüchelbohrer genau auf die Achse des Stämmchens ausrichten. Beim Ansetzen des Bohrers half ihm gewöhnlich Kaspanaze.

Das Bohren von hölzernen Wasserleitungsrohren sah auf den ersten Blick einfach aus, aber es erforderte schon ein bestimmtes Maß an Erfahrung. Ein guter Tüchel zeichnete sich auch dadurch aus, dass die Wandstärke rundum möglichst gleichmäßig war. Gottfrieds Wasserleitungsrohre genossen auch deswegen einen guten Ruf, weil er sie durch seine Methode auf der vollen Länge aufbohren konnte. Er achtete streng darauf, dass das Holz für die Tüchel um Pauli Bekehrung geschlagen wurde. Denn diesem Holz sagte man nach, dass es bis zum Jüngsten Tage nicht faulen würde.

Kaspar hatte gleich nach dem Morgenessen seinen Zapin aus dem Tenn geholt und an die Hauswand gelehnt. Katharina packte ihm noch in ein großes, frisches Schnupftuch ein Stück Käse, den restlichen Brotzipfel vom Sonntag, den sie vor den Kindern versteckt hatte, und einen schrumpligen Apfel ein. In eine alte, verbeulte Feldflasche, deren Filzüberzug an einigen Stellen bis auf das blanke Metall durchgescheuert war, füllte sie noch Most, der ziemlich stark geraten war und den sie mit Wasser verdünnte. Kaspar hatte diese Flasche von Katharinas Bruder Hansjakob bekommen, der bei der Schlacht von Solferino ein Bein verloren hatte. Katharina packte alles zusammen in den Schnerfer, einen einfachen, leinenen Rucksack, und steckte noch ein Paar geflickte Wollsocken dazu, obwohl sie wusste, dass Kaspar die Socken nicht wechseln würde, selbst wenn sie triefnass wären.

Kaspar nahm den Schnerfer vom Küchentisch, zog seine mit Eisennägeln beschlagenen Holzschuhe an und schaute im Stall noch einmal nach dem Fleck. Vor dem Haus schulterte er den Zapin und machte sich auf zu Schneiders Hermann, wo man sicher schon auf ihn wartete. Schneiders Hermann gehörte mit neun Kühen zu den größeren Bauern, dazu hatte er noch zwei Kaltblutpferde, mit denen er Holz rückte und im Winter mit einem sandsackbeschwerten Holzpflug die Wege räumte. Kaspar mochte den Hermann nicht sonderlich, weil dieser den Kopf sehr hoch trug und diejenigen, die weniger hatten als er, schon merken ließ, dass er sich zu den Besseren zählte. Aber er war auf den Schneider angewiesen, weil er ein Pferd von ihm brauchte, um die Streue aus dem Brännler Litten zu holen. Als Gegenleistung half er ihm einen Tag im Wald, die Baumstämme auf die Schlitten zu verladen und zum Säger zu bringen.

Der Schneider richtete es sich immer so ein, dass er zum Holzen halbwegs gutes Wetter hatte, und Kaspar wusste, dass er das Pferd erst bekommen würde, wenn das Wetter so schlecht war, dass der Schneider keine Verwendung für die Gäule hatte.

Vor Schneiders Haus standen die Pferde schon angeschirrt vor den schweren Zwillingsbockschlitten, deren vorderer Teil Hörner zum Lenken aufwies und die miteinander über eine am Drehblock befestigte Schlittenstange verbunden waren. Neben dem Hermann standen auch Birkers Dokus und Hintermoosers Irgle. Beide waren um die fünfzig und schon über dreißig Jahre als Knechte bei Schneiders.

Der Dokus stammte vom Schrecken aus einer kinderreichen Familie, und das Irgle kam aus dem Unterland, von wo er von seinen Eltern zum Betteln in den Bregenzerwald geschickt worden und irgendwann als Halbwüchsiger bei Schneiders untergekommen war. Der Dokus war wie der Hermann ein roher Kerl, während das Irgle zwar nicht zu den schlauesten Köpfen zählte, dafür aber ein weites Herz hatte, was aber viele mit Einfältigkeit verwechselten.

Hermann erwiderte kaum den Gruß, als Kaspar zu ihnen trat, sondern warf ihm nur einen abschätzigen Blick zu.

Dann packte er die Zügel und trieb mit einem scharfen »Hüh« die Pferde an, ohne abzuwarten, bis die anderen drei auf dem Schlitten Platz nehmen konnten. Mit dem ihnen eigenen Phlegma trotteten die beiden Kaltblütler gemächlich nebeneinander her, sosehr auch der Hermann hühte und die Zügel auf ihre breiten Rücken klatschen ließ. Gleichmäßig schwankten die beiden dicken Pferdehintern vor Hermann hin und her, und zwischendurch fuhren ihm gewaltige, vom Gehrhythmus zerhackte Fürze um den Kopf.

Der steile Wegstich hinauf nach Hinteregg lag nun hinter ihnen, die Schellen an den Kummeten bimmelten wieder hell und schneller. Bis zum Wendelin-Bildstöckchen an der Ufenalp war eine breite Schneise von anderen Bauern ausgezogen, die ihr Holz bereits ins Tal gebracht hatten. Als sie auf den kaum sichtbaren Weg ins Guntental abbogen, schickte Kaspar noch ein Stoßgebet zum Bildstock hinüber, dass daheim mit dem Vieh alles recht tun möge. Eben zog sich es hinein neben dem Guntenbach, das Wasser umgurgelte die Steine, die große Schneekappen trugen. Dort, wo das Wasser langsamer floss, hatten sich Eisplatten gebildet, und die Fließbewegungen hatten Muster gezeichnet, die aussahen wie Eisblumen an riesigen Gadenfenstern.

Es war ein wenig wärmer geworden, und mit dumpfem Wummern pflutschte der Schnee von den Tannenästen, die dann federnd nach oben schnalzten. In den Lichtungen lag der Schnee höher und reichte den Rössern fast bis zu Brust.

Durch zwei große Wehen waren sie bis jetzt ohne größere Schwierigkeiten durchgekommen, als sich hinter einer Biegung ein hoher, lang gestreckter Schneehaufen aufbaute. Als Schneiders Hermann ihn sah, überlegte er nicht lange, sondern trieb die Rosse an und jagte sie mit überschlagender Stimme und knallenden Zügeln vorwärts.

Das Irgle und Kaspar sprangen vom hinteren Schlitten ab. Der Dokus, der in der Mitte saß, musste warten, bis diese vom Holm weg waren, damit auch er sich abstoßen konnte.

Das Gespann war schneller geworden und der hintere Bockschlitten schleuderte hin und her, als Dokus sich abdrückte und es ihn gottsjämmerlich der Länge nach in den

Schnee schlug. Schuld daran waren seiner Ansicht nach natürlich das Irgle und der Kaspar, die er noch im Aufrappeln als Volldeppen und Arschlöcher bezeichnete. Während er versuchte, den anderen nachzukommen und das Gespann einzuholen, fluchte er alle Heiligen vom Himmel herunter und hörte erst damit auf, als ihm die Luft ausging.

Als sie die Bescherung sahen, war es schon zu spät. Hermann stand mit den Rössern mitten in der Wehe und schlug wie ein Wahnsinniger auf sie ein. Diese wollten zwar weiter, um den Schlägen zu entkommen, aber sie traten und rissen nur auf der Stelle, und man konnte glauben, dass sie von einer unsichtbaren Gewalt zurückgehalten würden.

Das Irgle kapierte als Erster, was los war.

»Hör auf«, rief er dem Hermann zu, »so geht das nicht, da liegt etwas drinnen.« Der aber wurde nur noch wutiger und drosch immer heftiger auf die Pferde ein, denen aus Angst der Schaum aus den Mäulern troff.

»Hüh, hüh, ihr gottverreckten Krüppel«, brüllte Hermann immer noch, als das Irgle sich bis zu ihm durchgewühlt hatte und schnaufend hervorstieß: »Hermann, da liegt etwas drinnen.«

»Du liegst gleich drinnen!«, schrie der Schneider. »Halt du dein Maul, dein blödes!

Er sah das Irgle kurz an, und seine Augen waren schon beinahe so bollig wie die der Rösser.

»Schau, dass du auf die Seite kommst oder geh' nach vorne und hilf die Rosse herausziehen, Herrgottsack!«

Kaspar und Dokus wussten, dass es zwecklos war, mit dem Hermann in diesem Zustand reden zu wollen, und man warten musste, bis er selber einsah, dass es so nicht ging.

Der Irg kämpfte sich mühsam durch den bis an seine Brust reichenden Schnee seitlich zu den Pferden vor, als er den quer über dem Weg liegenden Baumstamm sah.

»Da liegt ein Baum!«, rief das Irgle, und Hermanns Wut verschwand langsam.

»Groß kann er nicht sein. Der ist von da oben abgerutscht«, meinte Kaspar und deutete mit dem Kopf auf einen jungen Fichtenbestand am Steilhang oberhalb des Weges.

»Ja, ja, es ist immer gut, wenn man auch beim Holzen ein paar Gescheite dabeihat«, blaffte der Hermann, dem es aber nur noch darum ging, das letzte Wort zu behalten.

Gemeinsam zogen sie die Schlitten nach hinten, während Hermann gleichzeitig die Pferde rückwärts dirigierte. Mit den Äxten schlugen sie die Äste von dem kaum ellendicken Bäumchen, hackten den Wipfel ab und lupften den Stamm auf die Seite. Mit den Schaufeln gruben sie die Äste so weit aus, dass sie diese herausziehen konnten und der Weg wenigstens so weit frei wurde, dass das Fuhrwerk rechts und links genug Platz hatte. Hermann nahm die Zügel auf und jagte die Pferde mit den Schlitten durch die Gasse.

Schwer stampften die Rösser mit den Schlitten die letzte Steigung durch den Hohlweg zum Guntenberg empor, und alle dachten schweigend dasselbe, nämlich wie sie die voll beladenen Schlitten wieder heil da herunterbringen sollten. Kaspar schlug vor, die Baumstämme nur mit dem vorderen Schlitten so weit herab zu schleppen, bis es wieder flacher würde. Aber da kam er beim Hermann an den Falschen.

»Du hast Schiss, gell«, frotzelte der und sah den Kaspar aus zusammengekniffenen Augen an. »Aber es ist wie überall im Leben. Wer nichts wagt, gewinnt auch nichts.«

Kaspar wusste genau, dass er damit auf seine Armut anspielte, und er hätte ihm liebend gerne dafür die Zähne mit der Faust in den Hals geschoben. Er hielt sich aber in der Gewalt und grinste den Hermann freundlich an.

»Das weiß man doch landauf und landab, dass die Schneiders zu den tapfersten Geschlechtern gehören, die es im ganzen Vorarlbergischen gibt. Aber das ist auch keine große Kunst, wenn man solche Vorfahren hat, wie es ja bei euch der Fall ist. Wir haben halt keinen gotzigen Vorfahren oder Urähne, der auch nur halbwegs an euren heranlangen kann, was den Mut und die Berühmtheit angeht.«

Schneiders Hermann kniff die Augen noch mehr zusammen und wusste nicht, was er davon halten sollte. Von einem berühmten Urahn in seiner Familie hatte er bis dato noch nichts gehört, aber irgendwie fühlte er sich doch geschmeichelt.

»Jaja, euer Urähne, das muss schon ein wilder Hund gewesen sein, wie mein Großvater erzählt hat.«

Kaspar sagte nichts mehr und tat so, als ob er davon ausgehe, dass der Schneider von den Ruhmestaten seines Vorfahren wusste.

»Also, dann packen wir's«, schlug er leichthin vor.

Aber dem Schneider ließ es keine Ruhe. Er wollte etwas über den Urahn erfahren, von dem er noch nichts gehört hatte. »Warte einen Moment«, sagte er zum Kaspar, »was hat dein Großvater über ihn erzählt?«

»Das weißt du doch sicher alles schon«, erwiderte Kaspar scheinbar gleichgültig.

»Ja sicher«, log der Schneider, »aber ich will nur wissen, was dein Großvater über ihn erzählt hat!«

Kaspar drehte sich langsam wieder um und sah den Hermann hinterfotzig ehrfürchtig an.

»Ich glaube, Hieronymus hat er geheißen. Der war doch in den Erbfolgekriegen gegen die Preußen unter der Maria Theresia Mitte im vorigen Jahrhundert dabei?«

»Jaja«, genau so hat er geheißen, Hieronymus«, bestätigte der Schneider eifrig, dem es egal war, ob der nun Pongratius oder Ambrosius oder eben Hieronymus geheißen hatte. Hauptsache war, er hieß Schneider, und er war berühmt.

»Also, dieser Hieronymus Schneider war im Siebenjährigen Krieg in Schlesien dabei und muss dort so gewütet haben, dass die Preußen schon davonliefen, wenn sie nur seinen Namen hörten.«

Das Irgle und der Dokus standen mit offenen Mündern daneben und sahen den Hermann fast andächtig an, derweil dieser versuchte, sich seinen Stolz nicht anmerken zu lassen.

»Wenn der schrie, ›Ich bin der Hieronymus Schneider‹«, fuhr Kaspar fort, »fingen die Feinde an zu laufen, als ob der Leibhaftige selbst hinter ihnen her gewesen sei. Eines Tages trieb er allein ein ganzes preußisches Regiment vor sich her und plärrte sich dabei so heiser, dass er sogar vierzehn Tage später bei der Ordensverleihung durch die Kaiserin keinen Ton herausbrachte. Also ließ er sich einen Gürtel nähen, auf dem stand, warum er so gefürchtet wurde.«

Kaspar machte eine Pause und tat so, als ob es klar sei, dass alle wüssten, was darauf eingestickt war.

»Und, was stand auf dem Gürtel?«, fragte nach einer Weile der Dokus ungeduldig.

»Sieben auf einen Streich«, antwortete Kaspar todernst und feierlich.

Es dauerte einige Zeit, bis sie begriffen, dass der Kaspar das Märchen vom »Tapferen Schneiderlein« auf den Schneider umgemünzt hatte. Vor lauter Lachen hielten sie sich den Bauch, und dem Irgle trieb es das Wasser aus den Augen.

Der Hermann stand da wie die Salzsäule in der Bibel, ihm fiel nichts mehr ein, und je länger er nach einer Antwort suchte, desto leerer wurde es in seinem Kopf.

»Meser, du Sauhund, du elender, dich erwische ich schon noch«, dachte er. Er kochte vor Wut, die er aber nicht abladen konnte, ohne vor seinen Knechten noch lächerlicher dazustehen. »Schneiderlein hin, Schneider her«, würgte er mühsam beherrscht hervor, »wir packen es von oben.«

Das Irgle gluckste immer noch vor Lachen, und am liebsten hätte ihm der Schneider seine nagelbewehrten Hölzler in den Hintern getreten. Die Einzigen, an denen er sich abreagieren konnte, waren die Rösser, und das tat er dann auch.

Es waren sieben große Baumstämme, die im Herbst geschlagen worden waren und die der Dokus und der Irg mit den Pferden bis zum Weg gezogen hatten. Zum Wenden war die Fläche zu klein. Der Hermann spannte die Rösser aus, und Kaspar half den beiden Knechten, die Schlitten parallel zu den Stämmen zu stellen. Dokus und Irg nahmen die Schaufeln und warfen den Schnee von den Stämmen nach rückwärts in den Wald, danach räumten sie mit weit ausholenden Bewegungen den Platz um den Schlitten frei.

Kaspar rammte die geierschnabelförmig gekrümmte Haue seines Zapins in die größere Stirnseite des zuoberst liegenden Stammes und versuchte, diesen mit dem langen geschwungenen Holzstiel herabzuziehen, was aber scheiterte, weil die Stämme aneinander festgefroren waren.

»Du bist auch nur ein Schnurrenwackler, der die ganze Kraft im Maul hat«, giftete der Hermann.

»Wenn es so nicht geht, dann geht es anders«, gab der Kaspar gelassen zurück, löste den Zapin mit ein paar kurzen Drehern aus dem Stirnholz und stieg auf die übereinander liegenden Stämme, wo er den Zapin von oben her unter den obersten Stamm schob. Dann riss er ruckartig am Stiel, bis das Eis splitternd den Stamm freigab.

Nach einer halben Stunde hatten sie vier Stämme auf dem Schlitten verladen und mit Eisenketten festgemacht. Trotz der Kälte schwitzen sie, als sie sich auf die verbliebenen drei Baumstämme setzten, ihre Schnerfer öffneten und noch Brotzeit machten, bevor sie sich mit der Fuhre zur Sägerei aufmachten.

Sie redeten nicht viel und Kaspar nahm einen großen Schluck aus der Blechflasche. Der Most war eiskalt und er steckte die Flasche zum Aufwärmen zwischen seine Beine. Kaspar hatte einen regelrechten Widerwillen gegen die Flasche. Jedes Mal, wenn er sie anfasste oder auch nur ansah, fielen ihm die Geschichten ein, die Merburgers Hansjakob über die Militärzeit und über die Schlacht von Solferino erzählte, in der ihm eine französische Kanonenkugel ein Bein abgerissen hatte.

Kaspar zog die Flasche mit dem angewärmten Most zwischen den Oberschenkeln hervor, nahm einen Schluck und riss noch ein Stück von dem vertrockneten Brot ab, bevor er wieder alles im Rucksack verstaute, den er neben die Holzstämme warf. Der Dokus stieß einen lauten Rülpser aus und wartete wie die anderen, bis der Hermann aufstand und so das Zeichen zum Aufbruch gab.

Das Irgle nahm den Pferden die Decken ab und band die Hafersäcke von ihren Köpfen. Dann schirrten sie die Rösser vor die Holzschlitten, der Hermann nahm seine Position hinter den Gäulen zwischen den Hornerschnäbeln ein, und es war ihm anzumerken, dass er sich in seiner Haut nicht mehr ganz wohl fühlte. Er dachte an den steilen Stich, der gleich hinter dem Holzplatz anfing, und er wusste, dass er kaum eine Chance hatte, lebend davonzukommen, wenn das Fuhrwerk durchging. Vor sich hatte er die Pferde mit den eisenbeschlagenen Hufen, hinter ihm lagen viele Zentner

Holz, die er mit den Hornerschnäbeln da hinunter dirigieren musste.

Der Hermann tat dem Kaspar plötzlich ein wenig Leid, aber schließlich hatte er sich mit seiner sturköpfigen Großkotzigkeit selber in diese Lage gebracht. Kaspar und Dokus packten die seitlichen Bremshölzer, und das Irgle nahm die Zügel fest in die Hände.

»Hüh«, kam es heiser aus Hermanns Kehle.

Das Irgle ließ einmal die Zügel klatschen und die beiden Rösser zogen an.

Der Weg wurde steiler und gleichzeitig die Fahrt schneller. »Aufpassen«, schrie der Hermann unnötigerweise, als sie zu dem Stich kamen. An anhalten war nicht mehr zu denken. Dokus und Kaspar stemmten sich in die Bremshölzer, um noch etwas Geschwindigkeit wegzunehmen, bevor es richtig losging. Der schwere Schlitten beschleunigte zunehmend und ging in rasende Fahrt über. Den hinteren Bock schleuderte und schlenzte es herum wie einen Kuhschwanz. Das kleine Irgle hing in den Zügeln und sprang wie ein Kobold durch den tiefen Schnee seitlich hinterher, der Hermann klammerte sich mit aller Kraft an die Schlittenhörner und versuchte, mit seinen genagelten Schuhen mitzubremsen, während links und rechts Kaspar und Dokus mit aller Gewalt, die sie aufbringen konnten, an den beiden Bremshölzern rissen.

Es rumpelte und krachte durch den Hohlweg, und alle mussten höllisch aufpassen, dass sie nicht stolperten oder hinfielen, da sie in der engen Rinne unweigerlich unter dem Schlitten gelandet wären. Das Holz in Kaspars Händen schlug und vibrierte so stark, dass er es kaum mehr halten konnte. Mit einem Höllentempo schossen sie über die Lichtung, wo wieder mehr Schnee lag und den Schwung abbremste. Als das Fuhrwerk zum Stillstand gekommen war, blickte der Hermann mit käsweißem Gesicht einen nach dem anderen an und keuchte: »Heute Abend, wenn wir fertig sind, gebe ich einen aus.« Sie verschnauften eine Weile und warteten, bis sich auch die zitternden Pferde beruhigt hatten. Am späten Nachmittag holten sie die zweite Fuhre, und der Hermann schlug von sich aus vor, die Stämme bis zum Auslauf des Stiches einzeln herunterzuschleppen.

Die Wirtin vom »Goldenen Engel« staunte nicht schlecht, als am frühen Abend der Schneider mit seinen beiden Knechten und dem Kaspar einkehrte und einen Liter Roten bestellte. Sie konnte sich nicht daran erinnern, dass er jemals mit seinem Gesinde in eine Wirtschaft gegangen war.

Der Hermann ärgerte sich schon insgeheim, dass er so vorschnell gewesen war, aber versprochen war versprochen. Der Dokus kam sich wichtig vor, als er da mit dem Schneider am Tisch saß, und machte zur Wirtin ein paar anzügliche Bemerkungen, die diese jedoch zu überhören schien. Dann begann er damit zu prahlen, dass sie in seiner Kindheit auf Wegen Holz gezogen hätten, auf denen der Schnee über den Rössern zusammengefallen sei.

»Ihr werdet halt nur kleine Fohlen gehabt haben, die gerade ein paar Äste verziehen können«, stichelte der Irg, worauf der Dokus ganz fuchtig wurde und mit der Faust auf den Tisch schlug, dass die Gläser tanzten.

»Jawoll, wir haben arbeiten müssen, uns hat man nicht auf den Bettel geschickt wie im Unterland.«

Zur Bestätigung hieb er nochmals mit der flachen Hand auf die Tischplatte, diesmal aber um einiges vorsichtiger, da er dem Gesicht der Engelwirtin ansah, dass bald Schlechtwetter kommen würde, wenn er weiter so rabaukte. Das hätte ihm gerade noch gefehlt, dass er sich von einer anderen Frau als der Schneiderin hätte etwas sagen lassen müssen. Lieber hielt er den Mund. Sollten die anderen doch selbst schauen, wie sie zu einer Unterhaltung kämen.

Kaspar trank seinen Wein aus und sagte zum Hermann, dass er heim in den Stall müsse.

»Gibst du mir Bescheid, wann ich ein Ross zum Streueziehen haben kann?«, fragte er den Hermann.

»Ich schicke dir dann einen Buben, der es dir sagt.«

Die Pferde waren vor der Wirtschaft angebunden. Kaspar nahm den Rucksack vom Schlitten, schulterte seinen Zapin und machte sich auf den Heimweg.

5. Kapitel

Daheim ging Kaspar durch das Tenn in den Stall, um nach dem Fleck zu sehen. Er öffnete die Stalltür und sah, dass Licht brannte. Als sich seine Augen an das dämmerige Licht gewöhnt hatten, erkannte er Gottfried, der am Schweinekoben lehnte.

»Was machst du denn da?«, fragte er verwundert, weil der Vater um diese Zeit nur selten nach der Sau sah.

»Ich glaube, mit der stimmt irgendetwas nicht«, murmelte der Alte. »Schau sie dir selber an.«

Er nahm die Laterne, die auf dem äußeren Pfosten stand, und leuchtete dem Kaspar zur hinteren Wand, wo die Sau lag und leise röchelte. Kaspar warf einen Blick in den Trog. das Futter schien unberührt.

»Seit wann liegt sie so da?«

»Das weiß ich auch nicht so genau. Ich wollte sie vor einer Stunde füttern, aber sie ist nicht einmal aufgestanden. Sie hat normale Temperatur, Rotlauf dürfte es auch nicht sein.«

Kaspar stieg in den Koben und leuchtete das Schwein mit der Laterne ab, konnte aber nichts Ungewöhnliches entdecken. Er beugte sich zu ihr nieder, legte die Hand auf ihren Nacken, schlug das Ohr zurück und besah ihr Auge. Schließlich trat er der Sau in den Hinterschinken, um sie aufzuscheuchen. Doch sie quiekte nur laut auf und blieb liegen. Offensichtlich hatte sie Schmerzen.

Kaspar sah ratlos zum Vater hinüber, der aber nur ebenso ratlos die Schultern hob und dann wieder sinken ließ.

»Weiß Katharina schon etwas?«

»Nein, ich wollte warten, bis du heimkommst.«

Kaspar kratzte sich hinter dem Ohr, was er immer tat, wenn ihm nichts mehr einfiel.

»Lassen wir sie einmal so liegen, vielleicht hat sie sich nur den Magen verdorben, das legt sich dann schon wieder«, schlug Gottfried vor.

»Meinst du?«

»Vielleicht wäre es besser, wenn wir Glasjörgles Fridolin holen würden, der versteht etwas von Sauen.«

Gottfried hielt entgegen, dass er auch einmal eine trächtige Sau gehabt hätte, die genau so dagelegen habe. Am nächsten Tag sei sie putzmunter wieder aufgestanden, und nach ein paar Wochen habe sie sage und schreibe zehn Ferkel gefählt.

»Bei der ist es etwas anderes«, beharrte Kaspar, stieg nochmals in die Saustiege und trat dem Schwein so hart er es für nötig hielt in die feisten Hinterbacken. Die Sau stieß nur ein gequältes grunzendes Gequieke aus und die Tonlage änderte sich auch dann nicht, als er sie mit dem Hölzler zwischen den Vorderbeinen in die Rippen schubste.

Gottfried meinte, dass auch der Fridolin Geld kosten würde und wenn nicht, müsste man ihm wenigstens ein Stück von der Sau geben, wenn man sie schlachtete.

»Ich bleibe gerne die ganze Nacht bei ihr«, erbot er sich.

»Wenn du meinst, dann machen wir es so, aber wir wechseln uns ab, und ich sage es der Katharina. Eine Nacht im Saustall ist lang, der Kaspanaze ist alt genug, der kann auch ein paar Stunden aufpassen. Den Fridolin können wir immer noch holen, wenn es schlechter wird.«

Sie kamen überein, dass der Kaspanaze die ersten Wachstunden übernehmen sollte, da der Bub am nächsten Tag wieder in die Schule musste. Damit ihm nicht allzu langweilig wurde, bestimmte Kaspar auch die Mariann dazu, mit ihrem Bruder bei der Sau Wache zu halten.

Im Holzschopf zog er seine Filzschlappen an und ging in die Küche, wo Katharina damit beschäftigt war, die Biestmilch vom Fleck einzukochen, da sie die Kälbermilch nicht in der Sennerei abliefern durften.

»Mit der Sau stimmt etwas nicht«, sagte er wie beiläufig, da er nicht wollte, dass Katharina sich aufregte und womöglich das Kind davon einen Schaden abbekam.

»Was hat sie?«, fuhr Katharina trotzdem erschrocken herum und sah ihn mit weit aufgerissenen Augen an.

»Wir wissen es nicht«, antwortete Kaspar.

Er erklärte ihr, wie er das mit dem Gottfried abgesprochen hatte und dass Kaspanaze und Mariann die erste Wache halten sollten. Dann ging er wieder in den Stall, warf den beiden Kühen Heu in die Krippe, schorte den Mist an und streute frisch ein. Dann nahm er den Melkschemel und begann den Bless zu melken. Die Milch schüttete er im Tenn in die Kanne und verschloss diese mit dem Holzdeckel. Die Kinder würden sie morgen zusammen mit der Frühmelke abliefern, da es sich nicht lohnte, das bisschen Milch extra in die Sennerei zu bringen.

Die Sau lag immer noch so da wie vorher. Ihr Zustand schien unverändert. Mariann und Kaspanaze hatten bereits zu Abend gegessen und lösten den Großvater im Stall ab. Die Erwachsenen saßen mit dem kleinen Jodok am Tisch und löffelten den gelben, gestockten Biest.

Es dauerte nicht lange, als Mariann ganz aufgeregt hereinstürmte und meldete, dass die Sau keinen Muckser mehr mache. Katharina stieß daraufhin einen leisen erschrockenen Schrei aus, und alle drei rannten in den Stall. Das Schwein lag aber immer noch da wie ein paar Stunden zuvor und gab gelegentlich schwache Grunzlaute von sich.

»Hast du uns aber erschreckt!«, sagte Kaspar mit Vorwurf in der Stimme zur Mariann, worauf Kaspanaze seine Schwester verteidigte: »Sie hat nicht mehr geschnauft und sich überhaupt nicht mehr bewegt, und das die längste Zeit. Da habe ich zur Mariann gesagt, sie soll es euch sagen.«

Den Erwachsenen war klar, dass es besser wäre, wenn sie selber die Wache übernehmen würden. Sie aßen noch die süßliche Kälbermilch fertig, dann gingen Kaspar und Gottfried miteinander in den Stall und lösten die Kinder ab.

Die Sau lag immer noch apathisch an der Wand, ihr Zustand schien unverändert. Kaspar wagte gar nicht daran zu denken, was wäre, wenn auch noch die Sau verrecken würde.

Wortlos lehnten beide am Koben, bis Gottfried das Schweigen unterbrach: »Wir haben doch noch irgendwo eine Flasche mit Steinöl?«

»Ja, ich glaube, das steht oben auf der Brüge.«

»Hol' es und bring' gleich einen Trichter mit. Probieren wir es damit«, meinte Gottfried. »Schaden kann es ja nicht.«

Das Öl stammte aus dem Tirol, wo es aus Schiefer gewonnen wurde, und Kaspar hatte es schon vor Jahren bei einem Hausierer für viel Geld gekauft. Entsprechend sparsam ging er damit um. In der Küche holte er noch einen Trichter. Im matten Schein der Laterne riss Kaspar dem Schwein den Rüssel auf, und Gottfried versuchte, ihm den Trichter möglichst tief in den Rachen zu schieben. Die Sau schrie, quiekte und zappelte, blieb aber liegen und machte keine Anstalten aufzustehen.

Nach dem dritten Anlauf hatten sie den Trichter so fest im Rüssel positioniert, dass Gottfried beginnen konnte, das Öl einzuschütten, das selbst einem Schwein widerlich schmecken musste. Die Sau hustete und keuchte und strampelte schwach mit den Beinen. Nachdem das Tier sich wieder beruhigt hatte, nahm Gottfried ein Büschel Einstreue, träufelte Steinöl darauf und rieb damit das Schwein ab. Als er mit den kreisenden Bewegungen in der Bauchmitte angekommen war, stieß die Sau einen solchen Schrei aus, wie ihn beide noch nie gehört hatten. Er war so durchdringend, dass ihn selbst Katharina in der Küche vernahm und erschrocken in den Stall eilte.

Kaspar zeigte ihr, wie Gottfried die Sau abgerieben hatte und fuhr dem Schwein mit der flachen Hand über den Bauch, worauf dieses wieder schrie, dass es allen durch Mark und Bein ging.

»Das hat alles keinen Wert«, stellte Kaspar entschlossen fest. »Ist der Kaspanaze noch auf?«

»Nein, die Kinder habe ich schon ins Bett geschickt«, antwortete Katharina.

»Dann wecke ihn auf, er soll sofort zu Glasjörgles gehen und den Fridolin holen. Er soll ihm aber sagen, er soll sofort kommen und nicht erst morgen.«

Katharina hatte ihre liebe Mühe, den Buben wach zu bekommen, der sich fest unter seinem reifverkrusteten Lauber eingeigelt hatte und die Decke festhielt, so heftig sie auch daran ziehen mochte. Katharina wusste sich nicht mehr anders zu helfen, als dass sie ihn zusammen mit der Decke senkrecht ins Bett stellte und durchschüttelte. Aber auch das half nichts. Kaspanazes Kopf flog hin und her, ohne dass er die Augen öffnete. Erst als sie ihm mit Gewalt die Decke wegriss, begann er zu blinzeln und zu greinen und versuchte immer wieder, sich hinzulegen.

Aber Katharina ließ nicht locker und beutelte ihren Ältesten durch, bis dieser vollends die Augen aufschlug. Sie zog den immer noch schlaftrunkenen Kaspanaze an, drückte ihm eine Laterne in die Hand und schickte ihn hinaus in die kuhmagenfinstere Nacht. Zuvor hatte sie ihm noch eingeschärft, dass er vielleicht ein paar Schneeballen würde gegen die Fensterladen beim Gaden werfen müssen, wenn bei Glasjörgles schon alle im Bett seien.

Tatsächlich war dort schon alles dunkel. Kaspanaze lief um den vorderen Hausstock und rief nach dem Fridolin. Da er nicht genau wusste, wo die Schlafkammer war, warf er Schneebälle gegen alle Fensterladen. Er fror schon an den Fingern und steckte seine Hände gerade zum Aufwärmen in die Hosentaschen, als er hinter einem Fenster eine Bewegung wahrzunehmen glaubte. Schließlich ging drinnen ein Licht an, und er erkannte die unverwechselbare grägelige Stimme Fridolins, der grämlich vor sich hinschimpfte.

»Wer ist da und was ist los?«, belferte er missmutig in die Schwärze zu der Laterne hin, neben der er aber niemanden erkennen konnte, da Kaspanaze einige Meter abseits stand.

»Ich bin es, Mesers Kaspanaze. Bei uns ist die Sau krank, und der Vater hat gesagt, ich soll dich holen. Aber du sollst jetzt gleich kommen und nicht erst morgen.«

»Warte vor der Haustüre, damit ich dich nicht auch noch suchen muss. Ich ziehe mich nur schnell an.«

Nach ein paar Minuten stand der Fridolin vor der Tür, in der Hand eine Laterne, die aber nicht angezündet war, weil eine Lampe reichen würde.

Der Schnee knirschte bei jedem Schritt unter den Holzschuhen. Kaspanaze ging voraus und leuchtete dem Fridolin, der in der Eile die ungenagelten Hölzler erwischt hatte und nun mit dem Gleichgewicht zu kämpfen hatte. Kaspanaze fand es lustig, wie der Fridolin so hinter ihm herschlitterte, und ein paar Mal ging er sogar absichtlich etwas schneller und tat so, als ob er es nicht merken würde, wie es den Fridolin hinter ihm herumschleuderte. Der Pfarrer hätte bestimmt nicht hören dürfen, was der Fridolin dabei alles von sich gab.

Durch das Tenn betraten sie den Stall, wo neben den beiden Männern auch Katharina mit sorgenvoller Miene stand. Fridolin grüßte kurz und stieg ohne lange Umschweife in den Koben, wo er sich die Sau von vorne bis hinten besah. Zwischendurch fragte er, was sie bis jetzt gemacht hätten und ob es ihr danach besser oder schlechter gegangen sei. Schließlich legte er die Hand auf die Stelle, die ihm Gottfried beschrieben hatte, und drückte einmal gegen den Bauch, worauf die Sau wieder so aufschrie, dass selbst der Fridolin, der ja schon vorgewarnt war, erschrocken zurückfuhr. Er hatte schon viele Schweine gesehen und schon viele schreien gehört, aber so ein Fall war ihm in den ganzen Jahren noch nicht untergekommen.

»Und?« Kaspar sah den Fridolin an, der mit ratlosem Gesichtsausdruck in der Stiege stand.

Der hob ausbreitend beide Hände und ließ sie resigniert wieder fallen. »Ich werde auch nicht schlau. Es kann sein, dass sie einen Fremdkörper verschluckt hat.«

Kaspar und Gottfried sahen sich verdutzt an. Von Fremdkörper verschluckenden Sauen war ihnen bis dato noch nie etwas zu Ohren gekommen.

»Es passiert selten«, fuhr Fridolin weiter, der die ungläubigen Blicke sah, »aber es kommt vor. Am besten ist es, wenn immer jemand bei der Sau bleibt. Wenn es ihr schlechter geht und wenn es nicht besser wird, soll mich sofort jemand holen, damit wir sie schlachten können, bevor sie noch eine Blutvergiftung bekommt.«

Fridolin trank noch einen Schnaps, den Katharina geholt hatte, zündete im Tenn seine Laterne an und ging hinaus in die dunkle Nacht.

»Ihr geht jetzt beide besser ins Bett«, meinte Kaspar. »Ich bleibe derweil bei der Sau, ich kann sowieso nicht schlafen.«

Am nächsten Nachmittag war es so weit. Kaspanaze und Mariann standen mit ihrem Großvater an der Stiege, als die Sau plötzlich zu röcheln anfing. Gleichzeitig lief ein Zittern über ihren Körper, und die Füße begannen zu zucken. »Schnell«, rief Gottfried aufgeregt. Er wusste, dass sie nicht mehr viel Zeit zu verlieren hatten. »Mariann, du holst sofort den Vater, und du, Kaspanaze, rennst zum Fridolin. Aber lauf, so schnell du kannst. Der ist vielleicht gar nicht daheim, und du musst ihn noch suchen. Es kann sein, dass er beim Wagner Grebner ist, wo er hie und da aushilft.«

Kaspanaze wollte seine Joppe holen, aber Gottfried meinte, dass dazu jetzt keine Zeit mehr sei. Er soll schnell genug laufen, dann würde ihm auch warm.

Kaspanaze rannte, so schnell er konnte, aber die klobigen Hölzler hinderten ihn am schnelleren Vorwärtskommen. Er zog sie aus, nahm sie in die Hände und rannte in den Socken weiter, deren Wolle im Schnee festen Halt gab.

Bei Glasjörgles traf er nur Fridolins Frau Klara an, die ihn umständlich hereinbat, ihm einige getrocknete Apfelschnitze in die Hand drückte und sich lang und breit über das Befinden der Sau erkundigen wollte.

Kaspanaze aber stand wie auf glühenden Kohlen und sagte, dass der Fridolin unbedingt kommen müsse, da es der Sau schlecht ginge.

»Ja, der Fridolin, der ist beim Grebner, aber der ...«

Kaspanaze wartete das Ende des Satzes nicht mehr ab und rannte zum Grebner hinunter, wo er ohne anzuklopfen die Türe zur Werkstatt aufriss und hineinschrie: »Fridolin, Fridolin, die Sau verreckt!«

Der Grebner pflegte noch lange lachend zu erzählen, wie Mesers Büble in die Werkstatt gestürmt sei und geschrien habe, »Fridolin, die Sau verreckt«.

Als Kaspar in den Stall kam, sah er mit einem Blick, dass es mit der Sau zu Ende ging. Zusammen mit seinem Vater riss er die vorderen Bretter der Saustiege heraus, dann nahm er das breiteste davon und legte es in den Koben. Gemeinsam packten sie das Schwein an den Vorder- und Hinterläufen und wuchteten es auf das Brett, wobei die Sau nur noch matt quietschte. Auf dem Brett zogen sie die Sau dann ins Tenn. Katharina brachte mit Mariann den großen Zuber, und Kaspar hieß Mariann, viel Holz in die Küche zu tragen, damit die Mutter heißes Wasser machen könne, von dem sie viel brauchen würden. Katharina wies er an, das große Messer, sein Rasiermesser und den ledernen Abziehriemen sowie den größten Kochlöffel oder wenigstens ein langes Holzscheit zu bringen.

Gottfried warf zwei kräftige Stricke über einen Tromen, die in je einer Schlinge endeten, während Kaspar zu dem schweren, buchhölzernen Schlägel griff, den er sonst zum Einschlagen der Zaunpfähle benutzte. Damit holte er weit aus und schlug ihr zwei Mal wuchtig auf den Schädel. Noch einmal stieß die Sau einen kurzen Grunzer aus und zappelte mit den Füßen. Kaspar und Gottfried legten dem Schwein nun die Schlingen um die Hinterläufe, und gemeinsam zogen und hoben sie ruckweise nach oben, bis das Schwein frei über dem Boden pendelte.

Gottfried verknotete die Stricke fest am Balken, während Kaspar noch einmal das große Messer mit dem Wetzstein schärfte. Mit einem Schnitt zog er der Sau das Messer durch den Hals. Katharina schob den Zuber unter das Schwein und fing das Blut auf, das sie anschließend mit dem großen Holzscheit so lange umrührte, bis es stockte.

Kaspar war froh, dass inzwischen auch der Fridolin da war, da dieser mehr vom Zerlegen verstand, weil er auch viel als Hausmetzger arbeitete. Als die Sau ausgeblutet war, nahm der Fridolin das große Messer in beide Hände und schnitt den Bauch der Länge nach zwischen den Zitzen auf. Sofort schlug ihnen ein grausiger Gestank entgegen.

»Die hat etwas am Darm gehabt«, murmelte Fridolin, »das werden wir noch sehen. Därme und Inhalt heben wir auf. Die schauen wir uns noch genau an.«

Bis zu den Oberarmen langte er in den Bauch und brachte die Fruchtblase zum Platzen. Einen handgroßen Fötus nach dem anderen warf er heraus auf den Boden.

Sieben Stück, zählte der Gottfried. Ja, es wäre ein guter Wurf geworden …

Kaspar brühte die Sau ab und begann mit seinem Rasiermesser die Borsten zu entfernen.

Dann gab er dem Fridolin Anweisungen, wie er das Schwein zerteilen solle: »Einen Schlegel mitsamt der Haxe für den Heugeschirrmacher, einen Schlegel mit Rippengrat für die Juppenmacherin, eine Brust für den Wagner Grebner, und für dich, was du willst«, hörte er sich sagen und versuchte abzuschätzen, wie viel ihnen selbst noch übrig blieb.

»Wer bekommt denn alles etwas?«, fragte Fridolin den Kaspar, der vor Scham einen roten Kopf bekam. »Du kannst es mir ruhig sagen, ich mache es dir dann schon recht.«

»Das geht dich einen Schmarren an, kümmere dich um dein eigenes Zeug«, zischte Gottfried hinter der Sau hervor.

»Schon gut«, beruhigte Kaspar, bevor sich die beiden in die Haare geraten konnten. Denn sowohl Gottfried als auch der Fridolin hatten mehr vom jähzornigen Teil des Bregenzerwälderblutes mitbekommen, als ihnen hie und da gut tat. Hinzu kam ein ausgeprägter Gerechtigkeitssinn, und beides zusammen bildete eine explosive Mischung – vor allem dann, wenn es der eine gut meinte und der andere in den falschen Hals bekam.

»Schon gut«, sagte der Kaspar noch einmal und zählte auf, wem er ein Stück vom Schwein schuldete.

Fridolin zwinkerte ihm zu und fing im Geiste an, die Sau gerecht aufzuteilen, weil er wusste, dass der Kaspar immer ein größeres Stück abgegeben und lieber selbst Hunger gelitten hätte, als dass er sich etwas hätte nachsagen lassen.

»Ich nehme dann halt die Lunge mit, das ist dann schon so in Ordnung«, bot der Fridolin an, als er mit dem Zerteilen fertig war. Es wäre ihm lieber gewesen wäre, wenn er gar nichts hätte nehmen müssen. Aber er wusste, dass der Kaspar ihm dann womöglich noch das beste verbliebene Stück aufgedrängt hätte.

»Das kommt überhaupt nicht infrage«, gab Kaspar entrüstet zurück, und schließlich einigten sie sich darauf, dass der Fridolin auch noch ein Stück Fleisch nahm.

»Jetzt schauen wir einmal, was der Sau gefehlt hat«, lenkte der Fridolin ab, bevor es sich der Kaspar noch einmal anders überlegen konnte, und begann die erkalteten Gedärme vorsichtig abzutasten. Plötzlich hielt er inne und besah sich ein Stück Darm, das über ein paar Zentimeter hintereinander kleine Einschnitte aufwies. Er tastete weiter vor und hinter der Stelle, konnte aber nichts finden, was die Verletzung verursacht haben könnte. Behutsam untersuchte er den ausgetretenen Darminhalt, und nach einer Minute hielt er dem Kaspar ein kleines, glänzendes Stückchen Blech entgegen, das auf einer Seite wie geschliffen aussah und auf der anderen ausgezackt war.

»Was ist das?«, wollte Kaspar wissen.

»Was weiß ich, ein Stück Blech«, zuckte Fridolin die Achseln.

Kaspar besah es sich noch einmal genau, irgendwie kam es ihm bekannt vor, aber er konnte es nirgends zuordnen, sosehr er sich auch den Kopf zerbrach.

»Sag bitte der Katharina, sie soll mir mein Fleisch einpacken, damit ich heim kann«, forderte Fridolin Kaspar auf.

»So geht das nicht«, bestimmte Kaspar, »zuerst gehst du mit hinein, und wir machen noch Brotzeit.« Fridolin wusste, dass jeder Einwand zwecklos war und fügte sich, nachdem er ein paar Mal schwachen Einspruch erhoben hatte.

Katharina erschrak, als die drei Männer in die Küche traten und Kaspar sie aufforderte, eine Brotzeit auf den Tisch zu stellen. In den letzten Tagen hatte es schon getrocknete Pilze gegeben, und diese hatte sie mit abgekochten Heulohmen (Heuabfall) strecken müssen. In Gedanken suchte sie das Haus nach Essbarem ab. Wie konnte ihr Kaspar so etwas antun? Er wusste doch genau, dass bei Mesers selbst die Mäuse mit vor Hunger verheulten Augen herumliefen.

Sie wollte den Kaspar schon fragen, wie er sich das vorstelle, als ihr einfiel, dass noch das vertrocknete Brotstück in der Schublade lag, das der Kaspar gestern vom Holzen wieder heimgebracht hatte. Einen Brocken hartrindigen Käse fand sie auch noch, den sie eigentlich am Sonntag unter die Kartoffeln hatte mischen wollen.

Sie schnitt das splitternde Brot in möglichst dünne Scheiben, damit es nach mehr aussah, und legte es zusammen mit dem Käse und drei Messern auf einen Teller. Aus dem Schrank holte sie noch drei Milchtassen, die sie mit einem Krug Most auf den Tisch stellte.

Dem Fridolin war bei ihren Bemühungen unbehaglich zumute, und er tat nur so, als ob er zugriff, hielt sich aber mehr an den Most, an dem scheinbar kein Mangel herrschte. Man konnte ihn aber auch nur in kleinen Schlucken trinken, weil er ziemlich räß schmeckte, was von den Birnen kam.

Trotz der gezwungen lustigen Unterhaltung war er froh, als er schließlich aus dem Haus kam und nicht mehr genötigt wurde, den armen Mesers zu ihrem Unglück auch noch die allerletzten Vorräte wegzuessen.

Als Fridolin gegangen war, zählte Katharina die übrig gebliebenen Brotstücke, schlug das Brot in ein feuchtes Tuch ein und legte es wieder in die Schublade. Ihr Zorn war schon wieder verraucht, da sie einsah, dass man den Fridolin nicht heimgehen lassen konnte, ohne ihm etwas anzubieten, wenn er schon alles stehen ließ, um die Sau zu metzgern.

Inzwischen war es auch Zeit zum Abendessen. Sie stellte den aufgewärmten gelben und mit dünnen Blutfäden durchzogenen Biest vom Vortag auf den Tisch und legte sechs Löffel dazu. Kaspar stimmte das Tischgebet an, worauf alle einfielen.

Es ging schon auf Mitternacht zu. Katharina hatte die Glut im Herd ausgenutzt, um einen Teil der Sau zu verarbeiten und Fett auszulassen. Kaspar war müde wie ein Hund. Schließlich hatte er fast zwei Nächte hintereinander kaum ein Auge zugemacht, aber zu viel war in den letzten Tagen über sie hereingebrochen. Mit Gottfried saß er in der Stube unter der »Leobbo«, deren Dochtlicht an einem schwenkbaren Arm und einer höhenverstellbaren Stange von der Decke herabhing. Beide sprachen kein Wort, jeder hing seinen Gedanken nach. Gottfried machte sich Vorwürfe, dass er das Blechstück vielleicht hätte sehen können. Irgendwie musste es über das Futter in den Darm der Sau gelangt sein, und für das Füttern war er zuständig.

Kaspar gelang es nicht, einen klaren Gedanken zu fassen. Immer wieder glitt er ins Sinnieren ab, wie es wohl die Katharina aufnehmen würde. Bis jetzt hatte sie keine Zeit gehabt, sich über die volle Tragweite des Malheurs klar zu werden. Innerhalb von ein paar Stunden waren sie an den Rand ihrer Existenz gedrängt worden. Wie Fetzen im Wind kreisten die Gedanken ungeordnet in seinem Kopf herum, aber es gelang ihm nicht, sie zusammenzufügen, sosehr er auch sein Hirn dazu zwingen wollte. Er starrte in eine schwärzliche, endlose Tiefe ...

Die Tür fiel ins Schloss. Kaspar fuhr auf und wusste einen Moment lang gar nicht, wo er sich befand. Als er sah, wie sich Katharina mit ihrem dicken Bauch schwerfällig auf der Bank niederließ und er in ihr mühsam beherrschtes Gesicht mit den verkrampft auf den Boden gerichteten Augen blickte, klumpte sich sein Innerstes zusammen, und es drückte ihm das Wasser in die Augen. Zuerst hielt er es selbst nicht für möglich, aber er weinte. Jawohl, er, Kaspar Meser, der harte, gegen sich unnachgiebige Kaspar Meser weinte und schämte sich nicht einmal dafür. Kerzengerade aufgerichtet saß er ganz ruhig am Tisch, kein Schluchzen zupfte an seinem Körper, nur zwei Tränen zogen langsam glitzernde Spuren über seine Wangen und blieben in den Bartstoppeln hängen.

Sprachlos sah ihn Katharina an, und Bewunderung, Zuneigung, Stolz und warme Freude stiegen in ihr auf. Sie konnte nicht anders – sie stand auf, ging zu ihm hinüber, lehnte sich an ihn, schmiegte ihren Kopf an seine Schulter und begann hemmungslos zu weinen.

Für Kaspar waren solche Gefühlsausbrüche seiner Katharina etwas Ungewohntes. Er nahm sie in den Arm und wischte ihr ein wenig tapsig die Tränen aus dem Gesicht.

Es dauerte eine Weile, bis sie ruhiger wurde, und als sie Kaspar ansah, war es ihr, als blicke sie durch ein beschlagenes Fenster. Sie richtete sich auf und stützte den Kopf schwer in die Hände. Kaspar nickte einige Male stumm, stand auf und sagte nur: »Komm, gehen wir ins Bett. Irgendwie wird es schon weitergehen.«

Wie ein gefällter Baum fiel er in die Bettstatt und schlief sofort ein. Sie selbst konnte keinen Schlaf finden, das Kind in ihr strampelte, und unruhig wälzte sie sich herum. Immer wenn sie glaubte, Schlaf zu finden, schreckte sie wieder hoch, und sie konnte die Sorgen über ihre Zukunft nicht aus ihrem Kopf drücken.

Am nächsten Morgen war ihr, als ob ihre Knochen mit Blei gefüllt wären. Sie stemmte beide Hände in die Lenden und schob ihren großen Bauch vor sich her in die Küche. Am Spülstein zerschlug sie die Eisschicht im Kübel, goss das kalte Wasser in eine Schüssel und tauchte ihr Gesicht mit geöffneten Augen ein.

Dem Kaspar ließ das Stückchen Blech, an dem die Sau eingegangen war, keine Ruhe. Er wusste, irgendwo gehörte es hin, und zwar zu einem Teil, das er schon einmal gesehen hatte. Im Tenn holte er es von dem Balken über dem Miettrog, wo er es gestern abgelegt hatte, und betrachtete es eingehend von allen Seiten. Er konnte sich immer noch keinen Reim darauf machen, als sein Blick zufällig auf die Sense fiel, die an der Wand hing. Genau – das konnte es sein.

Er erinnerte sich, dass er im vorletzten Jahr beim Streuemähen im Brännler Litten mit vollem Schwung einen Stein erwischt hatte, wobei es ein kleines, längliches Stück vom Sensenblatt herausgeschlagen hatte. Auf der Brüge besah er die alten Sensenblätter, und als er das dritte in der Hand hielt, sah er die Scharte, die zwar wieder ausgedengelt war, aber er konnte noch deutlich den ursprünglichen Ausbruch erkennen. Immer wieder hielt er das kleine Blech an das Blatt, und es bestand kein Zweifel mehr, dass das kleine Teilchen in der Streue hängen geblieben sein musste und von der im Dreck wühlenden Sau mitgefressen worden war.

Dem Gottfried fiel ein Stein vom Herzen, dass die Schuld nicht bei ihm lag, und Katharina konnte es immer noch nicht fassen, dass ein so kleines, harmlos aussehendes Blechstück so viel Unglück in sich bergen konnte.

Kaspar wollte an diesem Vormittag niemanden mehr sehen und ging unter dem Vorwand, dass er das angesammelte Eis aus der Wasserfassung entfernen müsse, aus dem Haus. Er brauchte Zeit, um alle verbleibenden Möglichkeiten zu bedenken. So legte er die mitgenommene Holzschaufel verkehrt herum auf den erstbesten Baumstock, den er fand, und setzte sich darauf. Für eine neue Sau fehlte ihnen das Geld, und wenn er Schulden machen würde, müsste er unter dem Strich eine ganze Sau umsonst aufziehen. Mit seinen Geschwistern würde er reden können, aber er kam ein weiteres Jahr mit der Abzahlung in Verzug. Nutzbar war momentan nur der Bless, und die magere Kuh sollte eine sechs-, bald siebenköpfige Familie ernähren. Nein, das war ausgeschlossen. Für die ihm zustehende Molke aus der Sennerei hatte er auch keine Verwendung mehr. Aber er konnte mit dem Fridolin reden. Der kam in vielen Häusern herum, und irgendwo gab es bestimmt einen guten Wurf, wo er sich mit dem Schotten an der Aufzucht eines Ferkels beteiligen konnte. Aber selbst dann blieb immer noch etwas übrig, das er abzahlen musste und für das er Geld brauchte, das er nicht hatte.

Kaspar überlegte hin und her, und je mehr er rechnete und je schlechter die Aussichten wurden, desto hartnäckiger schob sich ein Gedanke in sein Hirn. Kaspar konnte es drehen und wenden, wie er wollte, ihm fiel keine bessere Lösung ein, obwohl er wusste, dass es der Katharina schier das Herz zerreißen würde. Es blieb nichts anderes übrig: Kaspanaze musste aus dem Haus, um Geld zu verdienen. Als Pfister auf einer Alpe würde er nicht unterkommen. Diese Plätze waren begehrt und brachten auch nur einen kleinen Hirtenlohn. Die andere Möglichkeit war, den Buben ins Schwabenland zu schicken.

Kaspar kam sich wie ein Ungeheuer vor und fühlte sich so elend wie nie zuvor in seinem Leben. Er war dabei, sein eigenes Fleisch und Blut wie ein Judas für ein paar Geldstücke zu verschachern. Aber er sah keinen anderen Weg und nahm sich fest vor, am Abend mit Katharina darüber zu reden.

Während er heimwärts ging, legte er sich die Worte zurecht, mit denen er es ihr schonend beibringen wollte. Dabei wusste er, dass es doch ganz anders ablaufen würde, als er es sich jetzt vorstellte.

Beim Mittagessen wich er ihren Blicken aus. Auch das Essen schmeckte ihm nicht, obwohl es gekochtes Herz gab.

Katharina erzählte ihm, dass kurz zuvor wieder zwei Bettler da gewesen seien, denen sie ein Stück von dem gestern Abend ausgelassenen Fleisch gegeben habe. Normalerweise wäre Kaspar jetzt aufgefahren. So aber meinte er nur, dass sich das bald herumsprechen und sie noch genügend Besuch bekommen würden.

Die Bettelei war zwar etwas zurückgegangen, aber es kamen immer noch ganze Ströme von Bettlern und Vaganten aus dem Schwäbischen und der Schweiz in den Bregenzerwald, und auch behördliche Verbote, Almosen zu geben, brachten keine grundlegende Änderung. Vom Pfarrer Rauch wusste Kaspar, dass an manchen Tagen bis zu zwanzig Bettler, fahrende Musikanten aus Böhmen, Seiltänzer und Handwerksburschen an der Tür des Pfarrhofs anklopften, und der Hochwürden schätzte, dass es im Durchschnitt täglich so um die fünf seien. Aber wie die meisten Frauen im Bregenzerwald brachte es Katharina nicht über sich, Menschen abzuweisen, die noch weniger hatten und noch ärmer waren als sie.

Kaspar war gleich nach dem Mittagessen hinauf zu Glasjörgles gegangen. Der Fridolin lag noch in der Küche auf dem Kanapee und hielt einen kurzen Mittagsschlaf. Noch halb benommen richtete er sich auf und fuhr mit beiden Händen durch seine verstrubbelten Haare. Kaspar schilderte ihm in groben Zügen ihre Lage und fragte ihn gerade heraus, ob er nicht jemanden wüsste, der eine Decksau habe, an der er sich mit seinem Schotten beteiligen könne.

Er solle doch einmal mit Kaufmännles Ambros reden, meinte Fridolin. Der habe zwei Sauen und beziehe schon einen Teil des Schotten vom Bilger. Der aber würde ihn eigentlich auch selbst brauchen.

Kaspar glaubte, dass er Katharina leichter für seine Pläne würde gewinnen können, wenn er etwas Handfestes hätte, womit er ihr ein wenig Hoffnung machen könnte. So machte er sich sofort auf den Weg.

Die Kaufmännles bewirtschafteten im Rohrhalden ein einschichtig gelegenes Höfchen. Mit dem Ambros wurde er schnell einig, und sie kamen überein, dass der Kaufmännler den Schotten vom Bless, und wenn die Milch vom Fleck auch wieder abgeliefert werden könne, auch diese anteilige Molke zum Verfüttern bekommen würde. Als Gegenleistung erbot sich Ambros, eine Sau aus dem letzten Wurf großzuziehen, die dann bis zum Winteranfang geschlechtsreif sein müsste, wenn alles gut ging. Für das Futtermehl müsste allerdings der Kaspar selber aufkommen, aber davon hatte er noch einen fast vollen Sack im Tenn stehen.

Die Kinder waren schon im Bett. Kaspar hatte Katharina und seinem Vater gesagt, dass sie noch miteinander reden müssten, und wartete mit Gottfried bereits in der Stube, bis sie in der Küche fertig war und sich zu ihnen setzte.

Zögernd hob Kaspar an. Doch als er erzählte, was er mit dem Ambros ausgemacht hatte, sah er Hoffnung in ihren Gesichtern, und das Reden fiel ihm leichter. Aber das Schwerste kam noch, und alle jene Worte, die er sich ausgedacht hatte, waren mit einem Schlag verschwunden. Aber es half nichts, er hatte angefangen und musste es nun zu Ende bringen.

»Ihr wisst, was in den letzten Tagen alles über uns gekommen ist«, fuhr er stockend fort und suchte nach passenden Worten. »Ihr wisst es, und wenn wir noch so lamentieren, wird es auch nicht anders. Ich habe die ganze Zeit über alles hin und her gedreht, aber von einer Kuh können wir nicht leben, auch dann nicht, wenn wir wieder die Milch vom Fleck abliefern können. Es bleibt keine andere Möglichkeit« – er machte eine Pause, weil er sich scheute, es auszusprechen – »der Kaspanaze muss im Frühjahr ins Schwabenland zum Geldverdienen, sonst kommen wir aus dem Schlamassel nicht heraus.«

So, nun ist es heraußen, dachte Kaspar erleichtert und sah Katharina an, die es mit erstaunlicher Fassung aufnahm.

Alle drei schwiegen, und nach einer Weile fragte Katharina scheinbar gelassen: »Wann sagen wir es ihm?«

»Ich denke, am Sonntagnachmittag haben wir genug Zeit dazu«, murmelte Kaspar schwer nickend und doch froh darüber, dass alles einfacher gegangen war, als er sich es vorgestellt hatte.

6. Kapitel

Ein blauer Himmel spannte sich über dem Bregenzerwald, und obwohl Sonntag war, kam es Kaspanaze vor, als seien seine Eltern heute noch wortkarger als sonst, und auch der Großvater schien irgendwie verändert. Ernst blickten sie immer wieder zu ihm herüber.

Beim Mittagessen fühlte er deutlich die unbehagliche Stimmung, die irgendwie mit ihm zusammenhängen musste. Er war sich keiner größeren Schuld bewusst, zumindest was die letzten Tage anging. Zusammen mit den beiden Bechter-Buben hatte er zwar den weißen und immer bösartig kläffenden Spitz von Söhlers eingefangen und in einen Sack gesteckt. Den hatten sie zugebunden und über den Hang vor Söhlers Haus hinuntergekugelt, wobei der Spitz in der Dunkelheit des Sackes nur noch gewinselt und gejault hatte. Aber bei Söhlers war niemand zu Hause gewesen, der es hätte beobachten können, und die beiden Bechter-Buben waren sicher schon im eigenen Interesse besorgt, dass diese Tat nicht ruchbar wurde. Nein – das konnte es nicht sein.

Vielleicht das tote, verlauste Eichhörnchen, das er in der Schule hinter die Tafel geklemmt hatte? Auch nicht, denn das hatte er schon längst wieder entfernt, nachdem der Lehrer Tortscher sich immer heftiger am Kopf gekratzt hatte.

Oder war es die Sache mit den Hölzlern vom Fridolin, die er mit dem Alois auf Glasjörgles Holztreppe festgenagelt hatte, worauf es den Fridolin beinahe auf die Nase gehauen hätte, als er losgehen wollte?

Das konnte es auch nicht sein, und mehr hatte er in den letzten Tagen bestimmt nicht angestellt. Irgendetwas stimmte nicht, das war sicher.

Nach der sonntagnachmittäglichen Christenlehre rief ihn Katharina in die Stube, in der die Kinder normalerweise außer an Feiertagen oder wenn Besuch kam nichts zu suchen hatten.

Die drei Erwachsenen saßen um den Tisch, und Kaspanaze spürte unter der Haut, dass jetzt gleich etwas kommen würde, von dem er nichts wissen konnte. Sein Herz begann schneller und schneller zu pumpern, und das Pochen stieg hoch bis in seinen Hals.

Langsam rutschte er auf die Bank im Herrgottswinkel und schlüpfte so weit zurück an die Stubenwand, dass sich die Bankkante schon fast schmerzhaft in seine Kniekehlen eingrub. Mit niedergeschlagenen Augen versuchte er seine Aufregung zu verbergen und betrachtete scheinbar eingehend die schwarz unterlegten Ränder seiner Fingernägel.

Eltern und Großvater schienen verlegen zu sein und wussten offensichtlich nicht, wie sie ihm eine unangenehme Sache beibringen sollten, so viel stand für Kaspanaze schon bald fest. Katharina nestelte an ihrem Taschentuch herum, Gottfried bohrte angestrengt mit dem kleinen Finger im Ohr, und Kaspar hüstelte ein paar Mal, ehe er seinen Ältesten ansprach:

»Kaspanaze, wir haben es uns nicht leicht gemacht, aber du weißt, dass das Kalb schon hin war, als es zur Welt kam, und dass wir die Sau haben notschlachten müssen. Wir haben alles miteinander besprochen und möchten es dir auch gleich sagen, damit du weißt, was auf dich zukommt. Es bleibt nichts anderes übrig – du musst im Frühling hinaus ins Schwabenland und mithelfen, ein wenig Geld zu verdienen. Aber du bist ja nicht allein. Es gehen ja noch ein paar aus dem Ort ins Schwäbische, und aus dem ganzen Bregenzerwald seid ihr dann ein ganzer Haufen.«

Für Kaspanaze war das Ganze nicht so tragisch, wie es sich die Erwachsenen vorstellten. Jedenfalls im Moment noch nicht. Es waren einige Kinder in der Schule, die im Frühjahr zum Viehhüten, als Hilfsknechte oder Mägde bis zum Herbst ins Schwäbische zogen und dort auf den Kindermärkten an die Bauern verdingt wurden.

In seinem Alter und aus seiner Klasse waren es Stenzels Peter und Koblers Josefa, die schon im letzten Jahr mit etwas über sieben Jahren in die Fremde geschickt worden waren. Mit Josefa war auch ihr Bruder Alois mitgegangen, der anderthalb Jahre älter und dessen rechtes Bein etwas kürzer war, was man aber erst im Alter von fast drei Jahren bemerkt hatte.

Den Alois störte seine Behinderung nicht, weil er sie einfach nicht zur Kenntnis nahm. Beim Raufen nahm er es auch mit größeren Buben auf, und wenn es ums Laufen ging, sauste er den meisten Gleichalterigen auf und davon. Eine Beschädigung hatte seine ahnungslose Kinderseele erst durch den Bauern erlitten, der ihn im letzten Jahr auf dem Kindermarkt in Dienst genommen und den Preis auf die Hälfte heruntergehandelt hatte. Den Hut nach hinten geschoben, hatte er breitbeinig vor dem verschüchterten Bübchen gestanden und unter wieherndem Gelächter erklärt, dass ein lahmer Gaul eben billiger sei als ein gesundes Pferd.

Alle Umstehenden hatten ihn angeschaut, und der Alois hatte damals erfahren, wie weh Blicke tun können. Einen Spötter in seinem Alter hätte er verprügeln können, aber was sollte er gegen einen erwachsenen Mann ausrichten?

Der Alois erzählte nicht viel von seinem ersten Dienstplatz im Schwäbischen. Seine Schwester aber hatte es als Gänsemagd allem Anschein nach gut getroffen. Jedenfalls schwärmte sie davon, dass sie keinen gotzigen Tag hätte Hunger leiden müssen, und schlimm sei nur das Heimweh gewesen.

Kaspanaze hatte von dem einen oder anderen Schwabengänger etwas aufgeschnappt. Von den einen hörte er Gutes, andere wiederum erzählten von Leuten, die wahre Kinderschinder seien. So richtig konnte er sich nicht vorstellen, wie es in der Fremde sein würde. Dann dachte er auch, dass noch Winter und darum noch lange Zeit sei, bis er von zu Hause fort müsse. Er zermarterte sich nicht groß den Kopf über seine Zukunft, und nur gelegentlich versuchte er sich vorzustellen, wie es sein würde ohne Eltern und Geschwister in einer Welt, von der er nur schemenhafte Vorstellungen hatte. Insgeheim war er sogar ein wenig stolz darauf, dass ihm die Eltern und der Großvater mehr durchgehen ließen als früher, was ihm das Gefühl gab, kein kleiner Bub mehr zu sein, sondern schon fast zu den Erwachsenen zu zählen.

Katharina und Kaspar waren dankbar, dass es das Büble so einfach aufgenommen hatte. Kaspar hatte sich immer auf das beschränkt, was ihn und seine Familie direkt betraf. Sicher, er hatte gehört, dass man zum »Schwabengehen« Papiere mit Stempeln und Unterschriften brauchte. Was er aber nicht wusste, dass diese Papiere auch noch Geld kosten sollten. Und zwar sechs Kreuzer. Sechs Kreuzer für ein Blatt Papier! Das war erheblich mehr, als die ganze Familie Meser an Barvermögen besaß. Wie sollte er in seinem Leben an sechs bare Kreuzer kommen?

Katharina war bei Gott sparsam, aber mehr als zwei gotzige Münzen konnte auch sie im ganzen Haus nicht auftreiben, und als sie Gottfried fragten, drehte der nur mit zum Himmel gerichtetem Blick seine leeren, durchlöcherten Hosensäcke nach außen. »Sechs Kreuzer für ein Blatt Papier! Das können sich die feinen Herrschaften in Bregenz, Innsbruck oder Wien leisten, nicht aber das Bäuerlein Kaspar Meser aus dem Bregenzerwald. Aber diese studierten Hornochsen müssen ihre Kinder auch nicht ins Schwabenland schicken!«

Kaspar verstand die Welt nicht mehr. Da ist er bereit, sein eigenes Fleisch und Blut ins Ausland zu verdingen und der herrgottsverreckte Hurenstaat will sogar noch Geld dafür, dass er sein Kind nicht auf den Bettel schickt.

Sechs Kreuzer für ein Blatt Papier mit einem Stempel drauf!! – Wer verdient mit einem Stempel und einer Unterschrift guten Gewissens so viel Geld?

Schriftgelehrte und Pharisäer! – mehr fiel ihm dazu auch nicht ein.

7. Kapitel

Für Kaspanaze war es ein sonderbares Gefühl, als er noch einmal in den Stall zur Bless und zum Scheck ging, um Abschied zu nehmen. Auch Minka, der knochendürre Mäusejäger, strich mit hocherhobenem Schwanz um seine dünnen Waden. Er hatte sich das leichter vorgestellt, das Fortgehen. Je näher der entscheidende Tag rückte, desto öfter sagte er sich vor, dass es ja nicht für immer sei. Aber auf einmal war es doch ganz anders. Selbst der Fleck schien bedrückt dreinzuschauen. Der Vater stand unbeholfen im Stallgang, der Großvater wusste auch nicht, was er sagen sollte, und der Mutter kugelte eine Träne nach der anderen über die Wangen. Zuerst zeichnete ihm Gottfried, dann Kaspar das Kreuzzeichen auf die Stirne, wobei er Mühe hatte, die Tränen zurückzuhalten.

Im Tenn lag auf dem Miettrog ein alter, ausgedienter Futtersack aus Rupfleinen, den Katharina oben abgeschnitten und mit ein paar Kälberstricken als Träger versehen hatte. Aus dem Rest des Stoffes hatte sie einfache Polster genäht, damit die dünnen Schnüre nicht so stark in die Schultern einschneiden sollten. Kaspanaze schlenzte den Schnerfer mit den paar Habseligkeiten auf seinen Rücken und trat in einen kalten, dämmerigen Morgen, der nach Schnee roch. Katharina folgte ihm, weil sie ihren Ältesten noch bis zum Bellerkappelle (bellen = weinen) begleiten wollte.

Kaspar schaute prüfend zum Himmel, sagte aber nichts, da seine Bedenken wegen des Wetters an der Situation nichts geändert, sondern sie nur noch schwerer gemacht hätten.

»Pfüat di, Kaspanaze, und pass gut auf dich auf …« Es hätte unbeschwert klingen sollen, hörte sich aber an, als ob ihm jemand den Hals zudrücken würde. Gottfried murmelte auch etwas wie »gut aufpassen« und bemühte sich um einen optimistischen Gesichtsausdruck, blieb aber gleichzeitig nahe dem Tennstor, damit er möglichst schnell verschwinden könnte, falls auch er noch von der Rührung übermannt würde.

»Mit meinen neuen Schuhen wird's schon gehen«, meinte Kaspanaze und stampfte stolz mit dem linken Fuß als Bestätigung auf den Boden.

Natürlich hatten Mesers nicht so viel Geld, um ihrem Buben ein paar neue Schuhe zu spendieren, und mit den klobigen und steifen Holzschuhen wäre die lange Reise unmöglich gewesen. Aber Kührs Kilian hatte schon seit Wochen eine verbeulte Blechschatulle in der Sennerei aufgestellt, in die gelegentlich ein paar Münzen gelegt wurden. Damit sollten die allerärmsten der Schwabengänger so weit ausgestattet werden, dass sie wenigstens ohne größere gesundheitliche Schäden im Schwabenland ankamen. Sicher war es nicht allzu viel, was da zusammenkam, aber Kilian wusste, dass irgendwann der Pfarrer Rauch in die Sennerei kommen, in die Schatulle schauen und einen ausreichenden Betrag drauflegen würde. Denn der Pfarrer wollte nicht, dass die Kinder aus seiner Gemeinde ein paar Tage vor der Abreise zum Betteln für den »Zehrpfennig« geschickt würden, wie dies in vielen Gegenden üblich war. Am Sonntag hatte er in der Predigt gesagt, es sei zwar eine Schande, dass kleine Kinder aus purer Not weit weg von daheim an wildfremde Leute verschachert werden müssten, und es sei traurig genug, dass sich die Kirche auch noch als Handlanger dazu hergeben müsse, aber die Blechbüchse stehe trotzdem nicht zur Zierde in der Sennerei. Denn die Kinder brauchten auf dem Marsch ins Schwabenland auch ein paar Münzen, um wenigstens das Allernotwendigste bezahlen zu können.

So kam Kaspanaze zu seinen ersten Schuhen aus Leder, die aber in krassem Gegensatz zur alten und geflickten Joppe standen, die ihm der Großvater vermacht hatte und die erbärmlich um seinen dünnen Bubenkörper schlotterte. Auf dem Kopf saß halbschief die alte, abgewetzte Soldatenkappe, die er von Merburgers Hansjakob geschenkt bekam und in die er einen Strumpf stopfte, damit sie ihm nicht dauernd über die Augen rutschte. Eigentlich sah er kaum besser aus als Katharinas Vogelscheuche sommers im Garten.

»Mama, wir müssen jetzt aber gehen«, mahnte Kaspanaze seine Mutter, die wie eine Salzsäule dastand und vermutlich auch noch am Abend so gestanden wäre, weil sie es einfach nicht über sich brachte, den ersten Schritt zu tun.

Kaspanaze wollte sich umdrehen und losmarschieren, als sein Vater ihm mit merkwürdig rauer Stimme befahl, noch einmal zu ihm zu kommen. Mit einem Mal lag er über dem Knie seines Vaters, und in seiner Verwirrung dauerte es eine Weile, bis er begriff, was mit ihm passierte.

Hart fuhr die schwielige Hand auf seinen Hosenboden, und Kaspar verprügelte seinen Ältesten, bis dieser vor Schmerz zu weinen und zu schreien anfing.

»Was habe ich getan? Warum schlägst du mich?«, schrie Kaspanaze schluchzend und noch immer steif vor Schreck.

Aber Kaspar gab keine Antwort und schlug stumm und verbissen weiter. Dabei wandte er den Kopf ab, damit der Bub seine Tränen nicht sehen konnte.

»Hör auf!«, riefen Katharina und der Großvater, die es nicht mehr mit ansehen konnten.

Mit einem Ruck stellte Kaspar seinen Sohn auf die Beine, während er sich umdrehte und mit halb erstickter Stimme so grob er nur konnte flüsterte: »So, und jetzt hau ab!«

Kaspanaze aber blieb stehen. In seinem Gesicht zuckte es ungläubig, und die Tränen liefen ihm über das Gesicht. Fassungslos starrte er auf den bebenden Rücken seines Vaters.

»Hau ab!«, kam es nochmals hart über Kaspars Lippen, als er merkte, dass der Bub keine Anstalten machte zu gehen.

»Vater, warum …?«

»Schau, dass du weiter kommst!«, kam es barsch zurück, und die Schultern des Vaters zuckten noch heftiger.

»Komm, gehen wir!« Heulend fasste Katharina nach der Hand ihres Ältesten und zog ihn sanft weg. »Komm, gehen wir!«, wiederholte sie mit halb erstickter Stimme.

Kaspanazes kleiner Körper bibberte und zitterte, aber es war weniger der körperliche Schmerz, der wehtat. Viel weher taten die Stiche in seiner Seele. Sein über alles geliebter Vater, für ihn der Inbegriff von Gerechtigkeit und Güte, hatte ihn ohne irgendeinen Grund verhauen! So etwas hatte er noch nie gemacht, und wenn er Prügel bekommen hatte – er hatte sie immer auch verdient. Etwas in ihm war gerade dabei zu zerbrechen und in Stücke zu fliegen.

Halb blind und schluchzend stolperte er vorwärts, und erst beim Holderbusch wagte er einen Blick zurück auf sein Elternhaus, wo Vater und Großvater noch immer vor dem Tennstor standen und ihnen nachsahen.

»Warum hat er das getan? Warum?«, schrie er und sah verzweifelt zu seiner Mutter hoch.

»Weil er dich lieb hat, Bub!«, stammelte Katharina.

»Weil er mich liebt?«, schrie er wieder. »Deswegen verhaut er mich wegen nichts und wieder nichts und sagt nicht einmal warum?«

»Das verstehst du erst, wenn du im Schwabenland bist. Dein Vater wollte nur, dass du eine schlechte Erinnerung an daheim mitnimmst, damit du nicht so stark leiden musst, wenn dich in der Fremde das Heimweh plagt. Wenn es dich dann überkommt, sollst du einfach an die ungerechten Schläge denken und dann tut es dir nicht mehr so weh ... Ich weiß, ich hätte es nicht sagen dürfen«, fügte sie nach einiger Zeit hinzu, »aber ich bringe es einfach nicht übers Herz, dich mit einem Groll auf deinen Vater ziehen zu lassen. Glaub mir, er wollte nur das Beste!«

»Aber deswegen braucht er mich doch nicht so zu verhauen!«, schniefte Kaspanaze. Er war zwar ein wenig erleichtert über die gut gemeinte Absicht, konnte deren Sinn aber trotzdem nicht verstehen. Ein Kind daheim schlagen, bis es heult, damit es in der Fremde nicht mehr so viel zu weinen braucht?

Seine hochschwangere Mutter japste neben ihm her und musste öfters zum Verschnaufen stehen bleiben. Kaspanaze tat sie Leid, und er meinte, er würde den Weg schon kennen. Aber Katharina hatte es sich in den Kopf gesetzt, ihn bis zum Bellerkappelle zu begleiten.

Unterwegs trafen sie Koblers Alois und Josefa, die von ihrem Vater, einem großen, knorrigen Mann, begleitet wurden, und so gestaltete sich der weitere Weg etwas kurzweiliger. Nach etwas über zwei Stunden sahen sie von weitem das Bellerkappelle, das heimelig auf einer Anhöhe unter alten Bäumen stand. Dort hatten sich schon eine Menge Leute versammelt. Aber heute hatte wohl niemand einen Blick für die Idylle, da auch noch das Wetter einen Buckel zu machen schien. Vom Osten her schob sich eine dunkle Wolkenkappe über den Himmel und zerfranste sich vorerst noch an den Bergspitzen.

Auf der Bank vor der Kapelle saß Merburgers Hansjakob. Seine beiden Krücken lehnten neben ihm an der Wand. Die Habichtfeder auf seinem speckigen Hut zitterte im Morgenwind, der kalt von den noch mit tiefem Schnee bedeckten Höhen herunterwehte. Mit Feldherrenblick schaute er auf die zerlumpten Kinder und die oft noch schäbiger gekleideten Erwachsenen, die mit ernsten Gesichtern wortkarg beieinander standen. Ein paar Buben taten wüst, und Hansjakob dachte, dass das ihnen schon noch vergehen würde. Die Kinder wurden immer mehr, und er zählte 19 Stück. An dem alten Spruch, die Vorarlberger Weiber seien fruchtbarer als der Boden, musste doch etwas dran sein.

In den letzten Jahren hatte fast immer der Pfarrer Rüfer von Auerberg die Kinder begleitet, doch der war jetzt schon alt und traute sich den langen Weg nicht mehr zu. Als Merburgers Hansjakob hörte, dass die Stelle der Begleitperson vakant sei, sprach er beim Pfarrer Rauch deswegen vor. Es war ihm klar, dass kaum jemand damit einverstanden sein würde, dass ein einbeiniger Krüppel die Kinder begleiten und auf dem Kindermarkt im fernen Ravensburg die Verhandlungen mit gestandenen schwäbischen Bauern und Amtspersonen führen sollte. Nach einer halben Stunde hatte er den Pfarrer dann so weit, dass dieser seinen Sanktus dazu gab, und damit wagte kein anderer mehr einen Widerspruch. Es hatte aber schon Überzeugungskraft gekostet, und Hansjakob plusterte seinen vom Krückengehen zu beeindruckender Größe gewachsenen Brustkasten vor dem Hochwürden auf, führte ins Feld, dass er als alter Soldat wahrscheinlich mehr von der Welt gesehen habe als mancher beamtete schwäbische Stubenhocker oder Bauer aus Hinterpfui ... – er verschluckte gerade noch im letzten Moment den Namen des Gottseibeiuns – und argumentierte weiter, dass er als nutzloser Invalide dazu auch noch alle Zeit der Welt hätte. Als der Pfarrer immer noch skeptisch dreinschaute, begann er seelenruhig seinen Holzfuß abzumontieren, schnappte sich seine Krücken und wuchtete seinen Körper mit drei gewaltigen Sätzen über die steile Treppe in den oberen Stock des Pfarrhauses. Als er dann noch fragte, ob es Hochwürden mit zwei gesunden Beinen auch so schnell schaffe, hatte er gewonnen.

Nun saß er also auf der Bank vor der Kapelle, richtete seinen Oberkörper auf und blaffte in militärischem Befehlston, dass ihm alle zuhören sollen. Einem der Buben, der seine Aufforderung nicht gehört hatte oder hatte hören wollen, warf er mit einer blitzschnellen Bewegung eine seiner Krücken zwischen die Beine, sodass es ihn längs in den Dreck schlug. Respekt muss man sich am Anfang verschaffen, später wird es schwerer, das hatte er beim Militär gelernt.

Hansjakob sammelte alle Dokumente ein und überprüfte sie, soweit er sich mit dem gestelzten Deutsch auskannte. Sobald er alle beisammen hatte, las er zur Kontrolle nochmals alle Namen vor. Als er dann bedächtig »Kaspar Ignaz Meser« vorlas, stutzte er zuerst und korrigierte sich dann sofort: »natürlich Kaspanaze«, weil kein Mensch im Bregenzerwald »Kaspar Ignaz« sagte.

Bedächtig band er den Holzfuß auf den Rucksack, griff zu seinen Krücken und meinte, dass es nun langsam Zeit sei, Abschied zu nehmen. Aber niemand wollte so recht den Anfang machen. Wortlos klemmte er seine Gehhilfen unter die Achseln und steuerte auf den Karrenweg zu, der durch den Kresatobel führte. Katharina lief noch ein paar Schritte mit ihm und bat ihren Bruder, gut auf Kaspanaze aufzupassen und zu schauen, dass er im Schwäbischen an einen guten Platz komme.

Langsam setzte sich der armselige Haufen in Bewegung, gestandene Mannsbilder wischten sich übers Gesicht und taten so, als ob ihnen etwas ins Auge geflogen sei, Mütter verabschiedeten sich mit verheulten Gesichtern von ihren Kindern, Geschwister von ihren Brüdern und Schwestern.

Am schlimmsten aber nahm es ein vielleicht fünf bis sechs Jahre altes Mädchen mit. Kaum hatte sie ihr wohl ein gutes Jahr älterer Bruder unter gutem Zureden ein paar Meter fortgelockt, drehte sie sich wieder um und rannte mit Hilfe suchend ausgebreiteten Armen zur Mutter zurück, vergrub den Kopf in ihrem Schoß und klammerte die kleinen Finger fest in den Faltenwurf der Arbeitsjuppe. Ihr Bruder packte sie an den Schultern und versuchte sie fortzuziehen, während die Mutter ihr über die Haare strich und mit tränenerstickter Stimme stammelte: »Du musst gehen ... du musst jetzt gehen ...« Als alles nichts half, nahm sie der Bub in den Schwitzkasten, wie er es vom Horen (Raufen) gewohnt war, und schleifte sie hinter dem Zug her. Von den Erwachsenen sagte niemand ein Wort, jeder wusste, dass der Bub das einzig Richtige tat, auch wenn es kaum mit anzusehen war. Vom Schreien war die Kleine schon ganz heiser, und ihre Verzweiflung ging erst in ein leises Wimmern über, als sie außer Sichtweite des Bellerkappelles kamen.

Kaspanaze ging neben Koblers Alois und dessen Schwester Josefa und war schon neugierig, was ihn im Schwäbischen erwarten würde. Zwar hatte er den Alois früher schon öfters versucht auszufragen, hatte aber nie eine Antwort bekommen. Nun aber, da er von daheim weg war, schien er plötzlich irgendwie anders und mit jedem Schritt gesprächiger zu werden.

»Weißt du, Kaspanaze, zu dem Saubauern, bei dem ich letztes Jahr war, gehe ich nimmer. Ich habe es wirklich schlecht erwischt. Schlafen musste ich oberhalb vom Stall in der Einstreue für das Vieh. Aufstehen musste ich, wenn es draußen noch kuhmagennacht war, und schaffen wie ein Knecht. Aber das wäre noch nicht das Ärgste gewesen. Bei jeder Gelegenheit gab es Schläge, und zum Essen hast du dich kaum getraut, weil sie dir keinen Bissen vergönnt haben, und du immer hören musstest, dass du nicht einmal das Essen verdienen würdest. Aber von einem halben Krüppel könne man auch nicht mehr erwarten, und ich müsse froh sein, dass sie so gutmütig und großzügig gewesen seien und mich genommen hätten.«

»Wieso hast du mir das nicht daheim gesagt?«

»Ganz simpel. Ich habe es meinen Eltern erzählt, aber der Vater meinte, so schlecht könne es sicher nicht gewesen sein, und der Josefa hätte es ja ganz gut gefallen an ihrer Stelle. Schließlich hätte ich ja zu essen gehabt, und ich solle mich nicht so empfindlich anstellen. Er möchte auch nicht haben, dass ich solche Geschichten herumerzähle.«

»Auch ich habe es versucht, dem Vater beizubringen, dass es gute und schlechte Plätze gibt, aber er wollte davon nichts hören«, pflichtete Josefa bei.

So liefen sie eine Weile schweigend nebeneinander her, als Alois leise sagte: »Ich glaube, der Vater hat sich geschämt.«

Der Weg wurde steil und schmal, unter ihnen toste graubraun die schmelzwassergefüllte Ach. Von der Höhe der Steigung aus sah Hansjakob, dass der Pfad durch die rinnenartige, von Muren und Lawinen gegrabene Rüfe abgerutscht und unpassierbar war. Aber beim Barras hatten sie gelernt, mit ganz anderen Dingen fertig zu werden. Er holte seinen kurzen Militärspaten aus dem Rucksack und sah sich das Schuhwerk der älteren Buben an. Schließlich hatte er einen gefunden, der kräftig genug aussah und dessen Schuhe einen halbwegs soliden Eindruck machten.

»Wie heißt du?«, fragte er im Kommandoton.

»Peteranton«, kam es ein wenig zaghaft zurück.

»Peteranton, wir müssen jetzt den Weg richten oder umdrehen und auf dem normalen Weg hinaus. Wenn wir jetzt wieder kehrtmachen, ist der halbe Tag hin. Also drehen wir nicht um! Aber ich mit meinem einen Haxen kann da nichts machen, weil es mich sofort in den Tobel haut. Peteranton, du machst jetzt den Anfang und schaufelst den Weg so weit eben, bis ich halbwegs gerad stehen kann, dann schauen wir weiter. Aber pass auf, dass du immer auf einer ebenen Fläche stehst, die fest genug ist, und nicht abrutschst, sonst kann ich ja gleich selbst in die Ach hinabjucken.«

Es sollte scherzhaft klingen, bewirkte aber eher das Gegenteil. Peteranton sah auf den nur noch zu erahnenden Wegverlauf und dann wieder hinunter auf das gischtende Wasser, während Hansjakob auf einem Stein sitzend die aufgerollte Hosenröhre löste, das Holzbein durchschob und an seinem Stumpf befestigte. Zuvor hatte er noch auf das Ende seiner Gehhilfe einen Eisenspitz montiert, um einen besseren Halt in dem losen Geröll zu finden.

Gottergeben nahm Peteranton den Spaten entgegen und schickte ein Stoßgebet zu seinen beiden Namenspatronen. Aber es ging leichter, als er dachte, das schuttartige Geröll war nicht fest verpresst und ließ sich leicht lösen. Nachdem er zwei, drei Schrittlängen freigeschaufelt hatte, wies ihn Hansjakob an, aufzuhören und zu warten. Vorsichtig tastend rammte er die Spitze seiner talseitigen Krücke in den Boden, prüfte, ob sie genug Halt gab, und schob langsam seinen gesunden Fuß nach, stampfte dann sein eisenbewehrtes Holzbein in den Untergrund und stand gleich darauf bei Peteranton.

»Ja, das geht schon«, murmelte er zu sich, und seine Selbstsicherheit kehrte zurück. Denn der Bub machte seine Arbeit nicht schlecht, auch wenn man ihm die Angst ansah. Hansjakob stellte sich hinter ihn und presste die Krücke, so gut es ging, unter dem Buben ins Geröll.

»Wenn du ausrutschst, packst du die Krücke, aber du rutschst schon nicht aus«, beruhigte er Peteranton.

Der Weg war wie er vermutet hatte nicht vollständig abgerutscht, sondern nur mit losem Geröll verschüttet. Als Peteranton merkte, dass er eigentlich auf einem Weg stand, den er nur nicht sehen konnte, wurde ihm etwas wohler, und es beruhigte ihn noch mehr, dass er nicht mehr allein in dieser bocksteilen Rüfe stehen musste.

Hansjakob wusste, dass der schwierigste und auch gefährlichste Teil in der tiefsten Stelle der Rinne lag. Dort hatten die herabschießenden Stein- und Schneemassen die Rinne im Laufe der Jahrhunderte bis auf den nackten Fels abgeschliffen. Normalerweise lagen dort als Steg zwei kleinere, mit einer Eisenklammer zusammengehaltene Baumstämme, die aber sicher schon längst unten in der Ach lagen. So war es dann auch. Der Steg war weg. Für die größeren Kinder war das Hinüberkommen sicher in erster Linie eine Mutprobe, aber bei den Kleinen sah es anders aus.

Mit der Krücke deutete Hansjakob auf den Einstieg zur Rinne und wies Peteranton an, dort den Hang abzugraben und damit so viel Platz zu schaffen, dass zwei Personen genug Platz zum Stehen hätten. Dann zwängte er sich an ihm vorbei, drückte dem Buben seine beiden Krücken in die Hand und begann in die Rinne hinab und auf der anderen Seite wieder hinaufzuklettern, wobei er mehrmals seinen Holzfuß verfluchte.

Der Felsblock, auf dem früher die Baumstämme aufgelegen hatten, war bergwärts unterspült. Peteranton befahl er, ihm die Krücken über den Graben zu werfen, dann ließ er sich in die Vertiefung neben den Felsen hinab und stellte fest, dass er mit der Krücke, wenn er sich ganz vorbeugte, fast die Mitte der Rinne erreichen konnte. Mit einem alten Burdeseil, wie man es zum Fassen von großen Heuhaufen verwendete, band er die beiden V-förmigen Teile seiner Gehhilfen zusammen, streckte sie über die Rinne und forderte Peteranton auf, sich daran festzuhalten, über die Rinne zu klettern und den Spaten mitzubringen.

Dem Buben stand der Angstschweiß auf der Stirn. »Was wäre gewesen, wenn ich ausgelassen hätte?«

»Das hättest du nicht gemacht, dazu hast du viel zu viel Angst gehabt«, lachte Hansjakob.

Der Weiterweg war nur auf einigen Metern verschüttet, aber nirgends abgerutscht.

Als beide wieder zu den Kindern zurückkehrten, saßen die meisten wortlos neben dem Weg. Der nasskalte Nebel begann sie einzuholen, und die Löcher in der Wolkendecke wurden immer seltener. Einige klapperten schon mit den Zähnen und hatten bläuliche Lippen. Sie hatten mehr Zeit gebraucht, als Hansjakob angenommen hatte, obwohl das Herrichten des Weges letztendlich doch einfacher gewesen war, als es auf den ersten Blick ausgesehen hatte.

»So, der Weg ist fertig. Ich gehe voraus, dann kommt Peteranton, dann kommst du – wie heißt du eigentlich?« – fragte er das kleine Mädchen, das sich am Bellerkappelle nicht von seiner Mutter hatte trennen wollen.

»Anna«, antwortete ihr Bruder für sie.

»Also gut, dann kommt Anna, dann dein Bruder, dann wieder ein Mädchen, dann wieder ein Bub, dann wieder ein Mädchen und so weiter, bis am Schluss nur noch die Buben sind. Die großen Buben kommen nach vorne zwischen die Mädchen. Ihr geht alle ganz innen auf der Bergseite und schaut bei jedem Schritt auf den Weg. Spazieren gucken könnt ihr, wenn ihr drüben seid. Und wer Angst hat, schaut nicht nach unten. Wenn jemand ausrutscht, bremst ihr mit den Füßen. Habt ihr das alles verstanden?«

Einige nickten, andere sahen ihn nur verständnislos an. »Ob ihr mich verstanden habt?«, brüllte Hansjakob. »Du da, sag mir, wo gehst du!« Dabei zeigte er auf ein Mädchen, das er auf neun Jahre schätzte.

»Ich gehe auf dem Weg«, antwortete sie schüchtern, und Hansjakob war im Nachhinein froh, dass kein Hochwürden in der Nähe war, der hätte hören können, was er beim Militär sonst noch alles gelernt hatte. Mit harter Stimme schnauzte er seine Anweisungen herab auf die verschüchterten Kinder, drehte sich um und schleuderte mit Schwung sein gesundes und sein hölzernes Bein zwischen seinen Krücken nach vorne.

Mehr tapsend als gehend bewegte sich der Zug auf die Rinne zu. Hansjakob hatte das dünne Burdeseil auf der anderen Seite zurückgelassen, da es ihm zu riskant war, sich noch einmal die Krücken herüberwerfen zu lassen. Zuerst hatte er sich noch überlegt, das Seil wie ein Geländer über die Rinne zu legen, dann aber waren ihm Zweifel gekommen, weil so ein Seil zwar einigen Zug aushalten mochte, aber bei Querbelastung hatte er schon dickere Stricke reißen sehen. Nein, da war seine Krückenmethode bestimmt sicherer, auch wenn sie gefährlicher aussah. Den abgeschnallten Holzfuß legte er parallel zu den Krücken auf den Weg, kletterte diesmal behänd auf die andere Seite und warf dann das Burdeseil hinüber. Peteranton stand als Erster in der Reihe, band dann alles zusammen, hielt sich auf Anweisung von Hansjakob am Seil fest und stieg vorsichtig tastend in die Rinne. Als er die Mitte erreicht hatte und schon dachte, dass er das Schlimmste hinter sich hätte, befahl ihm Hansjakob, ein wenig höher zu klettern und sich oberhalb eines verklemmten Felsbrockens zu postieren. Dann zog er die am Seil hängenden Krücken und den Holzfuß zu sich heran, band die Krücken zusammen, zwängte sich in die Vertiefung neben dem Felsen und schob seine Krücken über die Rinne. Peteranton stand derweil vor seinem Felsen und irgendetwas in seinem Inneren zwang ihn, gegen sein besseres Wissen in die Tiefe und die tobende Ache zu blicken, worauf ihm noch mulmiger wurde.

Hansjakob war klar, dass Peteranton im Ernstfall, wenn eines der Kinder das Gleichgewicht verlieren oder die Krücken loslassen würde, nur mit aufgerissenem Mund dastehen würde. Aber er gab den Kindern wenigstens das Gefühl, dass noch jemand da war, der sie vor dem Sturz in den Tobel retten konnte.

Hansjakob langte seine zusammengebundenen Gehhilfen über die Rinne, sah kurz hinüber und knirschte ein »Himmelhergottsakrament« durch die Zähne. Denn er hatte bei seiner Marschordnung hinter Peteranton ein Mädchen eingeteilt, noch dazu das kleinste, das nun als erstes Kind über die Rüfe musste. Aber Moosburgers Angelika erfasste die Situation. Sie hatte neun Brüder, aber keine Schwester. Im Horen war sie besser als mancher Bub, und wenn es wild zuging, war sie dabei. Sie schob sich also nach vorne und meinte zur kleinen Anna: »Komm, mir beide packen es!«

Angelika schnappte die Krückenenden, packte die kleine Anna zwischen die Beine, sah zum verängstigten Peteranton hinab und schrie übermütig: »Peteranton, duck di, jetzt kommen mir.« Dann schwang sie sich so schnell in die Rinne, dass Hansjakob einige Mühe hatte, sie zu halten. »Da habe ich aber gerade noch Glück gehabt, dass ich als Erste eine solche Schmelg erwischt habe«, lachte er in sich hinein, schnauzte aber dann militärmäßig über den Graben, dass sie gefälligst seine Krücken schonen sollten. Alle wollten nun zeigen, wie viel Schneid sie hatten, und kaum einer mehr achtete auf den in der Rinne stehenden Peteranton.

Durch die nieselnden Nebelfetzen stachen ein paar zitterige Sonnenstrahlen. Kaspanaze war es gewohnt, entweder barfuß oder bei kürzeren Entfernungen in Hölzlern zu laufen. Seine erste Reise und noch dazu in neuen Schuhen aus richtigem Leder hatte er sich schöner vorgestellt. Zuerst war es nur ein unbestimmtes Drücken. Auf der linken Seite meldeten ihm seine Zehen, dass sie gerne mehr Platz hätten. Mit zusammengepressten Lippen stieg er durch die Rüfe, und als er sah, dass der Weg nun einfacher wurde, setzte er sich auf einen Stein und zog Schuhe und Strümpfe aus. An der Ferse hatte sich bereits eine bohnengroße Blase gebildet, und die beiden mittleren Zehen des linken Fußes waren schon stark gerötet. Obwohl es bockkalt war, empfand er es als Wohltat, wieder direkten Kontakt mit dem Boden zu haben. Unbeholfen versuchte er dann, die Schuhbändel zusammenzuknoten, aber es wollte ihm nicht so recht gelingen.

»Kannst du die Schuhe überhaupt zubinden?«, fragte Josefa, die neben ihm stand und ihm zusah.

»Ich weiß es nicht, daheim hat sie mir die Mutter vor dem Weggehen gebunden. Sie hat zwar gesagt, ich soll gut aufpassen, wie das geht, aber ich habe es vergessen.«

»Pass auf, ich zeig es dir, wenn wir irgendwo Zeit haben«, meinte Josefa und schlang die Bänder mit einem Sackstichknoten zusammen, sodass Kaspanaze die Schuhe durch den Tragestrick seines Schnerfers ziehen konnte.

Die frostige Kälte stach gottsjämmerlich, aber lieber ging er barfuß weiter, bevor er wieder diese Marterinstrumente anziehen würde. Aus dem Nieseln war inzwischen ein leichter Regen geworden, und wenn der Zug stehen bleiben musste, weil ein paar von den Kleineren das Tempo mit dem ungewohnten Bündel am Rücken nicht mithalten konnten, wurde es gleich unerträglich kalt. Sie waren nun schon seit dem frühen Morgen unterwegs, und Hansjakob schätzte, dass es so um Mittag sein müsste.

Ein alter, leerer Heustadel war groß genug, dass alle darin Platz hatten. Auf ihren Schnerfern und Bündeln sitzend, hielten die meisten ein Stück trockenes Brot in den Händen. Manche hatten noch ein Stück Käse, ein paar alte, unansehnliche Äpfel oder gekochte Eier dabei. Neben dem Stadel gurgelte ein mit Schneewasser randvoller Bach.

Kaspanaze wickelte aus einem Tuch einen Semmelknödel, der schon mit einer Haut überzogen war und biss heißhungrig hinein. Keines der Kinder redete oder schubste, und Hansjakob dachte, dass alle Lehrer des Bregenzerwaldes ihre helle Freude an diesem Anblick gehabt hätten.

»Wir haben noch einen weiten Weg bis Ravensburg«, begann er nach einer Weile. »Teilt euch euer Essen ein. Wenn ich so schaue, wie viel manche schon verputzt haben, denke ich, dass bei einigen das Hirn noch kleiner ist als die Wegzehrung. Wir werden schauen, dass wir im Kapuzinerkloster in Bregenz eine Suppe bekommen, wenn sie noch so viel übrig haben, aber da sind wir erst morgen Abend. Aber dann ist es immer noch ein ganz schöner Fetzen bis Ravensburg, also stopft nicht alles auf einmal in euch hinein.«

Kaspanaze war in seine Schuhe geschlüpft, und langsam kam auch wieder etwas Wärme in seine Füße. Der Knödel war doch ziemlich trocken gewesen. Breitbeinig schlurfte er hinaus zum Bach und schöpfte sich mit hohlen Händen ein paar Schluck Wasser. Das eiskalte Schmelzwasser schlug ihm sofort auf die Blase, und er suchte am rückwärtigen Stadeleck Schutz vor dem Wind. Seine Füße waren eiskalt.

»Schade um das warme Wasser«, fuhr es ihm durch den Kopf. Schlagartig stoppte er seinen Urinfluss, zog die Schuhe aus und ließ den restlichen warmen Urin wohlig über seine Füße rieseln. »Das ist gar nicht so schlecht«, dachte er, ging nochmals zum Bach und schöpfte so viel Wasser in sich hinein, wie er konnte.

»Was ist mit deinen Schuhen?«, fragte ihn sein Onkel, als er mit den Stiefeln in der Hand in den Stadel zurückkam.

»Ich habe mich da aufgelaufen.« Kaspanaze deutete auf seine Ferse. »Und auf der anderen Seite drückt es an den Zehen.«

»Hmm, die stechen wir auf, gib mir meinen Rucksack her.« Er fischte eine Nadel aus einem Lederbeutel.

»Das kannst du selbst tun, du bückst dich leichter. Keine Angst, es tut nicht weh.«

Kaspanaze stocherte zaghaft mit der Nadelspitze auf der prallen Blase herum.

»So wird das nichts«, raunzte Hansjakob. »Du musst schon zustechen. Schau nicht auf die Blase, sondern guck auf einen Tromen da oben!«

Kaspanaze fixierte einen rohen Dachbalken, wartete einen Augenblick, sagte leise zu sich »Jetzt!«, stach zu und spürte, wie ihm sofort das Blasenwasser über die Finger lief.

»Und jetzt suchst du dir ein großes Blatt. Da draußen hat's bestimmt schon Huflattich, das reißt du ab, legst es darüber und ziehst den Strumpf wieder an. Bevor du in die Schuhe schlüpfst, bieselt du hinein, je mehr, desto besser, schwenkst es durch, leerst sie aus und ziehst sie dann an.«

»So, und wir gehen auch gleich weiter, packt's euer Zeug zusammen und lasst nichts liegen«, befahl er den anderen Kindern. Kaspanaze spürte, dass das kalte Wasser seine Wirkung tat, nahm die Schuhe auf, rannte nach hinten um den Stadel und füllte sie mit seinem Urin.

Der Pfad über den Kummetsberg wand sich nach oben und schien irgendwo im weißen Nichts zu enden. Schon bedeckten die ersten Schneereste den Weg, und ein paar verregnete Vertiefungen in regelmäßigen Abständen zeigten, dass hier schon einige Tage zuvor jemand hinüber nach Mellenberg gegangen war. Je höher sie kamen, desto tiefer wurde der Schnee, und Kaspanaze beschloss, seine Schuhe nun doch wieder anzuziehen. Die Schuhbänder steckte er einfach nach innen. Heute Abend musste Josefa ihm das nochmals zeigen, wie das mit dem Binden ging.

Hansjakob hatte an seine Krücken zwei große Schneeteller aus Weidengeflecht montiert, die ein zu tiefes Einsinken verhinderten. Um den Kindern eine möglichst gute Spur zu bahnen, setzte er möglichst nicht seitlich, sondern vor dem Körper ein und zog dann die Beine in kurzen Abständen nach, wobei er mit dem gesunden Fuß den Schnee feststapfte. Als er sich umdrehte, war er zufrieden und dachte, dass es einer mit zwei gesunden Haxen auch nicht besser machen könnte. Die größeren Buben gingen hinter ihm, und so hatten die Kleineren, die zum Schluss kamen, schon einen festgetretenen und fast bequemen Weg. Die kleine Anna schluchzte, weil ihr dünnes Schuhwerk nur noch ein einziger nasser Klumpen war und sie entsetzlich fror. Alois nahm sie auf die Schultern und humpelte und ächzte so lange den Hang hinauf, bis ihm die Luft ausging. »Vergelt's Gott«, sagte die Kleine mit so ernstem Gesicht, dass Alois lachen musste, obwohl er fast keine Luft mehr bekam.

Der Weg hinüber zum Sterzerjoch verlief den Grat entlang. Einige jammerten über den »Raunägler«, wie man im Bregenzerwald jenen stechenden Schmerz unter den Fingernägeln bezeichnete, der ein Vorzeichen einer beginnenden Erfrierung war. Auch Kaspanaze war es, als ob seine Fingerkuppen mit einer Unzahl spitzer Nadeln malträtiert wurden. Eine Rotzspur lief dünnflüssig aus seiner Nase, und er hatte es aufgegeben, sie wieder hochzuziehen. Kurz unterhalb des Grates ließ Hansjakob anhalten und wies die schmerzgeplagten Kinder an, ihre Hände zu verschränken und in den Achselhöhlen aufzuwärmen. Als sich die Blutzirkulation wieder zu normalisieren begann, stieg der Schmerz beinahe ins Unerträgliche, und ein Stöhnen und Wimmern ging durch das elende Häuflein.

Aus dem Nieseln war leichter Regen geworden, der sich zunehmend mit Schnee vermischte.

»Können wir?« Das war keine Frage, sondern die Aufforderung zum Weitergehen.

Auf dem offenen und ungeschützten Grat jaulte, orgelte und winselte der Sturm, krallte sich in die dünnen Joppen und Hosen und fuhr eisig unter die Röcke. In den Böen rasten riesige Schneekugeln heran, mit hohlem Pfeifen trieben dazwischen Schneestreifen, deren spitze Kristalle sich wie Nadeln in Gesichter und Hände bohrten. Gebeugt stemmten sie sich dem Sterzerjoch zu, das mehr zu erahnen als zu sehen war, und der Sturm verwehte die Fußspuren in wenigen Augenblicken. Ein bellender Windstoß warf die kleine Anna zu Boden. Sie konnte nicht mehr weinen, nur das schmächtige Körperchen zuckte, wenn ein trockener Schluchzer in ihr hochstieg. Alois zog sie in die Höhe und nahm sie an der Hand, während ihr Bruder sie von hinten anschob.

Im Grateinschnitt, über den der Pfad auf die andere Talseite führte, ließ das Tosen nach. Dafür kam der Schnee nun von oben, was sie alle aber schon fast als angenehm empfanden.

Hansjakob zählte die Kinder, er zählte nochmals, dann noch einmal … »Wer fehlt denn da?«

Die Kinder schauten einander an. »Das Vevele«, kam es zaghaft von hinten.

»Ihr rührt euch nicht vom Fleck, verstanden. Ich bin gleich wieder da!« Hansjakob sagte es ganz ruhig, um die Kinder nicht noch mehr zu verängstigen. Auf seinen Krücken wuchtete er sich zurück auf den Kamm, wo der Sturm mit unveränderter Gewalt den Schnee durch die Luft trieb.

Genoveva kauerte hinter einem Stein, ihr Bündel hatte sie über Kopf und Nacken gelegt. Im dichten Schneetreiben hatte sie plötzlich niemanden mehr gesehen, aber geglaubt, hinter ihr seien noch andere. Als sie eine ganze Weile zugewartet hatte und keines der anderen Kinder mehr nachkam und auch keine Spur mehr die Richtung zeigte, stieg erst heiß und dann ganz kalt panische Angst in ihr auf. Sie nahm weder Wind noch Schnee wahr, riss nur weit die Augen auf und suchte nach irgendetwas, das ihr zeigen könnte, wo es weiterging. Auf ihr Rufen kam keine Antwort, und ihr war, als sei sie ganz allein auf dieser Welt. Einige Mal lief sie vor und dann wieder zurück. Schließlich stolperte sie an einem großen Stein vorbei, und eine innere Stimme sagte ihr, dass das weit und breit der beste und sicherste Platz sei. »Vielleicht muss ich hier sterben, aber vielleicht merken sie, dass ich fehle …«

Hansjakob brüllte aus vollen Lungen gegen das Tosen an, obwohl er wusste, dass seine Stimme nur ein paar Meter weit reichte. »Hoffentlich ist sie stehen geblieben und rennt nicht wie eine Henne ohne Kopf in der Gegend herum … Herrgott, ein Kind verlieren … das würde noch fehlen.«

Er war schon fast den halben Weg zurück, als der Wind für einen kurzen Augenblick ein Loch in das Schneetreiben riss, und ein Stück weit vorne glaubte er für einen Moment etwas zu erkennen, das dort nicht hingehörte.

»Vev, Vev«, brüllte er, erhielt aber keine Antwort und hetzte auf seinen Krücken auf die Stelle zu. Er glaubte schon, sich getäuscht zu haben, dann aber sah einen Zipfel des blauen Rockes, der auf der Windseite ebenso schneeverkrustet war wie das Bündel auf dem Kopf. Das Mädchen schlotterte vor Angst und Kälte am ganzen Körper und sah ihn stumpf aus verquollenen Augen an. Hansjakob riss sich die Jacke vom Körper, hob das bebende Häuflein Mensch zu sich empor und warf ihm die Jacke die Schultern.

»Komm, gehen wir«, sagte er befehlend. Es klang mitleidslos, aber ihm war klar, dass jetzt keine Zeit für Gefühle war und er die fast willenlose Schmelg möglichst schnell zu den anderen bringen musste, die bestimmt auch wieder elendig froren. Ihr Bündel warf er über seine Schultern und machte dann einen gewaltigen Satz hin zum Sterzerjoch. Genoveva keuchte mühsam durch den knietiefen Schnee hinter ihm her.

Es war schon später Nachmittag, als sie von oben auf die ersten Hausdächer von Mellendorf blickten. Hansjakob wies die Kinder an, unter dem Vordach vor dem »Stern« zu warten, während er über die Treppe ins Haus ging. Die Sternenwirtin war eine kleine Frau, die fast breiter als hoch war und mit ihren Knopfaugen pfiffig in die Welt blickte.

»Grüß dich Gott, ich bin Mersburgers Hansjakob und muss mit ein paar Kindern ins Schwabenland. Alle sind patschnass und schauen aus wie getaufte Mäuse, aber du siehst ja selbst, wie das Wetter ist. Kann ich mit den Kindern hereinkommen, damit sie sich ein bisschen aufwärmen können, bevor wir weiter müssen?«, fragte er ohne Umschweife.

»Wie viele sind es denn?«

»Ja, schon ein paar«, druckste Hansjakob.

»Du wirst doch wissen, wie viele es sind – oder traust du dich nicht, es zu sagen?«

»Na ja, ein gutes Dutzend sind es schon.«

Sie ging zur Haustür, öffnete sie einen Spalt breit und äugte nach draußen. »Jessasmariaundjosef, das sind ja bestimmt zwanzig!«

»Neunzehn«, berichtigte Hansjakob.

»Jessasmariaundjosef«, wiederholte sie. »Sie sollen hereinkommen, ich kann sie ja nicht draußen stehen lassen.«

Scheu saßen die Kinder auf der langen, umlaufenden Stubenbank, da der Gastraum an Feiertagen auch zum Tanzen benutzt wurde. Dann saßen dort die Alten und beobachteten mit Habichtsaugen die Jungen, dass ihnen ja kein heimlicher Blick oder ein verstohlenes Lächeln entging, das Anlass zu wochenlangem Tratsch geben konnte.

Der Kachelofen war noch lauwarm. Hansjakob wies die Kinder an, so viele nasse Kleidungsstücke wie möglich auf den Ofen zu legen, während die Wirtin in der Küche noch einige Holzscheite in die glosende Herdglut schob. Schon bald sah es im »Sternen« aus wie in Wallensteins Heerlager. Im Nu waren die Fensterscheiben beschlagen, überall lagen entleerte Bündel und Schnerfer. Die Wirtin trieb auch noch ein paar Wolldecken auf, von denen einige schon mottenzerfressen waren. Die Mädchen genierten sich vor den Buben und wurden von der Wirtin in die Küche geschickt, wo sie dann jeweils zu zweit in eine Decke gehüllt um den Küchentisch saßen, während Röcke und Jacken über dem Herd trockneten.

Aus dem Keller holte sie ihren größten Topf, schrumpelige Gelbe Rüben und eine Menge Kartoffeln, legte den Mädchen ein paar Messer zum Schälen auf den Tisch und wies sie an, das Gemüse in kleine Würfel zu schneiden, damit es dann schneller gar würde. Hansjakob schickte sie ins Nachbarhaus, wo man in der Vorwoche eine Geiß geschlachtet hatte, um zu fragen, ob vielleicht ein paar Knochen übrig seien. Er bekam auch noch ein Stück flachsiges Fleisch dazu, das die Wirtin in winzige Stücke schnitt und anröstete, um es genießbar zu machen.

Die Suppe goss sie dann in mehrere Töpfe, und verteilte sie in der Gaststube zusammen mit ihren neun Löffeln auf den Tischen. Auch die Mädchen bekamen eine Schüssel und, da keine Löffel mehr da waren, die Schöpfkelle dazu. Hansjakob stand in der Stube und achtete darauf, dass die Löffel weitergegeben wurden, merkte aber bald, dass ihn kaum einer freiwillig weiterreichte.

»Jeder nimmt fünf Löffel, dann gibt er ihn weiter«, dröhnte er und verschaffte sich den nötigen Respekt, indem er einem Gierhals neben Kaspanaze die Krücke so unerwartet ins Kreuz stieß, dass dieser sich verschluckte.

Die Wirtin wusste, dass sie außer einem »Vergelt's Gott« und vielleicht ein paar Münzen nichts bekommen würde. Ihr taten die armen Geschöpfe Leid, die nichts dafür konnten, dass sie bei Hungerleidern zur Welt kommen mussten. Vielleicht würde es für sie das letzte warme Essen für längere Zeit sein. Draußen in der Bodenseegegend würde es dann schon anders ausschauen. Die Kinderzüge kamen aus dem Tirolerischen über den Arlberg, manche bis aus dem Südtiroler Vintschgau, dazu kamen die Montafoner und die Graubündner aus der Schweiz. Und alle hatten Hunger. Der Pfarrer Rauch sprach davon, dass die bettelnden Kinder schon eine richtige Landplage seien. Hansjakob hatte zwar vom Pfarrer ein Empfehlungsschreiben an den Pater Korbinian im Bregenzer Kapuzinerkloster erhalten, aber so etwas hatten andere sicher auch.

Die Kleider waren nun halbwegs trocken, und Hansjakob drängte auf schnellen Aufbruch, da er vorhatte, heute noch bis Weißenegg zu kommen. Dort sollte er nach Laumännlers Thomen fragen, von dem er wusste, dass er öfters die Kinder im Heu übernachten ließ. Es regnete nicht mehr, aber der Wind war ekelhaft kalt, und Hansjakob legte ein gehöriges Tempo vor, damit allen auch richtig warm wurde. Vor Weißenegg begann es schon zu dunkeln, und er klopfte beim ersten Haus, um den Laumännler ausfindig zu machen.

»Die Hohlgasse hinauf und dann das zweite Haus rechts.«

»Na servus, Kaiser«, dachte er, als er das Haus sah. »Einen großen Heustock werden die auch nicht haben, hoffentlich haben da alle Platz.« Hinter einem Fenster brannte Licht, und er klopfte an die Scheibe.

»Wer ist da?«, ertönte eine grägelige Männerstimme.

»Mersburgers Hansjakob, aber du kennst mich nicht. Kannst du herauskommen, ich müsste dich etwas fragen.«

»Warte, ich komme gleich.«

Hansjakob hörte das Klappern von Hölzlern auf dem Dielenboden, dann schob sich ein Gesicht in den Türspalt, aus dem eine armlange Tabakpfeife mit einem Meerschaumkopf baumelte. Auf dem wirren Haar, das in allen Richtungen wegstand, hing schief und löcherig eine Zipfelmütze, an der dazu noch der Bommel fehlte.

»Man hat mir gesagt, dass du Kinder, die ins Schwabenland müssen, bei dir übernachten lässt. Ich hoffe, dass das stimmt, weil viel weiter kommen wir heute nicht mehr«.

»Wie viele hast du denn dabei?«

»Neunzehn.«

»Jessasmariaundjosef!«, entfuhr es auch dem Laumännler wie einige Stunden zuvor der Sternenwirtin.

»Es werden ja jedes Mal mehr, und mein Heustock wird nicht größer. Aber irgendwie werden wir sie schon unterbringen. Zum Essen habe ich aber nichts im Haus. Wenn sie wollen, können sie gleich ins Heu, solange man noch ein bisschen etwas sieht, und wie die aussehen, machen sie heute sowieso keine großen Sprünge mehr.«

»Das ist schon in Ordnung, sie haben bei der Sternenwirtin in Mellenberg eine Suppe bekommen.«

Der Laumännler schlapfte zum hinteren Teil des windschiefen Gebäudes, öffnete das Tennstor und deutete mit der Pfeife auf den Heustock, der über den Winter auf einen guten halben Meter zusammengeschrumpft war.

»Da, ihr müsst halt zusammenrücken, und dass niemand auf die Idee kommt, einen Blödsinn anzustellen oder, wie vorletztes Jahr einer, ins Heu zu seichen, sonst frisst es die Kuh nicht mehr.«

Die Kinder gruben sich Mulden in das duftende getrocknete Gras, legten ihre Bündel als Kopfkissen zurecht und deckten sich mit dem Heu zu, so hoch es ging. Wenig später waren nur noch gleichmäßige Atemgeräusche zu hören.

»Komm noch auf einen Sprung mit hinein«, forderte der Laumännler Hansjakob auf. Aus dem Keller holte er Most in einer Schüssel, deren Rand so ausgezackt war wie eine Säge, und stellte ihn auf den wackeligen Tisch. Vom Fergger brachte er noch zwei Tassen, die vom Aussehen her der Schüssel in nichts nachstanden.

Der Most roch moderig dumpf und sauer und schmeckte auch so.

»Haust du alleine da?«

Hansjakob stellte es mehr fest als er fragte, weil er trotz der Dunkelheit, die der blakende Span kaum erhellen konnte, schon beim Eintreten gesehen hatte, dass hier schon lange keine Frau mehr zugange gewesen war.

Der Laumännler erzählte ihm dann von seiner Schwester, die vor zwei Jahren an der Schwindsucht gestorben sei, und mit der einen Kuh im Stall habe es kein drittes Maul am Tisch leiden mögen. Jetzt müsse er halt schauen, wie es weitergeht, und von den Weibern sei er seit seiner Schwester geheilt. Er nahm einen Zug aus der kalten Pfeife und lachte, als er Hansjakobs Blick bemerkte.

»Nein, da ist kein Tabak drin. Ich kann mir im Jahr nur ein Päckchen erlauben, und das muss ich mir einteilen. Das ist so eine Marotte. Ich bin es gewohnt, dass ich die Pfeife bei mir habe, wenn ich nichts zu tun habe. Aber am Sonntag kommt schon wieder was hinein. Aber ich hab da auch noch was anderes.«

Aus einer Schatulle auf dem Küchenkasten, der bestimmt mindestens doppelt so alt war wie der Laumännler selbst, zog er zwei Judenstricke. Eine der fingerdicken getrockneten Lianen hielt er Hansjakob hin, der aber dankend ablehnte. Umständlich fischte er mit einem Scheit einen Glutbrocken aus dem Herd und zog dann genießerisch den beißend scharfen Rauch in seine Lungen.

Es war spät geworden, und Hansjakob war auch hundsmüd. Der Laumännler brachte noch eine halb volle Flasche Schnaps, den er selbst gebrannt habe und den Hansjakob noch probieren müsse. Der Fusel war genauso moderig wie der Most und hatte einen räßen Nachgeschmack. Beim Hinübergehen ins Tenn zu den Kindern dachte er, dass der Laumännler nicht nur von Most und Weibern, sondern auch vom Schnapsbrennen keine Ahnung hatte.

Draußen war es noch dämmerig, als Hansjakob die Kinder weckte. Einige schliefen so fest, dass sie wachgeschüttelt werden mussten. Das Wasser im Brunnentrog war mit einer dünnen Eisschicht überzogen und vertrieb augenblicklich jeden Rest von Müdigkeit.

Der Laumännler brachte einen gut halb vollen Melkkübel aus dem Stall und stellte ihn mit seinen beiden vielfach angeschlagenen Tassen auf das Brett neben dem Brunnentrog.

»Ich kann sie doch nicht mit leerem Bauch gehen lassen, aber mehr gibt sie halt nicht her«, meinte er entschuldigend.

Die ersten Kinder stürzten sich gierig auf die kuhwarme Milch, als Hansjakob dazwischen fuhr.

»So geht das nicht, ich teile aus, sonst langt sie nicht für alle, und dem Laumännler seine beiden Schüsseln überleben den Morgen auch nicht.«

»Grob geschätzt, müsste auf jeden eine Dreivierteltasse kommen – nicht viel, aber besser als gar nichts«, dachte er mit einem Blick auf den Kübelinhalt. Brav standen die Kinder in der Reihe, nahmen die Milch entgegen, tranken die paar Schlucke und reichten die leere Tasse zurück.

Kaspanaze fühlte sich matt und kraftlos. Seine Nase lief unaufhörlich, die Augen waren verquollen und tränten. Bevor er die Schuhe anzog, wiederholte er vorsichtshalber nochmals gründlich die gestern vom Onkel anempfohlene Prozedur. Josefa hatte ihm gezeigt, wie das mit dem Schuhebinden ging, und als er sich bückte, wurde ihm fast schwindelig. Die aufgelaufene Blase von gestern tat im ersten Moment gehörig weh, aber das legte sich, nachdem er einige Schritte gegangen war. Auch der andere Schuh war anscheinend vorne ein wenig weiter geworden.

Steil ging es hinunter in den Achtobel, vorbei an wackeligen Stadeln in den Streuemösern, auf deren nordseitigen Schindeldachhälften noch Schneereste lagen. Da und dort spitzten bereits die ersten Schneeglöckchen aus dem Boden.

Schon von weitem hörten sie das Bollern der Felsbrocken, die die Ache in ihrem Bett hin- und herwälzte. Ein in Kirchturmhöhe an zwei Drahtseilen aufgehängter Steg überspannte das brodelnde Wasser. An dünnen, ineinander verknüpften Drähten hingen links und rechts waagrecht Eisenstreifen, auf denen wiederum Holzbretter befestigt waren.

Hansjakob wusste, dass Reparaturen nur gemacht wurden, wenn eine deutlich erkennbare Beschädigung vorlag. Tastend betrat er die heftig schwankende Brücke, hielt sich mit einer Hand am Drahtseil fest und begann mit einer der Krücken die quer liegenden, dünnen Bretter zu untersuchen, indem er sie fest auf die Dielen stieß, die ihm verdächtig erschienen. In der Stegmitte gab ein seitlich auf dem Eisen angefaultes Brett nach. Er riss es heraus und warf es in hohem Bogen hinab.

Die wartenden Kinder wies er an, den Steg einzeln oder höchstens zu zweit zu betreten und möglichst ruhig zu gehen, um ihn nicht zum Schwingen zu bringen. Der erste Bub lief zwar mutig los, aber je näher er der Stegmitte kam, desto heftiger begann die Brücke im Takt seiner Schritte zu schaukeln und desto mulmiger wurde ihm. Kaum aber hatte er wieder festen Boden unter den Füßen, konnte er es sich nicht verheben, dem nachfolgenden Kaspanaze zuzurufen, dass er ruhig etwas schneidiger gehen könnte.

Die Hälfte der Kinder war schon auf der anderen Seite. Nun aber stand die kleine Anna ein paar Meter weit auf dem Steg, und als sie nach unten in das tosende und rumpelnde Wasser sah, klammerte sie sich an die Drähte und begann zu schreien. Moosburgers Angelika, die gestern in der Rüfe mehr Schneid als mancher Bub gezeigt hatte, erbarmte sich und schob sich hin zu Anna, die ihre ganze Angst zum Himmel plärrte. »Schau, es ist doch nicht so bös, die anderen sind ja auch alle hinübergekommen. Jetzt hältst du dich gut an den Drähten ein, und ich gehe hinter dir. Das packen wir schon.«

Drüben meinte das Annele, so schlimm sei es ja gar nicht gewesen.

Ein anderes, aber schon etwas größeres Mädchen hielt sich krampfhaft an den beiden Drahtseilen fest und kam mit kleinen, zaghaften Schritten nur langsam vorwärts. Die Buben machten sich darüber lustig, und einer sprang plötzlich auf, rannte auf den Steg, griff in beide Seile und brachte ihn in so heftige Schwingung, dass die Bretter in Bewegung gerieten wie Wellen auf einem See.

Die furchtbar erschrockene Schmelg stieß einen lauten Schrei aus, ließ sich auf den Hintern fallen und streckte dabei blitzartig beide Beine durch die Drahtmaschen. Es sah zwar lustig aus, wie sie mit rechts und links herabbaumelnden Beinen schreiend hoch über dem Tobel saß, aber Hansjakob hatte eine Mordswut im Bauch.

Am Stegende wartete er den Übeltäter ab und gab ihm eine solche Ohrfeige, dass noch Stunden später die Spuren seiner Finger auf dessen Wange sichtbar waren.

Nach dem Tobel wurde der Weg wieder kommoder, und sie kamen rasch voran. Der Weg führte durch kleine Dörfer und Weiler, die Landschaft wurde welliger und sanfter, und es ging fast immer bergab. Einer alten Frau stand das Wasser in den Augen, als sie den Haufen sah, und sie brachte einige verschrumpelte Äpfel und getrocknete Birnenschnitze.

»Weißt du, als Kind musste ich auch ins Schwabenland, und ich weiß, wie das ist. Mir zerreißt es noch heute das Herz, wenn ich daran denke, wie mich dort das Heimweh geplagt hat«, meinte sie zu Hansjakob, der das Obst in eines seiner Hemden leerte und dann in den Rucksack steckte.

Die Kinder begannen zu jammern, dass sie Hunger hätten, und er ließ an einem Bach anhalten. Dabei verteilte er das Obst und ermahnte sie wieder, mit Bedacht zu essen, da es noch weit sei bis Ravensburg.

Die Fuhrwerke wurden mehr, und auch die Häuser standen nicht mehr so weit auseinander. Hansjakob sagte, dass sie bald nach Bregenz kämen. Kaspanaze kam aus dem Staunen nicht mehr heraus, obwohl er fiebrig war, wie es Hansjakob schien. Das größte Bauwerk, das er bisher gesehen hatte, war die Kirche im Dorf gewesen. Hier aber standen Steinhäuser, die mindestens oder wenigstens fast so groß waren – so genau konnte er es nicht abschätzen. Die Straßen waren teilweise mit Steinen gepflastert, zweispännige Kutschen auf hohen Rädern kamen ihnen entgegen, und in ihnen saßen bestimmt ganz wichtige Leute, weil sie wie Statuen aussahen und immer geradeaus blickten, als ob es neben ihnen keinen Menschen auf der Welt gäbe.

Daheim hatte man ihm beigebracht, jeden zu grüßen, der ihm begegnete, und so waren es auch die anderen Kinder gewohnt. Hier aber hasteten alle aneinander vorbei, und nur selten wurde ein Gruß erwidert. Manche schienen es sogar als lästig zu empfinden. Seltsam erschien Kaspanaze auch, dass hier scheinbar kaum einer den anderen kannte. Das erschien ihm unvorstellbar, denn im Dorf wusste er ja auch von allen, wie sie hießen und wer sie waren. Auch schauten die Leute sie so sonderbar an, manche mitleidig, manche verächtlich, andere sahen einfach durch sie hindurch.

Durch eine enge Gasse ging es steil hinauf zum Kapuzinerkloster, und Kaspanaze kam kaum mit dem Schauen nach. Hansjakob läutete an der Klosterpforte und nestelte das Empfehlungsschreiben vom Pfarrer aus seiner Joppe. Ein Pater mit riesigem Bart und schwerer brauner Kutte machte die Tür auf.

»Gelobt sei Jesus Christus«, sagte Hansjakob, und der Pater ergänzte: »In Ewigkeit, Amen.«

»Ich bin der Hansjakob Mersburger und habe Kinder dabei, die ins Schwabenland müssen. Ich möchte zum Pater Korbinian. Ich habe auch ein Schreiben vom Hochwürden Rauch dabei.«

»Das trifft sich ja gut, weil das bin ich.«

Pater Korbinian nahm das Schreiben entgegen und las es flüchtig durch, da er schon wusste, was darin stand.

»Ja, ja, der Hochwürden Rauch! Mein Mitbruder bringt es fertig und schickt noch den Bettlern die Bettler auf den Hals«, lachte er.

Mit einem Blick auf den erbarmungswürdigen Haufen meinte er dann: »Eine warme Suppe und einen Ranken Brot werden wir schon noch auftreiben. Kommt herein, aber zieht vorher euere Schuhe aus, damit ihr nicht den ganzen Dreck hereinbringt.« In seinen Sandalen schlurfte er voraus in einen großen Raum, forderte die Kinder auf, sich um den nicht minder großen Tisch zu verteilen, und verschwand. Nach einer Weile brachte ein anderer Kapuziner einen Stapel Schüsseln mit Holzlöffeln und forderte die Kinder auf, diese zu verteilen. Kurz darauf schleppten Pater Korbinian und sein Mitbruder einen großen, vom Herdfeuer unten rußig geschwärzten Topf auf den Tisch, dem ein unwiderstehlicher Duft entströmte.

»Komm, Herr Jesus, sei unser Gast und segne, was Du uns bescheret hast«, betete Pater Korbinian vor. Angesichts der hungrigen Kinderaugen verzichtete er auf das ganze Vaterunser und kürzte die Prozedur mit einem »Gegrüßet seist Du Maria« ab. Mit einer großen Schöpfkelle goss er die Suppe in die Schüsseln, während der andere Pater zuerst mit dem Messer ein Kreuz auf den Brotlaib zeichnete und dann dicke Scheiben davon abschnitt.

Kaspanaze hatte zwar einen riesigen Hunger, aber trotzdem musste er sich zum Essen zwingen.

Hansjakob sagte, dass er noch heute über die Grenze ins Schwäbische kommen wolle, und fragte sie, ob sie nicht einen Platz zum Übernachten wüssten. Pater Korbinian strich mit den Fingern wie mit einem Kamm durch seinen großen Bart und gab zu bedenken, dass momentan die Kinder von allen Seiten ins Schwabenland zögen, aber er solle es einmal in Bösenreutin probieren. Das liege zwar nicht direkt am Weg, aber ein Stück weit hinter dem Ort sei ein Hof auf einer Anhöhe, den könne er gar nicht verfehlen, und dorthin habe er schon öfters Kinder geschickt.

Obwohl Kaspanaze satt war, fühlte er sich trümselig (schwindlig) und müd. Besorgt sah Hansjakob zu ihm hinüber. Der Bub gefiel ihm nicht. Pater Korbinian war seinem Blick gefolgt. Er stand auf und befühlte seine feuchtheiße Stirne: »Auf deinem Kopf kannst Eier kochen«, murmelte er. »So gehst du mir nicht weiter. Ich mache dir einen Tee.«

Nach einer Weile kam er wieder mit einer Kanne und einem Becher. »So, und jetzt trinkst du, so viel du kannst und solange er noch heiß ist.« Der Tee war hellgrün und schmeckte ein wenig nach Pfefferminz.

In einer kleinen Kapelle im Hof stand die Statue einer trauernden Maria, und Pater Korbinian erzählte, dass sie älter sei als die Entdeckung Amerikas. Zusammen beteten sie ein Vaterunser und um einen guten Platz für alle.

Hansjakob ermahnte er noch, darauf zu achten, dass die Kinder zu katholischen Leuten kämen und nicht zu evangelischen, wo sie dann nur verdorben und möglichst gar noch verhetzt würden. »Besser bei guten Bocklutherischen als bei schlechten Katholischen«, dachte Hansjakob, behielt aber seine Meinung lieber bei sich.

Bepackt mit ihren Bündeln und Ranzen trotteten sie hinter ihrem Führer über das Kopfsteinpflaster Lochau zu. Ein paar Kinder, die, nach ihrer Kleidung zu schließen, auch nicht aus den begütertsten Familien stammten, standen am Weg, schrien »Hungerleider« und schnitten Grimassen. Ein Bub, wie es schien, der Wortführer, hatte einen Stecken in der Hand, mit dem er versuchte, den Mädchen den Rock zu lupfen. Wortlos trat der Alois aus dem Haufen, riss dem Buben den Stock aus den Händen und fetzte ihn diesem mit aller Kraft in den Rücken. Als der andere versuchte, sich zu wehren, warf Alois den Stock weg, rammte ihm den Kopf in die Magengrube und schlenzte das Stadtbüble mit einer Drehbewegung auf den Boden. Im Nu war eine gehörige Rauferei im Gange. Moosburgers Angelika saß rittlings auf einem strampelnden Buben, der bestimmt einen Kopf größer war als sie. Mit der einen Hand hielt sie ihn im Schwitzkasten und mit der anderen riss sie ihn an den Haaren. Hansjakob hatte eine Zeit lang vergnügt zugeschaut, auch ein paar Passanten waren stehen geblieben. Ein paar alte Frauen schimpften, es sei eine Schande, dass sich Kinder schon am helllichten Tag auf der Straße prügelten und auch die kleinen Mädchen schon so roh seien. Er beschloss, nun Schluss zu machen, bevor noch mehr Leute zusammenliefen oder gar ein Gendarm dazukam und meinte, die Städter hätten genug Dresch bezogen.

Die Kinder klaubten ihre über die ganze Straße verstreuten Habseligkeiten zusammen, während sich die unterlegenen Bregenzer kleinlaut davonschlichen.

»Wir kommen im Herbst wieder vorbei! Wenn ihr noch mehr wollt, könnt ihr ja da auf uns warten«, rief ihnen der Alois hinterher und wischte sich mit dem Handrücken das Blut von der Nase.

Nach ein paar Metern leuchtete zwischen den immer weniger werdenden Häusern eine große, ebene Fläche auf, die sich in der Weite verlor.

»Der Bodensee«, sagte Josefa, die den Weg vom letzten Jahr kannte, zu Kaspanaze. Trotz seiner Fieberigkeit blieb der gebannt stehen und sah fast ehrfürchtig auf das in der

Spätnachmittagsonne spiegelnde Nass. Der größte See, den er bisher gesehen hatte, war der Kalbelesee am Hochtannberg, und der war ihm schon ganz groß vorgekommen. Der Lehrer Tortscher hatte ihnen erzählt, dass man die ganze Menschheit im Bodensee versenken könne und das Wasser trotzdem nur ganz wenig steigen würde.

»Bald seht ihr über den ganzen See«, sagte Hansjakob und plötzlich gab es kein Halten mehr. Auch Kaspanaze vergaß für einen Moment, dass er krank war, und rannte hinter den anderen her. Nein, einen so großen See hatte er sich nicht vorstellen können, und nun glaubte er auch, dass wirklich alle Menschen auf der Erde darin Platz hätten. Das Wasser blinkte, funkelte und glitzerte, in der Ferne und doch fast zum Greifen nahe ragten hohe, schneebedeckte Berge auf, und davor schoben sich im leichten Wind breite, flache Schiffe mit viereckigen Segeln über das Wasser.

»Das sind Lädinen«, erklärte Hansjakob. »Mit denen transportiert man Salz, Getreide, Stoffe und was man sonst so alles braucht über den See. Die Kähne sind an die dreißig Meter lang. Da vorne sind ein paar kleinere, die haben nur vielleicht zwanzig Meter, und zu denen sagt man Segmer. Und die weißen Vögel, die so ein Spektakel machen, das sind Möwen. Das da drüben, das ist die Insel Lindau.« Dabei wies er mit dem Kinn nach vorn. »So, jetzt müssen wir aber weiter, ihr seht den Gumpen (Bachvertiefung) noch lange genug.« Hansjakob ließ sich mit den Achseln in seine Krücken fallen und legte ein ordentliches Tempo vor.

Über die Leiblach führte ein breiter Holzsteg. Ein dicker Zöllner saß in einem Holzhäuschen, in dem gerade Platz für zwei Stühle, einen Tisch, einen kleinen Schrank und einen uralten Eisenofen war. Bedächtig und sich seiner Wichtigkeit bewusst quetschte er sich durch die Tür, knöpfte ebenso bedächtig seine abgeschabte Uniform zu und setzte die Dienstmütze auf.

»Soso, geht es wieder einmal ins schöne Schwabenland, wo es was zum Beißen gibt«, begrüßte er abschätzig Hansjakob mit seinem abgerissenen Haufen.

»Du blöder Hund! Dass du genug zum Fressen hast, sieht

man dir an. Da brauchst du dich nicht noch über das Elend von Kindern lustig machen«, dachte Hansjakob wütend.

»Zeigt einmal euere Reispässe her!«, schnauzte der Grenzer ungnädig.

»Die habe ich im Rucksack«, erwiderte Hansjakob und versuchte freundlich dreinzuschauen. Er zog einen Packen Papiere heraus und hielt ihn dem Zöllner hin. Der nahm ihn herablassend entgegen und zwängte sich zurück ins Häuschen. Dort nahm er Platz, breitete Blatt für Blatt auf seinem Tisch aus, klemmte einen Zwicker auf seine fleischige Nase und begann seelenruhig ein Dokument nach dem anderen zu sortieren – Mädchen rechts und Buben links.

Hansjakob sah ihm durch die halb offene Tür zu, eine Mordswut stieg in ihm hoch, und er wusste, dass er sich diesmal nicht mehr würde beherrschen können. Er humpelte vor die Tür, nahm eine Krücke wie eine Lanze unter den Arm und stieß mit voller Kraft gegen den Holzladen, der mit einem lauten Knall gegen die Wand prallte, sodass der Grenzer erschrocken zusammenfuhr und sich an die Brust fasste.

»Was soll das werden?«, brüllte Hansjakob, »sucht Ihr einen Mörder oder Schwerverbrecher? Wir müssen heute noch über Bösenreutin hinaus, es wird schon langsam frisch, und es ist nicht mehr lange hell. Die Kinder haben noch kein Quartier, und Ihr sitzt da und stapelt Papierzettel? Wollt Ihr jedes einzelne Kind kontrollieren? Ja, Himmelherrgottsakrament, es genügt doch, wenn Ihr schaut, ob die Pässe in Ordnung sind und die Anzahl stimmt!«

Der Zöllner schrie nun ebenfalls, dass er ihn auf der Stelle verhaften würde, und Hansjakob brüllte zurück, das sei ihm scheißwurscht. Er solle ihn ruhig einsperren, für die Kinder müsse dann er sorgen, aber vielleicht könne er sie auch gleich mit ins Gefängnis stecken, dann hätten sie wenigstens für die Nacht ein Dach über dem Kopf.

Als der Beamte etwas von Pflicht und Ordnung gegensetzen wollte, schlug Hansjakob seine Krücke mit solcher Wucht auf den Tisch, dass an der Kante ein Stück Holz absplitterte und ein Teil der Pässe auf den Boden flog. »Schau, dass du deine Arbeit machst oder sperr uns alle ein, aber schau, dass etwas weitergeht«, schrie er den Zöllner an, dem inzwischen der Schweiß auf der Stirne stand.

Ganz verdattert sammelte der Grenzer die Papiere zusammen, zählte sie durch und fragte dann, wie viel Kinder es seien.

»Neunzehn«, zischte Hansjakob zurück.

Der Zöllner hatte es nun offenbar eilig, den Haufen loszuwerden. Er drückte Hansjakob hastig den ungeordneten Papierstapel in die Hand und schimpfte, so eine Unverschämtheit sei ihm in seinem ganzen Beamtenleben noch nicht vorgekommen. Wortlos faltete dieser die Pässe zusammen, steckte sie in seinen Rucksack und humpelte davon, ohne den Zöllner noch eines Blickes zu würdigen.

Die untergehende Sonne färbte die Wolken und Bergspitzen mit Purpur- und Pommeranzentönen, der See versank schon in der Dämmerung, als sie in eine Hohlgasse einbogen, die durch einen Wald nach Bösenreutin führte. Neben der kleinen Kirche brannte in einer Stube schon Licht. Hansjakob klopfte ans Fenster, und eine alte, verkrümmte Frau schlurfte heran, die meinte, es sei nicht mehr weit.

Im letzten Dämmerlicht zogen sie hinauf zur Anhöhe, und schon von weitem war das Gekläff des Hofhundes zu hören, der beim Näherkommen mit schaumtriefenden Lefzen an einer langen Kette hin und her raste. Die Kinder blieben in respektvollem Abstand stehen, während Hansjakob auf den Stall zuging, aus dem ein dünner Schein drang.

Der Hund schoss auf ihn zu und wurde am Kettenende so abrupt abgefangen, dass es seine Vorderbeine in die Höhe riss. Hansjakob beachtete ihn nicht, und als er eintrat, meinte er schemenhaft drei Leute auszumachen, die gerade mit dem Melken beschäftigt waren. Ein paar Kühe muhten unruhig, da sie den Fremden spürten.

»Grüß Gott«, sagte Hansjakob in die Finsternis, »ich bin der Hansjakob Mersburger und ich habe Kinder dabei, die nach Ravensburg auf den Markt müssen. Der Pater Korbinian von den Kapuzinern in Bregenz drüben hat mir gesagt, dass sie vielleicht bei euch für heute Nacht ein Dach über den Kopf kriegen können.«

»Warte einen Augenblick, wir sind gleich fertig«, kam die Antwort dumpf unter einer Kuh hervor.

»Wie viele sind es denn?«, fühlte nach einiger Zeit eine Frauenstimme vor.

»Neunzehn.«

»Um Gottes willen«, kam es erschrocken zurück.

Die Brayers waren beide um die Ende fünfzig, hatten fünf Kühe und zwei Ochsen im Stall. Hansjakob sah, dass für mehr Tiere Platz gewesen wäre und das Hofgebäude eigentlich für die paar Schwänze zu groß war.

»Na, dann schauen wir einmal«, meinte der Bauer, während er seine Hände mit einem Büschel Streue abwischte. Gemeinsam traten sie ins Freie und der Bauer stierte ins Dunkel, aber er konnte kaum etwas erkennen.

»Kusch!«, befahl er dem immer noch wild bellenden Hund, der sich sofort auf den Boden legte und unwillig vor sich hin knurrte.

»Neunzehne«, sagte er mehr zu sich, »ein ganz schöner Haufen. Aber das geht schon.«

»Vielleicht kannst du ja auch einen Buben oder eine Magd brauchen« hakte Hansjakob gleich ein.

»Nein, nein«, wehrte der Brayer gleich ab. »Wir haben schon einen alten Knecht, und mehr brauchen wir nicht. Ihr könnt im Heu schlafen, da ist genug Platz.«

Kaspanaze fielen schon im Stehen die Augen zu, und als er seinen Rucksack im Heu ablegte, ließ er sich einfach umfallen. Er war bereits am Einschlafen, als ihn Hansjakob aufscheuchte.

»Du musst noch etwas essen und trinken!«

Dem Buben waren Essen und Trinken gleichgültig. Er wollte nur noch schlafen, schlafen, schlafen, aber Hansjakob gab kein Pardon. Fast musste er Kaspanaze ins Wohnhaus ziehen, wo schon die anderen in der Stube saßen.

Die Bäuerin stand in der Küche, und auf dem Herd stand ihre größte Pfanne, in der sie »Brennt's Mus« zubereitete, grob geschrotetes, abgeröstetes Weizenmehl, das zu einem Brei verkocht, dann gesalzen und mit Milch übergossen wurde.

Hansjakob stand neben ihr und fragte ungeniert, wieso der Stall so groß, aber nur so wenig Vieh darin sei.

»Das ist eine traurige Geschichte«, seufzte die Bäuerin. »Wir hatten einen Buben. Den hat vor über zwanzig Jahren ein Stier an der Stallwand erdrückt. Andere Kinder haben wir nicht bekommen. Den Großteil der Felder bearbeitet der Nachbar. Den Knecht haben wir behalten, weil er schon fast seit seiner Kindheit auf dem Hof ist. Für was sollen wir uns abrackern und totschinden, wenn niemand da ist, der einmal weitermacht. Mein Mann ist darüber trübsinnig geworden.«

Als sie die Pfanne in die Stube trug, schlief Kaspanaze mit auf dem Tisch verschränkten Armen, und Hansjakob hatte einige Mühe, ihn wieder wachzubringen. Hunger hatte er keinen, aber Hansjakob sagte, er solle wenigstens so viel trinken, als er nur könne und dann im Tenn nahe am Tor schlafen, weil er sicher nachts ein paar Mal hinausmüsse.

Schlaftrunken wankte Kaspanaze dann über den mondbeschienenen Hof. Im Heu träumte er fiebrig, dass er daheim in seiner Bettstatt läge.

Bis nach Ravensburg war es noch einen knappen Tagmarsch, und der Kindermarkt war erst übermorgen. Hansjakob ließ die Kinder ausschlafen, und als sich alle am Pumpbrunnen gewaschen hatten, rief die Bäuerin, dass das Frühstück fertig sei und dass es Käskartoffel und für jedes so viel Milch gebe, wie es wolle.

Kaspanaze fühlte sich besser, aber er hatte immer noch keinen besonderen Appetit. Er würgte ein paar Löffel Kartoffeln hinunter und trank einige kleine Schlucke Milch. Hansjakob stellte ihm wieder die Kanne mit heißem Tee hin und forderte ihn auf, so viel wie möglich zu trinken.

Zum Abschied stellten sich die Kinder im Hof auf und riefen im Chor »Vergelt's Gott«, was dem Hund aber nicht geheuer vorkam, sodass er wie närrisch zu kläffen begann.

Der Weg zog sich weiter durch kleine Siedlungen und Dörfer, und Kaspanaze fiel auf, dass viele Namen mit »Weiler« endeten: Lampertsweiler, Doberatsweiler, Essratsweiler ... Die Landschaft war lieblicher, weiter und offener als die steilen Täler daheim, und es kam ihm alles irgendwie heller vor. Selbst die Sonne schien ihm leuchtender. An kleinen Weihern und Seen kamen sie vorbei, die Fuhrwerke, die ihnen begegneten, waren größer, und auch die Rösser waren stattlicher. Das Gras war schon viel weiter als zu Hause und wuchs saftiger, es gab auch viele Obstbäume, und die Häuser sahen anders aus.

Josefa, Alois und Kaspanaze liefen nebeneinander her, und manchmal blickten sie zurück auf die schneebedeckten Berge und dachten dann, dass dort hinten irgendwo ihre Eltern und Geschwister wohnten. Der Alois hielt mit seinem kürzeren Bein leicht Schritt, und je weiter sie gingen, desto näher kamen sie an Ravensburg, und es zog ihm dann das Herz zusammen, wenn er an seinen Bauern vom Vorjahr und dessen Grobheit dachte. Das war jetzt zwar schon ein Jahr her, aber es tat immer noch weh.

»Du musst auf dem Kindermarkt auf die Kreidestriche schauen«, sagte er unvermittelt zu Kaspanaze.

»Auf was für Kreidestriche?«

»Kinder, die bei schlechten Dienstplätzen waren und die Leute kennen, versuchen ihnen auf den Rücken mit Kreide einen Strich zu machen, um die anderen Kinder zu warnen. Du musst also unbedingt schauen, dass du irgendwie hinter den kommst, der dich kaufen will, um zu schauen, ob er einen Strich hat. Wenn dich dann so einer nehmen will, sagst du einfach, du seist schon verkauft. Aber es gibt natürlich Leute, die keinen Strich haben und trotzdem hundsgemein sind. Mit dem Strich weißt du nur, dass schon jemand bei dem oder der im Dienst war und einen schlechten Platz gehabt hat. Wenn ich meinen Saubauern erwische, kriegt der einen ganz dicken.«

Alois zog ein abgebrochenes Stück Schulkreide aus der Tasche, nahm es quer zwischen die Finger und machte eine Bewegung, als ob er mit der Querseite einen Strich ziehen wolle.

8. Kapitel

Kaspanaze wurde wach, weil sich Alois neben ihm umdrehte und ihm dabei den Ellbogen in den Rücken rammte. Er schreckte hoch und knallte mit dem Kopf gegen etwas Hartes. Benommen versuchte er sich klar zu werden, wo er war. Daheim war er jedenfalls nicht. Er ertastete ein glattes Brett mit einem runden Rand, konnte sich aber nicht erinnern, wie er darunter geraten war. Irgendwo aus dem Raum kam ein abgehacktes Schnarchen, das zu einem grollenden Ton wie bei einem Gewitter anschwoll und dann mit einem Schlag verstummte. Jetzt dämmerte ihm, dass er in der Gaststube einer Wirtschaft unter einer Bank lag und der Schnarcher über ihm sein Onkel Hansjakob war. Durch die gelb eingefärbten Butzenglasscheiben nahm er wahr, dass es nicht mehr lange dauern würde, bis sie aufstehen mussten. Er wartete, bis sich seine Augen an das diffuse Licht gewöhnt hatten, kroch ein Stück unter der Bank vor, damit er über niemanden hinwegsteigen und ihn aufwecken musste. Leise machte er die Tür auf, schlüpfte hinaus und ging zum großen Kastanienbaum, unter dem er sein Wasser abschlug. Aus der Gaststube drangen die anschwellenden und plötzlich aussetzenden Schlafgeräusche seines Onkels.

Gestern am Spätnachmittag waren sie hier angekommen, und Hansjakob hatte dem Wirt gesagt, dass er der Nachfolger vom Pfarrer Rüfer aus Auerberg sei, der ihn grüßen lasse. Und bestimmt könne er ihnen wie in den Vorjahren ein Quartier bieten. »Ihr müsst halt wie immer auf dem Boden und den Bänken übernachten, sonst habe ich nichts dagegen«, hatte sie der Wirt beschieden. Er hatte im Kachelofen noch ein paar Scheite nachgelegt und gemeint, in der Küche würde sich auch bestimmt noch etwas finden lassen. Die Kinder hatten ihn dankbar angeschaut und waren froh gewesen, dass sie nicht wieder im Heu schlafen mussten, wo es nach Mitternacht doch immer gefrörig kalt gewesen war.

Eine Magd mit großem Kopftuch und bunt gemusterter Schürze hatte mit Wasser verdünnten Most in zwei großen Krügen auf den Tisch gestellt und gemeint, sie sollten mit dem Trinken warten, bis es etwas zu essen gebe, weil sie sonst zwei Tage bräuchten, um ihre Räusche auszuschlafen, und dann sei der Markt vorbei. Gleich darauf war sie wiedergekommen, diesmal mit in Würfel geschnittenem Speck und einem Berg Brotscheiben, und alle Kinder waren sich einig gewesen, dass sie in ihrem Leben noch selten so etwas Gutes gegessen hätten.

Zwischendurch hatte die Wirtin hereingeschaut, die klein und dick war wie ihr Mann, »aber keine Glatze hatte«, wie Alois zur allgemeinen Gaudi festgestellt hatte.

Kaspanaze ging nicht mehr in die Stube zurück, da er sowieso nicht mehr hätte schlafen können. Zum ersten Mal war er jetzt allein, und vielerlei Gedanken stürmten auf ihn herab, die alle mit daheim zu tun hatten. Er wusste gar nicht, woran er zuerst denken sollte – an die Mutter mit ihrem dicken Bauch, der bestimmt nicht vom vielen Essen kommen konnte, an den Vater, der jetzt bestimmt im Stall war, an Mariann, die nun die Milch allein in die Sennerei tragen musste, weil es mit dem Schlitten nicht mehr ging …

So schön das Schwabenland war, in dem Milch und Honig zu fließen schienen wie im Gelobten Land der Bibel, so wäre er doch am liebsten zu den Bergen zurückgerannt. »Heim, heim, nur heim!« Das Wort biss sich in ihm fest wie der Zeck an der Minka-Katz im letzten Sommer. Er spürte nicht, wie ein Schluchzen in ihm hochstieg und auch nicht, dass es zu nieseln begonnen hatte. Er dachte an die Schläge und den Vater, und er hätte sie jetzt leicht ertragen, wenn er nur hätte wieder daheim sein können. Zu sich kam er erst wieder, als Hansjakob nach ihm suchte, weil die anderen schon auf seien und es gleich etwas zu essen gäbe.

Wie lange er schon so an der Hauswand gelehnt hatte, wusste er nicht, aber es musste eine ganze Zeit gewesen sein, weil es inzwischen schon taghell war.

Das »Brennt Mus« war bis zum letzten Krümel aus den Pfannen gekratzt, alle nahmen Aufstellung vor den Wirtsleuten und riefen ihr »Vergelt's Gott«, Hansjakob schob seine Krücken unter die Achseln und humpelte los.

»Es ist eine Schande«, sagte die Wirtin leise zu ihrem Mann, der stumm dem zerlumpten Haufen nachsah.

Ein kühler Märzwind strich über das weite Land, über dem schwere Wolken hingen. Der Weg war feucht, und der Lehm pappte schwer an den Schuhen. Wenn man ihn am nassen Gras abstreifte, war das Gehen zwar für ein paar Schritte leichter, aber das Schuhwerk, das in den letzten Tagen kaum trocken geworden war, sog sich noch mehr mit Wasser voll. Besonders die kleine Anna jammerte, dass es sie grausig frieren würde.

»Es ist nicht mehr weit«, tröstete sie Josefa. »Bald müssen wir die ersten Türme sehen. So viele Türme hast du noch nie auf einmal gesehen. Ich habe lange geglaubt, das seien alles Kirchtürme, aber erst auf dem Hof, wo ich letztes Jahr war, hat mir dann einmal die Schwester vom Bauern gesagt, dass die Türme ganz alt seien und sie glaube, dass sie noch aus der Ritterzeit stammen. Manche haben auch ganz komische Namen, einer heißt Mehlsack.«

Sie musste lachen. »Unter einem Mehlsack stellst du dir auch etwas anderes vor, oder?«

Josefa freute sich auf das Wiedersehen mit den Bauersleuten, die sie wie ein eigenes Kind behandelt hatten und auch heuer wieder aufnehmen würden. Das Einzige, was ihr nicht gefallen hatte, war das Gänserupfen, weil es einerseits eine langweilige Arbeit war, und andererseits musste man immer wie ein Häftlemacher aufpassen, dass einen die Tiere nicht in die Hände zwickten.

Weit vorne sahen sie schon die ersten Türme und windverquirlte Rauchfetzen aufsteigen. Immer mehr Fuhrwerke rollten an ihnen vorbei, und unter diesen waren auch viele ein- und zweispännige Kutschen, bei denen man den Rössern ansah, dass sie schon einen weiten Weg hinter sich hatten. Manch abschätziger Blick streifte sie, und Hansjakob bekam jedes Mal eine Mordswut, wenn sie von oben aus den Kutschen gemustert wurden wie Schweine oder Kälber. Die Kiesstraße ging über in Kopfsteinplaster, das bisher eher gedämpfte Klappern der vielen Hufeisen wurde härter, prallte an den hoch aufragenden Hauswänden ab und wurde hallend zurückgeworfen. Nach dem Kindermarkt brauchte er gar nicht zu fragen, sondern nur der Menge zu folgen. In der Bachstraße fand er dann auch gleich das Gasthaus »Krone«, vor dem schon eine Menge abgerissener Kinder standen.

Kaspanaze hatte immer wieder versucht, sich den Kindermarkt vorzustellen, aber nun war doch alles anders, als er es sich ausgemalt hatte. Da standen Frauen mit Äpfeln aus dem Vorjahr, Eier gab es in Hülle und Fülle, geschlachtete Hähnchen lagen zum Verkauf, lebende Hühner mit zusammengebundenen Beinen quetschten sich wie leblos nebeneinander auf dem Boden oder gackerten erschrocken in Holzkäfigen, wenn jemand dagegen stieß. Dazwischen schnatterten Gänse oder quiekte eine Sau, kleine, graufellige Kälber standen zitternd in der ungewohnten Kälte, ein hageres Männlein pries laut schreiend seine bemalten Nachttöpfe an, und eine füllige Marketenderin neben ihm lobte ihre Stoffe, die nur mit Gewalt kaputtzukriegen seien.

Es war ein Kommen und Gehen, und Kaspanaze fielen mehrere Männer, aber auch einige Frauen auf, die schon zum wiederholten Mal an den Kindern vorbeigingen und sie scheinbar uninteressiert aus den Augenwinkeln ansahen. Offensichtlich war ihnen die Auswahl noch nicht groß genug. Er fühlte sich unbehaglich, wenn er merkte, dass ihn ein abschätzender Blick streifte, und am liebsten hätte er sich in ein Mausloch verkrochen. Er beobachtete, wie ein großer Mann mit einem kalten Zigarrenstumpen im linken Mundwinkel auf die Nachbargruppe zuging und mit deren Führer ein Gespräch anfing, wobei er einen kräftigen Buben, der um die vierzehn sein durfte, nicht aus den Augen ließ. Er konnte zwar nichts verstehen, sah aber, wie der Mann nach einiger Zeit mit dem Stumpen auf den Buben deutete, worauf sich dieser aus der Gruppe löste und zu den beiden Männern trat. Der Mann mit der Zigarre redete auf die beiden ein, diese sahen sich mehrmals an und schüttelten den Kopf. Nach einiger Zeit aber streckte der Schwabe die Hand hin und der andere Mann schlug ein. Danach wechselten sie noch ein paar Worte, und der Bub ging mit dem großen Mann in die Wirtschaft.

»Das sind Tiroler aus dem Vintschgau«, sagte Hansjakob, »die haben einen weiten Weg hinter sich. Ihr braucht euch nichts zu denken, wenn man zu euch ›Tirolerkinder‹ sagt, auch wenn ihr keine Tiroler seid. Für die meisten sind das halt alles Tiroler, ganz gleich, wo sie herkommen.«

Als er gerade erklären wollte, wieso das so war, stieß Josefa einen Schrei aus, lief auf eine Frau zu, die suchend an den Kindergruppen vorbei ging und stürzte sich mit weit ausgebreiteten Armen auf sie. »Pia, Pia, da bin ich!«

Die Frau strahlte übers ganze Gesicht, als sie Josefa erkannte. »Das ist die Schwester von dem Bauern, bei dem ich letztes Jahr war«, rief sie hinüber zu Hansjakob, »sie holt mich ab, stimmt's, Pia?«

»Ja, ja, stimmt schon«, lachte die Magd, »und alle freuen sich schon auf dich. Sie ist eine ganz Brave«, meinte sie zu Hansjakob. »Sie sieht die Arbeit, ohne dass man sie ihr anschaffen muss. Zum Gänsehüten ist sie fast zu schade. Wir könnten sie im Haus brauchen. Aber Ihr habt sicher ein Kind dabei, das diese Arbeit übernehmen kann?«

»Ja, die kleine Anna«, rief Josefa und zeigte auf das kleinste Mädchen, das sich verschüchtert mit angstweiten Augen an die anderen in der Gruppe drückte.

»Aber die ist noch so klein, die rennen doch die Gänse einfach über den Haufen«, wandte die Magd ein. »Und was glaubst du, was mir mein Bruder erzählen wird, wenn ich so ein Zwergle mit nach Hause bringe!«

»Nein, die Anna ist tapfer und zäh, und dass sie noch so klein ist, dafür kann sie auch nichts. Du wirst schon sehen, sie gibt eine gute Gänsemagd ab, und außerdem kann ich ihr alles beibringen, was sie wissen muss.«

Pia versuchte noch ein paar Einwände, und als Josefa immer noch nicht lockerließ, fragte sie Hansjakob, was er denn davon halte.

Der schob seine rechte Krücke unter die Achsel und lachte hart: »Gute Frau, wer in dem Alter auf eigenen Beinen bis nach Ravensburg laufen kann, wird auch mit ein paar Gänsen fertig.«

»Was soll sie denn kosten?«, fragte die Magd unsicher.

»Dasselbe wie die Josefa letztes Jahr.«

»Das ist doch viel zu viel, Ihr seht ja, wie klein sie ist.«

»Wenn sie weniger arbeiten muss als die Josefa, kann man darüber reden. Aber das muss sie sicher nicht, weil die Arbeit die gleiche bleibt, oder nicht?«

Zögernd bejahte die Magd und Hansjakob hielt ihr seine offene rechte Hand hin. Sie überlegte noch einen Moment und schlug dann ein.

Josefa fiel ein Stein vom Herzen. Sie hätte sicher den ganzen Sommer über jeden Tag nachsinnen müssen, wie es der Anna wohl gehen würde. Nun aber war sie bei ihr, sie hatte jemanden, den sie kannte, und sie kam zu guten Leuten.

»Wenn ihr nicht werdet wie die Kinder ...«, dachte Hansjakob. »Selbst im Elend denken sie nicht nur an sich, sondern an andere, weil sie das Elend nicht als solches empfinden.«

Immer mehr Menschen gingen vorbei, die Blicke wurden direkter, suchender und abschätziger. Auffällig viele Männer standen beieinander und unterhielten sich über belanglose Dinge. Manch einer aber war mit den Gedanken ganz woanders und überlegte, ob nicht der Bub aus dem Lechtal ganz vorne einen kräftigeren Eindruck machte als der Inntaler, der ihm zuvor aufgefallen war. Auch ein Paznauner Büble machte einen ganz passablen Eindruck, aber dahinten standen auch noch Montafoner, und ein Haufen Schweizer aus Graubünden war auch noch da.

Alois sah ihn schon von weitem. Er stand mit drei anderen zusammen und führte das große Wort. Seine Stimme dröhnte, sein Lachen war roh. In Alois krampfte sich alles zusammen, und in seinem Kopf wirbelten die Bilder vom letzten Jahr wild durcheinander. Da war er, der Saubauer. Heiß stieg der Hass in ihm hoch. Er duckte sich, nahm seinen Kreidestummel fest in die Hand und schlich geschickt in einem weiten Bogen von hinten an ihn heran. Ja, das müsste gehen. Zwei Frauen in weiten Röcken gingen plaudernd nebeneinander direkt vor ihm und waren nur noch wenige

Schritte von dem Saubauern entfernt. Geduckt rannte Alois zwischen den Röcken durch und zog blitzschnell einen langen weißen Strich auf der rechten Mantelhälfte zwischen Schulterblatt und Hüfte. Der Bauer hatte etwas bemerkt und blickte nach rechts, während Alois nach links davon wischte, und die Frauen riefen erschrocken: »Huch«.

Der Bauer warf einen etwas verwirrten Blick über die Schulter, murmelte etwas von »närrischen Weibern« und vertiefte sich wieder in das Gespräch mit seinen Bekannten.

Breit grinsend kam Alois wieder zu den anderen zurück. Auf einen fragenden Blick Kaspanazes hielt er das Stückchen Kreide hoch und grinste noch breiter.

Hansjakob verhandelte währenddessen mit einem dicken Mann und seiner knochendürren Frau, die eine Magd und einen Hütebuben brauchten. Nach einigem Hin und Her waren auch der Peteranton und das Vevele für diesen Sommer in festen Händen.

Eine Frau war Kaspanaze zuvor schon aufgefallen, weil sie irgendwie anders aussah als die anderen. Sie war groß, hatte eine fleischige Nase, das Haar war seitlich zu jeweils vier Rollen eingedreht, und am Hinterkopf trug sie etwas Rundes, Geflochtenes mit goldenen Fäden, das ihm wie ein Heiligenschein vorkam. Das Kleid hatte bauschige Ärmel, die außen an den Achseln endeten. Aus dem Kleid ragte ein großer, weißer, gestickter Stehkragen, der fast bis zum Heiligenschein hinaufreichte und vorne von einer riesigen Schleife zusammen gehalten wurde. Nun blieb sie stehen und musterte die Mädchen, ohne Hansjakob zu beachten. »Ich suche eine Magd für den Haushalt.«

Ihre Stimme klang angenehm, doch Hansjakob merkte sofort, dass sie gewohnt war zu befehlen.

»Wohin kommt sie, und was muss sie können?«

»Mein Mann ist Kaufmann, und wir haben hier gleich um die Ecke einen Spezereiladen für Lebensmittel, Stoffe, Papier und sonst alles Mögliche. Mein Mann ist viel auf Reisen, und ich muss mich hier um das Geschäft kümmern. Wir haben einen großen Haushalt mit zwei Mägden, aber über den Sommer könnten wir noch ein Mädchen brauchen, das auf unsere beiden Kinder aufpasst und auch ein wenig im Geschäft zur Hand gehen und den Mägden helfen kann. Sie muss aber schon zupacken können. Was ist mit der dahinten?« Sie deutete mit zwei Fingern auf Moosburgers Angelika. »Die macht einen ganz guten Eindruck?«

»Ja, mit der bekommt Ihr eine Tüchtige«, bestätigte Hansjakob, fragte aber gleich: »Seid Ihr auch katholisch?«

»Nein, evangelisch. Aber keine Angst, ich brauche ein Mädchen zum Arbeiten und nicht zum Bekehren, und am Sonntag kann sie selbstverständlich mit den Mägden in die Kirche, die sind auch katholisch.«

»Ja, dann muss ich wohl kein schlechtes Gewissen haben. Und wie schreibt Ihr Euch?«, fragte er.

»Jehle, ich heiße Helga Jehle«, erwiderte die Dame. »Man kennt uns in ganz Ravensburg und weit darüber hinaus. Sie kommt an einen guten Platz, da könnt ihr die Leute fragen.«

Kaspanaze schaute derweil zu den Inntalern hinüber. Zwei etwa zwölfjährige Buben rauften mit hochroten Köpfen vor einem kleinen Mann mit schlechten Zähnen, der sie abwechselnd anfeuerte und meinte, dass sie zeigen sollten, wie viel Kraft sie hätten. Verbissen und wortlos kämpften die Buben miteinander, und als einem der beiden zunehmend die Luft ausging, meinte das Männchen, dass sie jetzt aufhören könnten, und fragte dann den Stärkeren, wie viel er kosten solle.

Während Kaspanaze immer noch gebannt zu den Tirolern hinübersah, packte ihn plötzlich jemand von hinten am Kragen seiner Joppe und riss ihn aus der Gruppe. »Heh, heh«, rief Hansjakob, »das ist keine Sau, sondern ein Mensch.«

»Reg dich nicht auf! Wenn ich eine Sau kaufe, will ich mir sie vorher auch anschauen. Aber eine Sau kann ich zum Metzger geben, wenn sie nichts wert ist. Den Buben aber muss ich bis in den Herbst durchfüttern.«

Er stellte Kaspanaze vor sich hin und musterte ihn eingehend von oben bis unten. »Na, wie du aussiehst, müsstest du noch Geld mitbringen, dass dich einer nimmt. Schmalz hast auch keines«, meinte er, als er den Buben an den Oberarmen fasste, um seine Muskeln zu prüfen.

»Sieben Gulden.«

»Keinen Gulden«, entgegnete Hansjakob, der alle Mühe hatte, sich in der Gewalt zu halten und hier mitten auf dem Markt keinen Spektakel anzufangen. »Keinen Gulden, weil die Sorte von Leuten kenne ich. Sich die Schwächsten aussuchen, dann den Preis herunterhandeln und sie schaffen lassen wie die Brunnenputzer. Bevor der Bub mit so einem wie dir geht, geht er wieder mit mir heim, und wenn er dort Gras fressen muss.«

Der vierschrötige Mann schimpfte noch etwas von Undankbarkeit und Gesindel, und als er sich umdrehte, sah man auf seinem Rücken einen Kreidestrich. Er stampfte hinüber zu den Kindern aus dem Paznauntal, wo er sich auch wieder den am schwächlichsten aussehenden Buben herauslupfte.

Es ging schon auf Mittag, und bis auf Kaspanaze und den Alois waren alle Kinder schon irgendwo untergekommen. Dem Alois wurde das Stehen und Warten langweilig, und auch die Füße begannen zu brennen. Er wollte nur ein paar Schritte gehen und sich kurz die Stände anschauen. Er kam aber nicht weit, als er die Stimme hörte, bei deren Klang sich wieder alles in ihm zusammenzog. »Na Alowiese (Alois), suchst noch eine Stelle? Kannst wieder zu mir kommen. Ich würde mich halt noch einmal erbarmen.«

Er drehte sich um und sah dem Menschen in die Augen, den er bis auf den Grund seiner Kinderseele verabscheute und den er auch jetzt noch fürchtete wie sonst keinen auf Erden, obwohl er ihm nichts mehr anhaben konnte.

»Nein, ich bin schon verkauft«, stotterte er und wich dem Blick aus, weil der Bauer natürlich merkte, dass er log.

»Ha, ha, ha, an wen denn? So einen halblahmen Krüppel wie dich nimmt doch niemand außer so einer wie ich!« »Ich bin aber schon verkauft. An den Bodensee hinunter auf einen großen Hof«, log er beharrlich weiter. »So, und jetzt muss ich gehen, weil der Bauer wartet schon.«

Alois rannte schnurstracks zurück, und während er noch atemlos über sein Zusammentreffen erzählte, kam ein älterer kahlköpfiger Mann mit einem riesigen Bauch, über den sich eine schwere silberne Kette spannte, auf sie zu. »So, so, dem Pfarrer Rüfer ist es jetzt anscheinend doch einmal zu weit geworden. Ja, ich erkenn schon am Dialekt, wo ihr herkommt«, lächelte er. »Ich habe immer wieder bei ihm einen Buben geholt, wenn ich einen gebraucht habe. Ich bin der Georg Bentele aus Baienfurt und habe dort eine Brauerei mit einer Wirtschaft. Ich könnte wieder ein Büble brauchen, hauptsächlich zum Kegel aufstellen in der Kegelbahn im Gastgarten. Aber auch in der Brauerei sollte er mithelfen können. Aber viele habt ihr ja nicht mehr«, meinte er abschätzend mit einem Blick auf Alois und Kaspanaze. Alois blieb ruhig stehen und vermied jede Bewegung, die sein Hinken verraten konnte. Hansjakob merkte, dass er an Kaspanaze kaum Interesse hatte.

»Ja, der Alois, der wäre sicher was, der hat Kraft und ist das Schaffen gewohnt.«

»Was soll er denn kosten?«

»Fünfzehn Gulden und Gewand.«

»Fünfzehn ist schon ein bisschen viel, dreizehn wäre ich einverstanden.«

»Schaut ihn euch an, für fünfzehn Gulden werdet ihr kaum einen kräftigeren Buben in dem Alter bekommen.«

»Also, machen wir vierzehn, das ist für beide ein gutes Geschäft.« Er hielt Hansjakob die Hand hin, der dann nach einiger Zeit scheinbaren Zögerns einschlug.

Sie unterhielten sich noch übers Wetter, und der Bentele fragte, wie denn der Weg über die Berge gewesen sei.

Alois stand noch immer wie festgewachsen an seinem Platz. Ihm grauste vor dem ersten Schritt, mit dem der Schwindel auffliegen würde. Er spürte, wie sein Mund ganz trocken wurde, und im Stillen haspelte er ein »Gegrüßet seist Du, Maria« herunter.

»So, Alois, komm, wir gehen jetzt noch etwas essen. Vergiss dein Zeug nicht.«

Umständlich nahm Alois sein Bündel auf und hielt es vor sich über dem Boden. Dabei hoffte er inständig, dass dem Bentele nicht gleich auffallen würde, dass er hinkte.

»Was ist mit deinem Fuß? Hast du den verrenkt?«

»Nein, das habe ich schon von Geburt auf.«

So, nun war es heraußen. Dem Alois war nun leichter zumute, und nun war es ihm auch gleichgültig, wenn ihn der dicke Mann wieder zurückschicken würde.

Dieser blieb so schlagartig stehen, als ob er gegen eine Mauer gelaufen wäre. Sein Gesicht war nun nicht mehr so freundlich, und sein Kopf wurde noch roter, als er schon war.

»Hereinlegen wolltet Ihr mich«, fuhr er Hansjakob sichtlich verärgert an. »Habt Ihr wirklich geglaubt, dass Ihr den Schwindel lange durchziehen könnt?«

»Nein, das nicht. Aber was hätte ich tun sollen? Wenn Ihr gewusst hättet, dass er hinkt, hättet Ihr es auch wie die anderen gemacht und ihn stehen lassen. Wenn Ihr nicht wollt, braucht Ihr ihn aber nicht zu nehmen. Dann suchen wir halt weiter. Der Bauer vom letzten Jahr wollte ihn auch schon wieder haben, aber das war ein Schinderplatz.«

»Vielleicht hätte ich es auch so gemacht«, meinte der Bentele, »aber genommen hätte ich ihn auch so.«

Hansjakob hatte da aber so seine Zweifel und meinte dann, dass man das eben den Leuten nicht ansehen würde.

Die beiden Männer lächelten sich an, und der Bentele konnte sich nicht mehr halten und begann dröhnend zu lachen. Hansjakob konnte auch nicht anders, und so standen zwei erwachsene Männer in der Bachstraße und schütteten sich vor Lachen darüber aus, dass der eine den anderen hereingelegt hatte und der andere feststellen musste, dass er eigentlich ganz der gleiche Spitzbub war. Dem Bentele lief das Wasser über die Wangen, und Hansjakob schlug immer wieder seine Krücke auf das Kopfsteinpflaster, und jedes Mal, wenn sie sich ansahen, prusteten sie wieder los.

»Komm, Alois, jetzt gehen wir aber einkehren, sonst dreht mir der feine Herr sonst noch was auf«, meinte der dicke Gastwirt und klopfte dem Buben auf die Schulter.

Kaspanaze war zum Heulen zumute, als er nun ganz allein mit Hansjakob dastand. Alle anderen hatten einen Platz gefunden, nur ihn wollte offensichtlich niemand. Die Zeit verging ganz langsam, und immer weniger Leute kamen vorbei. Hansjakob sagte immer wieder, dass er schon noch eine Stelle finden würde. Man müsse nur Geduld haben.

Ein Mann mit einem ins Genick geschobenen Hut und einem Lodenmantel blieb stehen, fixierte Kaspanaze von oben bis unten, sagte aber kein Wort.

»Was soll der kosten?«, fragte er in freundlichem Ton.

»Fünfzehn und Gewand«, sagte Hansjakob.

»Zwölf, schau doch, wie der aussieht. Der ist ja krank. Den muss man zuerst einmal ein paar Tage auffüttern. Für zwölf würde ich ihn nehmen, weil er mir Leid tut.«

»Dreizehn. In zwei Tagen ist der wieder gesund und munter wie ein Vogel. Er hat sich halt auf dem Herweg erkältet.«

Hansjakob war sich im Klaren, dass er nicht mehr allzu viele Möglichkeiten hatte, Kaspanaze unterzubringen. Er versuchte noch einmal, den Preis auf dreizehn Gulden und Gewand zu halten, aber der andere ging nicht darauf ein.

»Zwölf und doppelt Häs oder gar nicht. So einen kriegst du an jedem Eck. Ich mache es nur, weil er mir Leid tut.«

Hansjakob zögerte einen Moment, schlug dann aber ein.

»Wo kommt Kaspanaze hin und wie heißt Ihr?«

»Wie heißt er? Kaspanaze? Sonderbarer Name. Ich heiße Gebstetter, mit Vornamen Baptist, und mein Hof ist in Witterschwende. Mich kennt man weitum«, erwiderte er stolz.

Hansjakob notierte Namen, Ort und Preis auf seinem Zettel und steckte ihn dann in seinen Rucksack.

»Passt mir gut auf den Buben auf. Er gehört meiner Schwester, und ich habe ihr versprochen, dass er an einen guten Platz kommt.«

»Bei uns ist er gut aufgehoben«, meinte der Gebstetter fast beleidigt und wandte sich dann an Kaspanaze:

»Komm, nimm dein Zeug, wir gehen.«

»Kriegt der Bub denn nichts zu essen wie die anderen?«, wollte Hansjakob wissen.

»Daheim. Es ist nicht allzu weit. Dann kann er sich richtig satt essen. Die Portionen in den Wirtschaften sind sowieso zu klein«, antwortete fürsorglich der Bauer.

Hansjakob drückte seinem Neffen den Reisepass und das Schreiben vom Pfarrer in die Hand und ermahnte ihn, es bald dem Hochwürden an seinem neuen Wohnort zu bringen, damit dieser im Herbst auch eintragen könne, ob er auch brav am Sonntag in der Kirche und der Christenlehre gewesen sei. Außerdem solle er gut auf sich Acht geben.

Hansjakob hatte keine Lust, sich noch ins Wirtshaus zu setzen und sich von allen möglichen Leuten ausfragen zu lassen. Er wollte schauen, dass er hier wegkam, und lieber heute noch ein gutes Stück Weg hinter sich bringen.

Gemächlich ging der Gebstetter neben Kaspanaze zu seinem Fuhrwerk. Wenn er schon in der Stadt war, wollte er wenigstens in der Wirtschaft noch ein paar Krüge Bier trinken. Aber er war nicht an einer Auseinandersetzung mit Hansjakob interessiert, wenn dieser mitbekommen sollte, dass der Bub draußen bleiben musste. Immer wieder wandte er sich um, und als er dann den Invaliden davon humpeln sah, beschleunigte auch er seinen Schritt.

Kaum war Hansjakob aus seinem Blickfeld verschwunden, wurde auch sein Schritt schneller, und die Freundlichkeit wich schlagartig aus seinem Gesicht.

»Ich gehe noch in die Wirtschaft, du wartest hier, verstanden? Und pass mir gut auf das Ross auf!«

Seine Stimme klang mit einem Mal böse und gemein.

Kaspanaze nickte verängstigt.

Als der Gebstetter sich umdrehte, um in die »Krone« zu gehen, durchzuckte Kaspanaze der Schreck vom Haar bis zu den Zehenspitzen: Auf dem Rücken der rechten Mantelseite prangte ein breiter Kreidestreifen.

Alois saß mit seinem neuen Dienstherren in der warmen Gaststube hinter einem halb leeren Teller mit fingerdicken, goldgelben Schupfnudeln, zwischen denen Krautfäden glänzten und die nach geröstetem Speck rochen. »Lang zu, die geben Kraft. Schmalz gibt Schmalz«, lachte der dicke Bentele über seinem Schweinebraten und wischte sich mit einem großen Taschentuch den Schweiß von Stirn und Glatze.

»Ich zwing das nicht mehr«, stöhnte Alois. »Kann ich hinausschauen, ob der Kaspanaze noch draußen steht?«

»Sicher, schau nur.«

Am Platz, an dem sie gestanden hatten, fand er niemanden mehr. »Scheint's hat er doch noch eine Stelle bekommen«, dachte er. »Aber irgendwo muss er ja noch sein.«

Einer Eingebung folgend ging er hinüber zu den Rössern, und da fand er ihn auch hinten auf einem Leiterwagen vornüber gebeugt sitzend. Als er das Ross sah, fuhr er zusammen.

»Jessas, Kaspanaze, gehört das deinem Bauern?«

»Ja, er ist in die Wirtschaft, und ich soll da warten, hat er gesagt«, würgte Kaspanaze stoßweise heraus, während ihm die Tränen und der Rotz über das Gesicht liefen und ihn ein Weinkrampf durchschüttelte.

»Jessas, das Ross gehört meinem Saubauern vom letzten Jahr. Hast du denn den Strich nicht gesehen? Hast du ihn nicht gesehen? Mit mir hat er es gleich gemacht. Er hockt in der Wirtschaft, bis er kaum mehr gehen kann, und bei der Heimfahrt brüllt und flucht er herum, und du musst dann auch noch aufpassen, dass der Hornochs nicht vom Wagen fällt. Zum Essen hat er dir bestimmt auch nichts gegeben?«

»Nein, aber ich habe eh keinen großen Hunger.«

»Aber du musst etwas essen«, beharrte Alois, »bis ihr auf den Hof kommt, ist es noch lang. Ich hab noch einen halb vollen Teller drin stehen, warte, ich bring ihn dir heraus.«

Baptist Gebstetter war ein großer, schwerer Mann mit einem fast viereckigen Schädel und einem hervorspringenden Kinn. Seine Augen standen eng beieinander und hatten einen stechenden Blick. Über den wulstigen Lippen trug er ein kleines Bärtchen, das über die Mundwinkel herabreichte. Der speckig glänzende Hut saß immer schräg zurückgeschoben auf dem Kopf. Seine Stimme war laut und hatte einen gemeinen Unterton, und wenn er lachte, wieherte er wie ein Pferd.

Es hatte ihn einige Überwindung gekostet, dem Einbeinigen freundlich zu begegnen. Aber er brauchte unbedingt einen Tiroler. Dieses Jahr schien es wie verhext zu sein – jeder Bub, den er haben wollte, sagte, dass er schon vergeben sei.

Baptist Gebstetter verachtete alle, die keine Bauern waren und keinen Grund und Boden hatten.

Handwerker, Lehrer, Beamte waren für ihn bestenfalls Menschen zweiter Klasse, und auf der alleruntersten Stufe standen die Dienstboten. Knechte und Mägde betrachtete er als persönliches Eigentum, und er behandelte sie auch so, weshalb es niemand lange bei ihm aushielt.

Alois hörte die verhasste Stimme schon durch die geschlossene Türe, und er öffnete sie einen Spalt breit. Der Saubauer saß mit dem Rücken zum Gang an einem Tisch mitten in der Gaststube. Blitzschnell huschte er unbemerkt an ihm vorbei und setzte sich wieder an den Tisch zum Bentele. Die kalten Kartoffelnudeln standen noch immer da. »Kann ich die dem Kaspanaze bringen? Der sitzt draußen auf dem Wagen und bekommt nichts zu essen?«

»Aber nicht so kalt. Da verrenkt er sich ja noch den Magen. Die Wirtin soll sie noch einmal auf den Herd stellen. Bring den Teller zu ihr hinüber und sag ihr, dass du zu mir gehörst. Sie soll noch einen Schöpfer voll dazumachen.«

Als er aufstand, bemerkte ihn der Gebstetter.

»So, so, das ist also dein neuer Bauer. Ich hab gar nicht gewusst, dass der Bentele auch noch einen Hof am See unten hat. Lügen kannst du ja wie gedruckt, und wer lügt, der stiehlt auch. Pass nur auf, Bentele, der war letztes Jahr bei mir, und ich bin gottfroh, dass ich ihn loshabe. Du wirst mit dem noch dein Wunder erleben«, schrie der Gebstetter quer durch die Gaststube.

Alois stand käsweiß mit dem halb vollen Teller da und es tat ihm körperlich weh, wie ihn alle anstarrten. »Ja, von den Bettlerkindern kann man auch nichts anderes erwarten ...«, sagte einer beipflichtend.

»Da-da-das stimmt dodoch nicht«, wollte sich Alois verteidigen, aber der Bentele sagte zu ihm: »Komm, lass ihn reden. Man weiß ja, wer es sagt.«

Als er mit den aufgewärmtem Schupfnudeln am Gebstetter vorbei wollte, packte ihn dieser mit einer schnellen Bewegung am Arm, dass ihm fast der Teller ausgekommen wäre.

»Wo willst denn damit hin, Bürschle?«, fauchte er ihn an.

»Zum Kaspanaze.«

»Soso, zum Kaspanaze«, äffte er. »So heißt doch der Bub, der jetzt zu mir kommt. Der kriegt schon noch was zum essen, aber nicht hier und nicht jetzt, sondern wenn wir auf dem Hof sind. Das ist mein Tiroler, und der geht dich gar nichts an«, brüllte er.

Im hinteren Teil der Gaststube saß ein blonder Mann mit akkurat gescheitelten Haaren. Kaum jemand schenkte ihm Beachtung. Als der Tumult immer größer wurde, stand er auf, legte ein paar Münzen auf den Tisch, faltete seine Zeitung zusammen, schob sie in die rechte Jackentasche und ging langsam vor zum Tisch, an dem der Gebstetter immer noch den Buben festhielt. Vor diesem blieb er stehen, verbeugte sich leicht und sagte:

»Gestatten, Whitehead. Peter Whitehead aus Amerika.«

Auf einmal war es mucksmäuschenstill in der Gaststube.

Wortlos nahm er dem Alois den Teller aus den Händen.

»Wo ist denn dein Freund?«

»Drüben bei den Rössern«, antwortete Alois.

Der Gebstetter hatte sich inzwischen von der ungewohnt höflichen Anrede erholt und war wieder ganz der Alte.

»Du feines Bürschle, trau dich. Ich schlag dich aus deinem noblen Anzug. Der Tiroler gehört mir und geht so einen hergelaufenen Lackaffen nichts an, auch wenn er aus Amerika kommt!«

Der Amerikaner beachtete ihn gar nicht und sagte zu Alois: »Komm, zeig ihn mir!«

Zusammen gingen sie wortlos durch die Tür, die jemand aufhielt. Der Gebstetter wollte ihnen zwar folgen, aber die anderen drückten ihn zurück auf seinen Stuhl.

Kaspanaze saß immer noch unbeweglich auf dem Leiterwagen und weinte tränenlos. Als er den halben Teller geleert hatte, sagte er zu Alois, dass er am liebsten wieder nach Hause laufen würde.

»Genau das wirst du nicht tun. Da musst du jetzt durch«, sagte darauf Whitehead. »Wir machen das anders. Ich bin noch länger in Deutschland und wohne bei Verwandten in Zogenfeld. Wir können uns am Sonntag nach der Kirche treffen, und wenn der Bauer dumm tut, kriegt er es mit mir zu tun.«

Alois beschrieb ihm den Weg und die Lage des Hofes in Witterschwende, und der Amerikaner meinte, das sei zwar ein ganz schönes Stück Weg, aber mit einem guten Fuhrwerk wäre es sicher kein großes Problem.

»Warum macht Ihr das?«, fragte Alois misstrauisch.

Whitehead lächelte. »Ich arbeite bei einer Zeitung in Amerika, und meine Vorfahren kommen aus Zogenfeld. Eigentlich heiße ich Weißhaupt, aber mein Vater hat den Namen amerikanisieren lassen. Whitehead heißt nichts anderes als Weißhaupt. Weißt du, es ist noch nicht so lange her, dass bei uns in Amerika die Sklaverei abgeschafft wurde. Was hier mit euch passiert, ist zwar keine Versklavung, aber auch nicht weit davon entfernt. Aber das erkläre ich später einmal. Wir werden uns sicher noch öfters sehen. So, und nun müssen wir zurück. Dein Dienstherr glaubt sonst noch, du seist ausgerissen, und ich muss auch weiter.«

Alois klopfte an der Küchentüre und gab den Teller und den Löffel zurück. In die Gaststube traute er sich nicht, weil er Angst vor dem Gebstetter hatte. Er wartete einige Zeit im Gang und bat dann einen anderen Buben, dem Bentele auszurichten, dass er heraußen auf ihn warten würde. Der andere war ein Inntaler, und es dauerte, bis er verstand, was der Alois in seinem singenden Dialekt von ihm wollte.

Bald darauf schob der Bentele seinen gewaltigen Wampen durch die Tür. »Da hast dein Zeug, und jetzt gehen wir heimwärts, die Frau wird schon gespannt sein, wen ich mitbringe.«

Pferde und Fuhrwerke standen nicht mehr viele herum.

»Weißt du, manche Bauern kommen fünf bis sechs Stunden weit her auf den Kindermarkt, um sich einen Buben oder eine Gänsemagd zu holen. Die müssen schon schauen, dass sie rechtzeitig wieder heimkommen, solange es halbwegs hell ist. Die Tage sind halt noch nicht so lang.«

Dann schwieg er, weil er zu sehr schnaufen musste.

Kaspanaze kauerte immer noch wie ein Häufchen Elend auf dem rückwärtigen Teil des Leiterwagens und wartete gottergeben auf den Gebstetter.

»Wenn du den Alois besuchen willst, kannst du an den Sonntagen gerne kommen. Brauchst nur nach der Brauerei und dem Bentele in Baienfurt zu fragen. Einen Hunger kannst auch mitbringen. Da werden wir schon auch noch etwas finden.«

»Pass auf, Kaspanaze, das muss ich dir noch sagen«, sprudelte es aufgeregt aus dem Alois heraus. »Der Saubauer ist zwar grob und gemein. Sie aber ist gemein und ganz hinterfotzig. Sie legt im Haus Geld aus, um zu prüfen, ob du stiehlst. Du musst immer schauen, dass du es vor der Magd findest, die steckt es ein und tut dann ganz unschuldig und du bekommst die Prügel. Ludmilla heißt sie, wenn das Luder noch da ist.«

»Für jeden Hennenfurz gibt es Vorschriften und Gesetze. Aber dass man solchen Leuten Kinder anvertraut, wo sie verrohen müssen, da regt sich niemand auf«, dachte der Bentele bitter.

»Komm jetzt, Alois, wir müssen. Und du mach es gut, und wenn du einen Gespanen brauchst, kommst nach Baienfurt.«

Irgendwann kam dann auch der Gebstetter. Kaspanaze hatte noch nicht viele Betrunkene gesehen, aber jetzt wusste er schlagartig, wie ein Besoffener aussieht. Breitbeinig steuerte der Bauer auf den Leiterwagen zu und wollte sich am oberen Holm festhalten, verschätzte sich aber in der Entfernung, machte eine halbe Drehung und erwischte noch im letzten Moment eine Sprosse. Sein Kopf knallte dumpf auf den Holm, der Hut flog im hohen Bogen davon und blieb auf ein paar frischen Rossbollen liegen. Aus dem linken Nasenloch quoll ein breiter Blutschwall. Kaspanaze sprang vom Wagen, hob den Hut auf und streckte ihn dem Gebstetter entgegen. Der stierte ihn verständnislos an.

»Der Hut«, sagte Kaspanaze.

»Das ist meiner. Wie kommst du zu meinem Hut«, lallte der Gebstetter und hatte alle Mühe, sich am Wagen festzuhalten. »Wer bist du eigentlich ... ach so ... ja, ja, der Tiroler«, dämmerte es ihm wieder langsam. Mit einer schnellen Bewegung fischte er nach seiner Kopfbedeckung, setzte sie aber verkehrt herum auf.

»Verkehrt ...«, deutete Kaspanaze zaghaft.

»Hä?«

»Der Hut ist verkehrt herum.«

»Und? Geht's dich was an?«

Der Gebstetter verdrehte die Augen und versuchte, seinen Hutrand zu erspähen, während er schniefend das Blut hochzog und es dann als dunkel verfärbte Klumpen auf das Pflaster spuckte. Gesicht und Mantel waren mit Blut besudelt. Auch das Ross merkte, dass irgendetwas nicht stimmte, und wieherte unruhig. »Herrgottsakrament, ja himmelherrgottsakrament«, fluchte der Gebstetter dann plötzlich so heftig, dass Kaspanaze erschrocken zusammenfuhr. Beim Aufsteigen war er auch noch von der Radspeiche abgerutscht und hatte sich das Schienbein aufgeschlagen. Endlich saß der Bauer auf dem über dem Wagen quer liegenden Brett, fasste die Zügel und wollte losfahren. Aber das Pferd wieherte nur laut auf und rührte sich nicht von der Stelle.

»Das Ross ist angebunden und die Bremsen sind auch noch zu«, schrie Kaspanaze. »Dann bind es los, für was hab ich dich denn«, schrie der Gebstetter lallend zurück.

»Was habt denn ihr da für eine Kugelfuhr? Dein Bauer hat vielleicht einen Rausch beieinander. Komm, ich helf dir«, meinte ein Mann, der zufällig vorbeikam. Er löste die Bremse und dirigierte das Pferd am Halfter rückwärts.

»Wo müsst ihr denn hin?«

»Nach Witterschwende«, antwortete Kaspanaze.

»Na, hoffentlich ist das Ross gescheiter als sein Herr und kennt den Weg. Dein Bauer kennt ihn, wie's ausschaut, nicht mehr. Der weiß wahrscheinlich nicht einmal mehr, wie er heißt.«

»Hüh«, sagte der Gebstetter, als er merkte, dass das Fuhrwerk nicht mehr angebunden war, und das Pferd setzte sich in Bewegung.

»Da hast du aber einen Bauern erwischt. Der täte dich gerade da stehen lassen«, lachte der Mann, als er sah, dass der Gebstetter den Buben gar nicht wahrnahm. Kaspanaze rannte dem Fuhrwerk nach und sprang auf den Wagen.

Wie es schien, wusste aber der Bauer oder wenigstens das Ross, wo es hinging. Der Gebstetter schwankte wild auf dem Brett hin und her, und Kaspanaze schickte mehr als nur ein Stoßgebet nach oben, dass ihm der schwere Mann nicht herunterfallen möge.

Sie waren schon längst aus Ravensburg heraus, und es ging durch eine hügelige Landschaft vorbei an großen Bauernhöfen, und Kaspanaze schien es, dass jeder neue Hof, an dem sie vorbeikamen, größer war als der vorige. Auf einmal tat es einen lauten Rumpler, und der Bauer kippte rücklings der Länge nach in den Leiterwagen, wo er regungslos liegen blieb. Gleichmütig trottete das Ross weiter.

»Um Gottes willen, was soll ich jetzt bloß machen?«, durchfuhr es Kaspanaze, als sich der Gebstetter stöhnend aufrichtete und seinen Kopf rieb.

»Wer bist denn du? – Ach so, der Tiroler. Das passt ja gut. Ich muss jetzt ein bisschen schlafen, meine Alte braucht mich so nicht zu sehen. Es geht immer geradeaus. Da, setz dich nach vorn. Es kommt dann ein langes Stück durch den Wald, und auf der rechten Seite ist ein Bildstock. Dort weckst du mich. Mit einem Ross kannst du ja umgehen.«

Das Letztere war keine Frage, sondern ein Befehl. Der Gebstetter zog seine Beine zurück, die immer noch auf dem Sitzbrett lagen, und machte dem Buben Platz.

Kaspanaze war noch nie allein mit einem Fuhrwerk gefahren, und von einem schwäbischen Ross hatte er schon überhaupt keine Ahnung. Er hoffte nur, dass alle Rösser die gleiche Sprache verstünden, und er dachte, dass er es halt ausprobieren müsste.

»Hot, hot!« Tatsächlich, das Pferd zog nach rechts. »Wiest«, und es ging nach links, und als er »Brrr« machte, blieb es auch stehen.

Der Bauer hatte seinen Kopf in die linke Armbeuge vergraben und gab nur gelegentliche Grunzer von sich, die etwas lauter ausfielen, wenn ein Rad durch ein Pfützenloch holperte. Wenn es nach Kaspanaze gegangen wäre, hätte es ewig so weitergehen können. Der Grobian lag friedlich auf dem Leiterwagen, und der Bub hatte kein Verlangen, dessen böse Frau und die verschlagene Magd kennen zu lernen.

Eine Frau mit einer Ziege kam ihnen entgegen. »Du bist wohl der neue Bub beim Gebstetter?«, fragte sie neugierig, und Kaspanaze antwortete kurz mit »Ja«, getraute sich aber nicht anzuhalten, weil er Angst hatte, dass der Bauer aufwachen könnte.

Im Wald sogen die Bäume das Licht auf, es wurde dämmerig, und durch die klammen Kleiderfetzen griff die Kälte. Beim Bildstock hielt Kaspanaze das Fuhrwerk an, und das Ross blieb auf sein Kommando auch gleich stehen.

»Wir sind am Bildstock«, rief er zaghaft nach hinten. Von dort kam aber nur ein unwilliger Rülpser. Er wusste nicht, was er machen sollte, aber auf keinen Fall wollte er, dass der Bauer zornig würde.

Das Pferd trippelte ein paar Schritte vorwärts. »Brr«, machte er erschrocken.

Nach einer Weile rief er wieder, diesmal aber fester: »Wir sind beim Bildstock!« Aber wieder kam nur ein Grunzen.

»Es hilft alles nichts, ich muss ihn wecken, auch wenn er bös wird«, dachte der Bub, drehte sich auf dem Kutschbrett um, packte den Gebstetter am Stiefel und zog heftig daran.

»Herrgottsakrament, was ist denn los«, maulte der Bauer.

»Wir sind am Bildstock«, sagte Kaspanaze und bemühte sich, seine Furcht nicht zu zeigen.

»Kannst auch gleich sagen!«

Mühsam setzte sich der Gebstetter auf, fasste schwerfällig die beiden oberen Holme des Leiterwagens und zog seinen massigen Körper nach vorne auf das Sitzbrett, wobei er sich nochmals das Schienbein anschlug. Kaspanaze war vorsichtshalber abgesprungen, ging um den Wagen herum und stieg hinten wieder auf.

»Hüh, hüh, vorwärts«, schrie der Gebstetter und schlug die Zügel auf den Rossrücken, wo sie mit einem schmatzenden Geräusch aufprallten.

Der Weg schlängelte sich durch weite Wiesen, auf denen viele Obstbäume standen. Hinter einer Kuppe tauchte unversehens eine Kirchturmspitze auf. »Witterschwende«, rief der Gebstetter nach hinten, ohne sich umzudrehen. Es war das erste Wort, das er von ihm hörte, das nicht böse oder drohend klang. In Kaspanaze keimte so etwas wie Hoffnung, dass der Alois vielleicht übertrieben haben könnte.

Neben der Kirche mit einem großen Friedhof stand ein viereckiges Haus, bestimmt der Pfarrhof, weil die alle überall gleich aussahen. Auf der anderen Seite stand ein lang gestreckter Bauernhof mit einer Gastwirtschaft. In das rückwärtige Stallgebäude trieb ein einäugiger Knecht gerade die Kühe vom Brunnentrog zum Melken.

»Grüß dich, Marte. Sind die Kühe noch so groß, dass du sie mit einem Auge siehst?«, grölte der Gebstetter, aber der Knecht tat so, als habe er nichts gehört.

An einem Haus mit einem breiten Tor lehnten eisenbeschlagene Räder, an denen teilweise Speichen fehlten. Deichseln lagen aufgeschichtet auf einem Haufen, daneben ein paar Zugwagen. Der Wagner grüßte kurz, und auch Kaspanaze erwiderte schüchtern den Gruß.

Ein Windhauch trug den Geruch von verbranntem Horn über die Straße. Der Schmied kam gerade mit einem glühenden Hufeisen aus der Werkstatt, vor der ein Ross angebunden war.

»Wiest, wiest«, rief der Gebstetter und dirigierte sein Pferd auf die andere Straßenseite.

»Bei meinem anderen Ross sind die Hufe los und dem Max kannst du auch welche verpassen. Der Knecht und der Bub da« – er deutete mit dem Kopf nach hinten – »kommen am Montag mit ihnen vorbei.«

Der Schmied kam gar nicht dazu, eine Antwort zu geben, weil der Gebstetter es nicht für nötig hielt anzuhalten.

Nach dem Dorfende kam wieder ein Waldstück und gleich danach bog der Bauer nach links in einen Weg ein, der schmaler, dafür aber auch holperiger war als die bisherige Straße.

Von einem einzeln gelegenen Hof sah Kaspanaze Rauch aufsteigen, und er fühlte, dass es nun nicht mehr weit sein könne.

»Da ist's«, knurrte der Bauer und machte eine Handbewegung nach vorne. Dann sagte er nichts mehr.

Kaspanaze war nun nicht mehr nach Schauen zumute, sondern er stellte sich vor, wie die Bäuerin aussehen würde und ob sie wirklich so bös war, wie der Alois gesagt hatte.

9. Kapitel

Holpernd ratterte das Fuhrwerk in den an einigen Stellen mit grobem Kies aufgefüllten Hof, und noch während des Fahrens schrie der Bauer: »Vinzenz! Vinzenz! Schau, dass du herkommst!«

Ein kleiner Mann mit einem kuhdreckverkrusteten Hut kam aus dem Stall gerannt. Der Gebstetter warf ihm die Zügel zu und kletterte vorsichtig vom Wagen.

»Da, versorg das Ross!«, befahl er.

Im Wohngebäude flog mit einem energischen Ruck die Tür auf und eine Frau kam wortlos die Stufen herab. Sie wischte sich ihre Hände auf der Schürze ab und stellte sich vor dem Gebstetter auf, der bestimmt gut und gerne zwei Kopf größer war als sie. Dann besah sie ihn von unten bis oben und fing an zu keifen:

»Wie kommst du wieder heim, du alter Saufbock? Hast wieder so viel in dich hineingeschüttet, bis es oben wieder herausgelaufen ist? Und wie siehst du aus? Hat's dich wenigstens gescheit auf die Schnorre (Maul) gehauen? Wenn nicht, müsste man es sofort nachholen!«

»Halts Maul«, brüllte der Gebstetter.

Auf der Treppe erschienen ein Bub und ein Mädchen, die mit unbewegten Gesichtern das Spektakel verfolgten.

Nachdem sie mit ihrem Mann vorläufig fertig war, kam die Frau zum Fuhrwerk herüber, neben dem Kaspanaze mit seinen Habseligkeiten stand. Bisher hatte sie ihn noch keines Blickes gewürdig. Nun stellte sie sich auch vor ihn hin und musterte ihn gründlich.

Er spürte ihren kalten Blick und versuchte trotzdem, sie anzusehen, wie es ihm seine Eltern beigebracht hatten.

Im Ohr hatte er die Worte seiner Mutter, die zu sagen pflegte: »Kaspanaze, man schaut den Leuten immer in die Augen …« Aber momentan wäre er lieber mitten im Hof im Boden versunken. Alles in ihm zitterte.

»So, du bist also der neue Tiroler.«

Sie wandte sich ab und schrie ihren Mann an: »Was bist denn du für ein ausgewachsener Depp? Was hast du denn da mitgebracht, hä? Der soll zu etwas gut sein? Letztes Jahr schleppst du einen halben Krüppel daher, der mehr verfressen als gearbeitet hat, und diesmal kommst du mit einem halb schwindsüchtigen Buben, dem man schon auf den ersten Blick ansieht, dass er nichts wert ist. Jetzt haben wir wieder so einen Nichtsnutz am Hals und einen Fresser mehr im Haus. Wo hast du denn deine Augen, hä?«

Kaspanaze bebte am ganzen Körper. Weinen konnte er nicht mehr, aber er schluchzte trocken.

»Plärren kannst jedenfalls gut!«, fuhr ihn die Bäuerin an. »Wie heißt denn eigentlich?«

»Ka-ka kaspa, Kaspanaze«, würgte er heraus.

»Das auch noch! Ein Name, den man sich kaum merken kann«, giftete sie zu ihrem Mann hinüber.

»Deine Schuhe brauchst du auf dem Hof nicht. Zieh sie nachher sofort aus. Am Sonntag darfst du sie anlegen!«, herrschte sie ihn an.

Kaspanaze ballte still seine kleinen Fäuste zusammen und nahm sich fest vor, nie, nie mehr auf diesem Hof zu weinen, wenn es jemand sehen konnte. Auch beschloss er, zu den beiden nicht »Tante« und »Onkel« zu sagen, wie dies meist so üblich war. Nein, »Bäuerin« und »Bauer« – und wenn sie ihn totprügeln würden.

»Ludmilla«, schrie die Gebstetterin, »komm raus und zeig dem Buben, wo er schlafen kann!«

»Ich komme gleich«, tönte es missmutig aus dem Hause.

»Nicht gleich, sondern sofort«, keifte die Bäuerin zurück.

»Anscheinend ist sie also doch noch da, aber ich weiß wenigstens, was sie für eine ist«, dachte Kaspanaze.

Über die Treppe kam eine untersetzte Frau mit breiten Hüften. Die Haare hatte sie über dem Kopf zu einem Ring geflochten, der stellenweise verrutscht war, und über diesem trug sie ein Kopftuch, das auch nicht mehr ganz gerade saß. Soweit er in der Dämmerung sehen konnte, hatte sie Glubschaugen und schlechte Zähne.

»So, du bist also der neue Tiroler«, sagte sie und sah ihn von oben bis unten an. »Hoffentlich bist du braver als der vom letzten Jahr. Mit dem hat es genug Ärger gegeben. Wie heißt du eigentlich?«

»Kaspanaze«, antwortete der Bub und hütete sich, ihr zu sagen, dass er den Buben vom letzten Jahr kannte und auch einiges – wenn auch nicht allzu viel – über sie wusste.

»So, dann komm. Nimm dein Zeug mit, ich zeige dir, wo deine Schlafstatt ist«, sagte sie und watschelte in Richtung Stallung. Im Tenn blieb sie vor einer angelehnten Leiter stehen, die zum Einstreuevorrat für die Stalltiere führte, und deutete nach oben. »Da droben schläfst du. Der Vinzenz schläft unten im Stall, weil er im Winter auch da ist. Und bei den Kühen hat er es dann wärmer.«

Umständlich begann sie, die Leiter hinaufzusteigen, und Kaspanaze sah an ihren Bewegungen, dass sie Angst hatte. Als sie es dann endlich geschafft hatte, nahm er seine Habseligkeiten auf den Rücken und kletterte ihr nach. Oben brauchte er eine Weile, bis sich seine Augen an die Dunkelheit gewöhnt hatten, aber auch der Magd schien es nicht anders zu gehen. Wie ein blinder Maulwurf tapste sie zum rückwärtigen Teil, wo ein kleines Fenster noch ein bisschen Licht hereinließ.

»Pass auf, dass du nicht durch die Streuelöcher in den Stall hinunterfällst«, warnte sie, und tatsächlich hätte er beinahe eine dieser viereckigen Aussparungen im Boden übersehen.

»So, da ist dein Bett, und da ist eine Truhe.« Sie deutete auf etwas, das noch etwas dunkler als die übrige Umgebung war. »Da kannst du dein Zeug hineintun. Ich gehe jetzt wieder hinunter, du kommst dann schon zurecht. Das Bettzeug muss hier irgendwo in der Streue liegen. Machst es halt so, wie es dir am bequemsten ist. Wenn du fertig bist, kommst du zum Abendessen ins Haus.«

Vorsichtig schlurfte sie wieder zurück zur Leiter, und Kaspanaze erschien es lustig, als er ihrem schweren Schnaufen und Ächzen zuhörte, wie sie mit den Füßen um die oberste Leitersprosse kämpfte.

In der Streue tastete er nach dem Bettzeug, von dem die Magd gesprochen hatte, konnte aber nichts finden. Vielleicht hatte er sie aber auch nur falsch verstanden, weil sie hier im Schwäbischen doch anders redeten als daheim. Er begann mit beiden Händen den Haufen zu durchwühlen, bis er plötzlich einen Stoffzipfel zu fassen bekam und es herauszog. Zwar konnte er nichts sehen, aber soweit er feststellen konnte, musste es ein großer, viereckiger Sack sein. Obwohl er den Sack nur ein wenig aufschüttelte, verstopfte der Heustaub im Nu seine Nase, er musste niesen und weil er nichts anderes fand, wischte er den Rotz mit dem Sackende oder wenigstens dort ab, wo er es vermutete. Mit den Füßen scharrte er eine Kuhle, legte den Sack hinein und deckte wieder Einstreue darüber.

»He, Tirolerbüble, wenn du da oben fertig bist, schau einmal bei mir im Stall herunten vorbei. Ich möchte schon noch genauer anschauen, mit wem ich in der nächsten Zeit zusammen schaffen muss. Ich bin der Vinzenz, der Knecht auf diesem durchlauchten Gehöft. Aber vorher kannst du mir noch ein paar Gabeln voll Streue herunterwerfen«, kam eine Stimme durch ein Streueloch, das irgendwo vor Kaspanaze liegen musste.

»Das tät ich schon machen, aber vorher müsste ich eine Gabel finden«, erwiderte Kaspanaze, »und im Dunkeln finde ich bestimmt keine.«

»Warte, ich gebe dir meine hinauf. Geh gerade vor bis zum Streueloch. Ich schlag mit dem Gabelstiel dagegen, damit du hörst, wo es ist«.

»Dong, dong, dong« machte es ein paar Schritte vor ihm und Kaspanaze schlich tief gebückt mit tastend ausgestreckten Armen nach vorne. Als er dann die Gabel zu sich heraufgezogen hatte, wies ihn Vinzenz an, nach rechts zu gehen, dort sei ein großer Haufen. Er warf dann so viel Einstreue hinunter, bis Vinzenz meinte, es sei genug, und er solle die Gabel auch wieder herabwerfen, und er wäre ihm sehr dankbar, wenn er ihn nicht treffen würde.

»Wo sind denn da überall Streuelöcher?«, rief Kaspanaze nach unten.

»Die sind alle auf der gleichen Reihe«, kam die Antwort herauf.

Kaspanaze schob sich vorsichtig bis zur Leiter und stand dann kurz darauf im Stall, der von einer rußenden Petroleumlampe notdürftig ausgehellt wurde. Links und rechts vom Stallgang standen angebunden die Kühe und Rinder, im hinteren Stallteil quiekten und grunzten Säue. Der warme und dämpfige Stallgeruch ließ in ihm ein heimeliges Gefühl aufkommen.

»So, so, da haben wir also unseren Buben. Wie heißt du denn überhaupt?«, fragte Vinzenz.

»Kaspanaze.«

»Kommst aus dem Bregenzerwald, da gibt's den Namen öfters, stimmt's?«

»Ja.«

»Warst du das letzte Jahr auch schon da?«

»Nein, ich bin heuer zum ersten Mal im Schwabenland.«

»Hm, für den Anfang hast du es ja dann auf Anhieb ganz gut getroffen«, lachte er hintergründig. »Ach so, ich bin der Vinzenz, hätte ich fast vergessen. Aber das hast du ja sicher schon mitbekommen. Ich bin schon seit Lichtmess auf dem Hof.«

Mit der Gabel verschüttelte er noch ein paar kleinere Streuehaufen zwischen die Kälber, stellte sie dann an die Wand neben dem Stalleingang und meinte über die Schulter zu Kaspanaze: »So, und jetzt gehen wir zum Abendessen. Hoffentlich hast du keinen großen Hunger. Du sitzt mit mir und der Ludmilla am Ehhaltentisch.«

Er hängte seinen kuhdreckverkrusteten Hut im Tenn an einen Nagel, ging zum Brunnen im Hof hinüber und ließ sich ein paar Spritzer Wasser über die Hände laufen, die er dann an seiner dreckigen Hose wieder trocknete. Vor der Treppe zum Haus zog er die Schuhe aus.

Im Hausgang lag ein großer Hund, der bei ihrem Eintreten unwillig knurrte.

»Das ist bloß der Cäsar. Vor dem brauchst du keine Angst zu haben, der ist zu blöd zum Beißen«, sagte Vinzenz. »Stimmt's Cäsar, du saudummer Kläffer?«

Der Hund rollte dankbar für die vermeintliche Zuwendung seine Augen nach oben und wedelte mit dem Schwanz.

»Gelobt sei Jesus Christus«, sagte Vinzenz beim Eintreten, und ein mürrisches »In Ewigkeit, Amen« kam ihnen entgegen.

»Da, setz dich neben mich«, wies ihm Vinzenz einen Platz am Gesindetisch zu, »und reden darfst du nur, wenn du von den Bauersleuten etwas gefragt wirst«, setzte er leise hinzu.

Am Bauerntisch saßen die Eheleute und die beiden Kinder, dazu zwei steinalte Leute, wahrscheinlich die Eltern des Bauern, vermutete Kaspanaze. Niemand schien ihn zu bemerken außer die beiden Kinder, die unentwegt zu ihm herüberstarrten.

»Vater unser, der du bist ...«, begann der Bauer das Tischgebet, in das alle einstimmten, und sogar das Gebet klang in Kaspanazes Ohren grob und unflätig.

Auf dem Tisch stand ein geflochtenes Weidekörbchen mit kleinen Kartoffeln, das aber nur halb gefüllt war. Daneben lag auf einem Teller ein Stück Butter, das nicht viel größer als ein Hühnerei war.

Zuerst aber gab es eine Einbrennsuppe aus einem weißen Topf und Ludmilla und Vinzenz hatten plötzlich einen Löffel in der Hand, obwohl vorher keiner auf dem Tisch gelegen hatte. Suchend sah er zu Vinzenz hinüber, der schmunzelnd unter den Tisch deutete, und als er sich bückte, sah er in einer Öse einen Holzlöffel, der mit einem langen Lederbändel mit dem Tischblatt verbunden war.

Kaspanaze hatte einen mordsmäßigen Hunger und begann die Suppe aus dem großen Topf in sich hineinzuschaufeln, bis ihn Vinzenz mit dem Ellenbogen anstieß und ihm bedeutete, langsamer zu essen. Ludmilla saß am Tisch und tat so, als ob Vinzenz und er Luft wären.

Niemand in der Stube sprach ein Wort, und Kaspanaze versuchte, wenn er denn schon nicht essen durfte, wie er wollte, die gestickte Inschrift auf dem Haussegen im Herrgottswinkel zu entziffern. Nach einiger Zeit hatte er es heraußen, was auf dem Siebleinentuch stand: »An Gottes Segen ist alles gelegen«, aber Hunger hatte er noch immer.

»Von wo kommst du eigentlich her?«, fragte ihn unvermittelt die Bäuerin, und Kaspanaze brauchte einen Moment, bis er begriff, dass sie mit ihm sprach.

»Aus dem Bregenzerwald.«

»Aha«, sagte sie, »weil du redest gleich wie der Bub, der letztes Jahr bei uns war. Und was tun deine Eltern?«

»Sie haben ein Burschäftle«, sagte Kaspanaze.

»Was habt ihr?«, fragte die Gebstetterin, die sich unter diesem Begriff einen mittleren Hof vorstellte.

»Eine Kuh und eine Galtkuh, die Sau hat man metzgen müssen«, erklärte Kaspanaze.

»Ach so, sonst hättest du ja nicht vom Tirol ins Schwabenland ziehen müssen«, meinte die Bäuerin. Er wollte ihr erklären, dass der Bregenzerwald nicht zum Tirol gehörte, ließ es aber bleiben, als er merkte, dass seine Erdkundekenntnisse aus der Schule dazu doch nicht ausreichten.

»Wie viel hast du Geschwister?«

»Noch zwei, aber bis ich wieder daheim bin, soll noch eines da sein, haben meine Eltern gesagt.«

»So, so«, meinte sie noch kurz, und damit war die Abfrage beendet.

Zu den kleinen Kartoffeln mit etwas Butter gab es Most, der Kaspanaze aber sofort in den Kopf stieg. Aber er dämpfte ein wenig das Hungergefühl, das er immer noch hatte.

Nachdem alle am Bauerntisch drüben den Löffel auf den Tisch gelegt hatten, brummte der Bauer »Gegrüßet seist Du, Maria«, in das alle einfielen. Darauf hatte Vinzenz nur gewartet. Gleich nachdem sie bei »... der Herr ist mit Dir« angekommen waren, trat er die ihm schräg gegenüber sitzende Ludmilla, so heftig er konnte, gegen das Schienbein, worauf diese vom Tisch hochfahren wollte. Aber Vinzenz erwischte sie am Unterarm und zwang sie, sitzen zu bleiben. Er versuchte den monotonen Gebetston beizubehalten und »betete« weiter, dass nur sie es verstehen konnte:

»Die da vorn haben genug zum Fressen. Wir Hungerleider aber sind jetzt hier zu dritt am Tisch. Du verteilst das Essen, und es reicht kaum für uns zwei. Denk dran, sonst komme ich morgen mit den Schuhen herein.«

Ludmillas Glubschaugen wurden noch glubschiger, als Vinzenz weiterbetete: »... und bete nicht nur für die anderen Sünder, sondern auch für dich, jetzt und in der Stunde des Ablebens. Amen.«

Von den Widerwärtigkeiten des heutigen Tages gekennzeichnet, drehte sich der Bauer nach dem Gebet um, sah Kaspanaze kurz an, aber sein Name wollte ihm ums Verrecken nicht mehr einfallen.

»Also, du, Tiroler, hilfst morgen zuerst dem Vinzenz im Stall. Bis wir zum Melken kommen, kannst du schon mit dem Vormelken anfangen. Hast es ja richtig fein erwischt, dass dein erster Tag gleich auf einen Sonntag fällt. Am Montag müssen dann noch die beiden Rösser zum Schmied. Du kannst dazu den Buben mitnehmen, und wenn das Wetter danach ist, können wir es probieren, das Vieh ins Freie zu lassen«, meinte der Gebstetter zum Knecht gewandt.

Alle standen von den Tischen auf, und Ludmilla begann mit dem Abräumen, wobei ihr Vinzenz nochmals zuzischte, dass sie ab sofort an größere Portionen am Gesindetisch denken solle.

»Kaspanaze, komm, wir gehen auch schlafen. Morgen müssen wir beide als Erste aus den Federn.«

Draußen war es kalt, und ein frischer Wind wehte über das dunkle Land. Kaspanaze kletterte über die Leiter hinauf und ging mit vorsichtig tapsenden Schritten zu der Stelle, an der er seine Schlafstätte vermutete. Er ließ sich auf die Knie nieder und bekam einen Zipfel des Sackes zu fassen. So wie er war, schlüpfte er hinein, deckte sich mit Streue zu, und kaum dass er lag, fielen ihm auch schon die Augen zu.

Erschrocken fuhr er hoch, als jemand seinen Namen rief, und einen Moment lang wusste er nicht, wo er war.

»Aufstehen, Kaspanaze«, kam es dumpf von unten, und er merkte, wie die Tiere im Stall unruhig wurden.

Ihm kam es vor, als ob er gerade erst eingeschlafen wäre. Benommen krabbelte er aus dem Sack, und er bemühte sich, etwas zu erkennen. Aber außer ein paar hellen Stellen im Boden, die offenbar von einem Licht im Stall herrührten, konnte er nichts sehen.

»Ja, ich komme«, erwiderte er noch immer halb benommen und starrte in den rückwärtigen Teil des Streuebodens, wo er gestern noch schemenhaft wahrgenommen hatte, dass dort ein Fenster war. Aber das Stieren half nichts, es blieb alles schwarz. Erleichtert spürte er die beiden über den Boden hinausragenden Leiterholme in seinen Händen, und mit seinem rechten Fuß suchte er nach der obersten Sprosse.

»Wirf dir zuerst ein paar Hand voll Wasser ins Gesicht, damit du munter wirst«, rief Vinzenz aus dem Stall.

Auch vor der Tennstür war es noch dunkel wie im Bauch von Jonas Walfisch in der Bibel. Kaspanaze lauschte in die Finsternis, um festzustellen, wo sich der Brunnen befand. Zwar wusste er, dass dieser irgendwo an der Hauswand stand, aber so genau hatte er gestern darauf nicht mehr geachtet. Langsam ging er auf das Plätschern zu. Er formte seine kleinen Hände zu einer Kelle, mit der er das kalte Wasser auffing, und nach dem dritten Schöpfer war er munter.

Vinzenz hatte schon mit dem Ausmisten angefangen.

»Wart einen Moment, du brauchst noch einen Hut und ein paar Schuhe.«

Mit zwei Zügen zog er noch einen Kuhfladen in den Stallgraben, dann ging er mit Kaspanaze und der Lampe ins Tenn, drückte ihm einen dreckverschorften Hut, an dem der Rand abgeschnitten war, auf den Kopf und zeigte auf ein Paar ausgelatschte Kinderschuhe.

»Die sind für den Stall, probier mal, ob sie passen. Sie sind vom Gebhard, das ist der Bub vom Bauern.«

Kaspanaze versuchte, einen Schuh anzuziehen, aber sie waren zu klein.

»Das macht nichts«, meinte Vinzenz, »mach die Senkel heraus und tritt einfach den hinteren Rand herab. Am Anfang ist es nicht sonderlich bequem, aber mit der Zeit legt sich das. Du musst sie halt neu einlaufen.«

»Du kannst die Gunda vormelken, das ist die letzte Kuh auf der rechten Seite. Wenn sie so weit ist, sagst du es mir, ich mache dann weiter.«

Inzwischen war es heller geworden und durch die kleinen Stallfenster zwängte sich graudämmeriges Licht.

Die Gunda war eine kleine, gedrungene Kuh, deren rechtes Horn schräg nach vorne stand. Kaspanaze setzte sich mit seinem Melkschemel auf die rechte Seite und begann mit streifenden Bewegungen abwechselnd die vorderen und hinteren Zitzen zu massieren, bis diese fester und härter wurden. Als er das Gefühl hatte, dass die Kuh nun gemolken werden könnte, formte er Daumen und Zeigefinger zu einem Ring und presste die übrigen Finger von oben nach unten zusammen. Aus den Zitzen kam ein dünner Milchstrahl, und er rief Vinzenz zu, dass er nun fertig sei.

»Dich kann man ja brauchen«, meinte der Knecht anerkennend unter der Kuh hervor, nachdem sie den Platz getauscht hatten. »Du kannst mit der Priska weitermachen. Fang gleich an, die braucht etwas länger.«

Priskas Euter war klein und hart, und an ihrer dritten Zitze hatte sie eine wurmförmige Warze, die sich unangenehm anfühlte, weil sie immer zwischen Kaspanazes kleinen Fingern hin und her rollte.

»Wuusch«, machte es plötzlich, kaum dass er unter der Kuh saß, und Kaspanazes Hut flog vom Kopf. Noch während er nach seiner Kopfbedeckung spähte, kam Priskas Schwanz schon wieder angesaust und klatschte diesmal gegen sein Genick.

»Blöde Kuh, blöde«, schimpfte Kaspanaze, während er aufstand, um seinen Hut aufzuheben.

»Ja, ja, das ist eine Lästige, gell?«, lachte Vinzenz. »Der Bauer weiß schon, warum er erst in den Stall kommt, wenn sie schon gemolken ist.«

Kaspanaze schob den Hut bis über die Augen in die Stirn und presste seinen Kopf fest gegen den warmen Kuhleib, worauf sie einen Schritt zur Seite trat, sodass er fast vom Melkschemel gefallen wäre. Kaum war er nachgerückt, drängte sie ihn wieder zurück und riss mit lautem Muhen an der Kette, während ihr Schweif erneut mit Schwung auf seinen Kopf platschte. Fast schien es, als wollte sie ihm zeigen, wer hier die Herrin im Stall war.

»Sie wäre schon längst beim Metzger, aber sie bringt gute Kälber. Mit der wirst du noch deine Freude haben, die lässt niemanden an sich heran«, ließ sich Vinzenz wieder vernehmen, für den Kaspanazes Kuhkampf eine willkommene Abwechslung war.

»Wenn du ihr nicht Herr wirst, lass sie stehen, ich mach das dann schon.«

Aber Kaspanaze dachte nicht ans Aufgeben. Als Priska wieder zur Seite trat, rückte er den Schemel auf die Hälfte ihres Fluchtweges nach, drückte den Kopf fest gegen sie und packte sie kräftig an den vorderen Zitzen. Noch einige Male versuchte sie seitlich auszuweichen, aber Kaspanaze ließ nicht locker und zog sie an den Dutten zurück, worauf sie mit wütendem Muhen, heftigem Schwanzklatschen und Austreten antwortete. Während sie dann versuchte, ihn vom Schemel zu drängen, rammte er mehrmals, so fest er konnte, seinen Kopf in ihre Leiste.

Vinzenz konnte nicht glauben, dass die böseste Kuh des Hofes – nein, nicht nur des Hofes, sondern der ganzen Gegend – von einem kleinen Buben zur Räson gebracht wurde. Priska wurde zunehmend ruhiger. Ihre Versuche, Kaspanaze loszuwerden, wurden immer schwächer und zaghafter und hörten irgendwann ganz auf. Ganz bedächtig ließ er ihr Euter los, aber die Kuh schien nur darauf gewartet zu haben. Einen Moment blieb sie ruhig stehen, begann dann aber sofort wieder seitlich auszuweichen und nach ihm zu treten, worauf er sie blitzschnell wieder fest an den Zitzen packte und zu sich her zog. Noch zwei, drei Mal wiederholte sich das Spiel, dann hatte er gewonnen.

Kaspanaze stand auf, trat zum Kopf der Kuh und kraulte sie zwischen den Hörnern. Dann nahm er wieder auf dem Schemel Platz und begann seelenruhig ihre malträtierten Dutten zu bearbeiten, bis er merkte, dass die Milch in ihre Zitzen zu schießen begann.

Vinzenz war inzwischen nicht nur mit der Gunda fertig, sondern auch mit der Welt. Er stand im Stallgang und konnte einfach nicht glauben, was er da sah. Priska war die heimtückischste Kuh, mit der er es in seinem Leben als Knecht je zu tun gehabt hatte. Selbst beim Tränken am Brunnen vor dem Haus tat man gut daran, ihr nicht den Rücken zuzuwenden, das Anbinden im Stall war jedes Mal ein Kampf, und es hieß auf ihre Hörner aufzupassen. Freiwillig melken ließ sie sich nur, wenn so lange zugewartet wurde, bis ihr das Euter wehtat. Alle auf dem Hof hatten einen mordsmäßigen Respekt vor ihr, sogar der Bauer. Der kam nämlich immer erst in den Stall, wenn er sicher war, dass Priska schon gemolken war. Und nun kam so ein kleiner Bub daher und zeigte ihr, wer der Herr im Stall war ...

»Das kann ich niemandem erzählen, das glaubt mir keiner«, sagte er zu Kaspanaze, der aufstand und ihm Platz machte.

Kaum saß Vinzenz unter der Kuh, begann diese wieder an der Kette zu reißen, der Schwanz klatschte ihm unentwegt um die Ohren, und zielstrebig versuchte sie, gegen den Melkeimer zu treten.

»Was hast du mit der gemacht?«

»Nicht viel, ich habe ihr nur nicht nachgegeben«, antwortete Kaspanaze wahrheitsgemäß.

»Das haben andere auch schon versucht ... Aber du kannst gleich mit der Nächsten anfangen, das ist die Leni. Aber die geht schnell«, wies ihn Vinzenz an, während er mit Priska weiterkämpfte.

Die Leni war eine schmale, hohe Kuh mit einem langen, faltigen Euter und großen Zitzen. Es dauerte nur kurz, bis er merkte, wie die Milch einschoss. Von draußen kam das Poltern von Melkeimern, die zänkische Stimme der Bäuerin und dann die des Bauern, der seine Frau anschrie, sie solle ihr gottverrecktes Maul halten.

»Der Morgen fängt ja schon lustig an, da haben wir heute noch genug Unterhaltung«, meinte Vinzenz, der sich immer noch mit der störrigen Priska herumschlug.

Grußlos kamen beide in den Stall. Der Gebstetter blieb bei Kaspanaze stehen und herrschte ihn an: »Schau, dass du da herauskommst, du kannst schon mit der Übernächsten anfangen, die Jola macht die Bäuerin!«

Im Tenn standen auf einem Karren zwei große, runde Kannen, die sich nach und nach mit schaumiger Milch füllten. »Du kommst heute mit mir mit in die Sennerei, damit du weißt, wo sie ist«, befahl Vinzenz. »Du wirst im Sommer hie und da auch allein gehen müssen, wenn es auf dem Feld viel zu tun gibt. Aber das wird dir sicher gefallen. Wir nehmen den Cäsar mit. Das hast du sicher noch nicht gesehen, was wir mit dem machen«, meinte Vinzenz, als er mit seiner letzten Kuh fertig war. »Hol ihn schon einmal, du brauchst vor ihm keine Angst zu haben, auch wenn er knurrt. Aber er muss sich an dich gewöhnen. Pack ihn einfach beim Halsband und zieh ihn heraus.«

Mit einem mulmigen Gefühl öffnete Kaspanaze die Haustüre, hinter der der große Hund mit dem Kopf auf seinen ausgestreckten Pfoten lag und ihm gleichgültig entgegensah. Kaspanaze versuchte es zuerst mit Zureden und hoffte insgeheim, dass er den Hund nicht würde hinauszerren müssen. Aber der Köter blinzelte ihn nur gelangweilt an. Zaghaft griff Kaspanaze nach dem Halsband, und als er merkte, dass sich der Hund nicht wehrte, langte er mit beiden Händen in den Lederriemen und zog ihn nach vorne. Mit einem lauten Kläffer sprang Cäsar plötzlich auf, und Kaspanaze erschrak so, dass er das Halsband losließ und rückwärts in den Hausflur purzelte. Darüber war aber nun auch Cäsar der Schreck in die Glieder gefahren. Mit einem Satz schoss er rückwärts an die Wand, erschrak darüber nochmals und schoss wieder vorwärts. Kaspanaze saß am Boden und konnte sich das Lachen nicht verheben. Nein, vor Cäsar brauchte sich bestimmt niemand zu fürchten. Entschlossen packte er wieder sein Halsband und zog ihn zur Haustüre hinaus.

»Wo bleibst du denn?«, hörte er Vinzenz rufen.

»Ich komme ja schon«, erwiderte er und ging mit dem Hund, der nun bereitwillig folgte, zurück zum Tenn.

Der Knecht langte von der Wand ein Zuggeschirr, das aus einem breiten geschlossenen Lederring bestand, an dem links und rechts ein Zugseil befestigt war, und stülpte es über Cäsars Kopf.

»Da glotzt, gell?«

Anscheinend schien es der Hund kaum erwarten zu können, dass es losging. Winselnd und jaulend stand er eingespannt vor dem zweiräderigen Wagen und wartete auf sein Kommando. Der Bauer hantierte noch im Stall, und die Gebstetterin ging zurück in den Wohnteil des Hauses, wobei sie sich die Bemerkung nicht verkneifen konnte, dass es keinen Grund zum Trödeln gebe, nur weil Sonntag sei, weil danach schließlich alle in die Kirche müssten.

Die Sennerei stand am Dorfrand, und von allen Seiten kamen Erwachsene und Jugendliche mit Fuhrwerken, Tragegestellen oder Hundegespannen.

»Im Winter geht's noch leichter, da nehmen wir den Schlitten«, sagte Vinzenz, der Kaspanaze die Deichsel überlassen hatte und neben dem Karren herging. Ja, das war ein Spaß mit dem Cäsar, der sich mächtig ins Geschirr legte, als es ein Stück weit bergauf ging.

Vor der Sennerei stand inmitten der Hundegespanne ein riesiger Eber ebenfalls angeschirrt vor einem hochräderigen Wagen.

»Der gehört dem Bauer Häge. Mit dem bringt er nicht nur die Milch in die Käserei, der ersetzt auch den Hofhund. Hausen tut er in einer Hundehütte, und er grunzt auch laut, wenn er etwas Verdächtiges wahrnimmt. Der Häge-Bauer hat schon versucht, ihm das Bellen beizubringen, aber mit Fremdsprachen scheint er sich noch schwer zu tun«, lachte Vinzenz, als er in Kaspanazes ungläubige Augen sah.

Der Knecht hob ächzend die schweren Kannen vom Karren und als Kaspanaze mit anpacken wollte, meinte er, dass er das lieber alleine mache. Die Sennerei war wie die daheim weiß gekachelt, aber mindestens dreimal so groß. Ein Käser justierte die Gewichte an der Waage, dann rief er dem zweiten Sennen das Gewicht zu, das dieser in ein Heft eintrug. Dieser lupfte dann den Messkübel vom Haken und schüttete die Milch in den großen Sennkessel, während der erste Käser bereits eine andere Kanne an die Waage hängte.

»So, so, du bist also der neue Tiroler beim Gebstetter«, meinte der Senn an der Waage. Kaspanaze wollte erwidern, dass er aus dem Bregenzerwald komme, ließ es dann aber bleiben und nickte nur.

Draußen blieb er wieder vor dem Eber stehen, und er

konnte sich nicht losreißen, denn eine so gewaltige Sau hatte er noch nie gesehen.

»Ja, das ist schon ein gehöriges Trumm«, meinte Vinzenz, der ihn aus den Augenwinkeln beobachtete, während er die leeren Kannen an die Wand stellte und die mit Molke gefüllten Behälter vom Vortag auf den Karren hob.

Auf dem Hof half er noch dem Knecht im Stall beim Ausmisten, und während sie sich anschließend am Brunnen die Hände wuschen, kam Ludmilla mit einem Kübel Abfällen für die Hühner aus dem Haus. Misstrauisch sah sie zum Knecht und zu Kaspanaze herüber.

»Kann ich nachher meine Schuhe ausziehen, oder gibt es heute mehr zum Essen als gestern Abend?«, fragte Vinzenz.

»Ja, ja«, beeilte sie zu versichern. »Ich habe schon etwas mehr Kaffee gemacht und auch das Brot für unseren Tisch etwas breiter geschnitten. Hoffentlich merkt es die Bäuerin nicht, sonst kommt ein Himmel-Hagels-Strahl über mich.«

»Guck mal her, du bist halt doch ein gescheites Weibsbild«, frotzelte Vinzenz.

Die Bauersfamilie saß schon an ihrem Tisch, und nachdem Vinzenz und Kaspanaze ihre Plätze eingenommen hatten, stimmte der Bauer mit harter Stimme das »Gegrüßet seist Du, Maria« an.

Auf dem Tisch standen eine große Kanne Kaffee sowie eine halb volle Schnapsbudel, daneben legte Ludmilla ein paar fingerdicke Brotscheiben. Vinzenz blinzelte zur Magd hinüber und nickte anerkennend. Die Erwachsenen gossen die braune Brühe in die vor ihnen stehenden Schüsseln, gaben einen Schuss Schnaps dazu und rissen die Brotscheibe in Brocken, die sie darin eintauchten.

Vinzenz schob die Kanne hinüber zu Kaspanaze, der sie zögernd annahm und etwas von dem ihm unbekannten Zeug in seine Tasse schüttete. Vorsichtig hob er seine Nase in den aufsteigenden Dampf und wollte gerade ergründen, wie die braune Flüssigkeit roch, als ihn die Bäuerin quer durch die Stube anfuhr:

»Ach, da schau einmal, heikel ist der Bub auch noch. Aber das werden wir dir schon noch austreiben.«

Kaspanaze fiel fast die Tasse aus der Hand. Er setzte sich bolzengerade auf seinen Stuhl und traute sich keinen Mucks mehr zu machen. Er hielt den Kopf gesenkt, bis ihn Vinzenz anschubste und flüsterte: »Iss!«

Am liebsten hätte er losgeheult und dachte gleich fest an seinen Vorsatz, auf diesem Hof nicht mehr zu weinen, wenn es jemand sehen konnte. Langsam nahm er eine Brotscheibe und tauchte sie in den Sud.

»Zichorien-Kaffee«, flüsterte Vinzenz, »gewöhnst dich daran.«

Dieser Kaffee-Ersatz wurde aus den Wurzeln der blau blühenden Wegwarte gewonnen. Manche nannten ihn dazu auch »Preußischer Kaffee«, weil vor allem Friedrich der Große den Zichorienanbau förderte und der Kaffee so von Preußen aus Verbreitung fand.

Der Sud schmeckte leicht bitter, aber mit dem eingebrockten Brot und zusammen mit seinem Hunger war das ein kleines Hindernis. Auch heute schien ihn am Bauerntisch niemand weiter zu beachten mit Ausnahme der beiden Kinder, die wie gestern unentwegt zu ihm herüberstarrten, und von denen er nur wusste, dass der Bub Gebhard hieß. Auch die Großeltern saßen stumm und teilnahmslos da und würdigten ihn keines Blickes.

Nach dem Gebet fauchte ihn die Gebstetterin an, dass er pünktlich zum Kirchgang fertig sein solle, weil der Pfarrer seinetwegen nicht extra predigen würde.

»Was habe ich der Frau getan, dass sie mit mir so böse ist«, dachte Kaspanaze, und er versuchte nicht an seine Mutter daheim zu denken.

Im Kasten auf dem Heustock kramte er seine Sonntagssachen hervor und kleidete sich um, wobei er nicht vergaß, das Schreiben vom Pfarrer Rauch an dessen hiesigen Amtsbruder einzustecken.

Auf dem Brunnenrand wartete er auf die anderen, weil er dachte, dass alle zusammen zur Kirche gehen würden. Nach einiger Zeit erschien zuerst die Gebstetterin vor der Haustüre, wobei sie unentwegt in den Hausgang hinein geiferte, um die anderen anzutreiben, weil Gebstetters nicht die Letzten in der Kirche sein müssten. Zuerst kam der Bub, und dann schrie sie, der Bauer solle schauen, wo die Pauline so lange bleibe, worauf dieser zurück brüllte, sie solle endlich ihr blödes Maul halten.

Als sich die Gebstetters auf der Treppe gesammelt hatten, rückte die Bäuerin noch mit einem energischen Ruck ihren Strohhut zurecht, an dem ein Bündel mit bunten Strohblumen wippte, kam die Treppe herunter und blieb vor Kaspanaze stehen:

»Heute kannst du ausnahmsweise mit uns gehen, aber ab dem nächsten Sonntag gehst du allein in die Kirche«, sagte sie kalt, und der Bauer ging an ihm vorbei, als ob es gar keinen Kaspar Ignaz Meser gebe. Hinter den beiden trotteten die Kinder daher, von denen er nun wenigstens wusste, wie sie hießen.

Kaspanaze schloss zu den beiden auf und ging neben dem Buben her, den er ein wenig älter als sich selbst schätzte.

»Du bist der Gebhard, gelt?«

»Ja und?«, antwortete der mürrisch und warf ihm einen abweisenden Blick zu, »geht's dich was an?«

Darauf schien die Gebstetterin nur gewartet zu haben. Sie blieb sie stehen und fauchte den verdatterten Kaspanaze an:

»Wenn ich gesagt habe, dass du heute mit uns in die Kirche gehen darfst, heißt das noch lange nicht, dass du auch mit unseren Kindern Umgang haben kannst. Wenn ich dich noch einmal erwische, kannst du was erleben. Das würde uns gerade noch fehlen, dass unsere Kinder sich mit einem nichtsnutzigen Tirolerle abgeben. Du hältst fünf Schritte Abstand und von der Kirche heim gehst du allein! Hab ich Recht, Battist?«

Ohne eine Antwort abzuwarten, drehte sie sich um und schritt weiter dem Dorf zu. Die beiden Gebstetter-Kinder kicherten, und auf dem Weiterweg schubsten sie sich belustigt gegenseitig an, feixten, drehten lange Nasen und streckten ihm die Zunge heraus.

Wie eine große Welle schwappte das Heimweh über Kaspanaze, und er musste sich zwingen, dass er nicht anfing zu laufen, gleichgültig wohin, nur fort, fort, fort und weit, weit weg von diesen bösen Menschen. Gleichzeitig dachte er, dass das auch keine Lösung wäre und das hatte ja auch der Herr Whitehead auf dem Markt in Ravensburg gesagt. Er vergrößerte den Abstand so lange, bis die beiden vor ihm das Grimassenschneiden aufgaben.

Vor der Kirche standen zwei Gruppen von Jugendlichen und Kindern. Die eine Gruppe starrte herüber auf die andere und machte sich über sie lustig und Einzelne riefen hämische Schimpfworte hinüber, während der andere Haufen betreten und kleinlaut da stand. Kaspanaze wusste sofort, wo sein Platz war.

»Grüß Gott, ich bin der Kaspanaze«, sagte er scheu. »Ich komme aus dem Bregenzerwald.«

Die anderen nickten.

»Ich bin die Sofie, ich komme aus dem Walgau«, stellte sich ein etwas älteres, hohlwangiges Mädchen mit bleichem Gesicht und unnatürlich großen Augen vor.

»Ich heiße Vitus, und das ist mein Bruder Krispin. Wir sind aus dem Vintschgau in Südtirol. Ich war letztes Jahr in einem anderen Ort, und heuer habe ich meinen Bruder mitgebracht, damit er auch ein Stück ins Paradies schauen kann.«

Kaspanaze verstand nicht alles genau, weil der Südtiroler eine harte und kehlige Aussprache hatte, und je mehr Kinder dazukamen, desto mehr kam es ihm wie die Sprachverwirrung in Babylon vor, von der der Pfarrer Rauch in der Schule erzählt hatte.

Südtiroler, Inntaler, Lechtaler, Paznauner, Montafoner, Graubündner aus der Schweiz mit ihrem sonderbaren Dialekt – und dazwischen stand er als Bregenzerwälder.

Als zwölf Kinder beisammen standen, meldete sich ein etwa fünfzehn Jahre alter Bub zu Wort.

»Ich bin der Martl aus dem Außerfern. Ich bin schon das vierte Jahr da, ein paar von uns kennen sich ja schon. Die da drüben« – er deutete mit dem Kopf hinüber zu den Spöttern – »mögen uns nicht besonders. Für die sind und bleiben wir Fremde, und sie wollen mit uns nichts zu tun haben. Wir gehen miteinander in die Kirche und in die Bänke, da sind wir unter uns. Wir gehen auch miteinander wieder aus der

Kirche und treffen uns wieder da. Jetzt tun sie noch nichts, sie schätzen bloß ab, wie stark wir sind. Aber in ein paar Wochen nach der Sonntagsschule sieht das schon anders aus, da gibt es sicher ein paar blutige Nasen.«

Die Glocken begannen mit dem Zusammenläuten, nach und nach drängten alle ins Kircheninnere, und Martl ging gleich hinter den einheimischen Jungen her, um sich in den Jugendbänken gute Plätze zu sichern. Bei den Mädchen löste sich eine Gruppe, bei der Christine aus dem Lechtal voraus-ging, weil sie auch schon zum dritten Mal da war.

Kaspanaze überkam ein Gefühl wie auf dem Kinder-markt, weil er spürte, wie sie auch von Erwachsenen neu-gierig angegafft wurden. Aber in der Gruppe war es leichter zu ertragen. Auf der Empore hub feierlich die Orgel zu spie-len an, und der Kirchenchor sang ein Lied, das er nicht kannte. Kaum dass er sich hinkniete, flogen seine Gedanken weit weg nach Hause, und er malte sich aus, wie seine El-tern andächtig in der Kirche saßen und dem Pfarrer Rauch bei der Predigt zuhörten. Er dachte an seine Schwester Ma-riann und seinen kleinen Bruder Jodok, und er hätte alles getan, um wieder bei ihnen zu sein, ja er hätte sogar hoch und heilig versprochen, die Mariann nie mehr an den Zöp-fen zu reißen.

»Gloria in excelsis, Deo. Et in terra pax hominibus ...«, sang der Chor.

Der Pfarrer stieg über die knarzende Treppe hinauf auf die Kanzel. Er war ein kleiner, dürrer Mann mit einem kah-len Schädel und einer Hakennase, mit der er ihn an den aus-gestopften Habicht in Glasjörgles Stube erinnerte. Der Hochwürden rückte sein Birett mit den drei hochstehenden Flügeln zurecht, die Vater, Sohn und Heiligen Geist versinn-bildlichten, schob seine Stola ein wenig in den Nacken und räusperte sich dann kurz. Von der Predigt bekam Kaspana-ze so gut wie nichts mit, er schnappte nur noch auf, dass alle Hütekinder nach der Messe ins Pfarrhaus kommen müssten.

Die Madonna drüben auf dem Seitenaltar hielt ihr Kind auf dem Arm, und er sagte ihr, dass sie nun seine Mutter sein und auf ihn aufpassen müsse.

Während nach dem Amt die Einheimischen zu den Gräbern gingen, sammelten sich die Hütekinder außerhalb der Friedhofsmauer und warteten, bis der Pfarrer aus der Sakristei kam. Das Pfarrhaus lag nur ein paar Schritte entfernt von der Kirche. Mit einem großen Schlüssel sperrte die Pfarrersköchin die mit Schnitzereien verzierte Haustüre auf, öffnete die Tür zum Arbeitszimmer, hieß die Kinder eintreten und verschwand dann in den oberen Stock. Der Hochwürden folgte nach und schloss dann die Tür.

»Ihr seid also die neuen Hütekinder. Na ja, ein paar von euch kenne ich ja schon. War es schön daheim und ist alles gesund, Martl? Im Lechtal habt ihr bestimmt wieder einen strengen Winter gehabt? Und du, Alfons, bist wieder beim Rist. Da hast du es ja gut, das sind rechte Leute«, begrüßte er der Reihe nach alle, die er schon kannte. »So, und wer seid denn ihr alle? Sagt mir, wie ihr heißt und von wo ihr herkommt!«

»Ich heiße ...«, »Ich bin ...«, »Ich komme ...«, tönte es wild durcheinander.

»Nein, so geht das nicht. Alle der Reihe nach. Auch der Martl, die Christine und der Alfons, damit die anderen auch etwas über euch wissen. Martl, du kennst dich ja aus, fang du an, damit die anderen sehen, wie es geht!«, lächelte der Pfarrer.

»Also, ich bin der Martin Kirchler aus Bichlbach aus dem Außerfern im Tirol. Daheim sind wir elf Kinder, mit mir sind noch eine Schwester und ein Bruder mit ins Schwabenland.«

»Ich bin die Christine Strobel aus Bach im Lechtal. Wir sind daheim vier Mädchen, ich bin die Zweitälteste, die Mutter ist vor drei Jahren gestorben, ich bin allein da heraußen.«

»Ich heiße Alfons Patscheider und komme aus Latsch im Vintschgau in Südtirol. Wir sind acht Kinder, ein Bruder ist heuer auch mitgekommen.«

»Ich bin der Urs Bärwiler aus Vals in Graubünden in der Schweiz. Ich habe drei Schwestern und einen Bruder. Ich bin allein und zum ersten Mal bei den Schwaben.«

So ging es der Reihe nach weiter, bis alle ihr Sprüchlein aufgesagt hatten.

Der Hochwürden schritt zu seinem Stehpult, holte ein Blatt aus der Schublade, tauchte sorgfältig einen langen Gänsekiel in das Tintenfass und überprüfte die Federspitze.

»Und jetzt sagt ihr mir alle, an welchen Plätzen und bei welchen Bauern ihr seid. Wer hat vom Pfarrer daheim ein Schreiben für mich dabei?«

Die meisten streckten den Zeigefinger nach oben.

»Das könnt ihr auch gleich mit abgeben. So, Martl, du bist wieder beim Rösler, Alfons beim Rist, Christine beim Feine?«

Alle drei nickten, und der Hochwürden vermerkte die Namen auf dem Papier.

Als Kaspanaze an der Reihe war und sagte, dass er beim Gebstetter im Dienst sei, sah ihn der Pfarrer merkwürdig an.

»Der hat doch letztes Jahr auch ein Bregenzerwälderbüble gehabt, den Alois. Kennst du den vielleicht?«

»Ja der ist jetzt in Baienfurt beim Bentele in der Brauerei.«

»Gott sei Dank, dann hat er es ja gut getroffen«, sagte der Pfarrer, und Kaspanaze kam es vor, als ob er ihn mitleidig anblickte.

»Am Nachmittag ist Christenlehre, da will ich euch alle sehen. Und jetzt könnt ihr gehen. Gelobt sei Jesus Christus!«

»In Ewigkeit, Amen!«, erwiderten die Kinder im Chor und verließen schweigend den Pfarrhof.

Als Kaspanaze sah, dass Alfons und Sofie in die gleiche Richtung gingen, in die er auch musste, rief er ihnen nach, dass sie auf ihn warten sollten. Gemeinsam liefen sie nebeneinander her, und der Alfons sagte, dass er es beim Rist so gut hätte, dass er sich schon daheim wieder aufs Schwabenland gefreut hätte. Er sei da fast wie ein eigenes Kind, und es sei einfach schön, wenn man nicht jeden Tag Hunger leiden müsse wie daheim im Vintschgau.

»Du bist jetzt beim Gebstetter? Letzt' Jahr war der Alois bei denen, aber da hat er nichts zu lachen gehabt. Dir werden's auch nit besser machen, oder?«

Kaspanaze hatte Mühe, die kehlige Sprache des Südtirolers zu verstehen.

»Na, des sind elendsgrobe Leute«, gab er zur Antwort.

»Und du bist beim Roten Sauter?«, wandte sich Alfons an Sofie.

»Das ist auch kein schlechter Platz. Die Ottilie war drei Jahre dort, aber sie hat schon letztes Jahr im Herbst gesagt, dass sie vielleicht einen Platz in einem Haushalt in Innsbruck bekommt. Du musst bloß aufpassen, wenn der Sauter einen Wutanfall bekommt, dann ist er unberechenbar.«

»Mir gefällt es hier auch besser als in der Fabrik«, sagte darauf Sofie. »Ich komme mir fast vor wie im Himmel.«

»Was, du warst in einer Fabrik?«, fragte Kaspanaze fast ehrfürchtig, »das stelle ich mir schön vor. So große Maschinen, die man nur bedienen muss und die für einen schaffen, und man muss nur dasitzen und warten, bis alles fertig ist.«

»Du bist ein einfältiger Tropf, Kaspanaze«, meinte Sofie.

»Schau mich an. Was glaubst du, warum ich aussehe wie eine aufgehängte Milchsuppe?

Ich war zwei Jahre bei John Douglass in der Fabrik in Thüringen. Glaubst du denn wirklich, dass es lustig ist, jeden Tag nachts aufstehen und zwei Stunden zur Arbeit zu laufen, vom Morgen um sechs bis am Abend um sieben Uhr im Lärm und Gestank zu schaffen und dann wieder nachts zwei Stunden heimzulaufen? Glaubst du, es ist lustig, mit neun oder zehn Kindern bis zum Umfallen am Spinnstuhl zu stehen? Wenn du billiges Garn zum Verarbeiten hast, staubt es so, dass dir die Augen überlaufen und du nur noch am Husten bist. Das bisschen Geld, das es dafür gibt, würde nicht einmal für dich selber langen, aber deine Eltern brauchen es. Wehe aber, sie würden in die Fabrik gehen und mehr Lohn verlangen. Was denkst du, was die dann sagen? Den Balgen könnt ihr auf der Stelle mitnehmen. Auf den Platz warten schon genug andere. Genau das wäre die Antwort.

Letztes Jahr habe ich die Schwindsucht bekommen, und der Fabriksarzt hat gesagt, ich dürfe nicht mehr in die Spinnerei und meinen Eltern geraten, mich ins Schwabenland zu schicken. Da müsste ich zwar auch arbeiten, aber ich hätte wenigstens frische Luft und genug zu essen.«

Kaspanaze schwieg betroffen, und auch Alfons sagte nichts mehr.

Sie schwiegen, bis Sofie erklärte, dass sie hier weg müsste, und vorschlug, dass sie sich ja von jetzt an immer an der Abzweigung treffen könnten, wenn es zur Kirche ginge.

Alfons hatte noch ein Stück den gleichen Weg und bog dann in einen Feldweg ein.

»Also dann, bis zur Christenlehre«, sagte er zu Kaspanaze, dem es überhaupt nicht pressierte, wieder auf den Gebstetterhof zu kommen.

Kaum war der Alfons abgebogen, krallte sich das Heimweh in seine Seele, und auch die Erinnerung an die Vaterschläge war keine Hilfe. Um auf andere Gedanken zu kommen, suchte er einen runden Stein und trieb ihn mit der Schuhspitze vor sich her. Nach dem vierten Tritt verschwand der Stein im Gras, und Kaspanaze suchte so lange in der Wiese, bis er ihn gefunden hatte.

Als der Hof in Sicht kam, setzte er sich unter einen Baum mit einer riesigen Krone, dessen Wurzeln ellenbogenhoch aus dem Boden ragten und eine kommode Sitzgelegenheit boten. Kaspanaze saß vornübergebeugt und horchte in sich hinein, und er fühlte, dass sich etwas in ihm verändert hatte, seit er von daheim weg war. Er konnte nicht sagen, ob es gut oder schlecht war. Aber er spürte, dass die hauchdünne Haut auf seiner Seele immer dicker wurde.

Unten am Weg schepperten Steine gegeneinander, und eine Männerstimme kam schimpfend und fluchend näher. Rasch erhob er sich und schlüpfte nach hinten in den Wald, um vom Gebstetter nicht entdeckt zu werden. Das Bier und die Schnäpse, die er jeden Sonntag nach der Messe im »Hirschen« in sich hineinschüttete, schienen gerade auf dem Höhepunkt ihrer Wirkung zu sein. Mühsam hielt er das Gleichgewicht, torkelte nach links und nach rechts und hatte alle Mühe, auf den Beinen zu bleiben. Dabei fluchte er alle Heiligen vom Himmel herunter.

Kaspanaze sah aus sicherer Entfernung zu und konnte sich das Lachen nicht verheben. Ihm kam es vor, als ob sich der Bauer mehr dem Hof entgegenschraubte als er ihm entgegenging. Plötzlich aber blieb der Gebstetter kerzengerade stehen, drehte sich um und ließ sich mit dem Hintern auf den

Wegrand plumpsen. Eine Weile saß er mit wippendem Oberkörper so da, dann steckte er seinen Mittelfinger tief in den Hals. Den ganzen massigen Mann schüttelte und würgte es, und mit einem Schwall schoss ein gewaltiger Strahl Kotze mitten auf den Weg.

Kaspanaze dachte, dass es besser sei, wenn er vor dem Bauern auf dem Hof wäre, weil er nicht wusste, wie es an einem Sonntag bei Gebstetters zuging, aber auch weil er neugierig war, wie die Bäuerin ihren Mann herunterputzen würde. Durch das Wäldchen rannte er nach oben, schlich sich von hinten an den Hof heran und blieb im Schatten der Tennauffahrt stehen.

Es dauerte nicht lange, und der Bauer kam in den Hof getorkelt. Allerdings schien er nun erheblich nüchterner zu sein als noch vor kurzer Zeit. Die Bäuerin musste hinter dem Fenster auf ihn gewartet haben. Kaum stand er an der Haustreppe, kam sie herausgestürzt und fiel sofort über ihn her:

»Ja da schaust, Bauer Gebstetter. Bist schon wieder sternhagelvoll, du blöder Dackel. Hat dir das von gestern noch nicht gelangt, hä? Schau sofort, dass du reinkommst, du besoffene Sau, du besoffene. Und das Sonntagsgewand hast du auch noch verkotzt, du Drecksau, du elende.«

Auch der Gebstetter kam in Rage und schrie, sie solle schauen, dass sie da hineinkomme, wo der Zimmermann das Loch gemacht habe, und dass der Immler und der Lehle noch einen ausgegeben hätten.

»Ha, ha, ausgegeben«, giftete sie, »abgefüllt haben sie dich blöden Hund. Die lachen sich doch krumm und scheckig, wenn sie dem Gebstetter wieder einen Affen aufgehängt haben, mit dem er in der Stadt im Zirkus auftreten könnte.«

Inzwischen war er oben auf der Treppe angekommen und schob sich an der breitbeinig dastehenden Bäuerin ins Haus, wobei er sie noch anschrie, sie solle endlich ihre Schandgosche halten. Kaum hatte er seiner Frau die Türe vor der Nase ins Schloss geworfen, kam auch schon ein Aufschrei aus dem Inneren, Pauline kam heulend herausgestürzt, und der Gebstetter schrie, dass er sich von einer solchen Seichtasche nicht auslachen lassen würde. Auch dem Hund schien das Ganze nicht mehr geheuer, und er schaute, dass er unbeschadet ins Freie kam.

»Mein Gott, und bei denen muss ich noch bis zum Herbst bleiben«, fuhr es Kaspanaze durch den Kopf.

Nach einiger Zeit war auch Vinzenz da, der sich mit einigen anderen Knechten aus der Umgebung auch noch ein Viertele Roten gegönnt hatte. Jetzt erst traute sich Kaspanaze unter der Einfahrt hervor und ging mit dem Knecht hinüber zum Stall, wo Vinzenz in seinem Verschlag sein Gebetbuch und seinen Rosenkranz versorgte.

»Haben sie wieder gestritten wie die Hegel?«, fragte Vinzenz nebenbei.

»Ja, und wie ... der Pauline hat er auch eine heruntergehauen.«

»Daran kannst du dich gewöhnen, das ist bei denen am Sonntag sozusagen eine Sondersuppe vor dem Mittagessen«, sagte der Knecht verächtlich.

»Ich hätte schon Hunger«, meinte Kaspanaze.

»Auch an das wirst du dich hier gewöhnen«, erwiderte Vinzenz mit einem harten Auflachen.

»Essen«, schrie Ludmilla aus dem Stubenfenster über den Hof.

Aus dem kleinen Ausgedingehaus kamen die beiden alten Leutchen herübergetattert. Sie sprachen kein Wort, und beide stützten sich auf lange Haselnussstöcke, die sie neben der Treppe an die Hauswand lehnten.

»Warte immer, bis die beiden drin sind«, riet Vinzenz. »Das sind die Einzigen, vor denen Bauer und Bäuerin noch halbwegs so etwas wie Respekt haben. Und zum anderen brauchst du auch nicht länger drinbleiben, als du musst.«

Kaspanaze begann zum Knecht Vertrauen zu fassen. Er schien der einzige Mensch auf dem Hof zu sein, der normal reden konnte. Als sie sicher waren, dass die beiden Alten nun hinter dem Tisch sitzen würden, gingen sie zum Haustrakt und zogen im Hausgang ihre Schuhe aus.

Pauline saß mit verheultem Gesicht am Bauerntisch, und in Kaspanaze kam klammheimliche Schadenfreude auf.

»Gegrüßet seist Du, Maria …«, belferte der Bauer mit einer Stimme, der anzumerken war, dass seine Wut noch lange nicht verraucht war.

In einer Schüssel lagen ein Häufchen Apfelküchlein, von denen sie unmöglich satt werden konnten, in einer anderen war gelbbraunes Apfelmus. Vinzenz schickte einen drohenden Blick hinüber zur Magd, die die Hände und die Schultern hob, mit den Fingern auf die Augen zeigte und zur Bäuerin hinüberblickte, um anzudeuten, dass sie nichts dafür könne, weil diese es so angeordnet habe.

»He, Bauer!«

Mit einem Schlag war es mucksmäuschenstill in der Stube. Mit offenen Mündern starrten der Gebstetter und seine Frau zum Knecht herüber, und es dauerte einen Moment, bis sie wieder ihre Sprache fanden.

»Während des Essens wird nicht geredet«, schrie der Gebstetter.

»Jawoll, da ist Ruhe«, sekundierte sein Ehegespons.

»Wenn das so ist, dann können wir ja ruhig reden. Denn das, was wir da bekommen, erspart höchstens den Bader, weil es gerade langt, die Löcher in den Zähnen zu füllen. Wenn du Essen meinst, das steht bei euch drüben am Tisch, aber nicht bei uns«, erwiderte Vinzenz mit beherrschter Stimme.

»Werd bloß nicht frech, schließlich müsst ja ihr froh sein, dass ihr hier sein könnt, nicht wir«, tobte der Gebstetter, »und wenn es dir nicht passt, kannst du ja abhauen!«

»Dann zahl mich aus, aber sofort. Aber merk dir eines: Einen neuen Bauern bringt man jederzeit auf einen Hof, aber nicht so leicht einen neuen Knecht!«

Vinzenz war schon unter der Türe, als die Bäuerin zischte: »Battist, du kannst ihn doch nicht gehen lassen. Wo sollen wir sonst um diese Zeit einen Knecht herbekommen?«

Unschlüssig stand der Bauer in der Stube, und Vinzenz sagte, er hole nur noch sein Zeug aus dem Stall und er komme dann wegen dem Geld gleich wieder.

»Schau, dass du weiterkommst, du musst ihn aufhalten«, zeterte die Bäuerin.

Langsam dämmerte es selbst dem Gebstetter, dass er zu weit gegangen war. Wie ein geprügelter Hund schlich er über den Hof, und es kostete ihn einige Überwindung, im Stall in den Verschlag zu treten.

»Herrgottsack«, dachte er, als er hinter Vinzenz stand, der seine Habseligkeiten in einem Koffer verstaute und so tat, als ob er ihn nicht bemerkte, »ich werde mich doch nicht bei einem Knecht entschuldigen. Ha, so weit würde es gerade noch kommen!«

Er holte tief Luft und baute sich vor Vinzenz auf. »Du hast dich bis Lichtmess verdingt. Das ist Vertragsbruch. Du bleibst da, das ist ein Befehl, verstanden!«, versuchte er barsch seine Autorität zu retten.

»Du stehst mir im Weg, geh auf die Seite«, erwiderte der Knecht. »Schau lieber, dass du meine Abrechnung fertig machst!«

»Hast du nicht gehört, was ich gesagt habe?«, probierte es der Gebstetter nochmals einen Ton schärfer, aber der Knecht gab ihm keine Antwort mehr.

»Was passt dir denn bei uns nicht?«, wechselte der Bauer die Tonlage, weil ihm klar war, dass er eine schöne Kugelfuhr am Hals hätte, wenn der Vinzenz gehen würde.

»Was mir da nicht passt?«, äffte dieser den Bauern nach. »Hast du denn keine Augen im Kopf? Schau dich doch einmal um, wo ich hause. Aber dass ich bei dir wie ein Stück Vieh lebe, macht mir nichts aus. Lieber bin ich bei den Tieren im Stall als bei gewissen Leuten in einer Kammer unter einem Dach. Und das Essen hier am Hof? Jede Kuh bekommt genug zum Fressen, weil sie sonst keine Milch mehr gibt. Aber wir sollen schaffen bis zum Umfallen und bekommen zum Essen nicht einmal die Hälfte, die wir brauchen würden. Wenn du dich aber traust, etwas zu sagen, bekommst du zur Antwort, dass du hier nur gnädigerweise geduldet bist. Und da fragst du noch, was mir hier nicht passt?«

Es war die längste Rede an einem Stück, die Vinzenz seit langem gehalten hatte, und der Gebstetter merkte, dass es dem Knecht ernst war.

»Jetzt komm halt, sei nicht so. Das können wir doch in Ruhe im Haus besprechen«, versuchte er zu beschwichtigen. »Irgendwie werden wir das schon machen.«

Vinzenz fiel ein, dass es vielleicht doch nicht so einfach sein könnte, um diese Jahreszeit noch einen halbwegs guten Platz zu bekommen, und der Gebstetter wusste, dass er zwar Taglöhner, aber kaum mehr einen Knecht auftreiben würde.

»Jetzt komm halt mit in Gottes Namen«, drängte der Bauer. Vinzenz murmelte noch ein paar Mal etwas Unverständliches und hantierte umständlich an seinem Koffer herum. »Also, dann reden wir!«, meinte er nach einer Weile in einem Tonfall, der keinen Zweifel aufkommen ließ, wer im Moment am längeren Hebel saß.

Die Stube war schon leer und die Tische abgeräumt.

»Ludmilla«, rief der Bauer in ungewohnt beherrschtem Ton in die Küche, »mach eine gehörige Vesper, aber so, dass auch der Vinzenz genug kriegt!« Dann nahm er am Ehhaltentisch Platz und bedeutete dem Knecht, er solle sich zu ihm setzen.

»So weit kommt's nicht, dass der da was am Familientisch zu suchen hat – so weit gehe ich nicht vor einem Dienstboten in die Knie«, grimmte es in Gebstetters Kopf.

»Das mit dem Essen kann man bestimmt richten, wenn es auch sicher einen Mordsspektakel mit meinem Weib geben wird«, wägte er bei sich ab, »und dass er keine eigene Kammer im Haus will, hat er ja selbst gesagt.«

Kaspanaze war über den plötzlich ausbrechenden Streit erschrocken und schickte ein Stoßgebet zur Mutter Gottes, dass sie den Vinzenz nicht gehen lassen möge, weil er sonst überhaupt niemanden mehr hätte, mit dem er reden könne.

Nachdem der Knecht und der Bauer aus der Stube verschwunden waren, wurde kein Wort mehr gesprochen. Ludmilla zog die Schüssel mit den Apfelküchlein zu sich hinüber, sodass Kaspanaze jedes Mal halb aufstehen musste. Schließlich griff er mit beiden Händen hinein und legte ein paar Küchlein vor sich auf den Tisch, worauf die Magd ihn böse ansah. Als er nochmals in die Schüssel griff, schnalzte ihm Ludmilla mit dem Daumen und Zeigefinger kräftig auf den Handrücken, aber er ließ nicht los und blickte die Magd triumphierend an.

Das »Gegrüßet seist Du, Maria« nach dem Essen stimmte die Gebstetterin an, und Kaspanaze kam es so vor, als ob sie selbst mit der Mutter Gottes keifen würde.

Im Hof war niemand zu sehen, als er auf die Treppe trat. In den Stall mochte er nicht, weil da sicher der Bauer und der Vinzenz waren. Eine Anhöhe war ihm schon am Morgen vom Rückweg aus der Sennerei aufgefallen. Bestimmt musste man von dort oben noch viel mehr sehen als von hier unten. Während des Hinaufsteigens betete er immer wieder inbrünstig zur einzigen Mutter, die er hier noch hatte, und flehte sie an, den Vinzenz umzustimmen.

Oben freilich vergaß er mit einem Schlag Bauer und Bäuerin, Vinzenz und Ludmilla. Mit offenem Mund stand er da und staunte – so etwas Schönes hatte er noch nie gesehen. Vor ihm lag weit, eben und gleichmäßig ein riesiges Land, so weit er schauen konnte. Wenn er sich aber umdrehte, wellten sich zu seinen Füßen grüne Kuppen und waldbewachsene Hügel, durch die sich schmale Wege schlängelten und zwischen denen verstreut Höfe lagen. Weit weg und doch fast zum Greifen nah spannte sich ein weißer Bogen schneebedeckter Berge, und irgendwo dahinter oder da drinnen war seine Heimat, wohnten seine Eltern und Geschwister. Etwas schob sich in ihm hoch und würgte ihn, und über seine Wangen zogen Tränen feuchte Spuren. Aber auch die Erinnerung an die ungerechten Schläge seines Vaters brachten keine Linderung.

Auf einem Grenzstein sitzend dachte er trotzig, dass er jetzt weinen könne, so viel er wollte, weil ihm ja niemand zusah. Plötzlich fiel ihm heiß ein, dass es höchste Zeit für die Christenlehre sein müsste.

Sofie und Alfons warteten schon an der Weggabelung.

»Wo bleibst du denn?«, fragte Alfons. »Wir haben schon gedacht, du kommst nicht mehr, und wollten gerade los.«

Die beiden erzählten, was es alles zum Mittagessen gegeben habe, aber Kaspanaze hörte nur halb hin, da er immer an Vinzenz denken musste.

»Was hast du denn? Was ziehst du denn für einen Lätschen?«, fragte Sofie.

»Ihr habt es gut getroffen, aber was glaubst du, wie es bei Gebstetters zugeht. Vorher beim Mittagessen wollte der Knecht kündigen, und er ist der einzige Mensch, mit dem man normal reden kann. Ich hoffe bloß, dass ihn der Bauer noch überreden kann, dass er bleibt.«

Sie waren die Letzten, die auf dem Kirchplatz eintrafen, und die Einheimischen versuchten sie zu hänseln.

»Kaspanaze heißt der«, rief der Gebstetterbub und zeigte Grimassen schneidend auf ihn. »Das ist unserer!«

»Kaspanaze«, stichelte seine Schwester gicksend, »habt ihr schon einmal einen so blöden Namen gehört?«

»Tut so, als ob ihr sie gar nicht seht«, riet Alfons.

Der Hochwürden kam vom Pfarrhof herüber und hielt auf die Sakristei zu.

»Ihr könnt schon in die Kirche hinein, anstatt da heraußen herumzulungern«, befahl er, weil er wusste, dass dasselbe Ritual wie jedes Jahr ablief. Zuerst kam das gegenseitige Abschätzen, und nach ein bis zwei Wochen gingen die Raufereien los, die dann »Kämpfe der Nationen« hießen.

Da war auch er als Pfarrer machtlos, und ihn dauerten die armen Würmer, die für einige Zeit zwar dem Hunger entflohen waren, dafür aber vielfach Narben an ihren Seelen davontragen würden. Die Bauern schätzten sie nach ihrer Arbeitskraft ein, für die Knechte und Mägde waren sie minderwertige Eindringlinge, und die oberschwäbischen Kinder empfanden sie als Fremde, die sie oftmals schon aufgrund ihrer Sprachen nicht verstanden. So bildeten sich jedes Jahr zwei Gruppen: hier die Einheimischen, die sich von klein auf untereinander kannten, und dort der Haufen mit den bunten Dialekten der Schwabengeher.

Als der Pfarrer auf die Kanzel stieg, saßen sie auch so da: links und rechts vorne in den Bänken die einheimischen Mädchen und Buben, dahinter in jeweils eigenen Gruppen die Hütekinder. Hochwürden Fendt hielt zuerst eine kurze Ansprache, in der er die neuen Hütekinder begrüßte und den Wunsch aussprach, dass auch die einheimischen Kinder das

Ihre dazu beitragen möchten, dass sie sich fernab von zu Hause in seiner Gemeinde wohl fühlen könnten. Er erzählte dann von den Aposteln und wie Petrus und Johannes Wunderheilungen am Tempel vollbracht hätten und für ihr Auftreten ins Gefängnis geworfen wurden und dass Paulus nicht zu den ursprünglichen Aposteln gehört habe, aber durch eine Erscheinung Jesu dazu berufen wurde.

»Wer weiß weitere Apostel?«, fragte er und sah zu den oberschwäbischen Kindern hinab.

Ein paar Finger gingen in die Höhe:

»Judas ... Matthäus ... Jakobus ... Markus ...«

»Nein, Markus war ein Evangelist«, korrigierte der Pfarrer. »Weiß von euch auch jemand Apostel?«, wollte er von den Hütekindern wissen.

Alle zeigten auf.

»Ja, du da – du bist der ...«

»Andreas Haller aus Zams«, antwortete der Bub und fuhr gleich eifrig fort: »Andreas – das ist mein Namenspatron, Thomas, Matthias, Bartholomäus, Simon, Philippus.«

»Sehr gut – aber einer fehlt noch«.

Dem Pfarrer war es gar nicht recht, dass der Tiroler die Apostel wie eine Litanei aufsagen konnte, weil er wusste, dass die ausländischen Kinder in der Christenlehre oft besser waren und dies dann einer der Anlässe zu Raufereien nach der Kirche sein konnte.

»Ja, wer fehlt also noch? Ihr habt ihn schon einmal genannt – aber es gibt ihn sozusagen doppelt«, fragte er hin zu den Einheimischen und übersah geflissentlich die Finger der Hütekinder, die Löcher in die Luft stießen.

»Ja ...«, versuchte er eine Brücke zu bauen.

»Jakobus«, antwortete ein Mädchen aus der zweiten Reihe.

»Der Ältere und der Jüngere«, rief Krispin dazwischen.

»Du sollst nur antworten, wenn du gefragt wirst«, wies ihn der Hochwürden ärgerlich zurecht.

Nach der Sonntagsschule standen die Hütekinder auf dem Kirchplatz beisammen, da die meisten nicht wussten, was sie mit dem angefangenen Nachmittag anfangen sollten, und

Christine schlug vor, dass sie ja zusammen im Wald oben auf der Halde »Räuber und Gendarm« spielen könnten. Martl und ein paar größere Buben maulten zwar, das sei langweilig und etwas für die Kleinen, gingen dann aber doch mit.

Kaspanaze wusste nicht recht, wie er sich verhalten sollte und was die Gebstetters dazu sagen würden. Er kam zu dem Schluss, dass sie bestimmt etwas dagegen hätten, und er beschloss trotzig, sich den anderen anzuschließen.

Zurück auf dem Hof schlüpfte er als Erstes in den Stall, um im Verschlag nach Vinzenz zu sehen. Seine Augen mussten sich an das Halbdunkel gewöhnen, dann sah er erleichtert einen halb offenen Koffer auf der Pritsche des Knechtes liegen, und er schickte ein inniges Dankgebet zum Himmel. Niemand außer ihm schien da zu sein.

Bis jetzt war er nicht dazu gekommen, sich den Viehbestand genauer anzusehen. Zwölf Kühe zählte er, drei Rinder, einen Ochsen, ein älteres und ein junges Pferd, und im Schweinestall lagen vier feiste Säue. Das Pferd von gestern fehlte.

Dann kam ihm der Gedanke, einmal um die Hofstatt zu laufen, um zu schauen, wie diese von den anderen Seiten her aussah. Es war ein stattliches Anwesen, und Kaspanaze kannte kein einziges Gehöft daheim, das auch nur halb so groß gewesen wäre. Selbst der Hof vom Schneider war dagegen nur ein Höfle.

Das Haus war zweistöckig. An den Wohnteil schloss sich das Tenn an, dann kam der Stall und dahinter ein Schopf und wieder dahinter ein ans Hauseck gesetzter Verschlag, der als Hühnerstall diente. Eine gemauerte Einfahrt führte auf das obere Tenn. Schräg gegenüber der Stube stand eine große Linde, dahinter stand halb verborgen ein kleines Häuschen mit einer schmalen Treppe, die zu einer kleinen Haustüre hinaufleitete.

Altes Gerümpel lag auf der rückwärtigen Hofseite, Mostfässer, an denen Dauben fehlten, abgebrochene Deichseln und Wagenräder, die vom Eisen faulten. Unter einem Vordach standen Gerätschaften, die er nicht kannte. Einen Pflug hatte er zwar schon einmal auf einem Bild gesehen, aber wofür das riesige Gatter mit den langen eisernen Nägeln darunter gut sein sollte, konnte er sich nicht vorstellen.

Von Osten her blickte er auf den Hof, als er von der Weite das Poltern eines Wagens, das Getrappel eines Pferdes und die kreischende Stimme der Bäuerin hörte. Sicher war es besser, wenn er vor den Gebstetters da war. Außer Atem lehnte er noch an der Hauswand neben dem Brunnentrog, als der Wagen mit der Bauersfamilie einfuhr.

Das Fuhrwerk stand noch nicht still, als die Bäuerin vom Wagen sprang, wie eine von allen Teufeln besessene Hexe auf ihn zurannte und ihm wortlos links und rechts die flache Hand mit aller Kraft ins Gesicht schlug.

»Bürschle, du nichtsnutziges, das machst du nicht mit uns«, schrie sie mit sich überschlagender Stimme.

»Komm sofort her«, brüllte der Bauer, »und wenn ich sofort sage, meine ich auch sofort«, tobte er weiter, als er sah, dass Kaspanaze zögerte, weil er überhaupt nicht wusste, was er verbrochen haben sollte.

Wütend machte der Gebstetter zwei, drei große Schritte nach vorne, riss ihn am Rockkragen zu sich heran, warf ihn über sein Knie und drosch mit seiner riesigen Pratze wie von Sinnen auf ihn ein.

»Was erzählst du da herum?«

»Ich habe doch gar nichts herumerzählt, was soll ich auch erzählen?«, rief Kaspanaze mit angstzitternder Stimme.

»Lügen tust du auch noch, aber das werde ich dir austreiben – wieso sagt dann der Rote Sauter zu mir, dass uns der Knecht gekündigt habe, du gottverrecktes Tirolerle?«

Seine Pranke knallte wieder auf Kaspanazes Hintern.

»Ich hab's nur der Sofie und dem Alfons gesagt, ich hab mir nichts dabei gedacht«, schrie Kaspanaze, dem der Schmerz das Wasser in die Augen trieb.

»Du hast gar nichts zum Verzählen, verstanden?«

Als er zwischen den Schlägen kurz aufblickte, sah er die Gesichter der beiden Gebstetterkinder, die etwas seitlich standen und ihn hämisch angrinsten.

»Du kannst mich totschlagen, von mir seht ihr alle zusammen keinen Tropfen«, dachte er, und er spürte, wie sich ein neues Gefühl in ihm breit machte, das er bisher nicht gekannt hatte. Von diesem Augenblick an wusste er, was das Wort »Hass« bedeutete.

Der Gebstetter ließ erst von ihm ab, als ihm die Luft ausging.

»Das ist ein ganz Verstockter«, schrie die Bäuerin. »Gestern hat er noch auf Befehl plärren können, heut aber kriegt er Schläge, und es macht ihm nichts aus. Der richtet es sich so, wie er es braucht!«

»So, in einer halben Stunde bist du im Stall«, befahl der Gebstetter mit hochrotem Kopf, während er das Pferd ausschirrte, »und jetzt verschwinde!«

Kaspanaze zwang sich dazu, sich nichts anmerken zu lassen. Diese Genugtuung gönnte er ihnen nicht, und er humpelte so aufrecht er konnte hinüber zum Tenn, wobei er ihre nagelspitzen Blicke in seinem Rücken spürte.

Als er an der Leiter den Fuß auf die erste Sprosse stellen wollte, musste er wieder absetzen, da sein Hintern mit glühenden Nadeln traktiert wurde. Urplötzlich und ohne dass er etwas dagegen machen konnte, brach es aus ihm heraus, und sein ganzer Körper zuckte – aber er war stolz auf sich, weil er durchgehalten hatte und sie seine Tränen nicht sehen konnten. Seine Wangen brannten wie Feuer, und sein ganzer Körper schmerzte.

Mit zusammengebissenen Zähnen zog er sich an den beiden seitlichen Holmen nach oben, und bei jedem Trittwechsel entfuhr ihm ein leises Wimmern. Oben legte er sich bäuchlings auf die Truhe und versuchte, seine Hose bis unter die Kniekehlen abzustreifen, was ihm auch irgendwann gelang, sodass er sie mit zappelnden Bewegungen abschütteln konnte. Regungslos blieb er so liegen, weil er sich vor den Schmerzen beim Aufstehen fürchtete. Dann aber zwang er sich zu einem Ruck und hatte augenblicklich das Gefühl, als ob jemand mit Messern auf ihn einstechen würde.

Behutsam klappte er den Truhendeckel auf, fischte seine Wochentagshose und seine geflickte Joppe heraus und warf sein Sonntagsgewand hinein. Jede Bewegung beim Ankleiden tat furchtbar weh, und die Nacht würde sicherlich grausam werden. Unten im Tenn polterten Schuhe, und jemand trat durch die quietschende Stalltür. Vorsichtig spähte er durch ein Streueloch hinab in den Stall und erkannte im Dämmerlicht Vinzenz.

Der Abstieg über die Leiter war nur mit zusammengebissenen Zähnen zu ertragen. Kaspanaze suchte seine Stallschuhe und blieb dann kurz vor dem Stalleingang stehen, um sich mit dem Ärmel das Gesicht abzuwischen, weil Vinzenz nicht sehen sollte, dass er geheult hatte. Es ging niemanden etwas an – auch den Knecht nicht.

»Du bist schon da?«, stellte der fest. »Dann kannst du mir gleich beim Stallen helfen. Fang gleich bei der Gunda an!«

Kaspanaze holte einen Schaber für den dünnflüssigen und eine Gabel für den mit Einstreue durchsetzten Mist, während Vinzenz die Türe zum Misthaufen hin öffnete.

Das Licht fiel in einem breiten Streifen ein, und noch im Umdrehen bemerkte der Knecht das rot geschwollene und verweinte Gesicht des Buben.

»Herkules, wie siehst denn du aus? Wer hat denn dich so verhauen?«

»Der Bauer und die Bäuerin«, sagte Kaspanaze bemüht, keine Regung zu zeigen.

»Warum, was hast du denn angestellt?«

»Das sage ich lieber nicht, weil sonst werde ich womöglich noch einmal verprügelt.«

»Ach geh zu, mir kannst du es ja sagen, oder glaubst du, dass ich gleich hineinrenne und denen alles brühwarm erzähle?«, lachte der Knecht.

»Es war wegen dir. Nein, nicht so direkt wegen dir, sondern weil ich auf dem Weg in die Kirche der Sofie und dem Alfons erzählt habe, dass du zum Bauern beim Mittagessen gesagt hast, dass du gehen willst.«

»Und weiter?«

»Irgendwie hat es die Sofie ihrem Bauern – der heißt der Rote Sauter – erzählt, und der hat dann wieder unseren Bauern getroffen und ihn gefragt, warum sein Knecht gehen will.«

»Und deswegen hat er dich so verdroschen?«

»Nicht nur er. Auch sie hat mir rechts und links eine heruntergehauen.«

Das Sitzen auf dem Schemel beim Vormelken tat noch immer gehörig weh, aber mit der Zeit ließ der stechende Schmerz nach und ging in ein ziehendes Brennen über. Priska wollte Kaspanaze wieder ihre Spielregeln diktieren und versuchte ihn abzudrängen. So fest er konnte, rammte er ihr seinen Kopf in die Leiste und riss sie heftig an den Zitzen. Sie trat kurz nach ihm, er trat zurück, worauf sie dann ruhig stehen blieb.

Vinzenz hatte noch nicht mit dem Weitermelken bei der Gunda angefangen, weil er sehen wollte, wie das kleine Büble es anstellte, dass die Kuh ruhig stehen blieb.

»Herkules, das gibt's doch nicht«, dachte er kopfschüttelnd. »Er macht doch auch nichts anderes als wir.« Kaum aber wechselte er mit Kaspanaze ab, trat Priska nach dem Kübel, patschte ihm den Schwanz um die Ohren, zerrte und riss an der Kette und muhte böse.

»Die passt schon da her zum Hof«, dachte Vinzenz.

Schimpfend und streitend kamen die Gebstetters ins Tenn und hörten erst auf, als sie den Stall betraten.

»Raus da!«, schnauzte der Bauer Kaspanaze an, »du kannst bei der Übernächsten weitermachen.«

Als die Erwachsenen mit den letzten Kühen begonnen hatten, jagte er Cäsar auf, den er diesmal nur kurz am Halsband ziehen musste. Mit einem Mal fiel ihm im Hausgang ein Spiegel auf. Er sah sich ihn genau an und lupfte ihn leicht am unteren Ende. Ja, das müsste so gehen.

Oben war am Rahmen eine Lasche fest und starr angeschraubt, mit der der Spiegel an einem großen Nagel hing. Wichtig war, dass er ihn blitzschnell ab- und wieder aufhängen konnte. Seine Schmerzen hatte er vergessen und süß stieg das Gelüst auf Rache in ihm hoch.

»Für alles, was ihr mir antut, stelle ich euch etwas an. Ihr werdet euch noch wundern.«

Ein wenig zwickte ihn noch das Gewissen, aber dann gewann doch die Versuchung die Oberhand, und er wollte auf der Stelle probieren, ob seine Idee auch funktionierte.

Mit einem Griff hob er den Spiegel herab und hielt ihn dem Hund vor die Augen. Dann ging er in die Knie, sodass Cäsar sein Gesicht nicht sehen konnte und sagte leise »Wuff!« Der Hund blickte in den Spiegel, sah dort einen anderen Hund, den er nicht kannte, und begann wie verrückt zu bellen.

Aus der Küche schrie die Magd: »Cäsar, sei ruhig, spinnst du jetzt komplett?«

Die Türe flog auf, aber da hing der Spiegel bereits wieder am Nagel. Der Hund aber wollte sich nicht beruhigen und kläffte mit gefletschten Zähnen nach oben.

»Cäsar, du blöder Hund, halt's Maul«, schrie sie ihn an, aber der Hund war so in Rage, dass er sie gar nicht zu bemerken schien. »Was hat er denn? So habe ich den noch nie gesehen«, sagte sie mehr zu sich selbst. Sich mit einem Hütebuben abzugeben, wäre unter ihrer Würde gewesen.

Kaspanaze gab keine Antwort, sondern zuckte nur die Schultern.

»Schau, dass du das Viech hinausbringst, aber auf der Stelle«, befahl sie in herrischem Ton.

Kaspanaze nahm Cäsar am Halsband und sagte besänftigend: »Cäsar, komm!«

Sofort hörte der Hund auf zu bellen, drehte sich noch zwei Mal knurrend um und ging dann mit Kaspanaze zum Tenn, wo ihn dieser anschirrte. Das würde eine Gaudi werden, und wenn es so ging, wie er sich das vorstellte, würden die Gebstetters noch Augen machen. Bis in spätestens zwei Wochen würden sie glauben, dass ihr Hund verhext oder zumindest übergeschnappt sei. Vor lauter Schadenfreude waren die Schmerzen wie verflogen. Kaspanaze dachte nur noch daran, wie er den Hund zum Bellen bringen könnte, ohne dass er jedes Mal den Spiegel abhängen musste.

Hinab zur Sennerei hatte Kaspanaze vom Hof weg die kleine Deichsel in der Hand. Der Knecht meinte, je mehr der Hund sich an ihn gewöhnen würde, desto leichter werde er mit ihm umgehen können.

»Wenn du wüsstest …«, dachte Kaspanaze und musste sich zusammennehmen, um nicht zu lachen, wenn er an das blöde Gesicht dachte, das Ludmilla bald immer öfter machen würde.

Nach der Milchablieferung zeigte ihm Vinzenz die Kannen, in denen die den Gebstetters zustehende Molke war. Mit der Faust schlug er die Deckel den Rand lang fest und wuchtete die Kannen dann auf den Karren.

»Du stellst am Abend die leeren Kannen immer an den gleichen Platz an der Wand. Da am oberen Rand ist ein BG eingehämmert, das heißt nicht Baptist Grobian, sondern Baptist Gebstetter. Am nächsten Abend nimmst du sie wieder mit und stellst die leeren dafür hin. Verstanden?«

Kaspanaze nickte, griff nach der Deichsel und sagte zum Hund: »Los, Cäsar!«

Der Rückweg zum Hof war schwerer, da es immer leicht bergauf ging. Der Hund hechelte, und Schaum tropfte von seinen Lefzen. Aber auch Kaspanaze stand der Schweiß auf der Stirne, und Vinzenz sah nicht so aus, als ob er ihnen helfen wollte. Ihm ging es darum zu sehen, ob das Büble auch allein zurechtkam.

»So, und jetzt machen wir noch den Stall fertig, dann ist für heute Feierabend«, meinte der Knecht, nachdem er die Molke in ein großes Fass geschüttet und sie zusammen die Kannen am Brunnen ausgewaschen hatten. Vinzenz zündete eine Laterne an und hängte sie an einen Nagel in der Mitte des Stallganges.

»Morgen müssen wir mit zwei Rössern zum Schmied, aber das wird uns der Bauer heute schon noch einmal sagen«, sagte er unvermittelt, während Kuhdreck, Rossbollen und Einstreue nach draußen auf den Misthaufen flogen.

Beim Abendessen in der Stube waren zwar alle erwachsenen Gebstetters am Familientisch, die beiden Kinder aber fehlten. Eigentlich war es Kaspanaze gleichgültig, nein, ehrlich gesagt war er sogar froh, dass sie nicht dasaßen und zu ihm herübergafften. Es gab Bratkartoffeln, die mit Kümmel gewürzt waren, dazu Zichorien-Kaffee, und auch die Schnapsbudel stand auf dem Tisch. Die Schüssel in der Tischmitte war voll, und die Kartoffel machten sogar einen Gupf. Anscheinend hatte die Drohung von Vinzenz etwas bewirkt. Zufrieden strich sich der Knecht über den Bauch und blinzelte zur Magd hinüber, die aber keine Miene verzog.

Kaspanazes Freude über seine Hundedressur ließ nach, und er spürte seinen lädierten Hintern wieder stärker. Er überlegte, dass er nach dem Essen als Erster bei der Tür hinauskommen müsste, um zu probieren, ob der mit Cäsar geplante Streich so funktionierte, wie er sich das vorstellte.

Nach dem Essen sagte der Gebstetter, morgen müssten die beiden Rösser zum Schmied und dass sie nachher das Vieh zum ersten Mal auf die Weide treiben würden, weil er das Tirolerle nicht nur zum Essen auf den Hof geholt habe.

Ludmilla drehte den Lampendocht am Gesindetisch so weit herab, dass das Licht erlosch. Die Bauersleute blieben noch an ihrem Tisch sitzen, und Kaspanaze dachte, dass es eine prächtige Gelegenheit wäre.

Er wartete ab, bis Vinzenz Anstalten zum Aufstehen machte, sagte noch »Gelobt sei Jesus Christus« und wischte hinaus zur Stubentür.

Eine kleine Lampe brannte im Hausgang, die neben dem Spiegel an der Wand hing. Der Hund lag am Boden, und als Kaspanaze leise »Sssst« machte, spitzte er kurz die Ohren und sah zu ihm hinauf. Kaspanaze deutete auf den Spiegel und sagte ebenso leise »Wuff!«, aber Cäsar blieb gleichgültig liegen.

»Blöder Hund, blöder«, schimpfte er enttäuscht bei sich. »Aber dich bringe ich schon so weit, wie ich will.«

Vor der Haustüre wartete er auf Vinzenz, der mit einer Sturmlaterne kam, und ging mit ihm hinüber zum Tenn.

»Warum waren heute Abend der Gebhard und die Pauline nicht am Tisch?«

»Ja, Bub, für was glaubst du, bist du da? Die müssen morgen beide in die Schule, aber ausländische Kinder müssen das nicht. Weil die eigenen Kinder am Hof fehlen, braucht man Kinder aus dem Ausland. So einfach ist das.«

10. Kapitel

Das Hinterteil tat Kaspanaze auch am nächsten Morgen noch weh und auch die Backen schmerzten, aber er zwang sich, nicht daran zu denken. Vinzenz meinte, dass er nun allein zur Sennerei gehen und er selbst inzwischen den Stall fertig machen könne.

Als er Cäsar holte, hielt er ihm wieder den Spiegel vor und machte »Wuff!«, worauf der Hund zähnefletschend sein Spiegelbild verbellte. Beim Aufhängen hielt er den Spiegel gekippt, damit Cäsar sehen konnte, wohin der andere Hund verschwand. Der Hund sprang wie verrückt an der Wand hoch, und Kaspanaze zog ihn schnell am Halsband vor die Haustür, um Ludmilla aus dem Weg zu gehen, die laut aus der Küche schimpfte.

Wie am Vortag gab es zum Morgenessen Kaffee und Brot, das sie in Brocken rissen und in der braunen Brühe eintunkten.

»Sodele, Kaspanaze, dann gehen wir mit den Rössern zum Schmied. Du kannst die Rosa nehmen, die ist schon älter und hat ihr Pulver schon verschossen«, lachte Vinzenz.

Im Stall halfterte er die beiden Rösser an und hielt ihm den Strick hin. Kaspanaze führte das Pferd aus dem abgeteilten Verschlag und wartete im Freien auf den Knecht, der mit dem jungen und ungestümen Max einige Mühe hatte.

Die Rosa war wirklich brav wie ein Lamm und blieb vom Übermut des Hengstes unberührt, der aufgeregt herumtänzelte und mit den Vorderhufen in die Höhe wollte.

»Wenn das der Vater sehen könnte«, dachte Kaspanaze stolz, »sein Bub mit einem so großen Ross – ich glaube, er würde sich schon etwas auf mich einbilden.«

»Du Hurakoog«, fluchte Vinzenz und fasste den Strick kürzer, während Max wieherte und schnaubte.

Triumphierend führte Kaspanaze Rosa durch den Ort, und er war sich sicher, dass ihm alle Leute insgeheim bewundernd nachschauen und denken würden, dass das schon ein besonderer Bub sein müsste, wenn er mit einem so großen Ross fertig würde.

»He Arthur, hast du gehörig eingefeuert? Die beiden Rösser vom Gebstetter wären da!«, rief Vinzenz in die rußschwarze Schmiede, während er die beiden Rosse an einer dicken Eisenstange festband.

Am Amboss stand ein riesiger Mann mit einem großen Schnurrbart und schlug mit einem Hammer auf ein glühendes Eisenstück, dass die Funken nur so herumspritzten. In der linken Hand hielt er eine mächtige Zange, mit der er das Werkstück festhielt, und als er fertig war, warf er es in einen wassergefüllten Kübel, aus dem zischend eine gewaltige Dampfschwade aufstieg.

»So, dann schauen wir einmal«, brummte Arthur und fuhr mit beiden Händen über seinen speckig glänzenden Lederschurz.

»Links hinten ist das Hufeisen locker«, deutete Vinzenz zur Rosa, »und der Max wäre so weit, dass er auch welche brauchen könnte.«

Der Schmied besah sich die Pferde von der Seite und meinte dann, dass es Rosas rechtes hinteres Eisen auch nicht mehr lange machen würde.

»Neben der Türe hängt ein Schurz«, sagte er dann zu Vinzenz, während er in die Werkstatt zurückging, um das Werkzeug herzurichten. »Du kannst derweil den Blasebalg hinten an der Esse treten, damit wir nachher eine gescheite Glut haben«, wies er dann Kaspanaze an.

Der stellte den rechten Fuß auf das obere Deckbrett und begann zu pumpen. Gebannt sah er auf die Kohlen, die mit jedem Tritt hell aufleuchteten und dann sofort wieder ihre grauschwarze Farbe annahmen. Der Blasebalg ging schwer, und Kaspanaze wechselte bald auf den linken Fuß.

»Kannst derweil aufhören«, tönte Arthurs Stimme von draußen.

Im Freien hatte der Schmied Rosas linken hinteren Huf abgewinkelt und zwischen seine Beine geklemmt. Beide Hufeisen lagen am Boden und in der Hand hielt er ein vorne rund gebogenes Messer, mit dem er unnötiges Horn abschälte. Nachdem er damit fertig war, nahm er die beiden Eisen, warf sie in die Esse und meinte, dass ein wenig mehr Hitze nicht schlecht wäre, worauf Kaspanaze wieder auf den Blasebalg trat.

Mit wenigen gezielten Hieben bog Arthur einen der glühenden Beschläge neu zurecht und tauchte ihn ganz kurz in den Kübel neben dem Amboss. Vinzenz hielt Rosas Huf, während Arthur das noch heiße Eisen darauf presste. Scharf zischte es, eine Rauchwolke stieg auf, und ein widerwärtiger Gestank nach verbranntem Horn füllte die Luft.

Arthur klemmte sich ein paar vierkantige Nägel als Vorrat in der Mund, nahm den Hammer und trieb einen Eisenstift nach dem anderen durch das Eisen und den Huf. Mit einer Zange zwickte er die oben herausstehenden Nägel ab und nietete sie um.

Es ging schon auf Mittag zu, als sie mit den beiden Pferden auf den Hof zurückkamen. Von der rückwärtigen Seite des Hauses tönte rumpelndes Poltern, dazwischen das Sakramentieren des Gebstetters. Am Brunnen ließen sie noch die Pferde saufen und brachten sie dann in den Stall, wo sie von Gerda, der anderen Stute, mit Wiehern empfangen wurden.

»Essen! Essen!«, schrie Ludmilla über den Hof.

Obwohl er Hunger hatte, ging Kaspanaze nur ungern in die Stube. Die Gebstetters behandelten ihn, als ob er Luft wäre, und das tat beinahe so weh wie die Schläge von gestern. Nur die beiden Kinder starrten zu ihm herüber, aber er wusste, dass auch das nicht freundlich gemeint war.

Auf den Krautspätzle lagen gebräunte Zwiebelringe, dazu gab es Most, und Vinzenz stellte bei sich zufrieden fest, dass es genug für alle drei war.

»So, wir lassen dann das Vieh in diesem Jahr zum ersten Mal aus. Ihr Weiber schaut zu, dass ihr hier bald fertig werdet, wir brauchen euch auch dazu. Vinzenz, du besorgst genügend Stecken!«, gab der Bauer nach dem Gebet seine Anweisungen und sah dabei durch Kaspanaze hindurch.

»Blöder Hund«, dachte der Knecht, »du kannst es dem Buben auch direkt sagen, wenn du ihn schon meinst!«

In einem Tenneck stand ein Bündel Haselnussstöcke, die Kaspanaze nach draußen trug und an die Hauswand lehnte. Wenn das Vieh nach dem Winter das erste Mal ins Freie getrieben wurde, ging das selten ohne Blessuren ab, das wusste Kaspanaze von daheim. Nur war mit zwei einzelnen Kühen leichter fertig zu werden als mit einer ganzen Herde. Ihm war mulmig zumute.

Die beiden Alten standen auf der sicheren Treppe, wo sie nicht über den Haufen gesprungen werden konnten.

»Die Priska bleibt im Stall, bis die anderen ruhiger werden!«, befahl der Gebstetter.

Neben der Stallstüre hatten sich inzwischen links und rechts die Bäuerin und die Magd postiert, Kaspanaze und Vinzenz standen draußen im Feld.

Das erste Rind kam zur Tür, blieb dort stehen und blinzelte benommen in das ungewohnte helle Licht, tappte geblendet ein paar Schritte vorwärts und blieb wieder stehen. Bald stand das zweite Jungtier blinzelnd im Hof und fing an, laut zu muhen, worauf das erste mit einstimmte und dann der ganze Stall unruhig wurde. Die Rosse wieherten aufgeregt, und selbst die Schweine grunzten und quiekten, weil sie merkten, dass irgendetwas anders war als gewohnt.

Auch die dritte Kuh blieb zunächst dumpf brüllend im Hof stehen, und mit einem Mal ging alles blitzschnell. Eines der Jungrinder preschte los, die beiden anderen folgten, und mit heiserem Muhen rasten sie auf den Waldrand zu.

Kaspanaze und Vinzenz sahen sie kommen und rannten ebenfalls zum Waldrand, um sie aufzuhalten und zurückzutreiben. Eines der Rinder schoss mit gewaltigen Sprüngen direkt auf Kaspanaze zu, der seinen Stock fest in die Hände nahm. Im letzten Moment bremste es ab, Graswasen und Dreckbollen flogen, die Vorderhufe hinterließen zwei lange, tiefe Furchen, dann drehte es wieder um, und Kaspanaze schrie den beiden Frauen zu, dass sie aufpassen sollen.

Ludmilla lief mit ihrem watschelnden Gang dem Rind entgegen und fuchtelte mit dem Stecken, was dieses aber überhaupt nicht beeindruckte. Unbeirrt hielt es auf die Magd zu, und Ludmilla sah sich schon mindestens schwer verletzt, wenn nicht gar mausetot auf dem Boden liegen, als das Rind sein Bremsmanöver wiederholte und knapp vor ihr zu stehen kam.

»Kaspanaze, hinter dir«, schrie Vinzenz, und als er sich umdrehte, sah er ein Tier kurz vor dem Wald. In einem weiten Bogen umlief er es und trieb es wieder zurück.

Inzwischen waren vier Kühe dazugekommen. In kürzester Zeit hatten sich zwei mit den Hörnern ineinander verkeilt, dann ließen sie wieder los und krachten gleich darauf wieder mit den Schädeln zusammen.

»Tu sie auseinander ... tu sie auseinander«, lärmte die Gebstetterin, obwohl sie näher dabei stand. Kaspanaze hieb mit seiner ganzen Kraft den Stecken zwischen die Hörner, und er musste mehrere Male zuschlagen, bis die Kühe voneinander abließen.

Alle Kühe außer Priska waren nun auf dem Feld, und auch der Gebstetter lief mit hochrotem Kopf hin und her. Der Einzige, dem das alles gleichgültig zu sein schien, war der Ochse, der unbeweglich auf der Wiese stand und gelassen dem wüsten Treiben um ihn herum zusah.

Als die Tiere ihren Übermut ausgelassen hatten und nach und nach ruhiger wurden, holte der Bauer Priska aus dem Stall. Auch sie blieb zuerst geblendet unter der Türe stehen, hustete ein paar Mal und stieß ein lang gezogenes »Muuhh« aus, wobei sie den Hals weit nach oben reckte. Mit ihrem rechten Vorderhuf stampfte sie zornig auf, senkte den Kopf und blieb einen Augenblick wie erstarrt stehen. Dann aber preschte sie in wildem Galopp gerade nach vorne, warf ihr knochiges Hinterteil hoch in die Luft, schlitterte bremsend über die Wiese, raste muhend auf Vinzenz zu, der ihr freilich seinen Stecken über den Grind schlug, drehte dann um, nahm hinternwerfend einen neuen Anlauf und die Bäuerin ins Visier.

Wie alle auf dem Hof hatte auch die Gebstetterin vor Priska einen Heidenrespekt. In ihrer Angst ging sie schreiend hinter der kleinen Gunda in Deckung, die nur einen Augenblick später von der tobenden Kuh gerammt wurde. Ohne anzuhalten rannte Priska weiter und hielt nun schräg über die Wiese auf Kaspanaze zu, der aber mit einem Blick sah, dass Davonlaufen sinnlos war. Scheinbar ruhig blieb er stehen, obwohl ihm das Herz in die Hose rutschte.

»Priska«, schrie er, »Priska«, aber die Kuh raste unbeirrt weiter und wich erst leicht nach der Seite aus, als sie vielleicht noch zwei, drei Meter von ihm entfernt war. Dann stemmte sie ihre Hufe in den feuchten Boden. Gras und Dreck flogen nur so herum. Ungebremst schoss sie weiter vorwärts, verlor das Gleichgewicht und schleuderte mit dem Hinterteil ein Stück weit über den Boden.

»Priska, du blödes Rindviech«, rief Kaspanaze, dem der Schrecken noch in den Knochen saß.

Die Kuh brüllte verdutzt ein heiseres »Muuuhh«, stemmte ihren Hintern nach oben und trottete langsam zu ihm hin. Dann blieb sie seelenruhig neben ihm stehen. Irgendwie spürte Kaspanaze, dass von ihr keine Gefahr mehr ausging, und kraulte sie hinter dem Haarbüschel zwischen den Hörnern. Die Erwachsenen waren zu beschäftigt, als dass sie etwas mitbekommen hätten.

Die meisten Tiere standen nun ruhig auf der Weide und fraßen das erste frische Gras des Jahres und nur noch gelegentlich probierten zwei, wer stärker war.

»He, Bub, komm her«, schrie der Gebstetter über die Weide.

Kaspanaze nahm den Stecken waagrecht in die Hand und rannte hinüber zum Bauern. Kaum war er losgelaufen, sah er, dass ihm Priska folgte, wobei sie sein Tempo hielt.

»Achtung, hinter dir«, brüllte erschrocken der Gebstetter, der glaubte, dass ihn die Kuh gleich auf die Hörner nehmen würde.

»Ja, ja, ich weiß«, schrie Kaspanaze zurück.

Als er vor dem Bauern stehen blieb, machte auch Priska keinen Schritt mehr weiter.

»Was hast du denn mit der gemacht?«, fragte der Gebstetter grob, dem es nicht passte, dass alle mitbekamen, das so ein kleiner Seicher mit der bösesten Kuh im weiten Umkreis fertig wurde, die sogar dem Bauern selbst nicht parierte.

Die Bäuerin, Ludmilla und Vinzenz starrten zu ihnen, als ob sie alle eine übernatürliche Erscheinung hätten.

»Nichts«, antwortete Kaspanaze.

»Hm«, machte der Bauer nur, und Kaspanaze merkte ihm an, dass ihn etwas jesusmäßig fuchste. »Ab morgen hütest du das Vieh allein. Der Knecht zeigt dir dann noch, mit welchem Feld wir anfangen.« Dann drehte er sich abrupt um, ließ ihn stehen und ging zurück zum Hof. Die beiden Frauen folgten ihm.

Kaspanaze suchte in der Wiese seine Stallschuhe, die ihm beim Laufen im hohen Bogen von den Füßen geflogen waren. Die Gebstetterin wandte sich um und sah ihn mit den Schuhen in der Hand über die Wiese rennen.

»Da schau her«, rief sie und tat entrüstet, »was fällt dir eigentlich ein? Die Schuhe sind für den Stall, und dort bleiben sie auch. Du kannst barfuß gehen, verstanden? Wenn ich dich noch einmal mit den Schuhen draußen erwische, kannst du etwas erleben!«

»Aber es ist kalt«, wagte Kaspanaze zu entgegnen.

»Was ist es, kalt?«, entgegnete sie höhnisch, »dann wird es aber höchste Zeit, dass du ein bisschen abgehärtet wirst!«

Vinzenz sagte, dass sie jetzt auf das Blähen aufpassen müssten, weil die Rindviecher nicht umsonst so hießen und beim ersten Mal so viel frisches Gras in sich hineinfräßen, bis dass es sie aufblähe wie ein Mostfass und dann zerreiße, wenn sie nicht vorher gestochen würden.

Kaum hatte er ausgeredet, fing eine Kuh zu brüllen an, und es war ihr deutlich anzuhören, dass sie Schmerzen hatte.

»Himmelherrgott, das hat gerade noch gefehlt«, fluchte der Knecht und rannte zu dem steif dastehenden Tier, das seine Beine eigenartig abspreizte und stumpf vor sich hinblickte.

»Herrgöttle von Biberach, schau dir die Trommel an!«

Aus seiner Joppe kramte er ein spitzes Messer, das in einer Scheide steckte und begann die Kuh am Beckenknochen abzutasten. Mit den Fingern maß er die richtige Stelle aus, stach zu und zog dann die Wunde auseinander, damit keine Gase in den Pansen eindringen konnten.

»Pfffffffft«, machte es, ein höllisch stinkendes Luftgemisch entwich aus dem Ranzen und zwang beide, den Atem anzuhalten, während die Kuh wieder zunehmend dünner wurde.

»Treib sofort das Vieh ein, bevor wir noch so eine Kugelfuhr haben«, schrie Vinzenz nervös.

Kaspanaze wusste, dass er allein unmöglich alle anbinden konnte und rief von weitem so laut er konnte nach dem Bauern. Der kam laut fluchend hinter dem Schopf hervor und öffnete die Stallstüre.

»Der Reihe nach und nicht alle auf einmal«, rüffelte er, als sich die Tiere durch den engen Einlass drängten und gegenseitig verklemmten.

»Die Priska kannst du anbinden, mit der kannst du es ja besonders gut!«

»Hat's die Fini gebläht?«, fragte er darauf unwirsch.

»Ja«, bestätigte Kaspanaze. Der Gebstetter ließ nun seine ganze Wut an ihm und den Tieren aus, da er es nicht wagte, sich mit dem Knecht anzulegen.

»Ja Blutshimmelherrgottsakrament, da hält man sich zwei so Lätsche, die beide zusammen so blöd sind, dass es für einen allein zu viel wäre. Der eine meint, dass er zu wenig zum Fressen kriegt, und der andere erzählt Lügengeschichten herum.«

Mit einer Mistgabel prügelte und stach er wie von Sinnen auf die wehrlosen Kreaturen ein, einem Rind lief das Blut am Schlegel herab, eine Kuh rutschte auf dem glitschigen Stallboden aus, er trat mit voller Wucht in ihr Hinterteil und drosch auf ihren Schwanzansatz.

Kaspanaze wusste nicht mehr, was er tun sollte, und sah den Bauern an.

»Schau, dass du mir aus dem Weg kommst«, brüllte der, packte ihn am Genick und schleuderte ihn mit voller Wucht in den Stallgraben. Ein stechender Schmerz durchzuckte ihn, als er mit der Hüfte gegen die Brüstung knallte.

»Steh auf und tu nicht so wehleidig«, schrie er und schlug mit dem Gabelstiel nach ihm.

»Du wirst von mir kein Wasser sehen, du Saubauer«,

dachte Kaspanaze fest und zwang die aufsteigenden Tränen zurück.

Einige Tiere hatten ihren Platz inzwischen selbst gefunden, auch Priska stand bereits vor ihrer Kette. Mit seinen kurzen Armen hatte Kaspanaze Mühe, um ihren Hals zu langen und den Kettendorn durch den Ring zu ziehen. Der Gebstetter machte gerade das letzte Rind fest, als Vinzenz die Fini in den Stall trieb.

»Ist alles in Ordnung?«, fragte er mürrisch, und Vinzenz antwortete ebenso kurz: »Ich denke schon.«

»Womit hast du sie gestochen?«

»Mit dem Messer.«

»Kruzifix«, maulte der Gebstetter, »zu was haben wir ein Trokar? Das liegt im Tenn draußen, und du schnitzt derweil mit deinem Krottenschinder an der Kuh herum. Wenn Gas in die Wunde gekommen ist, haben wir bald die schönste Entzündung.«

»Das mit dem Trokar müsste ich zuerst wissen, und schließlich bist du der Bauer, der weiß, wo das Zeug liegt. Da hättest du schon selber so gescheit sein können, mir etwas davon zu sagen oder es mir zu geben, und im Übrigen ist es nicht die erste Kuh, die ich gestochen habe«, gab der Knecht ärgerlich zurück.

Der Gebstetter murmelte etwas Unverständliches, trat zur Kuh und besah sich eingehend die Wunde.

»Scheint in Ordnung zu sein«, stellte er erleichtert fest, »aber das nächste Mal nimmst du das Trokar. Das liegt beim Tor oben auf dem schmalen Brett in einer Schatulle.«

»Das nächste Mal machst du es selber, oder aber ich übernehme keine Verantwortung, weil ich nicht bei dir womöglich noch umsonst eine Kuh abarbeiten will«, antwortete Vinzenz. Kaspanaze wartete auf den nächsten Wutanfall, der aber ausblieb.

»Du kannst nachher dem Buben noch das Feld am Schletterholz zeigen, damit er weiß, wo er morgen mit dem Vieh hinmuss«, brummte der Gebstetter.

»Was ist denn mit dir passiert?«, fragte der Knecht, als er sah, dass Kaspanaze humpelte.

»Mich hat es hingehauen«, gab der zur Antwort, verschwieg aber die ursächliche Nachhilfe durch den Bauern, der ihm einen unguten Blick zuwarf.

Der nächste Tag begann kühl und regnerisch. Schon in der Nacht, als ihn die Blase drückte und er aufstand, um durch ein Streueloch hinab in den Stall zu bieseln, hörte er das eintönige Prasseln auf den Schindeln.

»Vinzenz, du gehst heute in die Sennerei, der Bub kann dann sofort mit dem Vieh hinaus, damit ich im Stall weitermachen kann. Wir fangen heute dann mit dem Pflügen am Storrenacker an«, gab der Gebstetter seine Anweisung, als er in den Stall kam.

Als Kaspanaze später den Hund holte, zeigte er auf den Spiegel und machte »Wuff!«, aber Cäsar blieb gleichgültig liegen. »Blöder Hund, du kapierst auch gar nichts«, dachte er, nahm den Spiegel ab und hielt ihn ihm entgegen, worauf er zähnefletschend zu bellen anfing. Schnell hängte er ihn wieder an seinen Platz, deutete immer wieder auf den Spiegel und sagte »Wuff! Wuff! Wuff!«.

Cäsar stand aufgerichtet mit gesträubten Haaren an der Wand, während Kaspanaze ihn anfeuerte und der Hund immer rasender wurde.

Aus der Küche schoss Ludmilla heraus und schrie: »Was hat denn das dumme Vieh?«

»Das macht der Hund fast jeden Morgen so«, gab er zur Antwort und war zufrieden, dass er heute seinem Ziel ein gutes Stück näher gekommen war.

11. Kapitel

Da, Bub, ich habe dir einen Rupfensack hergerichtet, um den wirst du heute noch froh sein«, deutete Vinzenz mit dem Kinn zum Miettrog hin, »weil an so etwas denken die da nicht.« Dabei machte er eine verächtliche Kopfbewegung hin zum Stall, wo Gebstetters mit einander stritten.

»Der Tiroler soll zur Ludmilla hinübergehen, sie soll ihm einen Kaffee hinstellen und etwas zum Essen mitgeben. Aber er soll schauen, dass er vorwärts kommt!«, befahl die Bäuerin schroff durch die geschlossene Türe.

Aber da kam Kaspanaze bei der Magd schlecht an:

»Was soll ich, dich bedienen? Wer glaubst du eigentlich, dass du bist? Den Kaffee kannst du dir selber einschenken, der steht da auf dem Herd. Die Schüssel steht da im Schrank, die bringst du aber nachher wieder zurück, verstanden?«

In der Schüssel lagen zwei Brotscheiben und ein Brocken harter Käse.

»Den Käse und das eine Brot musst du dir einteilen, bis heute Abend gibt es nichts anderes, aber das kann der Herr natürlich machen, wie er beliebt.«

Hastig tunkte Kaspanaze in der Stube eine Scheibe Brot in den Kaffee und schlang es hinunter.

»Ab morgen geht das ein wenig schneller«, meinte die Bäuerin schnippisch, und die beiden Gebstetters begannen, das Vieh loszubinden. Bevor es ihm der Bauer befehlen konnte, zwängte er sich zu Priskas Hals vor und löste ihre Kette.

Draußen nieselte es, und der kalte Wind blies durch seine dünne Joppe. Kaspanaze schob die beiden Zipfel des Rupfensackes ineinander, sodass eine Art Umhang mit einer Kapuze entstand. Bimmelnd und schellend zog die Herde der Weide beim Schletterholz zu, und Priska blieb immer in der Nähe des Buben. Vorne begannen zwei Kühe zu raufen. Entschlossen sprang Kaspanaze mit seinem Stecken dazwischen und schlug so lange auf sie ein, bis sie voneinander abließen. Unter den Bäumen war das Gras stellenweise noch mit weißem Raureif überzogen, der nach und nach durch den Nieselregen wie Zucker aufgelöst wurde. Stiebende Wassertropfen flogen davon, als er den Sack ausschüttelte.

Gerade wollte er sich hinsetzen, als er ein Rind auf der anderen Seite der Wiese im Wald verschwinden sah. Die Hornhaut an den Fußsohlen hatte sich den Winter über zurückgebildet und war dünner geworden. Das Laufen über längere Strecken war noch ungewohnt und schmerzhaft. Das Rind schien mit ihm Verstecken spielen zu wollen. Kreuz und quer schoss es zwischen den Bäumen hin und her, lugte rechts hinter einem Stamm hervor, brach dann nach links wieder aus, rannte zurück zur Wiese und drehte aber kurz vorher wieder ab. Zu hören war nur noch das Knacken und Brechen von Ästen, dann war es spurlos verschwunden.

Angestrengt lauschte Kaspanaze auf das Anschlagen der Glocke, um seinen Standort festzustellen. Aber nichts rührte sich. Er kroch durch das Unterholz und spürte, wie die Kälte in ihm hochzog.

»Warte nur, wenn ich dich erwische, dann schlag ich dir den Stecken über den Grind«, dachte er wütend.

Eine Ewigkeit schien schon vergangen zu sein, als es leise unter einer großen Tanne mit weit herabhängenden Ästen bimmelte. Leise schlich er sich von hinten an, nahm als er nahe genug stand den Stock fest in beide Hände und schlug zu, worauf das Rind erschrocken einen Satz nach vorne machte. Im Zickzack rannte es zwischen den Bäumen hin und her, aber Kaspanaze gab ihm keine Möglichkeit mehr, um auszubrechen. Kaum stand er keuchend in der nassen Wiese, merkte er, dass er seine Füße kaum mehr spürte.

Auch das Rind blieb stehen, hob den Schwanz und ließ platschend einen grünen Haufen fallen, der sich dampfend im Gras verteilte. Kaspanaze zog ihm nochmals rachsüchtig den Stecken über das Hinterteil und stellte sich dann mit beiden Füßen in den warmen Dung. Zufrieden spürte er, wie kribbelnd die Wärme zurückkehrte, und voller Wonne knetete er mit seinen Zehen im Kuhfladen.

Aus dem Nieseln war inzwischen ein leichter Regen geworden, und Kaspanazes Haare waren tropfnass, bis er beim Baum zurück war, unter dem sein Umhang lag. Er zog sich den Sack mit der ausgeformten Kapuze über und rieb sich damit den Schopf trocken. Nach und nach wurde es auch den Tieren zu viel, und sie suchten Schutz unter den Bäumen am Waldrand. Auch Priska fraß sich langsam zu ihm herüber und legte sich nach einiger Zeit unter einer Baumkrone in seiner Nähe nieder.

»Das täte mich schon interessieren, warum ich anscheinend der Einzige bin, mit dem du auskommst«, sagte er zu ihr. »Aber das wirst du mir halt nicht sagen können.«

Die Kuh sah ihn einen Moment an, um dann wieder gelangweilt mit dem Wiederkäuen fortzufahren.

Irgendwann kramte Kaspanaze aus der Joppentasche den vertrockneten Käse und die Brotscheibe, biss hungrig in den harten Brocken und schob ein Stück Brot nach. Der Käse war scharf, und der Durst überkam ihn noch während des Kauens. Ein Stück weit vorne war zwar ein Brunnentrog, aber er wagte es nicht, die Tiere allein zu lassen.

Erst als er es nicht mehr aushielt, rannte er zur Viehtränke, sah sich aber immer wieder um. Heute Abend würde er Vinzenz nach einer Flasche fragen. Zusammengekauert hockte er unter dem Baum und beobachtete die weidenden Tiere. Sein Zeitgefühl war verschwunden, und er hätte nicht sagen können, ob es nun Vormittag, Mittag oder schon Nachmittag war.

Plötzlich und völlig unerwartet sprang ihn wieder das Heimweh an. »Mutter, Vater«, schluchzte er verzweifelt, »was tätet ihr, wenn ihr wüsstet, wie es euerem Buben geht? Hier bekomme ich mehr Schläge als Essen. Daheim habe ich wenigstens Hölzler gehabt. Hier gönnen Sie mir nicht einmal ein Paar zerfetzte Schuhe. Aber das Ärgste ist, wie sie mit mir umgehen. Für die bin ich nicht einmal Dreck, weil Dreck sieht man. Für die bin ich einfach Luft ... holt mich heim, holt mich heim, holt mich heim, heim, heim ...«

Von nirgendwo kam eine Antwort. Nur die mit Regen vermischten Tränen rannen salzig in seinen Mund.

Als er dann keinen Ton mehr herausbrachte, fiel ihm der Herr Whitehead ein, der ihm versprochen hatte, nach ihm zu sehen. »Aber vielleicht hat er das auch nur so gesagt und schon wieder vergessen«, dachte er dann.

Priska kam zu ihm hergetrottet. Er schmiegte sich fest an ihren Hals und kraulte sie zwischen den Hörnern. Die Kuh senkte den Schädel und schien ihn zu verstehen.

»Priska, wenn ich dich nicht hätte. Du bist zwar nur eine Kuh, und alle sagen, eine ganz böse dazu, aber das stimmt nicht und du bist da heraußen das einzige Lebewesen, das mich hört.«

Seine Nase sog tief den vertrauten, dämpfigwarmen Duft ihres Felles ein. »Dir ist es bestimmt auch langweilig«, redete er weiter, »aber wenn ich der Einzige bin, den du an dich heranlässt, dann können wir doch probieren, ob wir zusammen nicht noch mehr machen können.«

Ihm schien es, als ob Priska bejahend zu ihm nach hinten äugte. Kaspanaze ließ ihren Hals los und setzte sich vorsichtig auf ihren Kopf zwischen die Hörner. Die Kuh blieb bewegungslos stehen. Noch ein paar Mal stand er auf und setzte sich wieder, aber sie schien Gefallen daran zu finden.

»Was glaubst du, Priska, wenn wir das dem Vinzenz zeigen, dem haut es doch glatt den Vogel hinaus«, murmelte er.

Der Hunger begann zu nagen und zu ziehen. Am Waldrand lagen unter dem moderigen Laub verstreut noch ein paar Bucheckern, die die Eichhörnchen übersehen hatten. Aber sie waren innen fast alle schon verfault, und als er eine aufbrach, die noch genießbar aussah, spuckte er sie gleich wieder aus, weil sie widerlich bitter schmeckte.

»Daheim futtert man damit die Säue ...«, dachte er.

Die Dämmerung begann schon die Bäume schwarz zu färben, als er von weitem Gebstetters Tochter rufen hörte, er solle das Vieh eintreiben.

Eintönig schlichen die Tage dahin. Kaspanaze bat Vinzenz auch noch um eine Axt, weil er sich nicht traute, die Bauersleute danach zu fragen. Aus Tannenästen baute er sich einen kleinen Unterstand, der etwas mehr Schutz vor dem schlechten Wetter bot als nur der Rupfensack. Den

Boden polsterte er mit Moos aus, das er zuvor plattenförmig von abgefaulten Baumstümpfen abgelöst hatte. Als er damit fertig war und sich auf den noch feuchten Flechten niederließ, überkam ihn zum ersten Mal, seit er von daheim weg war, ein Gefühl der Geborgenheit. Zwar flogen seine Gedanken noch immer nach Hause, aber sie taten nicht mehr so weh. Etwas wie Freude kam in ihm auf, wenn er morgens das Vieh hinaustrieb, und es grauste ihm jedes Mal, wenn er auf den Hof zurückmusste. Er malte sich aus, wie es am Sonntag sein würde, wenn er die anderen Hütekinder wieder treffen würde, und rechnete nach, dass heute Freitag sein müsste. Ein paar Tage waren erst vergangen und es schien ihm schon eine Ewigkeit zu sein.

Die Bäuerin stand im Hof und sah ihn finster an.

»Komm zu mir her, Bürschle!«, befahl sie mit ungewohnt leiser Stimme, und Kaspanaze spürte, dass das nichts Gutes bedeutete.

»Wo ist das Geld?«, fragte sie immer noch ruhig, aber ihr Blick war lauernd.

»We-we-welches Geld?«, stotterte Kaspanaze. Er musste sofort an Alois denken und was dieser ihm über die Magd erzählt hatte.

»So, so, du weißt von nichts, du nichtsnutziges Hurensbüble, du nichtsnutziges!«, schrie sie ihn an und schlug ihn mit der flachen Hand links und rechts ins Gesicht. »Heute Morgen ist auf der Kommode Geld gelegen, und jetzt ist es fort. Wer außer dir soll es denn gestohlen haben, hä? Komm mir jetzt bloß nicht, dass du mir deine Taschen zeigen willst, so blöd wirst du schon nicht sein und es irgendwo versteckt haben. Es ist schon ein Kreuz mit euch Tirolern, zuerst nimmt man euch aus christlicher Barmherzigkeit auf, und dann tätet ihr uns noch die Haare vom Kopf stehlen, wenn sie nicht angewachsen wären!«

Ihre Stimme überschlug sich.

»Battist, Battist, komm her und verhau dem Saukrüppel den Hintern, du hast mehr Kraft als ich!«

Der Gebstetter kam mit hochrotem Kopf aus dem Tenn geschossen.

Ein Huhn, das ihm im Weg stand, trat er mit seinen genagelten Schuhen mit solcher Wucht gegen die Wand, dass die Federn nur so flogen. Die Henne strampelte kurz mit den Füßen und blieb dann wie tot liegen.

»Ich habe nichts gestohlen«, schrie Kaspanaze, aber da hatte ihn der Gebstetter schon am Genick gepackt und legte ihn über sein Knie.

»Dir werd ich es zeigen!«, brüllte er und begann ihn zu verdreschen.

Erstaunt stellte Kaspanaze fest, dass es gar nicht mehr so wehtat, wie er befürchtet hatte, und dass er sich anscheinend langsam daran zu gewöhnen begann.

Als der Bauer von ihm abließ, stellte er sich so gerade er noch konnte vor ihn hin, sah ihm in die Augen und sagte: »Ich habe nichts gestohlen!«

Der Gebstetter hob drohend die Hand, und seine Frau keifte: »Das hat der Letztjährige auch immer behauptet!«

»Schau, dass du in den Stall kommst!«, brüllte der Bauer, ließ aber die Hand sinken.

Kaspanaze bemühte sich so gut es ging, sich nichts anmerken zu lassen, weil die beiden Kinder auf der Treppe standen und ihm schadenfroh nachsahen. Beim Abendessen versuchte er den spöttischen Blicken der Magd auszuweichen und wühlte krampfhaft nach einem Schimpfwort, das auf sie passen könnte. Aber sosehr er sich auch mühte, es fiel ihm keines ein.

Vinzenz blieb nach dem Essen vor dem Tennstor stehen.

»Heute hat er wieder einen ganz schönen Rappel gehabt. Der Henne habe ich den Kopf abhacken müssen, weil er ihr die Brust eingetreten hat. Aber dich hat er ja auch ganz schön erwischt. Ich glaube auch nicht, dass du das Geld gestohlen hast, eher traue ich das schon seinen Kindern zu.«

Kaspanaze erzählte ihm von Alois und dass der im letzten Jahr auf dem Hof gewesen sei und ihn schon vor Ludmilla gewarnt hatte.

»So ist das, schau dir das Luder an«, brummte Vinzenz und räusperte sich. »Aber das war heute das letzte Mal, dass sie Geld gestohlen hat. Darauf kannst du Gift nehmen. Wart nur ab, da fällt mir schon etwas ein, und jetzt schauen wir, dass wir zum Schlafen kommen!«

Kaspanaze legte sich im Heu auf den Bauch und schlief trotz des schmerzenden Hinterns fast augenblicklich ein.

Am Sonntagmorgen hatte Kaspanaze den Hund so weit, wie er ihn haben wollte. Er brauchte nun nicht mehr den Spiegel abzuhängen und ihm vor die Schnauze zu halten. Um Cäsar zur Raserei zu bringen, genügte es, auf den Spiegel zu deuten und leise »Wuff!« zu machen.

Beim Gang zur Kirche bat er Sofie, bei ihrem Bauern nicht weiterzuerzählen, was er ihr von Gebstetters berichte, weil er dafür am letzten Sonntag elend verhauen worden sei.

Auf dem Kirchplatz standen bereits schon andere Hütekinder beisammen und taten so, als ob sie die spöttischen Bemerkungen der Einheimischen nicht hören würden. Alle redeten durcheinander, was sie in der letzten Woche erlebt hatten und wie es ihnen ergangen war, nur Kaspanaze stand still abseits, weil er Angst hatte, dass der Bauer etwas davon erfahren könnte und er dafür wieder verprügelt würde.

»Du musst schon auf einem langweiligen Hof sein, dass es bei dir nichts zu erzählen gibt«, lachte Urs in seinem singenden Schweizer Dialekt, »komm, sag halt auch etwas!«

Kaspanaze sah betreten zu Boden und wusste nicht, was er tun sollte.

»Er traut sich nichts zu sagen, weil ihn sein Bauer am letzten Sonntag wegen so etwas verdroschen hat«, antwortete Alfons für ihn.

»Aber komm, irgendetwas musst du doch auch sonst noch erlebt haben«, drängte Urs.

Kaspanaze drängte es, den anderen seine Rachepläne anzuvertrauen: »Wenn ihr es nicht weitersagt, erzähle ich euch auch etwas. Versprochen?«, fragte er im Flüsterton.

Von der anderen Seite sahen Gebstetters Kinder argwöhnisch zu ihnen herüber, weil sie sahen, dass ihr Tiroler im Mittelpunkt stand, und sie nicht verstehen konnten, worum es ging.

»Ich bin gerade dabei, den Hund abzurichten, das ist eine Hetz. Das ist ein Bummerl, dem kannst du normal auf den

Schwanz treten, ohne dass er einen Muckser macht. Ich habe ihn jetzt so weit, dass ich nur noch auf den Spiegel im Hausgang deuten und »Wuff« machen muss, dann geht er los wie ein leibhaftiger Satan. Die Magd kriegt jedes Mal fast einen Herzkasper.«

Alle lachten und prusteten, und Urs meinte dann:

»Wenn er das schon kapiert hat, dann muss es doch auch gehen, dass er losteufelt, ohne dass er dich sieht.«

Kaspanaze sah den Schweizer verständnislos an.

»Verstehst du nicht?«, fuhr Urs fort, »wenn er glaubt, dass der andere Hund hinter dem Spiegel sitzt, dann muss es doch auch genügen, dass du nur noch »Wuff!« machst. Dazu braucht er dich nicht mehr zu sehen, und du musst ihm auch nichts mehr deuten. Dann kannst du draußen im Hof vorbeigehen, und drinnen ist der Teufel ...«

Der Urs konnte nicht mehr weiterreden, weil es ihn vor Lachen halb zerriss, wenn er sich das bildlich vorstellte, und auch einigen anderen liefen die Tränen über die Backen. Auch Kaspanaze schniefte und schnupfte und fuhr dann mit seinem Jackenärmel über die Augen.

»Du kennst dich ja aus«, meinte er, weil ihm ein Gedanke gekommen war, der ihm schon länger im Kopf herumging. »Weißt du, wie man einen Gockel böse macht, ohne dass es gleich alle merken?«

»Ist er in einem Hühnerstall?«, fragte Urs zurück.

Kaspanaze nickte.

»Dann ist es nicht schwierig, aber es dauert schon einige Zeit. Du brauchst dazu nur einen langen Stecken und irgendwo ein Loch in der Türe oder der Wand. Dort stellst du dich davor und machst »Kikeriki«, das muss aber nicht laut sein. Am Anfang macht der Gockel gar nichts, aber irgendwann lässt er sich nicht mehr vor allen seinen Hennen verspotten und er fängt an zu krähen. In dem Augenblick fährst du mit dem Stock durch das Loch und stupfst ihn an. Das machst du immer, wenn du dazu Gelegenheit hast. Je wütender er wird, desto stärker musst du stupfen. Nach ein paar Wochen geht er auf alles los, was wie ein Mensch aussieht. Der Nachteil dabei ist, dass er halt auch mit dir keine

Ausnahme macht. Da wäre ein Regenschirm gut oder ein Stecken, der an einem Ende gebogen ist. Du lässt ihn dann auf dich zurennen, trittst ein wenig zur Seite, sodass er an dir vorbeisaust, hängst den gekrümmten Stecken an seinem Hals ein und reißt ihn so zurück, dass er auf einmal rückwärts durch die Luft fliegt. Du kannst mir glauben, der weiß eine Weile nicht mehr, was mit ihm los ist …«

Ja, das könnte ein Spaß werden, dachte Kaspanaze rachsüchtig vergnügt und stellte sich schon jetzt vor, wie der Gockel die schreiende Ludmilla über den Hof jagte.

»Hier scheint es ja recht lustig zu sein!«, meinte ein großer, blonder Mann mit einem Zylinder auf dem Kopf und einem weiten Umhang über den Schultern, der mit einem schwarzen Bortenrand verziert war.

Alle verstummten erschrocken, und als Kaspanaze sich umdrehte, erkannte er Herrn Whitehead.

»Grüß Gott, Herr Whitehead«, sagte er etwas verdattert.

»Das ist der Herr Whitehead, und er kommt aus Amerika und er hat mir auf dem Markt in Ravensburg versprochen, dass er mich besuchen wird.«

»Aus Amerika?«, sagte der Außerferner-Martl. »Das ist aber weit weg. Bestimmt viel weiter als bis nach Wien.«

»Hä, hä, du bist zwar der Älteste, aber in der Schule hast du sicher nicht gut aufgepasst. Sonst müsstest du wissen, dass man, wenn man nach Amerika will, über ein ganz großes Wasser muss, das Ozean heißt«, belehrte ihn der kleine Krispin.

»Stimmt das wirklich, Ihr kommt aus Amerika? Bei uns daheim sind auch einige nach Amerika ausgewandert, und mein Vater sagt immer, wer dahin geht, der kommt nie wieder zurück«, meinte Eugen argwöhnisch.

»Das mag sogar stimmen. Aber ich bin nicht hier, sondern in Amerika geboren, das merkt ihr vielleicht schon an meiner komischen Aussprache. Meine Vorfahren stammen von hier aus der Gegend, und ich war einmal neugierig, wie es hier aussieht, wo meine eigentlichen Wurzeln sind«, erwiderte Whitehead und deutete Kaspanaze mit dem Kopf, dass er mit ihm allein reden wolle.

»Wie geht es dir? Wie sind die Leute?«, wollte er von ihm wissen.

»Es geht schon«, druckste Kaspanaze, der wiederum nicht wusste, wie er sich verhalten sollte. »Wenn ich ihm etwas sage und er wird mit dem Bauern nicht fertig, dann muss ich es ausbaden«, dachte er, »wenn ich aber nichts sage, glaubt er bestimmt, ich sei ein bockiger Bub und kommt dann nicht mehr. Aber er braucht ja nicht alles auf einmal zu erfahren, und viel ärger kann es für mich eigentlich auch nicht mehr werden.«

»Es geht schon – das hört sich aber nicht so an, als ob du es besonders gut hättest. Komm, du kannst mir schon trauen. Aber wenn ich nichts weiß, kann ich auch nichts machen. Schlagen sie dich?«

Kaspanaze nickte.

»Kriegst du genug zu essen?«

Kaspanaze schüttelte den Kopf.

»Hast du wenigstens eine Kammer?«

Er schüttelte wieder den Kopf.

»Ja, wo schläfst du denn?«

»Über dem Stall in der Streue für das Vieh«, kam es stockend aus ihm heraus.

Die einheimischen Kinder waren verstummt und starrten gebannt auf den fremden Mann, aber auch die Erwachsenen standen beieinander und tuschelten, wer das wohl sei und was er wohl mit den Hütekindern zu tun haben könnte.

»Kennst du den da drüben?«, fragte der Rote Sauter den Gebstetter.

Der blickte flüchtig hinüber und wollte schon verneinen, als sein Gesicht plötzlich feuerrot anlief.

»Ja Himmelherrgottsakrament, was hat denn der Lätsche da zu suchen? Den kenn' ich schon, das ist so ein hergelaufener Karussellbremser aus Amerika. Mit dem bin ich schon in Ravensburg drin übers Kreuz gekommen.« Der Gebstetter schob seinen Hut noch weiter ins Genick und trat auf Whitehead zu, vor dem er sich drohend aufbaute.

»Was hast du da bei uns zu suchen? Was geht dich mein Tiroler an? Hast du nichts anderes zu tun, als die Kinder aufzuhetzen?«, schrie er und griff nach dem Mantelrevers des Amerikaners, der einen Schritt zurückwich und ihn freundlich ansah.

»Grüß Gott, Herr Gebstetter, so sieht man sich wieder.«

»Das wird für dich aber keine große Freude werden. Ich schlag dich windelweich, du Läffatz, du eingebildeter … schau, dass du hier verschwindest, aber stanteped, sonst fehlen dir gleich ein paar Zähne …«

Er langte wieder nach Whiteheads Mantel und bekam ihn auch zu fassen. »Bürschle«, zischte der Gebstetter, »ich sag's dir im Guten …«

Whitehead sah ihm ruhig ins Gesicht und schob seine Hand vom Mantelkragen, wie man Schmutz abstreift.

»Herr Gebstetter, ich glaube, wir müssen dringend miteinander reden. Aber ich glaube nicht, dass das hier der passende Ort ist. Es müssen ja nicht alle Leute mitbekommen, wie Sie mit Kindern umgehen. Ich schlage vor, wir reden nach dem Gottesdienst in Ruhe, wenn es Ihnen recht ist.«

Der Gebstetter wollte wieder aufbrausen, aber Whitehead ließ ihn einfach stehen und meinte nur noch, er solle sich einmal umsehen, wie ihn die Leute anglotzten. In der Kirche stellte er sich in die letzte Bankreihe, damit ihm der Bauer nach dem Gottesdienst nicht auskommen konnte.

Nach dem »Ite missa est« blieb er auf der anderen Seite des Kirchplatzes beim Gasthaus stehen, und als Kaspanaze zu ihm herüberkam, meinte er, dass es vielleicht besser sei, wenn er am Dorfbrunnen bei den anderen Kindern auf ihn warten würde, bis er mit dem Bauern fertig sei.

Auf dem Kirchplatz unterhielt sich der Gebstetter mit anderen Männern und vermied es, zu Whitehead hinüberzusehen. Langsam schlenderte er mit der Gruppe auf die Wirtschaft zu, lachte dann und wann wiehernd auf und tat so, als ob er bester Laune wäre.

»Na, jetzt bin ich aber gespannt, wie du an mir vorbeikommen willst«, dachte Whitehead halb belustigt und halb verärgert.

Der Bauer versuchte in der Mitte der Gruppe zu bleiben, und als er sich gerade durch die Gasthaustüre zwängen wollte, hustete Whitehead zwei Mal laut und rief dann, als ihn der andere immer noch nicht zu bemerken schien: »Herr Gebstetter, haben Sie mich vergessen?«

Scheinbar überrascht schien ihn dieser wahrzunehmen und sagte dann ärgerlich zu den anderen: »Ach so, den hätte ich fast vergessen. Ich weiß gar nicht, was der von mir will ... Ich hab es dir schon vorher gesagt: Du sollst schauen, dass du hier verschwindest. Wenn du möchtest, können wir ja hinter das Haus gehen, damit uns niemand sieht. Dann kannst du erleben, was eine schwäbische Faust ist«, grinste der Gebstetter hinterhältig.

»Das könnte Ihnen so passen«, lächelte Whitehead so freundlich er konnte. »Damit es keine Zeugen gibt. Vielleicht gilt bei Ihnen auf dem Hof noch das Faustrecht, aber woanders ist es schon längst abgeschafft, weil nicht immer der mit den größten Fäusten Recht hat.«

»So, so, du Gscheitle, und was willst du machen, wenn ich dich ungespitzt in den Boden schlage, hä?«, gab der Bauer zurück und plusterte sich händelsüchtig vor ihm auf.

»Ich würde das jetzt nicht zu sagen wagen, wenn ich nicht ganz sicher wäre, dass Sie zwar sicher nicht zur Gattung des Homo sapiens zählen, aber gewiss zumindest über die geradlinige Intelligenz des Homo erectus verfügen«, lächelte Whitehead, »und dass Sie mit einer Anzeige, Gerichtsverhandlung, Schmerzensgeld und Schadenersatz zu rechnen haben, wenn Sie handgreiflich werden, wird Ihnen klar sein. Und damit Sie wissen, wer ich bin: Ich arbeite für eine große amerikanische Zeitung in Cincinnati, Ohio. Natürlich habe ich auch zu hiesigen Zeitungen beste Verbindungen. Das wäre sicher eine gute Überschrift: ›Schwäbischer Bauer verprügelt amerikanischen Reporter‹, und dann weiter: ›Der wegen seiner Unbeherrschtheit und Grobheit weitum bekannte Einödbauer Baptist Gebstetter aus Witterschwende vergriff sich am Sonntag nach dem Gottesdienst ...‹«

»Hör auf«, brüllte der Gebstetter, der nur so viel verstanden hatte, dass er anscheinend nicht zur verabscheuungswürdigen Gruppe der Homo dingsda, sondern zu der zweiten und offensichtlich besseren gehörte und dass er mit einem Haufen Scherereien zu rechnen hatte und womöglich auch noch in die Zeitung kam, wenn er diesem hergelaufenen Lackaffen eine Abreibung verpasste.

»Sicherlich würde es in Amerika anders heißen, dort würde dann stehen: ›Suebian farmer beats up American newspaper-man‹«, setzte Whitehead süffisant hinzu.

»Hör auf«, schrie der Gebstetter, diesmal aber schon eher etwas gequält, »was willst du denn von mir?«

»Darüber hinaus bin ich amerikanischer Staatsbürger, und das könnte diplomatische Verwicklungen geben bis hinauf in die höchsten Staatsebenen«, fuhr Whitehead unerbittlich fort, »und was dann mit Ihnen passiert, möchte ich mir lieber nicht ausmalen. Schlimmstenfalls ein Todesurteil wegen Landfriedensbruch oder ›Lebenslänglich‹ bei Wasser und Brot – aber das kann ich mir nur vorstellen, wenn sich Amerika und Deutschland den Krieg erklären«, schwächte er scheinheilig ab.

»Hören Sie bitte auf!« Unwillkürlich war der Gebstetter vom beleidigend gebrauchten »Du« zum fast schon unterwürfigen »Sie« gewechselt. »Was wollen Sie von mir?«

»Sehen Sie, Herr Gebstetter, so geht es auch. Oder hätten Sie noch vor ein paar Minuten gedacht, dass wir beide in normalem Tonfall miteinander reden könnten? Um es kurz zu machen: Ich habe dem Kaspanaze auf dem Kindermarkt in Ravensburg versprochen, dass ich mich, soweit es meine Zeit erlaubt, um ihn kümmern werde, weil ich einige ungute Dinge über Sie und insbesondere über Ihren Umgang mit Hütekindern gehört habe. Damit es auch gleich vorab gesagt ist: Von dem Buben habe ich nur wenig herausbekommen, der hat fast so viel Angst wie Heimweh – dass er vielleicht schon wieder Prügel kriegt, nur weil er mit mir gesprochen hat. Auch oder besonders ein Kind hat schließlich Anspruch auf Würde und Respekt und dementsprechende Behandlung …«

»Haha, Würde und Respekt – vor was soll ich die bei ihm haben?«, fiel ihm der Gebstetter ins Wort. »Etwa weil er so viel Geld hat? Ohne Geld gibt es keine Würde und keinen Respekt. Hast du Geld, lassen sich die Leute fast alles gefallen, das ist der Respekt. Hast du keines, musst du dir vieles gefallen lassen, und niemand hat vor dir Respekt. Würde ist es, wenn du so viel Geld hast, dass sie sich gar alles gefallen lassen. Dann kannst du der größte Sauhund sein, du musst nur in der Wirtschaft ein paar Runden ausgeben, und sie erzählen überall herum, was du für ein guter Mann seist, und keiner traut sich etwas dagegen zu sagen, weil er Angst hat, dass er das nächste Mal nichts mehr spendiert bekommt oder mit den anderen Ärger bekommt.«

Whitehead ließ ihn ausreden. Er erkannte, dass beim Gebstetter wirklich Hopfen und Malz verloren war.

»Also gut, mir geht es darum, dass der Bub bei Ihnen am Hof halbwegs anständig behandelt wird. Darüber hinaus möchte ich ihn jeden zweiten Sonntag im Monat abholen, damit er auch Kontakt zu den anderen Kindern von daheim halten kann und damit er auch etwas mehr sieht als nur Kühe und Schweine.«

»Herrgöttle von Biberach, was glaubst du, zu was der Tiroler bei mir ist? So weit kommt es noch! Der ist zum Schaffen da und nicht zum gescheiter Werden! Ja heidanei, was glaubst du, wo wir da hinkommen. Wir haben auch nicht alles gesehen, und aus uns ist auch etwas geworden!«

Der Gebstetter hatte wieder seinen alten Model gefunden und war fuchsteufelswild.

»Gut, wenn es so nicht geht, dann machen wir es eben behördlich. Ich schicke Ihnen eine Kommission auf den Hals, die einmal nachschauen soll, wie die Dienstboten bei Ihnen hausen und untergebracht sind. Und wenn die etwas finden – und die finden sicher etwas, darauf können Sie Gift nehmen – machen wir einen schönen Zeitungsartikel.«

»Was willst du? Mich in die Zeitung bringen?«, brüllte der Bauer.

»Nicht, wenn ich nicht muss. Sie haben es selbst in der Hand«, erwiderte Whitehead kalt.

Der Gebstetter fluchte und schimpfte eine Weile vor sich hin und trat in seiner Wut so fest gegen die Hausmauer, dass es den Nagel an seinem großen Zeh stauchte, worauf er laut aufschrie.

»Tut's wenigstens ordentlich weh?«, fragte der Amerikaner teilnahmslos, erhielt aber keine Antwort.

»Also gut, ich bin damit einverstanden«, murmelte der Bauer. »Wann willst du ihn das erste Mal mitnehmen?«

»Wenn ich schon da bin, heute Nachmittag nach der Christenlehre.«

»Von mir aus«, gab der Gebstetter schroff zurück, und Whitehead sah ihm an, dass er ihm am liebsten an den Kragen gegangen wäre. »Aber am Abend ist er wieder rechtzeitig zurück!«

Kaspanaze saß mit Sofie und Alfons auf dem Rand des Dorfbrunnens. Sie plätscherten im Wasser, und ihre Jackenärmel waren schon bis zu den Ellbogen voll gesogen.

»Fällt euch nichts Besseres ein?«, schimpfte Whitehead. »Und wer seid ihr beide?«

»Das ist die Sofie und das ist der Alfons. Wir haben den gleichen Heimweg, und sie warten auf mich, dass wir miteinander heimkönnen.«

»Seid ihr schon einmal mit einer richtigen Kutsche gefahren?«, fragte Whitehead.

Die Kinder schüttelten die Köpfe.

»Tja, dann wird es Zeit. Kommt, ich fahre euch ein Stück weit. Und dich, Kaspanaze, hole ich nach der Christenlehre ab, wir schauen dann, wie es dem Alois geht. Ich habe mit deinem Bauern gesprochen, er ist damit einverstanden.«

»Mein Gott, Bub, du stinkst ja wie ein Iltis«, sagte Whitehead zu ihm, als er neben ihm auf dem Kutschbock Platz genommen hatte, und hielt sich die Nase zu, »riechst du das nicht selber?«

»Ich muss ja stinken, wenn ich über dem Kuhstall schlafe«, antwortete Kaspanaze beleidigt.

»Bevor wir heute Nachmittag losfahren, wäschst du dich ordentlich. Hast du überhaupt eine Seife?«

»Ja, aber nur ein ganz kleines Bröckchen. Das hat mir die Mutter mitgegeben und das muss bis zum Herbst reichen, weil die Bäuerin traue ich mich nicht zu fragen.«

»Damit musst du nicht sparen, ich bringe dir das nächste Mal eine neue mit«, sagte Whitehead.

Sofie und Alfons saßen hinten in der Chaiselongue und freuten sich, wie schnell die Landschaft an ihnen vorbeizog.

Auf dem Tenn kramte Kaspanaze das Seifenstück aus der Truhe und ging damit zum Brunnentrog auf der Kuhweide, weil es ihm peinlich war, sich im Hof auszuziehen, wo ihn womöglich jemand nackt sehen konnte. Das Wasser war eiskalt. Er schrubbte, seifte und roch immer wieder an seiner Haut.

»Das ist nichts Richtiges, ich muss mich in den Trog hineinsetzen«, dachte er und zog auch noch seine Hosen aus. Bibbernd vor Kälte sprang er wieder aus dem Brunnen und seifte sich ein. Die Seifenreste wusch er aber nicht mehr ganz ab, weil er inzwischen am ganzen Körper schlotterte. Schlussendlich, dachte er, würde die Seife auch noch ein wenig von dem Geruch überdecken. Mit einem Werktagshemd rieb er sich trocken, schlüpfte so schnell er konnte wieder in sein Gewand und rannte zum Hof zurück, damit ihm wieder warm wurde.

Gerade noch rechtzeitig konnte er dem Bauern ausweichen, der sturzbesoffen von seiner sonntäglichen Christenpflicht zurückkam und sich mit beiden Händen am Treppengeländer hochzog. Ihm fiel Cäsar ein, und er dachte, dass es eine gute Gelegenheit wäre, um auszuprobieren, was der Urs gesagt hatte. Hinter der Haustüre war inzwischen der Teufel los: Die Bäuerin keifte, dass er ein versoffener Lätsche sei, und er brüllte zurück, sie solle das Maul halten.

Auf der Stirnseite der Treppe blieb Kaspanaze stehen und wartete, bis die Gebstetters eine Pause machten. Dann machte er einige Male leise »Psst!« und dann »Wuff!«. Er wollte schon aufgeben, weil er dachte, dass sich Urs getäuscht hätte, als Cäsar plötzlich anschlug. Auch von draußen war zu erkennen, dass der Hund nicht nur bellte, sondern raste.

»Platz! Cäsar, Platz!«, schrie die Bäuerin.

»Gibst du sofort Ruhe«, brüllte auch der Bauer, aber der Hund war nicht zur Räson zu bringen.

Der Gebstetter wollte nach ihm treten, besann sich aber noch im letzten Moment auf seinen angeschlagenen Zeh.

»Was hat denn das blöde Vieh?«, kreischte die Gebstetterin, und die Magd rief von hinten, dass er das schon ein paar Tage so mache. Vielleicht sei er krank oder gar verhext.

Kaspanaze hatte sich zum Tennstor zurückgezogen, als er Vinzenz über den Hof kommen sah.

»Was ist denn da drin los?«, fragte der Knecht.

»Sie streiten wieder«, antwortete Kaspanaze.

»Nein, das meine ich nicht, das ist normal. Ich meine, was ist mit dem Hund los?«

»Der spinnt halt auch«, entgegnete Kaspanaze vergnügt, worauf es ihm vorkam, als ob ihn Vinzenz sonderbar von der Seite anschauen würde.

Die Haustüre flog auf und der Bauer zerrte grob den Hund am Halsband hinaus auf die Treppe, wo dieser noch ein paar Mal knurrte und dann vor der Tür stehen blieb und wartete, bis ihn wieder jemand hineinließ.

»So, und ab morgen kommt dann der Gockel dran, das gibt die nächste Gaudi«, dachte Kaspanaze fröhlich.

Beim Mittagessen herrschte wie immer eine bedrückende Stimmung, und nach dem Tischgebet schob der Bauer hart seinen Stuhl nach hinten, stand auf und hielt sich leicht schwankend an der Lehne fest.

»Nach der Christenlehre müssen der Gebhard und die Pauline das Vieh hüten. Weil-weil unser Tiroler-le möchte einen Ausfl-Ausflug machen.«

»Was redest du da für einen Blödsinn? Du bist ja immer noch besoffen, schau, dass du zum Abliegen kommst«, keifte die Bäuerin.

»Nein, dahas hat schon seine Richtigkeit. Unser Herr Gast beliebt, mit einem Amer-Amerik-Amerikaner die Gegend anzuschau-anzuschauen. Ich habe das diesem Trottel ver-versprochen. Wünsche viel Vergnü-Vergnügen!«

Er wollte noch spöttisch einen Diener machen und ließ dazu die Stuhllehne los, wobei es ihn um die eigene Achse drehte und er gerade noch die Tischkante erwischte.

Obwohl es lustig aussah, wagte es niemand zu lachen, und die Gebstetterin zog ein Gesicht, als ob sie eine ganze Flasche Essig getrunken hätte.

Die beiden Alten saßen mit unbeweglichen Mienen hinter dem Tisch und die beiden Kinder starrten böse zu Kaspanaze herüber.

Kaspanaze konnte kaum erwarten, bis die Christenlehre zu Ende war. Herr Whitehead saß in der Wirtschaft und hatte ein noch halb volles Glas Bier vor sich stehen.

»Ich bin fertig«, rief er aufgeregt, als er die Gaststube betrat.

»Lass mich noch wenigstens austrinken und bezahlen«, lachte der Amerikaner.

Die anderen Kinder standen noch auf dem Kirchplatz, und Kaspanaze kam sich groß und wichtig vor, wie er neben diesem vornehmen Mann auf dem Kutschbock saß und der schwarze Rappe mit ihnen zum Dorf hinaustrabte.

Die Brauerei in Baienfurt war ein stattliches Gebäude mit einer großen Gastwirtschaft. Unter den Kastanienbäumen befanden sich zwei überdachte Kegelbahnen, zu denen ein Pavillon gehörte, in dem Tische und Stühle aufgestellt waren. Schon beim Absteigen vom Kutschbock hörten sie das Knallen der Kugeln, wenn sie auf die Kegel trafen und das hell klingende Rumpeln, wenn diese umfielen. Etwa ein Dutzend Männer saßen oder standen rauchend und trinkend herum und kommentierten jeden Schub mit Hohn oder Lob. An der Wand hingen zwei Schiefertafeln, auf denen die Treffer notiert wurden. Vorne am Bahnende stand jeweils ein Bub, der die Aufgabe hatte, die Kegel wieder neu aufzustellen und die Kugeln zurückzuschieben.

Alois lief der Schweiß über das Gesicht, und die Haare hingen ihm in die Stirne. Kaspanaze rief ein paarmal seinen Namen, aber er schien ihn in dem Lärm nicht zu bemerken. Erst als er fast direkt vor ihm stand, nahm er ihn wahr.

»Grüß dich, Kaspanaze«, rief er, und man sah ihm seine Freude an, »wo kommst du denn her?«

Ein paar Kegel spritzten herum, und die Kugel donnerte in die im Halbrund aufgestellten Holzpfähle.

Alois schrie »Drei«, sprang in die Bahn, schob die Kugel zurück, stellte die umgefallenen Kegel wieder in Position und hüpfte wieselflink über die seitliche Bahnbegrenzung.

»Musst aufpassen, es gibt so Deppen, die schießen schon, wenn du noch den letzten Kegel in der Hand hast. Manche machen es sogar mit Absicht«, meinte er schnaufend.

»Ich bin mit dem Herrn Whitehead da, er steht da hinten«, deutete Kaspanaze in den Pavillon.

»Ich muss zuerst noch diese Partie fertig machen, dann frage ich den Onkel Bentele, ob ich freibekomme, der sagt sicher ja. Aber ich muss noch einen Ersatz finden. Wenn ich zum Fragen gehe, kannst du derweil für mich weitermachen.«

»He, was ist da vorne? Maulaffen könnt ihr später feilhalten!«, rief ein Mann mit aufgekrempelten Hemdsärmeln, dessen Weste sich über dem Bauch spannte.

»Da, schau zu. Zuerst die getroffenen Kegel ansagen, dann die Kugel zurückschieben und dann die Kegel auf die eingezeichneten Plätze stellen.«

Alois hüpfte wieder über die Bande aus der Bahn.

»Das nächste Mal kannst du es probieren!«

Alois wartete zwei weitere Schübe ab, und als er sah, dass Kaspanaze alles richtig machte, ging er zu Herrn Whitehead, um »Grüß Gott« zu sagen.

Der Bentele hatte nichts dagegen einzuwenden und meinte nur, dass er schauen soll, ob der Bub von Siegels daheim sei, der würde sicher auch froh sein, wenn er ein bisschen Geld verdienen könnte. Aber vorher soll er noch dem Amerikaner sagen, er möge in die Gaststube kommen und auch er solle mit dem Kaspanaze später nachfolgen.

So dick und behäbig der Bentele war, genauso neugierig war er auch. Binnen einer halben Stunde wusste er, welche Schiffsverbindungen es gab, dass man in Amerika hauptsächlich Englisch sprach, weil bei einer Abstimmung das Deutsche nur knapp unterlegen war, dass Cincinnati in Ohio lag, dass dort im Westen Mais, Korn und Soja angebaut wurde und dass Weißhaupt's Bonifaz in Grünkraut ein Großonkel von Whitehead war.

»Eines täte mich schon noch interessieren«, meinte der Bentele, nachdem sein Wissensdurst vorerst gestillt war. »Warum kümmert Ihr Euch um die beiden Buben?«

»Ich kümmere mich nicht aus hehrer Nächstenliebe um die Kinder, sondern eigentlich nur aus beruflichem Interesse. In der ›Krone‹ in Ravensburg habe ich gesehen, wie der Gebstetter mit dem Alois umgesprungen ist. Ich arbeite in Cincinnati bei einer deutschen Zeitung, und mir kam schlagartig der Einfall, dass das vielleicht eine Story – Pardon – Geschichte wäre, die auch unsere Leser interessieren könnte. Dazu muss ich aber auch etwas über die Lebensumstände der ausländischen Kinder hier wissen. Wie kann ich das besser in Erfahrung bringen als über die Kinder selbst? Andererseits stellt sich die Frage, ob die bei uns in Amerika davon etwas wissen wollen, denn obwohl mit dem Ende des Sezessionskriegs die Sklaverei offiziell abgeschafft ist, gibt es noch eine Menge Leute, die von so etwas nichts hören wollen oder sich nicht damit abfinden wollen.«

»Was redet Ihr da? Sklaven?«, brauste der Bentele auf. »So sieht es also aus! Ihr schnüffelt da in der Gegend herum und wollt uns dann in den Dreck ziehen. Schämen solltet Ihr Euch, solches Zeug über die Heimat Euerer Väter zusammenzuschmieren! Dazu brauchen wir keine hergelaufenen Amerikaner. Auch oder besonders dann nicht, wenn sie ihrer Herkunft nach auch noch Schwaben sind. Weil dann heißt es sofort, da schau, das ist ja selbst ein halber Schwabe – also muss es ja stimmen, was da in der Zeitung steht!«

Der Bentele redete sich immer mehr in Rage.

»Aber Ihr seid nicht der Einzige, der keine anderen Farben als Schwarz und Weiß sieht«, grollte er, stand auf und wühlte eine Weile in einer Schublade im Schrank neben der Gaststubentür, bis er gefunden hatte, was er suchte.

»Da, das schmieren unsere eigenen Nestbeschmutzer!« Zornig warf er ein schon leicht vergilbtes und abgegriffenes Blatt Papier auf den Tisch.

»Humoristische Bilder aus Schwaben, 1839«, las Whitehead. Als Verfasser zeichnete ein Carl Theodor Griesinger.

»Wer sind denn nun aber die vielen Buben und Mädchen mit ihren verfrorenen Nasen und rot angelaufenen Füßen, die ihrer wohl 200 und mehr auf dem Marktplatze ausgestellt sind? ... Sollen sie verkauft werden? O nein, nur verpachtet. Kaufen würde sie niemand; man müsste sie ja für immer unterhalten. Man sieht, dass Sklaven in dieser Hinsicht ihnen etwas voraus haben.«

»Na ja, ganz so Unrecht hat aber der gute Griesinger ja nicht, auch wenn es schon ein Vierteljahrhundert her ist, dass er das geschrieben hat – bis heute hat sich aber so gut wie nichts daran geändert«, erwiderte Whitehead ruhig.

»Das da ist noch neuer, aus einer preußischen Familienzeitschrift.« Der Bentele legte einen weiteren Zeitungsausschnitt auf den Tisch.

»Gartenlaube, 1866«, las der Amerikaner in der Kopfleiste und überflog den Artikel:

»Es ist eben ein Stück Sklavenhandel ... Auch die bei den Schwarzen Afrikas so oft geschilderten Scenen der Trennung von Familienmitgliedern fehlen hier nicht – der Bub muss zum Schwarzwald fort, das Mädchen in die Raue Alb, so wills der Handel.«

»Ist so etwas gerecht und wahrhaftig?«, erzürnte sich der Gastwirt. »Es ist doch der blanke Hunger, der die Kinder zu uns heraustreibt. Was würden die schreiben, wenn wir sie wieder zurückschicken täten? Wir würden lesen, dass die Schwaben ein kaltes und herzloses Volk seien! Wenn wir sie aber aufnehmen und sie sich vielleicht zum ersten Mal in ihrem Leben satt essen können, heißt es gleich, wir seien verkappte Sklavenhändler, weil sie dafür auch arbeiten müssen. Ja, heilig's Herrgöttle von Biberach, auch bei uns im Schwabenland haben wir nichts zu verschenken, und umsonst ist nicht einmal der Tod, weil der kostet das Leben. Und jetzt kommt Ihr daher und wollt in die gleiche Kerbe hauen. Auch ich finde, dass es eine Schweinerei ist, wenn Leute wie Gebstetters Schwabengänger nehmen. Wieso seid Ihr so hinter dem Kaspanaze her? Doch nur, weil Ihr daraus eine böse Geschichte machen könnt! Aber der weitaus größte Teil der Kinder hat es gut bei uns, und viele freuen sich schon über den ganzen Winter, wenn sie wieder ins Schwabenland können.«

»Es geht doch nicht ausschließlich darum, ob es den Kindern momentan materiell gut oder schlecht geht. Sie müssen hier als Ausländer nicht in die Schule, sie lernen nichts, und wenn sie wieder heimkommen, haben sie das meiste vom Lernstoff des vergangenen Winters wieder vergessen. Wenn sie älter werden, müssen sie sich dann als Knechte, Mägde oder Taglöhner verdingen, weil sie gar keine Möglichkeit haben, einen vernünftigen Beruf zu erlernen«, gab Whitehead zu bedenken. »Im Übrigen ist es auch nicht nur reine Menschenfreundlichkeit, dass ihr sie aufnehmt, schließlich kommt ihr so auch an billige Arbeitskräfte.«

»Das mag ja alles stimmen, aber daran wird sich auch nichts ändern, wenn sich die Regierungen nicht einig werden«, gab der Bentele zu. »Aber die haben da sicher kein großes Interesse, denn die Österreicher schaffen sich so auf einfache Art ein Problem vom Hals. Und wo kein Kläger ist, da ist auch kein Richter.«

»Haha, da scheint es ja jeder auf den anderen zu schieben. Vielleicht behaupten die Österreicher dann auch, dass es den Kinderhandel nur deswegen gibt, weil ihr dazu die Voraussetzungen geschaffen habt?«

Der Bentele sagte nichts.

»Ich sehe das in weiten Teilen genauso wie Sie«, fuhr Whitehead fort, »wir beide allein werden daran nichts ändern. Eine Änderung der Misere kann nur kommen, wenn öffentlicher Druck entsteht. Ich bin ein Zeitungsmensch, und es ist meine Aufgabe, meine Finger auch in Wunden zu legen. Es ist auch dann meine Pflicht, so wahrheitsgemäß wie möglich zu berichten, wenn ich vielleicht eine mordsmäßige Wut im Bauch habe wie im Fall Kaspanaze.«

»Mir tun die armen Teufel ja auch Leid und ich wäre der Erste, der dabei wäre, wenn man da etwas ändern könnte. Ich werde nur blutsnärrisch, wenn man wie mit dem Knüppel aus dem Sack blind auf uns Schwaben einschlägt und uns moraltriefend Moritatenbilder vorhält«, entgegnete der Wirt nun ruhiger.

Hinter den beiden Männer knarzte die Türe und die beiden Buben kamen in die Gaststube.

»Zwar ist mein Interesse, wie gesagt, beruflicher Art ... aber ich müsste schon ein Herz aus Stein haben, wenn ich das Elend des Buben da sehe und etwas ändern könnte und täte es nicht«, schloss Whitehead.

»Der Siegels Anton hilft jetzt Kegel aufstellen, Onkel Bentele«, meldete Alois.

»Ja, dann ist es recht«, sagte der Wirt. »Was wollt ihr denn heute Nachmittag machen?«

»Wir könnten zu meiner Schwester Josefa«, schlug Alois vor, »die hätte bestimmt eine närrische Freude.«

»Oder wir fahren zur Angelika, die wohnt in der Stadt bestimmt in einem ganz feinen Haus«, meinte Kaspanaze.

»Da werde wohl ich entscheiden müssen«, lachte Whitehead. »Also gut, wir fahren diesmal nach Ravensburg und das nächste Mal zu deiner Schwester – vorausgesetzt, der Herr Bentele kann dich nächsten Monat einmal am zweiten Sonntagnachmittag entbehren?«

»Das geht schon in Ordnung«, meinte der Wirt behäbig. »Der Bub von Siegels freut sich auch, wenn er ein wenig Geld verdienen kann. So, und nun schaut, dass ihr weiterkommt. Auf dem Rückweg kehrt Ihr noch einmal zu. Ich sage meiner Frau, sie soll eine gescheite Brotzeit herrichten. Der Kaspanaze ist bestimmt nicht unglücklich darüber.«

Stolz wie Fürstensöhne saßen die beiden Buben dann hinten in der Kutsche, die der Rappe mit tänzelndem Gang gegen Ravensburg zog. Unter einem großen Tor polterten die eisenbeschlagenen Räder hart auf dem unbehauenen Kopfsteinpflaster und das Echo kam hallend von den Wänden zurück. Zuerst waren die Häuser zweistöckig und niedrig, aber je weiter sie fuhren, desto höher und beeindruckender wurden sie. Whitehead hielt an und fragte eine Frau nach dem Kolonial- und Spezereiladen Jehle.

»Den könnt Ihr gar nicht verfehlen, der ist geradeaus direkt am Marienplatz.«

Das Haus der Jehles war ein stattliches Gebäude, drei Stockwerk hoch und mit zahlreichen Gauben auf dem Dach, hinter denen die Gesindezimmer lagen.

Neben einer schweren Holztüre, die oben in einen Rundbogen überging, lagen zwei Schaufenster, in denen Papiere, Stoffe, Bänder, Gewürze und Kräuter ausgelegt waren.

Zwischen diesen beiden Fenstern führte eine weitere Türe direkt in den Laden. Whitehead zog an der Hausglocke, und es dauerte eine Weile, bis sich oben ein Fenster öffnete und eine Frauenstimme nach seinem Wunsch fragte.

»Gestatten, Peter Whitehead. Ich bin mit zwei Bregenzerwälder Buben da, die gerne die Angelika besuchen würden, die bei Ihnen verdingt ist. Ich hoffe, wir kommen nicht ungelegen.«

»Nein, die Angelika ist oben in ihrer Kammer. Ich komme gleich hinunter und mache die Türe auf.«

Ein schwerer Schüssel drehte sich im Schloss, und als sich das Tor öffnete, blieb Whitehead einen Moment lang die Luft weg. Vor sich glaubte er eine der schönen Vestalinnen aus einem der Bilder von Angelika Kauffmann zu sehen, nur dass dieses ebenmäßig schöne Geschöpf aus Fleisch und Blut war und mit ihm sprach.

»Entschuldigen Sie, dass ich Sie so lange habe warten lassen, aber ich habe den Schlüssel nicht gleich gefunden, da ich bei meiner Schwester nur zu Besuch bin. Kommen Sie doch herein!«

Whitehead starrte sie an. Sie mochte so um die Mitte zwanzig sein. Ihre goldgelben Haare lagen auf den Schultern auf und wurden von einer Schleife zusammengehalten. Aus dem weichen Gesicht blickten ihn zwei hellblaue Augen an, zu denen ihm kein Vergleich einfallen wollte, und er spürte fast körperlich, wie etwas Sanftes, Warmes von ihr ausging.

Es geschah nicht zum ersten Mal, dass Männer bei ihrem Anblick die Contenance verloren. Die junge Frau wusste darum und genoss es.

»Ach, ich habe mich noch gar nicht vorgestellt, verzeihen Sie: Johanna Wengerter.«

Whitehead drehte verlegen seinen Zylinder in den Händen: »Das ist der Alois und der da ist der Kaspanaze«, sagte er heiser und lief rot an wie ein Truthahn daheim in Ohio.

»Treten Sie doch bitte näher«, forderte sie das Fräulein Wengerter lächelnd noch einmal auf.

Er verzog sein Gesicht zu einem verkrampften Grinsen. »Du bist doch ein richtiger Pinsel«, schalt er sich selbst, »du benimmst dich, als ob du zum ersten Mal eine Frau sehen würdest! Was muss sie von dir denken!«

Eine breite Treppe mit einem geschwungenen und mit Schnitzereien verzierten Handlauf führte nach oben in die Wohnung. Während des Hinaufgehens rief Johanna: »Angelika, komm herunter, du hast Besuch!«

Das Wohnzimmer lag der Straßenseite zu. Durch breite, helle Fenster flutete das Licht herein. Von der üppig ausgestalteten Stuckdecke hing ein riesiger Leuchter mit unzähligen geschliffenen Steinen, die in allen Farbschattierungen blitzten und strahlten.

»Das sind bestimmt alles Edelsteine«, flüsterte Alois.

Kaspanaze nickte nur und wagte kaum, sich zu bewegen.

»Das ist sicher ein Palast oder so etwas Ähnliches«, flüsterte er zurück.

In der Mitte des Raumes stand ein riesengroßer Tisch, an dem gut und gerne zwanzig Leute Platz hatten, die Stirnseite bestand aus einem einzigen Regal, das von oben bis unten mit Büchern gefüllt war, über die Längsseite zog sich ein mit feinen Intarsien geschmückter Schrank, in einer Ecke befand sich ein kleines Tischchen mit vier Stühlen, und zwischen den Fenstern prangte breit und wuchtig ein Kanapee, dessen Bezug mit golden schimmernden Knöpfen befestigt war.

Gebannt von der Pracht standen die beiden Buben da und hatten den Grund ihres Besuches schon fast vergessen, als Angelika eintrat.

»Grüß euch, grüß dich, Alois, grüß Gott, Kaspanaze, das freut mich aber, dass ihr zu mir auf Besuch kommt!«

»Grüß Gott, Angelika!«, erwiderten beide gleichzeitig wie im Chor, und alle drei mussten lachen.

»Meine Güte, du siehst aber vornehm aus«, fand Alois als Erster die Sprache wieder.

Angelika drehte sich kokett in ihrem hellblauen Kleid.

»Gell, da schaut ihr. Ja, ich habe es gut getroffen!«

»Ihr könnt in die Küche gehen, da seid ihr ungestört und könnt euch unterhalten. Wenn ihr etwas zu essen oder trinken wollt, weiß Angelika ja Bescheid, wo es ist«, schaltete sich Fräulein Wengerter ein.

Whitehead wurde von der Bücherwand wie magisch angezogen.

Die Werke Voltaires standen da in Reih und Glied: »Oedipe«, »Lettres Anglaises«, daneben der von Goethe übersetzte »Mahomet« in Deutsch. Rousseaus »Emile« und »Contrat social« waren nebeneinander eingereiht, Werke von Kleist »Der zerbrochene Krug«, »Das Bettelweib von Locarno« und das »Käthchen von Heilbronn« fanden sich ebenso einsortiert wie verschiedene Bücher über Heilkunde und gesundes Leben. Die Bände von Goethe und Schiller nahmen so viel Platz ein, dass sie die Werke von Grillparzer und Geibel fast zu erdrücken schienen.

»Sind die Leute hier wirklich so gebildet, oder sind das nur Angeber?«, sinnierte Whitehead, obwohl er bei sich zugeben musste, dass er beeindruckt war.

»Eine schöne Bibliothek, nicht wahr?«, riss ihn die Stimme von Fräulein Wengerter aus seinen Gedanken.

»Ja, wirklich imposant«, erwiderte er und merkte, wie er wieder rot anlief.

»Entschuldigen Sie meine Unhöflichkeit, aber wenn ich Bücher sehe, ziehen sie mich an wie ein Magnet ein Stück Eisen. Das hat vielleicht mit meinem Beruf zu tun.«

»Ach interessant! Und was machen Sie, wenn Sie nicht gerade bei fremden Leuten in den Bücherregalen stöbern?«, lächelte sie.

»Ich arbeite für eine deutschsprachige Zeitung in Cincinnati, Ohio, in Amerika.«

»Ach deshalb hat Ihre Sprache einen etwas anderen Klang als unsere. Man merkt es zwar kaum, aber Sie sprechen die Vokale ein wenig anders aus als wir, mehr …« – sie suchte nach einem passenden Ausdruck.

»… knödelig«, ergänzte er lachend.

»Ja genau, aber ich hätte das nicht so zu sagen gewagt«, lachte sie zurück.

»Meine Vorfahren kommen von hier aus der Nähe und hießen ursprünglich Weißhaupt. Mein Vater ließ den Namen amerikanisieren, und daher heiße ich anstatt Peter Weißhaupt jetzt Peter Whitehead.

»Kann man das in Amerika einfach so machen, ich meine, dass man seinen Namen ändert?«

»Wissen Sie, nach Amerika sind Menschen aus fast allen Rassen und Kontinenten dieser Erde ausgewandert, und die Amtssprache ist Englisch. Manche Namen lassen sich kaum oder nur schwer aussprechen.«

Plötzlich fiel sein Blick auf einen Kupferstich, der zwischen den beiden Fenstern über dem Kanapee hing.

»Das gibt es doch nicht«, durchzuckte es ihn. Er trat ein paar Schritte näher und sah sich das Bild an. »Ist das ein Zufall oder ist das Fügung?«, durchfuhr es in nochmals.

Tatsächlich, das war ein Bild mit Vestalinnen von Angelika Kauffmann, sogar dasselbe Bild, das er vor Augen gehabt hatte, als sie das Haustor aufschloss.

Verwirrt sah er sie an und brachte keinen Ton heraus.

»Ist Ihnen nicht gut?«, fragte Fräulein Wengerter, die sich seine plötzliche Veränderung nicht erklären konnte.

»Nein, nein«, schüttelte er den Kopf.

»Oh, was bin ich für ein ungastliches Frauenzimmer. Ich habe Ihnen ja noch gar nichts angeboten. Darf ich Ihnen etwas bringen? Einen Schnaps oder einen Likör? Oder hätten Sie gerne etwas anderes?«

»Einen Schnaps könnte ich schon vertragen«, erwiderte er noch immer halb benommen.

Draußen in der Küche saßen die Kinder an einem Tisch. Moosburgers Angelika hatte eine Flasche Schabäso aufgemacht und die beiden Buben leerten die beiden Gläser mit einem Zug, als sie sagte, dass die Jehles sicher nichts dagegen hätten, wenn sie noch eine zweite Flasche hinstellen würde. Dann erzählte sie, wie gut sie es hier habe und dass sie aufgenommen worden sei wie ein eigenes Kind. Sicher würde sie noch viel das Heimweh plagen, obwohl die Jehles alles täten, dass sie sich hier wie daheim fühlte.

»Wo sind denn deine Herrschaften?«, fragte Alois.

»Die sind mit Apothekers fortgegangen und kommen erst heute Abend wieder.«

»Und die Mägde, von denen du vorher erzählt hast, wie sind die?«, wollte Kaspanaze wissen.

»Die haben heute Nachmittag Ausgang. Ach, die Cäcil ist eine Nette und immer lustig, aber die Brunhild, mit der ist nicht immer gut Kirschen essen. Die kann schon mordsmäßig grätig werden, und die Cäcil sagt dann immer zu ihr, wenn sie so bös dreinschauen würde, bekäme sie sicher nie einen Mann. Auch schimpft die Brunhild immer, dass die ausländischen Kinder einheimischen Dienstboten die Plätze wegnehmen und die Löhne kaputtmachen würden.«

»Was musst du denn arbeiten?«, interessierte sich Alois.

»Hauptsächlich muss ich auf die beiden Kinder aufpassen, weil die Frau fast den ganzen Tag im Geschäft ist, und der Mann ist fast immer fort. Aber ich muss auch im Laden helfen, Ware einräumen, den Boden und vor dem Geschäft kehren. Zwei Mal habe ich schon Botengänge zur Kundschaft gemacht. Das ist schön, und ich habe auch schon viel gesehen. Stellt euch vor, von einer Frau, zu der ich vorgestern einen Stoff bringen musste, habe ich sogar ein Trinkgeld bekommen.«

Im Wohnzimmer meinte Whitehead, dass er vielleicht einmal nach den Kindern schauen sollte.

»Na, wollt ihr denn den ganzen Nachmittag hier drinnen sitzen bleiben?«, fragte er. »Vielleicht sollten wir uns einmal die Stadt anschauen, was meint ihr?«

»Ja, den Bahnhof!«, rief Angelika begeistert.

»Wisst ihr, von dort fahren richtige Züge mit einer großen Lokomotive vorne dran, die hustet und pustet wie eine alte Kuh und spuckt aus einem hohen Kamin schwarzen Rauch.

»Ich habe es auch noch nicht gesehen, aber die Cäcil hat es mir erzählt.«

»Das ist sicher auch etwas für euch Buben«, meinte Whitehead, und die beiden stimmten begeistert zu.

»Fräulein Wengerter, wäre es vermessen, Sie zu fragen, ob Sie nicht den Fremdenführer machen wollten?«

»Es ist zwar etwas unschicklich, gleich mit einem wildfremden Mann zu flanieren, aber wir haben ja genügend Aufpasser dabei, sodass sich der Tratsch in Grenzen halten dürfte. Außerdem bin ich aus Ulm, und so viele kennen mich hier auch wieder nicht. Also, ich denke, unter diesen Voraussetzungen können wir es wagen«, lächelte sie, sodass Whitehead ganz warm ums Herz wurde.

»Ich hole mir nur noch etwas zum Überziehen, dann können wir gehen.«

»Das da vorne ist das Waaghaus, weil sich hier früher die Stadtwaage befunden hat, daneben ist der Blaserturm, das ist der städtische Hauptwachtturm. Das da ist das Rathaus und das Gebäude dahinter ist das Kornhaus ...« Fräulein Wengerter wusste zu fast jedem Gebäude etwas zu erzählen, und auch Whitehead hörte gespannt zu.

»Wie kommt es, dass Sie sich hier so gut auskennen, obwohl Sie aus Ulm sind?«

»Es gibt kaum etwas, das meinen Schwager nicht interessiert. Das haben Sie ja schon an den Büchern gesehen. Er hat meine Schwester und mich durch die ganze Stadt geschleppt. Meine Schwester, glaube ich, muss hier schon jeden Stein kennen«, antwortete sie.

»Apropos, Bücher – hat Ihr Schwager denn das alles gelesen, was da in der Bibliothek steht?«

»Das meiste schon. Aber da kennen Sie seine Frau nicht. Die liest Bücher nicht, die verschlingt sie.«

»Aber Voltaire und Rousseau sind in Französisch. Die Sprache ist in Deutschland ja nicht mehr sonderlich beliebt?«, meinte Whitehead.

»Das ist dem Karl – ich meine meinem Schwager, ziemlich gleichgültig. Er ist Kaufmann, kommt viel herum und sieht viele Dinge einfach anders, weil er es auch mit Leuten zu tun hat, deren Verstand nicht an einer Grenze stehen bleibt. Die französischen Bücher hat er, soviel ich weiß, in Frankreich gekauft.«

»Und Sie, sind Sie auch so wissbegierig?«, fragte er.

»Eigentlich schon. Wenn auch nicht in dem Ausmaß meiner Schwester und meines Schwagers. Da haben sich wirklich zwei gesucht und gefunden«, lachte sie und warf ihr Haar zurück.

»Wenn du wüsstest«, dachte Whitehead, »gesucht habe ich dich zwar nicht, aber vielleicht gefunden.«

Der Bahnhof war leer und wirkte wie ausgestorben. Eine dünne, klebrige Rußschicht lag über allem, und auch die Fenster wirkten stumpf und grau. In der Luft hing trotz des leichten Windes ein beißender Geruch. Eine knappe halbe Stunde noch, dann sollte ein Zug aus Friedrichshafen hier einfahren.

»Kommt, Kinder, wir suchen uns in der Nähe ein schönes Gasthaus. Sie, Fräulein Wengerter sind natürlich auch eingeladen«, beschloss Whitehead und klappte seine goldene Taschenuhr zu, die mit einer breiten Goldkette an seinem Gilet, der dunkelroten Weste, befestigt war.

Im Wirtshaus bestellten sie zwei Portionen Bohnenkaffee. Die Wirtin freilich konnte damit nicht dienen und bot als Ersatz ein Zichoriengebräu an, sodass sie mit zwei Tassen Tee vorlieb nahmen. Die Kinder erhielten je eine Flasche Schabäso, und sie beobachteten gespannt, wie die im Flaschenhals steckende Glaskugel, die von der Kohlensäure nach oben gepresst wurde, langsam nach unten sank, nachdem sie diese mit dem Zeigefinger hineingedrückt hatten.

»Die Welt ist doch schön«, dachte Kaspanaze behaglich, sog mit dem Strohhalm die perlende Limonade in seinen Mund und ließ sie genießerisch über die Zunge laufen.

Whitehead erfuhr, dass Johanna Wengerter bei ihrem Vater im Kontor arbeitete und dass dieser in der Nähe von Ulm eine Flachsfärberei betrieb und eng mit der Spohn'schen Spinnerei hier in Ravensburg kooperierte. Erfreut nahm er auf, dass sie deshalb jede Woche mindestens einmal zum Spohn kam, weil ihr Vater darauf bestand, dass sie die zu färbenden Stoffe, die er selbst weiterverkaufte, persönlich aussuchte.

»Sie haben aber einen klugen Vater«, meinte er nicht ohne Hintersinn.

»Ich weiß. Er hat aber auch eine Tochter, die nicht ganz auf den Kopf gefallen ist«, gab sie selbstbewusst zurück.

»... und dazu noch bildhübsch ist«, wollte er ergänzen, unterließ dann aber die Schmeichelei.

Die drei Kinder drängten ungeduldig zum Aufbruch, weil sie den Zug unbedingt schon beim Einfahren sehen wollten.

Schon von weitem war das Fauchen und Stampfen der Lokomotive zu hören, und Alois stellte seinen Fuß auf eine Schiene, weil er dachte, dass diese bestimmt vibrieren müsse.

»Schau, dass du da herunterkommst!«, schrie ein Mann mit einer großen runden Mütze und einem nach unten hängenden Schnauzbart. »Wenn dich der Zug überfährt, bist du platt wie Papier!« Unter dem Arm trug er einen Stock mit einer runden Tafel, und von seinem Revers baumelte ein Monokel.

»Zurücktreten! Alles zurücktreten!«, rief er laut, und alle Leute machten unwillkürlich einen Schritt nach hinten, obwohl der Zug noch gar nicht zu sehen war, sondern nur eine Rauchfahne, die näher kam.

Das Stampfen, stoßartige Schnauben und Rattern wurde lauter und lauter, und wie ein riesiger Tatzelwurm schob sich das Ungetüm in den Bahnhof, wo es mit kreischenden Bremsen stehen blieb. Angelika hielt sich verschreckt die Ohren zu, bis der Zug ausgerollt war.

Die beiden Buben hatten für die Wagons kaum einen Blick übrig, sondern rannten mit der Lokomotive mit.

»Schau, was die für große Räder hat!«, schrie Alois.

»Ja, und ganz aus Eisen«, staunte Kaspanaze.

Von oben aus dem Führerstand beugten sich zwei Männer, von denen einer ein ganz schwarzes Gesicht hatte.

»Der muss bestimmt die Kohlen hineinwerfen«, mutmaßte Alois.

Erschrocken machten beide gleichzeitig einen Sprung zur Seite und begannen zu laufen, als seitlich aus der Lokomotive mit lautem Fauchen eine Dampfwolke auf sie zuschoss und sie einhüllte.

»Das kommt davon, wenn man zu neugierig ist«, lachte der Maschinist von oben.

»Einsteigen und Türen schließen!«, schrie der Mann mit der großen Mütze.

Kaspanaze und Alois hielten sich in sicherer Entfernung, als die Lokomotive einen lauten Pfiff ausstieß und sich langsam fauchend und stampfend in Bewegung setzte.

Sie blieben so lange stehen, bis der letzte Wagon verschwunden war.

»So, jetzt aber nichts als wie zurück. Ich habe dem Gebstetter versprochen, dass du wieder rechtzeitig auf dem Hof bist«, wandte sich Whitehead an Kaspanaze.

Als dieser den Namen seines Bauern hörte, krampfte sich alles in ihm zusammen.

Vor dem Haustor verabschiedeten sie sich von Fräulein Wengerter und Angelika, wobei Whitehead die Hand des Fräuleins etwas länger hielt, als üblich war, und nun war es an ihr zu erröten.

»Schau an«, dachte er zufrieden, »so ganz gleichgültig scheine ich dir doch nicht zu sein.«

Am nächsten Brunnen ließ er den Rappen saufen, bis er genug hatte. Während es auf Baienfurt zuging, hatte er die beiden Buben hinter sich vergessen. Ihn beschäftigte nur noch ein Gedanke, und er zermarterte sich sein Gehirn, wie er es anstellen könnte, sie wieder zu sehen, ohne dass es aufdringlich wirkte. »Verdammt noch mal«, gestand er sich ein, »mich hat's erwischt!«

Beim Bentele war die Gaststube bis auf den letzten Platz besetzt, und er wies sie in das Nebenzimmer, wobei er sich entschuldigte, dass er keine Zeit zu einem Plausch habe.

»Aber Ihr seht ja selber, was los ist«, meinte er. »Die Kellnerin bringt gleich etwas hinüber. Ihr mögt sicher auch ein Bier, frisch gezapft?«

Whitehead bejahte und war eigentlich ganz froh, dass der Wirt beschäftigt war.

Die Bedienung schleppte eine riesige Platte mit Käse, Geräuchertem und Würsten herein.

»Um Gottes willen, wer soll das alles essen?«, fragte Whitehead. »Das reicht ja für eine ganze Kompanie!«

»Jetzt esst einmal, so viel ihr verzwingt«, lachte die Bedienung. »Die Getränke kommen gleich!«

Als er bezahlen wollte, lehnte die Kellnerin ab. »Das geht auf Kosten des Hauses!«

Er wollte das nicht annehmen und bestand darauf, dass sie den Wirt holen solle.

»Kommt gar nicht infrage«, beharrte der Bentele, »das wäre ja noch schöner. Auch der Alois hat einen schönen Tag gehabt, und das ist mein Beitrag dazu. Wenn ich weiß, dass Ihr das jeden zweiten Sonntagnachmittag im Monat für ein paar Stunden so halten wollt, ist es mir recht. So, und nun steckt den Geldbeutel wieder weg!«, beschied er resolut.

Whitehead versuchte mit Kaspanaze auf dem Weiterweg eine Unterhaltung aufzubauen, aber er merkte, dass ihn Kaspanazes Antworten auf seine Fragen gar nicht mehr erreichten, weil er sofort nach der Fragestellung mit seinen Gedanken ganz woanders war.

»Himmel noch einmal, war das ein Prachtweib!«

Jeder Hufschlag, der sie näher auf Witterschwende zuführte, nahm in Kaspanazes Ohren einen bedrohlicheren Ton an. Er schickte ein Stoßgebet zur Mutter Gottes, dass sie die Gebstetters besänftigen möge, weil er wusste, dass sein heutiger Ausflug bestimmt nicht ohne Folgen bleiben würde.

Whitehead fuhr in den Hof, stieg vom Bock, und auch Kaspanaze kletterte aus der Kutsche. Nichts auf dem Hof rührte sich, nur Cäsar kläffte ein paar Mal hinter der Haustüre.

»Hallo, ist da jemand?«, rief Whitehead.

Niemand antwortete. Er spürte fast körperlich, dass er beobachtet wurde, und suchte mit den Augen die Hausfront ab, konnte aber niemanden entdecken. Er ging die Treppe hinauf und klopfte an der Tür, Cäsar bellte, als er die Klinke nach unten drückte. Aber die Haustüre war zugesperrt.

Er klopfte hart mit den Knöcheln und rief nochmals, ob niemand da sei, aber alles bis auf Cäsar blieb still.

»Na wartet«, dachte er grimmig, »euch feiges Pack kriege ich schon!«

Auch Kaspanaze spürte deutlich, dass sich hier etwas zusammenbraute. Whitehead ging zurück zu ihm und strich ihm über seinen Schopf.

»Also, Kaspanaze, ich komme wieder am zweiten Sonntag im nächsten Monat. Dann besuchen wir die Josefa. Die freut sich sicher auch, wenn sie dich wieder sieht.«

Er merkte, wie der Bub vor Angst zitterte.

»Keine Angst«, flüsterte er leise, »denen helfe ich schon noch in die Schuhe!«

Scheinbar gut gelaunt schwang er sich auf den Kutschbock und rief laut mit gespielter Fröhlichkeit:

»Vergiss nicht, am zweiten Sonntag im nächsten Monat hole ich dich wieder. Bis dahin – halt dich wacker!«

»Hüh!«, befahl er dem Rappen, fuhr mit der Kutsche aus dem Hof und winkte zurück.

Kaspanaze blieb im Hof stehen und hörte dem sich immer weiter entfernenden Hufschlag und Rattern der Kutsche nach. Kaum, dass es ganz verklungen war, sprang die Haustüre auf, und der Gebstetter kam zornrasend die Treppe heruntergestürzt, hinter ihm die Bäuerin.

»Komm her, aber sofort«, brüllte er und blieb breitbeinig stehen.

Kaspanaze rührte sich nicht vom Fleck.

»Komm her!«, sagte er plötzlich ganz ruhig mit hinterhältigem Blick.

Kaspanaze stand wie angewurzelt und sah ihn trotzig an.

»Was habe ich denn getan?«, fragte er.

»Was du getan hast, du Hurensiach, du nichtsnutziger? Das werde ich dir gleich zeigen! Du hetzt mir nicht umsonst diesen Scheißamerikaner an den Hals!«

Er schoss auf Kaspanaze zu, packte ihn an der Joppe, schlug ihn mit der flachen Hand ins Gesicht und riss ihn dann über sein Knie.

»Verhau ihn tüchtig!«, gellte die Gebstetterin, während sie um die beiden herumrannte. Als sie zwischen den Schlägen des Bauern eine günstige Gelegenheit fand, trat sie Kaspanaze mit aller Kraft ins Hinterteil.

»Sieh an, Frau und Herr Gebstetter sind wieder in ihrem Element!«, sagte Whitehead, der sein Pferd außer Sichtweite des Hofes an einem Baum angebunden hatte und zurückgeeilt war.

Dem Bauern blieb vor Schreck die Hand in der Luft stehen.

»Kleine Kinder zu verhauen scheint ja Ihre bevorzugte

Freizeitbeschäftigung zu sein.« Zur Bäuerin gewandt, fuhr er betont hochmütig fort: »Auch Sie sind nicht schlecht im Zutreten, aber es fehlt Ihnen noch der letzte Schliff. Dazu noch ein kleiner praktischer Hinweis: Mit Anlauf geht es besser! Damit haben Sie wohl nicht gerechnet, dass ich zurückkommen könnte, nicht wahr, Mister Gebstetter?«

»Mister!«, schrie der Gebstetter beleidigt auf, »ich bin kein Mister, sondern Bauer, merk dir das!«

Whitehead lachte laut auf, weil ihm auch gerade die Doppelbedeutung des Wortes klar wurde.

»Was lachst du so blöd?«, brüllte der Gebstetter, während er den Buben mit einem Schubser von sich stieß.

Mit einem Schlag wurde der Amerikaner ernst.

»Erinnern Sie sich noch an unsere Unterhaltung heute Vormittag? Das mit der Kommission gilt immer noch. Wenn ich Sie noch einmal erwische, dass Sie den Buben schlagen, oder auch nur davon höre, können Sie sich auf etwas gefasst machen!«

»Battist, lässt du dir das gefallen? Hau ihn doch aufs Maul!«, kreischte die Bäuerin.

»Gnädigste Frau«, wandte sich Whitehead in affektiertem Tonfall zu ihr, wobei er eine Verbeugung andeutete, »Ihr lieber Ehemann wird schon wissen, warum er das füglich unterlassen wird!«

Dann betrachtete er sie einen Moment, als ob er an ihr etwas Interessantes entdeckt hätte, und wiegte scheinbar bedenklich den Kopf.

»Was ist los?«, fragte sie beunruhigt.

»Hm, Sie sollten unbedingt zum Bader!«, gab er ernst zur Antwort.

»Warum, wieso?«

»Sie müssten sich wieder einmal die Haare auf Ihren Zähnen rasieren lassen!«

Das verstand sogar der Gebstetter und freute sich, dass jemand seiner Frau den Mund stopfte.

»Wo er Recht hat, da hat er Recht, Alte!«, grölte er belustigt. »Mit dir könnte man schon etwas anfangen, wenn du nicht so verbohrt wärest!«

Aber Whitehead tat, als habe er diese Anbiederung gar nicht bemerkt. Er dachte daran, für Kaspanaze noch eine Kammer einzufordern, unterließ es aber, weil er dem Buben keinen Gefallen getan hätte, wenn er ihn gezwungen hätte, noch näher mit den Gebstetters zusammenzuleben.

»Ich denke, wir haben uns verstanden. Seien Sie auch darauf gefasst, dass ich jederzeit ohne Vorwarnung hier auftauchen kann!«, sagte er drohend und wandte sich zum Gehen, wobei er Kaspanaze noch aufmunternd zuzwinkerte.

»Am Dienstagmorgen kommt der Störschneider, damit unser junger Herr auch ein feines Gewand bekommt«, brummte der Bauer nach dem Abendessen feindselig zu Kaspanaze hinüber. »Du kommst mit dem Maßnehmen zuerst dran, danach kannst du mit dem Vieh aufs Feld hinaus!«

Als der Bub mit Vinzenz ins Freie trat, ließ er den Knecht ein paar Schritte vorgehen, wartete einen Augenblick und machte dann leise »Psst! Psst! Wuff! Wuff!«, worauf Cäsar wie rasend zu kläffen anfing. Er beeilte sich, Vinzenz einzuholen, der aber mitten im Hof stehen geblieben war.

Von drinnen hörten sie, wie alle durcheinander brüllten, und die Magd schrie immer wieder, dass der Hund bestimmt verhext worden sei.

»Gleich geht die Tür auf, und der Bauer wirft ihn hinaus, da ist es besser, wenn er mich nicht sieht. Sonst kommt er womöglich noch auf den Gedanken, dass ich damit etwas zu tun haben könnte«, dachte Kaspanaze und sah zu, dass er zum Tenn hinüber kam.

»Weißt du, was der blöde Hund hat?«, rief der Gebstetter Vinzenz zu, während er den noch immer tobenden Cäsar am Halsband auf die Haustreppe zerrte.

»Keine Ahnung«, erwiderte dieser, aber es beschlich ihn ein leiser Verdacht, der sich noch verstärkte, als er zu Kaspanaze trat und in dessen zufriedenes Gesicht sah.

»Was hast du mit dem Hund gemacht?«

»Ich? Warum?«

»Du brauchst mir nichts vorzumachen, mit dem hast du irgendetwas angestellt!«

»Was denn?«, fragte Kaspanaze unsicher.

»Das würde ich ja gerne von dir wissen?«, ließ der Knecht nicht locker.

»Dem Vinzenz kann ich es ja sagen, der hat bestimmt auch eine Gaudi damit«, dachte er und schilderte, wie er den Hund abgerichtet hatte.

»Das darfst du nur nicht zu oft machen, sonst merken sie es irgendwann, und dann gnade dir Gott«, prustete der Knecht. »Aber wenn ich weiß, wie es geht, kann ich es ja zwischendurch auch probieren!«

Kaspanaze überlegte, ob er Vinzenz auch von seinen Plänen mit dem Gockel erzählen sollte, behielt es dann aber doch lieber für sich.

Am nächsten Morgen wusch er sich kurz am Brunnen den Schlaf aus den Augen und rannte danach sofort hinter den Hühnerstall, wo er sich vor die Türe stellte und ein paar Mal leise das Krähen des Hahnes nachahmte. Der Gockel antwortete darauf mit einem entrüsteten Gegackere.

Kaspanaze ging in den Stall und begann mit dem Anrüsten der kleinen Gunda. Wie jeden Morgen kamen die beiden Gebstetters streitend über den Hof und hörten erst damit auf, als beide unter einer Kuh saßen. Inzwischen hatte Kaspanaze aber auch gelernt, der Anrüffelei des Bauern aus dem Weg zu gehen. Wortlos stand er auf und überließ ihm die Leni.

Ludmilla behandelte ihn beim Frühstück wie immer und sprach nur das Allernotwendigste, als ob jedes Wort von ihr unendlich kostbar sei. Er schob seinen Brocken Käse und das Brot in die Tasche, kletterte danach im Tenn noch schnell die Leiter hinauf, öffnete seine Truhe und schnitt mit einer alten, verrosteten Sichel, die er auf einem Balken entdeckt hatte, eine dicke Scheibe von dem Speck ab, den ihm am Vortag die Kellnerin beim Bentele auf dessen Geheiß eingepackt hatte.

Als er wieder in den Stall trat, keifte wie jeden Morgen die Bäuerin, er solle nicht so lange herumtrödeln und dass sie die Zeit nicht gestohlen hätten. Dann band er Priska los und trieb die Tiere auf die Weide, wobei die böseste Kuh im weiten Umland lammfromm hinter ihm hertrottete.

Die Tage wurden merklich länger, und auch die Sonne schien zunehmend kräftiger vom Himmel. Kaspanaze lag auf dem Rupfensack vor seinem Unterstand, kaute an einem Grashalm und sah den Wolken zu. Unglaublich, was da alles vorbeigeflogen kam: Ein Riese mit einer dicken Nase verwandelte sich in ein Ross, aus dem nach und nach eine Hexe wurde, die auf einem Besen ritt. Knödel quollen auf zu Brotlaiben, eine Ziege zerfaserte in Dunstfetzen, während ein Stück weiter aus einem großen Baum ein Hase sprang. Eine dicke Frau hatte einen Waschzuber vor dem Bauch, und ein Drache kam von hinten auf sie zu und wollte sie auffressen, aber sie löste sich plötzlich in nichts auf.

Ein Bussard kreiste schwerelos, und Kaspanaze wünschte sich, ein Vogel zu sein. »Ja, das wäre schön«, dachte er und stellte sich vor, wie er mit leichtem Schwingenschlag hoch über die weißen Berge nach Hause fliegen würde. Über seinem Elternhaus würde er genau wie der Bussard ein paar Kreise drehen und dann genau vor der Haustüre aufsetzen und sich wieder in einen Menschen verwandeln. Die Mutter würde große Augen machen, die Mariann mit offenem Mund dastehen und der Jodok ihn bestimmt für einen Geist halten. Der Großvater wäre bestimmt auf der Brüge droben, und er würde dann später zu ihm hinaufschauen, und der Vater würde sicher auch nicht schlecht staunen, wenn er zum Mittagessen am Tisch sitzen würde.

Ob das kleine Geschwisterchen schon da war? War es ein Brüderchen oder eine Schwester?

»Lieber Gott, mach, dass es ein Brüderchen wird, weil mit Schwestern kann man nichts anstellen, weil sie gleich heimlaufen und alles verratschen«, betete er. »... und plärren tun sie auch gleich wegen jedem Hennenfurz.« Kaspanaze war sicher, dass dieses starke Argument auch dem Herrgott einleuchten müsste.

Da er kein Messer besaß, musste er versuchen, mit den Zähnen ein Stück Speck abzubeißen. Doch das misslang, weil das Geräucherte zu zäh war. Er nagte ein Ende an, sog es dann aus und zermahlte das restliche faserige Fleisch mit den Schneidezähnen. Als er einen abgerissenen Fetzen zu kauen versuchte, meldete sich schmerzhaft ein wackelnder Backenzahn. Mit einem Schluck Wasser aus der Schabäsoflasche von Vinzenz beförderte er das Speckstückchen in den Magen.

Am Waldrand klammerte ein abgesägter Baumstumpf seine Wurzeln in die Erde. Auf ihm sitzend rief er Priska zu, sie solle zu ihm herüberkommen. Langsam kam die Kuh angetrottet. Er wollte sie dazu bringen, dass sie unterhalb des Baumstumpfes stehen blieb, aber die Kuh sah ihn nur unverständig an.

»Du bist ein saublödes Rindvieh, Priska, weißt du das«, schimpfte er mit ihr, stieg von der Wurzel, packte sie am Schellenriemen und zog sie hin zum Baumstumpf. Kaum aber stand er wieder auf dem Wurzelstock, machte Priska einen Schritt zur Seite. Irgendwann hatte er sie dann so weit. Kaspanaze stieg wieder auf den Stumpf und machte von dort aus einen Schritt auf Priskas Rücken. Obwohl sich die Kuh nicht bewegte, hatte er Mühe, das Gleichgewicht zu halten, und sprang auf der anderen Seite ab. Dieses Spiel wiederholte er immer wieder, und nach dem fünften Mal stand er schon sicherer auf dem Kuhrücken. Dann aber hatte Priska genug und trottete davon.

Am Abend saß in der Stube am Gesindetisch ein kleines, verhutzeltes Männchen, das sich als David Obermiller vorstellte. Der kleine Mann schien Wunder wirken zu können. Ludmilla stellte eine große Schüssel mit Gerstensuppe auf den Tisch, in der große Speckstücke schwammen, der Brotkorb war randvoll gefüllt, und die beiden Gebstetters schienen bester Laune zu sein.

»Lang nur zu, Schneider«, dröhnte der Bauer, »nicht, dass du nachher herumerzählst, du hättest bei uns Hunger leiden müssen!«

»Keine Angst, dass ich einen schlechten Appetit habe, hat mir noch keiner nachgesagt«, lachte der Störschneider zurück.

»Hast viel zu tun?«, wollte der Bauer leutselig wissen.

»Ja, ja, der Lenz ist gekommen und mit ihm wie die Vögel auch die Tirolerkinder. Und alle brauchen neues Häs.«

Kaspanaze stellte fest, dass alle Regeln, die bis heute in der Stube gegolten hatten, mit der Ankunft des Schneiders außer Kraft waren, weil die Gebstetters Angst hatten, dass er woanders etwas Schlechtes über sie erzählen könnte.

»So, so, du bist also das Tirolerle. Von wo kommst denn her?«, wollte er von Kaspanaze wissen.

»Aus dem Bregenzerwald.«

»So, so, aus dem Bregenzerwald«, meinte der Obermiller bedächtig, während er an einem Stück Speck schmatzte. »Sind alle Jahre viele da aus dem Bregenzerwald.«

»Hast deinen Buben heuer nicht dabei?«, fragte eine unbekannte, brüchige Stimme hinter dem Bauerntisch. Es war der erste Laut, den Kaspanaze vom Vater des Bauern hörte, seit er auf dem Hof war. Auch von der Großmutter hatte er bis dahin noch keinen Ton vernommen.

»Nein, der liegt krank im Bett und hat Fieber. Aber ich hoffe, dass er bald wieder wird. Allein ist die Arbeit doch viel, und zu zweit ist es auch kurzweiliger.«

»So, so«, antwortete der Großvater einsilbig.

»Vater, wenn du den Obermiller so ausfragst, kommt er ja gar nicht zum Essen«, tat die Bäuerin besorgt.

Die Augen des alten Mannes blitzten kurz und wütend auf, als er den Blick der Gebstetterin erwiderte, während seine Frau neben ihm teilnahmslos vor sich hin starrte.

»Du falsches Luder!«, dachte Kaspanaze. »Jeder Bissen vom Schneider und uns da am Tisch reut dich. Und der Großvater scheint dich auch nicht besonders zu mögen, wie er dich gerade angesehen hat.«

»Kannst du noch den Schneidersprung?«, fragte Gebhard.

»Ja sicher. Ein Schneider, der das nicht mehr kann, sollte ans Aufhören denken.«

»Oh ja, machst du ihn nach dem Essen?«, rief Pauline, die es auch ausnützen wollte, dass ausnahmsweise am Tisch gesprochen werden durfte.

»Mach ich. Aber dazu brauche ich Kraft, und die kriegt man nicht, wenn man nur redet und nichts isst!«, gab er lachend zurück.

Nach dem Tischgebet räumte Ludmilla zuerst den Gesindetisch ab, der Schneider stellte sich in Habacht-Stellung davor auf, wippte kurz auf den Fußballen und sprang dann aus dem Stand auf die Tischplatte, wo er mit übereinander verschränkten Beinen landete. »Könnt ihr das auch?«, fragte er die Kinder vom Tisch herab und sah alle der Reihe nach an.

»Nein«, schüttelten sie die Köpfe.

»Wisst ihr, das braucht viel Übung, und das können nur die ganz guten Schneider und sonst kein anderer Berufsstand. Habt ihr vielleicht schon einmal einen Schmied oder Wagner gesehen, der so etwas zusammenbringt? Nein, sage ich euch, weil dazu braucht man Genauigkeit, und einer der pfitzigsten Berufe ist das Hantieren mit Nadel und Faden – na ja, der Uhrmacher gehört vielleicht auch noch dazu. Aber der kann es trotzdem auch nicht«, flunkerte er.

»Noch einmal, noch einmal«, rief Pauline begeistert.

Der Schneider hüpfte noch zwei Mal auf den Tisch und meinte dann, dass es genug sei.

Draußen im Hof blieb Vinzenz beim Brunnen stehen.

»Kaspanaze«, sagte er, »morgen ist die Ludmilla dran. Das war das letze Mal, dass sie gestohlen hat, darauf kannst du Gift nehmen. Sie singt am Abend im Liederkranz und kommt erst heim, wenn es schon dunkel ist. Wir jagen ihr einen Schrecken ein, den sie nicht mehr vergisst!«

»Was willst du mit ihr machen?«, fragte er zurück.

»Das erfährst du noch früh genug, aber es gibt einen Mordsspaß. Mehr sage ich dir noch nicht.«

Als Kaspanaze am nächsten Morgen zum Frühstück kam, saß der Schneider schon am Tisch.

»So, dann wollen wir nachher Maß nehmen«, sagte er zu ihm, während er ein Stück Brot in den Kaffee tunkte. »Weißt du, ein Gewand für einen Buben muss drei Jahre halten. Im ersten Jahr muss es zu groß sein, im zweiten muss es passen und im dritten muss es zu klein sein. Das ist eine alte Schneiderweisheit, die geht schon fast auf Adam und Eva zurück.«

Kaspanaze war dem Obermiller dankbar, weil er heute nicht hungrig vom Tisch aufstehen musste, und steckte noch ein paar Brotscheiben zusätzlich in die Tasche.

Der Schneider schob die leere Tasse zurück und stieß behaglich einen lauten Rülpser aus.

»Dann gehen wir es an«, meinte er zu Kaspanaze und kramte aus einem Köfferchen ein Bandmaß, Papier und Bleistift hervor. Er vermaß Kaspanaze von Kopf bis Fuß und notierte alles fein säuberlich.

»Die Ärmel machen wir zum Umschlagen. Wenn sie zu kurz werden, kann man die Naht aufmachen und sie herauslassen. Vergiss nicht, es daheim deiner Mutter zu sagen!«

Bevor er in den Stall ging, rannte Kaspanaze nochmals zum Hühnerstall und krähte, worauf der Gockel gackerte und dann empört zurückkrähte.

»Na siehst du, es wird ja schon ...«, dachte Kaspanaze zufrieden.

Den ganzen Tag über ging ihm nicht aus dem Kopf, was der Vinzenz mit der Magd anstellen wollte, und er konnte es kaum erwarten, dass es Abend würde. Er wusste, dass er in Ruhe gelassen wurde, solange der Störschneider auf dem Hof war, und hoffte, dass dieser möglichst lange bleiben würde.

Als er zum Abendessen mit dem Knecht in die Stube kam, lag in einer Ecke ein großer Kleiderhaufen, und es roch nach heißen Bügeleisen und warmen, feuchten Tüchern. Der Schneider erzählte das Blaue vom Himmer herunter, und die Gebstetterin lauschte mit ihren Kindern gebannt seinen Lügengeschichten.

»Richtig lustig wird es erst jetzt«, meinte Vinzenz vergnügt, nachdem der Schneider geendet hatte, »weil heute noch die Ludmilla dran glauben muss.«

Am Hofeingang lag ein großes, schon halb verrottetes Mostfass, das Vinzenz ein Stück vorzog und vor das er in einiger Entfernung einen Pfahl auf den Boden legte. Kaspanaze drückte er ein langes Seil in die Hand. »Das legst du um den Baum und ziehst es doppelt über den Weg!«

Kaspanaze begann zu verstehen und musste grinsen. Aber die Nacht war sternenklar, und er hatte Bedenken, dass die Magd das Seil entdecken könnte.

Es dauerte nicht lange, und sie hörten, wie Ludmilla vor sich hinsummend auf den Hof zuschritt. Knirschend bewegte sich das Fass ein Stück vorwärts und aus ihm drang eine dunkle Stimme: »Ludmilla, du Luder!«

Die Magd spürte, wie sich alle ihre Haare sträubten. Ihr schräg stehender Schneidezahn bibberte auf und ab.

»Wer ist da?«, stotterte sie zaghaft.

»Der Satan!«, tönte es dumpf aus dem Fass.

»Jessasmaria«, flüsterte sie und schlug ein Kreuzzeichen. »Was willst du von mir?«

»Das gestohlene Geld!«

»Ich habe kein Geld gestohlen!«

»Du lügst? Dann hol ich dich jetzt!«

Aus dem Fass stieg eine dunkle Gestalt und richtete sich auf. Im fahlen Sternenlicht erblickte sie den Leibhaftigen, der noch viel fürchterlicher aussah, als sie es bisher auf den Bildern in den Kirchen gesehen hatte. Sein Gesicht hatte nichts Menschenähnliches an sich, sondern war eine einzige Fratze, das linke Auge auf Faustgröße angeschwollen. Stirne und Wangen waren übersät mit Runzeln wie ein halbverfaulter Lederapfel. Auf der riesigen, gekrümmten Nase bollte auf der Wurzel eine gewaltige Warze, und aus den Mundwinkeln ragten wenigstens fingerlang zwei daumendicke Hauer.

Wütend schüttelte der Teufel seinen gewaltigen Schädel, und die einen Meter langen, von seinem Haupt herabwallenden Haare flogen dabei um sein Gesicht. »Whooowäää ... Whooowäää«, grunzte er dabei, wie nur der Teufel selbst grunzen konnte, und breitete seine Arme aus.

Aschfahl vor Grauen war Ludmilla unfähig zur kleinsten Bewegung. Nur ihr schiefer Zahn raste auf und nieder wie der Nadelhalter an des Störschneiders Nähmaschine. Erst als der Leibhaftige unter teuflischem Gelächter ein paar schnelle Schritte auf sie zumachte und sich auf sie stürzen wollte, löste sich ihre Erstarrung. Ludmilla stieß in panischem Entsetzen einen gellenden Schrei aus und rannte mit angstgeweiteten Augen davon, als sie plötzlich irgend etwas an den Füßen packte und zu Boden riss. Sie brachte keinen

Ton mehr heraus und spürte nur noch, wie etwas heiß über ihre rechte Wade glitt.

»Der Teufel ... die Schlange«, dachte sie, der Ohnmacht nahe, und schrie: »Ich bereue alle meine Sünden ...«

Mit über dem Kopf zusammengeschlagenen Händen blieb sie wimmernd liegen und wartete auf ihr Ende. Kaspanaze hatte inzwischen das Seil abgezogen und saß in sicherer Entfernung hinter einem Strauch. Mit furchtbarem Lachen verschwand der Teufel in der Hofeinfahrt.

Benommen rappelte sich die Magd auf. Sie traute sich aber nicht mehr durch die Hofeinfahrt, sondern machte einen großen Bogen und betrat den Hof von der Stirnseite.

»Warte nur, das ist noch nicht alles. Jetzt lassen wir noch den Cäsar los«, lachte Vinzenz, während er die Fasnetsmaske abnahm und das Fass an seinen alten Platz zurückrollte.

»Die ist doch schon gestraft genug«, wandte Kaspanaze ein, da ihm Ludmilla inzwischen ein wenig Leid tat.

»Hat sie Mitleid mit dir gehabt?«, fragte Vinzenz.

Er kauerte sich hinter den Brunnentrog und wartete, bis die Magd die Haustüre geschlossen hatte. Dann rannte er nach vorne und machte leise »Psst! Psst! Wuff! Wuff!«, worauf drinnen ein höllisches Spektakel begann. Gleich darauf schoss Ludmilla zur Haustüre heraus und blieb dort heulend stehen.

»Himmelherrgottsakrament, was ist denn jetzt schon wieder los?«, brüllte der Gebstetter. Dann flog wieder die Haustüre auf und der Hund ins Freie.

»Was machst denn du da?«, schnauzte der Bauer die Magd an, »schau, dass du hereinkommst!«

Am nächsten Morgen hatte Ludmilla dort, wo das Seil beim Abziehen über ihre Wade gelaufen war, eine große, lange, feuerrote Brandblase, und sie war fest davon überzeugt, dass diese vom Teufel selbst herrührte, als er sie in Schlangengestalt holen wollte. Vorsichtshalber bestrich sie die Wunde mit Weihwasser.

Nach und nach tauchten in den nächsten Tagen überall im Haus Münzen auf, und die Gebstetterin wunderte sich, woher das Geld kam, da sie selbst keines ausgelegt hatte.

12. Kapitel

Die Tage gingen gleichmäßig dahin. Die einzige Abwechslung bestand darin, dass das Feld am Schletterholz abgeweidet war und Kaspanaze das Vieh nun auf die Halde oberhalb des Hofes treiben musste.

Am Rand des kleinen Wäldchens baute er sich aus Ästen einen neuen Unterstand und wählte den Platz so, dass er einen ungehinderten Blick auf die Berge hatte. Stundenlang saß er dann da, sah, wie der Schnee auf den Spitzen und Graten in der Ferne von Tag zu Tag weniger wurde, und wenn ihn das Heimweh überkam, stellte er sich wieder und wieder vor, er sei ein Bussard und flöge nach Haus.

An einem Donnerstag brachte der Störschneider je ein Sonntags- und Werktagshäs und meinte zur Bäuerin, dass er es so groß gemacht habe, dass es die nächsten drei Jahre passen müsste. Nach dem Abendessen warf die Gebstetterin das zu einem Bündel zusammengefaltete Gewand vor ihm am Tisch auf den Boden.

»Das ist dein neues Häs. Eines zum Schaffen und eines für den Sonntag. Du hast es zwar nicht verdient, aber wir lassen uns da nichts nachreden«, sagte sie herablassend und schob das Bündel mit dem Fuß verächtlich zu Kaspanaze hinüber. „Probier es an. und dann gibst du es mir wieder!“

»Tu nicht so«, murmelte Vinzenz zu sich, »billigster Brennnesselstoff.«

Als Whitehead Kaspanaze am zweiten Monatssonntag nach der Christenlehre abholte, erschrak er.

»Wie siehst denn du aus, Bub? Du bist ja nur noch Haut und Knochen! Um Gottes willen, was kriegst du denn zu essen?«

»Morgen- und Abendessen und für tagsüber ein Stück Käse mit zwei Brotschnitten«, antwortete Kaspanaze, »und am Sonntag Mittagessen.«

»Hast du Hunger?«

»Jetzt geht es gerade, weil es heute zu Mittag etwas gegeben hat. Aber unter der Woche plagt es mich hie und da schon so, dass ich es fast nicht mehr aushalte.«

»Was machst du dann?«, wollte Whitehead wissen und dachte im gleichen Augenblick, dass es eine dumme Frage war.

»Ich trinke Wasser, bis es nicht mehr so wehtut.«

»Kinderschinder, elende«, sagte Whitehead wütend halblaut zu sich.

»Ach so, da hast du deine Seife, bevor ich es vergesse.«

Kaspanaze roch daran, und sie duftete viel besser als die scharfe Kernseife von der Mutter.

In Baienfurt wartete Alois schon, und Whitehead sagte, dass sie auch die Angelika mitnehmen würden. Das hätte er schon mit der Frau Jehle besprochen, und auch das Fräulein Wengerter wolle mitkommen. Dass er bei Jehles inzwischen ein- und ausging, dass der Grund Johanna hieß und wunderschöne blaue Augen und goldenes Haar hatte, ging die Buben schließlich nichts an. Das Herz klopfte ihm fast bis zum Hals, als sie mit Angelika aus der Haustüre trat und neben ihm auf dem Kutschbock Platz nahm.

»Hoffentlich ist die Josefa auch da, wenn wir kommen«, meinte Alois.

»Ich bin gespannt, wie es der Anna geht«, sagte Angelika.

Beide waren der Ansicht, dass Kaspanaze mager aussah, und Alois erzählte, dass er im vorangegangenen Sommer bei Gebstetters seinen Hunger mit Beeren gestillt habe.

»Hinter der Halde ist gleich rechts im Wald ein großer Himbeerschlag. Satt wirst du davon nicht, aber es ist besser als gar nichts.«

Alois konnte sich vor Lachen nicht mehr beruhigen, als Kaspanaze erzählte, wie Ludmilla geschrien hatte, als sie der »Teufel« holen wollte.

»Das geschieht ihr ganz recht«, gluckste er, »aber sie ist bestimmt noch immer so hochnäsig.«

»Ja, ein paar Tage nach dem Possen war es mit ihr ganz gut auszuhalten, aber jetzt wird sie schon wieder gemeiner und bildet sich ein, dass sie Gottwerwas sei. Aber ich bin dabei, den Gockel bös zu machen, damit sie jedes Mal gehörig Angst bekommt, wenn sie die Hühner füttern muss. Der Urs aus der Schweiz hat mir gesagt, wie das geht«, gab Kaspanaze zur Antwort.

»Du kannst es mir glauben, ich kriege noch heute Hennenprupfen, wenn ich an den Gebstetterhof denke«, erwiderte Alois, krempelte seinen Rockärmel zurück und zeigte Kaspanaze und Angelika seine Gänsehaut.

Die Fahrt ging durch hügeliges Land hinüber nach Allmatsreute. Links und rechts des Weges blühten Apfel- und Birnbäume. Whitehead und Fräulein Wengerter schienen offensichtlich Gefallen aneinander zu haben. Unentwegt kicherten und lachten sie, und Kaspanaze dachte, dass Erwachsene doch auch ganz schön kindisch sein können.

In Allmatsreute fragten sie einen Buben nach dem Stadlerhof, weil sich Alois nicht mehr ganz sicher war, ob er sich die Wegbeschreibung richtig gemerkt hatte. Bevor sie zum Hof kamen, sahen sie ein kleines Mädchen das eine Gänseherde vor sich hertrieb.

»Das Annele«, sagte Angelika und rief dann so laut sie konnte: »Anna, Anna!«

Das Mädchen blieb stehen und blickte mit einer Mischung aus Scheu und Neugierde zu ihnen herüber.

»Kennst mich nicht, ich bin's, die Angelika!«

Plötzlich ging ein Aufleuchten über das Kindergesicht. Die Kleine vergaß ihre Gänse und rannte mit großen Schritten der Kutsche entgegen.

Außer Atem keuchte sie: »Die Angelika. Und auch der Kaspanaze und der Alois. Das ist aber schön!«

»Deine Gänse verlaufen dir ja, wenn du nicht aufpasst! Komm, ich helf dir, sie eintreiben!«

Die beiden Erwachsenen schmunzelten, als sie sahen, dass sie für das kleine Mädchen gar nicht existierten. Erst als Angelika vom Wagen sprang, schien sie sie zu bemerken und sagte artig: »Grüß Gott!«

Auf dem Hof rätselten bereits alle durcheinander, wer das wohl sein könnte, und der Stadler meinte, dass er niemanden mit einem schwarzen Rappen kennen würde.

»Juhu, Josefa«, schrie Alois schon von weitem in der Kutsche stehend und winkend.

»Das ist der Alois, mein Bruder!«, rief Josefa, »Pia, da kommt mein Bruder!«

Vor Freude war sie ganz aus dem Häuschen. Die Kinder redeten und lachten und kicherten, und es dauerte eine Weile, bis Whitehead dazu kam, sich und Fräulein Wengerter vorzustellen.

»Ich hoffe, dass wir nicht ungelegen kommen und die beiden Mädchen nicht von irgendeiner Arbeit abhalten. Wenn es recht ist, möchten wir die Kinder ein wenig unter sich lassen. Sie haben sich bestimmt viel zu erzählen. Fräulein Wengerter kann es auch kaum erwarten, mir die Umgebung zu zeigen«, sagte er und warf ihr einen liebevollen Blick zu.

»In jedem Alter hat man so seine eigenen Leidenschaften«, schmunzelte der Stadler anzüglich, und das Fräulein errötete verlegen. So an die zwei Stunden geht es schon, und heute ist ja auch Sonntag.«

»Das ist der Bonifaz, das der Pankraz und das ist die Mechthild«, stellte Josefa die drei Kinder der Bauersleute vor, die wie Orgelpfeifen aufgereiht nebeneinander standen.

»Kommt zuerst einmal alle in die Küche, dann schauen wir, ob wir für euere Mäuler noch etwas finden!«, befahl die Bäuerin augenzwinkernd.

»Wir holen euch dann wieder ab. Schaut zu, dass ihr wieder rechtzeitig da seid«, sagte Whitehead und ließ den Deckel seiner Taschenuhr zuschnappen.

Die Bäuerin war eine schlanke Frau mit dunklen Haaren, und Kaspanaze spürte sofort, dass ihre Freundlichkeit von innen kam. Pia schnitt für alle ein Zopfbrot in Scheiben und stellte einen Topf mit Milch auf den Tisch.

»Tante«, fragte Josefa, »dürfen wir hinunter zum Bach und können der Bonifaz, Pankraz und die Mechthild auch mit?«

»Oh ja, das wird lustig«, rief die Mechthild und hüpfte erwartungsvoll in der Küche auf und ab.

»Von mir aus«, antwortete die Stadlerin. »Aber kommt mir nicht klatschnass zurück. Ihr müsst ja auch noch heim und es gibt weiß Gott Angenehmeres, als im nassen Häs auf einer zugigen Kutsche zu sitzen.«

Die Kinder versprachen aufzupassen und hatten es eilig, und Kaspanaze fragte, ob er noch eine Scheibe Zopfbrot mitnehmen dürfe.

»So viel du willst«, lachte die Stadlerin.

»Du schaust aber hundemager aus, Kaspanaze«, sagte Josefa, während sie zum Bollenbach hinuntergingen.

»Weißt du, bei wem er ist?«, fragte Alois seine Schwester.

»Nein.«

»Beim Gebstetter!«

»Nein!«

Sie blieb erschrocken stehen.

»Wie ist das passiert? Du hast es ihm doch gesagt. Hast du dem Saubauern keinen Strich gemacht?«, sprudelte es vorwurfsvoll aus ihr heraus.

»Doch, schon«, antwortete Alois, »aber er hat ihn nicht gesehen.«

»Ist das wahr?«, fragte sie und sah Kaspanaze an.

»Ja«, erwiderte dieser leise und nickte.

Am Bach warfen sie Steine in einen Gumpen, bauten dann einen Damm, und die Schwabenkinder setzten sich irgendwann auf einen Baumstamm, während die Kleinen von Stadlers mit der Anna weiterspielten.

Josefa und Angelika lobten Stadlers und Jehles über den Schellenkönig, und der Alois meinte, dass er am liebsten beim Bentele bleiben würde, wenn das Heimweh nicht wäre.

»Die drei Kinder vom Bauern sind wie Geschwister zu uns, schaut euch das einmal an, wie sie miteinander spielen«, sagte Josefa.

»Wie nimmt es die Anna?«, wollte Angelika wissen.

»So weit ganz gut, nur hie und da plagt sie halt auch das Heimweh, und nachts kann sie dann schon zu weinen anfangen. Dann sage ich ihr, sie solle zu mir unter die Decke schlüpfen, und nehme sie in den Arm, bis sie eingeschlafen ist. Aber manchmal schläft vorher der Arm«, lachte Josefa.

Kaspanaze hörte schweigend zu und dachte neidisch, dass er freiwillig keine Minute beim Gebstetter bleiben würde.

Auf dem Rückweg zum Hof spielten alle zusammen »Fangen« und als sie dort angekommen waren, meinte Josefa, dass Angelika unbedingt noch ihre und Annas Kammer besichtigen müsse.

»Schön haben's die beiden«, sagte sie hernach zu Alois und Kaspanaze, »und stellt euch vor, genau über dem Fenster ist ein Schwalbennest!«

Whitehead lenkte seinen schwarzen Rappen in den Hof und meinte, dass sie sich nun beeilen müssten, weil er sich mit der Zeit vertan und nicht bemerkt hätte, dass es schon so spät sei.

»Den Glücklichen schlägt keine Stunde«, lachte der Stadlerbauer, und das Fräulein Wengerter wurde wieder rot.

Auf dem Rückweg fiel Alois ein, dass der Bentele gesagt hatte, er solle unbedingt bei der Rückfahrt mit dem Amerikaner und Kaspanaze noch in die Gaststube kommen.

»Hui, das wird aber knapp. Nicht dass der Kaspanaze noch Scherereien bekommt«, rief Whitehead über die Schulter zurück.

»Weißt du was, Johanna«, sagte er zu Fräulein Wengerter, »wir fahren zuerst über Baienfurt, dann über Witterschwende und danach über Ravensburg. Du hast sicher nichts dagegen?«

»Nein, mach es so, wie du willst«, sagte sie und die Kinder sahen zu, wie sie sich sonderbar anlächelten.

»Das ist aber schnell gegangen«, flüsterte Alois zu Angelika und Kaspanaze. »Bei der Hinfahrt waren sie noch per Sie, und jetzt duzen sie sich.«

Beim Bentele war wie beim letzten Mal die Gaststube gerammelt voll.

»Ah, der amerikanische Weißhaupt«, rief der Wirt beim Eintreten hinter dem Tresen, während ihm der Schweiß in dicken Tropfen auf Stirn und Glatze stand, »diesmal sogar mit Damenbegleitung!«

»Ja, es ist nicht gut, dass der Mensch alleine sei. So steht es schon in der Bibel«, gab Whitehead lachend zurück, »besonders nicht an einem so schönen Tag wie heute.«

Das Fräulein lief wieder rot an.

»Geht ins Nebenzimmer, ich komme gleich einen Sprung hinüber, und das Bier kommt auch gleich«, schrie er durch die grauen Rauchschwaden und den Lärm.

Gleich darauf brachte die Bedienung drei Flaschen Schabäso und ein Bier.

»Was darf es für Sie sein?«, fragte sie Fräulein Wengerter.

»Vielleicht auch eine Limonade«, antwortete diese.

»Dafür war der Tag zu wichtig, meinst du nicht, Johanna?«, entgegnete Whitehead.

»Also dann doch ein Glas Rotwein!«

Die Kinder sahen wieder, wie sie sich so sonderbar anlächelten.

Zuerst schob sich nur eine große Platte mit Käse, Geräuchertem und Würsten durch die Tür. Ihr folgte der gewaltige Körper des Bentele.

»Wenn es nicht reicht, müsst ihr es sagen«, grinste er. »Und – wie geht es deiner Schwester?«

»Gut, Onkel Bentele«, erwiderte Alois.

»Das ist schön.«

Der Blick des Wirts fiel auf Kaspanaze: »Warst du krank, oder gibt dir der Gebstetter nichts zu essen?«

»Letzteres«, antwortete Whitehead für ihn.

»Das sieht dem ...« – er verschluckte gerade noch vor den Kindern und dem Fräulein ein paar Kraftausdrücke – »... gleich. Aber angeben wie eine ganze Steige voller Affen und mit der Nächstenliebe prahlen! Der Alois hat mir schon erzählt, was das für Leute sind. Nach außen hin tun sie christlich und stecken am Sonntag in der Kirche die Finger bis zum Anschlag in die Nasenlöcher. In Witterschwende dürfte ich nicht Pfarrer sein! Einen solchen Lumpen täte ich von der Kanzel verkünden!«

»Langsam, langsam mit den jungen Pferden!«, schmunzelte Whitehead. »Das täte der Pfarrer dort wahrscheinlich auch liebend gern. Schließlich kennt er seine Schäflein. Aber so einfach ist das auch wieder nicht. So etwas sorgt nur für Unfrieden in der Gemeinde, weil sich sofort Parteien bilden würden und zum Schluss wäre die halbe Gemeinde untereinander zerstritten!«

Der Bentele beruhigte sich wieder, und als Whitehead bezahlen wollte, beharrte er darauf, dass er nichts nehmen würde und im Übrigen habe das letzte Hemd keine Taschen. Er rief nach der Kellnerin und wies sie an, die Reste von der Vesperplatte einzupacken und drückte das Paket Kaspanaze in die Hand.

»Damit du wieder ein bisschen Speck auf die Rippen bekommst«, sagte er.

Bald lag Witterschwende hinter ihnen, und als sie zum Gebstetterhof abbogen, meinte Whitehead, dass es vielleicht besser sei, wenn er nicht mit dem Fresspaket vom Bentele auf dem Hof gesehen würde. Er hielt an, damit Kaspanaze seinen Schatz auf einem schwer einsehbaren Ast verstecken konnte.

»Ende des Monats ist Blutritt in Weingarten. Da treffen sich die meisten Schwabenkinder, und da kann der Bauer nichts dagegen haben und schimpfen, so viel er will«, sagte Whitehead. »Ich rede nachher gleich mit ihm.«

Auf dem Hof herrschte dieselbe unnatürliche Ruhe wie beim letzten Mal. Whitehead spürte fast körperlich, dass er beobachtet wurde, und stieg vom Kutschbock.

»Hallo«, rief er, »ist da niemand?«

Kurz entschlossen ging er über die Treppe zur Haustüre, die versperrt war.

»Herr Gebstetter, ich weiß, dass Sie da sind. Soll ich so lange da stehen bleiben, bis Sie in den Stall müssen, oder kommen Sie vorher heraus?«

Nichts rührte sich, nur Cäsar bellte ein paar Mal.

»Herr Gebstetter, ich bleibe da stehen, bis ich Wurzeln schlage!«

Nach einer Weile hörte er Schritte und wie der Schlüssel umgedreht wurde.

»Was willst du, du Scheißamerikaner?«, knurrte der Gebstetter böse. »Ach, schau mal her. Der Herr führt neben Kindern auch noch Weiber in der Gegend herum. Sicher hat der Herr nichts anderes zu tun?«

Whitehead tat so, als ob er die Beleidigungen nicht gehört hätte: »Ich muss mit Ihnen reden!«

»Soso, Maulaffen willst du wieder feilhalten! Also, mach's kurz!«

»Am Freitag nach Christi Himmelfahrt ist Blutritt in Weingarten. Wie Sie wissen, ist das auch ein Treffpunkt für die Hütekinder. Ich würde den Buben gerne am Donnerstagabend vorher holen. Übernachten kann er beim Bentele, das habe ich mit dem schon besprochen.«

»Was willst du? Ich glaube, dir hat jemand ins Hirn geschissen!«, brüllte der Gebstetter und beugte sich drohend nach vorne.

Whitehead roch seine Schnapsfahne.

»Man sollte nicht saufen, wenn man es nicht verträgt!«

»Was?«, schrie der Gebstetter, der ihn nicht verstanden hatte. »Das würde euch so passen. Der Tiroler ist zum Arbeiten da und nicht zum Herumkutschieren. So weit kommt es noch, dass du bestimmst, was der Bub zu tun hat!«

»Ich will ja nicht, dass ich den Kaspanaze zusätzlich am zweiten Junisonntag abholen kann, sondern wir ziehen den Sonntag einfach vor. Das ist doch eine Lösung, mit der auch ein Herr Gebstetter leben kann, oder nicht?«

Aus dem Hausgang kam die Bäuerin dazu.

»Was will der schon wieder, Battist? Was hat der bei uns zu kommandieren?«, keifte sie schrill.

»Halt's Maul, mit dem werde ich schon selber fertig«, brüllte der Gebstetter nach hinten, und als sie weitergeiferte, packte er sie am Arm und schleuderte sie in den Gang zurück, wo sie hart mit der Schulter an der Wand anschlug.

»Also, was ist?«, fragte Whitehead und tat so, als ob gar nichts gewesen wäre.

»Wer soll das Vieh hüten? Etwa ich? Wer rüstet die Kühe an?«, fragte der Bauer stur.

»Sie haben doch eigene Kinder, da kann doch sicher auch einmal eines einspringen«, gab Whitehead zurück.

»Die wollen auch zum Blutritt, und die haben Vorrang, weil das sind meine eigenen. Der Bub bleibt da und damit basta!«

»Dann werde ich doch einmal mit dem Pfarrer Fendt reden müssen. Sie wissen ganz genau, dass es ein alter

Brauch ist, dass die Hütekinder zum Blutritt kommen. Dann soll der Hochwürden mit Ihnen reden. Ich möchte wetten, dass es dann geht!«, zog Whitehead seinen Trumpf, setzte aber beschwichtigend hinzu: »Aber wieso brauchen wir dazu den Pfarrer? Wir sind doch erwachsene Menschen und können das doch miteinander ausmachen!« Er hoffte, dass sich der Gebstetter wieder beruhigte, damit er seine Wut nicht nachher an Kaspanaze ausließ.

»Also gut«, brummte der Bauer nach einer Weile, »aber nicht, dass du an jedem Feiertag angesprungen kommst!«

»Übrigens, zu essen könntet ihr dem Buben auch etwas mehr geben. Es fällt schon fremden Leuten auf, dass er halb verhungert aussieht«, sagte Whitehead beiläufig im Gehen.

»Was, halb verhungert? Jetzt langt es aber. Der frisst mehr, als er verdient! Und jetzt schau, dass du vom Hof verschwindest!«, brüllte der Bauer.

»Das muss der Übergang vom Tier zum Menschen sein«, sagte Fräulein Wengerter ungläubig zu Angelika und deutete mit dem Kopf hinüber zum Gebstetter.

Es war Donnerstagabend, Kaspanaze war im Stall gerade dabei, Priska anzubinden. Als er in den Stallgang trat, fetzte ohne Vorwarnung der Stiel einer Mistgabel in seinen Rücken. Er war so überrascht, dass er den Schmerz zuerst gar nicht wahrnahm. Breitbeinig stand der Gebstetter mit hervorquellenden Augen im Gang, packte ihn an der Haaren und riss ihn zu sich her. Ohne ein Wort zu sagen, haute er ihm seine Pranke links und rechts ins Gesicht.

»Kruzifix, es ist ein Kreuz mit dir, du Hurenstirolerle, aber dich richt' ich schon noch«, tobte er.

Kaspanaze spürte, wie Blut aus seiner Nase über die Lippen lief. Wirr purzelte es in seinem Kopf durcheinander, und er konnte keine Antwort darauf finden, wieso ihn der Gebstetter verhaute.

»Was habe ich denn getan?«, schrie er, während der Bauer wieder ausholte.

»Wie kommst du dazu herumzuerzählen, dass du bei uns nicht genug zu essen kriegst, hä?«

»Wer sagt das?«

Der Gebstetter hielt einen Moment inne. »Heut Nachmittag war ein Hausierer da und der hat es von der Bedienung beim Bentele in Baienfurt. Man habe dir sogar noch etwas zum Essen mitgegeben, stimmt das?«

Kaspanaze nickte, und der Bauer schlug wieder zu.

»Du bringst das Essen sofort her!«, brüllte er und trat ihn in den Hintern.

Oben auf dem dunklen Tenn öffnete Kaspanaze die Truhe und nahm eine angebissene Wurst heraus. Dabei fiel ihm ein, dass sie bestimmt im Kasten nachsehen würden. Er nahm den Rest und versteckte ihn in seinem rupfenen Schlafsack im Heu.

»Ist das alles?«, fragte der Gebstetter und sah ihn misstrauisch an.

Kaspanaze tat so, als ob er nichts gehört hätte, und hielt ihm den Wurstzipfel hin. Der Bauer packte die Wurst, öffnete die Türe hinaus zum Misthaufen und schleuderte die sie in den Dung.

»Bei mir leidet niemand Hunger, merk dir das ... und du frisst sowieso mehr, als du verdienst!«

Der Bauer hob die Gabel auf, lehnte sie an die Wand und knallte die Stalltüre zu.

Während Kaspanaze über seinen Kopf tastete, spürte er, dass ihm ein Schüppel Haare fehlte.

Am folgenden Sonntag nach der Christenlehre beschlossen die Hütekinder noch ein wenig »Blinde Kuh« zu spielen und gingen hinauf zur Halde. Der Dorfplatz war wie leer gefegt und keines von den einheimischen Kindern war zu sehen.

»Das ist kein gutes Zeichen«, sagte der Martl, »die passen uns jetzt ab. Aber sie sollen nur kommen ...«

Kaspanaze überlegte, ob er nicht gleich zurück auf den Hof sollte, weil die Bäuerin gesagt hatte, er solle nach der Kirche schnurstracks wieder heimkommen und das Vieh auf die Weide treiben. Dann beschloss er trotzig, dass er wenigstens noch ein bisschen mit den anderen zusammen sein wollte. Kaum waren sie aus der Sichtweite des Dorfplatzes verschwunden, kamen ihnen johlend und schreiend die Witterschwender entgegen, wobei sich Gebstetters Gebhard und Pauline besonders hervortaten.

»Kaspanaze«, schrie sie, »komm her, wenn du dich traust!«

»Ja, jetzt verhauen wir unseren Tiroler!«, schrie auch der Gebhard begeistert.

Im Nu war die größte Rauferei im Gange. Der Martl hatte gleich zwei Buben im Schwitzkasten, der Vitus riss einen von seinem Bruder Krispin herunter, zwei Mädchen bearbeiteten die am Boden liegende und um sich tretende Sofie, der Schweizer Urs kreiste mit seinen Armen wie mit Dreschflegeln und schrie immer wieder »Chaiberlöhli«, was aber niemand verstand; der Alois schleuderte einen Buben, der ihm auf dem Rücken hing, über die Schulter, die Lechtaler Christine hatte sich in ein größeres Mädchen verbissen, der Anton und der Andreas wehrten sich mit wechselndem Glück gegen eine doppelte Übermacht, und die beiden Kinder der Gebstetters schlugen auf Kaspanaze ein. Der Zündel Konrad kam ihm zu Hilfe und riss den Gebhard von Kaspanaze weg, wobei sich der junge Gebstetter verstolperte und mit dem Kopf auf Konrads Knie knallte.

Heulend stand er auf und fasste an seinen wackelnden Schneidezahn, während er aus der aufgeschlagenen Lippe blutete. Aber Konrad wartete nicht ab, bis Gebhard zum Gegenangriff übergehen konnte, sondern trat ihm sofort wieder die Beine weg, sodass er längs hinschlug.

»Hör auf«, schrie Kaspanaze, »das ist der Bub von meinem Bauern, und der haut mich bestimmt wieder windelweich!«

»Jetzt ist es auch schon wurscht«, rief Konrad zurück und warf den Gebstetterbuben noch einmal zu Boden.

Die Pauline ließ nicht von Kaspanaze ab und biss ihn in die Hand, worauf er sie so lange an den Haaren riss, bis sie zu heulen anfing und nachgab. Er betrachtete noch den Abdruck ihrer Zähne, als Pauline schon wieder auf ihn zukam, worauf er kurz zur Seite trat und ihr ein Bein stellte. Nach und nach wurden alle müde und irgendjemand schrie

»Friieede!«, worauf auch andere einstimmten, die genug hatten, und sie sammelten sich wieder zu Gruppen – da die Witterschwender und dort die Hütekinder.

»Haben wir gewonnen?«, fragte Sofie auf dem Heimweg.

»Schwer zu sagen«, antwortete Alfons, »wir haben ja Frieden gemacht!«

»Ich kriege heute bestimmt auch noch einmal Schläge, weil die Gebstetterkinder verratschen mich bestimmt«, sagte Kaspanaze, »aber langsam macht es mir fast nichts mehr aus.«

Auf dem Hof zog er sich rasch um, band das Vieh los und trieb es auf die Weide. Es dauerte nicht lange, als er die Gebstetterin mit Riesenschritten auf sich zukommen sah. In der Hand hielt sie eine frische Weidenrute, an der noch Blätter hingen.

»Was machst du? Meine Kinder verhauen, du nichtsnutziger Tiroler? Da nimmt man dich aus christlicher Barmherzigkeit auf, und was ist der Dank dafür?«, gellte sie und kam drohend immer näher.

»Sie haben angefangen, nicht ich«, rief Kaspanaze.

»Bleib' stehen!«, schrie sie, als sie sah, dass Kaspanaze davonlief.

»Du musst mich erst einmal erwischen«, sagte Kaspanaze halblaut zu sich selbst. Er rannte hinüber zum Waldrand, und die Bäuerin keuchte hinter ihm her.

»Warte, du – kannst – etwas – erleben!«, japste sie stoßweise.

Er ließ die Gebstetterin, die keine Luft mehr zum Schreien hatte, wieder ein Stück an sich herankommen und rannte wieder los. Schließlich dachte er, dass die Bäuerin nun keine Kraft mehr hätte, um richtig zuzuhauen Aber da hatte er sich getäuscht. In ihrer Wut schien sie schier übermenschliche Kräfte zu bekommen, und obwohl er die Arme über dem Kopf verschränkte, um die Hiebe abzuwehren, spürte er, wie der Schmerz scharf schneidend durch seinen Körper zog.

Da fiel ihm Priska ein. Er rannte wieder los, suchte im Laufen mit den Augen die Kuh und hielt gerade auf sie zu. Schwer atmend schnaufte die Gebstetterin hinter ihm her.

Kaspanaze rannte um die am Boden ruhende Priska herum und blieb dann stehen.

»Komm her!«, keuchte die Bäuerin, aber Kaspanaze machte dazu keine Anstalten.

Mit der Rute versuchte sie über den Kuhrücken hinweg, ihm einen Streich überzuziehen, aber er machte nur einen Schritt zurück. Sie lief um Priskas Hinterteil herum, Kaspanaze machte einen Satz nach vorne und blieb vor der Kuh stehen. Die Bäuerin kam hinterher, Kaspanaze sauste zum Hinterteil, und irgendwann wurde es Priska zu bunt. Die Gebstetterin sah gerade eine Möglichkeit, den Buben zu erwischen, als die Kuh mit einem zornigen Muher aufsprang. Mit angriffslustig gesenktem Kopf stand sie der Bäuerin gegenüber.

»Ist schon gut«, sagte die Gebstetterin beschwichtigend und trat ängstlich ein paar Schritte zurück. Dabei ließ sie die Kuh nicht aus den Augen.

»Soll ich sie ruhig machen?«, fragte Kaspanaze scheinheilig.

»Ja, wenn du kannst«, stotterte die Bäuerin unsicher. Ihr war klar, dass sie mit dem dünnen Weidenstöckchen nichts gegen die Kuh ausrichten würde, wenn diese tatsächlich auf sie losginge.

»Komm, Priska, die Bäuerin tut mir bestimmt nichts mehr«, sagte er und kraulte die Kuh zwischen den Hörnern. »Vor der Priska braucht man keine Angst zu haben, das ist eine ganz Brave, gell, Priska?«

Kaspanaze machte einen Schritt seitwärts und setzte sich zwischen ihre Hörner.

»Pass auf!«, schrie die Gebstetterin erschrocken. Was würde es für Scherereien geben, wenn sie auf dem Hof mit dem Tiroler einen Unfall hätten. Aber die Kuh blieb seelenruhig stehen.

»So, und jetzt zeigen wir, was wir beide sonst noch können!«

Kaspanaze drehte sich um und stieg über Priskas Hals auf ihren Rücken, wo er ein paar Mal vor- und zurückging und sich dann mit gespreizten Beinen auf ihren Rücken fallen ließ. Mit der flachen Hand klatschte er auf ihren Pansen und sagte »Priska, hüh!«, worauf die Kuh ein paar Schritte vorwärts auf die Gebstetterin zu machte, die vorsichtshalber zur Seite sprang.

Kaspanaze rutschte von der Kuh herab und blieb neben ihr stehen, da er dem Frieden noch nicht so ganz traute.

»Was hast du mit der gemacht?«, fragte die Bäuerin, die Priska nicht aus den Augen ließ.

»Nichts«, erwiderte Kaspanaze.

»Das gibt es doch nicht. Irgendetwas hast du mit ihr angestellt!«, bohrte sie.

»Nein, wirklich nichts. Aber mein Vater sagt immer, dass auch ein Tier spürt, ob man es mag oder nicht und ob man vor ihm Angst hat. Er sagt auch, man kann sich noch so verstellen, es gibt Tiere, die merken das gleich.«

»So, so«, sagte die Gebstetterin nur und umklammerte ihre Rute fester, während sie wieder einige Schritte zurücktrat.

Langsam tastete sie sich von der Kuh weg, und als sie dachte, dass sie genügend Abstand gewonnen habe, drehte sie sich um und ging auf den Hof zu, wobei sie immer wieder ängstlich über die Schulter zurückspähte.

»Der haben wir es aber gezeigt, was, Priska«, lachte Kaspanaze und tätschelte die Kuh am Hals.

Am Abend wartete er gottergeben auf eine Tracht Prügel vom Bauern. Der kam wie immer grätig in den Stall und knurrte ihn an:

»Du hast also den Gebhard und die Pauline verhauen?«

»Nein, sie sind nach der Christenlehre auf mich losgegangen!«, verteidigte er sich.

»Der Pauline habe ich auch noch eine gedätscht. Wenn man beim Raufen eine aufs Maul bekommt, geht man nicht nach Hause und verratscht es bei den Erwachsenen – so war es jedenfalls zu meiner Zeit«, brummte der Gebstetter. »Das mit der Priska möchte ich auch einmal sehen!«

Die Gschwendwiese grenzte an ein kleines schilfbestandenes Moor, in dem ein kleiner Weiher lag. Wenn Kaspanaze langweilig war, ging er hinüber und fing ein paar Frösche, die er dann in seinen Rupfensack steckte. Wenn er genug beisammen hatte, ließ er sie auf einem Stück abgeweideter Wiese wieder frei, worauf sie in alle Richtungen davonhüpften. Nach einigen Tagen wurde ihm dieser Zeitvertrieb zu eintönig, und er verfiel auf den Gedanken, jedem Frosch einen Namen zu geben.

»Du bist der Ambros und du der Karle«, sprach er zu ihnen, »aber du siehst aus wie ein Froschmädchen, du heißt Rosi!«

Einen besonders hässlichen Frosch nannte er »Battist« und suchte dazu ein möglichst unansehnliches Gegenstück, das er nach der Bäuerin benennen wollte, wobei ihm einfiel, dass er zwar schon einige Zeit auf dem Hof war, aber immer noch nicht wusste, wie die Gebstetterin mit Vornamen hieß.

»Macht nichts«, sagte er laut auflachend, »dann taufe ich dich auf den Namen ›Alte‹.«

Aus Balken und Bretter, die im Moor faulten, baute er eine »Froschrennbahn«, auf der die gefangenen Frösche um die Wette hüpfen mussten.

Die Bremsen waren heute lästig, und besonders der Biss der großen Rossbremsen tat höllisch weh. Kaspanaze bemerkte im Schatten des Waldrandes besorgt, dass die Tiere immer unruhiger wurden. Plötzlich stellte ein Jungrind den Schwanz kerzengerade in die Höhe und bolzte schnurstracks auf das Moor zu.

Er packte seinen Stecken, schlug einen Bogen hinüber zum Sumpf und jagte es zurück. Das Rind blieb kurz stehen, brach dann aus und sprang bockend in das Schilf, wo es nach ein paar Metern stecken blieb.

Kaspanaze versuchte, hinter das Tier zu gelangen, musste aber schon nach einigen Schritten feststellen, dass er bis über die Knie im Moor versank. Mit größter Mühe kämpfte er sich zurück auf die feste Wiese, während das Rind schon fast bis zum Bauch im Sumpf stand und vor Angst brüllte.

Er wusste nicht, was er nun tun sollte, aber ihm war klar, dass er das Tier unmöglich allein herausbringen konnte. Sein Herz schlug bis zum Hals, und er lief schreiend zurück zum Hof, wo aber niemand da war. Geistesgegenwärtig nahm er im Tenn den längsten Strick mit, den er finden konnte, und rannte schreiend weiter zum langen Feld auf der Stirnseite, wo die Gebstetters mit dem Gesinde das Heu wendeten.

»Was ist?«, schrie der Bauer und kam ihm mit Vinzenz entgegengelaufen.

»Ein Jungrind steckt im Moor«, keuchte Kaspanaze.

»Sakrament«, fluchte der Gebstetter.

»Wir brauchen einen Strick«, herrschte er den Knecht an.

»Hab ich schon«, sagte Kaspanaze, deutete auf das Seil und lief wieder los, ohne auf die Erwachsenen zu warten.

Das Rind war schon bis zum Bauch eingesunken, und der Gebstetter bekam einen Wutanfall und wollte auf Kaspanaze losgehen.

»Meinst nicht, wir sollten zuerst schauen, dass wir das Rind herausbringen?«, schrie Vinzenz. »und außerdem kann doch der Bub nichts dafür!«

Der Bauer drehte sich um und warf dem Knecht einen bösen Blick zu.

»Nur ruhig!«, mahnte Vinzenz besänftigend, »Nur ruhig!«

»Hast du irgendwo die Axt?«, fragte er Kaspanaze, »wir brauchen Äste!«

Kaspanaze nickte und holte sie aus seinem Unterstand. Vinzenz und der Gebstetter rissen Bohlen und Bretter vom Steg, dann schlug der Knecht einige Tannenäste von den Bäumen. Der Bauer schob die Balken zum brüllenden Rind hin und legte Bretter und Äste darüber.

»Hol zwei Schaufeln, aber schnell!«, befahl der Bauer.

»Unter der Einfahrt liegen sie«, ergänzte Vinzenz, »schau, dass du weiter kommst!«

Bald darauf standen die beiden Männer auf den astunterlegten Brettern und gruben das Moor seitlich links und rechts des Rindes ab.

»Mehr Äste, mehr Bretter«, schrie der Gebstetter.

Kaspanaze opferte seine Froschrennbahn und schlug im Wald mühselig mit der stumpfen Axt einige Äste ab.

»Da komm her«, befahl der Bauer, »schieb alles, was du hast, unter das Rind und leg die Bretter quer!«

Kaspanaze bemerkte gerade noch aus den Augenwinkeln, wie eine Kuh im Wald verschwand, und wollte ihr nach.

»Da bleibst!«, brüllte der Gebstetter, »die kannst du nachher holen!«

Vinzenz knotete den Strick zu einem Halfter und warf ihn dem Rind über den Kopf.

»So, jetzt zieh!«, schrien beide.

Kaspanaze wickelte das Seil um das Handgelenk und nahm seine ganze Kraft zusammen. Aber sosehr er sich auch einstemmte und zog, das Rind blieb wie angewachsen stehen, und es half auch nichts, dass der Bauer und der Knecht versuchten, es anzuschieben.

»Es hilft alles nichts«, sagte Vinzenz und wischte sich den Schweiß von der Stirne, »wir müssen noch tiefer graben!«

Nach über zwei Stunden stand das Rind am ganzen Körper zitternd auf der Wiese und legte sich kurz darauf entkräftet hin.

Als alles vorbei war, beschimpfte der Gebstetter Kaspanaze als nichtsnutzigen Tiroler. Vinzenz warf ein, dass so etwas auch schon erwachsenen Leuten passiert sei und dass sie ohne den Buben das Rind nicht so schnell herausbekommen hätten. Doch den Gebstetter interessierte das nicht, und er haute Kaspanaze links und rechts eine Maulschelle herunter.

»So, und jetzt such die anderen Tiere.«

13. Kapitel

Kaspanaze zählte schon die Tage bis Christi Himmelfahrt und als sie dann am Feiertag auf dem Kirchplatz standen, wollten alle vom Martl und der Christine wissen, wie es denn bei dem Blutritt sei.

»Das kann ich euch gar nicht beschreiben, das müsst ihr selber sehen. Da kommen einige Tausend Reiter mit Rössern und dazu noch viel mehr Pilger. Die Reiter sind ganz vornehm angezogen, und auch die Rösser sind gestriegelt und geputzt. Auch die meisten Schwabenkinder aus der Umgebung sind da, und bei vielen ist es sogar ausgedungen, dass sie zum Blutritt dürfen, weil es oft die einzige Möglichkeit ist, ihre Gespanen von daheim zu treffen«, berichtete die Lechtaler Christine.

»Ich habe das letzte Jahr auch hinwollen«, sagte der Vintschgauer Vitus, »aber ich war bei einem Bauern fast bei Biberach oben, und das wäre zu weit gewesen.«

»Vom Bauern gibt es meistens noch Geld für eine Wurst und einen Schabäso«, warf Alfons ein.

»Ja, das ist ein richtiger Festtag, ihr werdet schon sehen«, ergänzte der Martl.

Am Donnerstagabend holte Whitehead Kaspanaze bei Gebstetters mit der Kutsche ab und meinte, dass sie sich beeilen müssten, wenn sie noch zum feierlichen Hochamt in der Basilika kommen wollten. Den beiden Bauersleuten war der Unmut ins Gesicht geschrieben, und der Gebstetter stieß ein paar Verwünschungen und Flüche aus. Beim Bentele wartete auch schon das Fräulein Wengerter mit Angelika, und sie stiegen zusammen mit Alois zu.

Während sie am Abend mit dem Strom der Wallfahrer unter dem Klang der schweren Glocken zur Basilika hinaufstiegen, erklärte Johanna, dass die Kirche fast genau halb so groß sei wie der Petersdom in Rom und dass sie die größte Basilika in Deutschland sei. Gebaut sei sie nach dem

Vorbild der Salzburger Kollegienkirche. »Du musst dir die Fresken anschauen, die sind von Cosmas Damian Asam, gemalt hat er sie in den Jahren 1718 bis 1720.«

»Was du nicht alles weißt!«, lachte Whitehead und knuffte sie in den Ellbogen.

»Ein Prunkstück ist auch die Gabler-Orgel mit ihren 6666 Pfeifen, und eine Besonderheit an ihr ist die ›Vox humana‹«, fuhr sie fort.

»Menschliche Stimme?«, fragte Whitehead.

»Ja, sie kann die menschliche Stimme imitieren.«

Whitehead war kein sonderlich religiöser Mensch. Er ging zwar gelegentlich zur Kirche, aber den einfachen und erdverbundenen Glauben seiner schwäbischen Vorfahren hatte er nach und nach weitgehend ersetzt durch eine Lebenseinstellung, in der Glaube eher lästig war, weil ohne ihn Machbares leichter machbar wurde. Denn aus reiner Vernunft selbst gesetzte ethische Werte ließen sich auch leichter an die Gegebenheiten anpassen.

So betrachtete er in der Basilika mit dem Blick des Kunstliebhabers die ausdrucksstarken Bilder Asams, lauschte dem Klang der riesigen Orgel und sah hinab auf die Kinder, die mit offenen Mündern bewegungslos und ehrfürchtig zwischen ihm und Johanna standen.

Als zum Schlusslied die Orgel aufbrauste und sich Tausende im Kirchenschiff erhoben und ihre Stimmen anschwollen zu einem gewaltigen, inbrünstigen, jubelnden »Großer Gott, wir loben Dich ...«, blickte Whitehead wieder hinab zu den Kindern und sah ihre ergriffen leuchtenden Augen. Er stimmte mit ein, und für einen winzigen Augenblick spürte er, dass er gerade einen ganz kleinen Zipfel der Ewigkeit erwischt hatte. Als er aber die Augen schloss und ihn festhalten wollte, war er schon wieder verschwunden.

»Morgen geht's früh aus den Federn«, sagte Whitehead, als Alois und Kaspanaze beim Bentele aus der Kutsche stiegen, »um fünf Uhr komme ich euch beide wecken!«

»Das ist ja fast wie Ausschlafen!«, meinte Kaspanaze.

Der Amerikaner fuhr das Fräulein Wengerter und Angelika nach Ravensburg, versorgte dann den Rappen im Stall vom Bentele und stieg dann hinauf zur Kammer, die ihm der Wirt angewiesen hatte.

Am nächsten Morgen strömten schon in aller Herrgottsfrühe ganze Menschenmassen von allen Seiten nach Weingarten, und wem es möglich war, der ging zu Fuß, weil es erfahrungsgemäß so gut wie unmöglich war, einen Stellplatz zu ergattern.

»Wenn wir uns verlieren, treffen wir uns beim Gasthof ›Posthorn‹«, schärfte Whitehead den Kindern ein. »Dort wartet auch Fräulein Wengerter mit Angelika.«

Als sie ankamen, waren die beiden schon da und Whitehead wurde es wieder ganz warm ums Herz, als er sanft Johannas Hand drückte.

Um sieben Uhr morgens begann bereits die Prozession, und es dauerte eine Weile, bis sie noch einen halbwegs guten Platz gefunden hatten. Die Straßen waren mit Fahnen geschmückt und eine Blaskapelle ging voraus. Endlos zog sich der Zug der Reiter dahin, die in festlichem schwarzem Gewand mit rot-weißer Schärpe und meist einem Zylinder auf dem Kopf an ihnen vorbeiritten, und manch einer hatte Schwierigkeiten, sein Pferd im Zaum zu halten.

Kaspanaze sagte zu Alois, dass er gar nicht geglaubt habe, dass es auf der Welt überhaupt so viele Rösser gebe und auch Whitehead war beeindruckt.

Füchse, Schimmel, Rappen, Schecken, Württemberger, Süddeutsche Kaltblüter, Schwarzwälder, Noriker und auch kleine Tiroler Pferde waren dabei, und fast alle waren prächtig herausgeputzt. Ein kleines Männchen saß auf einem gewaltigen Belgier und hatte dabei sichtlich Mühe, sich auf dem riesigen Pferdeleib zu halten, weil seine Beine weit auseinander gespreizt wurden und fast waagrecht abstanden. Die Männer beteten unentwegt den Rosenkranz, und eine Gruppe sang: »Wunderschön prächtige ...«

»Wieso heißt das Blutritt?«, wollte Kaspanaze von Fräulein Wengerter wissen.

»Das geht auf eine Welfenstiftung im Jahr 1094, also vor fast achthundert Jahren zurück. Verehrt wird ein blutgetränkter Holzsplitter vom Kreuz Christi. Die Leute kommen von weit her, um den Segen des Heiligen Blutes für Haus, Hof und Felder zu erbitten.«

Mitten in der Prozession ritt der Benediktinerabt des Klosters und machte das Kreuzeichen mit einer kleinen Monstranz, in der sich die Reliquie befand.

Der Zug der Reiter schien kein Ende zu nehmen, und die Kinder konnten das Ende des Psalters kaum erwarten.

»Nur noch zwei Absätze«, flüsterte Alois zu Angelika, als sie die Hälfte des dritten Rosenkranzes überschritten hatten.

Nach ungefähr drei Stunden war der Blutritt zu Ende.

»Der Bauer hat dir sicher kein Geld mitgegeben?«, fragte Whitehead, worauf Kaspanaze den Kopf schüttelte.

»Das habe ich mir schon gedacht«, murmelte er und kramte in seinem Geldbeutel nach ein paar Münzen. »Da, nimm, für eine Wurst und eine Limonade. So, und jetzt schaut, dass ihr weiterkommt. Ich gehe mit Fräulein Wengerter ins Posthorn. Ihr könnt dorthin nachkommen!«

Die Kinder wuselten durch die Menschenmenge und hielten Ausschau nach bekannten Gesichtern.

»Schaut, dort vorne ist der Peteranton mit dem Vevele«, rief Angelika, »auch die Josefa und die Anna sind schon da!«

Bald standen überall kleinere und größere Gruppen von Kindern beisammen: Vintschgauer, Inntaler, Graubündner, Montafoner, Laternser, Paznauner, Lechtaler, Walsertaler, Klostertaler, Außerferner, Namloser, Kauner- und Pitztaler, Langtauferer. Geschwister sahen sich wieder und redeten über zu Hause; Gruppen, die miteinander ins Schwabenland gezogen waren, fanden wieder zusammen und frischten gemeinsame Erinnerungen auf; Kinder, die sich zu Hause eher aus dem Weg gegangen waren, entdeckten plötzlich, wie schön es war, mit dem anderen im heimatlichen Dialekt sprechen zu können.

Bei den Valsern stand ein langer, schlaksiger Bub und paffte eine Zigarre, während die Kleineren bewundernd zu ihm aufsahen.

»Hab ich von meinem Bauern bekommen«, sagte er stolz.

»Pass auf, dass du nicht in die Hosen machst, Ägidi«, meinte der Urs zu ihm und alle lachten.

Der kleine Krispin aus Schlanders erzählte den anderen Vintschgauern, dass er auch eine Reliquie habe. Dabei zeigte er einen Holzspan, den er in Sankt Christoph am Arlberg in der Kapelle dem Christophorus aus der Wade geschnitten hatte.

»Die hilft wirklich. Jedes Mal, wenn ich Heimweh habe, nehme ich sie ganz fest in die Hand, und das Heimweh verschwindet sofort!«

»Ich habe mich nicht getraut, dem heiligen Christophorus ein Stück vom Fuß wegzuschneiden, weil ihm schon das halbe Bein gefehlt hat. Aber jetzt kann ich an nichts anderes als an daheim denken und kann nichts dagegen tun«, antwortete ein kleines Mädchen aus dem Martelltal.

»Die halbe Reliquie kann ich dir nicht geben, weil sonst wirkt sie vielleicht nicht mehr so gut. Aber ein kleines Stück kannst du haben«, meinte der Krispin großzügig und brach einen kleinen Spreißel ab.

»Du schaust, dass du wieder rechtzeitig auf dem Hof bist, verstanden! Du kannst dann sofort den Gebhard beim Hüten ablösen!«

Nicht nur Kaspanaze, sondern auch dem Alois fuhr der Schreck in die Glieder, als sie die Stimme hörten. Der Gebstetter stand mit seiner Frau und Pauline vor ihnen und blickte finster drein.

»Sind das deine Bauersleute?«, fragte das Vevele und biss ein Stück von der Wurst ab.

Kaspanaze nickte.

»Du bist natürlich auch dabei. Wo das Gesindel ist, darfst du nicht fehlen«, meinte der Bauer hämisch zu Alois.

Alois nahm allen Mut zusammen, weil er immer noch Angst vor dem Gebstetter hatte, und schrie:

»Lieber bei lustigem Gesindel als bei einem bösen Saubauern!«

»Ja, schau dir den Krüppel an«, keifte die Gebstetterin, »hau ihm eine runter, Battist!«

Der Bauer machte einen Schritt nach vorn, und die Kinder stoben auseinander.

»Komm, hau mir eine runter, du Saubauer!«, äffte Alois

aus sicherer Entfernung, und Angelika drehte eine lange Nase.

»Das ist aber kein Guter!«, sagte das Vevele und streckte dem Gebstetter die Zunge heraus.

Inzwischen waren einige Leute stehen geblieben und sahen neugierig zu.

»Battist, die Leute schauen schon!«, zischte die Bäuerin.

Der Gebstetter blieb einen Moment unentschlossen stehen, drehte sich dann um und ging laut vor sich hin fluchend zu seiner Frau zurück.

»Das hättest du nicht machen sollen«, sagte Kaspanaze zu Alois, »weil dafür kriege ich heute sicher noch Schläge!«

»Daran habe ich gar nicht gedacht«, erwiderte dieser zerknirscht.

»Ach was, inzwischen bin es ja schon fast gewohnt«, gab Kaspanaze zurück und versuchte tapfer zu lächeln.

Whitehead wartete mit Fräulein Wengerter im »Posthorn« und sagte, wer von den Kindern mit ihm nach Witterschwende zurückfahren wolle, müsse in einer halben Stunde da sein. Es würden aber nicht mehr als sechs in die Kutsche passen.

Der Alfons meinte, dass es ihm gleich sei, mit wem er fahren würde, und Sofie erwiderte, dann wären sie schon zu dritt. Dem Eugen gefiel die Kutsche, und der Urs war neugierig auf den schwarzen Rappen, der bestimmt viel schneller laufen könne als der schwerfällige Gaul seines Bauern.

»Zusammen wird es sicher kurzweiliger«, meinte auch die Christine. »Ich muss es nur noch meinen Leuten sagen, dass sie Bescheid wissen!«

Gemeinsam gingen alle hinaus nach Baienfurt, wo sich das Fräulein und Angelika verabschiedeten und Whitehead noch kurz mit dem Bentele sprach. Der Urs tränkte derweil das Ross und schirrte es an.

Als der Amerikaner zurückkam, war alles abfahrtsbereit. »Ihr seid ja ein fleißiger Haufen«, meinte Whitehead anerkennend. »Das ist für dich vom Wirt!«, fuhr er fort und drückte Kaspanaze einen in eine Zeitung eingeschlagenen Packen in die Hand, der nach Wurst und Käse roch.

»Wisst ihr, wie man eine Viehherde verrückt machen kann?«, fragte Urs spitzbübisch.

Die anderen schüttelten den Kopf.

»Sag es uns«, drängte Eugen.

»Nein, viel besser – ich zeige es euch nachher«, tat der Urs geheimnisvoll. »Wir tun es beim Bischofstaler«, setzte er hinzu. »Mit dem Buben habe ich auch noch vom ›Kampf der Nationen‹ etwas auszumachen.«

Whitehead ließ die Kinder am Kirchplatz aussteigen und sagte zu Kaspanaze, dass er erst wieder am zweiten Sonntag im Juli kommen könne, da er das so mit dem Gebstetter vereinbart habe. Wenn es der Bauer allzu arg mit ihm anstellen würde, solle er versuchen, Bericht zu Jehles zu geben. Kaspanaze dachte, dass das ein schwacher Trost sei, aber er ließ sich nichts anmerken.

»Kommt, schauen wir, dass wir weiter kommen!«, rief Eugen ungeduldig.

Der Bischofstalerhof lag unweit der Dorfmitte, und Urs hielt nicht direkt auf ihn zu, sondern machte einen großen Bogen hin zum Wald.

»Passt auf, dass man uns nicht sieht, und macht keinen Lärm!«, wies er die anderen an.

Etwa ein Dutzend Tiere standen in der Nähe des Waldes, aus dem heraus sich die Kinder anschlichen. Der Bub des Bauern saß am anderen Ende der Wiese auf einem Tränketrog und spielte gelangweilt mit einer Hand im Wasser.

»Sehr gut«, flüsterte der Urs, nachdem er direkt hinter zwei Rindern lag und den Rückweg hin zum Wald abschätzte.

Dann begann er auf- und abschwellend zu summen und forderte die anderen mit einer Handbewegung auf, es ihm gleichzutun. Eine ganze Zeit lang tat sich gar nichts. Dann aber begann eines der Rinder heftig mit dem Schwanz zu zucken. Auch das Rind daneben wurde immer unruhiger und auch die anderen Tiere hörten die großen bösen Rossbremsen, die unmittelbar in der Nähe sein mussten. Mit einem Mal schossen zwei Rinderschwänze senkrecht nach oben, die Tiere rasten wie vom Teufel getrieben über die Wiese, und es dauerte nur einige Augenblicke, bis auf der ganzen Weide ein heilloses Durcheinander herrschte. Kühe und Rinder rannten bockend in alle Himmelsrichtungen davon, und der Bub vom Bischofstaler war so überrascht, dass er eine ganze Weile verdattert am Trog sitzen blieb.

Er wusste nicht, wohin er zuerst sollte. Drei Tiere standen im Rübenacker, zwei andere rannten auf dem Weg dem Dorf zu, eines sprang zum Hof hin, und drei oder vier verschwanden seitlich im Wald. Dann nahm er den Stecken, lief den dem Dorf zustrebenden Tieren nach und trieb sie zurück.

Die Kinder hatten sich in der Zwischenzeit unbemerkt zurückgezogen und beobachteten aus der Deckung der Bäume das weitere Geschehen. Hei, war das ein Spaß!

»Kommt, wir hauen ab!« zischte Urs und machte dabei eine Handbewegung dem Dorf zu.

»Uiuiui, der kriegt heute auch noch eine Abreibung«, meinte Christine.

Während sie gemeinsam heimgingen, meinte der Alfons anerkennend zu Sofie und Kaspanaze, dass der Urs schon ein Mordshundling sei, auch wenn man hie und da Probleme hätte, seine Sprache zu verstehen.

»Wenn wir das bei uns daheim machen würden, wären die Tiere wahrscheinlich hin«, sagte er nach einer Weile.

»Warum?«, wollte Sofie wissen.

»Weil es daheim sausteil bis ins Tal hinabgeht. Da gibt es nur ein paar ebene Wiesen. Die würden bis in den Talgrund kugeln.«

Auf dem Gebstetterhof war niemand zu sehen. Kaspanaze kletterte über die Leiter auf den Heuboden, öffnete den Packen, biss ein Stück Wurst ab und versteckte ihn in seinem rupfenen Schlafsack. Dann zog er sich um und ging hinunter zur Gschwendwiese, wo ihn der Gebhard gleich anmaulte, wozu er überhaupt da sei, wenn er auch noch seine Arbeit machen müsse.

Am Abend verpasste ihm der Gebstetter im Stall noch ein paar Ohrfeigen und trat ihm in den Hintern und schrie dabei, dass das für Weingarten sei und sie alle zusammen ein elendes Gesindel seien.

Zäh wie Baumharz zogen sich die Tage hin. Gelegentlich suchte Kaspanaze Beeren, mit denen er versuchte, seinen Hunger zu stillen. Der tat zwar nicht mehr so weh wie am Anfang, aber es war trotzdem kein schönes Gefühl, immer dieses Ziehen im Bauch zu spüren. Der Vorrat vom Bentele war schon längst restlos verputzt, und sonntags meinten auch einige andere Kinder, dass er schlecht und mager aussehen würde.

Bei den »Kämpfen der Nationen« gingen die Gebstetterkinder Kaspanaze aus dem Weg, und sie beschränkten sich darauf, ihn zu verspotten und herumzutönen, dass das ihr Tiroler sei. Nur einmal kam es noch zu einer richtigen Rauferei.

Nach Pfingsten kam der Störschuster mit seinem Lehrbuben schon früh am Morgen auf den Hof. Der Sixtus Gindele war ein großer, finsterer Mann mit einer dicken Brille, der nicht viel redete, und sein Lehrbub, der Michel, hatte ein sommersprossiges Gesicht und riesige, abstehende Ohren.

Die Ludmilla stellte das Frühstück auf den Tisch, das erheblich üppiger war als sonst.

»Wo ist das Leder? Habt ihr es schon vom Gerber geholt?«, fragte der Gindele.

»Ich bringe es gleich«, antwortete die Magd und kam bald darauf mit einen Stoß Rinds-, Kalbs- und Schweineleder hereingewatschelt.

Der Schuster warf einen flüchtigen Blick darauf.

»Da, leg es ins Eck ... Du bist der Hütebub?«, fragte er dann Kaspanaze, ohne von seiner Schüssel aufzusehen.

»Ja.«

»Dann machen wir beide nach dem Essen den Anfang!«

Umständlich band er sich seine grüne Schürze um und kramte eine Papierrolle aus dem Rucksack, während der Lehrbub zwei mit Schweinsleder überzogene Klappstühle auffaltete, das Schneidbrett und verschiedene Leisten herrichtete und das Werkzeug auf dem Boden ausbreitete. Von der Rolle schnitt er ein Stück Papier ab und befahl Kaspanaze, sich darauf zu stellen. Nun zeichnete er mit einem Bleistift den Umriss seiner Füße nach und machte daneben noch einige Notizen.

»Fertig!«, meinte er dann knapp.

Als Kaspanaze mit Vinzenz am Abend in die Stube kam, klopfte der Schuster noch Sohlleder, und der Michel zog Pechdraht durch den schwarzen Wachser, den er dann auf dem Knie drehte.

»Jetzt müsst ihr aber zulangen, ihr müsst ja Hunger haben«, tat die Gebstetterin besorgt.

»Wir machen das nur noch schnell fertig, man lässt keine halbe Arbeit liegen«, brummte der Gindele, während der Michel hinüber zum gedeckten Tisch schielte.

»Wie geht es daheim, ist alles gesund?«, fragte der Bauer, als die beiden am Gesindetisch Platz genommen hatten.

»Ja, ja, alles in Butter«, kam die Antwort.

Dann sagte der Schuster nichts mehr, und Kaspanaze dachte ein wenig enttäuscht, dass es mit dem Schneider doch viel unterhaltsamer gewesen sei.

»Du warst doch früher beim Dillenberger in Ailingen?«, fragte der Gindele unvermittelt und sah Vinzenz an.

»Elf Jahre, ja.«

»Elf Jahre – und warum bist du dort gegangen?«

»Der Altbauer hat den Hof übergeben. Mit dem hat man gut schaffen können. Aber der Junge ist ein eingebildeter Läffatz, und sein Weib ist auch nicht viel besser.«

»So, so«, sagte darauf der Schuster einsilbig.

Der Michel saß stumm wie eine Bachforelle daneben, und das Einzige, was man von ihm hörte, waren laute Schmatzgeräusche.

»Wie lange denkst du, dass du mit der Arbeit brauchen wirst?«, fragte der Gebstetter.

Der Schuster sah hinüber zu dem Haufen Schuhe im Stubeneck. »Noch an die vier Tage, schätze ich.«

Kaspanaze dachte, dass das wieder vier Tage wären, an denen es auch am Morgen genug zu essen geben würde.

Nach dem Gebet goss sich Vinzenz einen Schnaps ein und blieb noch kurz beim Gindele sitzen, und Kaspanaze wünschte gute Nacht und verließ die Stube. Nach einer Weile fing im Hausgang Cäsar zu bellen und toben an, und der Michel fragte ängstlich, ob der Hund denn bösartig sei.

»Nein, aber er ist wahrscheinlich verhext«, übertönte Ludmilla den Radau. »Er ist oft tage- und wochenlang ruhig, und dann fängt er mit einem Schlag zu spinnen an.«

»Himmelherrgottshurenssakrament«, schrie der Bauer, sprang auf und warf den Hund ins Freie. Vinzenz aber saß mit steinerner Miene da und hatte Mühe, sich das Lachen zu verbeißen.

Schon seit einigen Tagen war Kaspanaze mit den Tieren nun auf der Bleicherau, die rundum von Bäumen eingerahmt war. Der Platz gefiel ihm nicht besonders gut, weil es nichts gab, womit er sich die Zeit vertreiben konnte, und immer nur auf Priskas Rücken spazieren zu laufen war auch schon langweilig geworden.

Auch der Gebstetter hatte an einem Sonntagnachmittag nicht schlecht gestaunt, als er seinen Rausch vom Frühschoppen ausgeschlafen hatte und zu Kaspanaze herauskam, um sich die Dressur vorführen zu lassen, und Kaspanaze war stolz darauf, dass er etwas konnte, wozu bei den sonst so siebengescheiten Gebstetters niemand in der Lage war. Er versuchte Priska weitere Kunststücke beizubringen, weil Urs erzählt hatte, dass es in der Schweiz ein Schwein gebe, das sogar bis zehn zählen könne. Tagelang mühte er sich ab, hob immer wieder den rechten Huf der Kuh an, sagte »eins, zwei, drei« und stampfte ihn im Takt auf den Boden. Aber Priska schien am Ende ihrer Lernfähigkeit zu sein und er gab es dann irgendwann auf.

An Fronleichnam liefen die Schwabenkinder in einer Gruppe mit der Prozession durch die Felder und Wiesen. Bei den einzelnen Höfen waren Altäre aufgestellt, vor denen prachtvolle Teppiche aus Garten- und Wiesenblumen lagen.

Kaspanaze dachte an zu Hause und dass seine Eltern und Geschwister daheim ebenfalls betend durch die Felder gingen. Doch er merkte, dass die Bilder immer unklarer und verschwommener wurden.

Auf dem Heimweg sagte Alfons, dass er gehört habe, wie sein Bauer zu seiner Frau sagte, es müsse verboten werden, dass Leute wie Gebstetters überhaupt Hütekinder bekommen, und dass es eine Schande sei, wie sie Kaspanaze verkommen lassen würden.

»Aber es traut sich auch keiner, ihm das ins Gesicht zu sagen«, seufzte Sofie.

»Das stimmt nicht, der Herr Whitehead hat ihm schon die Leviten gelesen, aber das nützt bei so groben Leuten anscheinend nicht viel«, antwortete Kaspanaze.

Auf dem Hof war noch niemand da.

Die Hühner pickten, und der Hahn stolzierte zwischen ihnen hin und her. Im Tenn holte der Bub einen am Ende gebogenen Stecken, den er sich hergerichtet hatte und lief nahe am Gockel vorbei, wobei dieser aber nicht mehr auswich, sondern sich in immer enger werdenden Kreisen an ihn heranpickte.

Kaspanaze begann zu krähen, worauf der Hahn wütend antwortete. Er ahmte den Gockel noch einmal nach und stupfte ihn mit dem Stock an die Brust, aber der Hahn wich nicht aus und krähte noch einmal zornig.

Kaspanaze tat so, als ob er ihn nicht mehr beachten würde, und schlenderte langsam zum Tenn hinüber. Dann ging alles blitzschnell. Kaum hatte er sich umgedreht, rannte der Hahn schmerzhaft zwischen seine Beine und pickte wie rasend auf ihn ein. Kaspanaze war so überrascht, dass er seinen Stock nicht einsetzen konnte, und ihm nichts übrig blieb, als davonzulaufen. Über sich hörte er Flügelgeflatter. Der Gockel kam schräg von hinten auf ihn herabgeschossen und zog mit einem Krallennagel eine Spur in seine Kopfhaut. Kaspanaze erwischte ihn an einem Bein und schleuderte ihn so weit er konnte von sich. Der Hahn aber rappelte sich sofort wieder auf und nahm einen neuen Anlauf.

Kaspanaze nahm den Stecken fest in die Hand und wartete, bis der Hahn kurz vor ihm war. Dann trat er schnell zur Seite, und der Gockel jagte an ihm vorbei. Mit dem gebogenen Ende packte er ihn unterhalb des Halsansatzes, riss hart am Stock, und der Hahn flog in hohem Bogen durch die

Luft. Verdutzt blieb er einen Moment am Boden liegen, und griff dann erneut an. Kaspanaze wartete wieder auf den richtigen Moment, und der Gockel wusste zum zweiten Mal nicht, was mit ihm geschah. Dann erst drehte er ab und trippelte unter wütendem Gegackere zurück zu den Hennen, an denen er seine Wut ausließ und das erstbeste Huhn über den Haufen sprang, dass die Federn nur so flogen.

Kaspanaze vergewisserte sich, dass er bei den Hühnern blieb und wusch sich dann am Brunnen das Blut ab. Danach zog er sich um, schorte den gröbsten Mist in den Stallgraben und band das Vieh los.

Am Nachmittag kam Pauline in die Bleicherau und brachte in einer Kanne Spätzle mit Soße.

»Was ist denn heute los?«, fragte Kaspanaze verwundert und spürte, wie ihm das Wasser im Mund zusammenlief.

»Der Knecht hat gemeint, dass du sonst den ganzen Tag über nichts zu essen hast. Die Mutter hat gesagt, dass du es zwar nicht verdient hast, aber heute sei ja Feiertag«, sagte sie feindselig.

»Hast du einen Löffel dabei?«

»Nein!«

»Wie soll ich es dann essen?«

»Jesus sprach zu seinen Jüngern: Wer keinen Löffel hat, der frisst halt mit den Fingern!«, lachte sie hämisch.

»Schau bloß, dass du verschwindest! Wenn ich dich da heraußen verdengle, sieht es niemand.«

»Heute wird's noch lang«, sagte Vinzenz ein paar Tage später, nachdem sie mit dem Stall fertig.

»Wieso?«, wollte Kaspanaze wissen.

»Draußen im Feld stehen noch drei Fuder Heu, die müssen heute noch abgeladen werden.«

Nach Tisch stand der Gebstetter auf und wies Ludmilla an, das Geschirr nur abzuräumen und erst am folgenden Tag abzuwaschen.

»Wir brauchen heute jede Hand«, sagte er. »Ihr beide könnt mit dem Tiroler den Heustock treten«, wies er seine beiden Kinder an.

»Dazu haben wir ja das Tirolerle«, maulte Gebhard, worauf der Bauer sofort über den Tisch langte und ihm eine Ohrfeige gab.

Auch die beiden Alten standen wortlos nebeneinander im Hof, als der Bauer das Pferd mit dem ersten Fuder über die Einfahrt hinaufpeitschte. Mit Kaspanaze hatten sie bisher noch kein einziges Wort gesprochen, aber er hatte auch noch nicht gehört, dass sie mit Gebstetters oder deren Kindern geredet hätten. Umgekehrt sprachen ebenso Gebstetters offenbar nicht mit ihnen.

Kaspanaze stand ein paar Meter neben dem Paar, als der Großvater seufzte und zu seiner Frau sagte:

»Weißt du, Fine, du hast es schön. Du hast deinen Verstand verloren und kriegst nichts mehr mit. Schau, wie du daher kommst – zwei verschiedene Schuhe hast du an und dazu noch zwei linke. Unser ganzes Leben haben wir geackert und geschuftet, und als Dank dafür können sie es kaum abwarten, bis wir unter dem Boden sind. Wenn ich sehe, wie unser Bub mit dem Vieh und den Leuten umgeht und denke, dass er unser eigenes Fleisch und Blut ist, dreht sich mir der Magen um. Seit er den Hof hat, wird es da von Tag zu Tag böser und ärger, und das Beste ist es inzwischen, wenn man jedem hier aus dem Weg geht.«

Die alte Frau sah ihn kurz an, gab aber keine Antwort und stierte dann weiter mit leeren Augen in die Dunkelheit.

Kaspanaze war es nicht recht, dass er, wenn auch unwillentlich, den Alten belauscht hatte. Lautlos verdrückte er sich hin zur Einfahrt und gelangte von dort aus zum Obertenn.

Vinzenz kletterte auf das Fuder und warf das Heu herab, die Bäuerin und Ludmilla verteilten es auf dem Heustock und die Kinder stampften es fest. Es war nahezu kuhmagenfinster. Der Staub des trockenen Heues setzte sich in den Nasenlöchern fest und verstopfte diese in kurzer Zeit. Die Kinder liefen zuerst an der Wand entlang und dann nach innen, und als Kaspanaze mit Gebhard zusammenstieß, meinte dieser, ob er denn nicht aufpassen könne.

Ludmilla schimpfte mit Vinzenz, dass er ein blöder Hund

sei, und er solle aufpassen und ihr nicht andauernd das Heu auf den Kopf werfen.

»Wenn du still wärest, wüsste ich nicht, wo du stehst, du dumme Nudel«, lachte der Knecht in sich hinein und ließ einen besonders großen Schochen auf sie hinabfallen.

Er hörte, wie sie sich schwer schnaufend unter dem Heuhaufen hervorwühlte und warf gleich den nächsten nach. Die Gebstetterin wollte sich einmischen, aber kaum hatte sie den Mund aufgemacht, traf auch sie eine Ladung.

»Kannst du nicht aufpassen?«, schrie sie, worauf der Knecht gleich nochmals einen großen Schochen nachlegte.

»Glaubt ihr, dass ich da oben sehe, wo ihr steht?«, fragte er scheinheilig und schwang nochmals eine volle Gabel auf die um Luft ringende Bäuerin.

Es war schon fast Mitternacht, als Kaspanaze in seinen Sack kroch und augenblicklich in einen tiefen, traumlosen Schlaf fiel.

Der nächste Morgen war regnerisch und als er das Vieh hinaustrieb, stand die Magd mit einem Kübel zwischen den Hühnern, und der Hahn begann mit schräg gehaltenem Kopf sie immer schneller pickend zu umkreisen. Misstrauisch blickte sie immer wieder zum Gockel hin, als dieser plötzlich aufflog und mit ausgestreckten Krallen auf ihrem Kopf landete.

Die Magd stieß einen gellenden Schrei aus, ließ den Kübel fallen und versuchte mit beiden Händen, den Hahn abzuwehren, der sich in ihren Haaren verfangen hatte und wütend auf sie einhackte. Irgendwann bekam sie ihn zu fassen und warf ihn, so fest sie konnte, auf den Boden. Mit verrutschtem und herabhängendem Haarkranz rannte sie schreiend auf die Haustreppe zu. Der Hahn kam gleich wieder auf die Beine und jagte Ludmilla flügelschlagend mit großen Sätzen nach, wobei er zwischen ihre Waden fuhr und sie so heftig verpickte, dass ihr noch ehe sie zur Treppe kam das Blut an den Beinen herablief. Auf der zweiten Stufe drehte sie sich um und begann gegen den immer wieder angreifenden Gockel zu treten, bis dieser nach und nach müde wurde und dann von ihr abließ.

Die beiden Gebstetters und Vinzenz standen unter dem Tennstor und sahen dem Schauspiel zu.

»Was ist denn da für ein Spektakel?«, rief der Bauer über den Hof.

»Jemand hat den Gockel verhext. Ganz sicher, den hat jemand verhext ... genau wie den Hund«, schrie die Magd noch immer fassungslos.

»Du bist schon ein Lauser«, dachte Vinzenz vergnügt, weil er zu wissen glaubte, wer hinter alldem steckte.

»Mal schauen, wie morgen das Wetter wird«, sagte der Gebstetter nach dem Abendessen.

»Wenn es gut ist, kannst du auf dem Feld beim Heuen helfen und die Pauline kann in den Ferien das Vieh hüten. Dich muss ich ja für teueres Geld bezahlen und dafür sollst du auch schaffen, anstatt den lieben langen Tag auf der faulen Haut zu liegen. Außer das Wetter ist schlecht, dann gehst du mit den Tieren hinaus!«, murrte er Kaspanaze an.

Die nächsten Tage waren morgens noch angenehm, wenn er mit Cäsar zur Sennerei ging, aber die Nachmittage wurden drückend heiß und fast unerträglich, wenn er die Pferde zwischen den Mahden durchführte. Denn der Gebstetter hatte beschlossen, in den Ferien bei gutem Wetter Pauline mit dem Vieh auf die Weide zu schicken, damit der ach so teuere Tiroler beim Heuen richtige Arbeit leisten könne. Hunderte Bremsen umschwirrten die Rösser, denen immer wieder Schauer über den Rücken zu laufen schienen, und Kapanaze hatte das Gefühl, dass sie auch ihn gleich auffressen würden. Nach ein paar Stunden war er mit heftig juckenden Einstichen übersät.

Die Bäuerin stand mit Gebhard auf dem Fuder und nahm das Heu entgegen, das der Bub festtrat, während der Gebstetter rechts und Vinzenz links vom Wagen gingen und mit der Gabel die Mahden zusammenschoben. Ludmilla watschelte so schnell sie konnte mit dem Zugrechen hinterher. War ein Wagen voll, wurden die Pferde ausgeschirrt und vor den nächsten gespannt.

»Einen Vorteil hat das trotzdem«, dachte Kaspanaze, während er eine fast hornissengroße Rossbremse mit der flachen Hand erschlug. »Wenn auch der Vinzenz am Tisch sitzt, gibt es auch für mich mehr zum Morgenessen. Zu Mittag bekomme ich auch etwas, und am Vormittag und Nachmittag gibt es sogar noch ein Unterbrot.«

Die Dämmerung ging in Dunkelheit über, und immer noch standen Heufuder draußen im Feld. Die Bäuerin meinte, es seien nur noch zwei, und dazu würden die Gebstetterkinder nicht gebraucht. Das könne der Tiroler allein machen. Nach dem nun fünfzehn- bis siebzehnstündigen Arbeitstag brauchte Kaspanaze nur noch in den Sack zu schlüpfen und war schon eingeschlafen. Auch tagsüber fielen ihm immer wieder zwischen den Rössern die Augen zu, und er wäre mehr als einmal umgefallen, wenn er sich nicht am Halfter an den Rossen festgehalten hätte. Diese blieben dann prompt stehen, worauf der Gebstetter alle Heiligen vom Himmel herabfluchte.

Geweckt wurde er nicht mehr von Vinzenz, sondern von der Bäuerin, weil der Knecht mit dem Gebstetter und ein oder zwei Taglöhnern meist schon um halb vier Uhr nachts zum Mähen gingen, solange das Gras noch taufeucht war und sich besser schneiden ließ. Die Gebstetterin öffnete dabei nur die Tenntüre und schrie »Aufstehen!«, wartete seine Antwort ab und verschwand dann wieder.

Bis die beiden Männer vom Feld hereinkamen, musste er im Schweineverschlag und bei den Rössern ausgemistet und die Gunda angerüstet haben. Kaspanaze wusste, dass er sofort weiterschlafen würde, wenn er versuchte, noch ein paar Minuten Zeit zu schinden, und kroch daher immer so schnell wie möglich aus dem Sack.

Als er nach einigen Tagen wieder von Vinzenz geweckt wurde, wusste er, dass das Wetter umgeschlagen hatte, und schickte ein Dankgebet zur Mutter Gottes, weil heute das Heuen ausfiel. Fast fröhlich zog er mit dem Vieh zum Schletterholz. Dort richtete er seinen Unterstand wieder mit frischen Ästen her, da an den alten die Nadeln schon verdorrt waren und kaum mehr Schutz gegen Regen boten.

Richtig schlafen konnte er zwar nicht, weil er die Tiere im Auge behalten musste, aber schon das Dösen kam ihm fast paradiesisch vor. Lediglich an das stechende Hungergefühl konnte er sich nicht gewöhnen.

Am zweiten Samstag im Juli saßen alle auf dem Boden unter einem großen Apfelbaum und aßen das Zubrot, das Ludmilla mit heraus aufs Feld genommen hatte. Aber selbst im weiten Feld beharrten Gebstetters auf ihrer Rangordnung: Bauer und Bäuerin bildeten mit den eigenen Kindern eine Gruppe und das Gesinde hatte sich ein Stück abseits zu halten.

»Du, Tiroler, das mit deinem Amerikaner am Sonntag kannst du dir an den Hut stecken«, blaffte unvermittelt der Gebstetter herüber. »Die Pauline und der Gebhard haben genug arbeiten müssen, und es kommt nicht infrage, dass sie auch noch die Arbeit für dich machen, während du den feinen Herren spielst und dich in der Gegend herumkutschieren lässt! Aber das werde ich dem Lätschenbeni auch noch selber sagen, wenn ich ihn erwische«, fügte er hinzu und nahm einen großen Schluck aus dem irdenen Mostkrug.

Kaspanaze hatte es sich schon so schön ausgemalt, wie er in der Kutsche hinten sitzen und wenigstens bis Baienfurt hinein und dann wieder heraus schlafen würde.

Am nächsten Tag sah er sich vor dem Gottesdienst nach Whitehead um, konnte ihn aber nirgends entdecken. Erst am Nachmittag vor der Christenlehre stand der Rappe angebunden vor der Wirtschaft. In der Gaststube saßen Whitehead und das Fräulein, und beide kicherten und gicksten.

»Uns Kinder würde man schimpfen, wenn wir so närrisch täten …«, dachte Kaspanaze.

»Ich darf heute nicht mit, hat der Bauer gesagt, weil ich das Vieh hüten muss«, sagte er zu den beiden.

»Was hat er gesagt?«, brauste Whitehead auf. »Das haben wir so abgemacht und so bleibt es auch. Auch ein Gebstetter hat sich an sein Wort zu halten!«

»Peter, jetzt ist Erntezeit, und da geht es auf den Höfen schon streng zu«, versuchte ihn Fräulein Wengerter zu beschwichtigen.

»Wort ist Wort!«, beharrte Whitehead.

»Ich muss in die Christenlehre, sonst komme ich zu spät«, sagte Kaspanaze verwirrt, weil er nicht wusste, wie er sich verhalten sollte.

»Ja, geh nur, wir warten hier auf dich«, antwortete das Fräulein.

Bei der Christenlehre war er mit den Gedanken ganz woanders, was auch dem Pfarrer auffiel, sodass ihn dieser zu mehr Aufmerksamkeit ermahnte. Er dachte, dass es das Beste sei, wenn er den Herrn Whitehead zum Nachgeben bringen könnte, weil ihn sonst der Bauer sicher elendig verbläuen würde. Als er es ihm später so sagte, war auch das Fräulein auf seiner Seite.

»Ich möchte da keine Suppe anrühren, die du später auslöffeln musst«, gab sich Whitehead einsichtig, während er innerlich noch vor Wut kochte.

»Also gut«, sagte er scheinbar froh gelaunt, »wisst ihr, was wir machen?«

»Nein«, schüttelten beide den Kopf.

»Wir gehen zusammen zum Viehhüten!«, lachte er.

»Hallo Wirt, können wir noch eine Flasche Wein und zwei Limonaden mitnehmen?«

»Wo ist die Wiese, auf die du mit den Tieren musst?«, fragte Whitehead, während der Rappe dem Gebstetterhof zutrabte.

»Zum Schetterholz«, gab Kaspanaze zur Antwort. »Das ist das Feld ein Stück weiter vorne unterhalb vom Weg.«

»Sag es mir rechtzeitig, weil ich das Pferd irgendwo festmachen muss. Beim Gebstetter kann ich es bestimmt nicht unterstellen.«

Vor der Wegbiegung zum Hof hinauf band Whitehead den Rappen unter einem schattigen Baumbestand fest, während Kaspanaze dem Hof zuging, um sich umzuziehen und das Vieh zu holen.

»Dein Bauer ist nicht daheim?«, fragte der Amerikaner, der inzwischen mit dem Fräulein auf einer Decke im Waldschatten auf der Wiese saß. »Ich habe niemanden gesehen«, erwiderte Kaspanaze.

»Bub«, sagte das Fräulein Wengerter, »du scheinst ja jetzt besser im Futter zu stehen als beim letzten Mal in Weingarten. Aber gefallen tust du mir trotzdem nicht, du hast ja richtige Ringe unter den Augen.«

»Ganz so, als ob du kaum schlafen würdest …«, ergänzte Whitehead.

»Ja, jetzt beim Heuen ist es streng. Ich habe, wenn das Wetter gut ist, nur ein paar Stunden Schlaf in der Nacht. Aber ich kann dafür mit den anderen essen und muss so an schönen Tagen nicht mehr Hunger haben«, antwortete Kaspanaze.

»Fast hätte ich es vergessen – in der Kutsche haben wir ein wenig Brotzeit für dich mitgebracht. Vielleicht ist es am Besten, du versteckst es gleich, solange niemand auf dem Hof ist«, meinte Whitehead, »wir passen derweil schon auf das Vieh auf.«

»Ihr müsst nur auf Priska Acht geben, die lässt niemanden außer mir an sich heran«, warnte der Bub und verschwand zum Hof hin. Gerade wollte er das Tennstor öffnen, als er von innen Geräusche hörte, die vom Heustock her zu kommen schienen. Erschrocken blieb er stehen und lauschte angestrengt.

»Handwerksburschen? Diebe? Räuber?«, fuhr es ihm durch den Kopf.

Er wusste nicht, was er tun sollte.

Auf einmal sagte eine unsicher kichernde weibliche Stimme: »Battist, lass das. Ich war beim Beichten und will das nicht mehr, weil ich habe ein Gelübde getan.«

»Schau an, die Ludmilla macht Gelübde. Aber du wirst doch kein Versprechen gemacht haben, dass du ins Kloster willst«, hörte er den Gebstetter lachen. »Also komm, stell dich nicht so an!«

Der Bauer wurde zunehmend ungeduldiger und drängender und schimpfte dann: »Du blöde Kuh, du musst doch froh sein, wenn dich überhaupt einer anlangt!«

Ludmilla fing zu weinen an. »Battist, du musst mich verstehen. Ich habe bei allen Heiligen versprochen, dass das mit uns beiden aufhört«, schluchzte sie.

»Dann sag mir endlich, warum du so einen Blödsinn versprichst!«

»Das kann ich nicht. Das glaubst du mir nicht, und das kann ich keinem Menschen erzählen«, schluchzte sie weiter.

»Also langsam glaube ich, du spinnst. Seit du auf dem Hof bist, kann ich es dir nicht oft genug besorgen, und jetzt auf einmal willst du deine Pflaume zu einer Dörrzwetschge eintrocknen lassen.«

Das Heu raschelte laut und beide keuchten, als ob sie raufen würden.

»Nein! Battist, nein und noch einmal nein!«, schrie Ludmilla auf, und Kaspanaze hörte, wie sich zwei schwere Körper im Heu wälzten.

Wütend warf der Bauer das obere Tennstor auf und stürmte mit noch halb offenem Hosenlatz über die Einfahrt nach unten und über den Hof, wobei er dem Hahn zu nahe kam, der ihn zornig von hinten angriff. Der Gebstetter bekam ihn am Hals zu fassen und schleuderte ihn auf den Boden. Dann trat er gegen ihn, sodass der Gockel ein paar Meter durch die Luft flog und zuckend am Boden liegen blieb.

»Mich picken, ha? Mich picken?«, brüllte er außer sich vor Zorn. Er trat zu dem bewusstlos am Boden liegenden Hahn und zerquetschte ihm mit seinen schweren genagelten Stiefelabsätzen den Kopf.

Kaspanaze war in das Fass vor der Hofeinfahrt geflüchtet. Mucksmäuschenstill kauerte er und schickte ein Stoßgebet nach oben, dass sich das Fass ja nicht bewegen möge.

Gleich nach dem Gebstetter kam aufgelöst die Magd über die Einfahrt und sah käseweiß dem tobenden Bauern zu, wagte aber nichts zu sagen.

»Da, kannst ihm den Kopf abhacken und ihn rupfen«, knurrte er kalt, fasste den noch zuckenden und strampelnden Hahn am Hals und warf ihn in Ludmillas Richtung. »Für eine Suppe wird er schon noch reichen!«

Kaspanaze kam verstört zurück zum Schletterholz, wo Whitehead und das Fräulein auf der Pferdedecke saßen und miteinander schäkerten.

»Was ist denn mit dir los?«, fragte Fräulein Wengerter beunruhigt, als sie seinen Zustand bemerkte.

»Der Bauer hat dem Gockel den Kopf zertreten. Vier Mal hat er mit voller Wucht zugestampft«, stotterte er betroffen, »... und ich bin schuld.«

»Wieso bist du schuld?«, wollte Whitehead wissen.

Kaspanaze erzählte, wie er den Hahn böse gemacht hatte, um sich an Ludmilla und den anderen zu rächen, und dass er das nicht gewollt habe. Davon, dass er den Bauern und die Magd auf dem Heustock ertappt hatte, sagte er nichts. Nicht, dass er es für sich behalten wollte, aber in seinen Gedanken war nur Platz für den wehrlos am Boden liegenden Gockel und den wutrasend zustampfenden Bauern.

Whitehead versuchte ihn zu beruhigen und meinte, dass der Hahn sowieso bald im Suppentopf gelandet wäre.

»Das schon. Dann hätte man ihm halt den Kopf abgehauen«, erwiderte Kaspanaze trotzig. »Aber man hätte ihm nicht vorher den Kopf zermanscht!«

»Komm. Jetzt schauen wir, dass wir auf andere Gedanken kommen. Ich habe doch auf dem Kindermarkt in Ravensburg versprochen, von den amerikanischen Sezessionskriegen und der Sklaverei in Amerika zu erzählen. Schade, dass der Alois nicht hier ist ...«, versuchte Whitehead abzulenken, aber er merkte bald, dass der tote Gockel stärker war.

Whitehead holte weit aus und berichtete, dass die Frage der Sklaverei eigentlich nur der Auslöser gewesen sei, weil die Südstaaten auf ihre Eigenständigkeit beharrt hätten. Aber der Präsident Lincoln hätte 1860 versprochen, mit der Sklaverei Schluss zu machen, das hätten aber die Südstaatler als Vorwand genommen, aus der Union auszutreten und die Konföderierten Staaten auszurufen, worauf der Norden dem Süden den Krieg erklärte und dieser 1865 mit der Kapitulation des Südens endete.

»Kaspanaze, interessiert dich das nicht?«

»Doch, doch«, nickte dieser, sah aber immer noch den totgetretenen Gockel vor sich.

»Was ist mit den Sklaven geschehen?«, wollte das Fräulein wissen.

»Die waren nun die eigentlichen Verlierer«, lachte Whitehead hart. »Was sollten sie tun? Eigenen Grund und Boden hatten sie nicht, und selbst wenn sie irgendwo einen kleinen Zipfel bekamen, waren sie ihn bald wieder los, weil sie meistens weder lesen noch schreiben konnten. Die meisten wussten gar nicht, was sie mit ihrer neuen Freiheit anfangen sollten, wie auch? Sie verdingten sich, und das tun sie heute noch – es sind seitdem ja erst ein paar Jahre vergangen – an ihre ehemaligen Herren als Baumwollpflücker und Landarbeiter oder versuchen sich oft weit weg von ihren Familien als Wanderarbeiter über Wasser zu halten.«

»Bei uns hat natürlich auch einiges über die Sklaverei in den Zeitungen gestanden, und ich frage mich immer wieder, wie Menschen dazu kommen, so mit anderen Mitmenschen umzugehen«, schob sie berührt ein.

»Das ist eigentlich ganz einfach. Sklaverei tritt vor allem in Gesellschaften auf, in denen es einen scharfen Gegensatz zwischen ›Oben‹ und ›Unten‹ gibt. Meist sind es landwirtschaftlich strukturierte Gesellschaftsformen, in denen die Produktion höher ist als der Eigenbedarf und die so für einen größeren Markt produzieren können.«

Whitehead erklärte ausführlich, wie der Konkurrenzkampf zwischen kleinen und großen Farmern einen immer größeren Bedarf an billigen Arbeitskräften hervorgebracht habe, den die ansässige Bevölkerung nicht habe befriedigen können.

»Ich doziere wie ein Lehrer, nicht wahr?«, meinte er plötzlich, da die anderen schwiegen. Johanna überging seinen letzten Satz.

»Aber warum hat man denn euere Sklaven bis von Afrika geholt, obwohl viele nicht einmal lebend bis Amerika gekommen und schon auf dem Schiff gestorben sind? Das ist doch barbarisch!«

»Europäische Arbeiter waren aus klimatischen Bedingungen den Anforderungen nicht gewachsen. Man hat versucht, Indianer zu versklaven, aber das scheiterte an der hohen Sterblichkeit und deren Widerstand gegen die Ausbeutung. Also holte man sich die Arbeitskräfte dort, wo es welche mit den entsprechenden Voraussetzungen gab: stark, zäh, robust, hitzegewöhnt, ungebildet und gehorsam.«

»Aber es gibt doch in Amerika so viele Christenmenschen. Wie können diese das mit ihrem Gewissen vereinbaren? Wieso haben die denn nichts dagegen gemacht?«

»Pah«, sagte Whitehead mit einer wegwerfenden Handbewegung, »das war sehr einfach. Man sagt einfach, das seien keine Menschen, sondern nur etwas höher entwickelte Tiere, und schon haben viele keinen Grund mehr, ihr Gewissen zu beunruhigen – nein, es gab schon Stimmen. Sonst hätte sich ja auch nichts geändert«, setzte er nachdenklich hinzu. »Übrigens: Die Sklavenhändler selbst waren christliche Seefahrer aus Europa, Holländer vor allem, Engländer, aber auch Deutsche wie die Kapitäne Harder und Nettelbeck mischten da mit. Letzterer führte auf seinem Schiff den Brauch ein, dass die gekauften Neger abends an Deck zu Musik und Getrommel tanzen mussten, um deren Schwermut zu dämpfen und die Selbstmordrate niedrig zu halten.«

»Gekauft? Ich dachte immer, die wurden eingefangen?«

»Das ist sicher auch vorgekommen. Das haben desertierte Engländer gemacht, die ihre Beute dann nach Südamerika an die Spanier und Portugiesen verscherbelten. Aber meistens war es Gier nach Stoffen, Spiegeln, Tabak und allerlei Tand. Dafür tauschten Männer ihre Frauen und Kinder ein, Brüder fesselten ihre Brüder und schleppten sie auf die Schiffe, aber auch Gefangene aus den irgendwo tobenden Stammesfehden wurden für ein paar Flaschen Schnaps verhökert.«

»Aber was du am Anfang gesagt hast, als wir uns kennen lernten, das hier im Schwabenland sei auch eine Art Sklaverei, das kannst du doch nicht mehr aufrechthalten, nach allem, was du jetzt erzählt hast?«, sagte sie ernst.

»Nein, richtige Sklaverei ist das hier sicher nicht« – er deutete mit dem Kopf auf Kaspanaze – »auch wenn es wahrscheinlich so mancher Sklave besser gehabt hat als er. Aber es ist einfach widerlich und barbarisch, wenn kultivierte Gesellschaften aus der Armut von kleinen Kindern Gewinn ziehen und ihnen um des Profites willen die Zukunft versperren. Darüber habe ich auch schon mit dem Bentele gestritten, und er ist grundsätzlich der gleichen Meinung wie ich.«

»Ich schließe mich an«, antwortete sie und blickte in seine Augen, worauf ihm trotz der Hitze noch wärmer wurde.

Die beiden Erwachsenen hatten Kaspanaze vergessen, und es war ihm eigentlich gleichgültig, weil ihm auch noch immer wieder die Augen zu fielen. Aber jedes Mal, wenn er sie schloss, tauchte sofort das Bild des Bauern auf, wie er dem Gockel den Kopf zertrat, und er meinte sogar das Splittern und Knirschen der Knochen zu hören.

»Ich bin daran schuld«, kam es ihm jedes Mal in den Sinn.

Spät am Nachmittag verabschiedeten sich Whitehead und das Fräulein, wobei der Amerikaner sagte, er solle dem Gebstetter ausrichten, dass er das nächste Mal schon am Vormittag zum Gottesdienst herauskommen würde und er sich einen Wortbruch nicht noch einmal gefallen lasse.

Am Abend zurück auf dem Hof war alles wie sonst, jedenfalls fiel Kaspanaze nichts Besonderes auf. Neben dem Hackstock lagen ein paar blutige Federn, und als er die Türe zum Misthaufen öffnete, sah er obenauf den abgehackten Kopf des Gockels liegen. Der hatte den Schnabel weit aufgesperrt, als ob er schreien wollte.

»Ich habe es nicht bös gemeint«, sagte Kaspanaze leise zum Hahnenkopf hin.

Später dachte er irgendwann, dass er doch Vinzenz fragen müsse, was das mit dem Bauern und der Magd auf dem Heustock zu bedeuten hatte.

Nach dem Abendessen rannte er in der Dunkelheit zum Mostfass und holte das nach Würsten duftende Paket heraus. Die beiden Alten traten wortlos aus dem Haus und schlurften zu ihrem Ausgedingehäuschen hinüber.

Hinter der Tennstüre wartete er auf den Knecht, der pfeifend über den Hof kam.

»Hast du mich jetzt erschreckt«, fuhr dieser zusammen.

»Heute Nachmittag hat der Bauer den Gickeler totgetreten«, flüsterte Kaspanaze.

»Ja, ich weiß. Ich habe den verdatschten Kopf auf dem Misthaufen gesehen, und die Ludmilla hat mir gesagt, dass er hat einen Rappel gekriegt habe, aber sie wisse nicht warum.«

»Ich habe nur gehört, dass beide auf dem Heustock waren, und dann hat die Ludmilla etwas von einem Gelübde gesagt, und der Bauer etwas von Pflaumen und Dörrzwetschgen. Aber ich weiß nicht, was er damit gemeint hat. Dann hat sie laut »Nein, nein« geschrien, und auf einmal ist er stirnsnärrisch über die Einfahrt herausgekommen, und sie kam plärrend hinten nach«, flüsterte Kaspanaze weiter.

»Die haben doch schon lange etwas miteinander«, lachte der Knecht, und Kaspanaze sah ihm verständnislos ins von der Petroleumlampe lichtbeflackerte Gesicht.

Was konnten die beiden miteinander haben? Geld? Das hatte der Bauer, sonst wäre die Ludmilla nicht als Magd da. Auch hatte der Bauer von »ihr etwas besorgen« gesprochen, aber was? Dann war die Rede von ungetrocknetem und getrocknetem Obst gewesen. Er konnte sich keinen Reim darauf machen. Es musste etwas anderes sein, das er nicht verstand, und es musste etwas Großes sein, weil die Ludmilla so geheult hatte und der Bauer so stirnsnarrisch geworden war. Ein Geheimnis? Ihm fiel nichts anderes ein.

»Was haben sie miteinander?«, fragte Kaspanaze nach.

»Ja, was denn, du dummer Bub?«, lachte Vinzenz wieder.

»Ein Geheimnis?«, fragte er unsicher.

»Genau. Ein Geheimnis. Warum glaubst du, dass sie schon über zwei Jahre auf dem Hof ist?« Er machte eine Pause. »Aber das ist die letzte Saison, wenn sie ein Gelübde abgelegt hat. Es ist schon unglaublich, was ein Mostfass für eine Wirkung haben kann!« Vinzenz begann wieder glucksend zu lachen und wollte nicht mehr aufhören.

Kaspanaze stand da und verstand gar nichts und dachte, dass der Knecht nun auch übergeschnappt war. Nachts träumte er vom Hahn, dessen abgehackter Kopf vom Misthaufen aufhüpfte und ihn verfolgte, heftig auf ihn einpickte und immer wieder schrie: »Du bist schuld!«

In den nächsten Tagen hingen Regenwolken grau über dem Land, in die ein kühler Wind gelegentlich Löcher blies und so ein paar Sonnenstrahlen einen Durchschlupf verschaffte. Die Kühe blieben im warmen Stall. Kaspanaze stand mit dem Bauern und Vinzenz auf dem Rübenacker und lockerte mit einer spitzen Haue den Boden. Die Erde war kalt und an der Oberfläche matschig. Kaspanaze fror elendig an den nackten Waden und noch mehr an den Füßen. Aber weit und breit war keine Kuh, die barmherzig einen warmen Fladen fallen ließ. Die einzigen halbwegs warmen Stellen an seinen Beinen waren die Kniekehlen. Wie ein Storch stand er dann auf einem Bein und versuchte den anderen dreckigen Fuß in der Kniebeuge aufzuwärmen.

Hoffentlich wird das Wetter ein bisschen besser, damit ich wieder zum Schletterholz kann«, betete er verzweifelt, als der Gebstetter wieder einmal herüberschrie, er sei zum Schaffen da und nicht zum Herumstehen.

Am Donnerstag regnete es ab Mittag in Strömen. Selbst dem Gebstetter wurde es zuviel, und zusammen mit dem Knecht spaltete er unter der geschützten Einfahrt Brennholz für den Winter. Kaspanaze wies er an, das Scheiterholz unter dem Vordach aufzuschlichten.

Mit den Holzscheiten in der Armbeuge wartete dieser auf einen günstigen Moment, in dem der Regen ein wenig nachzulassen schien, hastete los, legte unter dem Dach das Holz aufeinander und floh zurück unter die trockene Einfahrt.

»Wasserscheu ist das Bürschle auch noch!«, maulte der Bauer, nahm ein Scheit auf und warf es nach ihm. Knapp zischte es an Kaspanazes Kopf vorbei und krachte polternd hinter ihm an die Wand.

»Jetzt langt's aber!«, fuhr Vinzenz auf. »Bei so einem Wetter lässt du sogar das Vieh im Stall stehen, aber der Bub muss hinaus in das Sauwetter. Siehst du nicht, dass er schon nass ist wie ein Putzlumpen?«

»Wer ist hier der Bauer? Du oder ich?«, brüllte der Gebstetter zurück. »Du hast mir gar nichts anzuschaffen!«

»So weit waren wir schon einmal! Soll ich mein Zeug packen?«

Der Bauer knurrte etwas Unverständliches vor sich hin und reagierte seine Wut an einem verwurzelten Holzstück ab.

»Wenn du schon frisst wie ein Scheunendrescher, sollst du auch dafür arbeiten. Aber bei mir kannst du auch etwas lernen. Soll niemand sagen, vom Gebstetter geht man dümmer weg als man kommt«, brummte er nach einer Weile.

Immer noch wütend drosch er die Axt in den Hackstock.

»Komm mit!« befahl er unwirsch. »Am sauberen Vieh erkennt man den guten Bauern, aber davon habt ihr Tiroler Hungerleider mit eueren paar Geißen ja keine Ahnung.« Mit bösem Grinsen warf er Kaspanaze im Tenn einen Fellstriegel und eine Bürste vor die Füße.

»Du kannst jetzt das Vieh putzen. Aber sauber. Und wenn ich sauber sage, meine ich auch sauber. Verstanden!«

Kaspanaze hielt den Kopf gesenkt, damit der Bauer den Hass in seinen Augen nicht sehen konnte.

Schon seit Stunden striegelte und bürstete er. Zuerst die Rinder, dann wechselte er hinüber zu den Kühen. Gerade war er bei der vorletzten Kuh angelangt, als der Gebstetter lächelnd in den Stall trat. Verdutzt hielt Kaspanaze inne. So hatte er den Bauern noch nie gesehen. Fast fröhlich schien er zu sein.

»Na, wie weit bist du?«

»Beinahe fertig!«

»So, so!«

Der Gebstetter lächelte immer noch freundlich.

»So, so«, wiederholte er, »dann wollen wir mal schauen!«

Sein Lächeln ging über in eine starre Grimasse und sein Blick wurde eisig.

Unwillkürlich wich Kaspanaze einen Schritt zurück. Aus seiner Joppentasche nestelte der Bauer etwas Helles. Umständlich zwängte der Gebstetter dann seine dicken Finger in den weißen Handschuh. Langsam schritt er den Stallgang entlang, blieb hinter einer Kuh stehen und fuhr ihr scheinbar bedächtig über den Leisten.

»Da komm einmal her!« befahl er.

Kaspanaze zögerte.

»Du kannst ruhig kommen, ich tue dir schon nichts!«

Der Bauer stand mitten im Stall und steckte Kaspanaze die behandschuhte Hand entgegen, deren Innenfläche bräunlich-grün schimmerte. »Da schau her. Und das soll sauber sein?«

Ungläubig starrte Kaspanaze ihn an.

»Du kannst gleich wieder von vorne anfangen. Ich habe es dir gesagt: Wenn ich sauber sage, meine ich auch sauber. Auch habe ich dir versprochen, dass du bei mir etwas lernen kannst! Wenn du heim kommst, kannst du sagen, das Viehputzen habe ich beim Gebstetter gelernt«, lachte er hämisch und stapfte hinaus ins Tenn. »Dafür kannst du dich beim Knecht bedanken!«

Kaspanaze ballte seine Hände zu Fäusten, presste seine Fingernägel in die Handballen, bis es schmerzte, und schlug sich dann mit beiden Händen wie von Sinnen an den Kopf.

Erst als es dunkel wurde, gab sich der Gebstetter zufrieden.

Der Wunsch nach ein wenig besserem Wetter ging am Freitag in Erfüllung. Zwar hingen noch immer schwere Wolken am Himmel, Nebelschwaden krochen über die Felder und die Luft schmeckte feucht und kühl. Kaspanaze saß in seinem Unterstand, die Tiere lagen ruhig wiederkäuend im Schutz der Bäume, Elstern zankten in den Baumkronen, ein paar Eichhörnchen hüpften in den Ästen herum und gelegentlich flog ein Eichelhäher in das Dunkel des Waldes ...

Gerade wollte er hinüber zum Himbeerschlag, als eines der Rinder aufstand und sein Gefühl sagte ihm, dass es bald irgendwohin ausbrechen würde. Er zog sich unter die Bäume am Waldrand zurück, breitete seinen Rupfenumhang über einen Baumstumpf, setzte sich und ließ des Tier nicht aus den Augen.

»Plumps« machte es hinter ihm – ein Tannenzapfen konnte es nicht sein, dafür klang es zu schwer.

Kaspanaze beugte sich nach hinten und sah einen alten ausgelatschten Schuh, der vorher nicht da gelegen hatte.

»Wer wirft denn hier mit Schuhen?«

Angestrengt suchend blickte er jeden Baumstamm einzeln ab. »Ist da jemand?«, rief er unsicher.

Nichts rührte sich.

Sosehr er auch spähte – nirgendwo war etwas Ungewöhnliches.

Inzwischen machte das Rind Anstalten, zwischen den Bäumen zu verschwinden. Er erhob sich schnell, griff nach seinem Stock und wollte gerade nach seinem Umhang greifen, da fiel sein Blick zufällig nach oben. Ein markerschütternder Schrei entfuhr ihm.

Kaspanaze warf den Stecken von sich. Auch der Sack flog in die Wiese. Er wollte davonlaufen, aber es war ihm, als ob er am Boden festgewachsen wäre. Mit weit aufgerissenen Augen und aschfahlem Gesicht starrte er hinauf ins Geäst und begann wieder in abgehackten Stößen zu schreien.

Am Baum baumelte der Großvater. Im Wind schaukelte sein Körper leicht hin und her, der Kopf war graublau angelaufen, die glasigen Augen schienen aus den Höhlen zu quellen, und der Mund war mit dem Kinn zu einer Grimasse schräg nach oben verzogen. Ein doppelter Kälberstrick grub sich in den Hals. An der rechten Hand war ein getrockneter Blutfleck, und erst jetzt bemerkte er auch die Leiter, die hinten am Baum lehnte.

»Du darfst nicht hinschauen, du darfst nicht hinschauen«, schrie er sich selbst laut an. Aber er war unfähig, seinen Blick abzuwenden. Erst als er seine ganze Willenskraft zusammennahm und sich dazu zwang, die Augen zu schließen, gelang es ihm auch, ein paar Schritte nach rückwärts zu machen. Er begann zu rennen, wie er noch nie in seinem Leben gerannt war.

Während des Laufens fiel ihm plötzlich der Traum mit dem Gockel ein, und unwillkürlich hatte er das Gefühl, dass der Hahnenkopf und der Großvater zusammen über ihm schweben und beide böse grinsen würden. Panik stieg hoch, die Hände fuchtelten abwehrend über seinem Kopf.

»Schutzengel, hilf mir …«, schrie er verzweifelt.

Der Gebstetter war dabei, unter der Einfahrt ein Ross zu striegeln. Schon von weitem hörte er das entsetzte Schreien Kaspanazes und merkte an der Stimme, dass etwas passiert sein musste, das den Buben halb um den Verstand brachte. Der Bauer ließ alles stehen und liegen und rannte ihm entgegen, wobei er einige Male stehen bleiben musste, weil ihm schon nach ein paar Schritten die Luft ausging.

»Was ist?«, brüllte er.

Kaspanaze versuchte zu antworten, aber er brachte nur ein wirres Gestammel zu Wege.

»Sag, was los ist!«, herrschte ihn der Gebstetter an.

»Der … d … d … der …«

»Himmelherrgottsakrament, was ist?«, schrie der Bauer.

»D … der … Gr … Gr … Gro … Großva…«, stotterte Kaspanaze. Noch immer zitterte er am ganzen Körper und deutete mit der Hand immer wieder hinüber zum Schletterholz.

»Was ist mit dem Großvater?«

»Er … er … hä … hängt … am Baum!«

Der Gebstetter wurde weiß wie eine gekalkte Wand.

»Wo?«

»Da!«, schrie Kaspanaze verzweifelt und deutete wieder zum Schletterholz.

»Komm mit!«, befahl der Bauer, aber Kaspanaze blieb stehen und schüttelte den Kopf.

»Du kommst mit, aber sofort!«

»Nein!«, schrie Kaspanaze außer sich, in dem sich alles gegen den erneuten Anblick des Toten wehrte und sträubte.

»Wenn ich sage, du kommst mit, dann kommst du mit«, brüllte der Gebstetter, packte ihn am Genick und schleppte ihn mit sich.

Als Kaspanaze den am Baum hängenden Mann sah, begann er wieder am ganzen Körper zu zittern und zu schlottern.

Der Bauer blieb vor seinem toten Vater stehen. Ohne auch nur eine Spur von Rührung zu zeigen, sah er zu ihm hoch.

»Du hast es wohl nicht erwarten können …«, knurrte er böse nach oben.

Dann trat er wortlos hinter den Baum und stieg die Leiter hinauf. »Hast du ein Messer oder sonst irgendetwas zum Schneiden?«, fragte er kalt.

»Nur … nur … eine … eine … Axt!«, stammelte Kaspanaze.

»Dann hol sie her!«

Kaspanaze torkelte mehr als er lief zum Unterstand und musste sich an der Leiter festhalten, als er sie dem Bauern nach oben reichte, weil sich alles um ihn zu drehen begann.

Wortlos nahm der Bauer das Beil entgegen und fing an, den Strick mit wuchtigen Hieben durchzutrennen.

Kaspanaze nahm nur noch wahr, wie der Leichnam plötzlich nach unten krachte, sich an einem Ast verfing und darauf der Kopf mit einem dumpfen Wummern an den Baumstamm schlug. Dann wurde es dunkel um ihn.

Als er wieder zu sich kam und aufblickte, sah er breitbeinig den Bauern über sich stehen.

»Bist du wieder bei dir«, knurrte der Gebstetter. »So, und jetzt sag ich dir was: Wenn du einer Menschenseele sagst, dass sich der Großvater aufgehängt hat, schlage ich dir eigenhändig das Kreuz ab, so wahr ich Baptist Gebstetter heiße. Wenn dich jemand fragt, ist er irgendwo im Feld gelegen, als du ihn gefunden hast. Hast du mich verstanden?«

Kaspanaze sah ihn wortlos an.

»Ob du mich verstanden hast?«, brüllte der Bauer, worauf Kaspanaze willenlos nickte.

»Ich hole jetzt ein Fuhrwerk, und du kannst derweil das Vieh wieder zusammensuchen.«

Kaspanaze erschien es wie eine Ewigkeit, bis der Gebstetter mit einem Ross und Leiterwagen wieder kam, auf dem ein paar Rupfensäcke lagen. Ohne ein Wort zu sagen, trat er zu seinem toten Vater, hob ihn auf, warf ihn über seine Schulter und legte ihn auf den Wagen. Das Hemd zog er ihm hoch über den Hals, damit die Würgemale nicht mehr zu sehen waren, und deckte ihn mit ein paar Säcken zu.

»Ein Wort, und du weißt, was dir blüht ...«, sagte er noch drohend und fuhr auf dem heftig holpernden Wagen den Leichnam dem Hof zu.

Unterwegs überlegte er angestrengt, wie er es anstellen müsste, dass nicht Gott und die Welt vom Selbstmord seines Vaters erfuhren.

Die Bäuerin stand mit der Magd auf der Treppe, und die Gebstetterin fragte neugierig, was denn überhaupt los sei und warum der Tiroler vorhin so geschrieen habe.

»Der Vater ist gestorben. Er ist draußen im Feld gelegen, und der Bub hat ihn gefunden. Und jetzt schaut zu, dass ihr im Haus verschwindet!«

Er blieb mit dem Fuhrwerk vor dem Schopf stehen, schirrte das Pferd aus, schob den Wagen rückwärts hinein und verriegelte dann das Tor. Das Pferd band er im Hof fest und rief seiner Frau zu, sie solle herauskommen, da er nicht wollte, dass in der Stube jemand mitlauschen könnte, was er zu sagen hatte.

»Er hat sich aufgehängt, der alte Trottel«, sagte er zu seiner Frau.

»Ich will nicht, dass er auf dem Pestfriedhof bei den Bettlern und Selbstmördern wie ein Hund verscharrt wird. Was glaubst du, wie sich die Leute die Mäuler zerreißen würden. Ich fahre jetzt gleich zum Schreiner und dann zum Doktor wegen des Totenscheines. Du kannst inzwischen das Gewand herrichten. Schau zu, dass du ein Hemd mit einem hohen Kragen findest, und pass in der Zwischenzeit auf, dass niemand in die Nähe des Schopfes geht!«

Mit einem kleinen Heuwagen polterte der Gebstetter Witterschwende zu, und das Pferd konnte nicht schnell genug laufen. Unentwegt schlug er mit den Zügeln auf das Ross ein, dem schon nach kurzer Zeit der Schaum vor dem Maul stand. Beim Schreiner sprang er vom Wagen, band hastig das Pferd fest und stürzte grußlos in die Werkstatt.

»Basil, ich brauche einen Sarg!«

Hinter einem halb fertigen Schrank sah der Meister hervor, ein paar Hobelspäne hingen in seinem Haar.

»Warum, wer ist gestorben?«

»Das geht dich gar nichts an«, wollte der Gebstetter schon antworten, besann sich dann aber und sagte mürrisch: »Mein Vater.«

»Um Gottes willen, so alt war der doch noch nicht! Wie ist denn das passiert?«, wollte Basil wissen.

»Er ist auf dem Feld tot umgefallen.«

»War jemand bei ihm? Wann ist es denn geschehen?«

»Ich habe jetzt keine Zeit, Maulaffen feilzuhalten. Hast einen Sarg, ja oder nein?«, unterbrach ihn der Bauer schroff.

»Du bist schon gut«, erwiderte Basil, »glaubst du, dass ich nichts anderes zu tun habe, als auf gut Glück Särge zu machen, weil in Witterschwende ja die Leute nur so zum Vergnügen um die Wette sterben? Zuerst muss ich einmal der Leiche Maß nehmen, und dann machen wir den Sarg!«

»Ja Herrgottsack, du wirst doch irgendwo so eine Kiste herumstehen haben«, schimpfte der Gebstetter ungehalten.

»Da hinten habe ich einen halb fertig, aber der Deckel muss noch angepasst werden, und ausgeschlagen ist er auch nicht. Aber das kann ich dir gleich sagen: Für deinen Vater ist er zu kurz!«

»Der passt schon«, beschied der Bauer, ohne sich den Sarg anzusehen. »Nagel ihn zusammen, und ob er ausgeschlagen ist, ist auch wurscht. Oder glaubst du, dass er die Stofffetzen noch sieht? Ich muss noch zum Doktor und nehme ihn dann gleich mit!«

Der Schreiner dachte bei sich, dass der Gebstetter gewiss zu den verrohtesten und gefühllosesten Menschen gehörte, die er in seinem Leben kennen gelernt hatte. Er war gerade dabei, den Sarg fertig zu machen, als der Bauer schon wieder in der Werkstatt stand.

»Bist du immer noch nicht so weit? Glaubst du, ich habe sonst nichts zu tun?«, maulte er ungeduldig.

»Immer ruhig!«, gab der Basil zurück, schlug noch ein paar Nägel in den Deckel und half dann dem Gebstetter den Sarg auf den Wagen zu laden.

»Komm, wir binden ihn fest, sonst verlierst du ihn noch«, sagte der Schreiner und wollte in der Werkstatt ein paar Stricke holen.

»Das geht schon. Ich habe keine Zeit.«

Der Sarg polterte und rumpelte hohl und flog zwischen den Leitersprossen hin und her. Aber dem Bauern war es gleichgültig – Hauptsache, er brachte seinen Vater in die Kiste, ehe jemand noch etwas bemerkte. Auf dem Hof spannte er den Wagen aus und schob ihn neben das Schopftor, während er nach seiner Frau schrie.

»Wir machen ihn fertig, tun ihn gleich in den Sarg und tragen ihn ins Haus, dann sieht niemand etwas«, sagte er zur

Gebstetterin, während er das Tor öffnete und die auf der Leiche liegenden Säcke entfernte.

Die Bäuerin überlief ein Schauer, als sie ihren Schwiegervater so daliegen sah. Sein Unterkiefer war heruntergeklappt und sein fast zahnloser Mund stand weit offen. Die weit aufgerissenen Augen schienen auf irgendeinen Balken über sich zu starren.

»Bind ihm das Maul hinauf!«, herrschte sie der Bauer an. »Wenn wir Glück haben, ist die Leichenstarre noch nicht so weit!«

Die Gebstetterin nahm einen Strick, legte ihn um das Kinn und verknotete ihn fest über dem Kopf.

»Sakrament, er wird schon steif«, fluchte er, »wir müssen uns beeilen. Hol einen Kübel Wasser und ein Stück Seife, ich ziehe ihn derweil aus!«

Als sie zurückkam, lag der Großvater nackt auf dem Leiterwagen.

»Pfui Teifel, der hat ja auch noch in die Hosen geschissen«, verzog die Gebstetterin angewidert das Gesicht.

»Das ist meistens so. Maul nicht herum, sondern wasch ihn ab. Was glaubst du, wie das sonst in der Stube stinkt!«

Zu zweit kleideten sie den Großvater wieder an, was auf Grund der fortgeschrittenen Leichenstarre nicht ganz einfach war. Gemeinsam holten sie den Sarg in den Schopf, stellten ihn auf den Boden, und die Gebstetterin legte ihn mit zwei alten, geflickten Leintüchern aus. Dann hoben sie den Toten vom Wagen.

»Verdammt nochmal«, fluchte der Gebstetter. »Hat der Schreiner doch Recht gehabt. Er ist zu kurz!«

»Was tun wir jetzt?«, fragte seine Frau zaghaft.

»Wir müssen ihn irgendwie hineinbringen. Schieb ihn ganz nach oben, bis er mit dem Kopf ansteht und dann drückst du seine Hüfte so fest du kannst nach unten. Ich versuche dann, seine Beine abzuwinkeln.«

Er stellte sich am Fußende auf, fasste zuerst das linke und dann das rechte Bein seines Vaters, winkelte es mit Gewalt ab und drückte die Beine nacheinander in den Sarg. Als die Bäuerin aber die Hüfte losließ, hob sich das Becken wieder in die Höhe. Sie versuchte dann, die Hände des Toten über der Brust zu falten, was ihr aber nicht gelang.

»Battist, mach du das«, sagte sie zu ihrem Mann.

Aber sosehr der Gebstetter auch zog und drückte – die Arme gingen immer wieder in die Ausgangsstellung zurück.

»Das hat keinen Wert, hol einen Kälberstrick. Über die Brust kriegen wir sie nicht mehr, höchstens über den Bauch.«

Er faltete die Finger so gut es ging ineinander und hielt sie fest, während seine Frau die Hände mit dem Seil zusammenband. Danach schlugen sie die Leintücher zurück und legten den Deckel auf den Sarg.

»Ja Kruzifix«, fluchte der Gebstetter. »Der ist nicht nur zu kurz, sondern auch noch zu niedrig!«

Zwar war der Sarg nun am Kopfende geschlossen, aber der Deckel lag auf den Kniescheiben des Toten und hob ihn zum Fußende einen handbreiten Spalt weit ab.

»Bring noch ein paar Stricke!«, befahl der Bauer barsch und setzte sich auf den Sargdeckel, der sich daraufhin ganz langsam nach unten bewegte. Aber immer noch fehlten ein paar Zentimeter. Als die Gebstetterin mit den Seilen zurückkam, hieß er sie, sich neben ihn zu stellen, worauf sie sich gemeinsam auf den Großvater plumpsen ließen. Als der Sarg endlich geschlossen war, hielt ihn der Gebstetter mit seinem Gewicht zu, während sie die Seile herumschlang, die er dann fest verknotete.

»Wir lassen ihn jetzt so stehen, bis er ganz steif ist, dann kann der Vinzenz helfen, ihn in die Stube zu tragen«, meinte er dann.

Irgendwann am Nachmittag kam der Arzt vorbei, und der Gebstetter rannte sofort unter der Einfahrt heraus.

»Grüß Gott, Herr Doktor!«, rief er über den Hof, während dieser noch auf der Kutsche saß und wieselte um das Pferd herum.

»Darf ich es gleich da anbinden, Herr Doktor?«, fragte er und machte schleimig eine Verbeugung.

»Wie ist denn der Tod eingetreten?«, fragte der Arzt, nachdem er abgestiegen war.

»Ja, wissen Sie, das möchte ich Ihnen hier heraußen erzählen, und da habe ich gleich eine große Bitte an Sie. Wissen Sie, mein Vater hat sich aufgehängt«, flüsterte er, obwohl niemand in der Nähe war. »Aber ich möchte nicht, dass er auf dem Pestfriedhof bei dem ganzen Gesindel ohne kirchlichen Segen begraben wird. Er war doch sein ganzes Leben fromm und ist auch immer in die Kirche gegangen. Es wäre für ihn bestimmt das Ärgste gewesen, wenn er nicht in geweihtem Boden bestattet würde.«

»Und, was habe ich damit zu tun? Ich stelle nur den Totenschein aus!«, antwortete der Arzt abweisend.

»Sie könnten doch auch etwas anderes schreiben als ›Erhängen‹. Mein Vater wäre Ihnen bestimmt dankbar.«

»Ihr Vater ist Ihnen doch völlig gleichgültig. Ihnen geht es ja nur darum, wie Sie selbst vor den Leuten dastehen, wenn es herauskommt!«

»Sicher stimmt das auch. Aber stellen Sie sich vor, was meine Kinder durchmachen müssen, wenn sie jeder darauf anspricht! Denken Sie auch an meine alte Mutter …«

»Die bekommt sowieso nichts mehr mit!«, unterbrach ihn der Arzt schroff. »Glauben Sie, Sie haben einen Trottel vor sich? Ich stelle den Totenschein aus und damit fertig!«

»Nein, nein, so habe ich das nicht gemeint«, versuchte der Gebstetter zu beschwichtigen. Er fühlte, wie ihm der Schweiß auf die Stirn trat. »Wissen Sie, Herr Doktor, ich möchte ja nicht, dass Sie das umsonst machen. Ich würde Ihnen schon etwas dafür bezahlen. Selbst wenn man Doktor ist, wächst das Geld nicht auf den Bäumen …«

»Was? Wollen Sie mich bestechen? Ja heidanei, jetzt schlägt's aber dreizehne!«, fuhr ihn der Arzt an. »Passen Sie bloß auf, was Sie sagen, dass ich Sie nicht anzeige!«

Dem Bauern stand nun der Schweiß in großen Tropfen auf der Stirne.

»Wo liegt der Tote?«, fragte der Doktor unwirsch.

»Wir haben ihn schon in der Stube aufgebahrt.«

»Wer weiß davon, wie er um's Leben gekommen ist?«, brummte der Arzt, während sie zur Treppe hinübergingen.

»Nur ich und meine Frau«, log der Gebstetter.

»Und wo hat er sich aufgehängt?«

»Drüben am Schletterholz.«

»Wann hat man ihn gefunden?«

»Am Vormittag.«

»Wie ich hergefahren bin, habe ich gesehen, dass Ihr Vieh auf dem Feld beim Schletterholz steht«, antwortete der Arzt und blickte den Bauern scharf an. »Wer hat ihn gefunden?«

Der Gebstetter druckste und wand sich.

»Sie wollen mir doch nicht erzählen, dass Sie oder Ihre Frau am helllichten Nachmittag beim Viehhüten sind, damit sich der Hütebub einen schönen Lenz machen kann?« Der Doktor wurde nun wirklich zornig. »Also, wer hat ihn gefunden? Raus mit der Sprache!«

»Der Tirolerbub«, erwiderte der Gebstetter kleinlaut.

»Und wer weiß sonst noch etwas?«

»Niemand. Ich schwöre es bei allen Heiligen!«

»Wenn Sie mich noch einmal anlügen, können Sie mich aber kennen lernen«, knurrte der Doktor.

In der Stube wieselte der Gebstetter unterwürfig um den Sarg herum und löste die Stricke, die den Deckel auf dem Großvater hielten.

»Da habt ihr aber schnell einen Sarg herbekommen«, meinte der Arzt anzüglich, während er zu dem zwischen den beiden Sargenden verklemmten Leichnam trat und mit zwei Fingern das Hemd über den Hals hinabschob, sodass die blauen Würgemale zum Vorschein kamen.

»Wenn sich jemand in dem Alter aufhängt, muss es ihm schon sehr schlecht gehen. Ich meine das nicht körperlich, denn Ihr Vater war bis auf ein paar kleine altersbedingte Beschwerden kerngesund. Aber wie dreckig muss es einem Menschen gehen, wenn ihm der Tod barmherziger erscheint als ein Leben mit den Leuten, mit denen er hausen muss«, sagte er dann leise und mehr zu sich selbst.

Der Gebstetter lief rot an.

»Jemand soll den Buben holen, der ihn gefunden hat!«, befahl der Doktor dann barsch. »Wie heißt er denn?«

»Kaspa ... irgendwas. Ich kann mir den Namen nicht merken«, erwiderte der Bauer verlegen.

Der Arzt sah ihn verächtlich an und sagte nichts.

Der Gebstetter brüllte nun über den Hof, Ludmilla solle den Buben holen und in der Zwischenzeit auf das Vieh aufpassen.

Kaspanaze fühlte, wie ihm das Herz bis zum Hals hinaufschlug, als zum Hof hinüberlief.

»Mutter Gottes«, betete er, »ich muss jetzt lügen. Ich weiß, dass es eine Sünde ist, aber vielleicht verstehst du das, weil sonst haut mir der Bauer das Kreuz ab, und der Großvater wird davon auch nicht wieder lebendig.«

»Ist er das?«, fragte der Doktor, als er durch das Fenster blickte und Kaspanaze kommen sah.

Der Bauer nickte. Der Arzt ging aus der Stube, und als der Gebstetter ihm folgen wollte, wies er ihn zurück: »Das mache ich schon alleine, dazu brauche ich Sie nicht.«

»Du bist also das Hüterbüble?«, sagte er freundlich, weil er sofort spürte, dass der Bub Angst vor ihm hatte. »Wie heißt du denn?«

»Kaspanaze«, kam es scheu und verängstigt.

»Kaspanaze«, wiederholte der Doktor. »Das ist ein schöner Name. Das klingt fast wie eine kleine Melodie. Ist viel schöner als Kaspar Ignaz – das hört sich gleich härter an. Komm, Kaspanaze, wir setzen uns da auf die Treppe. Da redet es sich gleich leichter. Du brauchst vor mir keine Angst zu haben. Es hört uns auch niemand«, setzte er hinzu, als er den furchtsamen Blick des Buben zur Haustüre hin bemerkte. »Ich bin der Doktor und muss feststellen, wie der Großvater gestorben ist. Du hast ihn also gefunden!«

Kaspanaze nickte.

»Du brauchst mich nicht anzulügen, ich weiß alles.«

Dem Buben fiel ein Stein vom Herzen, dass er dem Doktor nicht die Unwahrheit sagen musste.

»Was hat der Bauer gesagt, dass du sagen sollst?«

»Der Großvater sei tot in der Wiese gelegen«, gab er zögernd zur Anwort.

»Und, was wirst du sagen, wenn dich jemand fragt?«

»Ich weiß es nicht. Man darf doch nicht lügen. Aber der Bauer hat gesagt, dass er mir sonst das Kreuz abschlägt«, erwiderte Kaspanaze gequält und verzweifelt. Am liebsten hätte er geweint.

»Hör zu, Kaspanaze, ich erkläre dir jetzt etwas, damit du das alles besser verstehst, und ich werde dir helfen, damit du nicht dein Gewissen belasten musst«, sagte der Doktor und legte den Arm um seine Schulter. »Also schau. Wenn dich jemand fragt, wo du ihn gefunden hast, sagst du nicht in der Wiese, sondern am Schletterholz. Das stimmt doch, oder?«

Kaspanaze nickte.

»Und ich werde im Totenschein schreiben, dass er erstickt sei. Das stimmt doch auch, oder nicht?«

Kaspanaze nickte wieder.

»Also gut. Wenn dich jemand fragt, an was er gestorben sei, sagst du, der Doktor habe gesagt, er sei erstickt. Das stimmt doch auch, das habe ich doch gerade zu dir gesagt, oder?«

Kaspanaze nickte wieder.

»So musst du nicht lügen und ich auch nicht. Es ist zwar nicht die ganze Wahrheit, aber es gibt im Leben Momente, in denen es für andere besser ist, wenn man nicht alles sagt, was man weiß. Der Großvater war ein guter Mann. Ich habe ihn lange genug gekannt. Wenn wir jetzt sagen würden, dass er sich aufgehängt hat, bekäme er keine christliche Beerdigung, sondern würde auf dem Pestfriedhof oder im Armenseelenwinkel in ungeweihter Erde verscharrt. So müsste der alte Mann auch noch über den Tod hinaus für etwas büßen, das andere verschuldet haben. Das hat er aber nicht verdient. Verstehst du das?«

Kaspanaze nickte verhalten.

Als der Arzt den Buben ansah, stieg die kalte Wut in ihm auf, weil er eine kleine Kinderseele mit Spitzfindigkeiten belasten musste, um Leute in Schutz zu nehmen, die mit ihrer Rohheit einen armen Teufel in den Tod getrieben hatten.

»Weißt du was?«, sagte er nach einer Weile, »ich glaube, dass es dir doch auf das Gewissen drückt. Du gehst am Sonntag zum Pfarrer Fendt zum Beichten und sagst genau, wie es war. Der wird dir sicher auch sagen, dass du es richtig gemacht hast!«

»Ich war noch nicht bei der Erstkommunion, ich darf noch nicht beichten«, erwiderte Kaspanaze.

»Ach so? Du siehst aber schon älter aus«, meinte der Doktor und sah ihn an. »Dann gehst du einfach am Sonntag in den Beichtstuhl und sagst es dem Pfarrer.«

Dabei verschwieg er ihm, dass er selbst vorher noch bei dem Hochwürden Fendt ein Beichtgespräch haben würde. Er erhob sich von der Treppe und ging zurück in die Stube, wo inzwischen die Bäuerin um den Sargrand frische Blumen auslegte und das Leintuch so drapierte, dass die Flicken nicht mehr zu sehen waren. Wortlos trat er zur Bank, auf der seine Tasche lag und kramte einen Totenschein heraus. Als Todesursache setzte er »Embolie« ein.

Er drückte dem Gebstetter den Zettel in die Hand und erklärte, dass er damit zum Pfarrer gehen könne.

Der Bauer versuchte, die Todesursache zu entziffern, konnte sich aber keinen Reim darauf machen.

»Embolie«, erklärte der Arzt. »In diesem Fall: Tod durch Ersticken. Und gefunden hat ihn der Bub – übrigens: er heißt Kaspanaze – nicht in der Wiese, sondern am Schletterholz.

Die beiden Gebstetters überschlugen sich fast vor Dankbarkeit und Erleichterung.

»Zahlt dem Großvater lieber ein paar Seelenmessen mehr«, sagte der Doktor eisig und verließ die Stube.

Der Bauer hatte es nun sehr eilig, zum Pfarrer zu kommen, weil er den Toten unter der Erde haben wollte, bevor noch irgendjemand auf dumme Gedanken kommen konnte. Nachdem er im Pfarrhaus fertig war, ging er zur Leichensagerin, die am anderen Ortsende von Witterschwende in einer kleinen, halb verfallenen Hütte wohnte.

Die Theophila war eine alte, hagere Jungfer mit einer hohen, fisteligen Stimme. Ihren Lebensunterhalt – oder das, was für sie zum Überleben abfiel – bestritt sie damit, dass sie bei einem Todesfall von Haus zu Haus und Hof zu Hof zog und mit möglichst bekümmerter Miene und weinerlichem Tonfall das Ableben der oder des Verstorbenen verkündete. Natürlich wurden dabei die guten und die schlechten Eigenschaften der Verblichenen besprochen, wie es mit den

Hinterbliebenen weitergehen würde und Mutmaßungen über die eigentliche Todesursache angestellt.

»Ja, der hat einfach zu viel gegessen, und in der Wirtschaft ist er halt auch ständig gehockt …«, hieß es dann, und die Leichensagerin wiegte betrübt den Kopf.

Die Theophila hatte den Spitznamen »das heulende Elend«, weil sie die Todesnachricht in herzzerreißendem Ton vortragen konnte. Sie bat dann die Leute zur Beerdigung zu kommen und sagte an, wann der Rosenkranz gebetet würde. Dafür erhielt sie ein Stück Geräuchertes, Käse und vielleicht noch ein paar Eier, und hie und da fiel auch noch ein schwarzes Kleidungsstück einer Verstorbenen für sie ab.

Kaum war der Gebstetter gegangen, machte sich die Theophila auch schon auf den Weg, weil sie mehr dafür bekam, wenn die Nachricht noch taufrisch war.

Am Abend war in der Stube Totenwache, und auch die Leichensagerin war gekommen, um einen Rosenkranz mitzubeten, auch deswegen, weil sie hoffte, dass dafür die Abgeltung ein wenig größer ausfallen würde. Die Großmutter saß auf einem Schemel und starrte mit leeren Augen auf ihren Mann, ihre Lippen bewegten sich lautlos, und gelegentlich schob sie eine Perle des Rosenkranzes weiter nach vorne. Kaspanaze beobachtete sie aus den Augenwinkeln, und ihm fiel das unfreiwillig belauschte Gespräch im Hof ein. Er dachte, dass es eigentlich mehr ein Selbstgespräch gewesen war, weil die alte Frau keine Regung zeigte.

Obwohl er hundemüde war und sich im Heu tief in seinen Sack eingrub, konnte er nicht einschlafen. Kaum schloss er die Augen, erschien sofort der Großvater und schien ihn von dem Baum herunter anzugrinsen. Wach lag er da und hörte den Mäusen zu, wie sie hin und her liefen, raschelten, auf den Dielen trappelten und hie und da fiepsten. Irgendwann fiel er dann doch in einen unruhigen Schlaf.

Zwei Tage später war Beerdigung. Der Sarg stand auf einem mit schwarzen Tüchern ausgeschlagenen Heuwagen, und der Trauerzug bewegte sich langsam aus dem Hof. Vorneweg trug Gebhard ein Holzkreuz, hinter dem Wagen folgten Gebstetters mit Pauline und der Großmutter, die vom Bauern und der Bäuerin mehr gezogen als gestützt wurde. Mit offenem Mund und geistesabwesendem Blick stolperte sie hinter den sterblichen Überresten ihres Mannes dem Friedhof zu.

Kaspanaze wartete, bis der Leichenzug außer Sichtweite war, schorte den Stall, band die Tiere los und trieb sie hinab zum Schletterholz. Ihm grauste, da er den ganzen Tag an den fürchterlichen Anblick des Toten im Baum erinnert würde. Er holte seine Axt aus dem Unterstand, weil er nicht mehr dort bleiben wollte, wo sich nur einige Meter entfernt der Großvater entleibt hatte, und ging auf die andere Seite der Wiese, wo er Äste abschlug, um sich eine neue Hütte zu bauen.

So sehr er sich auch zwingen wollte, an etwas anderes zu denken – es gelang ihm nicht. Der Großvater war vor, hinter, neben und über ihm, und er konnte ihm nicht entrinnen. Er versuchte, in Gedanken nach Hause zu fliegen, aber der alte Mann holte ihn ein, kaum dass er abgehoben hatte. Das Schletterholz hatte plötzlich etwas Unheimliches und Bedrohliches, und das Einzige, was die Beklemmung und die Einsamkeit ein wenig milderte, war das Bimmeln der Kuhglocken und das schwere Schnaufen der Kühe.

Als er am Sonntag mit Sofie und Alfons zur Kirche ging, sah ihn das Mädchen betroffen an, als sie die großen, tiefblauen Ringe unter seinen Augen sah.

»Hat dich der Bauer wieder verhauen?«, fragte sie.

»Nein«, schüttelte er den Kopf. »Aber ich kann keine Nacht mehr schlafen, seit der Großvater tot ist.«

»Du hast ihn ja gefunden, hat meine Bäuerin gesagt«, fuhr Sofie neugierig fort.

»Ja«, erwiderte er einsilbig, »und jetzt lasst mich damit in Ruhe!«

Auf dem Kirchplatz ging Kaspanaze nicht hinüber zu den anderen Kindern, sondern schnurstracks in die Kirche, wo er sich in die Reihe vor dem Beichtstuhl stellte.

Einige Leute sahen ihn verstohlen neugierig an und tuschelten, dass das doch der Bub beim Gebstetter sei.

Als er an der Reihe war, trat er in den Beichtstuhl und sagte: »Gelobt sei Jesus Christus!«

»In Ewigkeit, Amen!«, kam es dumpf aus dem Dunkel, in dem der Pfarrer saß und den Kopf in die Hand stützte.

Als Kaspanaze nichts weiter sagte, weil er ja nicht wusste, wie man richtig beichtete, hob der Pfarrer den Kopf und sah durch das Holzgitter.

»Du bist doch der Kaspanaze? Ich habe schon auf dich gewartet, aber es wäre besser gewesen, wenn du ins Pfarrhaus gekommen wärest. Ich weiß, du darfst noch nicht beichten, aber sage mir ruhig, was du auf dem Herzen hast. Du brauchst auch keine Angst zu haben, dass ich etwas weitersage. Du hast gewiss schon vom Beichtgeheimnis gehört und vom heiligen Nepomuk, der für seine Verschwiegenheit sogar gestorben ist.«

Kaspanaze begann flüsternd zu erzählen, wie er den Großvater erhängt im Baum gefunden habe, was ihm der Bauer angedroht und was der Doktor ihm empfohlen hatte.

Pfarrer Fendt nahm seine priesterlichen Pflichten sehr genau, und normalerweise hätte er nicht gestattet, dass ein Selbstmörder in geweihter Erde und mit kirchlichem Segen begraben würde. Aber der Doktor hatte ihm alles unter dem Siegel des Beichtgeheimnisses anvertraut und ihn gebeten, dem kleinen Buben zu bestätigen, dass er nichts Unrechtes getan habe.

Der Pfarrer ließ Kaspanaze ausreden und räusperte sich dann kurz. »Büble, du hast es schon recht gemacht. Dich trifft keine Schuld, und vielleicht wäre es für alle noch ärger gekommen, wenn du alles gesagt hättest, wer weiß ... Aber das ist kein Freibrief zum Lügen, verstehst du? Die Wahrheit ist ein kostbares Gut, das du immer hochhalten musst. Bete ein Vater unser darum, dass du die Weisheit und Stärke bekommst, mit der Wahrheit richtig umzugehen!«

Kaspanaze fühlte, wie alle Last von ihm abfiel, und als er aus dem Beichtstuhl trat, hätte er am liebsten einen Juchzer losgelassen.

Auch auf dem Kirchplatz wurde hinter vorgehaltener Hand gemunkelt, dass es beim Tod des alten Gebstetters nicht mit rechten Dingen zugegangen sein könne, weil der Jungbauer es so eilig gehabt habe, einen Sarg zu bekommen. Komisch sei es auch gewesen, dass das Totenhemd fast bis zum Kinn heraufgereicht habe.

»Und mit Blumen war um die Brust und den Hals herum alles voll. Fast hätte man glauben können, der Alte schaut aus einem Blumenkübel heraus«, warf der Gindeler ein.

»Na, na, der Doktor hat ja den Totenschein ausgestellt, und der hat ihn sicher genau angeschaut. Erstickt ist er halt«, gab der Igler zu bedenken.

Als der Gebstetter dazutrat, verstummten alle, und einige hüstelten verlegen.

»Dein Tirolerbüble scheint das Gewissen ganz schön zu plagen, wenn er schon zum Beichten geht, obwohl er noch nicht einmal bei der Erstkommunion war«, feixte der Geiselharz.

»Woher willst du wissen, ob er schon bei der Erstkommunion war?«, fuhr der Gebstetter auf.

»Ganz einfach. Weil er so alt ist wie der Anton bei mir.«

»Und wenn, geht's dich was an?«, blaffte der Gebstetter und schob den Hut in den Nacken.

»Was hat denn so ein kleiner Bub sonst im Beichtstuhl verloren?«, stichelte der Geiselharz weiter.

»Komm, gib Ruhe!«, fuhr der Igler dazwischen.

Kaspanaze stand drüben bei den Hütekindern, und die Bäuerin ließ ihn nicht aus den Augen, als sie sah, wie die anderen auf ihn einredeten.

»Wie hast du ihn gefunden?«, wollte der Vitus wissen.

»So ein Toter sieht bestimmt ganz schiach aus«, mutmaßte sein Bruder Krispin.

»Hast du ihn angelangt?«, fragte der Andreas.

»Ich tät da davonlaufen«, sagte die Lechtaler Christine, und der Kapeller Eugen erwiderte, das sei typisch für die Weiber, worauf ihm die Hildegard eine herunterhaute.

»Und was hast du dann gemacht?«, warf der Urs in seinem singenden Dialekt dazwischen.

»Davongelaufen und den Bauern geholt«, erwiderte Kaspanaze.

»Hä, das siehst du, auch die Buben laufen davon«, meinte die Hildegard hämisch zu Eugen.

»Wieso bist du in den Beichtstuhl? Du darfst doch noch gar nicht beichten, du bist doch genauso alt wie ich«, fragte der Anton neugierig, und der Konrad pflichtete ihm bei, dass ihn das auch interessieren würde.

Kaspanaze hoffte inständig, dass die Fragerei endlich ein Ende haben möge, und sah immer wieder zur Bäuerin hinüber, deren Blick immer giftiger wurde. Als dann noch die Sattelmacherin spitz zur Gebstetterin sagte, dass sie wohl ein besonders frommes Tirolerkind hätten, war es mit ihrer Beherrschung vorbei. Wie eine Furie schoss sie über den Kirchplatz auf den verdatterten Buben zu, gab ihm eine Ohrfeige und schrie ihn an, er solle schleunigst schauen, dass er auf den Hof komme.

»Deswegen brauchst du nicht so grob zu dem armen Kind zu sein«, wies sie die Sattelmacherin betroffen zurecht.

»Der Krüppel hat es verdient. Der macht nichts als Schereien«, antwortete sie schroff und schnaubte empört.

»Komm, wir gehen mit dir«, sagte der Alfons und sah zu Sofie hinüber, die nickte. Schweigend gingen sie ein Stück nebeneinander her, bis es Sofie nicht mehr aushielt und Kaspanaze fragte, warum er in den Beichtstuhl gegangen sei.

»Der Doktor hat gesagt, ich soll es so tun«, antwortete er kurz.

»Das war aber kein besonders guter Einfall von ihm«, meinte Alfons.

»Ich weiß schon, das gibt heute noch eine gehörige Tracht Prügel«, erwiderte Kaspanaze.

»Aber lange halte ich das bei denen sowieso nicht mehr aus. Entweder schlagen sie mich noch eines Tages tot oder sie lassen mich verhungern oder auf dem Feld erfrieren.«

»Was willst du denn machen?«, fragte Sofie erschrocken.

»Abhauen!«

»Wohin?«

»Irgendwohin.«

»Wenn du Pech hast, erwischt es dich aber noch schlimmer«, meinte Alfons.

»Noch schlimmer?«, lachte Kaspanaze bitter, »noch schlimmer? Sogar der Hund hat es besser. Der darf im Hausgang auf einem Teppich liegen, bekommt jeden Tag genug zu fressen und bei weitem nicht so viel Schläge wie ich.«

»Dein Amerikaner – kann der nichts machen?«, fragte Sofie.

»Ja, der Herr Whitehead. Der versucht schon, mir zu helfen, und dafür bin ich auch mehr als dankbar. Gnade mir Gott, wenn er nicht wäre. Aber der kann auch nicht immer hier sein, und kaum hat er sich umgedreht, lassen sie ihre Wut an mir aus.«

»Wenn du das machst, musst du aber schauen, dass du weit wegkommst. Weil der sucht dich bestimmt überall«, sagte Alfons nach einiger Zeit.

Kaspanaze hatte es nicht besonders eilig, um auf den Hof zu kommen und seine Prügel abzuholen. Er suchte sich wieder einen runden Stein, trieb ihn vor her und setzte sich im Wäldchen unter einem ausladenden Baum auf die Wurzeln und überlegte, wie er es anstellen könnte, um unbemerkt vom Hof zu verschwinden.

Er saß noch nicht lange da, als die Gebstetterin mit langen Schritten den Weg entlangkam, wobei sie mit einer Hand den schwarzen Strohhut auf den Kopf presste.

»Da pressiert es mir bestimmt nicht«, sagte er leise zu sich selber, »vielleicht ist es besser, wenn ich auch noch den Bauern abwarte. Der ist bestimmt wieder sturzbesoffen, und dann ist sie einmal eine Weile mit ihm beschäftigt. Weil Prügel kriege ich heute noch von allen beiden.«

Er blieb sitzen und versuchte sich mit ein paar Tannenzapfen abzulenken, die er mit den Schuppen gegeneinander rieb. Aber es gelang ihm nicht, auf andere Gedanken zu kommen.

Es dauerte noch eine Weile, bis auch der Gebstetter schwankend dem Hof zustrebte, wobei er unter wüsten Flüchen die linke Faust zum Himmel stieß, was ihn einige Male gehörig aus dem Gleichgewicht brachte.

Kaspanaze schlich von hinten auf den Hof und kam noch vor dem Bauern an, stieg über die Leiter zu seinem Koffer und zog sich schnell um, während die Bäuerin unten nach ihm schrie. Durch einen Spalt im Bretterschirm spähte er nach unten und sah, wie sie immer noch wuterfüllt hin und her lief. Kaum aber erblickte sie den torkelnden Bauern, schien sie ihn vorläufig vergessen zu haben und keifte, was für ein versoffenes Loch er sei und ob er sich nicht schämen würde, schon ein paar Tage, nachdem sein Vater unter der Erde sei, sich bis zum Rand abzufüllen.

Der Gebstetter schien sie gar nicht zu beachten.

»Wo ist der Tiroler?«, schrie er.

»Den suche ich auch schon«, giftete sie zurück.

»Wo ist der Krüppel?«, brüllte er wieder, und Kaspanaze hörte, wie er unten im Tenn die Leiter geraderückte.

Er bekam es nun mit der Angst zu tun, weil er dem Gebstetter zutraute, dass er ihn durch ein Streueloch nach unten in den Stall werfen würde.

»Ich darf ihn nicht herauflassen«, dachte er verzweifelt.

Geräuschlos nahm er eine Heugabel auf, schlich sich leise nach vorne und wartete, bis er hörte, dass der Bauer auf der zweiten oder dritten Sprosse stehen musste. Dann stemmte er sich mit seinem ganzen Gewicht gegen den nach oben herausragenden Leiterholm.

Der überraschte Bauer stieß einen Fluch aus und krachte rückwärts auf den Boden. Gleich darauf folgte die Leiter und knallte ihm auf den Kopf.

Benommen rappelte er sich wieder auf. In seinem Rausch war er nicht sicher, ob die Leiter von selbst umgefallen war oder ob da jemand nachgeholfen hatte.

Kaspanaze wagte nicht, sich zu bewegen, und hielt ängstlich den Atem an. Als er hörte, wie der Bauer sakramentierend zum Tennstor humpelte, spähte er vorsichtig nach unten und sah, dass er die rechte Hand in die Hüfte stützte. Von draußen kam zeternd die Gebstetterin und verzog das Gesicht zu einem schadenfrohen Grinsen, als sie sah, dass ihm das Blut von der walnussgroßen Beule an der linken Schläfe herablief.

»Jedem Ochsen sein Horn«, feixte sie, »eigentlich sollte ich dir auf der anderen Seite auch noch eines verpassen.«

Kaspanaze zog sich behutsam zum Einfahrtstor zurück und hängte gerade den Haken am Torbengel aus, um aus der Falle zu entwischen, derweil unten die Bäuerin die Leiter wieder aufstellte und schwer atmend heraufstieg. Einen Moment blieb sie stehen, weil sie in der Dämmerung nichts erkennen konnte, dann sah sie das einfallende Licht durch das spaltbreit offen stehende Tor.

»Battist, er muss draußen sein!«, schrie sie. »Schau zu, dass du ihn erwischst!«

Kaspanaze rannte über die Einfahrt nach unten und konnte gerade noch in das Mostfass schlüpfen, als schon der Gebstetter in den Hof trat.

Im Fass kauernd sah er zu ihm hinüber. Unter anderen Umständen hätte er lachen müssen, wie der Bauer so krumm und verbogen dastand, eine Hand in seine schmerzende Hüfte gestützt und mit der anderen seine blutende Beule bedeckend.

»Komm her, du Scheiß-Tiroler, ich weiß genau, wo du bist!«, brüllte er und sah suchend umher.

»Er ist bestimmt da! Hast du ihn nicht gesehen?«, schrie die Gebstetterin, während sie zum Tennstor herausfegte. »Er ist durch das Tor entwischt!«

Ratlos stand sie auf der Einfahrt, kam dann langsam herunter, während sie unablässig den Hof mit ihren Blicken abtastete. Kaspanaze hielt die Luft an, als sie direkt neben ihm Halt machte, und schickte ein Stoßgebet zum Himmel, dass sie nicht in das Mostfass hineinschauen möge.

»Herkules, er muss doch irgendwo sein«, schrie sie wieder und hieb wütend mit dem Stecken auf die Fassdauben.

Der in den Ritzen angesammelte Dreck rieselte auf Kaspanaze herab, und in seinen Ohren spürte er einen stechenden Schmerz.

»Er wird schon noch kommen«, brummte der Gebstetter nach einer Weile, »und dann gnade ihm Gott!«

Zusammen gingen die beiden zum Wohnteil hinüber, während Kaspanaze mucksmäuschenstill in seinem Versteck verharrte. Als er annahm, dass sie nun im Haus sein müssten, und weil es schmerzhaft in den Beinen zu ziehen begann, krabbelte er heraus und blieb einen Moment unschlüssig stehen.

Kaum hatte er ein paar Schritte nach vorne gemacht, flog mit einem lauten Knall die Haustüre auf, und die Bauersleute kamen brüllend und schreiend auf ihn zugestürzt.

»Sie haben mich abgepasst …«, fuhr es ihm durch den Kopf. Zuerst wollte er davonlaufen, dachte aber dann, dass es vielleicht besser wäre, wenn er es hinter sich brächte, und blieb ergeben in der Nähe des Brunnens stehen. Als er erkannte, in welcher Verfassung der Gebstetter war, bereute er seinen Entschluss – aber da war es schon zu spät. Der Bauer packte ihn wie einen Stallhasen am Genick, fasste zwischen seine Beine, hob ihn hoch und warf ihn in den Brunnentrog.

Kaspanaze war darauf nicht gefasst, riss erschrocken den Mund weit auf und erwischte einen gewaltigen Schluck Wasser. Immer wenn er hustend und keuchend auftauchen wollte, presste der Bauer seinen Kopf wieder nach unten. Einen Augenblick lang spürte er, wie ihn Todesangst durchfuhr, dann aber wurde es plötzlich ganz still und friedlich in ihm, und er dachte an seine Eltern und Geschwister und den Großvater, und dann fiel ihm noch ein, dass er auch sein Geschwisterchen nicht mehr kennen lernen würde und dass der Pfarrer gesagt hatte, dass er ein reines Gewissen haben könne.

Das anfänglich heftige Strampeln wurde langsamer. Kaspanaze versuchte noch ein paar Mal sich aufzubäumen, spürte, wie alles um ihn zu verschwinden begann, und stellte fast heiter fest, dass er eigentlich gar keinen Schmerz mehr empfand.

Mit einem Mal wurde er in die Höhe gerissen, und hustend und prustend rang er nach Luft.

Es dauerte einige Zeit, bis er fähig war, wieder etwas wahrzunehmen, und als er immer noch keuchend vom Boden aufblickte, sah er vor sich Vinzenz mit hochrotem Gesicht und daneben die beiden Gebstetters.

»Seid ihr noch ganz bei Trost? Wollt ihr den Buben umbringen?«, schrie der Knecht. Dabei sah er aus, als wolle er dem Bauern im nächsten Moment an die Gurgel.

»Weißt du überhaupt, was der da gemacht hat?«, schrie die Gebstetterin zurück.

»Ja, das weiß ich. Oder glaubt ihr, ich habe keine Ohren? Aber ist das ein Grund, den Buben wie einen alten Katzenbohle zu ersäufen?«, brüllte Vinzenz außer sich.

Kaspanazes Atem ging wieder gleichmäßiger, und er sah, dass die Adern an den Schläfen des Knechtes angeschwollen waren und aussahen wie dicke Regenwürmer.

»Der da«, deutete sie auf Kaspanaze, »geht zum Beichten, obwohl er noch gar nicht darf, und die Leute reden uns saublöd an, und was er sonst noch rumerzählt hat, weiß ich nicht«, versuchte sich die Bäuerin kleinlaut zu rechtfertigen.

»Wenn ich nicht dazugekommen wäre, hätten die Leute wirklich etwas zum Erzählen. Nur würdet ihr das nicht mehr alles mitbekommen, weil ihr noch heute Abend im Gefängnis hocken würdet!«, fauchte Vinzenz.

»Geht's wieder?«, fragte der Knecht und streckte Kaspanaze die Hand hin, um ihm aufzuhelfen. Dann gingen beide zum Tenn hinüber, ohne die Bauersleute, die betreten im Hof standen, eines Blickes zu würdigen.

»Verkommenes Pack!«, schimpfte Vinzenz vor sich hin.

Kaspanaze zog das klatschnasse Gewand aus, breitete es über die Truhe und trocknete sich ab. Bevor er wieder nach unten stieg, legte er sich noch kurz ins Heu und starrte auf die grauen Wespennester unter dem Dach. Er wehrte sich nicht gegen die Tränen, die über seine Wangen herabliefen. Bevor er aufstand, drehte er sich auf den Bauch und hämmerte mit den Fäusten verzweifelt auf den Boden ein.

Kaspanaze lag auf seinem Rupfensack im Heu und kämpfte gegen den Schlaf. Einige Male war er kurz davor einzunicken, und die Zeit schien nicht zu fließen, sondern nur tröpfchenweise zu vergehen.

Sein Bündel lag gepackt hinter der Truhe, sein Häs hatte er, so gut es ging, hineingestopft. Es fehlten nur das neue Gewand und die neuen Schuhe. Denn beides hatte die Bäuerin in Verwahrung genommen. Das Tor zur oberen Einfahrt hatte er schon vorher losgebunden, und er wartete, bis die

Dämmerung in Dunkelheit überzugehen begann. Immer wieder kamen Zweifel in ihm hoch, ob es auch richtig sei, was er nun tun wollte, und wie es weitergehen würde, wenn er keinen neuen Platz fand.

»Nein, lieber unter Räuber fallen oder verhungern. Keine Stunde bleibe ich mehr als nötig bei denen«, dachte er fest entschlossen.

Er umklammerte die Schachtel mit den Schwefelhölzern, die zum Anzünden der Stalllaterne unten im Tenn gelegen hatten, und stellte sich vor, wie die Flammen zum Dach herausschießen würden. Leise erhob er sich, tastete nach seinen Habseligkeiten, hörte zwischen dem schweren Schnaufen der Kühe Vinzenz' grummelndes Schnarchen und schlich zum Tor, das er zentimeterweise aufschob.

»Du kannst jetzt noch umkehren«, sagte er halblaut zu sich auf der Einfahrt stehend. »Nein!«, gab er sich gleich darauf entschlossen zur Antwort.

Ein Büschel trockenes Heu schob er unter das Holztor, riss ein Streichholz über die Reibfläche und hielt es dagegen. Leise knisternd fraß sich die Flamme zunehmend größer werdend durch die dürren Stängel. Dann aber fiel ihm ein, dass er die Gesichter der Bauersleute gar nicht würde sehen können, weil er möglichst weit weg sein müsste, wenn der Brand bemerkt würde. Heiß fuhr ihm Vinzenz durch den Kopf, und auch Priska würde vielleicht nicht mehr lebend aus dem Stall kommen. Hastig zerrte er das brennende Bündel ins Freie, wo es kurz aufloderte und dann allmählich verglomm. Im taunassen Gras befeuchtete er seine Füße und zertrat die noch glimmenden Halme.

»Da hättest du jetzt bald etwas angestellt ...«, sagte er fassungslos zu sich. Nur langsam beruhigte er sich wieder.

»Aber so einfach kommt ihr mir trotzdem nicht davon. Etwas muss ich euch noch antun, bevor ich verschwinde.«

»Schau lieber zu, dass du weiterkommst. Wenn sie dich erwischen ...«, mahnte eine andere Stimme in ihm.

Je mehr er gegen die Versuchung ankämpfte, desto stärker wurde das Verlangen, es ihnen ein letztes Mal heimzuzahlen.

»Also gut, ich mach's«, gab er der Versuchung nach und legte sein Bündel auf den Boden.

So leise es ging, schlich er hinüber zur Treppe, blieb einen Moment stehen und machte zwei Mal kurz »Psst! Psst! Wuff! Wuff!«. Dann rannte er, so schnell er konnte, zurück, während im Haus Cäsar ohrenbetäubend zu rasen anfing.

Voll und hellgelb hing der Mond am Himmel, die Luft war lau und warm. Kaspanaze hatte keine Ahnung, wo er hinwollte, und ihm fiel sein Vater ein, der öfters von Miles Korles Toni aus Lingenau erzählt hatte. Dieser hatte gesagt, dass auf jede getroffene Entscheidung mindestens zwei neue Fragen folgen würden. Bisher hatte er nie genau verstanden, was damit gemeint war.

»Mist«, dachte er nun. »Zwei? Nein, mindestens vier! Hinauf in Richtung Biberach? Nach rechts, links oder geradeaus?« Er entschloss sich für »Geradeaus«, weil er dort schon ein Stück des Weges kannte.

Witterschwende lag schon weit hinter ihm, und einen Augenblick lang wollte er nach Baienfurt zum Bentele gehen, aber dann dachte er, dass dieser ja schon den Alois und daher für ihn auch keine Arbeit hätte.

»Das Beste ist es, wenn du einfach zugehst, irgendwo kommst du bestimmt wieder heraus. Hauptsache, du bist bis morgen möglichst weit fort!«, sprach er sich laut Mut zu.

Immer wieder stellte er sich vor, wie die beiden Gebstetters dreinschauen würden, wenn sie merkten, dass er nicht mehr da war, und der Gedanke bereitete ihm ein grimmiges Vergnügen. In den schwarzen Bäumen rief ein Totenvogel sein »Kuuwitt! Kuuwitt!« und er betete schnell ein »Gegrüßet seist Du, Maria« für den armen todgeweihten Menschen, den der Vogel zum Mitkommen aufforderte.

Kaspanaze wusste schon lange nicht mehr, wo er war, und der Weg durch den Wald schien kein Ende zu nehmen. Gelegentlich raschelte es im Laub, und er hörte das Knacken von dürren Ästen, wenn ein Stück Wild aufgeschreckt die Flucht ergriff. Um sich die Zeit ein wenig zu vertreiben, begann er laut vor sich hinzupfeifen, und er hörte erst damit auf, als ihm kein Lied mehr einfiel.

Nach und nach spürte er, wie seine Beine immer schwerer wurden. Immer wieder fielen ihm die Lider zu, und kaum hatte er sie wieder aufgerissen, schlich sich die Müdigkeit sofort an ihn heran. Er begann die Lieder, die er vorher gepfiffen hatte, nunmehr zu singen, und er ertappte sich mehrmals, wie seine Stimme dabei immer langsamer wurde.

»Du musst schlafen«, sagte er zu sich, »sonst haut es dich noch hin ... aber komm, ein Stück geht es schon noch ...« Erst als er auf dem Boden lag und verdutzt die Augen aufriss, beschloss er, sich möglichst bald einen geeigneten Platz zu suchen, wo er sich ein bisschen ausruhen konnte. Auf der nächsten Lichtung rückte er sein Bündel unter einer mächtigen Tanne zurecht, und kaum hatte er seinen Kopf darauf gelegt, war er auch schon eingeschlafen.

Plötzlich erfüllte ein dumpfes Bersten und Krachen die Luft. Kaspanaze fuhr erschrocken hoch. Er brauchte eine Weile, bis ihm klar wurde, wo er sich befand. Das unheimliche Rumoren aus dem Wald kam immer näher und hielt direkt auf ihn zu. Er spürte, dass er nicht mehr lange Zeit hatte, um zu überlegen, was das sein könnte. Hastig nahm er seinen Sack auf den Rücken und kletterte, so schnell er konnte, auf eine Buche, deren Äste weit herunterreichten.

Das Toben wurde immer lauter, und zwischen dem Splittern und Brechen der Äste glaubte er ein vielstimmiges Grunzen herauszuhören. Mit einem Mal war der Lärm direkt unter ihm. Eine gewaltige Wildsau, deren riesige Hauer sich hell im Mondlicht vom dunklen Fell abzeichneten, tobte mit einem Haufen jüngerer Schweine der Lichtung zu. Dort fingen sie grunzend, schmatzend, rülpsend und schnüffelnd an, den Boden umzuwühlen. Kaspanaze begann zu zählen und kam auf zehn Stück.

So schnell der Spuk gekommen war, so schnell verschwand er auch wieder, und er empfand die plötzliche Stille eher beklemmend. Vorsichtshalber blieb er noch eine Zeit lang auf dem Baum sitzen. Als er annahm, dass sich die Rotte weit genug entfernt habe, stieg er von der Buche.

Der Schrecken steckte ihm immer noch in den Knochen, und seine Sinne waren gespannt bis in die Haarspitzen. Jetzt nahm er Geräusche wahr, auf die er vorher nicht geachtet hatte, und jedes Mal zuckte er schon beim leisesten Knacken eines Ästchens im Wald zusammen. Als sein Puls wieder ruhiger pochte, stellte er sich vor, wie die daheim große Augen machen würden, wenn er erzählte, dass er richtige Wildschweine gesehen hatte. So etwas hatten bestimmt weder sein Vater noch der Großvater erlebt.

Kaspanaze mied es, durch die Dörfer zu gehen. Bei Horgenzell war er durch den Ort gelaufen, worauf in einigen Häusern die Hunde anschlugen, und hinter einigen Fenstern war ein Licht angezündet worden. Er hatte Angst, dass ihn jemand sehen und fragen könnte, woher er käme und wohin er wolle. Aber noch mehr Angst hatte er davor, dass jemand den Gebstetter kennen und diesem erzählen könnte, dass sein Tiroler da durchgekommen sei. Auch um die Einödhöfe machte er einen großen Bogen und er hielt sich lieber an abgelegene Feld- und Waldwege. Schon seit Stunden spürte er das Stechen in seinem Bauch, weil er vom Laufen einen Riesenhunger, aber nichts zu essen dabeihatte. An einer Viehtränke trank er so viel Wasser, wie er konnte, was ihm aber lediglich auf die Blase schlug.

Das fahle Licht des Mondes wurde zunehmend schwächer, und am Horizont begann sich der Himmel in zarten Tönen zu färben. Auf einer Anhöhe drehte er sich um und setzte sich auf sein Bündel. Scheinbar zögernd, dann immer schneller schob sich die Sonne wie eine glühende Kugel über den Wäldern und Wiesen in die Höhe. Er lauschte dem Zwitschern der Vögel, sah den hoch am Himmel fliegenden Schwalben zu und hörte aus dem Schilffeld unterhalb des Hügels das »Woid woid woid« eines Rohrsängers.

»Die Welt ist schön«, sagte Kaspanaze laut und trotzig.

Vor ihm lag die spiegelnde Fläche des Bodensees, und fast zum Hinüberlangen nahe erhob sich darüber der gewaltige Klotz des Säntis, neben dem ihm die anderen bestimmt auch sehr hohen Berge beinahe klein vorkamen. Stundenlang hätte er da bleiben und die Bilder in sich aufnehmen können, wenn ihn nicht der Hunger weitergetrieben hätte. In einiger Entfernung sah er zwischen den Bäumen das Dach eines Hofes, und er beschloss, dort um Brot zu fragen. Als er zwischen den Bäumen in das Gehöft trat, fing ein kleiner Spitz zähnefletschend hell und heiser zu bellen an. Kaspanaze wagte sich nicht weiter, und der Kläffer beruhigte sich erst wieder, als eine Frau mit einem Kopftuch aus der Haustüre trat und »Kusch!« rief.

»Grüß Gott«, sagte er schüchtern und verlegen.

»Grüß Gott«, erwiderte die Frau und sah ihn verwundert an. »Wo kommst denn du am helllichten Vormittag her?«

»Ich habe Hunger. Habt Ihr vielleicht ein Stück Brot für mich. Es kann auch schon hart sein.«

»So siehst du auch aus. Dann komm einmal mit in die Küche. Dann schauen wir, ob wir noch etwas auftreiben«, lachte sie gutmütig.

Aus der Brotlade holte sie einen angeschnittenen Laib und ein Stück in ein feuchtes Tuch eingeschlagenen Käse, das sie auf den Tisch legte.

»Meine Frage hast du immer noch nicht beantwortet«, sagte sie. »Wo kommst du denn überhaupt her?«

»Vom Gebstetter«, erwiderte Kaspanaze, mit vollem Mund kauend.

»Gebstetter? Kenne ich nicht. Wo ist denn der?«

»Das ist ein Bauer bei Witterschwende.«

»Witterschwende? Das ist aber ein ganz schönes Stück weit weg.«

»Ja, ich bin fast die ganze Nacht durchgelaufen.«

»Und wieso bist du gelaufen?«

»Das sind ganz böse Leute«, sagte Kaspanaze. »Gestern hätten sie mich beinahe im Brunnentrog ersäuft.«

»Ja, das ist aber schon arg«, meinte die Frau betroffen. »Aber was willst du jetzt weiter tun?«

»Ich suche einen neuen Platz«, antwortete er und schob ein großes Stück Brot in den Mund.

»So, so«, erwiderte die Frau einsilbig und musterte ihn sonderbar. Kaspanaze wurde es unbehaglich, und er begann, auf der Eckbank hin und her zu rutschen.

»So, so«, sagte sie noch einmal und sah ihn wieder abschätzend an. »Vielleicht schickt dich der Himmel zu uns.

Wir haben bis vor ein paar Tagen einen Buben aus Graubünden, aus dem Val Lumnezia gehabt, aber wir haben ihn wieder heimschicken müssen, weil wir ihn einfach nicht verstanden haben. Das ist auf die Dauer kein Schaffen. Da vertut man mehr Zeit mit Reden und kommt nicht zur Arbeit.«

Sie hielt kurz inne und sah ihn an.

»Wenn du willst, kannst du gleich bei uns bleiben.«

Kaspanaze nickte begeistert.

»Aber da ist noch etwas, das du wissen solltest«, dämpfte sie seine Freude. »Zum Essen gibt es zwar genug und so viel du willst, und vor Schlägen brauchst du dich auch nicht zu fürchten, aber dafür gibt es auch genug zum Schaffen, schließlich fehlt fast ein Erwachsener ...«

Kaspanaze nickte wieder und dachte, dass es schlimmer als beim Gebstetter auch nicht werden könnte.

»Also gut«, sagte die Frau. »Dann iss jetzt zuerst in Ruhe fertig, und dann zeige ich dir deine Kammer. Übrigens, du bist hier auf dem Gründingerhof, und ich heiße Antonia. Du kannst mich ›Tante Antonia‹ nennen. Mein Mann heißt Jörg, zu dem kannst du ›Onkel‹ sagen, aber der ist momentan draußen auf dem Feld.«

Kaspanaze wagte nicht zu fragen, was er denn arbeiten müsse, weil er Angst hatte, dass sie es sich dann doch noch anders überlegen könnte.

»Wenn du schon bei uns bleibst, wäre es vielleicht nicht ganz verkehrt, wenn ich wüsste, wie du heißt«, lachte sie freundlich.

»Kaspanaze, Kaspanaze Meser.«

»Und wo kommst du her?«

»Aus dem Bregenzerwald.«

»Aus dem Bregenzerwald, so, so. Und wie alt bist du?«

»Neun Jahre.«

»Was? Erst neun Jahre bist du alt?«, erwiderte sie erschrocken. »Ich habe dich älter eingeschätzt.«

Kaspanaze sah ihr an, wie es in ihrem Kopf arbeitete, und schickte ein Stoßgebet zum Himmel, dass sie ihn nicht fortschicken möge. Dann zwinkerte sie ihm zu.

»Wir probieren halt, ob wir miteinander auskommen.«

Die Kammer war im oberen Stock und hatte ein Fenster nach der Südseite. Darin standen ein Bett, ein Schrank und ein Stuhl, und am Fenster waren sogar Vorhänge.

»Da schläfst du. Gefällt es dir?«

Kaspanaze konnte nichts sagen. Er nickte nur stumm, und es kam ihm vor, als ob er ein Stück ins Paradies schaute, wie es der Vitus ausgedrückt hatte. Eine ganze Kammer für sich allein!

»Da im Schrank kannst du dein Zeug einräumen, und dann kommst du gleich nach unten«, hörte er die Bäuerin sagen, »und dann gehen wir zusammen gleich aufs Feld zum Heuen. Mein Mann wird Augen machen, dass wir wieder einen Knecht – oder besser ein Knechtle – haben.«

Kaspanaze konnte sein Glück kaum fassen. Gleich auf dem ersten Hof hatte er einen Platz gefunden und dazu noch eine eigene Kammer. Kaum konnte er es erwarten, bis sie die Tür hinter sich geschlossen hatte. Dann trat er sofort zum Bett und drückte sanft auf die Bettdecke.

»Da ist gar kein trockenes Laub drinnen wie daheim, sondern das muss richtiges Stroh sein. So etwas Feines hat vielleicht höchstens noch die Angelika in Ravensburg.«

Er räumte seine Habseligkeiten in den Schrank und ging über die knarrende Treppe nach unten in die Küche, wo die Bäuerin eine Suppe zum Aufwärmen auf den Herd stellte.

»Da ist die Kanne. Ich richte sie dir gleich her. Wir essen draußen auf dem Feld. Das Geschirr nehmen wir gleich mit, und du kannst dann zu Mittag die Suppe holen. Das Brot ist da im Schrank … Das bringst du dann auch mit. Du kannst auch gleich aus dem Keller Most holen. Nimm den Krug, der auf dem Tisch steht. Es ist das zweite Fass, wenn du über die Stiege hinabkommst.«

»Sie scheint eine nette Frau zu sein«, dachte Kaspanaze, während er den Most aus dem Hahn laufen ließ. Ihm fielen die Gebstetters ein, und er hätte viel dafür gegeben, wenn er ihre dummen Gesichter heute Morgen hätte sehen und ihr Geschrei hätte hören können.

Als er wieder nach oben kam, wieselte die Bäuerin geschäftig hin und her.

»Wir können dann gehen. Ich packe nur noch das Geschirr in die Tasche, und du kannst derweil ein Tuch über den Mostkrug binden, sonst haben wir bald Fliegen drinnen. Das Tuch liegt auf dem Kasten und eine Schnur ist in der Tischschublade. Ja, der Most vom letzten Jahr ist ganz gut geraten, der vom Jahr davor war etwas rauer, der hat richtig im Hals gekratzt. Du magst doch Most?«

Sie wartete seine Antwort gar nicht erst ab, sondern plauderte vergnügt weiter:

»Das ist aber wahrscheinlich von den Birnen gekommen. Ich hab noch zum Jörg gesagt, er solle mehr Äpfel nehmen, aber nein – er hat müssen seinen Schädel durchsetzen. Aber er ist ein netter Mann, du wirst schon sehen. So, ich glaube, wir haben nichts vergessen, dann können wir gehen. Hast du dein Häs auch sauber eingeräumt, nicht nur in den Schrank geworfen? Ich schaue heute Abend nach, wenn ich es nicht vergesse. Ach so, ein Heugeschirr brauchst du ja auch noch. Herkules, wo habe ich nur meinen Kopf! Aber da schauen wir gleich im Tenn.«

»Sie ist sicher nett, auch wenn sie ein bisschen viel redet«, dachte Kaspanaze, während sie vor das Haus traten.

»Die Haustüre sperren wir zu. Es wird zwar nichts gestohlen, wenn die Leute alle daheim bleiben, hat meine Großmutter immer gesagt, aber sicher ist sicher«, lachte sie. »Der Schlüssel geht etwas schwer, man müsste das Schloss einmal ölen, aber immer wenn es mir einfällt, pressiert es sonst irgendwie, und dem Jörg habe ich es auch schon ein paar Mal gesagt, aber der vergisst es auch. Schau her, den Schlüssel lege ich unter den Blumenstock.«

Sie hob den hölzernen Blumenkasten auf dem Fenstersims hoch und plapperte ohne Luft zu holen weiter: »Jetzt hätte ich es doch fast vergessen, du brauchst ja noch ein Heugeschirr. Komm, wir gehen schnell ins Tenn. Meine Güte, es ist schon gut, dass der Kopf angewachsen ist, sonst täte ich ihn auch noch irgendwo liegen lassen.«

Während sie hinübergingen, fing der Spitz böse zu knurren an.

»Maxi, sei ruhig!«, befahl sie. »Das ist der Kaspanaze,

und der ist ab jetzt auf dem Hof, der gehört zu uns. Das ist ein Guter, und mit dem brauchst du nicht so böse zu sein. So, da schau, da haben wir Heugabeln, such dir eine aus.«

Kaspanaze probierte ein paar Gabeln und meinte dann, ob sie keine kleinere hätten, da ihm die Stiele zu lang seien und ihm auch die Krümmungen nicht passen würden.

»Nein, da müssen wir schon nehmen, was wir da haben und mehr haben wir nicht. Aber das ist sicher Gewöhnungssache. Du wirst schon sehen, nach ein paar Tagen kommt sie dir wie angewachsen vor. Ich weiß das aus eigener Erfahrung. Der Jörg hat mir letztes Jahr eine neue Gabel vom Heugeschirrmacher mitgebracht, und ich habe noch mit ihm geschimpft, weil sie mir überhaupt nicht in der Hand gelegen ist und ich anstatt ins Heu immer in den Boden gestochen habe. Und heute? Heute ist es meine Lieblingsgabel, ich mag gar keine andere mehr. So, und jetzt brauchen wir noch einen Rechen, aber das ist bestimmt einfacher. Da nimmst du einfach den mit dem kürzesten Stiel. Aber jetzt müssen wir schauen, dass wir weiterkommen. Der Jörg ist bestimmt schon ganz ungeduldig und denkt sich sonst noch Wunder was, wo ich so lange bleibe.«

Kaspanaze lief neben der Bäuerin her, die erzählte, dass sie gute Nachbarn hätten und gute Nachbarschaft ganz wichtig sei und dass sie am Sonntag im Kirchenchor singen würde und dass sie auch noch gerne im Liederkranz wäre, aber dass sie dafür zu wenig Zeit habe. Er betrachtete sie verstohlen von der Seite, ohne auf den unablässigen Redestrom zu achten. Die Gründingerin war eine schlanke Frau mit einer fein geschnittenen Nase und hellblauen Augen. Nur die Hände wollten nicht ganz zu ihrer Erscheinung passen. Sie waren breit, und ihren kräftigen Fingern sah man an, dass sie zupacken konnten.

Je länger Kaspanaze neben ihr herging, desto mehr begann er sie zu mögen.

»Langweilig wird es mit ihr sicher nicht«, dachte er, »und alles brauche ich mir auch nicht abzulosen, weil es ihr eigentlich eh wurscht ist, ob ihr jemand zuhört oder nicht.«

»Habt ihr auch Kühe?«, unterbrach er sie.

»Was?«, fragte sie etwas verwirrt, weil sie gerade bei den Vorzügen des hohen Topfes zum Einkochen war, den ihr der Jörg vom Markt in Tettnang mitgebracht hatte.

»Ob ihr auch Kühe habt?«, wiederholte Kaspanaze.

»Ja, fünf Stück und einen Ochsen. Die hütet der Tirolerbub von Stöckles, weil für uns rentiert sich kein eigener Hütebub. Georg heißt der, aber er ist älter als du. Er ist schon das zweite Jahr beim Stöckle, und es scheint ihm dort zu gefallen. Er ist auch ein ganz netter Bub, obwohl er zwischendurch Flausen im Kopf hat. Vor ein paar Wochen wollte er der Magd einen Streich spielen und hat einen Kübel mit Wasser in das Fenster oberhalb der Haustüre gestellt und mit einem Strick mit dem Türgriff verbunden. Herausgekommen ist aber anstatt der Magd der Stöckle selber und der war dann patschnass von oben bis unten ...« Sie hielt einen Moment inne und musste laut lachen, und auch Kaspanaze fand es lustig.

»So, da vorne, das ist mein Mann«, sagte die Gründingerin immer noch kichernd.

Der Gründinger war ein mittelgroßer Mann mit blonden Haaren, die sich über der Stirne schon ein wenig lichteten. Er hatte ein verschmitztes Gesicht und kleine Fältchen in den Augenwinkeln. Als die beiden bei ihm angelangt waren, steckte er die Heugabel in den Boden.

»Wen bringst du denn da mit?«

»Unseren neuen Knecht«, lachte sie.

»Knecht?«, fragte der Bauer und musterte Kaspanaze von oben bis unten. »Wohl eher ein Knechtle! Wo hast du denn den Knirps her?«

Das hätte er seine Frau nicht fragen sollen. Lang und breit hub sie an zu erzählen, wie der Maxi angeschlagen und sie darauf zur Türe hinaus sei, wo der Bub gestanden habe und sich wegen des Hundes nicht weitergetraut hatte, aber sie habe ihn in die Küche mitgenommen und ihm zuerst einmal etwas zu essen gegeben.

»Stell dir vor, er ist fast die ganze Nacht durchgelaufen und in eine Wildschweinrotte ist er auch noch hineingeraten. Ich hätte nicht gewusst, was ich da getan hätte ...«

»Mit denen wärest du leicht fertig geworden«, unterbrach er sie lachend. »Die hättest du besoffen geredet.«

Mit knappen Sätzen fragte er Kaspanaze, warum er bei seinem vorigen Bauern davongelaufen sei, wo er herkomme, wie er heiße und wie alt er sei. Als Kaspanaze sein Alter angab, wurde sein Gesicht ernster, aber er sagte nichts dazu, sondern wiegte nur leicht den Kopf.

»Hat dir meine Frau schon gesagt, dass dein Vorgänger schon fast erwachsen war?«

»Ja, die ...«, er zögerte, weil das Wort »Tante« nicht über seine Lippen wollte.

»Du willst ›Tante‹ sagen, aber es geht noch nicht so leicht, stimmt's?«, meinte er lächelnd, und Kaspanaze nickte. »Das legt sich schon noch. Zu mir kannst du ›Onkel Jörg‹ sagen, aber ich will dich nicht dazu zwingen.«

»Ja, die ... Tante ... Antonia ... hat mir alles erzählt«, beantwortete er stockend die Frage.

»Also, Kaspanaze, dann packen wir es an«, sagte der neue Bauer fröhlich und zog die Gabel wieder aus der Erde.

Bis zum Mittag hatten sie das halbtrockene Heu ausgebreitet, und der Gründinger meinte, dass sie es morgen einfahren könnten, wenn das Wetter mitspielte. Dabei sah er prüfend zum Himmel, an dem sich aber keine Wolke zeigte.

»Du kannst jetzt das Mittagessen holen. Vergiss aber das Brot nicht, und einen Most kannst du auch noch mitbringen«, wies ihn die Bäuerin an.

Vor dem Hof lag böse knurrend Maxi. Als der Hund aufstand und kläffend immer näher kam, drehte sich Kaspanaze um und tastete sich rückwärts gehend zur Haustüre. Mit gefletschten Zähnen und geringeltem Schwanz sprang der Spitz um ihn herum, und Kaspanaze suchte verzweifelt nach einem Gegenstand, den er ihm im Falle eines Angriffs über den Schädel hauen könnte. Aber er fand nichts Geeignetes.

»Du blödes Vieh, du saublödes«, redete er mit ruhiger Stimme auf den Hund ein. »Siehst du denn nicht, dass ich da hergehöre? Maxi heißt du?«

Als der Hund seinen Namen hörte, hielt er einen Augenblick inne und spitzte die Ohren.

»So, so, Maxi. Deinen Namen hörst du gerne. Maxi, du bist ein elendsblöder Kläffer, und wenn ich etwas in der Hand hätte, würde ich es dir über den Grind ziehen.«

Der Hund blieb wieder stehen, spitzte die Ohren, hielt den Kopf schief und sah ihn mit seitlich heraushängender Zunge von unten an.

»So ist es gut, Maxi, so kommen wir miteinander aus. Du tust mir nichts, und ich tue dir nichts!«

Kaspanaze sprach unentwegt weiter und zog den Schlüssel unter dem Blumentrog hervor. Er brauchte beide Hände, um ihn im Schloss umzudrehen. Der Hund stand daneben und sah scheinbar interessiert zu. Kaum aber öffnete sich die Haustüre, sträubte sich sein Fell und er fing wieder wie verrückt zu bellen an.

So schnell er konnte schlüpfte Kaspanaze ins Haus und warf hinter sich die Türe zu.

»Wenn du jetzt wieder auf mich losgehst, haue ich dir die Kanne auf den Schädel«, sagte er laut, während er Suppe, Brot und Most auf die Schwelle stellte, um die Türe wieder zu versperren. Maxi fing zwar wieder zu kläffen an, aber es klang schon nicht mehr so böse.

»Weißt du was«, sagte er und sah dem Spitz direkt in die Augen, »wenn du weiter so dumm tust, rede ich mit dir kein Wort mehr. Dann hast du den Dreck!«

Dabei umfasste er fest den Kannenhenkel, ging am Spitz vorbei und tat so, als ob er ihn gar nicht beachten würde. Der Hund knurrte noch einige Male unwillig und trollte sich dann in den Schatten unter einer Linde.

Auf dem Feld saßen seine neuen Bauersleute im Schatten am Waldrand. Kaspanaze kam kaum zum Essen, weil sie alles Mögliche von ihm wissen wollten. Wie viele Geschwister er habe, was seine Eltern machten und wieso man ihn ins Schwabenland geschickt habe. Am meisten aber interessierten sie die Grobheiten bei Gebstetters, von denen er aber nicht reden wollte. Lieber erzählte er von Whitehead und dem Fräulein Wengerter und dem Bentele in Baienfurt.

»Was, du kennst einen richtigen Amerikaner?«, fragte der Gründinger nach.

Kaspanaze nickte stolz. »Ja, aus Tschinntschinätti ist er. Das ist in Oheio«, antwortete er mit wichtiger Miene.

»Was macht er denn?«, wollte der Bauer weiter wissen.

»Er ist bei einer ganz großen und wichtigen Zeitung und sucht hier Wurzeln«, erwiderte Kaspanaze geschwollen.

»Was sucht sucht er? Wurzeln?«, fragte Tante Antonia ungläubig. »Haben die in Amerika denn keine?«

»Nein, nicht solche Wurzeln«, lachte Kaspanaze. »Es ist so: Der Herr Whitehead heißt eigentlich Weißhaupt. Seine Vorfahren kommen aus dem Schwabenland, und er sucht hier die Wurzeln, von denen er abstammt. So hat er es mir jedenfalls erklärt.«

»Ach so«, sagte sie fast ein wenig enttäuscht.

»Was hast du denn von deinem Gebstetter mitbekommen? Häs und Geld meine ich?«, fragte der Bauer.

»Nichts. Das Gewand und die Schuhe sind zwar auch fertig, aber die Bäuerin hat es mir sofort weggenommen. Der Hut müsste, glaube ich, auch fertig sein, und Geld habe ich keines erhalten«, antwortete Kaspanaze.

»Ohjessasna, das gibt noch etwas«, brummte der Gründinger und kratzte sich am Kopf.

Kaspanaze schwieg betroffen, weil er sich schuldig fühlte, dass er die beiden Leute in Schwierigkeiten brachte.

»Wir werden es schon richten, Jörg«, sagte seine neue Tante beschwichtigend. »Du hast doch schon ganz andere Dinge wieder hingebogen. Denk doch nur an die Geschichte mit dem Angele vor zwei Jahren. Das war ja auch nicht einfach, und du hast es auch wieder eingerenkt, obwohl jeder gesagt hat, dass mit dem nicht gut Kirschen essen sei.«

»Weißt du«, fuhr sie zu Kaspanaze gewandt fort, »der Angele hat einen Stier, und wir haben die Julia, das ist die Kuh, die sonst immer am besten aufgenommen …«

»Ist schon gut«, unterbrach der Mann lachend ihren Redefluss. »Bevor du noch zu den Stammbäumen unserer Kühe kommst, gebe ich nach. Jetzt machen wir noch einen kurzen Mittagsschlaf, und dann geht es weiter.«

Er drehte sich um und legte seinen Kopf in die Armbeuge. Kaspanaze tat es ihm gleich und war nach wenigen Minuten eingenickt. Verwirrt fuhr er hoch, als jemand an ihm rüttelte.

»Heidanei, hast du einen Schlaf«, staunte die Bäuerin. »Ich habe schon gedacht, ich bringe dich nicht mehr wach!«

»Ist auch kein Wunder, wenn er fast die ganze Nacht durchgerannt ist«, meinte der Bauer.

Die beiden Erwachsenen nahmen die Gabeln auf und begannen das Heu zu wenden, der Gründinger voraus, danach kam seine Frau und dann folgte Kaspanaze. Die Bauersleute legten ein ziemliches Tempo vor, und Kaspanaze hatte alle Mühe, um mitzuhalten. Mit zusammengebissenen Zähnen hechelte er hinter ihnen her. Wie er geahnt hatte, war die Gabel für ihn nicht nur zu lang, sondern auch die Zinken waren für seine Körpergröße zu stark gebogen, sodass er beim Aufnehmen den Stiel immer anheben musste. Wenn er das Heu nicht beim ersten Mal erwischte, musste er nachfassen, und der Abstand vergrößerte sich zunehmend.

»Ich darf mich nicht abhängen lassen, sonst schicken sie mich bestimmt wieder fort«, hämmerte es in seinem Kopf, und ihm war zum Heulen zumute. Verzweifelt nahm er Anlauf, schob das halbtrockene Gras ein Stück weit zusammen und schlenzte es dann mit aller Kraft seitlich auf den Boden. Er sah, dass er wieder näher zur Bäuerin aufschloss, und stellte dort, wo das Heu nicht so dicht lag, die Gabel senkrecht und drehte es mit einer kratzenden Bewegung um.

Nach und nach wich die Kraft aus seinen Armen. Die Bauersleute sahen nur kurz nach ihm, wenn sie am Ende des gemähten Stückes angekommen waren. Schweigend wendeten sie Reihe für Reihe und selbst die Bäuerin redete kein Wort mehr.

Kaspanaze klebte die Zunge am Gaumen, das trockene Schlucken kratzte im Hals, seine Oberarme fingen an zu zittern, und er hatte das Gefühl, dass sein Kopf jeden Moment auseinander fliegen müsse. Eine Rossbremse biss ihn in die Wade, und nachdem er sie erschlagen hatte, hinterließ der Stich einen roten Fleck, der bald darauf heftig zu jucken anfing. Stechend fuhr ihm der Schmerz in die Finger, als er die Hand für einen Moment vom Stiel löste.

Kaspanaze zwang sich dazu, nicht mehr aufzusehen, und hielt seinen Blick stur auf das Heu vor ihm und die Gabel geheftet. In seinem Kopf wurde es immer leichter, und mit einem Mal war gar nichts mehr da. Er kam erst wieder richtig zu sich, als die Gründingers vor ihm stehen blieben und er beinahe mit der Bäuerin zusammengestoßen wäre.

»Dich kann man ja brauchen«, meinte der Bauer anerkennend.

Kaspanaze war schwindlig, und eigentlich wollte er weiterlaufen, weil er das Gefühl hatte, dass er sonst umfallen würde. Mit letzter Kraft stieß er die Gabelzinken in die Erde, klammerte sich am Stiel fest und krächzte: »Durst!«

»Um Gottes willen, Bub, du weißt doch, wo der Most ist. Du brauchst doch nicht zu fragen, wenn du etwas trinken willst ...«, wollte die Bäuerin gerade lossprudeln. Dann aber erkannte sie, dass sich Kaspanaze kaum noch auf den Beinen halten konnte.

»Um Gottes willen«, wiederholte sie. »Setz dich hin, ich hole dir etwas!«

»Wenn du nicht nachkommst, ist das keine Schande, schließlich bist du noch ein Kind, und wir heißen auch nicht Gebstetter«, sagte der Gründinger und fuhr ihm nun mit der Hand durch den Haarschopf.

Kaspanaze setzte den Krug an und nahm einen großen Schluck und dann noch einen und noch einen und noch einen und spürte dann, wie ihm nach und nach schummerig wurde, was aber nicht nur von der Müdigkeit kam. Die beiden Leute vor sich sah er nur noch verschwommen, und als er aufstehen wollte, gelang ihm dies erst beim dritten Versuch.

»Du hast einen Rausch«, dachte er, aber es kam ihm eher lustig vor.

Auch die Beine wollten nicht dahin, wohin er wollte, und als er die Gabel wieder in der Hand hatte, fiel ihm ein, dass sie ja noch das Heu zusammenrechen mussten. Er bemerkte, wie die Bauersleute einander sonderbar ansahen.

»Der Most ist zu stark für den Buben«, sagte die neue Tante. »Daran habe ich gar nicht gedacht. Heidanei, hoffentlich wird ihm nicht schlecht. Ich muss gerade an den Josef vom Hegele denken, weißt du noch, wie es den gewürgt und geschüttelt hat ...«

»Ja, ja, ich weiß schon. Aber so viel hat er ja auch wieder nicht erwischt, und so ein kleiner Dampf bringt ihn sicher nicht um ...«, bremste der Bauer den Ansatz zum Redeschwall gleich ab, »... und beim Mahden wird er schon wieder nüchtern.«

Kaspanaze hielt sich fest an der Heugabel und grinste einfältig. Dann nahm er allen Mut zusammen, weil er spürte, dass es jetzt leichter ging, und sagte:

»Onkel Jörg, ich bin froh, dass ich bei euch bin.«

Die Benommenheit wurde noch stärker und er musste ein Auge zusammenkneifen, um nicht alles doppelt zu sehen, während gleichzeitig das ursprünglich heitere Gefühl in ihm nachließ.

»Gleich muss ich kotzen ...«, durchfuhr es ihn, und er begann am ganzen Körper zu schwitzen. In seinem Magen klumpte und zog sich alles zusammen, dann kam ein heftiges Stechen dazu. Die Haare klebten an der Stirn; er spürte, dass er käsweiß war, und sein Atem ging hechelnd wie der eines Hundes. Plötzlich fing es auch noch an in seinem Darm zu rumoren. Wortlos torkelte er in den Wald.

»Nie wieder trinke ich Most ... nie wieder«, schwor er sich, nachdem er sich erleichtert hatte. Die Bauchschmerzen ließen schlagartig nach, und auch der Brechreiz verschwand.

»Geht's dir wieder besser?«, fragte besorgt die neue Tante.

Kaspanaze nickte immer noch leicht benommen.

»Mein Most ist halt kein Weihwasser«, lachte der Bauer und Kaspanaze verzog das Gesicht zu einem gequälten Lächeln.

Die Schatten vom Waldrand wurden immer länger, während sie eine Mahd nach der anderen zusammenrechten.

»Kaspanaze, du kannst beim Stöckle drüben die Kühe holen«, befahl der neue Onkel. »Du kannst sie auch gleich anbinden. Sie gehen von selber an ihren Platz. Fang auch gleich mit dem Anrüsten an!«

Er beschrieb ihm noch kurz den Weg zum Nachbarsbauern, und Kaspanaze war schon gespannt auf den Georg. Sein Rausch war während der Arbeit schon wieder verflogen, und während des Laufens versuchte er sich vorzustellen, wie nun der Gebhard und die Pauline das Vieh hüteten, weil es ja irgendjemand machen musste, und wie sie schimpfen würden. Sicher saßen sie missmutig und griesgrämig unter einem Boschen und hofften, dass der Tag endlich vorbeigehen würde. Der Gedanke erfüllte ihn mit Genugtuung.

Der Georg war ein schlaksiger, steckendürrer Bub mit einem langen Gesicht und spitzem Kinn.

»Wer bist denn du?«

»Ich bin der Kaspanaze. Ich bin bei den Gründingers.«

Die beiden Buben musterten einander abschätzend. Dabei fielen Kaspanaze die riesigen Füße des anderen auf.

»Ui, du brauchst aber große Kuhfladen, wenn es dich friert«, sagte er und musste über seinen Einfall lachen.

»Dafür kann ich aber über den Bodensee laufen, ohne dass ich untergehe«, gab der Georg zurück und wollte wissen, wie Kaspanaze mitten im Sommer hierher komme.

Der erzählte ihm knapp seine Geschichte und dass er aus dem Bregenzerwald stamme und meinte: »Du kannst aber schon ganz gut schwäbeln, von wo bist du denn her?«

»Ich bin schon das zweite Jahr da, und ich habe es hier viel besser als daheim im Namloser Tal. Wir sind daheim vierzehn Kinder und haben zwei Kühe, ein paar Geißen und ein paar Schafe. Da lernst du schon, was Hunger heißt.«

»Wie sind denn so die Gründingers?«

»Das sind gute Leute. Die Frau redet zwar ein bisschen viel, aber der Onkel Stöckle – das ist mein Bauer – sagt, dass sie das Herz auf dem rechten Fleck habe.« Georg machte eine Pause. »Bis vor ein paar Tagen war der Cyprian bei ihnen. Der war aus der Schweiz, aber der hat eine Sprache gehabt – Rätoromanisch oder wie das heißt –, die man hier einfach nicht verstanden hat. Der hätte da praktisch auch noch das Reden lernen müssen, aber dazu stellt ihn niemand ein.«

Georg sortierte das Gründingervieh aus, und Kaspanaze suchte bei jedem Tier ein besonderes Merkmal, damit er sie später leichter würde unterscheiden können: ein weißer Fleck über dem rechten Nasenloch, ein kurzer, gedrungener Kopf mit einer kleinen gegossenen Schelle, bolzengerade abstehende Hörner, helles Fell und eine Blechglocke, hoher, knochiger Körper mit einem langen Euter. Der Ochse war unverwechselbar. Sein Fell wies ein ins Rötliche gehendes Gelb auf, aus dem mächtigen Schädel wuchsen zwei ebenso mächtige Hörner, und er schaute drein, als ob er jeden Moment einschlafen wollte.

»Der schaut immer so, und so, wie er schaut, läuft er auch«, lachte Georg.

»Hat er auch einen Namen?«

»Hannibal.«

Auch der Gebstetter'sche Ochse war langsam gewesen, aber gemessen an Hannibal war er ein Ausbund an Temperament. Die Kühe schienen den Weg zu kennen. Sie waren schon ein gutes Stück voraus, während Kaspanaze mit dem Stecken auf Hannibal einschlug, ohne diesen damit zu beeindrucken.

»Lauf zu, sonst überholen dich noch die Schnecken!«

Aber jeder Mückenstich schien ihm mehr auszumachen als alle Hiebe Kaspanazes zusammen. Schläfrig hingen seine Lider weit über die Augen herunter, und Kaspanaze wunderte sich, dass der Ochse überhaupt noch sehen konnte, wo er hintrat. Mit einem Mal kam er breitbeinig ganz zum Stillstand, hob ganz ganz langsam den Schwanz und ließ einen gewaltigen Fladen auf den Weg platschen.

Kühe anrüsten; mit dem Bauern in die Sennerei; Stall misten und dann nochmal hinaus aufs Feld, bis es dunkel wurde, und das Heu zu Haufen schochen; Abendessen.

Nur unter Aufbietung seines ganzen Willens konnte sich Kaspanaze noch auf den Beinen halten. In seiner Kammer setzte er sich auf die Bettkante, um sich auszuziehen.

Als er wieder erwachte, spürte er einen heftigen Schmerz in den Kniekehlen, in die sich die harte Kante der Bettstatt eingegraben hatte. Er war am Vortag einfach nach hinten umgefallen und noch angezogen quer über dem Bett liegend eingeschlafen.

14. Kapitel

Als Vinzenz noch in der Dunkelheit durch das Futterloch nach oben rief, blieb alles still. Als auch nach wiederholter Aufforderung zum Aufstehen keine Antwort kam, stieg er über die Leiter auf das obere Tenn.

»Kaspanaze! Raus mit dir!«

Keine Antwort. Nur unten im Stall muhte erschrocken ein Rind. Die Kuhle im Heu war leer, ebenso die Truhe. Fluchend stolperte der Knecht zum spaltweit offenen Einfahrtstor, durch das ein Streifen des beginnenden Tages fiel.

»Scheißdreck, elendiger. Jetzt habe ich auch noch die Arbeit vom Buben am Hals!«

Wütend stieß er das Tor auf und brüllte nach Kaspanaze, obwohl ihm die Sinnlosigkeit seines Tuns bewusst war. Kaspanaze war weg.

Halb angekleidet kam der Gebstetter ins Freie.

»Was ist los? Was schreist du denn so?«

»Er ist weg!«

»Wer ist weg?«

»Ja wer denn, Kruzifix. Der Bub!«

»Jahimmelherrgottsakramentzefixalleluja! Dann such ihn halt, anstatt da hirnlos herumzuschreien!«

»Ja blutige Hennaprupfa, was glaubst du, dass ich tue?«, schrie der Knecht zurück.

Der Gebstetter warf seine beiden Kinder aus dem Bett, scheuchte die Magd aus der Küche und sagte zu seiner Frau, sie solle ihr gottverfluchtes Maul halten. Zusammen suchten sie jeden Winkel des Hauses ab. Sogar dort, wo sich Kaspanaze aus Angst vor einer Strafe nie hingetraut hätte, stellten sie alles auf den Kopf. Aber er war weder auf dem Dachboden noch im Keller und hatte sich auch nicht in einem Zimmer im oberen Stock oder einem Schrank versteckt.

Zornschnaubend stampfte der Bauer über die Einfahrt auf das obere Tenn. Dort fand er die angekohlten Heureste und daneben ein angebranntes Streichholz, das er aufhob und langsam zwischen den Fingern drehte.

»Alte, schau her! Umbringen wollte uns der Hurenskrüppel!«, schrie er außer sich hinab in den Hof. »Anzeigen tu ich den! Anzeigen! Ins Gefängnis bringe ich den. Verrecken und verschmachten soll er bei Wasser und Brot! Standrechtlich erschossen gehört so einer ...«

»Gib mir das her, Battist!«, befahl die Gebstetterin und griff nach dem Streicholz. »Das ist der Beweis. Das ist das Corps delicatum oder wie das heißt!«

Die Gebstetterin wollte die Kinder zum Unterstand am Schletterholz schicken, aber Vinzenz winkte ab.

»Das könnt ihr euch sparen. Er hat seine ganze Truhe ausgeräumt.«

»Und? Was soll das heißen?«, schnauzte der Bauer.

»Ganz einfach. Er ist abgehauen.«

Ratlos standen die beiden Gebstetters nebeneinander.

»Und was machen wir jetzt?«, fragte sie kleinlaut.

»Nichts. Der kommt schon wieder. Wo soll er denn hin?«

»Wenn du dich da nur nicht täuschst«, murmelte Vinzenz.

»Wer hütet jetzt das Vieh?«, wollte sie wissen.

»Jahimmelherrgottsakrament, frag nicht so blöd. Unsere eigenen Kinder!«

»Aber die müssen doch in die Schule. Wenn sie schwänzen, müssen wir für jeden Tag Strafe bezahlen!«, erwiderte die Bäuerin.

»Ist mir scheißwurscht, das zahlt der Tiroler!«

»Wenn du dich da nicht schon wieder brennst«, brummelte Vinzenz zu sich.

»Ihr haltet alle das Maul. Wenn euch jemand fragt, wo der verdammte Tiroler ist, sagt ihr einfach, er sei krank.«

Über dem zweiten Sonntag im August spannte sich ein wolkenloser Himmel. Whitehead war froh gelaunt und auch der Rappe schien seine Freude zu haben. Tänzelnd lief er vor der Kutsche und warf wiehernd den Kopf in die Höhe.

»Johanna, heute lassen wir es uns gut gehen. Das ist heute ein Tag wie für uns beide gemacht.«

Er griff nach ihrer Hand und drückte sie fest.

Der Kirchplatz in Witterschwende war schon leer. Aus der Kirche schallte bereits der Chorgesang zum Gloria.

»Wir sind spät dran. Geh du mit Angelika schon voraus. Ich versorge noch das Pferd und komme dann in den Gottesdienst nach.«

Leise knarzte die schwere Kirchentüre, und ein paar Gesichter drehten sich neugierig aus den Bänken um. Drei Reihen vor sich machte Whitehead die massige Gestalt des Gebstetters aus.

Der Pfarrer Fendt hielt eine scharfe Predigt gegen den Sittenverfall im Allgemeinen und im Einzelnen. Er geißelte die Verrohung, die man auch in Witterschwende sehen könne, wenn man mit offenen Augen und Ohren durch die Gemeinde gehe, und das alles komme nur daher, weil die Zehn Gebote nicht mehr ernst genug genommen würden. Unerträglich sei auch das Fluchen geworden, und es gebe auch in Witterschwende genug Leute, die zwar keinen geraden Satz zusammenbrächten, dafür aber jeden Himmelherrgottsstrahl vorwärts und rückwärts könnten. Das Fluchen sei nur die hörbare Oberfläche der Grobheit, weil es den Stand der innerlichen Verrohung zeige, und es sei nur ein kleiner Schritt zur Gewalttätigkeit gegenüber Tieren und Mitmenschen. Er schloss mit der Feststellung, wer vor dem Herrgott keine Achtung habe, der habe auch keine vor anderen Menschen oder gar Mitgeschöpfen.

Das »Ite missa est« war schon längst vorbei, der Kirchplatz hatte sich wieder gefüllt und der Gemeindediener las von einem Zettel mit monotoner Stimme die Dorfnachrichten ab.

»In der kommenden Woche wird begonnen, die Schlaglöcher in den Gemeindestraßen auszubessern. Nächsten Sonntag ist Kirchenpatrozinium in Mergersreute. Die Musikkapelle fährt hinüber. Wer dazu ein Ross und einen Wagen stellen kann, soll sich bei mir melden. Der Jakob Kloos hat eine trächtige Sau zu verkaufen ...«

Whitehead suchte mit den Augen den Haufen der Hütekinder nach Kaspanaze ab.

»Ich glaube, er ist nicht da«, sagte Angelika enttäuscht.

»Wartet hier. Ich frage den Bauern, der muss es ja wissen«, antwortete Whitehead.

Der Hut des Gebstetters saß tief im Genick, das wiehernde Lachen klang unecht und aufgesetzt.

»Herr Gebstetter, könnte ich Sie einen Moment sprechen?«

Der Bauer tat überrascht.

»Ach, der Herr Scheißamerikaner! Wieder Kinder von der Arbeit abhalten?«

Whitehead überhörte die Beleidigung.

»Wo ist Kaspanaze?«

»Kaspanaze?«, äffte der Gebstetter mit einer Stimme, die zuckersüß und besorgt klingen sollte. Einige der Umstehenden lachten. »Kaspanaze ist krank. Schon seit gestern. Der Doktor ist Tag und Nacht bei ihm, und zwei Barmherzige Schwestern sind extra aus Ravensburg herausgekommen und halten ihm Händchen.«

Der Gebstetter kreuzte die Arme über der Brust, verdrehte die Augen zum Himmel und versuchte übertrieben sorgenvoll dreinzublicken.

»Mister, wollen ...«

»Bauer! Bauer! Dir gebe ich gleich Mister!«, schrie sein Gegenüber zornig auf.

»Wollen Sie mich für dumm verkaufen?«, fuhr Whitehead ruhig fort.

»Einen Trottel wie dich für dumm verkaufen? Kann man das überhaupt?«

Der Gebstetter drehte sich Beifall heischend um, weil er es diesem Hereingeschmeckten so richtig gezeigt hatte. Aber niemand lachte mehr.

»Wo ist er? Ich will ihn sehen!«

»Das würde dir so passen. Was geht dich eigentlich mein Scheißtiroler an? Gar nichts!«

»Fangen wir wieder von vorne an? Soll ich erzählen, was ich über Sie weiß?«

Der Gebstetter sah, wie die anderen neugierig zu starren anfingen und die Ohren aufsperrten.

Er war in der Zwickmühle. Sagte er Ja, flog der ganze Schwindel auf. Sagte er Nein, würde sicher geredet, dass er etwas zu verbergen habe. Noch schlimmer wäre es aber, wenn der Amerikaner vor allen hier mitten auf dem Kirchplatz erzählte, dass er ihn und seine Frau dabei erwischt hatte, wie sie den Buben verdroschen hatten. Oder wenn er ihm eine Kommission auf den Hals schicken würde. Das Getuschel über den Tod seines Vaters war immer noch in vollem Gange, und das Letzte, was er jetzt noch brauchen konnte, war eine Rederei über den verschwundenen Buben.

»Von mir aus«, sagte er unwirsch, »er ist auf dem Hof.«

Whitehead wandte sich um und ließ ihn stehen.

»Battist, komm, wir gehen in die Wirtschaft!«, sagte der Immler.

»Du kannst auch einen ausgeben!«, ergänzte der Jehle.

Dem Gebstetter war aber nicht mehr nach Wirtschaft.

»Mir ist heute nicht gut. Ich glaube, ich gehe gleich heim«, schwindelte er.

»Johanna, gehst du mit Angelika ins Gasthaus? Angeblich ist Kaspanaze krank. Aber mein Gefühl sagt mir, dass irgendetwas nicht stimmt. Ich gehe hinaus zum Hof und sehe nach ihm. Es kann allerdings ein wenig dauern.«

»Können wir nicht mitkommen?«, meinte Angelika.

»Nein, ich denke, das ist nichts für euch.«

Whitehead machte sich zu Fuß auf den Weg.

Unterhalb des Gebstetter'schen Hofes hörte er knapp hinter sich ein Geräusch, wie wenn jemand durch das Gras lief. Er kam nicht mehr dazu, sich umzudrehen. Etwas Schweres donnerte auf seinen Kopf, er sah noch kurz einige tanzende Punkte und dann wurde es dunkel.

Nur zögernd kroch die Helligkeit zurück unter seine Augenlider. In seinem Schädel brummte, summte, dröhnte und zuckte es. Blinzelnd versuchte er in die grelle Sonne zu sehen und sich aufzurichten. Aber ein stechender Schmerz schoss in den Nacken und ließ ihn aufstöhnend zurückfallen.

Zwischen den verklebten Haaren ertastete er eine mächtige Beule und spürte benommen das Zerbröseln des geronnenen Blutes, während er vorsichtig mit den Fingern über den Kopf fuhr. Whitehead zwang sich dazu, die Augen zu öffnen. Hier war er noch nie gewesen, jedenfalls konnte er sich nicht daran erinnern.

»Wo bin ich? Was tue ich hier? Was ist passiert?«, murmelte er.

Die Bäume über ihm drehten sich erst langsam, dann immer schneller werdend im Kreis. Mühsam schleppte er sich auf allen vieren kriechend heraus aus dem Wald. Plötzlich knickten ihm die Oberarme ein. Ein heftiges Würgen überkam ihn und dann wurde es wieder finster.

Johanna hatte im Gasthaus an einem Tisch in der hinteren Ecke Platz genommen. Eine Frau ohne Männerbegleitung in einer Dorfwirtschaft war zumindest ungewöhnlich, selbst dann, wenn es eine vornehme Dame aus der Stadt war.

Zuerst taten die Männer noch so, als ob sie Johanna und das Mädchen gar nicht bemerkten. Dann fing der junge Hähler an.

»He, die würde ich auch nicht aus dem Bett werfen«, raunte er halblaut und sah verstohlen aus den Augenwinkeln zum Fräulein hinüber.

»Gegen die da würde ich meine Alte sogar in den Keller sperren«, meinte der Gindeler.

»Mit so einer wirst du doch gar nicht fertig. Du mit deinem Forellenträtzer.«

»Pah, was glaubst du, wie ich so eine Stadtschickse durchbürsten würde. Die kann danach ein paar Tage nicht mehr gerade laufen.«

Das Geraune wurde lauter und die Blicke direkter.

»So ein schönes Fräulein und an einem so schönen Tag ganz einsam?«, rief der Hähler hinüber.

Johanna tat, als ob sie es nicht hörte.

»Da sollten wir etwas dagegen machen. Wie wäre es mit uns beiden? Unten würden wir bestimmt ganz gut zusammenpassen!«, schrie der Ristler mit dreckigem Lachen, worauf ihm der Geiselharz seinen Ellbogen in die Rippen rammte und ihn verächtlich ansah.

»Du bist eine Sau!«

»Angelika, komm, wir gehen!«

Das Fräulein erhob sich und verließ ohne nach links und rechts zu blicken mit dem Mädchen die Gaststube, und der Hähler meinte noch, es sei doch jammerschade, dass aus ihnen beiden nun nichts werden würde.

»Das war aber jetzt gemein«, sagte Angelika draußen vor dem Gasthaus.

»Ach, das ist nicht so schlimm. Das ist halt Gockeler-Gehabe. Jeder plustert sich auf, und jeder will den anderen übertrumpfen. Einer allein ist so schüchtern, dass er vor Verlegenheit den Mund gar nicht mehr aufbringt und nur herumstottert. Aber das wirst du schon noch selber erfahren.«

Außerhalb des Hausschattens brannte die Sonne stechend auf den Kirchplatz.

»Wir gehen Peter – ich meine Herrn Whitehead – ein Stück entgegen, was meinst du?«

Angelika nickte.

Flirrend stand die Hitze über den Feldern, kein Laut war zu hören, und selbst den Vögeln schien es die Stimme verschlagen zu haben. Prall hing das Obst an den Bäumen, und hie und da löste sich ein Apfel, machte »plopp« und blieb im Gras liegen.

Johanna öffnete den obersten Blusenknopf und nach einer Weile den zweiten. Nur Angelika schien die Hitze nichts auszumachen. Sie pflückte am Wegrand Blumen und hörte erst damit auf, als sie den Stauß mit ihrer Hand nicht mehr umfassen konnte. Mit einem Mal blieb sie stehen und hielt den Kopf lauschend seitlich geneigt.

»Was ist?«

»Hörst du es nicht?«

»Was?«

»Wenn du weitergehst, kannst du es nicht hören, Tante!«

Johanna hielt inne und horchte angestrengt. Von irgendwo weiter vorne kam eine Männerstimme, aber niemand war zu sehen.

Whitehead saß neben dem Weg und schien guter Dinge zu sein. »Hi! Nice to meet you!«, sagte er fröhlich.

»Peter! Um Gottes willen! Was ist mit dir passiert!«, rief Johanna entsetzt und starrte ihn an wie ein Gespenst, während Angelika vor Schreck der Blumenstauß aus der Hand fiel. Sein Gesicht, Haar und Hände waren mit Blut und Erde verkrustet, die Jacke mit Erbrochenem verschmiert.

»Peter! Peter!«, schrie sie wieder.

Er schien sie nicht zu erkennen. Zwischendurch fuhr er mit der Hand über seinen Nacken, wobei er jedes Mal zusammenzuckte.

»Angelika, lauf, lauf! Lauf in die Wirtschaft. Jemand soll mit der Kutsche herauskommen!«

»Der Herr Whitehead ... der Herr Whitehead ... ist bös verletzt. Jemand soll sofort mit der Kutsche kommen«, schrie Angelika außer Atem und aufgeregt in die Gaststube.

Ohne lange Fragen sprangen der Hähler und der Geiselharz auf.

»Das Gespann steht hinten im Hof«, sagte der Wirt.

Whitehead stierte dumpf vor sich hin. Die Platzwunde am Kopf blutete noch immer, wenn auch nicht mehr sehr stark. Johanna knotete zwei Taschentücher zusammen und versuchte ihm einen notdürftigen Verband anzulegen, aber Whitehead riss die Tücher wieder vom Kopf und grinste kindisch.

»Ui«, sagte der Hähler, noch ehe er vom Bock stieg. »Der hat aber eine gehörige Beule.«

»Mein lieber Mann, dem hat aber jemand ganz schön eine übergebraten«, meinte der Geiselharz.

Die beiden Männer fassten ihn unter der Schulter und hoben ihn vorsichtig in die Kutsche. Der Geiselharz bemerkte, wie Whitehead das Gesicht verzog, wenn er den Kopf bewegte.

»Vorsicht! Vorsicht! Es scheint so, als ob er etwas am Genick hat.

Fräulein, steigen Sie hinten ein und nehmen Sie seinen Kopf in den Arm. Wir fahren sofort mit ihm zum Doktor!«

Während der Fahrt wollte Whitehead aufstehen, aber der ihm gegenüber sitzende Hähler zwang ihn wieder zurück.

Der Arzt war gerade beim Essen, als das Gespann vor seinem Haus hielt. Die Serviette steckte noch in seinem Hemdkragen.

»Das ist ja der Amerikaner. Wo habt ihr denn den gefunden?«

»Unterhalb vom Gebstetterhof«, antwortete der Hähler. »Jemand hier scheint ihn nicht besonders gerne zu mögen.«

Der Doktor ging um die Kutsche herum und hob sein Augenlid an.

»Hat er aus der Nase oder den Ohren geblutet?«

»Nein, ich habe jedenfalls nichts gesehen«, erwiderte Johanna, am ganzen Körper zitternd.

»Hm, hm«, machte der Arzt bedenklich, als er eingehend die Beule untersuchte. »Sieht nach einem Zaunpfahl aus. Aber Schädelbruch scheint er keinen zu haben.«

Die drei Männer sahen sich an, und alle dachten dasselbe.

»Der gehört angezeigt und eingesperrt«, sagte darauf der Hähler.

»Weißt du, was er sagen wird? Seine Frau sei mit ihm heimgegangen, weil ihm schlecht gewesen sei, und die Gebstetterin wird jeden Meineid schwören, dass sie die ganze Zeit mit ihrem Mann zusammen gewesen sei. Dann werden sie es auf einen Handwerksburschen schieben, der schon länger herumschleichen würde und der ihnen sofort verdächtig vorgekommen sei«, erwiderte der Geiselharz.

»Stimmt! Beweislage: null«, brummte der Doktor.

»Er verzieht immer das Gesicht, wenn er den Kopf bewegt«, meinte der Hähler mit einem Blick auf Whitehead.

Der Arzt tastete über Whiteheads Nacken, wobei dieser einen Schrei ausstieß.

»Ich würde sagen, er ist glimpflich davongekommen. So ein Schwabenschädel hält schon einiges aus, sogar dann noch, wenn es nur ein amerikanischer ist. Er hat eine schwere Gehirnerschütterung, und zwei oder drei Halswirbel scheinen etwas abbekommen zu haben. Ich mache ihm jetzt eine Halskrause und einen Verband.«

»Wo wohnt er denn?«, fragte der Doktor, während er Whitehead bandagierte.

»In Zogenfeld«, gab Johanna zur Antwort.

»Normalerweise dürfte er gar nicht mehr transportiert werden. Über Ravensburg lasse ich den nicht hinaus.«

»Was soll ich tun?«, fragte Johanna ratlos.

»Wenn es nach mir ginge, käme er für mindestens eine Woche hinüber ins Gasthaus. Aber es müsste jemand dabei sein, der auf ihn aufpasst, damit er auch ruhig liegen bleibt.«

»Aber Ravensburg würde gehen?«, vergewisserte sich Johanna.

Der Arzt wiegte den Kopf.

»Das wäre das Äußerste. Und dort am besten sofort ins Stadtspital.«

»Nein, nicht ins Spital. Bei meiner Schwester ist genug Platz, und ich werde auf ihn Acht geben«, sagte sie entschlossen.

Tief in Decken und Kissen vergraben kauerte Whitehead mehr liegend als sitzend in der Kutsche und fing leise an zu schnarchen.

»Wir bringen euch nach Ravensburg und dann das Fuhrwerk nach Zogenfeld«, sagte der Geiselharz, und der Hähler nickte.

»Da, nehmen Sie noch ein Schlafmittel mit. Ich habe ihm schon etwas gegeben, und die nächsten paar Stunden müsste er ruhig sein«, meinte der Doktor und drückte Johanna ein braunes Fläschchen in die Hand.

Whitehead schlief noch immer tief und fest, als ihn die beiden Männer über die Treppe hinauftrugen, vorsichtig in ein Bett legten, auszogen und ihm ein Nachthemd aus dem Wäscheschrank des Hausherren überstreiften, das aber eng und zu kurz war. Im Wohnzimmer klappte Johanna das Schreibpult auf, tauchte eine Feder in das Tintenfass und schrieb ihrem Vater, dass es ihr gut gehe, dass aber etwas Unvorhergesehenes eingetreten sei und dass sie die nächsten zwei oder drei Wochen in Ravensburg bleiben müsse.

Sie faltete den Brief zusammen, steckte ihn in ein Kuvert und trug Angelika auf, ihn zum Bahnvorsteher zu tragen. Der solle ihn dem Lokomotivführer des nächsten Zugs nach Ulm mitgeben. Der Bahnvorsteher wüsste schon Bescheid.

Die nächsten Tage mit Whitehead waren strapaziös. Sobald er wach wurde, wollte er aufstehen und herumgehen. Immer noch schien er weder sie noch Angelika zu erkennen.

Johanna schlief im zweiten schmalen Bett an der anderen Wandseite und schreckte jedes Mal hoch, wenn er sich bewegte.

Der Doktor Brugger war mit den Jehles befreundet und kam am Dienstag zur Visite vorbei.

»Ja, Helga«, sagte er dann im Wohnzimmer bei einem Likör, »für zwei Wochen werdet ihr ihn schon als Gast aufnehmen müssen!«

Am Mittwoch war Whitehead so weit, dass er Johanna allmählich wiedererkannte, und am folgenden Tag fragte er, wo er denn sei.

»Bei Jehles in Ravensburg«, sagte Johanna und ihr fiel ein Klotz vom Herzen.

Mit beiden Händen tastete er über seinen eingebundenen Kopf und bemerkte dann die Halskrause.

»Was ist passiert?«, wollte er wissen.

Sie versuchte es ihm zu erklären, merkte aber bald, dass er nur die Hälfte verstand. Als er aufstehen wollte, drückte sie ihn sanft zurück ins Bett.

»Was soll das? Lass mich raus!«, schimpfte er ungehalten und versuchte sie zur Seite zu drängen.

»Du hast sicher Durst?«

»Ja, und wie«, krächzte er.

»Da, trink!«

Den Becher Schabäso leerte er mit einem Zug. Bald darauf begannen die Schlaftropfen zu wirken.

»Na, wie geht es deinem Patienten?«, wollte ihr Schwager am Abend wissen.

»Er wird schon wieder. Aber ich habe ein schlechtes Gewissen, weil ich kann ihn doch nicht dauernd mit Schlafmitteln ruhig halten.«

»Ein, zwei Tage noch wird ihm das sicher nicht schaden. Solange er schläft, kann er nichts anstellen«, beruhigte sie der Schwager Karl mit anzüglichem Grinsen.

15. Kapitel

Kaspanaze gefiel es so weit ganz gut bei den Gründingers. Auch das »Onkel« und »Tante« ging ihm schon leicht über die Lippen. Zum ersten Mal im Leben konnte er essen, so viel er wollte und konnte. Es gab keine quengelnen Geschwister, die immer meinten, zu kurz zu kommen, und keine Mutter, die ihn ermahnte, den anderen auch noch etwas zu lassen, und es gab keine Saubauern, die ihm nur so viel gönnten, dass er nicht ganz verhungerte. Im Gegenteil – den beiden sah er die Freude an, wenn er bei Tisch richtig zulangte, und wenn es nach ihnen gegangen wäre, hätten sie ihn voll gestopft wie eine Mastgans drüben beim Annele in Ailingen.

Tante Antonia redete ununterbrochen und fast ohne Luft zu holen, und so erfuhr er schon am zweiten Morgen, dass sie zwar nicht viel Vieh, dafür aber mehrere Äcker hatten, auf denen hauptsächlich Dinkel und Roggen angebaut wurden, und einen Hopfengarten hätten sie auch noch, aber der sei nicht so groß, aber sie würden gerade überlegen, ob sie nicht im nächsten Jahr mehr anbauen sollten, weil damit wieder mehr verdient sei.

Am Abend wusste er, dass sie und der Onkel Jörg vor drei Jahren geheiratet hatten, dass seine Mutter bald nach der Hochzeit an Diphtherie gestorben sei und fünf Monate später ihr Schwiegervater eine Blutvergiftung nicht überlebt habe, die er sich von einem rostigen Nagel geholt hatte.

Außerdem hätten sie mehr Schulden als der Hund Flöhe, weil ihr Schwiegervater den hinteren Wirtschaftsteil am Hof neu und größer gebaut habe, was aber auch nötig gewesen sei, weil er auch noch ein angrenzendes Feld dazugekauft habe, und kein Mensch denke schließlich daran, schon mit fünfzig Jahren zu sterben. Der Hof könne gut und gerne einen Knecht vertragen, aber den müsse man halt auch bezahlen können, und deshalb hole der Onkel Jörg sich über den Sommer einen größeren Buben auf dem Markt in Ravensburg, was einfach billiger sei. Schaffen müssten sie wie die Brunnenputzer, um alles zusammenhalten zu können, und gern hätten sie Kinder, aber dann bräuchten sie auch noch eine Magd, weil zwei Arbeitskräfte für den Hof zu wenig seien.

Die Tante hatte nicht zu viel versprochen, was das Arbeiten anbetraf. Schon an den ersten Tagen merkte Kaspanaze, dass er im Grunde einen Erwachsenen ersetzen musste. Beim Wecken war es noch stockfinster, und ihm kam es vor, als sei er gerade erst eingeschlafen. Abends stolperte er im Dunkeln über die Treppe hinauf in seine Kammer, wo er sich wie er war ins Bett fallen ließ.

Zwar schimpften weder Tante noch Onkel mit ihm, wenn er draußen auf dem Feld ihr Tempo nicht mithalten konnten, aber er wollte sich nichts nachsagen lassen, und ein Lob von den Gründingers war mehr Ansporn als alle Schläge in Witterschwende zusammen. Mit Hannibal vor dem Leiterwagen fuhren sie in der größten Hitze das Heu ein, wobei er den Ochsen führen und nebenbei auch noch die Heuschochen auf dem Fuder festtreten musste. Hannibal zog die Bremsen an wie der Honig die Fliegen, was ihn nicht zu stören schien, Kaspanaze aber schier zum Wahnsinn trieb.

Erst am Samstag schoss ihm durch den Kopf, dass er gar nicht wusste, wo er überhaupt war und wie der Ort hieß.

»Hergasweiler«, sagte die Tante Antonia und dass der Kropf von Seegers Maria schon so groß sei, dass er auf die Luftröhre drücke.

Sonntags nach der Kirche stellte er sich beim Pfarrer vor, und nach der Christenlehre am Nachmittag fragte ihn der Georg, ob er ihm nicht beim Viehhüten Gesellschaft leisten und ein bisschen mit ihm spielen wolle. Kaspanaze aber fühlte sich lahm wie ein halb voller Sack Futtermehl und wollte nur noch schnurstracks in sein Bett.

Beim Abendessen fiel dem Onkel sein Reisepass ein, weil er ihn anmelden müsse und keine Scherereien mit der Obrigkeit haben wolle. Kaspanaze antwortete, dieser sei noch beim Gebstetter, der hätte ihn ihm nicht zurückgegeben.

Am Montag nahm ihn der Onkel Jörg nach der Sennerei mit zum Bürgermeisteramt, aber der Mann dort meinte, der Pass sei ein ganz wichtiges Papier, das er unbedingt brauche, und er solle ihn später vorbeibringen. Außerdem benötige Kaspanaze ihn auch wieder, wenn er heim ins Österreichische wolle, weil ohne Pass könnte es sonst eine schöne Kugelfuhr geben.

Während man sich in Hergasweiler über die Bürokratie ärgerte, wurde in Witterschwende eifrig getuschelt, und hinter vorgehaltener Hand erzählte man sich, mit dem Tirolerbuben beim Gebstetter sei irgendetwas faul. Warum sonst hätte der Gebstetter den Amerikaner mit einem Hagpfahl niederschlagen sollen? Andere sagten, das sei überhaupt nicht bewiesen und man solle mit solchen Vermutungen nicht voreilig sei. In der Sennerei versuchten sie, Vinzenz auszuhorchen, aber der tat anfangs so, als ob er überhaupt nichts hören würde, und als sie ihn weiter bedrängten, gab er zur Antwort, sie sollten Gebstetters selbst fragen, die wüssten es am besten.

Am nächsten Sonntag am Kirchplatz wurde genau registriert, wer von den Hütekindern da war. Aber der Tiroler vom Gebstetter war nicht dabei.

»Hast du den Buben bei dir in die Sommerfrische geschickt, weil man ihn überhaupt nicht mehr sieht?«, fragte der Immler scheinheilig.

»Nein, der ist immer noch krank«, erwiderte der Gebstetter unwirsch.

»Da hat er aber Glück gehabt, dass er bei einem so gutmütigen und großzügigen Bauern wie bei dir untergekommen ist«, stichelte der Geiselharz.

Der Gebstetter sah ihn misstrauisch an.

»Nein, ich meine das ernst«, beteuerte der Geiselharz. »Du bist doch die Sanftmut in Person!«

»Ja, Himmelherrgottsstrahl!«, fluchte der Gebstetter, dem noch etwas viel Schärferes auf der Zunge gelegen hatte, ehe er sich im letzten Moment auf die Kirche besann, in deren Schatten er stand, »glaubt ihr, ihr könnt mich aufziehen?«

»Komm, Battist, werd nicht gleich so narrisch. Gib lieber einen aus!«, beschwichtigte der Immler.

»Nix gebe ich aus. Mir ist auch schon seit vierzehn Tagen nicht so, wie einer Jungfrau sein soll. Ich gehe besser heim und lege mich ein bisschen hin.« Er wusste genau, dass in der Wirtschaft die Fragerei erst richtig losgehen würde.

Die beiden Gebstetters hatten die Hoffnung noch nicht ganz aufgegeben, dass Kaspanaze reumütig zurückkehren werde. Aber mit jedem Tag wurde ihnen klarer, dass der Bub endgültig davongelaufen war. Schon vor fünf oder sechs Jahren war ein Tirolerbub bei Nacht und Nebel auf und davon, und man hatte in Witterschwende nie mehr von ihm gehört. Zwar war schon längst Gras über diese Sache gewachsen, aber bestimmt würden sich einige Leute plötzlich wieder daran erinnern, und das Gerede würde wieder von vorne anfangen.

»Es ist schon ein Kreuz mit dem undankbaren Gesindel«, schimpfte die Gebstetterin immer wieder, aber noch ein größeres Kreuz sei ihr Mann, der jedes Mal den verdrucktesten und hinterfotzigsten Buben mitbrächte, den er auf dem Markt auftreiben könne.

Der Lehrer war auch schon auf dem Hof vorstellig geworden und hatte mit einer Anzeige gedroht, weil er die abwechselnde Schulschwänzerei von Gebhard und Pauline nicht länger durchgehen lassen wollte.

Ein Versuch, den Tirolerbuben durch das »Heulende Elend« zu ersetzen, blieb erfolglos. Die Leichensagerin Theophila meinte schon am zweiten Abend, lieber würde sie verhungern, als mit Priska zusammen noch einen einzigen Tag auf der gleichen Wiese zu bleiben. Eine solche Kuh sei gemeingefährlich, und sie, Theophila, hänge trotz ihres Alters doch noch ein wenig am Leben.

Der Landjäger Georg Losmayer stammte aus dem Bayerischen und war vor langer Zeit in Schwaben hängen geblieben. Seinen Dienst versah er gewissenhaft und akkurat. So war es nur eine Frage von Tagen, bis er von dem Überfall auf den Amerikaner erfuhr und auf dem Hof auftauchte. Zuerst nahm er sich Vinzenz vor, aus dem er aber nichts herausbekam. Aus Ludmilla wurde er nicht schlauer, und die beiden Kinder hatten von gar nichts eine Ahnung. Die Gebstetterin schwor Stein und Bein, dass sie mit ihrem Mann sofort nach der Messe heimgegangen sei und der sich sofort hingelegt habe, weil ihm nicht gut gewesen sei. Das könnten auch genügend Leute vom Kirchplatz bezeugen.

»Geld hat keines gefehlt. Es war also kein Raubüberfall, sondern es muss ein anderes Motiv dafür geben. Und ein Motiv dafür scheint dein Mann ja zu haben, wie er den Amerikaner nach der Kirche angefahren hat!«

»Was ist ein Motiv?«, wollte die Gebstetterin wissen.

»Ja, Bluatsackl ... ein Motiv ... ist ein ... Motiv!«, fuhr der Losmayer sie unwirsch an. »Ein Grund halt ... ein Beweggrund.«

»Ja, wenn man es so sieht, hätte der Battist nicht nur einen, sondern gleich mehrere Gründe gehabt – so wie sich der Amerikaner überall eingemischt hat. Eigentlich ist es jammerschade, dass er es nicht gewesen sein kann. Die Freude hätte ich meinem Mann glatt gegönnt!«

»Wer soll es dann sonst gewesen sein?«

Die Gebstetterin sah ihn an, als ob ihr gerade ein Blitz ins Hirn geschossen sei.

»Jetzt kommt gleich die Geschichte vom Handwerksburschen, der seit Tagen hier in der Gegend herumzieht ...«

»Hast du das auch schon gehört?«, bestätigte die Bäuerin scheinheilig.

»Nein, das werde ich gleich von dir hören!«, fauchte der Landjäger böse. »Ja glaubst, i bin auf der Brennsuppen dahergschwommen? Und wahrscheinlich ist der Bursch dann auch noch plötzlich spurlos verschwunden?«

»Eigentlich hat er mehr wie ein Landstreicher ausgesehen. Aber es stimmt schon, was du sagst. Ich habe ihn nicht mehr gesehen!«

»Und warum hat er ihn nicht ausgeraubt?«

»Was weiß ich, bestimmt ist er überrascht worden«, mutmaßte die Gebstetterin.

Dem Losmayer dämmerte, dass er da gegen eine Mauer anlief.

Auch der Gebstetter, den er anschließend verhörte, bestätigte seinen Heimweg mit seiner Frau und sein sofortiges Abliegen daheim und fügte hinzu, wahrscheinlich habe ihn der Tirolerbub angesteckt.

»Ach so, wo ist denn der eigentlich. Den hätte ich fast vergessen!«

»Der ... der ist bei meiner Schwester drüben in Drossmannsberg«, log der Gebstetter drauflos. »Genau weiß man nicht, was er hat. Aber er hat Fieber gehabt, und mein Weib hat gemeint, es sei besser, wenn er aus dem Haus kommt, bevor er noch alle ansteckt. Meine Schwester hat auf einen großen Hof geheiratet, und die haben mehr Dienstboten wie wir. Sie war zu Besuch da bei uns und hat ihn gleich mitgenommen und will ihn sofort wieder zurückschicken, sobald er gesund ist.«

»So, so«, meinte der Landjäger, »da würde ich mich aber darum kümmern. Weil in Witterschwende gehen schon andere Gerüchte um.«

»Welche denn?«, tat der Bauer entrüstet und ahnungslos.

»Du weißt es wirklich nicht? Na, dass dein Tiroler abgehauen sei!«

»Ha, ha, bei mir haut keiner ab!«

»Außer der vor ein paar Jahren!«, gab der Losmayer schroff zurück.

Der Gebstetter sagte lieber nichts mehr, bevor er sich noch einmal verplapperte.

»Bist du mit meinem Mann fertig?«, spitzte die Bäuerin durch den Türspalt in die Stube.

»Ja, so weit hätten wir's. Hast du auch alles vor der Türe gehört?«, kam Losmayers barsche Antwort.

»Ich hätte da noch etwas.«

In der rechten Hand hielt sie ein halb abgebranntes Schwefelhölzchen.

Dem Bauern rutschte das Herz bis in die Kniekehlen, und er fuchtelte hinter dem Rücken des Landjägers, sie solle das Maul halten. Aber die Gebstetterin war schon in Fahrt.

»Da, schau her! Den Hof wollte er anzünden!«, schrie sie und fuchtelte mit dem Streichholz.

»Wer?«

»Ja, wer denn wohl, der Tiroler«, wollte sie sagen, kam aber nicht so weit. Mit einem lauten Knall fiel der am Tisch stehende Krug auf den Boden. Zwischen den Scherben verlief der Most und versickerte in den Dielenritzen. Der Gebstetter tat überrascht und schimpfte, dass es eine saublöde Angewohnheit von seiner Frau sei, den Krug immer auf den äußersten Tischrand zu stellen und einmal hätte es eben passieren müssen, dass er daran stoßen würde.

»Hol einen Lumpen zum Aufputzen und steh nicht so herum!«, fuhr er sie an.

»Was hat sie gemeint mit anzünden?«

»Ach, nichts. Immer wenn sie ihre Tage hat, dann spinnt sie und steigert sich in alles Mögliche hinein. Du hast es ja selbst gesehen. Da findet sie ein Streichholz, und gleich wollte jemand den Hof anzünden.«

»Nicht irgendjemand, sondern euer Hütebub.«

»Wie soll er ihn denn anzünden, wenn er gar nicht da ist?«, lachte der Gebstetter wiehernd auf.

»Ihr habt nur ein Glück, dass bis jetzt keine Anzeige vorliegt«, knurrte der Losmayer, rückte wütend seine Mütze zurecht und schlug grußlos die Stubenür hinter sich zu.

Kaum war der Landjäger durch die Hofeinfahrt verschwunden, nannte der Bauer seine Frau die blödeste Kuh auf Gottes Erdboden.

»Was glaubst du, was das gegeben hätte, hä? Ich erzähle dem Losmayer, der Bub sei bei meiner Schwester und tue fürsorglich und Gottnochwas, und dann willst du ihn drauflupfen, der Tiroler wollte den Hof anzünden? Ja, Himmelherrgottsakrament, glaubst du wirklich, der ist so blöd und kann nicht eins und eins zusammenrechnen?«

»Ich wollte doch nur …«

»Maul halten!«, brüllte er. »Bist du wirklich so einfältig? Nimmst du ernsthaft an, der Tiroler wollte den Hof anzünden und wir kommen ihm auf die Schliche und sagen: Lieber Tiroler, danke, dass du es nicht gemacht hast? Wenn er schon alles abfackeln wollte, dann wollte er auch abhauen. Glaubst du, der Losmayer kommt nicht auch auf sowas?«

16. Kapitel

Whitehead erholte sich schneller, als die Ärzte vorhergesagt hatten. Die Beule am Kopf schmerzte noch, und was die Halsbeschwerden angehe, meinte der Doktor Brugger, da müsse er sich schon noch einige Zeit gedulden.

»Die Halskrause steht dir doch ausgezeichnet!«, neckte Johanna verschmitzt.

Whitehead war schon wieder voller Tatendrang und entwickelte einen gesunden Appetit. Seine Verwandten aus Zogenfeld hatten einen großen Korb mit Lebensmitteln nach Ravensburg geschickt, und Johanna musste ihn sanft davon abhalten, den ganzen Inhalt binnen weniger Tage zu verputzen.

»Dem Gebstetter werde ich noch heimleuchten. Wenn ich den erwische, kann er sich auf eine längere Zeit ohne feste Nahrung einstellen. Wenn er noch einen Strohhalm zwischen die Lippen bekommt, kann er Gott dem Herrn auf den Knien danken!«

»Gar nichts werden Sie tun!«, erwiderte der Doktor. »Wenn der Sie nur anlangt, bekommen Sie – sagen wir es einmal vorsichtig – gewaltige Probleme mit Ihren Wirbeln. Und so ein Depp ist es nicht wert, dass man selber das ganze weitere Leben als Krüppel herumläuft!«

»Was soll ich denn tun? Alles auf sich beruhen lassen?«, brauste Whitehead auf.

»Zeigen Sie ihn an!«

»Anzeigen? Wie denn? Ich habe ihn ja nicht einmal gesehen! Da könnte ich genauso gut behaupten, Sie oder der Papst seien es gewesen!«

»Wie dem auch sei, Herr Whitehead. Witterschwende ist für Sie verbotenes Territorium.«

»Aber ich muss doch wissen, was mit dem Buben los ist. Schließlich habe ich dem etwas versprochen, und ich bin es gewohnt, meine Versprechen auch zu halten!«

»Da gibt es bestimmt andere Mittel und Wege. Aber um den Bauern Gebstetter machen Sie einen riesigen Bogen, verstanden!«

Zwölf Tage waren nun um, und Whitehead hielt es nicht mehr aus, nur im Bett zu liegen, ein Buch nach dem anderen aus Jehles Bibliothek zu lesen und die Fliegen an der Wand zu zählen. Am Morgen des dreizehnten Tages sagte er beim Frühstück, er wolle heim nach Zogenfeld, worauf Johanna und ihre Schwester sofort heftig protestierten.

»Ich kenne schon jede Fliege persönlich«, antwortete er, »und ich muss wieder etwas anderes sehen als Druckerschwärze auf dem Papier! Ihr könnt euch beide auf den Kopf stellen, ich gehe heute.«

»Allein gehst du mir nicht nach Zogenfeld«, erwiderte Johanna energisch. »Ich komme mit!«

»Wenn du es dir einteilen kannst, habe ich nichts dagegen, aber ich will nicht, dass du meinetwegen Ärger mit deinem Vater bekommst, weil die Arbeit liegen bleibt!«

»Keine Bange, was glaubst du, dass ich bisher gemacht habe?«, lachte sie.

Unten im Laden schlug die Türglocke an. Johanna erhob sich und stieg über die knarzende Treppe hinab in den Geschäftsraum. Im Laden stand ein hagerer Mann, dessen Gesicht mit Pockennarben übersät war und der eine große Kraxe trug, auf der verschnürte Säcke befestigt waren. Der Hausierer hielt ein Stück zusammengefaltetes, zerknittertes Papier in der Hand, das er ihr entgegenstreckte. »Du bist ... äh, Sie sind doch die Freundin oder Verlobte von dem Amerikaner?«

Johanna lief rot an und nickte.

»Das habe ich von einem Tirolerbuben draußen in Hergasweiler, und seine Dienstleute haben mich gebeten, es bei Ihnen abzugeben, wenn ich nach Ravensburg komme.«

Johanna nahm den Zettel entgegen und faltete ihn auf.

»Ich bin beim Gebstetter dafongelaufen, weil er hat mich in den Trog gesteggt, wo ich fast versoffen were. Ich bin itzt beim Gründinger in Hergasweiler drausen und kriege keine Schlege mehr.«

Sie hatte Mühe, die ungelenke Kinderschrift zu entziffern, und rief nach Whitehead, der sofort in den Laden kam.

»Zum Essen bekomme ich genug. Kannst du auch dem Herrn Weithett ich weis nicht wie man das schreiben tut sahgen wo ich itzt bin und der Gebstetter hatt noch meine Babier aber mein Bauer will sie bei ehm holen und das Gelt und Häs. Geschriehben vom Kapar Ignaz Meser«

»Von Kaspanaze«, sagte Johanna, als Whitehead eintrat, und reichte ihm das Blatt. Nach der ersten Zeile gab er es auf, den Text lesen zu wollen.

»Der hat ja eine Schrift, als sei ein ganzer Hühnerhof darüber gelaufen. Kannst du mir sagen, was er schreibt?«

»Wann hat er Ihnen das gegeben?«, wandte er sich an den Hausierer.

»Vor vier oder fünf Tagen, ja, am Donnerstag war ich da draußen, und heute haben wir Dienstag.«

»Hergasweiler, wo liegt das?«

»Das ist unterhalb von Tettnang, dem Bodensee zu.«

Er beschrieb Whitehead den seiner Meinung nach kürzesten Weg und erwiderte auf Johannas besorgte Nachfrage, dass der Bub an einem guten Platz sei, auch wenn er streng schaffen müsste, was er so mitbekommen und auf anderen Höfen gehört habe.

Frau Jehle nahm hinter der Ladentheke aus der Geldschatulle eine große Münze und drückte sie dem Hausierer in die Hand.

»Vergelt's Gott. So, und nun muss ich auch wieder weiter hinauf Richtung Biberach.«

Hinter ihm fiel die Türe ins Schloss, und die Glocke bimmelte grell und scheppernd. Whitehead sah Johanna an.

»Wie ich es schon gesagt habe: Der Bub war schon gar nicht mehr auf dem Hof und der Gebstetter hat mich deswegen niedergeschlagen, weil er Angst hatte, dass ich dahinter kommen könnte.«

Vorsichtig öffnete Kaspanaze die flache braune Zigarrenkiste, schob mit dem Zeigefinger die grauen, schrumpeligen Dinger, die bei flüchtigem Hinsehen Ähnlichkeit mit kleinen abgestorbenen Baumtrieben hatten, in Reih und Glied und begann zu zählen. »Dreiundzwanzig«, sagte er vergnügt zu sich selbst. »Das sind dreiundzwanzig Mal ein Groschen.« Dabei versuchte er sich die Gesichter seiner Eltern vorzustellen, wenn er mit mehr Geld als erwartet nach Hause kommen und den Haufen Münzen in der Küche auf den Tisch legen würde. Aber beinahe mit jedem Tag fiel es ihm schwerer, die Bilder von daheim in seinen Kopf zu bringen. Waren sie eine Zeit lang nur verschwommen und wie im Nebel, sahen ihn die Augen seiner Eltern und Geschwister nunmehr auch noch sonderbar und irgendwie leblos an. Es half auch nichts, dass er sich mit beiden Händen über die Augen fuhr.

Bedächtig klappte er den Deckel zu und umwickelte das Kistchen mit einer Schnur. Beim Aufstehen klirrten die an einem Kälberstrick an seiner Hüfte befestigten Mausefallen. Zwanzig Stück hatte ihm der Onkel Jörg gegeben und ihm gezeigt, wie man damit umging. Die Fallen waren aus einem einzigen Stück Federstahl U-förmig geschmiedet. Zum Spannen wurde die beiden Federstahlhälften auseinander gezogen und mit einer Metallscheibe fixiert. Die Kunst bestand darin, die Scheibe in eine möglichst ausgewogene Lage zu bringen. Wurde sie zu gerade eingesetzt, konnte selbst ein Maulwurf dagegen anrennen, während bei einer zu schrägen Position schon ein etwas größerer Käfer die beiden Eisenarme zum Zuschnappen bringen konnte. Auch hatte ihm der Onkel eingeschärft, die Fallen niemals von vorne, sondern immer vom hinteren gebogenen Teil her anzufassen.

Aus der Wiese ragten da und dort Weideruten in die Höhe, die ihm anzeigten, wo er eine Maus vermutet hatte. Bei der ersten Rute war nichts. Auch die Oberfläche des kleinen Erdhügels hatte sich durch die Sonne bereits grau-braun verfärbt und zeigte ihm an, dass er hier zu spät kam. Ein wenig entäuscht zog er den Stecken aus dem Boden, überprüfte die Falle und suchte sich einen anderen, frisch aufgeschütteten Haufen, der mehr versprach. Behutsam schob er das Fangeisen in die Erde und ließ die Rute als Markierung zurück. Am zweiten Platz sah es schon besser aus. Eine kleine graue Feldmaus hatte es glatt am Genick erwischt. Mit beiden Händen zog er die Klammer auseinander, und er musste ein wenig schütteln, bis das Tier zu Boden fiel. Mit einer alten, rostigen Schere schnitt er ihr den Schwanz ab und legte ihn zu den übrigen in die Zigarrenkiste.

Am späten Sonntagnachmittag lagen dreißig Mäuseschwänze in der Zigarrenkiste. »Noch zwanzig«, rechnete er, »dann kann ich mit dem Onkel abrechnen.«

Kaum war er mit dem Aufstellen und Kontrollieren der Fallen fertig, wanderten seine Gedanken sofort wieder zurück zu dem, was an diesem Vormittag nach der Kirche und nach der Christenlehre am Nachmittag das einzige Gesprächsthema in Hergasweiler gewesen war. Mit bedrückten Gesichtern hatten die Erwachsenen auf dem Kirchplatz zusammengestanden, und auch bei den Hütekindern hatte man kein Lachen oder Kichern gehört. Die Laura vom Hausererhof sei ins Wasser gegangen, wurde erzählt. Die Leiche habe im Schilf beim Kreuzweiher gelegen, und man habe sie erst nach einem vollen Tag gefunden. Der Doktor habe sie untersucht und dabei festgestellt, dass sie keine Jungfrau mehr gewesen sei, und einige wollten sogar etwas von einer Schwangerschaft gehört haben. Kaspanaze verstand nicht alles, und er wusste auch nicht, was eine Jungfrau war und was Schwangerschaft bedeutete. Die Laura war ihm eigentlich auch nie so richtig aufgefallen, da sie viel älter war als er. Sechzehn sei sie gewesen, hatte der Leitner Paul gemeint, der mit ihr und dem Graberl Josef auf dem Hausererhof verdingt war. Aber irgendwie spürte er: Etwas Fürchterliches musste passiert sein, dass sich ein so junges Mädchen selbst umbrachte.

Der Hausererhof war das größte Anwesen weit und breit, und neben den drei Hütekindern standen dort noch fünf Knechte, drei Mägde und zwei Rossknechte im Dienst. Der Paul sagte auch noch, sie habe vor Fidel, das sei einer der Rossknechte, regelrechte Angst gehabt, weil der sie immer mit bolligen Augen angestiert und auch schon ein paar Mal abgepasst habe. Auch der Bauer habe ihm schon die Leviten gelesen und ihm gesagt, dass er ihn vom Hof jagt, wenn er die Glotzerei und sein säuisches Gerede nicht bleiben lässt. Der Fidel sei auch im Verdacht, aber er würde alles abstreiten.

Auf dem Nachhauseweg wollte Kaspanaze von Georg wissen, was eine Jungfrau ist und was Schwangerschaft bedeutet.

»Das weißt du wirklich nicht?«

Kaspanaze schüttelte den Kopf.

Georg blieb mitten auf dem Weg stehen.

»Also pass auf, ich erkläre es dir. Schau mal her!«

Er formte mit Daumen und Zeigefinger einen Ring.

»Was ist das?«

Kaspanaze zuckte die Schultern. »Ein O?«

»Ein Loch, du Depp!«

Er sah Kaspanaze verschwörerisch an, so als ob er ihm gleich ein großes Geheimnis verraten würde. Und dann erklärte er ihm mit drastischen Worten und Gesten die Geheimnisse der Liebe zwischen Mann und Frau.

Kaspanaze hörte mit offenem Mund zu.

»Und warum machen sie so etwas Ekliges?«

»Das weiß ich auch nicht. Aber es muss schon irgendetwas dran sein, weil sonst täten sie es ja nicht.«

Bevor Georg zum Stöcklehof abbog, meinte er noch:

»Vielleicht ist es für die Laura so besser, weil mit einem ledigen Kind hätte sie sich zu Hause wahrscheinlich nicht mehr blicken lassen dürfen. Die ganze Familie hätte sich geschämt, und in der Kirche hätte sie im Gottesdienst im Gang stehen müssen, damit auch alle sehen, was sie für ein liederliches Weibsbild ist. Aber wo hätte sie sonst hinsollen?«

»Aber du hast doch vorher gezeigt, dass da ein Mann und eine Frau dazu gehören?«

»Und? Wen interessiert das? Ein Mann kriegt keinen dicken Bauch!«

17. Kapitel

Draußen in Zogenfeld machte sich Whitehead als Erstes daran, seine Post aufzuarbeiten. Es war auch ein langes Schreiben von seiner Zeitungsredaktion in Cincinnati dabei.

»Lieber Herr Whitehead«,

stand da in akkurater Sütterlin-Schrift,

»Ihre Artikel-Serie über die heutigen Umstände und das Leben in Oberschwaben sind hier auf große Begeisterung gestoßen, und uns erreichen täglich Briefe von Lesern, die uns bitten, diese Reihe weiter fortzusetzen. Vor allem interessiert sind die Leute an allem, was das tägliche Leben betrifft ... das geht so weit, dass es regelrechte Gruppen gibt, in denen sich Menschen, die der deutschen Sprache nicht mehr oder nur noch unzureichend mächtig sind, Ihre geschätzten Briefe aus unserer alten Heimat vorlesen und übersetzen lassen.«

Es folgte ein längerer Exkurs über die aktuellen Vorkommnisse in der Redaktion sowie der Vorschlag, nach seiner anfangs Dezember erwarteten Rückkehr einen oder mehrere Vorträge zu veranstalten, wozu es vorteilhaft wäre, wenn er auch genügend entsprechendes Bildmaterial besorgen könnte. Auch sei man bereit, ihm einen Teil seiner fast einjährigen Beurlaubung aufgrund der guten Resonanz und der gestiegenen Auflage der Zeitung zu vergüten.

»Was eine eigene Reihe über die Tirolerkinder betrifft, sehen wir derzeit kein besonderes Interesse seitens unserer geschätzten Leserschaft. Sie können das vielleicht lose in Ihre derzeitigen Berichte einbinden. Mein Vorschlag wäre, die weitere Vorgehensweise zu besprechen, wenn Sie wieder in Amerika sind.

Mit besten Grüßen von der gesamten Redaktion

Hochachtungsvoll

Ihr

Hermann Pfeiffer«

Whitehead legte den Brief auf den Tisch und lehnte sich in seinen Sessel zurück. Es war doch zum Verrücktwerden. Da geschah vor aller Augen himmelschreiendes Unrecht, wurden kleine Kinder um des Profites willen ausgebeutet und um ihre Zukunft betrogen, aber kaum jemand hatte den Mut, öffentlich darüber zu sprechen. Er war auch schon bei den hiesigen Zeitungen gewesen, wo man ihm mehr oder weniger unverblümt zu verstehen gegeben hatte, dass man sich nur eine Menge Ärger an den Hals laden würde, wenn man sich hier einmischte, und für ihn als Ausländer sei ganz besondere Zurückhaltung geboten. Dagegen würde es die Leute hier sicherlich interessieren, wie die Auswanderer in Amerika lebten, und man wäre ihm dankbar, wenn er darüber etwas schreiben würde.

Einen Brief im blauen Umschlag, auf dem in fein geschwungenen Buchstaben seine Anschrift stand, öffnete er zuletzt. Er hatte ein schlechtes Gewissen, weil er wusste, dass sich Gwendy insgeheim Hoffnungen auf ihn machte, und auch er hatte ja noch vor kurzem gedacht, sie gäben eigentlich ein ganz gutes Paar ab. Auch bei Gwendys Eltern war er gut gelitten, und sie hätten ihn gerne als Schwiegersohn gesehen.

Herr und Frau Wengerter schienen dagegen keineswegs davon begeistert, dass sich ihre Tochter in einen amerikanischen Schreiberling verguckte, von dem man nicht wusste, ob er überhaupt eine Familie ernähren konnte. Besonders der Mutter machte der Gedanke zu schaffen, ihre Tochter womöglich auf Nimmerwiedersehen in das ferne Amerika zu verlieren. Er hatte schon ein paar Anläufe unternommen, sich bei Johannas Eltern vorzustellen, aber jedes Mal, wenn es konkret wurde, druckste sie verlegen herum und vertröstete ihn mit offensichtlichen Ausflüchten.

Und nun schrieb Gwendy, wie sie sich auf seine Heimkehr freue, und zwischen den Zeilen glaubte er deutlich herauszulesen, dass sie dann von ihm als Belohnung für das lange Warten einen Heiratsantrag erwartete.

Er würde in den nächsten Tagen Johanna ganz gerade heraus fragen, ob sie ihn zum Mann nehmen wolle, und er war sich sicher, dass dies eher eine Formalität war, und dann würde er Gwendy einen einfühlsamen Brief schreiben.

Auf dem Tisch lag eine graue Mappe, in der er seine gesammelten Aufzeichnungen über seine schwäbischen Vorfahren aufbewahrte, sowie ein mehrfach gefalteter großer Papierbogen, in dem er nach und nach die Verzweigungen der Familie vermerkte. Sein Großvater Zacharias war hier auf dem Hof als drittes von fünf Kindern der Bauern Joseph und Anna Weißhaupt geboren. Nach dem auch in Oberschwaben geltenden Anerbenrecht durften die Höfe nicht real geteilt werden, sondern nur als Ganzes vom ältesten oder jüngsten Sohn übernommen werden. Die übrigen Geschwister konnten auf dem Hof als Knechte oder Mägde verbleiben, vorausgesetzt, der Hof war groß genug.

Dazu reichte aber das Weißhaupt'sche Anwesen beileibe nicht aus, und der junge Zacharias verdingte sich als Taglöhner bei den größeren Bauern, half da und dort aus und sparte jeden Groschen zusammen. Sein sehnlichster Wunsch war eine eigene Landwirschaft, und sei sie noch so klein.

Dann lernte er Dorothea kennen, die von leibeigenen Bauern in der Nähe von Wilhelmsdorf abstammte und als Küchenhilfe im »Goldenen Hirsch« arbeitete. Auch sie konnte sich nicht vorstellen, ihr ganzes Leben in einer dämpfigen Küche zwischen dreckigem Geschirr, Abfällen und herrischen Köchinnen zu verbringen. Auch sie legte jede Münze auf die hohe Kante, aber irgendwann wurde beiden klar, dass es zum eigenen Hof noch ein weiter Weg war und sie bis dahin alt und und zusammengeschafft sein würden. Nach gut einem Jahr erhielten sie den Heiratsbefähigungsnachweis und bezogen Zacharias' kleine Kammer auf dem Weißhaupt'schen Höfchen. Im Hungerjahr 1816 fiel für beide der Verdienst fast vollständig aus, und Zacharias sah eigentlich nur noch die Möglichkeit, sich beim Militär zu verdingen.

Begierig sogen sie die Schilderungen von den riesigen, fast menschenleeren Ländern in Bessarabien und den Versprechungen der russischen Regierung auf, hörten von den Schwabenkolonien im Banat, aber am meisten faszinierten sie die unglaublichen Geschichten von Leuten, die über Nacht in Amerika reich geworden seien, wo es Land im Überfluss geben musste.

Auswandern? Warum nicht? Sie waren beide jung und hatten hier nichts zu verlieren. Sie hatten genügend Geld zusammengespart, um Dorothea aus der Leibeigenschaft freikaufen zu können, und für die teure Schiffspassage ins gelobte Land würde es auch noch reichen. Nach Russland wäre es zwar über den Landweg oder mit dem Schiff ab Ulm einfacher gewesen, aber in Amerika erschien ihnen ihre Zukunft in leuchtenderen Farben.

Sie nahmen nur mit, was sie tragen konnten. So wanderten die beiden durch halb Europa bis Antwerpen, wo sie eines jener Auswandererschiffe bestiegen, die in mehrwöchiger Reise unter fürchterlichen Bedingungen in die Neue Welt segelten. New Orleans, wo sie nach eineinhalb Monaten an Land gingen, war eine laute und verkommene Stadt mit Huren, Glücksspielern und jeder Menge Gesindel. So zogen sie weiter nach Indiana, wo Zacharias sofort eine Stelle als Schmied fand und Dorothea Arbeit in einer Nähstube bekam. Aber dort hielt sie nichts mehr, als sie erfuhren, dass es in Ohio fruchtbares Land gab, das nur noch auf Bauern wartete. Außerdem war Dorothea schwanger. Sechs Monate später wurde sie auf der Ranch in der Nähe von Cincinnati von einem Sohn entbunden, den sie nach seinem Großvater auf den Namen Carl taufen ließen. Das Wohnhaus war nur eine armselige Holzhütte, aber es gehörte ihnen. Nur drei Jahre später schickte Zacharias seinem Bruder in Zogenfeld eine Zeichnung des stattlichen Haupthauses und schrieb, er hätte nie geträumt, dass es ihnen einmal so gut gehen würde, und Carl habe noch ein Schwesterchen bekommen.

Whitehead stand auf und betrachtete das vergilbte Bild in dem alten, geschnitzten Holzrahmen, das zwischen den beiden Stirnfenstern in der Stube hing. Ja, das war das Haus, das seine Großeltern gebaut hatten. Inzwischen war alles noch viel größer und beeindruckender, und seine Großeltern lebten schon lange nicht mehr.

Whitehead wollte seine Zeit in Europa nicht vergeuden. Fast noch wichtiger als die Ahnenforschung war für ihn die Erkundung der jüngeren geschichtlichen und der wirtschaftlichen Entwickung Oberschwabens. Schließlich würde es Jahre dauern, ehe er wieder hierher zurückkehren konnte. Er besorgte sich alles, was er an Gedrucktem bekommen konnte, und erfuhr zu seinem Erstaunen, dass auch die Geschichte dieses scheinbar so friedlichen und wohlhabenden Landes mit Blut geschrieben war. Da hatte es Bauernkriege gegeben, hatten der Dreißigjährige Krieg und die Pest riesige Landstriche entvölkert. Verschiedene Herrscherhäuser waren gekommen und gegangen, und gerade ein paar Jahre war es nun her, dass 1866 der Deutsche Krieg zu Ende gegangen und Württemberg ein widerwilliger Bündnispartner Preußens geworden war.

Vor diesem Hintergrund konnte Whitehead immer besser verstehen, dass seine Großeltern eine ungewisse Zukunft den trüben und engen Lebensbedingungen vorzogen hatten. Er fragte sich aber auch, ob er an deren Stelle so viel Mut aufgebracht hätte. Aber auch jetzt gab es noch genügend arme Teufel, die in der bäuerlich geprägten oberschwäbischen Gesellschaft nur die Alternative hatten zwischen einem erbärmlichen Dasein als Tagelöhner und dem Versuch, sich in der Fremde eine Existenz aufzubauen. Whitehead sah oft genug das Flackern in den Augen nicht nur junger Burschen, sondern auch älterer Männer, wenn sie ihn über die Lebensbedingungen in Amerika ausfragten. Manche reagierten unwirsch, wenn er ihnen klar zu machen versuchte, dass auch in seiner Heimat nicht nur Milch und Honig flossen und sich die Arbeitsbedingungen und Entlohnungen in einer Fabik wohl kaum von denen in den hiesigen Spohn'schen Flachswerken unterschieden.

»Aber Arbeit gibt es wenigstens genug«, war dann meistens die trotzige Antwort, und Weißhaupt brauchte eine Weile, bis er begriff, dass die Leute alles getan hätten, um sich jeden Tag auch nur satt essen zu können. Er wollte nichts beschönigen und sagte auch, es gebe jede Menge Leute, die mit ihren Träumen gescheitert seien und die nun an den Armenküchen in den Städten Schlange stünden. Trotzdem traf ihn im Gasthaus manch böser Blick von einem Nachbartisch, und ein Kohlenhändler fuhr ihn an, er möge von hier verschwinden, anstatt seine Gelegenheitsarbeiter aufzuhetzen.

Peter Whitehead spürte nichts von dem Regen, der kalt unter seinem breitrandigen Hut in sein Gesicht nieselte. Vor zwei Tagen hatte er Johanna seinen Antrag gemacht, und sie hatte ohne Zaudern Ja gesagt. Gerne wäre sie mit ihm hinausgefahren nach Hergasweiler, aber sie hatte ihrem Vater versprochen, über's Wochenende mit den neuen Stoffmustern nach Ulm zu kommen. Gestern hatte er sie noch zum Bahnhof begleitet und ihr eingeschärft, bei ihren Eltern auf einen Vorstellungstermin zu drängen. Sie hatte ein wenig gequält gelächelt und gemeint, dass sie alles daransetzen würde, um ihre Eltern davon zu überzeugen, dass sie beide zusammengehörten, aber dass sie beide ihre Familie nicht einfach vor vollendete Tatsachen stellen dürften. Wie es auch kommen würde – sie waren ein Paar, und nichts und niemand konnte sie auseinander bringen. In leuchtenden Farben malte er sich die Zukunft mit Johanna aus. Am Anfang konnten sie zu Hause bei seinen Eltern leben, aber das war nur eine Notlösung. In Gedanken schlenderte er durch die Straßen von Cincinnati auf der Suche nach einem passenden Haus. Er stellte sich vor, wie Johanna in einem langen Sommerkleid aus der Türe trat, ihre blonden Haare in den Nacken warf und ihm zulächelte. Er würde seinem Freund George Peake schreiben, er möge sich schon einmal umsehen. Wozu hat man schließlich Freunde?

Erschrocken fuhr er zusammen, als der Rappe mit einem Schlag abrupt stehen blieb.

»Was ist? Was ist los?«

Es dauerte einen Augenblick, bis ihm klar wurde, dass das Pferd an einer Kreuzung stand und nicht weiter wusste. Aus der Tasche seines Regenmantels kramte er den Zettel, auf dem er die vom Hausierer gegebene Wegbeschreibung notiert hatte. Ja, da vorne war ein steinernes Feldkreuz, und ein Stück weit dahinter verlor sich die Straße im Wald. Ein Blick auf seine Taschenuhr sagte ihm, dass er spät dran war, und tatsächlich kam er gerade vor dem Kirchplatz in Hergasweiler an, als die Kirchentüre aufging und sich die Leute auf dem Friedhof an den Gräbern ihrer Angehörigen verteilten. Hastig band er den Rappen neben den anderen Pferden auf dem Dorfplatz an und schwenkte die seitlichen Scheuklappen am Halfter herab.

Es kam nicht häufig vor, dass sich Fremde hierher ins Hinterland verirrten, und Whitehead tat so, als ob er die neugierigen Blicke nicht bemerken würde.

»Herr Whitehead, Herr Whitehead«, rief eine Kinderstimme. »Herr Whitehead, hier bin ich!«

Kaspanaze wieselte zwischen den auf dem Kirchplatz Stehenden hindurch und blieb keuchend vor dem Amerikaner stehen. Whitehead sah die strahlenden Augen in dem sonnenverbrannten Bubengesicht, das aber trotz aller Freude irgendwie ernst wirkte.

»Gut schaust du aus«, sagte er und musterte Kaspanaze eingehend. »Jedenfalls scheinst du genug zu essen zu bekommen.«

Er zog ihn an sich und nahm ihn leicht in die Arme, worauf Kaspanazes Körper steif wurde wie ein Holzprügel. Seit er von daheim fort war, hatte nie mehr jemand den Arm um ihn gelegt. Onkel Jörg und Tante Antonia fuhren ihm zwar gelegentlich mit der Hand über den Kopf oder durch die Haare. Das machten sie meistens, wenn er etwas gut gemacht hatte, und sie verstanden diese Geste mehr als eine Art Belobigung. Sicher sahen auch sie in Kaspanaze ein Kind und hatten ihn auf ihre Art gern. Aber dieses Kind war halt doch nur ein Dienstbote und nicht ihr eigenes.

»Du hast mir bestimmt viel zu erzählen ...«, setzte Whitehead an, als er von einer Männerstimme unterbrochen wurde.

»Ist das der Herr aus Amerika?«

Whitehead wandte sich um.

»Ja. Peter Whitehead heiße ich.«

»Aus Tschinntschinätti«, ergänzte Kaspanze stolz.

Die Männer lachten.

»Jörg Gründinger«, stellte sich der andere vor. Sosehr er es auch versuchte, konnte er doch sein Misstrauen nicht ganz verbergen. Schließlich hatte er noch nie einen leibhaftigen Amerikaner kennen gelernt, und außerdem konnte etwas nicht ganz stimmen, wenn ein Mann Zeit hatte, sich den ganzen Tag mit so unnützem Zeug wie Ahnenforschung zu beschäftigen und am Sonntag kleinen Buben hinterherzulaufen.

Es entstand eine fast körperlich fühlbare unangenehme Stille.

»Hm, hm«, räusperte sich Whitehead. »Sie sind also der Bauer, bei dem Kaspanaze jetzt ist.«

»Ja«, gab dieser einsilbig zurück.

»Der Bub hat schon viel erlebt, seit er hier im Schwäbischen ist. Er hat sicher schon erzählt, was er bei seinen vorigen Bauersleuten durchgemacht hat.«

Der Gründinger nickte und brummte nur: »Ja, hat er.« Aber er machte keine Anstalten, auch nur ein Wort mehr zu sagen als unbedingt nötig. Auch Kaspanaze spürte, dass der Onkel Jörg über die Ankunft des Amerikaners nicht sonderlich erfreut war. Immer schneller flog sein Blick über den Kirchplatz, und als er die Tante Antonia in einer Gruppe von Frauen erspähte, hielt ihn nichts mehr.

»Tante, Tante, komm schnell, der Herr Whitehead ist da!«, rief er schon von weitem über den halben Platz.

Antonia Gründinger brach ihren Vortrag über die Vorzüge ihres neuen Waschbrettes ab und fragte neugierig:

»Wo? Wo ist er?«

»Da drüben, beim Onkel Jörg«, deutete Kaspanaze ungeduldig.

Mit Riesenschritten überquerte sie den Kirchplatz und rannte zum Schluss förmlich auf die beiden Männer zu.

»Ja, das ist aber eine Freude, dass Sie zu uns herausgefunden haben. Das ist doch ein langer und weiter Weg und bei dem Wetter auch ganz sicher kein Vergnügen. Ich jedenfalls würde lieber unter dem Dach bleiben. Sie müssen ja pitschnass sein«, sprudelte sie heraus, ohne Luft zu holen.

»Das ist meine Frau«, sagte der Gründinger.

»Ja, Antonia Gründinger«, stellte sie sich wie beiläufig vor und redete sofort weiter: »Ja, das ist wirklich eine Freude. Der Bub hat schon so viel von Ihnen erzählt und dass Sie ein ganz ein guter Mensch seien. Er hat uns auch gesagt, dass Sie hier nach Ihren Vorfahren suchen. Nach den Wurzeln hat er gesagt, und ich einfältiger Tropf habe zuerst geglaubt, Sie suchen irgendwie nach Baumwurzeln oder sowas, und ich habe den Kaspanaze dann gefragt, ob es denn in Amerika keine Wurzeln geben würde. Meine Güte, haben wir gelacht, nicht wahr, Jörg?«

Ohne eine Antwort ihres Mannes abzuwarten, fuhr sie in einem Tonfall, der keinen Widerspruch duldete, fort:

»Sie kommen mit uns zum Essen auf den Hof. Ich habe heute in der Früh noch Maultaschen gemacht, und die müssen Sie unbedingt probieren. Ich will mich ja nicht selber loben, aber die ganze Verwandtschaft sagt, dass meine Maultaschen die besten weit und breit sind. Stimmt's, Jörg? Und etwas Trockenes müssen Sie ja auch anziehen, Sie haben sicher etwas dabei?«

Whitehead wollte protestieren und wartete auf eine Pause in ihrem Redeschwall. Hilflos blickte er hinüber zum Bauern, der ihn mit einem Mal freundlich und verschmitzt anlächelte.

Auch Kaspanaze stand daneben und grinste.

»Wenn meine Frau das sagt, ist das so etwas wie ein Befehl. Sie können sich drehen und wenden, wie Sie wollen, aber schlussendlich …«

»… ist heute Sonntag, und da bestimme ausnahmsweise einmal ich«, fuhr sie ihm dazwischen. »Schließlich will ich auch etwas über Amerika erfahren und wie man da so lebt und wie es dort aussieht und was die Leute dort machen.«

Whitehead war bis jetzt noch nicht zu Wort gekommen und zuckte nur noch ergeben mit den Schultern.

Auf dem Weg zum Hof saß Kaspanaze neben Whitehead auf dem Kutschbock und erzählte, wie ihn der Gebstetter beinahe im Brunnentrog ersäuft hätte und dass er tot wäre, wenn der Vinzenz nicht dazugekommen wäre, und wie er dann davongelaufen sei und gleich bei Gründingers einen neuen Platz gefunden habe. Dass er dem Gebstetter den Hof hatte anzünden wollen, verschwieg er, weil er sich dafür schämte. Hier bei Onkel und Tante Gründinger ginge es ihm gut wie noch nie, und essen könne er, so viel er wolle. Nur schaffen müsse er schon arg viel.

»Lohn, Kleidung und Papiere, das ist alles noch beim Gebstetter?«, wollte Whitehead nach einer Weile wissen.

»Ja. Aber der Onkel Jörg will alles holen, sobald er Zeit hat.«

»Das gibt noch einen Zirkus«, murmelte Whitehead.

In Witterschwende pfiffen es schon alle Spatzen von den Dächern, dass dem Gebstetter sein Tiroler davongelaufen sei. Seit mindestens vier Wochen hatte ihn niemand mehr gesehen, und Alfons und Sofie hatten den anderen Hütekindern schon längst brühwarm erzählt, dass Kaspanaze ihnen seine Flucht angekündigt hatte. Am Sonntag nach der Kirche schauten die beiden Gebstetters zu, möglichst als Erste aus der Kirche zu gelangen, hielten sich auch nur kurz am Familiengrab auf und versuchten möglichst schnell wieder auf den Hof zu kommen. Ihre Kinder durften sich unter Androhung von Prügeln nicht länger als nötig im Dorf aufhalten, aber das wäre nicht nötig gewesen, weil sie selbst den Hänseleien und Sticheleien aus dem Weg gehen wollten.

Selbst dem Vinzenz wollte der Gebstetter sein gewohntes Viertel Roten nach der Kirche verbieten, da kam er aber an den Falschen.

»Weißt du was«, erwiderte der Knecht gefährlich leise. »Ich habe bis jetzt das Maul gehalten, und ich habe es auch weiterhin vor, solange es geht. Aber wenn du glaubst, dass ich mir das von dir auch noch gefallen lasse, dann kann es sein, dass ich mich einmal mit dem Losmayer unterhalte.«

Auf dem Hof wurde der Bauer immer unerträglicher. Zum Viehhüten hatte er jetzt einen alten Taglöhner gefunden, der natürlich erheblich mehr kostete als ein Hütebub und dem er zweimal in der Woche dazu noch eine Flasche Schnaps zustecken musste, wovon aber seine Frau besser nichts wissen durfte. Auch Ludmilla hatte nichts mehr zu lachen, seit sie mit ihrem Keuschheitsgelübde ernst machte und weder durch Bitten noch durch Drohungen dazu zu bewegen war, mit ihm ins Heu zu gehen.

Hinzu kam, dass sie nunmehr auch die alte Gebstetter-Mutter zu versorgen hatte, was sich aber nur darauf beschränkte, ihr das Essen ins Ausgedingehaus zu bringen, da dies schneller ging als die verwirrte Frau zu jeder Mahlzeit an den Tisch und wieder zurück zu führen. Drinnen stank es gottserbärmlich, weil die Alte auch noch ihren Stuhl und Harn nicht halten konnte. Als Ludmilla der Bäuerin vorschlug, die alte Frau einmal gemeinsam zu waschen und für ein wenig Ordung zu sorgen, wurde diese fuchsteufelswild und schrie, dass sie diese Sau nie im Leben anfassen würde und dass man für so etwas eine Magd habe, und wenn ihr das nicht passen würde, könne sie ja gehen.

Noch am gleichen Tag folgte sie Vinzenz nach dem Abendbrot ins Freie und fragte ihn gerade heraus, was er davon halten würde, wenn sie beide zu Lichtmess gemeinsam einen neuen Platz suchen würden.

Der Gendarm war schon mehrmals auf dem Hof gewesen, und der Gebstetter erschrak nicht wenig, als er den Losmayer schon wieder den Weg heraufstapfen sah.

»So, Gebstetter«, fuhr ihn dieser ohne Begrüßung an, »jetzt kannst du dir aber etwas einfallen lassen. Ich war drüben bei deiner Schwester in Drossmannsberg, aber da weiß man nichts von deinem Tiroler. Jetzt will ich von dir ohne langes Herumlügen wissen, wo der Bub abgeblieben ist. Na, was ist?«

Der Gebstetter druckste verlegen herum und sagte dann, dass er diesen tatsächlich schon seit ein paar Tagen nicht mehr gesehen, dieses aber nur deswegen noch nicht gemeldet habe, weil er geglaubt habe, dass der Bub schon wieder zurückkommen würde.

Der Gendarm Losmayer lief vor Wut knallrot an.

»Ja, Herrgottsakrament, glaubst du, ich bin auf der Brennsuppen dahergeschwommen? Seit wann ist der Bub weg? Seit ein paar Tagen? Hä?«

Er nestelte an der Brusttasche seiner Uniformjacke.

»Was glaubst du, was das ist?«

Er hielt dem Gebstetter ein Blatt Papier unter die Nase, zog es aber sofort wieder zurück, als der danach langen wollte.

»Das ist ein Schreiben aus Hergasweiler, dass der Bub dort bei einem gewissen Bauern Gründinger ist, und das nicht erst seit ein paar Tagen, sondern schon seit über einem Monat. Ja Kruzifix, glaubst du, du kannst alle an der Nase herumführen? Sie schreiben, dass der Bub keine Papiere habe und dass sie dem Gründinger schon ein paar Mal gesagt haben, er solle sie beschaffen. Aber der kommt auch nicht in die Gänge, und jetzt kann ich dem ganzen Zeug nachlaufen. Aber wart nur, Gebstetter, das Ganze hat noch ein Nachspiel, weil normalerweise hättest du sofort eine Abgängigkeitsanzeige machen müssen, und das hast du nicht getan. Stattdessen lügt ihr alle das Blaue vom Himmel herab, und ich muss wie ein Trottel in der Gegend herumseckeln. Ungeschoren kommst du da nicht heraus. So, und nun schickst du sofort den Pass an das Schultheißenamt in Hergasweiler, und wenn der nicht bis nächste Woche dort ist, kannst du was erleben!«

Der Gebstetter stand verdattert da und wagte es nicht, den Mund aufzumachen. Der Gendarm war schon im Begriff zu gehen, als er sich noch einmal umdrehte:

»Ach ja, den Berichtzettel vom Hochwürden könnt Ihr auch gleich mitschicken, dann ist das auch erledigt. Lohn und Häs hat der Bub bestimmt auch noch nicht bekommen, aber das geht mich nichts an, solange keine Klage vorliegt.«

»Das fehlt gerade noch, dass der Hurenskrüppel auch noch etwas bekommen soll. Frisst sich wie ein Scheunendrescher bei uns durch und macht nichts als Scherereien und haut dann ...«

»Das geht mich nichts an«, unterbrach ihn der Gendarm schroff und sah ihn verächtlich an.

»Schau zu, dass du das in Ordnung bringst!«

Am nächsten Tag wollte Pauline nach der Schule den Berichtzettel im Pfarrhof abholen, aber der Hochwürden sah sie nur merkwürdig an und sagte, dass er ihr den nicht geben würde und er Vater oder Mutter oder am besten alle beide sprechen möchte.

Die beiden Gebstetters hatten einen Heidenrespekt vor dem Pfarrer, und weder er noch sie wollten sich von ihm die Leviten lesen lassen. Nach heftigem Gezänk kamen sie überein, dass es gemeinsam vielleicht besser zu ertragen wäre. Noch am gleichen Abend verließ ein sehr kleinlautes Ehepaar Gebstetter den Pfarrhof. Daheim holten sie Pauline aus dem Bett, die Bäuerin brachte ein leeres Kuvert von der letzten Milchabrechnung und legte es vor Pauline auf den Stubentisch.

Gehorsam strich diese »Baptist Gebstetter« durch und schrieb darunter:

»An das Schultheißenamt in Hergasweiler«, wobei sie sich zweimal verschrieb und der Gebstetter schimpfte, wozu man sie überhaupt in die Schule schicken würde. Als sie damit fertig war, schob ihr die Mutter ein zerknittertes Blatt zu und diktierte:

»Hier sind die Papiere.«

»Wie schreibt man darunter?«, fragte sie und sah ihren Mann ratlos an. »Ergeben, Ergebenst, Hochachtungsvoll, Ihr Diener, Beste Wünsche?«

Sie einigten sich auf »Hochachtungsvoll«.

»Unterschreib du«, sagte er.

»Nein, du kannst es besser, weil du ja jeden Monat bei der Milchgeldauszahlung unterschreiben musst!«

Murrend zog der Gebstetter einen Stuhl heran, setzte sich an den Tisch und schrieb mit großen Zeichen »Baptist Gebstetter« darunter, wobei er jeden Buchstaben einzeln auf das Papier malte und zwischendurch innehielt um zu kontrollieren, ob er keinen vergessen hatte.

18. Kapitel

Der Gründinger'sche Hopfengarten war nicht sonderlich groß, und die Ranken wuchsen an hohen Stangen gegen den Himmel. Es war eine Mordsarbeit, die Stangen einzusetzen und im Herbst wieder auf den Boden zu bringen, um die Dolden abzubrocken. Gerne wäre der Gründinger auf eine Drahtanlage umgestiegen, wie er sie schon am Gut Kaltenberg in Tettnang gesehen hatte. Der Arbeitsaufwand wäre viel geringer gewesen und der Ertrag bei gleicher Fläche größer. Den jetzigen Garten konnte er noch mit wenigen Arbeitskräften bewirtschaften, wenn er aber vergrößerte, brauchte er mehr Hopfenbrocker.

In diesem Jahr stand der Hopfen gut, und immer mehr Flächen wurden mit dem »Grünen Gold« bepflanzt. Kaspanaze sog anfangs immer wieder den würzig aromatischen Duft, den die grüngelben Dolden verströmten, in seine Nase. Bevor der Onkel und ein anderer Mann die Stangen lösten, musste er die Triebe dicht über dem Boden abschneiden, was mit der Zeit gewaltig in die Arme ging. Aber diese Arbeit war ihm immer noch lieber, als die Dolden aus dem kratzigen Gestrüpp zu pflücken. Diese Arbeit erledigten einige Frauen. Die Blechgefäße mit den Dolden wurden dann in einen großen, aus Weidenruten geflochtenen Kasten entleert, der auf einen Wagen verladen wurde und den Kaspanaze mit Hannibal zum Locher in die Hopfendarre bringen musste. Unterwegs hatte er nichts dagegen, wenn der Ochse so langsam und bedächtig einen Huf vor den anderen setzte, dass ihn schon fast die Schnecken überholten.

Als sie wieder einmal einen vollen Kasten auf den Wagen wuchteten, knurrte ein groß gewachsener Mann: »Kumm, gang uf d'Sita!«

Die Aufforderung, auf die Seite zu treten, klang zwar nicht ganz so wie zu Hause und war auch nicht besonders freundlich, aber Kaspanaze wurde ganz warm ums Herz.

Endlich wieder jemand, der seinen Dialekt sprach, der ihm für einen Augenblick Wärme und Geborgenheit vermittelte. Zwar war die Färbung etwas anders als bei ihm im Dorf, aber was machte das schon! Hauptsache von daheim!

Er sah den Mann mit großen Augen an, während das Heimweh in ihm hochstieg.

»Vo wo bischt du?«

»Vo Langa«, erwiderte der Mann kurz angebunden. »Und du, bischt a Schwobagänger?«

»Ja, aus dem Bregenzerwald«, wollte Kaspanaze antworten, aber der Mann hatte sich schon umgedreht und beachtete ihn nicht mehr. Er spürte, wie die Enttäuschung in ihm hochstieg, und seine Augen wurden feucht.

Nach wenigen Tagen war die Hopfenernte zu Ende, und die Brocker feierten im Hof unter der Linde zum Abschied ein ausgelassenes Fest. Einer hatte eine Steirische, eine diatonische Ziehharmonika mit Knöpfen mitgebracht, die zwar nicht ganz einfach zu spielen war, aber mit ihrem eigenartig lustigen Klang die ausgelassene Stimmung anheizte. Da wurde gesungen, getanzt, gegessen, getrunken, gegrölt und poussiert. Manch einer verschwand unauffällig in der Dunkelheit, und oft dauerte es nicht lange, bis eines der Mädchen ebenso unauffällig versuchte nachzufolgen.

Still abseits auf der Hausbank neben der Haustüre saß Hermine Bahle. Die abgehärmte Frau war weit über ihre 56 Jahre gealtert, denn ein unbarmherziges Schicksal hatte sie durch nahezu alle Tiefen des menschlichen Daseins geführt. Geboren als lediges Kind einer Landstreicherin, hatte sie nie eine Chance auf ein Leben in bürgerlicher Wohlanständigkeit gehabt. Prostitution, drei Abtreibungen, Kleinkriminalität und Gefängnis – das waren die Stationen ihres trostlosen Lebens. Die Gründingerin hatte sie aus christlicher Barmherzigkeit als Magd aufgenommen. Sie machte hier ihre Arbeit und ging ansonsten den Leuten aus dem Weg. Oft genug hatte sie erfahren müssen, wie sich die Menschen mit einem Schlag veränderten, wenn sie erfuhren, woher sie kam. Eine Zeit lang hatte sie geglaubt, Verachtung und Feindseligkeit seien nur vorübergehende Erscheinungen, die sie auch verdient habe, und sie verübelte es den Leuten nicht. Und mit jedem Jahr, das sie älter wurde, wurde ihr klarer, dass sie ihre Vergangenheit wie einen Mühlstein bis an ihr Lebensende würde mit sich herumschleppen müssen.

Auch Kaspanaze kam sich hier eigentlich überflüssig vor. Obwohl er hundemüde war, konnte er nicht genug von der Musik bekommen. Kaum verstummte die Steirische, fielen ihm prompt die Augen zu, und kaum fing sie wieder an zu spielen, riss er sie wieder ruckartig auf.

»Komm, setz dich zu mir!«, sagte Hermine, die den Buben schon eine Weile beobachtet hatte. Unbeholfen und widerstrebend schob sich Kaspanaze neben die alte Frau auf die Bank.

Es waren nun doch schon einige Tage vergangen, seit sie auf dem Hof war, aber mehr als »Guten Morgen« und das sonst Notwendigste hatten sie bisher nicht miteinander geredet.

»Ist schön, die Musik«, sagte die Frau leise, kaum dass er es hören konnte, und Kaspanaze nickte.

»Woher kommst du denn?«

»Aus dem Bregenzerwald.«

»Kenne ich, war dort schon als Kind.«

Sie schwieg wieder und sah scheinbar gleichgültig zu den Tänzern hinüber.

»Ja, wenn man jung ist, gehört einem die Welt ... vor allem dann, wenn man nicht daheim ist!«

Sie kannte die strengen Sitten in den Bergtälern und wusste, dass ein solches Treiben dort undenkbar gewesen wäre und dass die jungen Leute die Gelegenheit nutzten, in der Ferne einmal richtig die Sau herauszulassen. Da saßen keine alten bigottischen Weiber auf den Bänken wie in den Gaststuben daheim und beobachteten beim Tanz argwöhnisch jede Bewegung. Wenn es da eine zu ausgelassen trieb, dann hatte sie mit wochenlangem Gerede in der ganzen Gemeinde zu rechnen. Das einzige alte Weib hier war sie.

Aus den Augenwinkeln schielte sie zu Kaspanaze. Den Buben hatte nun der Schlaf endgültig überwältigt. Er lehnte mit eingesunkenem Oberkörper an der Hauswand, und sein

Kopf lag auf seiner rechten Schulter. Scheu und zögernd streckte sie die Hand aus und strich ihm zärtlich durchs Haar. Dabei standen ihr Tränen in den Augenwinkeln. Drei Kinder hätte sie haben können …

Sie stand auf, wischte mit dem Handrücken über die Augen, nahm Kaspanaze sanft in ihre dürren Arme und trug ihn fast andächtig hinauf über die Treppe in seine Kammer.

Am nächsten Morgen saßen die meisten Hopfenbrocker einsilbig und mit verquollenen Augen beim Frühstück. Der Onkel Jörg zahlte ihren Lohn aus, und danach zogen sie weiter zum nächsten Hof. Als sie fort waren, fiel die plötzlich ungewohnte Stille wie eine dunkle Decke über Kaspanazes Kopf, und er war richtiggehend froh, als der Onkel sagte, dass nun die Dinkelernte an der Reihe sei.

Der August ging nun dem Ende zu, und es hatte schon seit zwei Wochen nicht mehr geregnet. Der Boden war trocken und staubig. »Schscht, schscht, schscht, schscht.« Breitbeinig standen Onkel Jörg und Tante Antonia auf dem Acker und zogen in gleichmäßigem Rhythmus ihre Sensen durch die rotbraunen Halme. Hermine zeigte Kaspanaze, wie man eine Garbe binden und aufstellen musste.

»Schwabenkorn«, sagte sie und deutete mit dem Kopf auf seine erste Garbe.

Er sah sie verständnislos an.

»Schwabenkorn«, wiederholte sie. »Ja, so sagt man auch zum Dinkel. Es gibt sogar Orte, die danach benannt sind: Dinkelsbühl, Dinkelshausen … da war ich auch schon.«

Kaspanaze kämpfte noch etwas unbeholfen mit der nächsten Garbe, wobei ihm immer wieder die Halme unterhalb der Ähren auseinander fielen.

»Ja, das wird schon«, lobte ihn Hermine. »Weißt du, was Grünkern ist?«

Angewidert verzog er das Gesicht: »Das hat es eine Zeit lang immer zum Frühstück gegeben. Bähh …«

Beide mussten lachen.

»Das war auch Dinkel. Das ist das Korn in der Milchreife. Man kann es nicht lagern, weil es sehr weich ist. Außer man darrt es.«

Kaspanaze hatte inzwischen Zutrauen zu der alten Frau gefasst. Sie hatte etwas Warmes an sich und redete nicht viel. Sie war geradezu eine Wohltat im Vergleich zur Tante Antonia, die ein Stück weiter vorne auch noch während des Mähens auf den Onkel Jörg einplapperte.

Nach einigen Stunden tat ihm ob der ungewohnten gebückten Haltung der Rücken weh, und auch Hermine langte zunehmend öfters mit dem Handrücken in ihr Kreuz.

»Das zieht schon gemein, nicht wahr?«, lächelte Hermine. »Aber früher war das viel schlimmer, als man noch mit der Sichel gearbeitet hat. Da ist man den ganzen lieben langen Tag auf dem Boden herumgekrochen. Das war eine Schinderei!«

»Für uns beide bleibt's gleich«, maulte Kaspanaze.

Es war wie eine Erlösung, als die Tante Antonia herüberrief, er solle nun die Brotzeit holen.

Nach ein paar Tagen kam Hannibal wieder zum Einsatz. Drunten im Dorf stand eine große amerikanische Dampfdreschmaschine, und Kaspanaze konnte es kaum erwarten, das Ungetüm zu sehen. Der Georg kannte sie schon und tat ganz wichtig. Sie sei ganz gefährlich, und man dürfe ja nicht zu nahe herangehen. Denn der Dampf sei so heiß, dass er einem sofort die Haut verbrennen würde.

Auch der Onkel Jörg war von dem monströsen Ungetüm fasziniert, obgleich er es sich nicht anmerken ließ.

Zusammen mit Kaspanaze trieb er den Ochsen mit dem hochbeladenen Fuder dem Dorf zu, wo schon die halbe Jugend staunend um die puffende und ratternde Maschine herumstand, die in einem Arbeitsgang das Stroh drosch, die Körner auswarf und gleichzeitig in Säcke abfüllte.

»Pah«, machte Kaspanaze verächtlich, nachdem er die Maschine betrachtet hatte. »Das ist ja gar nichts. In Ravensburg habe ich eine Lokomotive gesehen, die war ...« Er suchte nach einem Vergleich, aber es wollte ihm keiner einfallen. »... ja, halt viel, viel größer«, schloss er dann.

Der Onkel Jörg sah ihn von der Seite an: »Schon möglich. Aber kann die auch dreschen?«

19. Kapitel

Am letzten Sonntag kam Herr Whitehead zusammen mit dem Fräulein Wengerter zu Besuch nach Hergasweiler. Schon beim letzten Mal waren sich die beiden Männer nach und nach sympathischer geworden, wobei beim Gründinger immer noch eine Spur von Misstrauen blieb. Er verstand etwas von Landwirtschaft und allen anderen Arbeiten, die auf einem Hof anfielen. Aber das waren Tätigkeiten, zu denen man zwar auch den Kopf brauchte, die aber letztendlich mit den Händen erledigt wurden. Aber sein Geld mit Zeitungsartikeln zu verdienen? Wer braucht überhaupt so etwas? In seinem ganzen Leben hatte er noch keine drei Zeitungen ganz gelesen. Nein, das konnte doch keine richtige Arbeit für einen gestandenen Mann sein! Aber interessant war es schon, was der Amerikaner zu erzählen wusste, und der Gründinger ließ es sich nicht nehmen, die beiden nach dem Gottesdienst zu sich nach Hause einzuladen.

»Sie sind gewiss nicht darauf eingerichtet, dass wir bei Ihnen so einfach hereinschneien«, wagte das Fräulein einzuwerfen, aber da kam sie bei der Gründingerin an die Falsche.

»Papperlappapp!«, sprudelte sie. »Es gibt Schweinsbraten mit Kartoffeln, und ich habe so viel gemacht, dass es für eine ganze Kompanie reichen würde. Weil das ist ja das Verflixte am Saubraten. Man darf ja kein kleines Stück nehmen. Je größer, desto besser, denn nur so bleibt er saftig. Das hat meine Mutter schon immer so gemacht, und da ist etwas dran, da kann man sagen, was man will. Die Verwandtschaft sagt auch …«

»… dass du den besten Schweinsbraten weit und breit machst«, feixte der Gründinger.

»Jawohl, das stimmt auch, da könnt ihr fragen, wen ihr wollt«, antwortete sie fast ein wenig beleidigt.

»Bevor ich es vergesse«, wandte sich Johanna an Kaspanaze. »Ich habe dir etwas mitgebracht. Der Gedanke dazu kam mir, als ich den Zettel gelesen habe, den du dem Hausierer mitgegeben hast. Ich meine, ein wenig Lesen kann dir nicht schaden.«

Aus der Tasche zog sie ein Buch und drückte es ihm in die Hand.

»Der kleine Struwelpeter«, buchstabierte Kaspanaze, »mit Bildern von W. Schäfer und Reimen von Ferd. Goebel ... Vergelt's Gott!«

»Du musst mir aber versprechen, dass du es auch liest und nicht nur die Bilder anschaust!«

»Ja, das tue ich bestimmt«, nickte Kaspanaze, »sobald ich Zeit habe.«

»Hast du vom Gebstetter etwas gehört?«, wandte sich Whitehead an den Bauern.

»Nein, außer dass er die Papiere an das Amt geschickt hat. Sonst nichts.«

»Kleidung, Schuhe, Lohn?«

»Nichts«, schüttelte der Gründinger den Kopf. »Aber den Brief hast du ihm geschrieben, wie wir es letztes Mal besprochen haben?«

»Ja, gewiss, sofort am nächsten Montag. Aber das war mir eigentlich klar, dass ein Gebstetter auf so etwas nicht reagiert. Dieses Schwein!«, entfuhr es Whitehead.

»Peter, der Bub ist auch noch da!«, wies ihn das Fräulein zurecht.

»Keine Angst, da habe ich schon viel bösere Wörter gehört«, lachte Kaspanaze.

»Kommt, gehen wir, das könnt ihr auch auf dem Hof besprechen«, unterbrach resolut die Gründingerin.

Johanna saß vorne neben Whitehead auf dem Kutschbock, von Kaspanaze nahmen sie kaum Notiz und sie hätten ihn auch fast überhört, wenn er nicht nochmals laut gerufen hätte.

»Anhalten! Anhalten!«

»Was ist denn los?«, fragte Whitehead nach hinten.

»Das ist die Hermine. Sie ist auch auf dem Hof. Können wir sie nicht mitnehmen?«

»Ja, selbstverständlich«, erwiderte Whitehead freundlich.

Hermine Bahle begann zu laufen, als sie sah, dass die Kutsche angehalten hatte, und kam ein wenig außer Atem an.

»Steigen Sie ein!«, forderte sie Whitehead auf.

Scheu schob sie sich neben Kaspanaze auf die Bank.

»Vergelt's Gott«, flüstete sie verlegen und fühlte sich sichtlich unwohl. Sie begann nachzurechnen, gab es dann aber auf. Seit sicher zwanzig Jahren hatte sie in keiner Kutsche mehr gesessen.

»Kann ich Ihnen in der Küche helfen?«, fragte Johanna draußen auf dem Hof die Bäuerin.

»Ihnen? Hier sagt man du zueinander, außer zum Doktor und zum Pfarrer. Also, ich bin die Antonia.«

»Und ich die Johanna!«

Die beiden Frauen nickten einander zu und lächelten.

»... es ist besser, wenn wir das miteinander machen«, schnappte die Gründingerin gerade noch auf, als sie mit dem Ellbogen die Türklinke herabdrückte und den Suppentopf in die Stube trug.

»Was miteinander machen?«, wollte sie wissen.

»Das mit dem Gebstetter. Peter meint, dass der Gebstetter freiwillig nichts herausrückt, und es wäre ganz gut, wenn er mit nach Witterschwende kommen würde, weil er ihn besser kennt als ich.«

»Ja, das kann sicher nicht schaden. Kaspanaze, Hermine, kommt zum Essen, aber sofort, sonst wird es kalt«, rief sie laut und übergangslos.

Als Kaspanaze aus der Kirche kam, sah er schon den Rappen auf dem Kirchplatz stehen. Whitehead und das Fräulein hatten vereinbart, dass sie ihn nach der Christenlehre zu einer Spazierfahrt abholen würden. Jetzt aber steckten sie die Köpfe zusammen und schienen ihn gar nicht zu bemerken. Erst als er sich räusperte, fuhren sie auseinander.

»Ich habe dich gar nicht kommen gesehen«, sagte Johanna verlegen.

»Wo fahren wir hin?«

Whitehead tat so, als ob er es kaum erwarten könne, dass Kaspanaze ihnen die Gegend zeige, der aber zuckte die Schultern, da er kaum über das Dorf hinausgekommen war.

»Ja, dann lassen wir uns überraschen!«

Die Zügel platschten auf den Rücken des Pferdes, und die Kutsche bewegte sich langsam dem Ortsausgang zu.

»Einen schönen Gruß vom Alois soll ich dir bestellen, und auch der Bentele lässt dich schön grüßen!«

Kaspanazes Herz machte einen Hopser.

»Vom Alois. Wie geht es ihm?«

»Gut wie immer. Er macht einen gesunden und zufriedenen Eindruck, und es gefällt ihm beim Bentele so gut, dass er am liebsten auch über den Winter da bleiben würde. Aber das geht natürlich nicht.«

»Mit der Angelika trifft er sich öfters, und auch von ihr soll ich dir einen Gruß ausrichten«, unterbrach ihn Johanna, »und auch von der Josefa und dem Annele. Wir waren vor zwei Wochen draußen in Allmatsreute.«

»Und wie geht's denen in Witterschwende?«

In seinem Kopf zogen nacheinander die Gesichter vorbei. Da war der Urs aus der Schweiz, der Alfons, die Sofie, der Martl, die Christine ...

»Wem in Witterschwende? Dem Gebstetter?«

In Kaspanaze zog sich alles zusammen, als er nur den Namen hörte.

»Nein, den anderen Kindern.«

»Ich war nicht mehr in Witterschwende, seit ich dich damals auf dem Hof suchen wollte.«

Dass ihn der Gebstetter niedergeschlagen hatte, erwähnte er mit keinem Wort. In den Augen des Buben glaubte er so etwas wie ein Held zu sein, und Helden lassen sich nicht so niederschlagen.

Kaspanaze war ein wenig enttäuscht und sagte nichts mehr. Auch die beiden vorne auf dem Kutschbock schwiegen eine Weile und fingen dann leise miteinander zu tuscheln an – wovon oder worüber konnte er aber nicht verstehen. Kaspanaze kam sich ausgeschlossen und ziemlich überflüssig vor und hatte das Gefühl, dass er hier eher störte.

»Warum fahren sie überhaupt mit mir in der Gegend herum«, dachte er ärgerlich. »Genauso gut hätten sie einen Sack voll Saufutter einladen können.«

»Wir müssen dir etwas sagen!« Johanna hatte sich plötzlich umgedreht und sah ihn an. »Also, Kaspanaze«, Johanna druckte ein wenig verlegen herum, da ihr die für ein Kind geeigneten Worte nicht einfallen wollten. »Also, Kaspanaze, wir beide, Peter, also der Herr Whitehead, und ich, wir wollen, äh, nein, wir werden heiraten. Was sagst du jetzt?«

Kaspanaze sagte nichts dazu, weil ihm auch nichts einfiel. Er dachte nur an der Georg und wie der ihm mit drastischen Gesten gezeigt hatte, was die Erwachsenen tun, wenn sie verheiratet sind. Aber sicher wären Johanna und Peter beleidigt gewesen, wenn er ihnen gesagt hätte, dass er das als eklig empfand.

»Freust du dich nicht?«

Kaspanaze wusste auch nicht, worüber er sich freuen sollte, nickte aber ein paar Mal und sagte: »Ja, ja.«

»Wir werden nach Amerika ziehen, Ende November oder im Dezember, je nachdem, wie schnell wir hier alles regeln können.

»Dann sehe ich Sie ja nie mehr wieder?«

»Wir sind ja noch da, bis du wieder heim musst!«

Trotzdem wurde er ein wenig traurig und dachte, dass die beiden über lange Zeit die einzigen Erwachsenen gewesen waren, an die er sich hatte klammern können.

»Auch wenn wir uns nicht mehr sehen sollten – wir schreiben dir, wie es uns geht, und du machst dasselbe. Aber deine Schrift muss besser werden und die Rechtschreibung.«

Kaspanaze überhörte den letzten Satz, weil er schon dabei war sich auszumalen, was seine Eltern und Geschwister für Augen machen würden, wenn er Post aus Amerika bekäme. Auch der Lehrer Tortscher würde es sich vielleicht zwei Mal überlegen, ob er einen Buben verhaute, der sogar mit leibhaftigen Amerikanern in Briefverkehr stand.

Er überlegte eine Weile hin und her und fragte dann, ob ihm nicht der Herr Whitehead schon vorab aus Zogenfeld einen Brief schreiben und darauf eine Briefmarke aus Tschinntschinätti kleben könnte.

Whitehead und das Fräulein Wengerter lachten, und sie meinte dann, dass das jeder, der nicht mit Kartoffeln auf den

Augen herumliefe, als Fälschung enttarnen könne, weil dazu auch ein gültiger Stempel gehören würde. Und im Übrigen hätte der Herr Whitehead bestimmt auch keine amerikanische Briefmarke dabei, weil er mit einer solchen hier in Europa nichts anfangen könne.

Whitehead ließ den Rappen laufen, und nur wenn sie an eine Abzweigung gelangten, dirigierte er ihn nach links oder rechts. Kaspanaze wusste schon lange nicht mehr, wo sie eigentlich waren. Die beiden waren mit sich selbst beschäftigt, und nur einmal fragte Whitehead über die Schulter, ob er sich hier noch auskenne, was er verneinte. So war Kaspanaze froh, als endlich Hergasweiler in Sicht kam. Als sie Anstalten machten, ihn auf den Hof zurückzubringen, schlug er vor, dass er von hier auch laufen könne. Nach einigem Hin und Her gaben die beiden nach.

»Allzu lange bist du ja nicht mehr im Schwabenland. Peter, ich meine Herrn Whitehead, siehst du ja sicher wieder. Aber ob ich nochmal hierher kommen kann, weiß ich nicht«, sagte das Fräulein.

Sie stieg vom Kutschbock und ging vor Kaspanaze so weit in die Hocke, dass sie ihm gerade in die Augen schauen konnte.

»Falls wir uns nicht mehr sehen sollten, Kaspanaze, wünsche ich dir alles Gute. Ich werde dir schreiben, sobald wir in Amerika sind, versprochen!«

Mit ihrer rechten Hand zog sie ihn zu sich in ihre Arme, und Kaspanaze wurde steif wie ein Zaunpfahl. Erschrocken zuckte er zusammen, als sie ihm auch noch einen Kuss auf die Wange drückte. Viel zu lange dauerte es ihm, bis sie ihn endlich wieder losließ, und verstohlen wischte er sich mit dem Jackenärmel über die Wange.

»Na, na, Johanna, willst du ihn heiraten oder mich?«, fragte Whitehead schmunzelnd.

»Du kriegst noch genug davon«, lachte sie zurück.

»Pfui Teufel«, dachte Kaspanaze unterdessen. »Wenn das so ist, heirate ich bestimmt nicht!«

»Und pass in der Schule gut auf und versuche, möglichst viel zu lernen. Denk daran, was du von klein auf lernst, ist ein Fundament für das ganze Leben, auf dem du immer weiter bauen kannst!«

Kaspanaze nickte.

»Also, Kaspanaze, wir sehen uns ja sicher noch einmal. Und sag den Gründingers einen schönen Gruß von uns«, verabschiedete sich Whitehead und trieb dann das Pferd an.

»Vergelt's Gott«, rief ihnen Kaspanaze nach, da er fast vergessen hätte, sich zu bedanken.

Kaum war er wieder allein, überfiel ihn ein Gefühl der Verlassenheit. Es kam ganz plötzlich und ohne Vorwarnung, war auf einmal da, ohne dass er sich dagegen wehren konnte. Schemenhaft erschien seine Mutter aus dem Nebel, hinter ihr stand der Vater und lächelte irgendwie starr. Der weißhaarige Großvater war kaum auszumachen. Den Jodok neben der Mutter hätte er beinahe übersehen. Von hinten schob sich die Mariann nach vorne, und auf dem Arm hatte sie ein Bündel, auf das sie unentwegt einsprach und das sie zwischendurch zu ihrem Gesicht hochhob. Das musste sein neues Geschwisterchen sein. War es nun ein Brüderchen oder eine Schwester? »Nein, du bist ein kleiner Bruder«, beschloss Kaspanaze.

Dann sah er sich auf dem Dorfplatz stehen. Larchenmüllers Buben waren da, Stenzels Peter lehnte an der Kirchenmauer, Meltzers Kinder sagten, sie müssten heim, weil sie noch einen langen Weg hätten, Müllers Loisl, der Grobian, lungerte händelsüchtig herum und suchte offensichtlich einen Kleineren, den er verhauen konnte.

Wie aus dem Nichts tauchte der Alois auf. »Na warte, Müller, jetzt kannst du was erleben«, freute sich Kaspanaze, »Jetzt kriegst du Prügel – aber nein, der Alois gehört ja gar nicht hierher, der ist ja beim Bentele«, fuhr ihm durch den Kopf, aber da kam auch schon der Lehrer Tortscher um die Ecke, und die Kinder stoben auseinander.

Mit einem Mal waren alle Bilder verschwunden, und sosehr er sich auch anstrengte, sie kamen nicht wieder. Aber er fühlte ganz stark, dass er in die Welt gehörte, aus der diese Bilder gekommen waren, und dass er dort und nur dort daheim war.

»Plopp-pling, plopp-pling, plopp-pling.«

Kaspanaze blieb stehen. Das Geräusch war hinter der Hecke, und es klang so, als ob jemand kleine, stumpfe Gegenstände in eine Blechschüssel warf. Hatte es geregnet? Mit der linken Hand fuhr er über sein Gesicht, das ganz feucht war. Nein, das war kein Regen, sondern Tränen. Ärgerlich wischte er sie mit dem Joppenärmel weg, schniefte kurz und fuhr mit dem Handrücken über die Nase.

»Der Kaspanaze«, kam es dünn hinter der Hecke hervor. »Wenn du magst, kannst du mir helfen!«

Von einem verblühten Rosenstrauch zupfte Hermine die rotbackigen Hagebutten und warf sie nacheinander in einen Blechkübel. Aufmerksam sah sie ihn an.

»Hast du geweint?«

Kaspanaze schüttelte trotzig den Kopf.

»Doch, doch. Das sieht man ja!«

»Ja«, sagte er nach einer Weile, »aber ich wollte es nicht!«

»Heimweh?«

»Ja«, erwiderte er und zog den Rotz hoch, »und wie!«

»Das vergeht schon wieder. Und schließlich sind es nur noch ein paar Wochen, dann geht es schon wieder heimwärts«, versuchte sie ihn zu trösten.

Kaspanaze schämte sich, und es war ihm peinlich, dass ihn jemand beim Heulen ertappt hatte.

»Ich habe schon lange nicht mehr geplärrt, aber es ist einfach gekommen, ich konnte nichts dagegen machen …«

»Brauchst dich nicht zu rechtfertigen«, sagte Hermine leise. »Tränen sind oftmals eine Erlösung. Wie wenn in deiner Blase zu viel Wasser ist, das muss ja auch irgendwohin, sonst zerreißt es dich.«

Kaspanaze musste über den Vergleich lachen.

»So, jetzt geht es dir ja schon wieder besser«, lächelte die alte Frau mit ihrem zahnlosen Mund. »Jetzt hilfst du mir aber, damit ich fertig werde!«

20. Kapitel

Die letzten Äpfel waren geerntet und wurden behutsam in Körben verstaut. Kaspanaze stand danach tagelang im dunklen Keller auf dem festgestampften Lehmboden und legte Apfel für Apfel sorgfältig in die Regale, wobei er darauf achtete, dass er mit dem Obst nirgendwo anstieß. Dies hätte zwar zuerst nur einen unscheinbaren Flecken gegeben, aber später hätte der Apfel zu faulen begonnen und mit der Fäulnis auch das gesunde Obst angesteckt, sofern die Abstände in den Reihen zu gering waren.

Vereinzelt hing noch Obst in den Bäumen – hoch oben und ganz draußen in den Ästen, wo man es nicht erreichen konnte. Nach und nach fiel es zu Boden. Die Blätter begannen sich zu verfärben. Sie lösten sich von den Zweigen und schwebten langsam schaukelnd durch die Luft.

Einen Teil des Fallobstes führte Kaspanaze mit dem Ochsen zum Sonnenwirt, der eine Mostpresse besaß und damit im Herbst ein wenig Geld dazuverdiente. Den anderen Teil brachte er auf den Hof, wo die Äpfel und Birnen zuerst in einer Mühle grob geschrotet und danach in Bottiche geschüttet wurden, wo sie den Winter über vergoren. Irgendwann würde der Onkel Jörg daraus Schnaps brennen.

Vorher aber sortierten Tante Antonia und Hermine oberflächlich einen Teil der Fuhre und suchten die Früchte heraus, aus denen sich noch Apfelmus, Marmelade oder Dörrobst machen ließ. Den gepressten Saft holte Kaspanaze vom Sonnenwirt. Er schwappte braun schäumend in den Milchkannen hin und her und wurde dann im Keller in die gereinigten Mostfässer umgefüllt.

Ein kleiner Teil des Süßmostes kam auch in die Küche, und Kaspanaze durfte davon trinken, so viel er wollte. Er konnte nicht genug davon bekommen. Der Saft verströmte einen unwiderstehlichen Duft und schmeckte auch süß – im Gegensatz zu dem, was im Bregenzerwald Süßmost hieß.

»Du bist doch der Bub beim Gründinger?«, fragte der Postbote, als Kaspanaze mit Hannibal auf den Weg zum Hof einbiegen wollte.

»Ja, der Kaspanaze!«

»Das trifft sich gut, dann kann ich mir den Weg sparen. Warte, ich habe da einen Brief für euch.«

Umständlich nestelte er in seiner großen Tasche herum, während Kaspanaze von einem Fuß auf den anderen trat.

»Da, da haben wir ihn!« Er drückte ihm ein Kuvert in die Hand und mahnte: »Vergiss aber nicht, ihn abzugeben!«

Kaspanaze klemmte den Brief zwischen das Seitenbrett und die Holme am Wagen und leitete die Fuhre auf den Hof.

»Tante Antonia, da ist ein Brief. Ich soll ihn euch geben!«

Die Gründingerin wischte die Hände an ihrer Schürze ab, nahm das Kuvert, nestelte eine Klammer aus ihrem Haar und schlitzte es seitlich auf. Da es in der Küche schon dämmerig war, trat sie ans Fenster und faltete das Papier auseinander.

»Liebe Antonia, lieber Jörg«, las sie da in der Handschrift Whiteheads, der nach einigen Höflichkeitsfloskeln rasch zur Sache kam: »Ich denke, wir sollten in der nächsten Zeit die Geschichte mit dem Gebstetter hinter uns bringen – wir sollten uns dabei im Klaren sein, dass es nicht reibungslos über die Bühne geht, so wie ich den Quadratschädel kenne.

Ich schlage daher vor, dass wir beide uns am Sonntag, den 24. Oktober, draußen in Witterschwende während des Gottesdienstes treffen. Gegenüber der Kirche ist eine Wirtschaft, in der wir aufeinander warten können, da es vielleicht besser ist, dass mich der Gebstetter nicht sieht …«

Die Bäuerin faltete den Brief wieder zusammen und legte ihn auf den Küchentisch.

»Einen schönen Gruß vom Herrn Whitehead«, sagte sie zu Kaspanaze, »und du sollst sofort zum Onkel hinauskommen. Er ist drüben beim Kammerweiher, das Schilf ausmähen, und du kannst ihm gleich eine frisch gedengelte Sense bringen. Es gibt nichts Ekelhafteres als eine stumpfe Sense, vor allem beim Schilf, wo die Stängel dick und hart sind. Da hilft auch der Wetzstein nichts mehr, weil …«

Als sie sich umdrehte, war Kaspanaze schon längst verschwunden.

Nach dem Abendessen las der Bauer nochmals den Brief sorgfältig durch, blätterte im Bauernkalender und suchte den 24. Oktober. Seufzend stand er auf, holte von der Kommode die Schreibfeder und das Tintenfass und aus der Schublade ein Blatt Papier und ein Kuvert. Als er die Feder eintauchte, stellte er fest, dass die Tinte eingetrocknet war.

»Bluatige Hennaprupfa«, schimpfte er vor sich hin, während er mit dem Tintenfass in der Hand nach draußen zum Brunnen stapfte. Mit ein wenig Wasser füllte er nach, suchte beim Hackstock einen Holzspreißel und begann umzurühren. Auf dem Kalenderumschlag prüfte er mit der Feder die Konsistenz der Tinte, und als ihm diese schwarz genug erschien, begann er zu schreiben – vielmehr, er wollte es.

»Ja, Kruzifix, was soll ich überhaupt schreiben? Ich kann doch nicht einfach hinschmieren ›Ja, das geht‹! Was soll er denn denken?«

Auch mit seiner Rechtschreibung war es nicht zum Besten bestellt, schließlich war er schon ein paar Jahre aus der Schule und hatte in der Zwischenzeit etwas anderes zu tun gehabt, als Buchstaben zu malen.

»Antonia!«, schrie er gereizt, »Antonia, komm in die Stube!«

»Was ist denn los? Was machst du für einen Lärm?«

»Ich soll dem Whitehead einen Brief schreiben und weiß nicht, was«, antwortete er kleinlaut.

»Na und? Was willst du ihm denn schreiben?«

»Ja, Kruzifix, ich muss den Brief beantworten und schreiben, dass der 24. Oktober in Ordnung ist!«

»Deswegen brauchst du nicht gleich herumzufluchen«, wies sie ihn zurecht. »Du weißt genau, das ist eine Sünde und das musst du wieder beichten. Wenn je einer von euch Männern in den Himmel kommt, fresse ich einen Besen. Bei euch würde jeder einen eigenen Pfarrer brauchen, der jede Stunde die Beichte ...«

»Ja Himmelherrgott!«, fuhr er wieder auf. »Ich will einen Brief schreiben und mich nicht über Pfarrer unterhalten!«

Schließlich gelang es ihnen, zu Papier zu bringen, dass Jörg zum vorgeschlagenen Zeitpunkt in Witterschwende sein würde, und als sie endlich fertig waren, atmete der Bauer so schwer auf, als hätte er soeben ein ganzes Fuder Heu abgeladen.

»Übrigens, Jörg, wenn wir gerade allein sind – ich muss dir etwas sagen!«

Verwundert hob er den Kopf und sah sie an.

»Gestern hätten meine Tage kommen sollen!«

»Na und, das passiert öfters, dass es nicht immer pünktlich kommt.«

»Das schon«, erwiderte sie, »aber letzten Monat hatte ich auch keine Blutung, und vorletzten auch schon nicht ... Wir bekommen ein Kind! Verstehst du? Ein Kind!«

Wie vom Donner gerührt blieb er am Tisch sitzen.

»Äh, öha, ja – dann werde ich ja Vater«, stammelte er.

»Sieht ganz so aus«, lachte sie.

Langsam schob er sich in die Höhe, strich vorsichtig, als ob er etwas Zerbrechliches berührte, über ihren Bauch und drückte ihr einen Kuss auf die Wange.

»Spürst du schon etwas?«

»Nein, wo denkst du hin«, lachte sie wieder, »so schnell geht das auch wieder nicht.«

Plötzlich wurde er wieder ernst.

»Aber wie soll das gehen? Ich meine mit der Arbeit? Wir kommen jetzt schon kaum über die Runden, und wenn du nicht mehr voll mitarbeiten kannst, weiß ich nicht, wie wir das schaffen sollen!«

Zärtlich legte sie ihre Hand um seine Schulter.

»Hast du noch nicht gemerkt, wie wir zurzeit regelrecht vom Glück verfolgt werden?«

»Was? Wir vom Glück verfolgt?«

»Schau«, sagte sie, »zuerst mussten wir den Schweizer Buben heimschicken, dann kam prompt Ersatz, und mit der Hermine haben wir trotz aller anfänglichen Bedenken einen guten Fang gemacht. Ist das kein Glück?«

Nachdenklich kratzte der Gründinger in seinen Bartstoppeln am Kinn.

»Was meinst du«, sagte er nach einer Weile, »wie wäre es, wenn wir die Hermine bei uns behalten würden? Sie verlangt nicht viel Geld, sondern ist heilfroh, wenn sie nicht zurück ins Bruderhaus nach Ravensburg muss. Und schaffen tut sie auch mehr als viele Jüngere. Sogar Kinder scheint sie zu mögen, wenn du siehst, wie sie den Kaspanaze immer anschaut.«

»Oh Mann, das versuche ich dir ja gerade beizubringen. Aber ihr Männer seid halt oft so vernagelt, weil ihr zwar weit in die Zukunft denken wollt, aber darüber das Nächstliegende nicht mehr seht.«

21. Kapitel

»Wenn's Sankt Severin gefällt, bringt er mit die erste Kält!« Severin war vorbei, und eine frostige Kälte war über das Land gezogen. Whitehead fürchtete, dass auch der Kalenderspruch für den Tag passend war: »Im Oktober Sturm und Wind uns den frühen Winter kündt!«

Dick eingemummt saß er auf dem Kutschbock, und der Rappe schien den Weg hinaus nach Witterschwende schon allein zu finden. Er bedauerte den Jörg, der von Hergasweiler sicher ein paar Stunden unterwegs sein würde. Der ekelhaft kalte Wind ließ sich selbst von einer gefütterten Joppe nicht abhalten und kühlte aus bis auf die Knochen.

In Witterschwende band Whitehead das Pferd im hinteren Hof des Gasthauses fest, rieb es mit Streu ab und warf ihm eine Decke über den Rücken. Die Wirtsstube war leer. Es roch nach kaltem Zigarrenrauch, Schweiß und abgestandenem Bier. Immerhin war der Kachelofen geheizt, und gelegentlich unterbrach das Knistern und Knacken der brennenden Holzscheite die Stille. Whitehead bestellte sich eine Schale Kaffee mit Brot, Butter und Gesälz.

Vom Kirchturm her riefen die Glocken die Gläubigen zum Gottesdienst, und Whitehead schickte ein Stoßgebet zum Himmel, dass ja auch der Gebstetter kommen möge.

Nach ein paar lauten Schlägen bimmelten die Glocken immer leiser werdend nach und verstummten dann. Ungeduld erfasste ihn. Er hielt die Herumsitzerei in der Gaststube nicht mehr aus. Laut fiel die Eingangstüre ins Schloss, als er hinaustrat, um hinüber zur Kirche zu gehen. Dort öffnete er zentimeterweise das Hauptportal. Ein paar Gesichter drehten sich neugierig um. Seine Augen mussten sich zuerst an das Halbdunkel in den hinteren Reihen gewöhnen. Dann aber sah er die unverwechselbare grobschlächtige Gestalt.

Erleichtert zog er das Tor zu und kehrte in die warme Gaststube zurück. Seine Gedanken gingen weg vom Gebstetter und von dem, was sie heute noch vor hatten. Den Kopf hatte er in seine Hände gestützt, und seine Augen sahen geistesabwesend in die Leere.

In der vergangenen Woche waren Johannas Eltern nach Ravensburg gekommen. Offenbar war ihnen der Gedanke unangenehm, ein hergelaufener amerikanischer Schreiberling könnte seinen Fuß über die Schwelle ihres Herrenhauses in Ulm setzen. Womöglich bekam man ihn überhaupt nicht mehr los, wenn er sah, aus welch vornehmer Familie Johanna kam.

Das Treffen fand im Hause der Jehles statt, und der Empfang durch Johannas Eltern war eisig.

»Das ist er, Peter …«, wollte ihn Johanna vorstellen, die sichtlich nervös war.

»Kann er nicht selbst reden, oder kann er nicht Deutsch?«

Johanna verstummte und lief vor Verlegenheit rot an.

»Doch, doch, vielleicht nicht ganz so gut wie Sie, aber es reicht, denke ich, um mich zu artikulieren«, erwiderte Whitehead so freundlich er konnte.

»Sie sind bestimmt die Frau Mutter«, wandte er sich an die schlanke, brünette Frau, der Johanna wie aus dem Gesicht geschnitten schien.

Sein formvollendeter Handkuss schien sie offensichtlich zu beeindrucken, und als er ihr noch einen Blumenstrauß überreichte, spürte er, wie ihre Ablehnung ein wenig schwand.

»Angelika«, rief der Vater Wengerter, »hol diese Blumen da ab und stell sie in eine Vase!«

Er war ein kleiner, untersetzter Mann. Seine mit einem schütteren Haarkranz umrandete Glatze glänzte wie poliert, unter der Weste wölbte sich ein birnenförmiger Bauch, und seine blauen Augen blitzten scharf wie frisch geschliffene Messer.

Whitehead wich seinem Blick nicht aus.

»Gestatten, Peter Whitehead!«, sagte er mit einer leichten Verbeugung und streckte Johannas Vater die Hand hin.

Der aber tat so, als ob er sie nicht sehen würde.

»Wengerter«, brummte er schroff zurück.

»Du musst dich an die Mutter halten«, dachte Whitehead. »Bei dem sturen Schwaben kommst du vorerst nicht weiter!«

So verstrickte er Johannas Mutter in eine intensive Unterhaltung über deren soziales Engagement, aus der Herr Wengerter rasch ausschied.

»Wollen wir hier Wurzeln schlagen?«, brummte der unwillig, weil er sich vorkam wie das fünfte Rad am Wagen.

»Oh, Verzeihung, das ist meine Schuld«, tat Whitehead zerknirscht, »aber Sie haben eine so reizende Frau!«

»Deswegen habe ich sie auch geheiratet!«, knurrte Johannas Vater zurück.

Misstrauisch beobachtete Herr Wengerter, wie seine Frau auch noch bei Kaffee und Kuchen an den Lippen des Amerikaners hing und offensichtlich dabei war, dessen Charme zu erliegen. Das war klar gegen ihre Abmachung, und er musste irgendwie das Heft wieder in die Hand bekommen.

»Also, junger Mann«, blaffte er dazwischen, »erzählen Sie mal, was Sie so machen und wovon Sie leben!«

»Na warte«, dachte Whitehead grimmig, »jetzt habe ich dich. Jetzt kriegst du einen Monolog an den Hals, der mindestens eine halbe Stunde dauert.«

»Also, das ist nicht so einfach. Wenn man das verstehen will, muss man auch die Vorgeschichte kennen«, begann er.

»Interessiert mich nicht, kommen Sie zur Sache!«, knurrte sein Schwiegervater in spe ungehalten.

»Aber Basil, lass ihn doch ausreden!«

Whitehead warf Johannas Mutter einen dankbaren Blick zu, worauf diese ihm ein aufmunterndes Lächeln schenkte.

»Also«, fing er an, »wie Sie ja sicher schon wissen, stammt meine Familie ursprünglich aus Oberschwaben. Mein Großvater war in Zogenfeld gebürtig, die Großmutter war eine Bauerntochter aus der Nähe von Wilhelmsdorf. Das ist auch der Grund meines Hierseins, da ich sozusagen als Bindeglied zwischen alter und neuer Heimat fungieren möchte. Denn daheim in Ohio und auch im benachbarten Kentucky gibt es genügend Leute, die sich durchaus für das interessieren, was in Deutschland vor sich geht, und die immer noch hier ihre kulturellen Wurzeln sehen. Das zeigt sich allein schon daran, dass es bei uns mehrere deutschsprachige Zeitungen gibt. Der Erie-Kanal heißt unter den Deutschen »Rhine« und das Gebiet jenseits des Kanals »Over the Rhine«. Auch gibt es allein in Cincinnati über dreißig Brauereien, die hauptsächlich von Deutschen betrieben werden, und die Beispiele für die Verbundenheit mit der alten Heimat ließen sich beliebig fortsetzen. Von meinen Großeltern habe ich anscheinend eine gewisse Portion Neugier und Abenteuerlust geerbt, was mir auch in meinem Berufe zugute kommt. Seit einigen Jahren bin ich beim »Cincinnati Volksblatt« beschäftigt. Momentan schreibe ich gerade eine Serie über die hiesigen Verhältnisse. Die Resonanz scheint sehr groß zu sein – schreibt jedenfalls mein Chefredakteur.«

Whitehead schilderte nun ausführlich seine Kindheit auf der Farm seiner Eltern, erzählte von seiner Schulzeit und seinem Studium, seiner Volontärzeit bei verschiedenen Zeitungen und seinem Interesse an Geschichte. Aber der Herr Wengerter blickte immer noch gleichgültig vor sich hin und warf ihm hie und da einen finsteren Blick zu.

Erst als Whitehead von den neunzehn Arbeitspferden berichtete, den Mägden und Knechten auf der Farm und dem großen Getreidesilo, den sein Vater im letzten Jahr dazugebaut hatte, kam ein wenig Leben in seine Augen.

»Ihre Eltern scheinen also nicht ganz mittellos?«, fragte Johannas Vater in bemüht gleichgültigem Ton.

Whitehead lachte: »Ja, so kann man es auch sagen!«

»Und wovon wollen Sie leben? Kann man mit dem Schreiben überhaupt eine Familie ernähren?«

»Sicher. So schlecht ist das nicht bezahlt, vor allem wenn der Journalist gut ist, und das bin ich. Darüber hinaus ist es ein sicherer Beruf, denn Zeitungen werden immer gelesen!«

Das letzte Argument schien Herrn Wengerter einzuleuchten. Jedenfalls nickte er.

»So, jetzt gilt es«, dachte Whitehead und ging zum Angriff über.

In hellen Farben schilderte er seine und Johannas Zukunft, die große Wohnung, die sie sich in der Stadt mieten würden und auch seine Bedenken wegen Johannas fehlenden Sprachkenntnissen zerstreute er.

Welches Argument Herr Wengerter auch vorbrachte, Whitehead widerlegte es kühl, sachlich, aber in bestimmtem und freundlichem Ton.

»Und nun möchte ich Sie beide um die Hand Ihrer Tochter bitten«, schloss er seine Ausführungen.

Es war mit einem Mal so still im Raum, dass man eine Stecknadel hätte fallen hören.

Johanna stand hinter ihrem Vater. Sie zitterte, und das Herz schlug ihr bis zum Hals.

Genau in diesem Moment kamen Jehles zurück.

Der Vater Wengerter war darüber ganz froh, da er sich damit vorläufig um eine Antwort drücken konnte.

»Kommen wir ungelegen?«, fragte Helga Jehle, die sofort die Situation begriff. Irgendwie wollte sie das Missgeschick wieder gutmachen und bedeutete Johanna mit einer Handbewegung, dass sie und Whitehead verschwinden sollten.

Johanna verstand sofort. »Komm, Peter, wir gehen ein wenig spazieren. Ein bisschen frische Luft tut uns gut!«

Kaum waren die beiden verschwunden, priesen die Jehles das Glück ihrer Verwandten, einen solchen Schwiegersohn zu bekommen. Er sei gebildet, habe beste Manieren, und Johanna könne wohl kaum einen besseren Mann bekommen.

»Aber gleich bis nach Amerika?«, wandte Frau Wengerter seufzend ein.

»Was wäre, wenn sie nach Hamburg heiratete? Viel öfters würdet ihr sie auch dann nicht sehen!«, antwortete ihre Schwester.

Nach dem Abendessen setzte der Vater Wengerter eine feierliche Miene auf und erhob sich vom Tisch.

»Liebe Johanna, lieber Peter – ich darf nun wohl so sagen, wir haben es uns nicht leicht gemacht, schließlich geht es um einen weit reichenden Entschluss. Wir verlieren unsere Tochter ins ferne Amerika, und es wird Jahre dauern, bis wir sie wieder einmal sehen. Aber es ist euere Entscheidung, und wir denken, ihr beide seid alt und reif genug, um zu wissen, was ihr tut. Also, um es kurz zu machen, wir wollen euerem

Glück nicht im Wege stehen. Johanna, gib deinem Amerikaner einen Kuss, und dann komm in meine Arme!«

Draußen vor der Gastwirtschaft klapperten Pferdehufe, und Whitehead glaubte auch das Mahlen von Wagenrädern auf dem Kies zu hören. Er warf einen Blick auf seine schwere goldene Taschenuhr.

»Spät. Aber noch rechtzeitig«, murmelte er.

Durchgefroren trat der Gründinger in die Gaststube und sah sich suchend im Halbdunkel um.

»Hier bin ich«, rief Whitehead vom Kachelofen her.

»Das ist ja ein Wetter! Da jagt man keinen Hund vor die Türe.« Schwerfällig schob er sich auf die Ofenbank. »Hast du ihn gesehen? Ist er da?«

Whitehead nickte.

»Auf den bin ich aber gespannt«, sagte der Gründinger und bestellte beim Wirt, der an ihren Tisch getreten war, einen heißen Most mit viel Zucker.

»Den vergisst du so schnell nicht wieder«, grinste Whitehead.

»Wir warten, bis er vom Friedhof kommt, damit er uns nicht entwischen kann.«

Der Gründinger wärmte seine Finger an dem warmen Glas, während der Amerikaner aufstand und zum Fenster hinausspähte.

»Da ist er!«, rief Whitehead plötzlich.

Der Gründinger sprang auf, warf eine Münze auf den Tisch und eilte zum Fenster.

Der Gebstetter war wieder in seinem Element wie eh und je. Breitbeinig stand er bei einer Gruppe von Männern, den Hut im Genick, und sein wieherndes Lachen war über den ganzen Platz zu hören.

»Das ist der Lump«, sagte Whitehead und deutete mit dem Kinn nach vorne.

»Grüß Gott, Herr Gebstetter!«

Abrupt verstummte das Gelächter, und der Bauer fuhr wie von einer Hornisse gestochen herum. Seine Augen weiteten sich, und eine Weile brachte er kein Wort heraus.

»Ja, schau mal an, der Herr Scheißamerikaner«, sagte er

dann, als er seine Fassung wieder gefunden hatte. Aber seine Stimme klang unsicher. »Was willst du noch hier?«

Rundum war es still geworden, und alle starrten neugierig auf den Gebstetter.

»Was ich hier will? Ich selbst eigentlich nichts. Aber da war doch einmal ein Bub bei euch, Kaspanaze hat er geheißen, und der wartet noch bis heute auf seinen Lohn!«

»Jahimmelsstirnssakramenthalleluja!«

Der Gebstetter trat einen Schritt nach vorne und baute sich drohend vor Whitehead auf.

»Übrigens, das ist der Bauer Gründinger«, deutete dieser auf den Mann neben ihm, »bei dem ist der Bub jetzt, und der will mit Ihnen auch noch ein paar Worte wechseln!«

Der Gebstetter sah den Gründinger nicht einmal an.

»Das sieht dir ähnlich, du Hosenscheißer, du elender. Allein traust du dich wohl nicht hierher. Was willst du? Noch Geld für den Saukrüppel, den verreckten? Weißt du, was der gemacht hat? Weißt du das? Den Hof wollte er anzünden! Und jetzt kommst du noch daher und willst Geld für diesen Scheißtiroler! Eingesperrt gehört der bei Wasser und Brot, aber das wäre noch gnädig! Dazu müsste man ihn noch jeden Tag mindestens einmal auspeitschen!«

Dem Gebstetter traten die Augen fast aus dem Kopf.

»Müssen wir das vor allen Leuten hier ausmachen?«, mischte sich der Gründinger ein, dem das Ganze zunehmend peinlicher wurde.

Aber da kam er beim Gebstetter an den Falschen.

»Du hältst besser dein Maul. Was weißt denn du schon? Gar nichts! Zuerst frisst sich der Krüppel bei mir durch, und ich muss ihn aufpäppeln, bis er wieder zu etwas zu gebrauchen ist, und dann haut er ab und schafft putzmunter bei dir, und ich soll auch noch dafür zahlen. Aber nicht mit mit! Nein, mit mir nicht!«

Inzwischen war auch die Gebstetterin auf den Tumult aufmerksam geworden und stand nun fuchsteufelswild neben ihrem Mann.

»Jawoll«, keifte sie, »gefressen wie ein Scheunendrescher und nichts gearbeitet! Wir müssten von dem Geld kriegen!«

Die Leute rückten immer näher, damit ihnen auch ja kein Wort entging. Whitehead genoss es zusehends, schließlich war das auch seine Art der Rache.

»Sei es, wie es wolle, ihr habt den Buben in Ravensburg gekauft, und er war bei euch auf dem Hof. Also hat er auch die ausstehende Entlohnung zu bekommen!«

»Wir beide müssten uns doch einigen können«, versuchte es der Gründinger wieder im Guten.

»Einigen? Worüber?«, schrie die Bäuerin zornesrot. »Komm, Battist, wir gehen!«

»Hier geblieben!«, herrschte Whitehead sie an.

»Verehrte Frau Gebstetter«, fuhr er in versöhnlichem, aber trotzdem unnachgiebigem Ton fort, »wir machen es jetzt so: In einer Stunde ist das Gewand des Buben in der Wirtschaft. Der Bauer Gründinger wird dabei seinen Anteil übernehmen. Wenn nicht, gibt es eine Anzeige, und zwar nicht irgendwann, sondern noch heute! Wenn das Häs nicht in einer Stunde da ist, gehen wir beide stantepede zum Gendarmen … wie heißt er noch?«

»Losmayer«, warf der Geiselharz ein.

»Zu wem hilfst du eigentlich?«, fuhr ihn die Bäuerin an.

»Zu niemandem. Er hat ja nur gefragt, wie der Gendarm heißt, und das ist ja schließlich kein Geheimnis!«

»Dir, du abgedrehter Spitzkopf, dir habe ich das letzte Bier bezahlt«, schrie der Gebstetter.

»Ich werde es überleben«, erwiderte der Geiselharz gelassen und zwinkerte den Umstehenden zu, worauf diese zu lachen anfingen.

»Mich kannst du auch streichen«, meldete sich der Hähler. »Weil von solchen Kinderschindern, wie du einer bist, möchte ich auch nichts geschenkt! Nicht einmal ein Bier!«

»Kinderschinder? Kinderschinder?«, schrie die Gebstetterin dazwischen und fuhr sich mit beiden Händen durch die Haare, sodass ihr Hut verrutschte und schief hängen blieb. Auf ihren Wangen bildeten sich kleine, rote Flecken. »Wer noch einmal ›Kinderschinder‹ sagt, den zeige ich an!«

»Aber zuerst sind wir dran«, sagte der Gründinger. »Ihr müsst euch halt hinten anstellen!«

Wieder kam höhnisches Gelächter auf, und der Gebstetter war bemüht, sich jene zu merken, die sich über ihn lustig machten. Aber mehr als den Hähler und den Geiselharz brachte er nicht zusammen, da ihn der Amerikaner anfuhr: »Eine Stunde und nicht länger!«

»Wenn du dich traust, kannst du das Zeug selber holen«, brüllte der Bauer, dem es aber inzwischen mehr darum ging, Spöttern zu zeigen, dass sich ein Gebstetter nicht so leicht unterkriegen ließ.

»Das würde Ihnen so passen«, grinste ihn Whitehead an, »da liegen mir zu viele Zaunpfähle herum!«

»Ist das so in Ordnung? Ich übernehme das Geld, ihr ...«, wollte der Gründinger wieder beschwichtigen, worauf die beiden Gebstetters über ihn herfielen und ihn als abgeputzten Schnorrer, Zigeuner, hundsgemeinen Dieb und verdruckten Entenklemmer beschimpften.

Als der Gebstetter Anstalten machte, auf ihn loszugehen, und auch der Gründinger nicht so tat, als ob der einer Schlägerei aus dem Wege gehen wollte, zog ihn Whitehead sanft am Joppenärmel.

»Jörg, komm, lass ihn ... das hat keinen Wert!«

»Eine Stunde, und keine Minute länger!«, wandte er sich an die beiden Bauersleute.

Betont langsam zog er die Uhr aus der Tasche und warf einen Blick auf sie.

Ohne die Keiferei der Gebstetterin weiter zu beachten, drehte er sich um und ging auf die Wirtschaft zu.

»Mein lieber Mann ... das sind aber keine Gewöhnlichen«, sagte der Jörg, als sie sich ein paar Schritte entfernt hatte.

»Das kannst du laut sagen!«, lachte Whitehead.

Die beiden nahmen wieder Platz am Kachelofen. Im Nu war die Gaststube bis auf den letzten Stuhl besetzt, und der Rote Sauter blieb vor ihrem Tisch stehen.

»Respekt«, nickte er anerkennend, »der hat heute sein Fett abbekommen!«

Es dauerte keine ganze Stunde, als die Gaststubentüre aufging. Schlagartig verstummten die Gespräche, und alle

Augen richteten sich auf den Eingang. Dort stand der Gebstetterbub. Über der Schulter trug er einen Rupfensack, der weiß angestaubt war und dem man ansah, dass er ursprünglich zum Transport von Schweinemehl gedient hatte. Einen Augenblick blieb er zögernd stehen, schritt dann aber geradewegs auf die beiden Männer zu und warf ihnen wortlos und mit verächtlicher Miene den Sack vor die Füße.

»Heh, heh«, rief der Gründinger, sprang auf und riss den Gebhard zurück, der sich schon umgedreht hatte und dem Ausgang zustrebte. Mit seiner Pranke packte er ihn am Ohr und zog ihn zurück an die Stelle, wo der Sack lag.

»Den hebst du jetzt auf und stellst ihn auf die Bank!«, befahl er scharf.

Gebhard machte keine Anstalten, der Aufforderung nachzukommen. Der Gründinger aber ließ nicht locker und verstärkte so lange den Druck auf das Ohr, bis es dem Buben das Wasser in die Augen trieb.

»Au, au«, schrie der Gebhard schließlich auf.

»Da schau her, reden kannst du ja auch!«

Inzwischen hatte das Gehörorgan die Farbe von reifen Preiselbeeren angenommen, aber Gebhard weigerte sich noch immer, den Sack aufzuheben.

»Was ist?«, fragte der Gründinger drohend. Er wartete noch einen Moment, dann rammte er dem Gebhard sein Knie in den Hintern. Dem Aufheulen nach musste der Tritt ziemlich schmerzhaft gewesen sein.

»Der Vater hat gesagt, ich soll den Sack vor euch hinwerfen!«, plärrte der Bub.

»So, so ... der Vater ...« Für einen Augenblick ließ er etwas lockerer, drückte dann aber plötzlich umso fester zu.

Gequält schrie der Gebhard auf, nahm aber dann das Bündel und legte es auf die Bank.

»Schau nach, ob alles da ist!«, wandte sich der Gründinger an Whitehead.

Gewand, Schuhe und Hut – alles war mit Mehl bestäubt.

»Elendes Pack!«, murmelte Whitehead wütend.

22. Kapitel

Kaspanaze saß auf dem Hügel, von dem aus er das erste Mal den Gründingerhof erblickt hatte. Schon oft war er von hier aufgebrochen und im Geist nach Hause geflogen.

Der Hügel war sein Lieblingsplatz. Immer, wenn er etwas Zeit hatte, stieg er hier herauf, und seit er das Buch hatte, nahm er es mit. Bestimmt zehn Mal schon hatte er es gelesen. Zuerst hatte er jeden Buchstaben einzeln entziffert und dann alles zu einem Wort zusammengesetzt, später die Wörter zu ganzen Sätzen. Inzwischen aber war er schon so weit, dass er schon auf einen Blick ganze Wörter erfassen konnte. Fest hatte er sich vorgenommen, mit einem Teil des Geldes, das er fürs Mäusefangen bekommen würde, ein zweites Buch zu kaufen.

Sein Blick ging in die Ferne, und sehnsüchtig sah er hinüber zu den Bergen, deren Spitzen schon weiß überzuckert waren. Als er spürte, wie sich wieder einmal das Heimweh leise anschlich, klappte er das Buch zu und stieg hinunter zum Hof.

Hermine war gerade dabei, Wäsche aufzuhängen. Seit sie wusste, dass sie auf dem Hof bleiben konnte, war eine sichtbare Veränderung an ihr vorgegangen. Aus dem verhuschten und geduckten Weiblein war eine gerade und offene Frau geworden, die sich auch bei Tisch in eine Unterhaltung einmischte und auch schon einmal entschieden ihre Meinung vertrat.

»Deine Haare müssen wir schneiden«, sagte sie bestimmt zu Kaspanaze. »Diesmal kommst du mir nicht mehr aus!«

Zweimal hatte er sich schon gedrückt, und auch jetzt suchte er eine Ausrede, aber es fiel ihm nichts Vernünftiges ein.

»Ich muss noch ...«, fing er an, aber Hermine fuhr ihm dazwischen.

»Nichts musst du, du bleibst jetzt da, und ich hole die Schere!«

Resolut wischte sie die Hände an der Schürze trocken und befahl ihm, auf der Hausbank Platz zu nehmen. Als sie mit der Schere aus der Türe trat, war Kaspanaze gerade dabei, im Stall zu verschwinden.

»Halt, hierher, aber sofort«, rief sie lachend.

»Ich wollte nur ...«, suchte er sich zu verteidigen.

»Ich weiß schon, du wolltest bestimmt noch den Stall ausmisten. Aber zuerst kommen deine Haare dran. So gehst du nicht nach Hause. Was sollen denn deine Eltern denken?«

Ergeben setzte sich Kaspanaze auf die Bank, und bald darauf fielen die fast bis zum Kinn reichenden Haare büschelweise zu Boden.

»Hat dich die Hermine doch noch erwischt«, schmunzelte Onkel Jörg beim Abendessen.

»Ja, ganz kalt ist mir am Kopf«, schimpfte Kaspanaze.

Der Onkel aber wurde wieder ernst. »Wir haben jetzt November, und du bist jetzt nur noch ein paar Tage bei uns, dann geht's wieder heimwärts. Im Schultheißenamt hängt ein Anschlag, dass am Elften, das ist ein Donnerstag, Abmarsch ist. Es ist eigentlich ein Blödsinn, wenn du wieder bis nach Ravensburg hinaufmusst, weil die Schwabenkinder alle ja auch hier in der Nähe vorbeikommen. Ich habe das schon mit dem Herrn Whitehead besprochen. Er würde dann zum Markt gehen und den anderen sagen, wo sie dich treffen können.«

Kaspanaze überlegte einen Moment und schüttelte dann den Kopf.

»Nein, ich möchte nach Ravensburg.«

»Wieso denn das? Von hier aus hast du es doch viel näher!«, antwortete der Gründinger verwundert.

»Nein, ich möchte nach Ravensburg«, beharrte er, »weil ich möchte die anderen Kinder aus Witterschwende noch einmal sehen und mich von ihnen verabschieden. Ich möchte mir auch noch ein Buch kaufen!«

»Was? Ein Buch?«

Dem Gründinger blieb fast die Luft weg, und auch der Tante blieb der Mund offen stehen.

»Wozu ein Buch? Das ist doch nur rausgeschmissenes

Geld. Bei uns findest du außer dem ›Gotteslob‹ im ganzen Haus kein einziges Buch, und wir leben auch … Ein Buch«, wiederholte er ungläubig und schüttelte den Kopf. »Außerdem musst du deswegen nicht nach Ravensburg, so etwas gibt es doch sicher auch in Lindau oder in Tettnang!«

»Vielleicht schon. Aber in Ravensburg weiß ich so ein Geschäft, wo Bücher in einem Fenster ausgestellt sind.«

Hermine löffelte scheinbar gleichgültig ihre Schupfnudeln, wobei sie darauf achtete, dass auch jedes Mal ein Stückchen Speck dabei war.

»Lesen sind Erlebnisse im Kopf, das hat einmal eine gebildete Frau …« Sie verschluckte sich, denn beinahe hätte sie »im Gefängnis« gesagt.

»Schon möglich. Aber das ist doch nur dem lieben Gott die Zeit gestohlen. Wir jedenfalls haben hier genug Erlebnisse auf dem Hof. Dazu brauchen wir keine Bücher. Ich kenne auch niemanden, der schon einmal in so einem Buch etwas gelesen hat, mit dem man auch etwas anfangen hätte können. Kauf dir lieber für das Geld eine Hacke oder ein Messer, ja, ein Messer, das ist doch etwas für einen Buben. Also, wenn ich ein Bub wäre, so ein Messer müsste her, da kann man schnitzen, Ruten abschneiden und was weiß ich noch alles …«

Kaspanaze sah, wie die Tante überlegte, was man mit einem Messer noch alles anstellen könnte.

»Nein, ich will aber ein Buch«, sagte er fest.

Ergeben zuckte sie mit den Schultern.

»Dann werde ich dem Herrn Whitehead wohl einen Brief schreiben müssen, dass er dich abholen kann, weil er hat ja gesagt, er würde das auch machen«, seufzte sie.

Die letzten Tage auf dem Hof empfand Kaspanaze fast als Erholung. Zwar gab es immer noch genug Arbeit, Zaunpfähle wurden gespitzt und abgeflämmt, der Misthaufen war über den Sommer angewachsen und musste umgesetzt werden, das Brennholz für den Winter wurde vorbereitet und die Schlaglöcher in der Hofzufahrt mussten ausgefüllt werden. Aber das war alles nichts mehr im Vergleich zu der Schinderei während der Erntezeit.

Hinten an der Scheune hatte Kaspanaze mit einem spitzen Stein Striche in eine grau verwitterte Schindel geritzt, für jeden verbleibenden Tag einen. Jeden Abend strich er einen durch, und irgendwann waren nur noch drei übrig.

Am Dienstag verabschiedete er sich von Georg drüben beim Stöckle, mit dem er sich während der Zeit in Hergasweiler angefreundet hatte.

»Kommst du nächstes Jahr wieder?«, wollte der wissen.

»Ich weiß es nicht, wenn ich nicht muss, sicher nicht!«

Am frühen Mittwochnachmittag bog Whiteheads Rappe in die Auffahrt zum Gründingerhof ein. Die Bäuerin war ein wenig überrascht, da sie ihn erst für den nächsten Tag erwartet hatten.

»Ich habe mit dem Bentele in Baienfurt geredet, der Bub kann bei ihm übernachten. Da hat er es morgen kürzer, denn von hier ist es doch ein weiter Weg.«

»Jassasmariaundjosef!«, schlug die Bäuerin die Hände über dem Kopf zusammen. »Der Bub ist noch gar nicht gerichtet, und ich habe sein Zeug auch noch nicht beieinander. Ja, wo ist der Bub eigentlich? Ach ja, draußen auf dem Feld beim Unkrautmähen. Jessas, Jessas, wo fange ich jetzt an? Der Bub, ja, ich muss den Buben holen. Waschen muss er sich auch noch!«

»Nur ruhig«, lachte Whitehead, »wir haben noch den halben Tag Zeit. Ich bin auch deswegen so früh gekommen, da ich mir dachte, dass ihr nicht darauf vorbereitet seid.«

»Hermine«, schnatterte Antonia aufgeregt in den Hausgang, »mach einen großen Hafen mit Wasser warm, der Bub muss sich waschen!«

Mit weit ausholenden Schritten lief die Gründingerin hinaus auf das Feld, wobei sie unentwegt nach Kaspanaze rief.

»Der Whitehead ist da!«, schrie sie atemlos, als sie die beiden von weitem erblickte.

»Jetzt schon?«, fragte ihr Mann verdutzt. »Dann war das deine letzte Arbeit im Schwabenland. Komm, Kaspanaze, gehen wir!«

Auf dem Rückweg fiel der Gründingerin ein, dass sie gar nicht wusste, wer dieser Bentele war, und sie unbedingt den

Amerikaner danach fragen müsste. Schwer atmend eilte sie in den Hof.

»Hermine, ist das Wasser fertig? Der Bub kommt gleich! Ich gehe schon mal in seine Kammer und richte das Zeug her! Heidanei, ist das eine Kugelfuhr!«

Ohne Whitehead zu beachten, der immer noch neben dem Hauseingang stand, rannte sie in den oberen Stock. Durch das Fenster hörte sie, wie sich ihr Mann vor dem Haus mit Whitehead unterhielt, und dazwischen vernahm sie Kaspanazes helle Stimme.

»Heidanei«, schimpfte sie hinunter in den Hof, »habt ihr nichts anderes zu tun? Kaspanaze, du gehst sofort in die Küche! Die Hermine hat warmes Wasser gemacht, sie soll dir ein Stück Seife geben! Du wäschst dich, aber gründlich von oben bis unten, nicht nur das Gesicht! Dein Gewand zum Anziehen lege ich dir auf das Bett! Jörg, du kannst das Geld für den Buben herrichten. Hoffentlich haben wir überhaupt so viel im Haus! Jetzt steht nicht da herum wie die Ölgötzen, sondern schaut, dass ihr weiterkommt!«

Die beiden Männer lachten. »Heute macht sie es aber kurz«, schmunzelte der Gründinger.

Hermine hatte Kaspanaze noch eine grobe Bürste in die Hand gedrückt, und nach einiger Zeit gemächlicher Bemühungen war er der Meinung, dass er nun sauber genug sei. Aber da hatte er die Rechnung ohne die Tante gemacht. Vor der Küchentüre fing sie ihn ab und inspizierte ihn genau von oben bis unten. Dann fasste sie seinen Kopf am Kinn und drehte ihn ins Licht.

»Jessas, und das nennst du sauber?«, schimpfte sie. »So kommst du mir nicht aus dem Haus! Du gehst jetzt sofort nochmals in die Küche und putzt dir deine Ohren. Da hängt so viel Schmalz drin, dass es für zwei Brote reichen würde!«

Seine kohlrabenschwarzen Fingernägel ließ sie ihm aber durchgehen, da das in ihren Augen eine Art Auszeichnung war, die von körperlicher Arbeit zeugte. Saubere Fingernägel hatten nur Sesselfurzer, Lehrer und Pfarrer.

Oben in der Kammer schlüpfte Kaspanaze in sein neues Häs, und gerne hätte er jetzt einen Spiegel gehabt. Bestimmt sah er jetzt sehr vornehm aus, wahrscheinlich genauso wie einer der feinen Städterbuben.

Das restliche Gewand stopfte er achtlos in den Rupfensack, aus dem ihm die Mutter einen Schnerfer gemacht hatte. Zuletzt fischte er die Zigarrenkiste unter dem Bett hervor und polterte dann mit seinen neuen, noch ungewohnten Schuhen nach unten in die Stube. Dort öffnete er das braune Kästchen und legte dessen Inhalt feierlich auf den Tisch.

»Schau, Onkel Jörg, noch elf Stück!«

»Was ist das?«, fragte Whitehead neugierig.

»Mäuseschwänze«, erwiderte Kaspanaze stolz, »für jeden bekomme ich einen Groschen!«

Whitehead trat unwillkürlich einen Schritt zurück.

»Und wie viel hast du gesammelt?«, wollte er wissen. Dabei schielte er mit Abscheu auf die vertrockneten grauen Stängel auf dem Stubentisch.

»Im ganzen Sommer? Zweihundertsechzehn!«

»Jetzt gehe ich dein Geld holen«, sagte der Onkel Jörg und verschwand im Schlafzimmer, wo er eine Zeit lang herumrumorte. Während er die Münzen auf den Tisch zählte, brachte die Tante eine Schürze voll Äpfel, die sie in den Schnerfer packen wollte.

»Jessas na, Bub, wie hast du denn das Häs eingepackt? Das wird ja ganz vernudelt und verdatscht. Du musst schon ein wenig auf deine Sachen Acht geben und sollst nicht alles einfach so hineinstopfen!«

Mit beiden Händen fasste sie den Schnerfer an den unteren Ecken, leerte ihn auf die Stubenbank und faltete das Gewand sorgfältig zusammen. Ebenso sorgfältig schob sie es in den Rucksack und legte oben das Obst darauf, das sie vorher noch in ein Tuch eingeschlagen hatte.

»Das gibt sonst womöglich noch Obstflecken, und die kriegt man nur ganz schwer wieder heraus. Die sind fast so arg wie Grasflecken. Deine Mutter würde ganz schön schimpfen, wenn das neue Häs schon verdreckt ist, bevor du es angezogen hast.«

Kaspanaze hörte nur mit einem halben Ohr hin und blickte fasziniert auf das wachsende Häuflein Münzen auf dem Tisch. Er war reich!

»Willst du nachzählen?«, fragte der Onkel aus Spaß.

Kaspanaze schüttelte stumm den Kopf und konnte seinen Blick nicht von den großen Münzen lösen. Er malte sich die Gesichter seiner Eltern aus, wenn er daheim Geldstück für Geldstück auf den Küchentisch zählen würde. Er suchte sich die größte Münze aus und betrachtete sie eingehend.

»Das alles gehört mir, und das habe ich verdient!«, fuhr es ihm immer wieder durch den Kopf.

In der großen Joppentasche suchten seine Finger nach dem Taschentuch, in dem er sein Mausschwanzgeld verknotet hatte. Langsam zog er es hervor und breitete es auf den Tisch.

Vorsichtig schob er das Geldhäuflein zur Seite und hob dann jedes Geldstück einzeln hoch, bevor er es zu seinem Schwanzlohn in das Schnäuztuch legte.

»Ja, dann heißt es wohl Abschied nehmen«, räusperte sich Whitehead. »Wir haben noch einen langen Weg vor uns, und in einer Stunde fängt es schon an zu dämmern!«

Der Onkel Jörg drückte ihm kräftig die Hand und klopfte ihm dann anerkennend auf die Schulter.

»Fest hast du geschafft, Respekt. Wenn du willst, kannst du nächstes Jahr wieder zu uns kommen. So einen wie dich kann man brauchen. Du musst uns aber rechtzeitig vorher schreiben, ansonsten muss ich auf dem Markt nach einem neuen Buben schauen!«

Auch die Tante Antonia gab ihm die Hand und fuhr ihm durch den Haarschopf.

»Ja, das würde uns freuen, wenn du wieder zu uns kommen würdest. Es stimmt schon, was der Onkel gesagt hat, du bist ein wirklich tüchtiger Bub!«

Kaspanaze wartete auf einen längeren Vortrag darüber, wie er zum Hof gekommen sei und wie der Hund gebellt habe und wie ihr Mann geschaut habe, als sie mit ihm auf das Feld gekommen sei, aber nichts dergleichen geschah. Nochmals strich sie ihm mit der Hand über den Kopf.

»Ja dann – Vergelt's Gott für alles«, sagte Kaspanaze artig.

Mit einem Ruck nahm er den Schnerfer von der Bank und warf ihn über die Schulter.

Die Bäuerin tauchte ihre Fingerspitzen in den Weihwasserkessel neben der Türe und zeichnete ihm das Kreuzzeichen auf die Stirne.

»Menschenskind, fast hätte ich es vergessen – deinen Pass!« Der Onkel eilte ins Schlafzimmer und kam mit dem gefalteten Stück Papier wieder zurück. »Die Bestätigung vom Hochwürden hast du?«

Kaspanaze nickte.

Im Hausgang wartete Hermine. »Also dann, Kaspanaze, mach es gut«, sagte sie verlegen. »Da habe ich noch etwas für dich.« Als ob es niemand sehen sollte, drückte sie ihm etwas kleines Rundes in die Hand.

Zuerst dachte er, dass es Geld sei, und das wollte er von dieser armen Frau auf keinen Fall annehmen. Dann aber öffnete er die Faust, weil er spürte, dass das Metall nicht rund, sondern oval war.

»Sie soll dich behüten und auf dich aufpassen«, sagte Hermine, und in ihren Augen schimmerten Tränen.

Auf dem gestanzten Blechstück war eine Madonna eingeprägt, die segnend ihre Arme ausbreitete.

»Ich habe sie schon mindestens dreißig Jahre«, flüsterte sie, »aber dir gebe ich sie gerne. Du musst mir aber versprechen, sie in Ehren zu halten!«

Das Medaillon stammte aus einem Opferstockbruch in einer Wallfahrtskapelle drunten im Hegau, wo es zwischen den Münzen lag. Wahrscheinlich hatte es irgendein Geizkragen anstelle einer Münze eingeworfen. Mehr als ihr halbes Leben hatte es sie begleitet, und oftmals war dieses Stückchen an sich wertlosen Blechs das Einzige, was ihr Trost und ein wenig Hoffnung gegeben hatte. Aber nun hatte sie auf ihre alten Tage noch einen Platz gefunden, und dem kleinen Buben stand das ganze Leben noch bevor.

Bevor Kaspanaze auf die Kutsche stieg, tätschelte er noch den Spitz, der ihn erwartungsvoll ansah und mit seinem geringelten Schwanz wedelte.

»Servus, Maxi«, sagte er leise.

23. Kapitel

Es war schon stockdunkle Nacht, als die beiden in Baienfurt ankamen. Die Gaststube war fast leer, nur am Stammtisch saßen ein paar Kartenspieler. Kaspanaze konnte es kaum erwarten, den Alois wieder zu sehen, und war enttäuscht, als der Bentele sagte, der sei schon im Bett.

»Nehmt schon mal Platz, ich schaue, ob es noch etwas Warmes zu essen gibt, ihr habt sicher einen Riesenhunger!«

Ohne eine Antwort abzuwarten, wuchtete er seine gewaltige Wampe in die Küche.

»Wildbret wäre noch da, mit Spätzle und Preiselbeeren.«

Seine Stimme wurde lauter, sodass man ihn auch drüben am Stammtisch verstehen konnte.

»Der Jäger hat vor ein paar Tagen ein Reh geschossen. Ihr müsst halt beim Essen aufpassen. Das Fleisch ist voll mit Schrotkugeln, weil der Jäger ist halb blind und trifft mit einem normalen Gewehr kaum eine Hauswand. Aber er hat nur zwei Schuss gebraucht, weil das Reh einen gebrochenen Lauf hatte. Sonst schießt er immer drei- und viermal ...«

»He, he, du Lügenbeutel!«, schrie einer der Kartenspieler. »Ja, einen gebrochenen Lauf hatte es. Aber getroffen habe ich mit einem einzigen Schuss. Ein toller Blattschuss!«

Drüben am Tisch gab ein Wort das andere. Es ging hin und her, bis der Jäger wütend die Karten hinknallte.

»Spielen wir jetzt, oder was ist?«, knurrte er.

Nach dem Essen setzte sich der Wirt zu ihnen.

»Kann ich bei Euch schlafen?«, fragte Whitehead. »Ich habe keine Lust mehr, nach Zogenfeld hinauszufahren! Ich würde die beiden Buben dann auch morgen früh nach Ravensburg bringen.«

»Selbstverständlich«, antwortete der Bentele.

»Dann gehe ich noch das Ross versorgen. Und du gehst inzwischen schon in dein Bett!«, wandte er sich an Kaspanaze.

Der Donnerstagmorgen war klammkalt. Die feinen Nebeltröpfchen schlugen sich im Nu auf Gesichtern und Gewand nieder und überzogen auch die Kutsche mit einer nassen Schicht. Dem Alois fiel der Abschied von den Benteles sichtlich schwer. Erst nach mehreren Aufforderungen Whiteheads stieg er schließlich zu.

»Da habt ihr noch etwas für unterwegs«, schnaufte die Tante Bentele und schob ein riesiges, in Zeitungspapier eingeschlagenes Paket in den Wagen.

»Um Gottes willen«, lachte Whitehead, »das können sie doch gar nicht schleppen!«

»Dann sollen sie es unter den anderen Kinder verteilen. Da sind bestimmt welche dabei, die nur wenig oder gar keine Wegzehrung mitbekommen haben!«, erwiderte sie bestimmt.

»Hast du auch nichts vergessen?«, wandte sie sich an den Alois.

»Nein, ich habe alles durchgeschaut!«

Der Bentele schob sich zur Kutsche und nestelte in seinem Geldbeutel.

»Das ist für dich selber«, lächelte er und drückte dem Alois ein Geldstück in die Hand. »Das hast du über den Lohn hinaus verdient. Wenn du willst, hast du im nächsten Jahr bei uns wieder einen Platz. Einverstanden?«

Der Alois nickte eifrig und wäre am liebsten sofort wieder ausgestiegen.

»Können wir?«, fragte Whitehead, und ohne eine Antwort der Buben abzuwarten, trieb er den Rappen an.

»Vergelt's Gott!«, rief Alois aus der rollenden Kutsche. »Ich komme im Frühjahr wieder!«

»Vergelt's Gott«, rief auch Kaspanaze zurück.

Hohl warfen die Hauswände in der Stadt das Hufgeklapper auf dem Kopfsteinpflaster zurück.

»Was macht ihr jetzt mit dem vielen Geld?«, wollte Whitehead spaßeshalber wissen.

»Das gehört doch nicht uns, das müssen wir daheim abgeben«, erwiderte Kaspanaze ernst. »Aber vom Mausgeld kaufe ich mir ein Buch!«

»Was kaufst du? Ein Buch? Das ist aber schön. Aber da gehe ich mit ... wenn ich darf«, fügte Whitehead hinzu.

»Ich kaufe mir ein Messer«, sagte Alois.

Kaspanaze überlegte. »Das hat meine Tante Antonia auch gesagt. Sie hat gemeint, das sei besser als ein Buch. Aber wenn das Geld noch reicht, kaufe ich mir auch eines!«

Auf dem Platz in der Bachstraße lehnte Hansjakob auf seine Krücken gestützt an einer Hauswand. Auf seinem speckigen Hut wippte eine neue Habichtfeder und in der Hand hielt er einen Zettel, auf dem die Namen der Kinder standen. Der Peteranton war auch schon da, ebenso das Vevele, das Annele, die Angelika und die Josefa.

Die beiden Buben sprangen aus der noch fahrenden Kutsche und liefen mit lautem Geschrei hinüber. Sie konnten es kaum erwarten, von ihren Erlebnissen zu erzählen und zu hören, wie es den anderen ergangen war. Den Hansjakob beachteten sie kaum, was dieser ihnen aber nicht weiter übel nahm. Aufgeregt schnatterten die Kinder durcheinander.

Erst als der Alois dazwischenrief, das sei alles gar nichts gegen das, was der Kaspanaze durchgemacht habe, wurden sie leiser, und er musste erzählen, wie er an den gleichen Saubauern wie der Alois im Vorjahr geraten und wie schlimm es ihm ergangen war.

»Hat ihm denn der Alois keinen Strich gemacht?«, wollte der Peteranton wissen.

»Doch schon«, antwortete dieser. »Aber er hat ihn nicht gesehen!«

Drüben bei den Graubündnern entdeckte Kaspanaze den Urs. Er ließ die anderen stehen und rannte auf den Schweizer zu. Der Urs sah ihn mit stierem Blick an und lallte.

»He, Kaspa ... Kaspanaze ... wie geht's?«

In der linken Hand hielt er eine halb leere Weinflasche, in der rechten qualmte eine dicke Zigarre.

»Magst auch?«, brachte er schwankend heraus und hielt ihm die Flasche hin.

Kaspanaze schüttelte den Kopf.

»Komm, mich reut es nicht. Ich hab ... hab genug ... genug Geld. Kauf mir noch eine. Für ... für den Heimweg!«

Eine ältere Frau blieb stehen und begann auf den Urs einzuschimpfen, es sei ein Elend mit der Jugend, und er solle sich schämen, als so junger Bub schon am helllichten Vormittag sturzbesoffen in aller Öffentlichkeit herumzutorkeln.

»Schämen?«, erwiderte der Urs, »schämen? Später! Hab jetzt keine Zeit!«

»He, Kaspanaze, mit dem Urs wirst du heute nicht mehr viel reden können, der ist sternhagelvoll. Wenn der so weitermacht, müssen ihn die anderen noch in die Schweiz tragen. Komm zu uns herüber!«, schrie der Patscheider Alfons durch den Lärm.

Neben dem Alfons erkannte er den Martl, die Sofie hätte er mit ihrem großen Hut beinahe nicht wieder erkannt, die Lechtaler Christine führte stolz ihr Kleid vor, die beiden Kapellerbuben waren auch da, der Anton fuchtelte mit einer angebissenen Wurst in der Luft herum und redete unentwegt auf den Haller Andreas ein.

Als Kaspanaze zu ihnen trat, verstummten sie erwartungsvoll und er musste wieder seine Geschichte erzählen.

»Du bist schon ein Hund!«, sagte die Marent Hildegard und pfiff anerkennend durch die Zähne.

»Das hätten wir dir alle nicht zugetraut«, sagte der Zündel Konrad.

»Ich denke, du willst noch ein Buch kaufen?«, vernahm Kaspanaze Whiteheads Stimme hinter sich.

»Grüß Gott, Herr Amerikaner!«, sagte die Sofie und die anderen Kinder kicherten.

»Ich habe den Namen vergessen«, entschuldigte sich das Mädchen und sah verlegen auf den Boden.

»Ist nicht so schlimm. Whitehead!«

»Also, was ist?«, drängte er dann.

»Was willst du kaufen? Ein Buch?«, fragte der Eugen ungläubig, »ein Buch?«

»Ja, ein Buch«, bestätigte Kaspanaze, »und vielleicht noch ein Messer!«

Zwei Straßen weiter war ein kleiner Laden, in dem es verschiedene Papiere, Malfarben, Pinsel und Kerzen gab. In einer Ecke stand ein Regal, in dem vom Boden bis zur Decke grüne, rote, blaue, dicke und dünnere Bücher einsortiert waren. Ratlos stand Kaspanaze davor. So schwer hatte er sich das Bücherkaufen nicht vorgestellt. Eine Frau, die er etwa so alt wie seine Mutter schätzte, trat zu ihnen.

»Der junge Herr wünscht ein Buch«, sagte Whitehead.

»Was darf es denn sein«, fragte die Frau und sah Kaspanaze abschätzend an.

»Etwas Schweres, ich kann nämlich schon ganz gut lesen!«

Whitehead unterdrückte mühsam ein Lachen.

»So, so. Was hast du denn schon alles gelesen?«, wollte die Frau wissen.

»Den ganzen Struwelpeter. Den kann ich schon fast auswendig!«, gab er stolz zur Antwort.

Als die Frau zu lachen anfing, konnte sich auch der Amerikaner nicht mehr zurückhalten.

»Für den Anfang nehmen wir lieber ein Märchenbuch oder Sagen, meinst du nicht auch?«, schlug Whitehead vor.

»Schau, da hätte ich etwas für dich!«

Sie wandte sich dem Regal zu und kippte dann mit dem Zeigefinger ein Buch aus einer Reihe.

»Grimms Märchen«, buchstabierte Kaspanaze und sah fragend zu Whitehead auf, der zustimmend nickte.

»Das ist aber bestimmt sehr teuer«, sagte Kaspanaze unsicher.

»Könnte ich etwas zu schreiben haben?«, fragte Whitehead, als ob er den Einwand gar nicht gehört hätte.«

»Vorne am Tisch«, antwortete die Frau.

Whitehead klappte das Tintenfass auf, tauchte die Feder ein und schrieb auf die erste Innenseite:

»Gewidmet meinem jungen Freund Kaspar Ignaz Meser zur Erinnerung an viele gemeinsame Erlebnisse in Oberschwaben.

Ravensburg, am 11.11.1869

Peter Whitehead«

Sorgfältig streute er ein wenig Tintensand darüber, wartete, bis die Tinte abgetrocknet war, schloss das Buch, bezahlte es und drückte es dem verdutzten Buben in die Hand.

Beinahe hätte Kaspanaze vergessen, sich zu bedanken.
»Jetzt reicht es sicher auch noch für dein Taschenmesser«, lachte Whitehead.

Als sie in die Bachstraße zurückkamen, waren die Südtiroler schon fort. Auch die Graubündner Gruppe mit dem Urs und die Paznauner mit den Kapellerbuben waren verschwunden.

»Wo treibst denn du dich herum?«, raunzte Hansjakob Kaspanaze an.

»Ein Buch gekauft«, antwortete dieser hastig. »Das ist der Herr Whitehead aus Tschinntschinätti, das ist in Amerika.«

»So, so«, grummelte Hansjakob, »Amerikaner sind Sie.«

Die beiden Männer musterten sich.

»Ich bin sein Onkel!«

»Ich weiß. Hansjakob heißen Sie.«

»Woher wissen Sie das? Ich meine, dass ich sein Onkel bin?«

»Er hat er mir erzählt.«

»Und was haben Sie mit dem Buben zu tun?«

»Tja, das ist eine lange Geschichte«, hub Whitehead an. Kaspanaze suchte einen Grund, um sich davonzustehlen, da er nicht noch einmal alles von vorne anhören und sich ausfragen lassen wollte.

»Ich möchte noch ein Messer kaufen. Darf ich?«

»Ja, aber bleib nicht zu lange weg. Wir müssen dann aufbrechen. Ich warte nur noch auf den Hörburger Nepomuk, hast du den schon gesehen?«

Kaspanaze verneinte und sah zu, dass er wegkam.

»Weißt du, wo es Messer gibt?«, fragte er Angelika.

»Da drüben in der nächsten Straße auf der linken Seite.«

Im Halbdunkel des Ladens stand Alois. Vor ihm lagen etwa zehn Messer in verschiedenen Formen und Längen.

Der Mann hinter der Theke trat von einem Fuß auf den anderen und schien ziemlich ungeduldig zu sein.

»Na, hast du jetzt bald eines?«, knurrte er den Alois unfreundlich an.

Der aber konnte sich nicht entscheiden. Immer wieder klappte er ein anderes auf, fuhr prüfend über die Klinge und legte es dann wieder zurück. Kaspanaze trat hinzu und betrachtete die vielen farbigen Griffe.

»Was willst du?«, kam es mürrisch von gegenüber.

»Auch ein Messer!«

»Hoffentlich brauchst du nicht so lange wie der da«, deutete er auf Alois.

Ein feuerrotes mit einer ganz spitzigen Klinge gefiel ihm ganz gut. Er nahm es in die Hand und ließ es ein paar Mal auf- und zuschnappen.

»Das nehme ich«, sagte er kurz entschlossen.

Draußen auf der Straße begutachtete er eingehend die Metallhülse am Knauf und versuchte die darauf eingestanzten Zeichen zu entziffern. Ohne auf seine Umgebung zu achten, schritt er langsam in Richtung Bachstraße zurück. Ein Mann stand ihm im Wege, in den er direkt hineinlief. Als er aufsah und sich entschuldigen wollte, entfuhr ihm ein entsetzter Schrei. Das Messer flog im hohen Bogen davon und schepperte über das Kopfsteinpflaster. Vor ihm stand der Gebstetter.

»Hab ich dich, du Hurenskrüppel. Mit mir hast du wohl nicht mehr gerechnet, was?«

Er bleckte das Gebiss wie ein Pferd und kam einen Schritt näher. Kaspanaze wollte davonlaufen, doch er brachte seinen Fuß nicht vom Boden weg. Als er zu schreien anfing, schoss der Bauer nach vorn, klemmte ihn zwischen seine Beine und riss ihm den Schnerfer vom Rücken. Mit der einen Hand hielt er Kaspanaze den Mund zu und mit der anderen zog er die Schnürung auf und schüttete den Inhalt des Rucksackes auf die Straße.

»Hast du wirklich geglaubt, du kommst mir ungeschoren davon? Das Gewand gehört mir, du elendiges Tirolerle, hast du verstanden?«

In seiner Wut presste er seine Oberschenkel so fest zusammen, dass Kaspanaze das Gefühl hatte, er werde ihm gleich den Brustkasten eindrücken.

Die Äpfel kollerten über die Straße, seine beiden Bücher lagen im Dreck, und mit der freien Hand warf der Gebstetter Jacke, Hosen, Hemd, Mütze und Schuhe auf einen Haufen. Kaspanaze betete, dass endlich irgendjemand in die Straße kommen möge, aber weit und breit war kein Mensch zu sehen. Plötzlich gab es einen Ruck. Der massige Körper des Bauern flog nach vorne über ihn hinweg und schlug dumpf auf dem Boden auf.

»Lauf, Kaspanaze, lauf«, schrie der Alois, während der Gebstetter an seinem Hut herumzerrte, den ihm der Alois während seines Sprunges auf den Rücken über die Augen gezogen hatte.

Kaspanaze zögerte einen Augenblick, weil er den Alois nicht mit dem Gebstetter allein lassen wollte. Dann aber rannte er schreiend hinüber zur Bachstraße, wo ein paar der Kinder auf ihn aufmerksam wurden. Auch Whitehead und Hansjakob unterbrachen ihr Gespräch, als das Vevele aufgeregt angerannt kam.

»Da, der Kaspanaze ...«, deutete sie hinüber.

In der Seitenstraße stand der Alois mit dem aufgeklappten Messer vor dem Gebstetter.

»Komm keinen Schritt näher, sonst stech ich dich ab, du Saubauer«, schrie er mit angstzitternder Stimme.

»Du mich abstechen, hä? Mit dem Apfelschäler da?«, versuchte der Bauer hämisch zu lachen. Aber so ganz wohl war ihm doch nicht, weil er spürte, dass der Bub zwar Angst hatte, aber trotzdem zu allem entschlossen war.

»Ach, sieh mal an!«, sagte Whitehead und schob sich durch die Kinder nach vorne. »Der Herr Gebstetter, wie er leibt und lebt!«

Der Bauer warf ihm einen hasserfüllten Blick zu, sagte aber nichts.

»Na, heute gibt es wohl keine freundliche Begrüßung wie sonst, so mit ›Herr Scheißamerikaner‹ und anderen Höflichkeiten?«

»Ach, wir kennen uns ja auch noch. Du bist doch der freundliche, besorgte und zuvorkommende Bauer Baptist Gebstetter aus Witterschwende, der mir hoch und heilig versprochen hat, gut auf den Buben meiner Schwester aufzupassen?« Hansjakob humpelte näher an den Gebstetter heran.

»Holt einen Gendarmen!«, befahl Whitehead ein paar umstehenden Kindern.

»Keine Gendarmerie!«, fuhr Hansjakob dazwischen. »Das gibt nur eine Menge Scherereien mit Verhören, Protokoll und so! Das machen wir beide miteinander aus, nicht wahr, Herr Gebstetter?«

Abschätzig musterte der Bauer den Invaliden. Mit dem Krüppel würde er doch leicht fertig werden.

»Das ist gegen das Gesetz!«, protestierte Whitehead schwach.

»Gesetz hin oder her! Jetzt bin ich das Gesetz!«, erwiderte Hansjakob trocken und schlug noch mitten im Satz dem Gebstetter eine der Krücken ins Kreuz, worauf dieser aufschrie und sich auf ihn stürzen wollte. Hansjakob wich einen winzigen Schritt zurück, wirbelte eine Gehhilfe herum und drosch ihm die beiden Hörner der Achselstütze über den Schädel.

Benommen fasste sich der Gebstetter an den Kopf und sah dann fassungslos auf seine blutbeschmierten Hände. Mit einem Grunzer nahm er einen neuen Anlauf, kam aber nicht weit, da er von Hansjakobs Krückenspitze zurückgeworfen wurde, die ihm dieser mitten in den Bauch rammte.

Der Gebstetter wurde aschfahl und suchte den kürzesten Weg hinüber zu einer Hauswand, wo er sich anlehnte und sich nur zitternd auf den Beinen halten konnte.

»Volltreffer«, sagte Hansjakob zufrieden.

Die Kinder johlten, als Hansjakob seine Krücke triumphierend in die Höhe stieß. Dann klemmte er seine Gehhilfen wieder unter seine Achseln und wuchtete sich hinüber zum Gebstetter.

»Hast du genug?«

In das Gesicht des Bauern kam wieder etwas Farbe.

Stöhnend richtete er sich auf. Hansjakob fasste sofort die rechte Krücke und drehte sie um.

Der Gebstetter zuckte zusammen und machte eine abwehrende Handbewegung.

»So, und jetzt räumst du fein säuberlich dem Buben den Schnerfer wieder ein!«

Der Gebstetter wusste nicht, was mehr wehtat – die Demütigung vor dem Haufen Kinder oder die Prügel. Mit verzerrtem Gesicht schleppte er sich hinüber zum Rucksack, kniete sich auf den Boden, schob das Gewand in den Schnerfer und wollte ihn sofort zubinden.

»Auch die Äpfel!«

Hansjakob sagte es in sanftem, ermahnendem Ton, ganz wie ein gütiger Vater zu seinem kleinen Kind spricht, das er gerade bei einer Nachlässigkeit ertappt hat.

»Abputzen und einwickeln!«, befahl er dann aber schroff, als der Gebstetter das verdreckte Obst einfach in den Sack werfen wollte.

»Und jetzt hau ab, bevor ich dir nochmals eine überziehe!«, herrschte er den Bauern an, als dieser fertig war.

Wie ein geprügelter Hund schlich sich der Gebstetter davon, während die Kinder um ihn herumsprangen, lange Nasen drehten und Grimassen schnitten.

»Lasst ihn!«, rief Whitehead bestimmt. »Der ist gestraft genug, und in Ravensburg lässt der sich so schnell nicht mehr blicken!«

Drüben in der Bachstraße war inzwischen auch der Nepomuk mit seiner Bäuerin eingetroffen. Dem war inzwischen schon ganz weinerlich zumute, da er befürchtete, die anderen seien ohne ihn losgezogen.

»Alle antreten, aber marsch-marsch!«, befahl Hansjakob in militärischem Kommandoton. Aus der Innentasche seiner Joppe zog er seine Liste und verlas nacheinander die Namen.

»Alle da?«, vergewisserte er sich noch einmal.

»Ja«, schallte es übermütig zurück.

»Das Geld habt ihr auch alle bekommen?«

»Ja!«

»Die Bestätigung vom Pfarrer habt ihr auch alle?«

»Ja!«

»Dann bekomme ich jetzt von jedem noch seinen Pass!«

Er verlas die Liste noch einmal, wobei jedes aufgerufene Kind vortrat und das Blatt Papier abgab, auf dem seine Personenangaben sowie eine Beschreibung mit einem amtlichen Stempel beglaubigt war.

»Ihr bleibt jetzt alle hier, es rennt niemand mehr herum!«, befahl Hansjakob streng.

Etwas abseits verabschiedete sich Whitehead von Kaspanaze und Alois.

»Wenn ihr möchtet, könnt ihr uns nach Amerika schreiben. Die Adresse habe ich in dein Buch geschrieben«, wandte er sich an Kaspanaze. »Und sobald ich wieder daheim bin, kriegst du einen Brief mit einer amerikanischen Marke!«

Aufmunternd knuffte er die beiden Buben in den Oberarm.

»Alsdann, haltet euch wacker!«

»Vergelt's Gott für alles«, sagte Kaspanaze leise. »Einen schönen Gruß und auch ein ›Vergelt's Gott‹ an das Fräulein Johanna!«, fügte er noch hinzu.

»Von mir auch«, ergänzte Alois.

Auch die anderen Kinder, die Whitehead kannten, gaben ihm nacheinander die Hand. Nachdenklich blieb der Amerikaner auf dem Platz zurück und sah ihnen nach, bis der Zug verschwunden war. Gewiss sahen die Kinder viel gesünder und besser genährt aus als im Frühjahr. Aber deswegen hatte doch niemand das Recht, sie von den Eltern wegzureißen, sie um ihre Kindheit zu betrügen und als halbe Analphabeten ins Leben zu schicken. Ja, er würde daheim in Amerika alles in seiner Macht Stehende tun, seine Erkenntnisse einer breiteren Öffentlichkeit zugänglich zu machen. Natürlich würde er selbst die grundlegenden Probleme nicht lösen können, aber es müsste doch möglich sein, auf diplomatischer Ebene Druck auf die beteiligten Länder auszuüben und diese langfristig dazu zu bewegen, eine Lösung zu finden. Immerhin konnte er versuchen, den Stein ins Rollen zu bringen.

24. Kapitel

Schon zwei Tage waren sie nun unterwegs. Über dem Land lag noch immer der Nebel wie eine schwere weiße Wolldecke. Der Wind blies kalt von Westen her, und gelegentlich jagten mit ihm große Regentropfen heran, zwischen die sich nasse Schneeflocken mischten, die kurz als helle Flecken an den Kleidern hängen blieben und sich nach und nach auflösten.

Kaspanaze zog den breitkrempigen Hut tiefer in sein Gesicht und sagte übermütig zu Josefa neben ihm: »Jetzt kann der Winter kommen. Ist dein Häs auch so warm?«

»Ja«, meinte sie, »nur die Schuhe ziehen etwas Wasser.«

»Du musst sie heute Abend trocknen, dann reiben wir sie mit einer Speckschwarte ein«, schlug der Alois vor.

»Dachsfett wäre besser«, erwiderte Josefa.

»Siehst du irgendwo einen Dachs?«, gab Alois zurück und alle drei mussten lachen.

Je näher sie dem Grenzübergang an der Leiblach kamen, desto größer wurde die Spannung, und ein paar Buben schlossen Wetten darüber ab, ob der dicke Zöllner wieder da sei. Enttäuscht sahen sie auf das hagere Männlein, mit dem Hansjakob ein paar Worte wechselte und das nicht einmal ihre Papiere sehen wollte.

Moosburgers Angelika vertröstete sie auf Bregenz, wo es sicher wieder einen Anlass zu einer gehörigen Rauferei geben würde. Die Zeit bei den Jehles sei zwar schön gewesen, aber Frau Jehle habe großen Wert auf gutes Benehmen gelegt, und eine richtig schöne Horerei sei ihr schon hie und da abgegangen. Aber auch in Bregenz ließen sich keine Stadtkinder sehen, die sie hätten verhauen können.

Stattdessen führte sie Hansjakob gegen Mittag in eine enge Seitengasse und zu einer heruntergekommenen Wirtschaft. Die zerbrochenen Scheiben waren mit Stofffetzen verhängt, und die Eingangstüre hing schief in den Angeln.

»Da hinein?«, fragte Angelika und verzog angewidert das Gesicht.

»Dich haben sie aber ganz schön verwöhnt«, fuhr sie Hansjakob an. »Aber wir wollen hier nicht wohnen bleiben, sondern nur etwas essen, und das ist nun einmal die billigste Wirtschaft in der ganzen Stadt!«

Die Gaststube sah noch schlimmer aus als draußen die Fassade. Auf den wackeligen Tischen stapelte sich dreckiges Geschirr, halb leere Gläser mit dicken Fetträndern standen herum, und zwischen Brotkrumen lagen abgenagte Hühnerknochen am Boden. Das Paar hinter dem Tresen, offenbar die Wirtsleute, machte auch keinen besseren Eindruck.

»Was gibt es zum Essen?«, fragte Hansjakob unwirsch.

Die dicke Frau stieß eine Rauchwolke aus und legte dann die dünne Zigarre zu den anderen Stummeln in einem überquellenden Teller, während der Mann den Haufen unfreundlich musterte.

»Was wollt ihr denn?«

»Habt ihr cinc warme Suppe?«

»Ja, das kann ich machen.«

»Was wollt ihr zum Trinken?«, brummte der Mann.

»Für jedes Kind eine Limonade!«, bestimmte Hansjakob.

Die Kinder schoben das Geschirr zur Seite und nahmen Platz. Alois zog ein paar dicke Würste aus dem Rucksack, schnitt sie mit seinem neuen Messer in mehrere Stücke und verteilte sie auf den Tischen.

»Keine Teller, nur Löffel. Aber saubere!«, rief Hansjakob in die Küche.

»So viele Teller haben wir auch gar nicht, und das Geschirr ist bei uns sauber!«, kam es beleidigt zurück.

Die Suppe ähnelte einem Brei, und auch bei genauerem Hinsehen war nicht zu erkennen, woraus sie bestand. Hansjakob tauchte misstrauisch seinen Löffel in den Topf. Das undefinierbare Mus schmeckte besser, als es aussah.

Es war schon finster, als Hansjakob oben in Weißenegg beim Laumännler an die Türe pumperte. »Deinen Schnaps kannst du heute Abend aber alleine saufen«, dachte er, während er hörte, wie das Bäuerlein zur Türe herschlapfte.

In der Nacht kam Sturm auf. Heftig rüttelte er an den halb verfallenen Gebäuden des Laumännler, riss Äste von den Bäumen und trieb sie vor sich her. Gegen Morgen flaute das Tosen ab, dafür fing es zuerst leise, dann immer heftiger an zu schneien.

»Na servus, Kaiser«, murmelte Hansjakob, als er vor die Türe trat und die Bescherung sah. Weiter als nach Mellenberg würden sie heute bei dem Wetter nicht kommen.

Er weckte die Kinder, und der Laumännler stellte wieder den Kübel mit der lauwarmen Milch auf den Brunnentrog. Dazu holte er aus dem Haus seine beiden Tassen mit den ausgezackten Rändern.

Das Gehen in dem schweren Neuschnee war mühsam, und es war schon später Nachmittag, als sie beim Gasthof »Zum Sternen« ankamen.

»Da seid ihr ja wieder!«, begrüßte sie die Wirtin. »Seid ihr alle gesund und munter?«

»Ja«, schallte es ihr entgegen.

»Wenn ich denke, wie dürr und mager sie zum Teil beim letzten Mal ausgesehen haben ...«, sagte sie zu Hansjakob.

»Jetzt stehen sie noch gut im Futter. Aber die Hungerzeit geht für sie jetzt wieder los«, erwiderte dieser ernst. »Ist heute schon jemand über den Kummetsberg?«

»Bei dem Wetter?«, gab sie erstaunt zurück.

»Hoffentlich wird es heute Nacht richtig kalt. Wir brauchen Frost, sonst ist es zu gefährlich!«

Die Wirtin nickte.

»Weißt du, ob morgen jemand hinübergeht?«

»Ich kann ja einmal fragen«, erwiderte sie.

Die Kinder waren froh, dass die Schneestapferei für heute ein Ende hatte. Nur Kaspanaze hätte es nichts ausgemacht, wenn sie weitergegangen wären. Es war fast nicht mehr auszuhalten, die Eltern und Geschwister so nah und doch noch so weit weg zu wissen. Mit aufgerissenen Augen saß er auf der Stubenbank und nahm den Lärm um ihn herum gar nicht wahr.

»Mädchen in die Küche!«, befahl die Wirtin, »Ab zum Kochen, schließlich wollt ihr ja nicht hungrig einschlafen!«

Peteranton kramte ein Kartenspiel aus seinem Rucksack und erklärte den anderen Asse, König, Unter, Laub, Herz, Schell und Eichel.

Hansjakob aber trat alle paar Minuten vor die Türe und sah prüfend zum Himmel. Zwar hatte der Schneefall schon am frühen Nachmittag aufgehört, aber wenn noch mehr von oben kam und sich der bereits gefallene Schnee nicht mit dem Untergrund verband, mussten sie entweder den langen Weg durch das Tal nehmen – der aber auch nicht viel ungefährlicher war – oder aber hier besseres Wetter abwarten. Immer wieder tippte er ungeduldig mit den Fingerspitzen auf das Barometer an der Wand in der Gaststube. Und hatte sich nicht soeben das Quecksilber ein winziges Stückchen nach oben bewegt?

Hansjakob schimpfte sich einen alten Deppen. Gerade war er im Begriff, draußen nach dem Wetter zu schauen, als die Türe aufging und ein großer, breitschultriger Mann eintrat.

»Gehörst du zu den Kindern da?«, fragte er ohne Umschweife.

»Ja«, antwortete Hansjakob knapp.

»Und du willst mit ihnen über den Kummetsberg?«

»Hab ich jedenfalls vor!«

»Hm«, machte der Mann und schwieg eine Weile. »Also, ich bin der Freuis Merbod. Ich und Sefatoneles Armin wollen morgen früh auch hinüber. Auch habe ich gehört, dass noch zwei Zimmerleute heimwollen.«

Hansjakob fiel ein Stein vom Herzen.

»Das Wetter wird morgen besser, das Reißen in meiner Schulter wird jedenfalls schwächer.« Der Freuis schwieg einen Moment und fuhr dann fort: »Wenn wir Glück haben, kommt auch von der anderen Seite jemand herüber. Aufpassen müssen wir nur unterhalb des Grates, und drüben kann die Rüfe gefährlich sein. Aber wie es genau ausschaut, sehen wir natürlich erst, wenn wir dort sind. Wir nehmen vorsichtshalber ein paar Burdeseile mit, die können wir dann zu einem dicken Strick zusammendrehen, das müsste dann schon gehen.«

Am späten Abend, bevor sich die Kinder in der Gaststube zum Schlafen verteilten, sammelte Hansjakob noch Geld ein, das er der Sternenwirtin in die Hand drückte.

»Das ist zu viel«, wollte sie protestieren, aber Hansjakob schob sie sanft zur Türe hinaus.

Es war noch dunkel, als Hansjakob die Kinder weckte. Er wollte rechtzeitig abmarschbereit sein und die anderen Männer nicht warten lassen. In der Gaststube war nur das Klappern der Löffel und dazwischen halblautes Schlürfen und Schmatzen zu hören. Der Schnee war fest und knirschte, und im Brunnentrog hatte sich eine Eisschicht gebildet.

»Draußen ist es kalt, zieht gleich die Handschuhe an!«, befahl er, als er wieder in die Stube trat.

»Ich habe aber keine«, fing das Annele an zu jammern.

»Himmelherr ...«, Hansjakob konnte gerade noch an sich halten. »Also, wer keine hat, zieht halt ein Paar Strümpfe oder Socken über die Hände!«

Im Osten wechselte die Schwärze in ein sattes Tiefblau, die Bergspitzen färbten sich zuerst violett und gingen dann in ein orangefarbenes Rot über. Vier Männer stapften die Straße herauf. Voraus ging der Freuis. Aus seinem Rucksack ragte eine Spatenschaufel.

»Für alle Fälle«, sagte er trocken. »Das ist Sefatoneles Armin, der Johann und der Franzsepp!«

Die drei Männer nickten stumm.

Hansjakob baute sich vor den Kindern auf.

»Wir machen es wie im Frühjahr. Wir gehen im Gänsemarsch, also eines nach dem anderen. Auch wird nicht herumgeblödelt und geschubst, verstanden!«

»Wie sagt man?!«, schnauzte er den Haufen an, als niemand Anstalten machte, sich bei der auf der Treppe stehenden Wirtin zu bedanken.

Erschrocken fuhren die Kinder zusammen und riefen dann laut im Chor: »Vergelt's Gott!«

»Ist schon gut. Und kommt gut hinüber!«

Der Peteranton schaute sofort, dass er in der Mitte der Reihe unterkam. Er hatte seine Angst in der Rüfe vom Frühjahr noch nicht vergessen, und man konnte nicht wissen, ob es wieder irgendwo eine gefährliche Stelle gab, an die ihn der Hansjakob würde stellen können.

Die vier Männer an der Spitze wechselten sich beim Spuren ab. Hansjakob folgte als Fünfter und war heilfroh, dass er nicht allein mit den Kindern hier heraufmusste. Obwohl die Sonne schien, war es doch empfindlich kalt.

»Hoffentlich bleibt es so«, murmelte der Franzsepp.

Oberhalb der Waldgrenze zog sich der Hang weit und offen hinauf zum Grat.

Sefatoneles Armin machte einen Schritt nach vorne, blieb kurz prüfend stehen, tappte vorsichtig noch ein Stück weiter und hielt wieder an.

»Pulver«, wandte er sich mit besorgtem Gesicht um, »grundloser Pulver. Verblasen! ... Was soll ich tun?«

Ratlos stand er im Hang und starrte in das blendende Weiß.

»Komm zurück«, sagte der Freuis, »wir besprechen das besser hier, wo es sicher ist!«

Dort, wo der Sommerweg hinaufführte, lag lockerer, verwehter Schnee, der sich aber sicher noch nicht mit der darunter liegenden dünnen Eisschicht verbunden hatte.

»Ich gehe voraus. Es gibt nur eine halbwegs sichere Möglichkeit. Ich quere so hoch es geht den Hang hinein. Wenn die Schneedecke reißen sollte, habe ich wenigstens die Aussicht, dass es mich nicht mitten in die Lawine hineinnudelt.«

Die Kinder waren mucksmäuschenstill und sahen in die ernsten Gesichter der Männer.

»Ich pack es jetzt!«

Entschlossen machte der Freuis ein paar Schritte. Glitzernde Kristalle stoben auf und ließen sich auf seiner Hose nieder.

»Ich gehe bis nach oben durch. Ihr Männer kommt jeder einzeln nach, und Hansjakob macht den Schluss!«, schrie er zurück, als er etwa die Mitte des Hanges erreicht hatte. Oben am Grat ließ er sich erschöpft von der Spurarbeit auf seinen Rucksack plumpsen.

Gerade wollte der Johann losgehen, als plötzlich ein gewaltiger, dumpfer Knall die Stille zerriss.

»Eine Lawine!«, schrie der Franzsepp und wurde kreidebleich.

Genau unterhalb der Spur begann sich der Hang zuerst langsam, dann immer schneller werdend zu bewegen, stauchte sich zusammen, schob sich übereinander, wurde nach unten hin immer höher, verbreiterte sich zu einem Dreieck und raste dann mit tosendem Brausen und vermischt mit berstendem Krachen talwärts.

Mit einem Mal kam ein starker, saugender Wind auf, der eine glitzernde Schneewolke mit sich riss, dann wurde es fast dunkel, und als sie wieder etwas sehen konnten, war die Luft erfüllt mit hellem Flirren und Glitzern. Schlagartig trat eine fast unheimliche Stille ein.

Alle sahen einander an, und unter anderen Umständen hätten sie bestimmt laut lachen müssen. Von Kopf bis Fuß waren sie wie mit Mehl überpudert und nur noch die Augen waren zu sehen.

Hansjakob fasste sich als Erster wieder. »Mein lieber Mann«, stieß er hervor und schob sich nach vorne.

Oben am Grat saß unbeweglich der Freuis, dem bestimmt auch noch der Schreck in allen Knochen steckte.

»Jetzt kann eigentlich nichts mehr passieren«, sagte Hansjakob ruhig. »Was jetzt noch oben hängt, kann nicht mehr viel anrichten. Aber wir brauchen eine neue Spur!«

Bedächtig und immer wieder nach oben blickend stapften die drei Männer unterhalb der Abrisskante hinauf zum Grat, wo sie einen fassungslosen Freuis antrafen.

»So etwas habe ich noch nie erlebt, dass der Hang abgeht, nachdem ich schon heraußen bin und eigentlich kein möglicher Auslöser mehr da ist!«

Immer wieder schüttelte er ungläubig den Kopf.

»Ja, da war ein ganzes Heer von Schutzengeln unterwegs«, sagte der Johann ernst.

Nach und nach kamen auch die Kinder und Hansjakob folgte als Letzter.

Am Grat war es windstill. Hoch am Himmel zogen ein paar Wolken dahin und vor ihnen lagen verschneite Berge, so weit das Auge reichte.

»Machen wir hier eine Pause?«, fragte Hansjakob, während er laut die Kinder abzählte.

Die Männer nickten.

»Still!«, zischte der Franzsepp, »da kommt jemand!«

Angestrengt horchten sie auf der anderen Seite nach unten. Tatsächlich, da waren ein paar Stimmen. Zuerst war nur ein Hut zu sehen, dann kam noch einer und noch einer.

»Habt ihr hier einen Schulausflug?«, lachte der Erste.

»Nein, das sind Schwabenkinder«, erwiderte der Freuis.

»Ach so!«

»Wie ist der Weg hinab, und wie sieht es an der Rüfe aus?«, wollte Hansjakob ungeduldig wissen.

»Kein Problem. In der Rüfe ist zwar ein Rutsch abgegangen, aber die Brücke ist noch da. Und wie sieht es hinunter nach Mellenberg aus?«, fragte der Mann zurück.

»Schaut selber!«, forderte sie Sefatoneles Armin auf.

Die drei Männer traten zur Gratkante vor und sahen sich dann gegenseitig an, ohne ein Wort zu sprechen.

»Was war denn da los?«, fragte schließlich der Älteste.

»Eine Lawine«, antwortete Hansjakob scheinbar gleichgültig und schob sich ein Stück Speck in den Mund.

»Das sehe ich auch!«

»Wir haben einen Lawinenlostreter dabei!«, sagte Hansjakob und deutete mit dem Messer auf den Freuis.

Alle Männer außer dem Merbod lachten. Kaspanaze saß schweigend neben dem Alois auf seinem Schnerfer und starrte auf die Furchen zwischen den Spitzen und Höhen. Da hinten, da irgendwo musste es sein. Geradeaus bis zum Bellerkappelle, das war nicht zu verfehlen. Dann noch ein Stück weiter und irgendwo müsste er dann abbiegen und dann weitersehen. Von oben sahen die Berge ganz anders aus, als er sie von unten her kannte, irgendwie verwirrend. Aber das war jetzt gleichgültig, er würde den Weg schon finden.

»Magst auch ein Stück Wurst?«, fragte der Alois.

Kaspanaze hörte ihn nicht. Langsam breitete er seine Schwingen aus, ließ sich von einem Lufthauch sanft nach oben tragen, schwebte ohne einen Flügelschlag hoch über dem Tal und flog nach Hause.

Zur Geschichte der Kindermärkte

Jahrhundertelang zogen jedes Jahr zu Josefi Ende März Kinder aus den Bergtälern Tirols, Vorarlbergs und der Schweiz zu den Kindermärkten ins Schwäbische und ins bayerische Allgäu, wo sie als Saisonarbeiter hauptsächlich an Bauern vermittelt wurden. Solche Märkte gab es in Wangen, Ravensburg, Waldsee, Tettnang und Friedrichshafen in Württemberg, im Badischen in Pfullendorf und Überlingen und im Allgäu in Kempten. Der größte Markt fand in Ravensburg statt. An den Marktsamstagen fanden sich bis zu 200 Kinder in der Bachstraße ein. Manche Bauern nahmen stundenlange Anfahrtswege in Kauf, um hier einen geeigneten Buben oder ein Mädchen zu dingen. Im ersten Drittel des 19. Jahrhunderts dürften es jährlich zwischen 4000 und 5200 »Schwabengänger« gewesen sein.

Wann diese Kinderzüge begannen, lässt sich heute nicht mehr genau feststellen, aber bereits 1625 berichtet Johann Kostner, Pfleger zu Bludenz, schon von Kinderzügen nach Ravensburg und Überlingen.

Mitte des 18. Jahrhunderts begann mit der Vereinödung das Zusammenlegen kleinerer Flurstücke. Land, das zuvor von der Dorfgemeinschaft genutzt worden war, wurde aufgeteilt, wodurch große Höfe mit einer intensiveren Bewirtschaftung entstanden. Durch das Anerbenrecht war auch dafür gesorgt, dass die Höfe nicht zersplittert wurden, da sie ungeteilt an den ältesten oder jüngsten Sohn fielen. Die unverheirateten Geschwister blieben meist zeitlebens als Knechte oder Mägde bei ihrem Bruder auf dem Hof.

Dennoch reichte aber vielfach das Angebot an Arbeitskräften in der Zeit vom Frühjahr bis Herbst nicht aus. Neben Taglöhnern, Knechten und Mägden wurden so auch Kinder als saisonale Aushilfskräfte eingestellt.

Zwar gab es auch in Württemberg genug Armut, und es fehlte auch nicht an Versuchen, die ausländischen Kinder durch solche aus evangelischen Familien aus dem Unterland zu ersetzen. Diese scheiterten aber an den katholischen Dienstherren, die keine evangelischen Kinder auf dem Hof wollten. Darüber hinaus seien die ausländischen Kinder »fleißiger, geschickter, anhänglicher und zuthunlicher«. Auch das Schultheißenamt Schwarzach empfahl die Einstellung von Kindern aus »entfernteren Gegenden«, da (hier) die Menschen (Eltern) zu gemächlich seien, um sie zur Arbeit anzuhalten und die Kinder trotz Verbot herumlaufen und betteln würden.

1836 wurde in Württemberg die werktägliche Schulpflicht auch für katholische Kinder eingeführt. Diese galt allerdings nicht für die »Hüte-« oder »Tirolerkinder«, wie sie im Schwäbischen allgemein und unabhängig von ihrer wahren Herkunft bezeichnet wurden.

Da nun die eigenen Nachkommen zur Arbeit auf den Höfen fehlten, füllten wiederum die ausländischen Kinder diese Lücke. Daheim wurden sie von der Sommerschule befreit, und in Württemberg gab es für sie keine Schulpflicht.

Von der Kinderverdingung profitierten alle Seiten: Die Eltern hatten ein oder mehrere Mäuler weniger am Tisch, die Gemeinden waren froh, dass sie ihnen nicht zur Last fallen konnten, der Staat hatte ein Problem weniger, die Bauern in Oberschwaben erhielten billige Arbeitskräfte und die Kinder oft erstmals in ihrem Leben genug zu essen.

1844 schrieb der württembergische Dichter Carl Theodor Griesinger von einem »Sklavenmarkt«, aber viele der Kinder freuten sich sogar auf den März, wenn das Hungern zu Hause ein Ende hatte und es wieder ins Schwabenland ging. Eine nicht unbeträchtliche Zahl kam Jahr für Jahr auf den gleichen Hof, und manche blieben für immer in Oberschwaben, wie die Namen mancher heute eingesessener Familien bezeugen.

Als Erster bemühte sich der Defizient-Priester Venerand Schöpf in der 200-Seelen-Gemeinde Schnann im Stanzertal, eine gewisse Ordnung in die über Jahrhunderte tradierte Form des »Schwabengehens« zu bringen und den Kindern sowohl während der Reise als auch bei ihren Dienstherren wenigstens ein Minimum an Sicherheit zu bieten. Schöpf, geboren in Längenfeld im Ötztal, hatte um etwa 1840 selbst Erfahrungen als »Schwabenkind« gesammelt.

Eine erste Eingabe an die Statthalterei in Innsbruck zur Gründung eines »Vereines zum Wohle der auswandernden Schwabenkinder« erfolgte durch den Pettneuer Gemeindevorsteher und Landtagsabgeordneten Josef Anton Geiger am 28. September 1890. Die Obrigkeit sprach aber dazu nur eine Duldung, nicht aber eine positive Genehmigung aus. In der konstituierenden Versammlung am 7. März 1891 wurden 24 Ausschussmitglieder gewählt, wovon 15 der Geistlichkeit angehörten. Gefordert wurde unter anderem eine Bestätigung des Schulerfolges sowie ein Mindestalter. Durch das Engagement insbesondere jüngerer Seelsorger erfuhr der Verein in Tirol über die Kanzel eine gleichzeitige und gleichmäßige Verbreitung. Der Verein war aber nur eine moralische Instanz; denn es gab keine rechtlichen Einschränkungen, auch ohne seinen Beistand nach Schwaben zu gehen.

Besonders für die Kinder aus Südtirol war die Bereitstellung von Pferdewagen nach Landeck eine große Erleichterung. Von hier aus wurden auch Sonderzüge mit der 1884 eröffneten Arlbergbahn nach Bregenz organisiert, womit der beschwerliche Weg über den verschneiten Arlberg entfiel. Auch erhielten die Kinder dank des Vereins Arbeitsverträge in schriftlicher Form.

Durch die verkehrstechnische Anbindung verlagerte sich nun der Hauptmarkt von Ravensburg nach Friedrichshafen. Von 1901 bis 1914 war es der Erste Vorsitzende Pfarrer Alois Gaim, der nun auch die Einhaltung der Verträge vor Ort überwachte. Jedes Jahr fuhr er mit dem Fahrrad von Dorf zu Dorf, sprach mit den Kindern und Dienstgebern und führte sogar Prozesse gegen vertragsbrüchige Bauern. Auch gab es ein »Schwarzes Buch«, in dem die schlechten Plätze vermerkt waren und an die keine Kinder mehr verdingt wurden. Ziel des Vereines war nicht die totale und sofortige Abschaffung des »Schwabengehens«, sondern die Verbesserung der Lebens- und Arbeitsbedingungen.

1903 wurde im Deutschen Reichstag ein Gesetzesentwurf zur Kinderarbeit vorgelegt. In diesem Zusammenhang wurde auch eindringlich auf die Kindermärkte hingewiesen. Verabschiedet wurde dann aber ein Kinderschutzgesetz, das die Produktion von Naturalmitteln sowie die Arbeit in der Land- und Forstwirtschaft ausdrücklich ausnahm.

Fünf Jahre später freilich wurden die Kindermärkte zu einem internationalen Politikum. Auslöser war eine Veröffentlichung im »Tägliches Cincinnatier Volksblatt« am 10. April 1908. Es folgten am 17. April der »Cincinnati Times Star«, am 20. April und 1. Juni »Fort Worth Records« in Texas, um den 20. April »Boston Evening Transcript« und am 12. Juni der deutschsprachige »Fort Worth Anzeiger«. Dabei wurde der Friedrichshafener Markt als »kaum verhüllter Sklavenmarkt« beschrieben.

Diese Presseberichte lösten hektische Betriebsamkeit von Cincinnati, über Ulm, Biberach, Leutkirch und Wangen bis Washington aus. Reichskanzler von Bülow forderte eine Klarstellung, die Amerikaner sprachen hämisch von der »überheblichen Weise« der Europäer, sich »als Vorbild« darzustellen, andere wiesen auf Missstände im eigenen Land hin, und in Oberschwaben hatte selbst der Ortsvorsteher im kleinsten Weiler in jenen Tagen genug zu tun. In der Praxis änderte sich jedoch für die »Schwabenkinder« kaum etwas, und auch ein Artikel in der »Schwäbischen Tagwacht« am 30. März 1912 mit der Überschrift »Sklavenmarkt!« fand kaum Beachtung.

Zwar stellte der Erste Weltkrieg eine Zäsur dar, eine grundlegende Änderung trat aber erst 1921 ein, als ein zwischen Österreich und Württemberg getroffenes Abkommen festlegte, dass auch österreichische Kinder in Württemberg schulpflichtig seien. Diese Regelung war das Ende des »Schwabengehens« im großen Stil, da damit der wirtschaftliche Anreiz entfiel. Zwar verdingten sich einzelne Kinder noch bis zur Mitte der 50er-Jahre, die Kinderströme aber, wie sie über Jahrhunderte hinweg gang und gäbe gewesen waren, versiegten daraufhin fast von einem Jahr zum anderen.